红楼秘史

咸河 著

北京日报出版社

图书在版编目（CIP）数据

红楼秘史 / 咸河著. -- 北京 ：北京日报出版社，2019.4

ISBN 978-7-5477-3222-9

Ⅰ. ①红… Ⅱ. ①咸… Ⅲ. ①自传体小说－中国－当代 Ⅳ. ①I247.5

中国版本图书馆CIP数据核字(2019)第016545号

红楼秘史

出版发行：北京日报出版社
地　　址：北京市东城区东单三条8-16号东方广场东配楼四层
邮　　编：100005
电　　话：发行部：（010）65255876
　　　　　总编室：（010）65252135
印　　刷：廊坊市博林印务有限公司
经　　销：各地新华书店
版　　次：2019 年 4 月第 1 版
　　　　　2019 年 4 月第 1 次印刷
开　　本：710毫米×1000毫米　1/16
印　　张：31
字　　数：551 千字
定　　价：79.00 元

目 录

第一章

北国归来

小酒店

刺骨的寒风，从寒冷的北国吹来。更使人心寒的消息，也接二连三地从那边传来。“听说，云台的老守备战死。”“可不是吗，那些个番……”说话的是两个辽东商人，以到索伦地界贩卖人参、貂皮为生。近来索伦境内经常有番兵为祸，吓得这两个人不敢过黑龙水。“以前这些个红眼毽子也只是在江（黑龙江）北小打小闹，如今……连云台城都……”“不是咱们的公主都嫁到北边去了吗？怎么这些红眼毽子反倒蹬鼻子上脸，欺负到家门口了。”说话的不是别人，正是这店里的老板娘。

这老板娘长得微微发黑，但脸盘却十分秀气，身段也好，一双大眼睛招人喜爱。“公主！”那个辽东商人轻蔑地说道，“也就是个冒牌货。”“冒牌货！朝廷的公主怎么会是冒牌货？”那老板娘说道。“怎么不是冒牌，皇帝怎会舍得拿自己的女儿去和番！估计是京城里哪个体面人家的姑娘……”其实这位老板娘是明知故问，她不仅知道这位公主不是朝廷真正的公主，甚至清楚地知道那公主不是别人，正是贾家的三小姐贾探春。当年是她亲眼看着那三小姐走向花轿。那三小姐好生的无情，那赵姨娘舍不得闺女，哭得没完，可三小姐跟什么王夫人、凤姐、贾母、贾政、宝二嫂（即薛宝钗）都依依惜别，对生母赵姨娘是任她哭破嗓子，也不多看她一眼。这一切她都看在眼里，当时就在床上对情人琏二爷说，像三姑娘这样连亲娘都不认的人，到北边得了势，非把番兵引过来不成……可惜不幸被她言中了。

“我说老板娘你这离云台城也就一百来里地，我说你也别弄了，赶快收拾东西回关内过日子吧。”老板娘，也就是多姑娘，此时双手叉腰，一副满不在乎的样子：“有什么好怕的，老娘就不信那些个红眼王八毽子敢来这里，咱朝廷养的这些个兵，是吃干饭的？！”“俏嫂子，你就别瞎说了。你知道那云台城是怎么破的？是红眼毽子不知从哪弄出来了一帮铁苍蝇，那铁苍蝇长得有人那么大，什么刀枪火器是统统都不管用。”

这老板娘反驳道："你们两个大男人可真没出息，你们这些年走南闯北也算是见过世面。这些编出来的瞎话你们也信，别说是铁苍蝇，就是什么金苍蝇、银苍蝇，老娘撒泡尿也把它们淹了。"她确实没有什么好怕的，想当年她这开店的本钱还是荣国府琏二奶奶给的呢。

事情还得从留给琏二爷的那绺头发说起，知情人平儿到底是瞒不过琏二爷的老婆凤姐。那日，凤姐把平儿叫到屋里骂道："你这个小浪蹄子，你二爷到底有什么把柄在你手上，给我老实交代。"平儿自幼被凤姐吓破了胆，便一五一十都交代了。

凤姐很生气，后果一般都很严重。可是，这多姑娘却大摇大摆地跑到西府，给那吃人不吐骨头的琏二奶奶请安去了。

"琏二奶奶，那多浑虫的老婆来给您请安。"一个婆子进来向凤姐报告。凤姐气得直咬牙，正想收拾这贱货，想不到这婊子竟自己送上门来。"先让她在屋外候着。"凤姐道。那多姑娘等了那么一会儿工夫，要是一般的小厮，这会儿工夫恐怕那腿早就散了架，而她却一溜小跑赶来。这可是破天荒的头一遭，在此前所有人见凤姐，都像上刑场似的慢腾腾赶过来。她大大方方、干净利落地向凤姐请安，可眼里却没有一丝的恐惧。这让凤姐很是吃惊，她也打量了多姑娘一下，发现这女人干练得很，冲这一点便不是其他丫鬟仆妇可比的。"你是东府的下人，没事不伺候你家主子，到我这里请哪门子的安？""听人说二奶奶最肯扶危济困，光那次在铁槛寺的事，一次就赏了那老尼姑三千两。"说到这里，凤姐虽然还是一副高高在上的样子，但是手心里却直冒冷汗。她当年为了三千两银子串通静虚老尼，逼死两条人命，拆散了一对鸳鸯，自以为神不知鬼不觉，想不到今日竟会被一个下人撞破。"奴才在流云庄的本家捎来信说，家里边的老人家病了，缺个一二百两银子，万望奶奶开恩。"

其实，这多姑娘并没有凤姐什么切实的证据，那三千两银子，也是信口胡说的，可偏偏瞎猫碰上了死耗子。若是在平时，凤姐就不会上当，可是今日荣国府江河日下，内外交困，稍有个风吹草动便能将这位荣国府的当家奶奶吓个半死，牵一发而动全身，又考虑到多姑娘的老家是个刁民辈出的地方，便只好破财消灾。

她从凤姐那里得来一百二十多两银子后，马上远走高飞，在这关东一带，开了一家小酒馆，专门招待来往的参商。多姑娘自打从贾府出来以后，胆子便大得很呢！她说帝王将相也好，贩夫走卒也罢，也都是两肩膀扛一脑袋，没什么可怕的，也没比别人了不起到哪里去，说白了就是身上的一张皮不一样罢了。

她一向泼辣大胆，此处又是关外，天高皇帝远，说话也比较随便。见那辽东商人依然滔滔不绝地讲那叉叶国的兵马如何厉害，便生气地道："那番邦的兵马固然厉害，但也同样是一个鼻子两只眼睛的活人，又不是天上的神仙，我看全是这几年朝廷不好好地练兵……"

这时，远处的烽火台冒起了狼烟，那两个辽东商人丢下一把碎银子骑着马就跑。"我还没找钱呢！呸，没出息的东西。"说着便往地上吐了一口唾沫。远方的烽火，却不能不叫人忧心。刺骨的寒风也从那边吹来，耸动着她从妙玉那里偷来的红梅，虽然已经被岁月蹂躏得污秽不堪，却在那北国呼啸的寒风中，散发着那独有的芬芳。

一夜北风紧

人若有心，便不当忘记那生命中最真挚的岁月。伙计们开始收拾东西，往昔的食客都被这无由的烽火吓跑，而多姑娘的心却在遥远的北方那逝去的童真岁月。

一夜北风紧，晨霜沾我衣。

千里走单骑，踏雪下中原。

一位武士骑着一匹杂毛的大马，他一身的甲胄，以至于看起来整个人都像铁做的一般。他戴着奇异的头盔，那头盔活像一个骷髅，银光闪闪，透出一阵阵杀气。

自丢了云台城，南朝的官兵一个个如惊弓之鸟，他一人一骑竟如入无人之境。那些个军民得知云台陷落的消息早已消失得无影无踪。可是他却昏倒在多姑娘的面前。

“老板娘，这些个红眼鞑子……”伙计说道。“少说废话，快去倒些热水。”多姑娘对他的伙计常小二喊道。“可是，这……”多姑娘对常小二喊道：“那咱们也不能见死不救。”真不知道她从哪里生出了这般的热心，想当年晴雯都快要病死了，她都爱搭不理，今日不知道怎的，竟对这素不相识的番将如此热心。“老板娘，我怕……”“有什么好怕的？他一人单枪匹马，又不知咱们这里的虚实，审审看什么情况。要是番兵来攻城略地，就放他归队，今后也好办事，要是来探听消息那就杀了灭口。”

多姑娘将那人扶上床，摘下他的头盔，不由得大吃一惊。

“难道是他？”多姑娘不由得惊叹道。这人虽是一身的番将打扮，却是一副汉家面孔，一张让她刻骨铭心的面孔，今生今世都不能忘记。

自打跟了那混账之后，恶浊的生活，使她久病成医。“难道真的是他？”“小常子，快去拿二斤狗肉，半两醋，两钱白胡椒，一两干梨干……”

“老板娘拿酒来。”一个五大三粗满脸横肉叫左三儿的汉子在外边喊道。关东一带天高皇帝远，居民不交捐税、不服徭役，可却要受制于这些绿林上的好汉。这左三儿是附近一带小有名气的地头蛇，曾给劫过索伦单于进贡给当今皇上的大盗满天红当过喽啰，见人便吹嘘老子连皇帝的亲兵都不怕，袁麻子手下的那些玩意，我是见一个杀一个，见两个杀一双。这多姑娘却依旧磨磨蹭蹭，那左三儿便等得有点着急。“俏嫂子，你怎么还不出来，是躲在屋里想你的死鬼男人吧！”那左三儿急了正想进去看个究竟，也好趁机占多姑娘的便宜。可刚刚想起身，那多姑娘便出来了。“呦，左三爷，什么风把您给吹来了。”那多姑娘故作妩媚地说。“还不是俏嫂子您这里的酒香，那说书的全是瞎话，说什么进柳子是大块吃肉，大碗喝酒，大称分金银。全是胡说八道，像老子都他娘的一个月没开荤了，哪像俏嫂子你这生意兴隆，是哪个相好给您送来这么个宝贝？”他指着那番将的杂毛大马说道。多姑娘对左三儿一向反感，这小子在多姑娘的店里常来常往，总是要些个酒肉，却从来没有留下过一个铜子。“既然左三爷喜欢，那就拿去吧！反正我这也用不着这大骡子大马，弄几头毛驴就够了。”她这么一说，左三反倒不敢要了，暗自寻思道：“要是这婊子的相好厉害，老子不是吃不了兜着走了，不要吧，这么好的一匹马，可惜了儿的！”于是便试探道：“俏嫂子，这话可当真，你那相好好说话吧？”“什么相好，不过是付不起账的败家子儿，拿这么个东西抵债，一天不知道吃掉我多少草料，贱卖了可惜，留着吧没用，您想要您拿走，不想要我去换个二三十斤猪肉。”“俏嫂子这怎么使得？”“那好，小常子去把这马卖了，换点好酒和猪肉回来。”“等等，”那左三满脸堆笑道，“快回来，快回来。”“左三爷，您可想好了。”多姑娘娇笑道。左三自信地讲道：“怕什么，俏嫂子，老子也不瞒你，满天红晓得吧？”“晓得晓得，这可是咱们这数一数二的好汉。”多姑娘慌忙地应道。“告诉你那相好，他要是有本事就尽管来，满天红就在我大哥拦江虎那里，他要是有种敢跟这两位响当当的英雄较量就……”多姑娘笑道：“左三爷，您这是什么话，这全是奴家孝敬您的一点心意，一点心意。”左三儿自鸣得意地说道：“还是俏嫂子您懂事，这年头懂事才能活得长久。”

那马却烈得很，看来左三儿这一路上有罪受了。常小二心怀不满地说道：“老板娘，您这回就这么便宜了他。”“尽管看着吧。”多姑娘不以为然地说道。突然，冲出来一队兵马，样子好生吓人，那常小二吓得面色发白，浑身打战，而那多姑娘却微微露出笑容。

是一帮番兵，这些人一个个身披甲胄，仿佛全身都铁打的一般，带着奇异的头盔，活似一只只铁苍蝇。一个番兵从马上跳下来，打了那常小二一巴掌，那常小二便吓昏过去。又有好几个番兵，相继跳下马来，但那多姑娘依旧是从容镇定，不慌不乱。番兵中的一个头目叫一个汉人打扮的通司发话。那通司弄出一张画像，正是躺在她床上的那位。“这个人去哪里了？”那通司狗仗人势地说道，“你快快讲来，不然要让你全家死光。”多姑娘一指，是一排排的马蹄印在雪地上。“是兰提实，是兰提实的马。”那番将用番语大喊道。“快追。”一声令下，众多铁苍蝇便沿着马蹄印追去。

看来，冥冥之中仿佛自有天数。那兰提实来时，天上还正下着雪，把来时的脚印全给遮住。可偏偏那左三儿走的时候雪正好停了。这一次与那一次从凤姐的魔爪下挣脱是何其的相似，论心机与才干这多姑娘怎么说也不能同凤姐相比，手中也没有那琏二奶奶切实的把柄，信口胡诌了三千两银子，却偏偏歪打正着。而那些“铁苍蝇”也本是些身经百战之人，做事也一贯仔细，可这一回却也偏偏忘记了进店去搜查，便追那兰提实去了。这两次的逢凶化吉不单单靠她的心机、她的手腕，更多的是她独到的胆识和魄力，还有那冥冥不可知的天数。

落花樱

多姑娘赶忙将伙计常小二弄醒。“老板娘，番兵走了？”常小二问道。而多姑娘则语气凝重地讲道：“现在是走了，可不一会儿便会回来。咱们马上去把里边的人去弄醒。”说到这里常小二便有些拿不定主意：“老板娘……”“怕什么，他人生地不熟……”

此时传来了英健的脚步声，主仆两个还有话说，却只得咽了回去，因为那个人，自己已经醒了，多姑娘的目光与他撞在一起，似曾相识却仿佛隔世为人。“你是珊少爷。”“芙蓉是你。”

芙蓉正是这多姑娘的旧名，多少年来第一次被人提起。而重新将它提起的人，却正是……

这事还要从多年以前说起，那时的芙蓉也就是现在的这位多姑娘，是一个丫鬟，是贾赦已故的嫡妻宇文氏的丫鬟。那宇文氏给贾赦总共生了两个儿子，次子是琏二爷贾琏，也就是凤姐的亲夫，还有一位便是多少年来生不见人，死不见尸的长子贾珊。那宇文氏生前对待儿子与丫鬟极其严厉，她生的那两位少爷，当年在她的管教下不是学文便是习武；而身边的几个丫鬟也不准浓妆艳抹……正因为如此，后来那琏二爷背着凤姐跟多姑娘山盟海誓的时候，甚至记不清她的旧名是叫琥珀还是叫茉莉。

“芙蓉你猜我是谁？”贾珊用手遮住芙蓉的眼睛。“还有谁，不就是珊大少爷吗！”“聪明人。”贾珊似有些顽皮地笑道，那半大孩子的眼睛里似乎有些别样的味道。“我的爷你收敛些，要让大奶奶知道我……”想到这那芙蓉脸色惨白，不敢再玩下去。可贾珊却不以为然地说道：“怕啥，大奶奶去南安王府拜寿去了，回来还早着呢！”芙蓉却还依旧苦着个脸。“那你也不能这样，少爷你不是刚跟二爷（指贾政）到金陵王家定了亲吗？将来要是让少奶奶看见，还不扒了我的皮。”这时的贾珊眼中闪出了狡猾的光芒，并悄悄用手搂着芙蓉的腰，轻声蜜语道：“现在说这些还太早，你看这是什么？”那贾珊拿出来一块兔形玉佩，这玉佩的样子十分奇特，活似一只月宫中的玉兔，玉质也好。可是，那芙蓉的脸上却依旧没有一丝的喜悦。“珊少爷，你怎么能拿太太的东西，这怎么使得。”贾珊摸摸她的脑袋，满不在乎地说道：“这种玩意在她那边多得没数，只要你口风严实她便永远不会知道。”

“好一对鸳鸯！”一声冷笑从中传来，不是别人，正是宇文氏。那芙蓉则完全没了血色，浑身冷冷的似雪做的一般，她活像一只任人宰割的羔羊，不，连羔羊恐怕都不如，羔羊在垂死之际都会反抗，而可怜的芙蓉，不敢有丝毫的抗拒，如果她胆敢有丝毫的顶撞，等待她的便是更悲惨的结局。倒是那贾珊没有闲着，冲上去找母亲理论：“母亲，这不干芙蓉的事，全是儿子不好，您要罚就罚儿子。”宇文氏往贾珊脸上唰唰两个巴掌，并骂道：“没出息的东西，还不快滚！”

这事传到了当时还未出阁的贾敏（林黛玉之母）的耳朵里。这贾敏便赶来为芙蓉说情道：“嫂子，这事确实不与芙蓉相干，全是你们家珊哥捣的鬼，依我看还是饶了她吧。”谁知那宇文氏却说道：“这丫头没开口，珊儿便干出这种没脸面的下流勾当。要是就这么放任下去，那么将来这小蹄子一旦开了她的金口，珊儿这小子干出弑君杀父的事也不足为奇了。”见如此情形，那贾敏便不敢多说了。

那宇文氏当天就把芙蓉配给了一个绰号叫多浑虫的小厮。此人嗜酒如命，在别人面前总是一副窝囊相，可对自己的枕边人却厉害得很。后来漠北后元汗作乱，天子命荣国公贾代善前去征讨。贾代善为了让自己的长孙得到历练，特意把贾珊一起带去。临行之际，那芙蓉把脑袋埋在贾珊的怀中，痛快地哭了一场，却没怎么说话。而那贾珊则把当时已定了亲的丈人——王子腾送他的虎形玉佩，当作临别的赠礼送给了芙蓉。

后来，荣国公贾代善得胜班师，那后元汗则无处容身带着胞妹北投叉叶国，至于贾珊从此之后便多年没有音信。

一夜芙蓉在昏暗的灯光下，翻看贾珊给她的那块虎形玉佩，不由得回忆起旧的往事。那时贾珊使坏故意指使贾琏去剪她的头发，可是贾琏笨手笨脚，也不认得她，却剪了那茉莉的头发。

就在此时一阵粗暴的敲门声传来，她不得不退回到那冰冷的现实。“不做针线点什么灯，你以为你还是在那大奶奶身边做小姐呢？”说话的不是别人，正是她的丈夫多浑虫，她急忙把玉佩收起，可是到底还是太迟了。“这不要脸的娼货，是哪个相好送的？”“是大奶奶赏的。”“好啊，你这个小婊子，你不仅勾引少爷，还偷大奶奶的东西，看我不打死你，快把那玩意儿给我，不然小心你的皮肉。”可怜的芙蓉，怎么争得过他，一顿拳打脚踢之后，被多浑虫贱卖换了几斤劣酒。

不久之后，芙蓉的旧名渐渐被人遗忘，取而代之的是一个沾满腥臊和浊臭的名字——多姑娘。

要往何处去

多年之后，却再次相逢，这贾珊看着多姑娘——昔日的芙蓉，那双眼睛变得更加成熟而老练，饱经岁月的风霜，少女的青春早已逝去，取而代之的则是一种尘味厚重的风骚。

真真想不到多姑娘居然还认得他，他的面目虽然没有他的同胞兄弟贾琏清秀，可是这时的他却足足比那琏二爷高出了半个头，虎背熊腰，给人以一种雄浑英健之美。虽说他的年龄比贾琏要大，可是眉宇间总是流露出一股子方兴未艾的勃勃朝气，反而使人显得更加年轻。

久别重逢，自然有着说不完的话语，可是现在贾珊忙交代道："芙蓉，快收拾些细软，不一会儿番兵就要来了。""他们已经来过了。"说到这里，那贾珊握紧腰中的帝波安火枪（产自季冥海一带的丹洛国，因多为帝波安人所用而得名）以防范敌兵来袭。"不过又走了。"那多姑娘接着说道。贾珊便松了一口气，冲了出去发现自己的马没了。"你的马被别人借走了，那帮番兵沿着马蹄印追去了。"贾珊不由得长叹一声道："哪条路是去黄龙府的近路？我有事求见节度使大人。""你到不了黄龙府……"多姑娘一时语塞，换了口气继续说道，"到那里你就得身首异处，我的珊少爷。"事到如今，多姑娘依旧不敢将实情相告，可那贾珊并不笨。

当他得知叉叶国主图谋中原的企图后，为了回归故国，不惜抛妻弃子。可是，他在回归故国之后，紧接着便到了云台城，不知为何说明身份之后那云台城的守备袁世通竟然要暗害他。好在这贾珊天生机警没有上当，又刚好赶上胡兵攻城，凭借着一身的武艺和超人的胆识，终于化险为夷，可是却耗费了太多的精力，以至于昏倒在冰冷的雪地上，倒在了那多姑娘的面前。袁世通是一个小小的守备，却无故加害他，这背后肯定隐藏着什么变数，一想到这贾珊便预感到大事不妙，但他却不敢这么想下去。

多姑娘虽然没有明说，但那贾珊这时已经完全明白了，这时的他只感觉浑身冰冷，以前随叉叶国主围攻帝波安时，背上落下的旧伤口此时正隐隐作痛……

他回来的确实不是时候，这时贾元妃失宠，被皇帝赐死。圣上迎立吴妃之子水晨为太子，吴妃的父亲吴天佑，弹劾贾家结交外官，外任亏空，倚财仗势强逼民妇为妾等种种罪行，一时间天子震怒。

贾荣两府势败被抄的事情，此时不仅在京城不是什么新闻，甚至关外也早已得到了消息，而此时的贾珊想起自己当时在临别之际对爱妻三次下拜，并含泪同她别过。他为了劝她同自己一起南归中原，竟说出了这样的话语："不敢瞒夫人，我家富贵锦衣玉食，吃穿用比起这里有过之而无不及，庭院恢弘，纵使高丽君王所居之处亦不能与之媲美。"他说的确实不是假话，可惜那是好几年前的事。而现在虽以汉家天下之大，却恐难有他贾珊的容身之地。

风起云涌

黄龙府的熊节度使是贾家政敌国丈吴天佑的亲信，若去那里便如羊入虎口。这时他背上的刀伤更使他刺骨锥心地疼痛，那道伤口，始终没有痊愈。此时的他便不由得生出了就此了断的念头。

他先是向南方跪拜，然后解下身上的那副银镜骷髅甲，对多姑娘说道："芙蓉，临别之际……""呸！"谁知道那多姑娘竟吐了他一口吐沫。"芙蓉你……"贾珊气得浑身发抖，昔日里在荣国府内他是长房长孙，而那多姑娘虽然是看在母亲宇文氏的面上，珊琏两兄弟叫她一声姐姐，可终究也只是一个奴才。现在她竟敢教训起主子来。这句贾珊正要出口，可是那多姑娘的嘴快，竟叫他无话可说："我的珊少爷，你好没出息。你现在这样抹脖子，有谁知道你的忠心？人家只会说你是里通外国畏罪自杀，让咱们府上的人丁从此抬不起头来。在两府的爷们儿中好容易有你这么个像回事的，你要是就这么寻了短见，还有脸见你的列祖列宗吗？"贾珊一时间羞得满脸通红，活像猴子的屁股，只得对多姑娘说道："日后若有翻身之日，绝不忘今日之情。"说着丢下了一把银饼（丹洛国的银元），去多姑娘的马槽里牵了一匹灰骡子。多姑娘见状心里暗自骂道："眼睛挺尖的，这头大灰骡子那左三儿死磨硬泡，老娘都舍不得给。你倒好，真没办法，谁让你是主子。"多姑娘这么想着，不一会儿那贾珊换上了一套常小二的旧衣服，再看常小二那没出息的样儿，拿着个银饼竟像得了皇帝的银库似的，比她这个贾府的奴才还要奴才，对那贾珊是点头哈腰。

"站住！"多姑娘喊道，"你要去哪里？"贾珊回答道："北国有追兵，南朝又不能相容，我便只好到那高丽国去避避风声。"多姑娘知道他说的不是真话，连家当都懒得收拾，骑上一匹赤红色的小母马，对那贾珊说道："去高丽国的路我熟，也正好从那边买些人参。"

贾珊也只好带着她一起上路，倒是那常小二胆小，骑着小毛驴驮着沉甸甸的家当，拿着贾珊给他的几个银饼千恩万谢地回家去了。

这一路上她和贾珊走的都是些当地人平时尽量少走，平时常有胡匪出没的小道。她惊奇地发现，那贾珊陷身北朝多年，居然比朝廷官兵还要清楚这一带的地形地貌，而那些朝廷的官兵在这一带却总是迷路。“芙蓉，现在的北靖王是哪一位王子？”“正是当年和国公爷一起回来的那一位。”多姑娘再次从贾珊的眼睛中看到了夺目的光芒，一种坚毅深沉的光芒。他们贾家的爷们儿，多姑娘领教得多了，他的族兄贾珍、族侄贾蓉，还有他的亲兄弟贾琏，没有一个争气的，唯独在他的身上有着一份别样的风采。

那日多姑娘与眼前这个人的兄弟贾琏在床上颠鸾倒凤的时候，从贾琏的嘴里得知，当年正是贾珊冒认北靖王子，欺瞒后元汗，才使得现在的这位北靖王死里逃生。

“大少爷，你是想让北靖王出面，从中……”“我的芙蓉，我的好姐姐，你可真是傻得可爱，那北靖王要是真有能耐让我咸鱼翻身，那咱们府就不会……”“那我说，我的珊少爷，你不求北靖王，你还能走谁的门子？”贾珊的嘴上露出了一丝异样的笑容说道：“北靖王爷那边，是该走动走动了，不过还要看他那些个朋友。”

忽然，贾珊变了脸色，递给多姑娘一支帝波安火枪。“珊少爷，这玩意儿我不会用。”“不要你会用，拿着就行。”说着他向着一棵老树连放三枪，大有震动山林，止步行云之势。多姑娘生平第一次见到这种可以连发的火枪，当年皇帝赐给贾老爷的佛朗机进贡的鸟枪，只是单响，打完一枪，要弄很长时间。“林子里的朋友，都出来吧。”“小子你有种别仗着那邪门的玩意儿逞能，跟爷们真刀真枪地干一场。”丛林中蹿出了一百来人，为首的是一个蒙面的汉子，骑着一匹产自高丽国的咸镜赤兔马，手提一只花马枪。那蒙面人冲贾珊喊道：“骑骡子的小子，你要是有种跟老子真刀真枪打一仗。如果你赢了，老子给你们报销路费，派人护送你们出境，要是你们输了，骡子和女人都给老子留下。”贾珊爽快地应道：“好，一言为定。”

那蒙面人仗着胯下的良驹首先发难，而贾珊胯下的那匹灰骡子，就寒酸得多了，蒙面人的身手确实不错，头一招就占了先机，接着一招更胜一招。一来这个人武艺确实非凡，二来在坐骑上又占了便宜，三来这贾珊在叉叶国这么多年，那边人的长矛和短刀用得不错，可是对于长短介于二者之间的枪术却不在行。

一过数十招，一开始吓得多姑娘是心惊胆战，她的那颗心都快从嗓子眼里蹦出来了，那蒙面人的每一招都仿佛是就差那么一点就要贾珊的性命。可时间一长多姑娘便宽心多了，从表面上看贾珊每一次都是侥幸躲过，可实际上那人的功夫和贾珊差得很远。

紧接着贾珊使出了一手怪招，这一招中原从未有人见过，手法也甚是狠毒。因为使这一招的人不是将对手拦腰分成两半，便是削掉对手半个脑袋。

而贾珊却只是让他露出真容，一张清秀的脸，多姑娘觉得在哪里见过。这时，两人之间高下立判，但因为贾珊手下留情，那人又仗着良驹得以脱险。那人手下的喽啰想要起事。

“你们谁敢来？”多姑娘喝道，那帮喽啰吓得退了回去。

“你为什么手下留情？”那人问道。“那你又为什么会使贾家枪？而且还正宗得很。”贾珊反问道。“你是什么人？”那人问道。“阁下可是荣国府的三公子？”贾珊再次问道。“不错，老子行不更名坐不改姓，就是荣国府的三公子贾文忠。”

原来此人不是别人，正是荣国公的老来子贾文忠。这贾文忠因是老来子，自幼没了母亲，因而被老国公爷格外宠爱。自小任性胡来，又性子暴烈，处处惹是生非。老公爷临终把他送到关东，又给他谋了个守备差事，本希望能磨磨他的性格，谁知道他后来竟然丢了差事，落草为强盗了。

“你是什么人，怎么知道我的来历？”“三叔，我是珊哥。”

铁苍蝇

“浑家，你出来。”一个高大丰壮的妇人走了出来。多姑娘惊了一身的冷汗，她不久前还在一群如狼似虎的喽啰面前镇定自若，可见了这女人却害怕得很。

这女人不是别人，正是原来迎春的丫头司棋。这司棋跟潘又安私奔，不出两月就被那负心的潘又安卖掉，换了二两银子。几经转手之后，便给贾文忠做了压寨夫人。这多姑娘不怕凤姐、不怕铁苍蝇，就怕司棋把她在宁荣二府里那些个丑事一一抖了出来。

可是司棋好像没有注意到她，见了贾珊连忙施起老礼来，并说道：“奴才给琏二爷请安。”那贾珊忙说道：“婶子这可使不得，我不是贾琏，我是他哥哥贾珊。”纠正错误之后，司棋看到多姑娘，觉得眼熟，可一时想不起来是谁。多姑娘不等她问话，便抢先开口，一时间话若连珠子：“小妇人夫家姓傅，丈夫两年前过世，多亏了三爷这样的英雄开恩，才得以在枯树林开了家小酒店得以勉强糊口。”“你就是在枯树林里开人肉饺子馆的那个玉面夜叉？”司棋的这句话刚一出口，那贾文忠劈头就给了她一巴掌：“别瞎说话，这是傅嫂子，可是珊哥的救命恩人。”人肉饺子的事多姑娘是清楚的，可是这玉面夜叉她还真不知道自己有这个大号，她觉得这事又好气、又好笑，把这安在王熙凤的身上，才最好不过。

所幸的是司棋的脑袋还和以前一样的糊涂，竟没把她这位宁荣二府的风云人物给认出来，可不幸的是这该死的小蹄子，手艺和她的头脑一样的不灵光。司棋的这些用看家本领炒出来的拿手好菜，在她吃起来却味同嚼蜡，真真的难吃！

可那对叔侄却吃得津津有味，那贾珊是边吃边想，而那贾文忠却是边吃边吹，可让他想不到的是，他的这些吹牛的“资本”，除了从官兵手里劫来索伦单于的贡品之外，贾珊这个比他大两个月的侄子竟然知道得一清二楚，什么山寨的地形、地势、手下喽啰的绰号，居然能一一说出。那贾文忠唰的一下变了脸色：“小珊子，你怎么知道得这么清楚？”“侄子在北朝当过检点，与那索伦都护关系不错，趁他不备看过一些卷宗，但真不知道三叔您就是满江红，也不知道您的这山寨具体在哪里……三叔您这肯定有奸细，看看现在少没少什么人。”

贾文忠连忙清点喽啰，果然少了个叫王二狗的家伙。“三爷，云台城的袁麻子都完了，我看咱们还是避一避吧！”多姑娘说道。不料贾珊叹了一口气道：“晚了，那些人恐怕已经来了，如果离开了山寨在平地上较量恐怕更是凶多吉少。”“怕什么，朝廷的大兵我都不怕，还怕什么红眼鞑子。我倒要会会那些铁苍蝇。”贾文忠讲道。“三叔您这有没有那官兵的旗子？”“这东西，我这多得数不过来，少说百十来面。”原来，这贾文忠为了做“买卖”方便，或抢或盗弄了不少官军的旗帜。“难道他想用官军的旗帜吓退这帮红眼鞑子？”贾文忠心中疑惑道，“可是现在这些铁苍蝇连云台城都……”“三叔你在上次劫皇纲时，有没有看见三个火枪？”“都是些狐皮、貂皮之类的玩意，没有什么火枪。”这一句让贾珊的脸都变了形，竟一脚把贾文忠的那张硬木太师椅踢得粉碎。“珊少爷，”那在一旁的司棋插话道，“那次咱家三爷劫完皇纲之后，带回了三个铁棒槌，一直觉得没用，当磨刀石来用，也许就是那三个玩意儿。”那贾珊拿着那三个铁家伙是说不出的高兴，不停地说道：“好东西，好东西，恶洛克的宝贝。”多姑娘也兴奋地说道：“我说司棋姑娘，这会儿你的脑袋可是一点都不糊涂。”却不料司棋竟讲道：“我想起来了，你是那个多浑虫的婆娘。”这一回司棋的脑袋不糊涂，倒是她多姑娘自己脑袋坏掉了。

“俏嫂子，俏嫂子，你让你的那个相好快点出来。”是左三那小子的声音。左三近些日子常在多姑娘的店里白吃白喝，多姑娘恨不得将他挫骨扒皮。可是那一帮铁苍蝇，用铁锁穿骨，把那左三折磨得没了人样，多姑娘反倒多出了几分怜悯。一个苍蝇兵拿着一个面具，那面具竟是一张完整的人脸，多姑娘在西洋望远镜里看到了这骇人的一幕。那不是别人，正是她的心腹伙计常小二。当初分别的时候，贾珊阔气地给了他一百个丹洛银币（中原的百姓不知有丹洛国，管这种钱叫银饼），那常小二高兴得跟什么似的，骑着小毛驴儿，沉甸甸地挂着多姑娘给的家当走了。“满天红老弟！满天红老弟！”这声音贾文忠听着熟悉，从多姑娘手里接过望远镜一看，那人不是别人，正是他的拜把子兄弟拦江虎。这样的一条大汉竟被这些人折磨得活像一只哈巴狗，竟无耻地说道：“满天红兄弟，大叉叶国的兵马天下无敌，好汉不吃眼前亏……”再看那王二狗，狗仗人势，扬扬得意。

“亮旗子！”贾珊一声令下，百十面官兵的旗帜从寨中升起。那苍蝇兵的头目楚尔心中狐疑，一时间不知道如何是好。那楚尔转念一想，寨中人可能在虚张声势。“唰”一声，雷鸣般的枪响，一个苍蝇兵应声倒地。楚尔正要发令，“乒”的一声他的军旗倒了。还没等他回过神来，他身旁的副官也倒了。这一枪可好险呢，贾珊叹了口气，现在楚尔有了防备，就算是他手中还有家伙也怕奈何不了他了，况且这恶洛克“无弦弩”开一枪就废，现在他的手中已经没了底牌。

那楚尔刚到中原，本来不知虚实，怀有敬畏之心，但入境以来带着部下一百多人，便攻下了云台城，所遇到的中原兵丁是一触即溃，便骄横起来了，不把中原人物放在眼里。可现在却不由得胆寒，于是乎他便抓起那王二狗的衣角。王二狗叫道：“将军我是真不知道……”身旁的通司被刚才的枪响吓得傻了，愣在一旁忘了翻译，所以楚尔根本听不懂他说的是什么，唰唰给了他两个巴掌，几乎打掉那王二狗满嘴的牙，不过就算是听懂了也照打不误。

楚尔这次越境追击，本来就已经让上边很不高兴，再让贾珊跑了更是罪加一等。于是，便让手下人喊道：“兰提大人，我家楚尔将军让我告诉你，眼下你们虽然人多势众，又设下埋伏，可是你们汉家的兵马不经打得很，真动起手来，恐怕还真占不到什么便宜，所以，楚尔将军想和你单独练练。如果他赢了，就带您的脑袋回去复命，要是输了，我们便打马北去。”

贾珊爽快地答应了，要去同那楚尔比武。多姑娘将他拉住并说道：“珊少爷，那帮红眼鞑子……”“芙蓉你放心，那楚尔虽然浑蛋，说话却一向算数。”说着便把一件饰物给了她，多姑娘本以为是雌雄九龙佩中的雄佩，可是……穗子还是她做的那个穗子，但九龙佩不见了，取而代之的是一颗奇异的珍珠，那珠子好生奇特，竟活似人的眼睛，“我若不能回来，请代我保管。”“你别说这么不吉利的话。”多姑娘说道。

“兰提实你是想在马上较量，还是咱们步下操练？”“由你！”“好，你可别后悔。”“你就这么有把握？”“我知道，在马上陛下从没赢过你，在步下你却从来没有赢过陛下，而且陛下在步下又败在我的手下。”“你怎么能跟他相比！”

本来两个人身上都穿着厚重的甲胄，现在他们将铠甲脱去，因为穿甲胄不是为了防备刃剑，而是为了防御远处的弓箭和轻火器。那楚尔摘下头盔，多姑娘终于见识了传说中的红眼鞑子，血红色的眼睛珠子，鹰钩鼻子，一脸的横肉。

这贾珊在马上使双剑，在步下使单刀，而那楚尔无论上下都用的是双剑。“好奇特的步伐！”楚尔的身法看起来，十分奇特，贾文忠此前从没有看到过，倒是贾珊的步伐中规中矩，但是上盘使的招数他是一招也不认得。

后来文忠曾问他：“你从哪边搞出这么一套功夫？”贾珊答道：“从死人堆里捡出来的。”文忠又言道：“我当强盗也有些年头了……”贾珊笑道：“你说这池子里的水，怎么能和江河大海相提并论。”

贾珊舞起大刀，攻势如狂风骤雨，这是贾珊从死人堆里捡来的手段。文忠知道自己恐怕没几招能拆解得了，可是那楚尔却统统有化解之法。一开始，文忠以为楚尔被打的是没有了还手之力，后来都逐渐明白，原来那楚尔用的是一种攻守合一的路子，稳扎稳打，步步蚕食。

越往后，那贾珊便越吃力。一开始，好像是贾珊占了优势，到后来是平分秋色，再往后连多姑娘都能看出来贾珊的形势不妙，文忠看着着急，可是又无计可施。

多姑娘看着急，而楚尔是步步紧逼，而那贾珊不是后退，便是闪避，身上有了轻伤，但是强忍住照旧和那楚尔缠斗。文忠看得傻眼，这楚尔的招数密不透风，竟没有一点的破绽，若不是亲眼所见，竟不敢相信天下竟有如此的人物。他和多姑娘两个人竟不敢看下去，现在贾珊气力已衰，已不能同那人以力相角，可是想要躲，恐怕也是无路可逃。

“你这是在找死，老子成全你。”楚尔的心里是这样想的。贾珊的这一招像是同归于尽的路子，看到这一幕，文忠的眼珠子都要掉出来了，但多姑娘露出了一丝的喜色，论武艺她是门外汉，可是她却敏感地发现贾珊的路子变了，事情或许会有转机。

“好狠毒的鞑子。”文忠骂道。没想到那楚尔竟会如此的阴招。他使这样的狠招，贾珊是必死无疑，而他最多不过受一些皮外伤，甚至连皮外伤也不会有。

一剑下来，贾珊当是人头落地，可是偏偏没有落地，但却险得很，他钻到了楚尔的胯下，那楚尔本想让他人头落地，可是让他用脚一勾，贾珊使出一招猴子偷桃，又是一手蛟龙摆尾……这几手贾文忠都认识，都是中原的路数，只是最后一招，他是真没见过。这一招本名是恶洛克的番语，翻译过来叫作摔鲨鱼，是楚尔嘴里的那个陛下惯用的招数，贾珊对这招是头痛得很，可这次他却用这一招将那楚尔制住。

“你走吧。”贾珊对楚尔说道，“以后战场上再较量。”楚尔不甘示弱。“把马还给我。”楚尔便把那匹叫魔颗宁的杂毛大马还给了贾珊。待楚尔等人走远后，贾文忠拍着侄子的肩膀道："珊侄儿，可真有你的，等晚上咱们摆庆功宴。"可下面一句话却让人极其扫兴。"三叔你快让大家散开来，各自逃生去吧。""小珊子，你在胡说些什么？""那楚尔却是北朝的一员猛将，哄得了他一时，哄不了他一世。不出今天，他便会回来。"

果不出他所料，那楚尔走到半道，便寻思道："如果真在那里埋伏下了人马，怎么会答应跟我一对一地单练呢？回去，都给我回去。"可是等他们杀回去，一切都晚了，要抓的人早就走远了。

楚尔这一次南侵，所带不过一百人，加上死在贾珊手上的三个，总共才九个人送命。可是被他们杀害的中原居民却有四千余人。

贾珊和多姑娘带上几匹马和一匹多姑娘的大灰骡子，连夜赶路，而贾文忠因手上有案子，不敢南去。那些个骡马因为连夜赶路早已不堪重负，倒是贾珊的那匹魔颗宁依旧行走如飞，贾珊早已换上了那时那套行头，银镜骷髅甲。"芙蓉快上马。""我已经在上马了。""我让你上的是这匹马。"多姑娘抱着贾珊心中在想，胯下的这匹魔颗宁是马吗？上面坐着两个人依旧行走如飞，以致其他的坐骑都掉了队。

终于到了南关。多姑娘倒吸了一口凉气，不由得在想，云锐守关神武大将军冯唐与荣国府的交情不错，可是毕竟时过境迁，关上的将士不敢懈怠，看着这个传说中的红眼铁苍蝇。

那贾珊高声喊道："原荣国公长孙，现叉叶国左翼近卫军都检点贾珊，有要事求见天朝皇帝……"

门里门外

南关上的众军士警惕地盯着这个活似骷髅说着汉语的红眼鞑子，这架势似有百万敌兵压境一般，紧张的空气在整个南关蔓延。

这不由使万里南归的贾珊心寒，背上的那道刀伤，正不由得提醒着他往昔的峥嵘岁月。那一年，他还是个半大的孩子，就跟随着祖父北征后元汗。那浩浩荡荡的十万大军，在那茫茫的北国草原上，就如倒进海里的一桶细沙，在那里寻找到一户人家便如同大海捞针一般，何况是后元汗的兵马……后来他随着提南将军经大冰原，去征讨恶洛克，那白茫茫的北国冰原，连禽兽都罕见，更别说是人烟。以及后来围攻帝波安，血战沙流岛，后来跟着那厄尔金在海上漂泊……这一切他都挺过来了。可眼下，这南关城上不做任何答复，这不由使他心寒……

“你说咱们府上还有咸鱼翻身的运气吗？”多姑娘此时竟忘记了她现在还是贾府的奴才不顾尊卑地讲道。贾珊淡淡地说道：“那要看楚尔这样的朋友如何在当今陛下面前尽心全力地保全在下。”“我的爷，你的脑子是不是烧坏了，那帮鞑子想要你的性命，又怎么会为咱府上着想。再说，就算是那些人是拜把子的兄弟，他们北朝的官也管不了咱们南朝的事情，如何帮得了你？我的爷！”这一回，她总算还记得她是荣国府的奴才。

这时，城上传来声音：“请兰提实将军和夫人下马入城。”这一声夫人，竟然让这个在宁荣两府内恣情纵欲，满宅内遍览英雄、收纳才俊的风流人物一时间羞红了脸。一进了城，那些手持大刀长矛的兵士，就收了贾珊的兵器，这真真让多姑娘不由得直冒虚汗……那些个弩手，齐刷刷地直对着他们，甚至连她多姑娘舍不得丢掉的那根擀面杖也当作兵器给收了。看这些家伙一个个如临大敌的熊样，不由得生气。仿佛有百万虎狼雄兵候着似的，要是那叉叶国的兵马大举来犯……她这么个女流之辈看着这些个大老爷们的这副熊样，是真真的哭笑不得。

忽然城上雷鼓大作，响起警报。多姑娘知道是那帮铁苍蝇扣关要人来了，不由得脱口而出："怎么来得这么快，咱们前脚刚进来，这帮红眼儿苍蝇后脚就跟来。"那贾珊苦笑道："姐姐（其实他比多姑娘大两岁，只是因为多姑娘原来是他母亲宇文氏的丫鬟，所以要叫姐姐），你当那楚尔是白给的草包，他杀过的人恐怕比姐姐你这辈子见过的还多。再说他们这些苍蝇兵，每人都有五六匹马换乘，来的自然不慢。"

叩门而来

不出贾珊所料，来的果然是楚尔一伙，那楚尔自入寇以来，带所部苍蝇兵一百多人，残害中原军民数千，而损失不过是九条恶汉，十数匹战马而已。因而十分狂妄，竟全不把南关城上的八万守军和那朝廷用大把银子从佛朗机等国高价买来的十数门红衣大炮和六千支新锐火枪放在眼里。

他大胆地让通司对南关军民喊话，那通司也狗仗人势地极尽所能，添油加醋地恐吓中原军民："大叉叶国百夫长绰罗英在此，奉我朝君王之命向贵国南关守将冯唐传话。我朝兵马，天下无敌，所挡者破，所击者摧。强国请服，弱国称臣，普天之下，寰宇之内，莫敢不从。今我朝原任左翼近卫军都检点兰提实，背离君王，弃逃尔国，当即刻交出。否则，我朝楚尔将军，将亲率十万大军踏平此城，那时则生灵涂炭，恐悔之晚矣……"

实在是欺人太甚，冯唐的公子冯子英，这时正血气方刚，想要给这帮红眼鞑子一点教训，可惜被他的父亲老将冯唐拉住，冯将军则让这边的通司传话，有理有据有节地驳斥他们的无理要求。

这一番话义正词严，让那边的那个通司是哑口无言，楚尔丝毫不予理睬，拿起一支恶洛克巧匠的无弦弩（一种恶洛克人制的火枪，发一枪即废，但威力惊人），往城上放了一枪，不偏不倚正中城上的那面帅旗的旗杆。

楚尔此举不仅让南关城上的众人胆寒，更让自己的部下为他捏出了一把冷汗。眼下，以楚尔手上的这点兵力，要打南关无异于以卵击石。在他手中的"无弦弩"也是他这次带来的最后一支……

但是，中原的军民却从来没有见过这种兵器，一些个将官吓得是面如白粉，没有一点点的血色。"冯大人，我看还是……"说话的是一个面容清秀的将军，他姓韩名洗，一不是行伍出身，二不是武举及第，仗着他同母异父的姐姐胡娇杏是大司马贾雨村的夫人，故在此谋得一个参将的职位。

谁知道刚一到任就赶上这么一出，心也提到了嗓子眼儿，半天说不出个所以然，像他这样的主儿，在众将官中确实大有人在。主张送人出城，甚至是开城投降的念头也尽显在一些将官的脑海里。那韩洗支支吾吾，便不敢再往下说了。而那其余诸人，你看看我，我看看你，谁也不敢言语。

“子英给这帮红眼儿苍蝇一些颜色瞧瞧！”冯老将军发令道。“大帅请三思。”“三思个屁。”冯老将军一时气上，心头竟忘了韩洗这小子是贾雨村的小舅子，一个巴掌将他打得昏死过去。

一时间城上枪炮齐做，其势如天地崩裂，好生吓人，一些与韩洗同样出身的将官，哪见过这个阵势，一个个看傻了眼。守城的军士虽配有新锐的佛朗机鸟枪，但是中原的军士不熟悉这些个兵器，用起来自然是百发百误。那数十门红衣大炮固然威力惊人，可这些个苍蝇兵都是身经百战的老兵，熟悉这种大炮炮弹落地的轨迹，他们一看大炮摆在那里，再一听炮声，心中便有了着落，于是从容躲闪，游刃有余。

那冯大将军领兵数十载，竟不想天下居然有这样的虎狼之师，不由得生出阵阵凉意……他的儿子子英，对此实在看不下去，便张弓搭箭，挽弓如满月，烈日当中一支飞箭不偏不倚正中楚尔的头颅，子英的脸上正露出一丝笑容。

可他却怎么也笑不起来。“好箭法！”连楚尔也不由赞叹道。那一身可士零匠人苦心打造的盔甲好生厉害，着实让子英开了眼界。那楚尔狂呼大笑，其声有如狼嚎。

楚尔一伙全身而退，子英不由怒火中烧，想要带兵追击，却被冯唐将军拦下。

冯唐将军并非是胆小怯阵之辈，云台城虽然只有两三千人马，但当年索伦单于数万兵马围了三个多月都没有攻克，只是冯唐将军着实搞不清楚尔一伙的虚实，害怕其中有伏兵，便不让子英追击。子英便只得咬牙切齿，眼睁睁地看着楚尔一伙扬长而去。

第二章

振兴荣国府

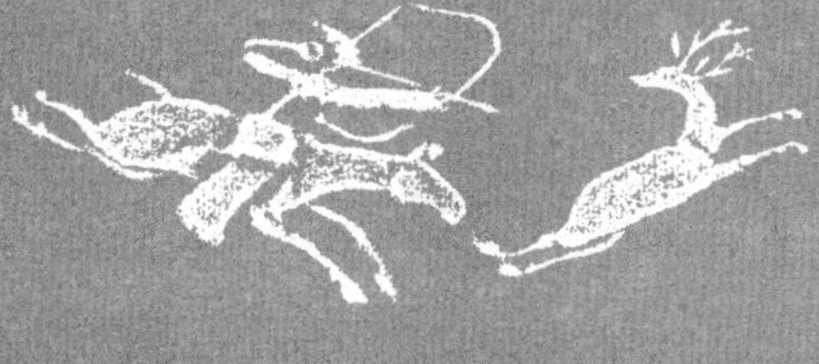

帝星隐隐

贾珊镇定地喝着粗茶（这茶虽说不坏，但多姑娘在给他母亲宇文氏当丫鬟的时候喝的茶，都比这个强），可是那多姑娘却怎么也镇定不下来，急得满屋子地乱转。看着贾珊这么一副泰山崩于前，而色不改的样子……真是皇帝不急太监急。这句话她留在心里，不敢说出口，因为现在她和贾珊实际上已经被软禁在馆驿之中，说话不能像以前那样自由。

“芙蓉，你坐下，转得我好生难受。”“我的爷，人家都要为你急死了，你倒好，跟没事人似的。我倒没什么，管他是谁，老娘照样是请安磕头的奴才，我的爷，那你难道也要……”“放肆，给我住口……”“是，我的爷，奴婢知罪了。”多姑娘阴阳怪气且愤愤不平地说道。

“芙蓉，你先坐下，凡事急不得。”贾珊感到自己话说重了，不得不安慰一下昔日的芙蓉姐姐。“兰提实将军，我家少将军求见。”一个军卒前来通报。今日的多姑娘，昔日的芙蓉姐姐言道：“我的爷！那冯老将军跟咱府上好歹有些个交情，你倒好，也不去通通路子，只是一个劲地喝茶看书，你到底打的是什么算盘……”“别急，我的好姐姐，凡事急不得。”贾珊讲道。多姑娘不知是福是祸，不由得为贾珊的安危担心，怕朝廷顶不住叉叶方面的压力。

这位素来不知羞耻的多浑虫家的婆娘，此时也不得不规规矩矩，按礼法回避冯子英，她的担心确实是多余的。那子英看到贾珊态度十分恭敬，只是那一脸的晦气难以遮挡，看得出楚尔扣关的事，各路边将的日子都不好过……不过那楚尔的日子也不会好过。

楚尔虽然知道主上的脸色是不会好看的，但还是马不停蹄地赶往叉叶的国都塔林城。他先是走旱路，然后再走水路，沿莫名江而上，直至叉叶的国都塔林。

这恰恰是当年贾雨村送朔安公主（即贾探春）与那叉叶国主完婚的那条道。自古以来，但凡是大江大河都是自西北流向东南，最后汇进茫茫大海。而这条莫名江却恰与之相反，偏偏从东南涌向西北，最终流进北海季冥。而那叉叶国的都城塔林城，就在那莫名江的入海之处，乃是出入季冥海的要害之处，先前为恶洛克人所有，后被叉叶国人用计夺取。

当年奉旨送亲的贾雨村不由得感叹："这一去之遥远，实在不下齐鲁至秦川。自古以来，南人行船，北人骑马。然这叉叶虽地处北国却既能乘马又善行船，兼火器凌厉，实乃千古未遇之劲敌。此国在北，则如猛虎在侧，实为心腹之患，不得不防。"

那年迎亲的时候，正是楚尔亲自乘船去接待这些南国使节，只不过那时他是逆流南下，这一回却顺流北上，不过他的前程却不顺得很。眼下正值水流湍急的时节，不到半日便可直捣京都，但楚尔的心情，却像这波涛汹涌的莫名江一样，起伏不定。

这样的急流，没有一定道行的水手根本不敢在这个时候行船。这时的楚尔，在这起伏不定的水面上思绪万千。楚尔出身可士零的望族，本姓踏提如，与已故的太皇太后（叉叶国）的踏提如氏同宗。尽管如此，但按照叉叶国与可士零的旧俗，往往是一子承业。若一家有儿子十个，产业十份，其中长子独享九份，而其余诸子则共分一份。而这楚尔偏偏不是家中的长子，又不受父母的宠爱，只得自幼苦练一身的武艺，投身于行伍之间，十四岁就上了战场，多少年征战下来，用贾珊的话说，他杀过的人，恐怕比多姑娘这辈子见过的还多。

即便如此，他却只是个副检点，比身为都检点的贾珊矮了整整两级。自己这些年辛苦下来，竟不如一个元国猴子（叉叶、可士零自元季始通于中原，故称中土为元国，中原百姓为元民），心中便一直有气。一听主上要带兰提实的首级回去，一来可解多年来的怨气，二来可以此为资本加官晋爵。可现在他坐在船头，看着翻滚的浪花，不由得生出一阵阵的苦楚，感叹命运的不公，只觉得浑身冰凉，前途一片渺茫。

"将军。"身边的一位军官说道，"您这次虽然未能带回兰提实的首级，但却率兵一百，打下数千人把守的城池，入其境七百余里，一直到南关城下，吓得那守城的八万大军龟缩不出，不敢与之争锋。如此战绩，那古来名将也不过如此。""是啊！"另一个军官也附和道，"这次南下，虽有九名兄弟为国捐躯，但是也探明了那元国可汗的虚实，又何尝不是大功一件，陛下又怎么会不奖励将军，反倒把将军责罚。"那楚尔只得强挤出一丝笑容说道："但愿如此，主上能够开恩。"

这行船的众水手功底扎实，又借着激流之力，顺势而行，竟比往常快了许多，不久便到了南朝的大司马林黛玉的老师贾雨村赞叹为北国金陵的塔林城。

这塔林城原本只是莫名江入海口外的一堆礁石，恶洛克人先前派兵驻守，并在此修筑城堡以防备叉叶国。后来，叉叶人计谋夺取该地之后，先是将浅滩填平，又造数百座石桥使之首尾与陆地相连。又地处出入季冥海的要道，往来商旅云集，以至于雨村亲眼看到了这样的景象，桥上车马如流，桥下千帆齐过，恢弘壮丽，竟不似在人间，以致那位贾大人，一时间也只得收起了天朝使节的傲气，小心从事。

楚尔一上岸便乘马飞奔，去子午殿面圣，可是偏偏主上已经散朝，楚尔便不得不转奔星月街的水务衙门。

原来，这叉叶国的仪俗与中原不同。君王上朝就是在子午殿，夜里安寝则是在靖宵宫中，两宫之间隔着一条星月街。星月街上尽是百官衙署，君王下朝之后，往往不是即刻回宫，而是到某个衙署去问话。

这楚尔按往常的经验到水务衙署门去候驾，谁知主上今日竟一反常态，早早回宫去了。这楚尔又白跑了一趟，心中万分焦急，心想要是太皇太后在世她定能为自己开脱，可现在……

楚尔在宫外徘徊，忧心忡忡，一时间竟不知如何是好，派人去宫中打听消息，可却一点消息也没打听出来。“请问，可是楚尔将军？”楚尔回头一看，正是太后的车驾，赶忙按胸施礼。看来，自己这回有了救星。主上一向对她礼让三分，而且她和她胞兄后元汗当年为贾代善所迫无有容身之处，是他楚尔的嫡亲祖父，亲自把他们兄妹接到境内。她也许会看在这段往日的交情上为自己说情。

这楚尔的心本是一团火，但顷刻间化作了一碗冰。“孩子，你下来吧。”那太后竟亲自扶着一个虚弱的女子下了车。这女子虽然虚弱，她眼神却尖利得很。楚尔甚至不敢直视她的双眼，宛如残阳（她也是红眼珠子）又似葡萄的那双眼睛。而且，这女子不是别人，正是那贾珊的发妻倪多芙。

在主上面前第一个告发兰提实（即贾珊）的就是他，而自告奋勇去追杀贾珊的也正是他楚尔。而这一回正赶上这娘们儿进宫来看儿子，真是冤家路窄。“楚尔将军，你这一回是去请功，还是去请罪？”这娘们儿真真的难缠，楚尔的额头上落下了豆大的汗珠，只得说道：“夫人洪福，你那兰提实跑得比兔子还快……我是一个毫毛也没伤着他……”

“陛下有请楚尔将军。”这楚尔便跟着黑衣侍从进宫去了。那贾珊的妻子也想跟着太后一起进宫，却被一对羽林军拦在了宫外。“夫人，请回吧，陛下是不会见你的。”“你们给我让开，听到没有。”她对那对羽林军喊道。“你们尽管让开，陛下那边由我来交代。”那太后向那两个羽林军说道，拉着那妇人的手便要往里走，可是羽林军却依然不肯让路。“怎么，连我也要拒之门外。”“您是太后，当然可以，只是……”

突然传来了尖刻的号声，这声音有如厉枭夜啼好不吓人。那前面来了一人，这妇人头戴珠冠，身披朱紫裙衫，飘飘然宛若天人。虽是一副番国打扮，却是一副汉家面孔。这妇人不是别人，正是昔日贾家的三小姐，贾宝玉异母的妹妹，中原皇帝亲封的朔安公主……总之不是别人，正是那个离别之际，连生母也不愿多看一眼的探春三小姐。

那探春一副笑脸，先按照北国的礼节给太后请了安。倪多芙赶忙向她施礼。探春也赶忙将贾珊这位发妻扶起，正要对她好言安慰，只听那太后训斥道：“怎么？这天底下竟有不让母亲与儿子相见的道理，难道这是你们汉家的风俗？”

探春不敢顶一嘴，但也不敢叫羽林军让道。那倪多芙恭敬地向她下拜，并说道：“娘娘在上，请容犯妇言，我家那兰提实虽出自汉地望族，然多年以来未通音信，此次背主南投，那南朝君臣未必肯以诚相待。只求陛下千万留我夫君性命，待他日若有转机，那兰提实必念父子之情、夫妻之义，回来向陛下请罪。”那探春则道：“倪多芙你还是回去吧。陛下仁厚……”听到“仁厚”两个字那太后便气不打一处来，只是当着众人的面，念着先王的脸面，不好发作罢了。那探春接着道：“陛下仁厚，常对人说，兰提实的所作所为是他自己的事，与两位公子无关。陛下对您家的这两位公子是喜欢得不得了……”“既如此，为何不让我们母子相见？”倪多芙目光竟有如一把尖刀，叫那贾探春不敢正视。“孩子咱们走吧，那进宫的人有苦头吃了。”那太后说道。

朕也是荣国府的女婿

那太后说得不错，那先前进宫的楚尔却是有的苦头好吃了。楚尔跟着黑衣侍从入了宫，那人将他引到一处阁楼外：“楚尔将军，陛下让你在此稍候片刻。”

这楚尔仔细一看，不由得生出阵阵的凉意。晨昏阁，怎么是这个鬼地方。进过晨昏阁的人都没有什么好下场，看来今天，他楚尔的死期也快到了。

这楚尔乃是从骨山血海中爬出来的一员悍将，生死虽不能置之度外，但也看得淡了。让他去死并不十分可怕，但等死的滋味却并不好受，那侍从让他稍候，但却不是片刻，他几乎从下午等到了深夜……

晨昏阁巨大的石门开了，焦急等待了许久的楚尔，竟像上刑场似的慢腾腾地走着。这晨昏阁里面并不小，可进去之后却给人狭窄压抑的感受，里面样式奇异的宫灯，只能发出那微弱可怜的一点点光芒，要是眼力不好摔一跤，也是正常得很。

即便如此，那楚尔还要爬又陡又险的楼梯，因为两代君王都习惯在三楼接待外臣。越往上越黑，到了三楼的时候却只有一盏孤灯，只有一个他从未见过的黑衣人。“陛下还在楼上。”那侍从说道，但口音却奇怪得很，楚尔有点听不清他在说什么，那盏孤灯也过于昏暗，以至于楚尔不能看清楚轮廓。正当楚尔踏上第一个楼梯，此时那盏孤灯也灭了，真真的伸手不见五指。楚尔警觉了起来，可依然坚持往上走，走到从三楼到四楼的半道……楚尔完全不知道，这是些什么人，是从什么地方上来的，但很快就被这些人给制住了。

一时间楼上楼下灯火通明，竟有如白昼，照的那楚尔一时间竟睁不开眼来。“陛下，千万饶我性命。”那楚尔叫道。那君王没有答话，而是背对着楚尔在看《晋书·刘元海传》。“你走之前，朕是怎么交代的？”楚尔满头大汗，也只得硬着头皮答道：“陛下交代，最好是在境内解决，如果越境追击也要小心从事。陛下这全是……”“你还敢狡辩，你不仅把事情闹大了，而且兰提实在我国所任的官职说的是一清二白（说着一个侍从将楚尔在汉地缉拿贾珊的文书递给了他），说得这么清楚，难道你是怕中原的皇帝不清楚，想让他重用这小子？”说到这里，看来楚尔怕是要在劫难逃。这时探春来到那君王身边言道：“楚尔是个粗人，难免会做错事，万望陛下见谅。”那君王点点头且言道：“仅此一回，下不为例。”

那楚尔千恩万谢地走了。“你为什么要救他？”那君王问道。“因为，陛下根本就没想杀他。”探春答道。“哦？”那君王有些奇怪便问道：“你怎么知道？”探春则从容应道：“如果陛下真要杀他，定是要当众斩首以儆效尤，何苦要单独召见他。”那君王道：“秦穆公五张羊皮就换回了百里奚，而我现在就算是把倾国的金银给那中原的皇帝恐怕也换不回那兰提实了。”探春笑着应道：“陛下要除掉兰提实，何必要动我朝一兵一卒。眼下贾妃失宠，吴妃得势册立为皇后。那兰提实正属贾氏一族，必为吴氏党羽所忌。水无忌（即中原皇帝）一来未必会看中他，二来那昏君看重他一时，未必会看中他一世。陛下再派人到南朝用重金去收买权臣，借他们的手除去兰提实则易如反掌。”那君王言道：“照你这么说，提南大人从扶桑国请来忍者去做刺客的勾当完全是多此一举。”“哪个提南大人？文的还是武的？”探春问道。“自然是国丈大人。”探春听后言道：“这个人不是荣国府的亲戚吗？怎么也下得了手？”她显然是话里有话，对这位提南国丈一向是颇有微词。“嘿，朕也是荣国府的女婿。”那君王用奇怪的语调讲道：“而你不正是那边的小姐吗！”言毕二人会意地笑了，发出诡异的笑声。

自作自受

国丈吴天佑听说贾珊回来的消息很是害怕，来不及吃早饭便去宫中找女儿吴皇后。小黄门见他一大清早就来了，便好奇地问道："国丈老爷这么早就来了，是为国事还是家事？"吴天佑忙答道："回公公的话，我有要紧事要进宫觐见。"小黄门则一脸严肃地说："那就是国事了，我这就去通报万岁爷。"吴天佑听后怕得要死，忙拉着小黄门讲道："公公留步，我是有要紧的事，要见皇后娘娘。"小黄门则无奈地讲道："国丈大人实在对不住，若是公事我等会尽快向陛下禀报，若是私事再急也要等到下午。"吴天佑很是着急便拉着那小黄门的手恳求道："还情公公行个方便。"说着便要把银票往小黄门兜里塞，这小黄门也很是机灵便闪开了吴天佑在那里讲道："国丈大人，自太祖爷开国宫里就是这个规矩，您再急也得按规矩办事。"

过了好一会儿吴天佑才由女儿吴皇后的亲信引进宫来。他却奇怪地发现女儿吴皇后的气色好得不得了。吴皇后长相不赖，是典型的江南美女，她笑起来显得更加迷人。吴天佑见如此情况却是一头雾水，便小心翼翼地问道："娘娘，北边的事怎么样了？"吴皇后则娇笑道："能怎么样？皇上只是骂您一顿罢了，出不了大事。"

这回女儿自信得似乎有些过头，吴天佑反而有些个吃不准，要知道这吴皇后可是开国以来的第一位来自寒门（相对而言，吴家自吴天佑中举后才发迹）的正宫娘娘，也是第一位自幼缠足的小脚皇后。这一身的富贵来得太突然，吴天佑有时不禁在想自己可是在梦中，自己是在梦里还是醒着。吴天佑看着女儿得意扬扬的样子，不知应该欣喜还是害怕，呆呆地不敢讲话。

吴皇后看他久不言语便笑盈盈地讲道："实不瞒爹爹，皇上为北边的事险些急坏了身子，说满朝的文武都是废物。"一听到这，吴天佑吓得直冒冷汗，一个劲地跪地磕头且言道："万望娘娘在陛下面前替臣……"吴皇后忙将他扶起讲道："陛下那几天龙颜大怒，一不留神便有人身首异处。”到这里吴天佑更是害怕得连话也说不出来，吴皇后则满脸春风地讲道：“陛下今儿早上心情特别不好，直说是高官厚禄地养了一群废物，一辈子饱读诗书竟还不如后宫的妇人有见识。”

听到这里吴天佑便有些不明白，到底是怎么一回事。吴皇后的亲信见他愚钝便开导他道：“国丈大人，陛下今儿早上有要紧的大事拿不定主意，来请教皇后娘娘。陛下龙颜大悦对娘娘很是赞赏。”吴天佑听后只觉得受宠若惊，因为他明白这是后宫干政的开始，虽说以前后宫一直都在干政，但都是在一些不太起眼的角落，而这一次则是直接把手伸在了国家要害之处。吴皇后露出了她那雪白的牙齿，满脸春光地讲道：“圣上已经定下来了，选咱家孩子做太子正妃。”吴天佑更是喜形于色，仿佛一切都在梦幻之中。

吴天佑献女入宫时从没想过会有今天，眼下看来离一人之下万万人之上的日子不远了。吴天佑喜形于色地讲道：“娘娘洪福齐天，真是臣祖宗的造化，只是这斩草务必除根，那贾妃家在朝中可千万不能有人，否则后患无穷。”可吴皇后却很不以为然，娇笑着讲道：“树倒猢狲散，她人都没了，在朝廷哪还会有什么同党？”吴天佑则缓缓言道：“臣是说她家的男人，可千万别在朝中出头，不然娘家有人以后就麻烦了。”吴皇后觉得父亲很是可笑便在那讲道：“她家的男人哪有争气的？爹爹又何必要赶尽杀绝，听说贾妃娘家现在度日艰难，倒不如接济些粮米过去，在世人眼里反显得咱们大度。”吴天佑这回真的着急了，便讲道：“娘娘，大事不好了，那贾妃的哥哥从北边回来了。”吴皇后这回有些不太高兴便讲道：“回来就回来吧，纨绔子弟又能掀起什么浪来，您又何必大惊小怪！”吴天佑便更着急了在那里讲道：“不是纨绔子弟，是从北方回来的将军。”他这么一说吴皇后便更是弄不懂是怎么一回事，便吩咐道：“爹爹慢点，把事情都说清楚。”

等吴天佑把事情讲清楚，吴皇后气得花容失色地讲道：“怎么不早点通报？”吴天佑无奈地讲道：“娘娘怪不得微臣，这全是小黄门说时辰不到不让进来。”吴皇后讲道：“你好糊涂，自己进不来也不知道派人捎个信儿过来。”

吴皇后不得不生气，她若是早几个时辰得到音信，怕是……其实这事就在今天早晨，就在吴天佑被小黄门拦住不让进去的那段工夫。那时皇帝水无忌心烦得很，一连好几天睡不安稳，早上便和吴皇后在宫中散心，水无忌一边走一边道：“十余万大军，竟让不到百人的番兵如入无人之境。一想起来……”水无忌人比较虚伪，“怕”字始终说不出口，他接着说道："那边的文书措辞很强硬，要朕还回那个叫兰提什么的叛将。爱妃你说朕如何是好？"那吴皇后眼珠子一转讲道："陛下，不管那个兰什么是去是留，胡人都不该越境来我境内拿人，如此无理陛下便不能对他客气。所以眼下不管那人是好是坏都要给以封赏，不然便会让胡人以为我朝软弱可欺。"那水无忌听后很是高兴，便依吴皇后的意思去办。而吴皇后当时真不知道那个什么兰提实竟会是宿敌贾元春的堂兄贾珊，不然便绝不会这般行事。

吴皇后此时气得似乎要把满嘴银牙咬碎，也顾不得尊卑对吴天佑训斥道："这么大的事，也不说早点来个消息。"吴天佑忙应道："臣也是刚得到消息。""这消息可准确？"吴皇后问道。"回娘娘，错不了。赖家的人伺候荣国府好几代人绝对弄不错。"听完父亲的话吴皇后心里的火气更是直冲云霄，脸色也更是难看得吓人且言道："这真是搬起石头在砸自己的脚，想不到她娘家还有这么一号人物。那贾妃虽然没了，可她的儿子还在，水星那小子有这么个舅舅在外边，晨儿的太子之位可就危险了。"吴天佑依然有些个不甘心，在一旁讲道："娘娘能不能再在陛下那边说说。"吴皇后无奈地叹了口气讲道："晚了，话已出口，便如离弦的箭，收不回来了，硬是要在陛下面前改口，反让圣上觉得女儿反复，闹不好便是欺君之罪。爹爹，贾家的人回来了，房子也该还给人家了。""可是娘娘……"吴天佑依旧很不甘心。吴皇后却讲道："圣上到时候也会下旨，还是先走一步的好，反显得咱家人大度。不过父亲也不要过于在意那小子，一介武夫成不了什么气候。"

大观园里物是人非，全是吴天佑的下人在忙活，为吴皇后省亲做准备。这大观园在元春死后，让贾雨村鸠占鹊巢，可是后来因为老闹鬼，便在最近把整个园子卖给了吴天佑，眼下张灯结彩全为吴皇后省亲在折腾。这一切吴天佑都看在眼里，真不甘心这一切全都是为园子的旧主人在做嫁衣裳。

围猎

贾珊同冯子英在客厅里谈话，多姑娘也没闲着，躲在一旁偷听。待子英走后，他就一把将躲在盆景后边的多姑娘给揪了出来。

“我的爷，你的眼力可真好。”“芙蓉，这回亏得我看见你的银钗，要是把你错看成叉叶人，你现在还能活着喘气吗？”“我的爷，你也太仔细了吧！”“嘿，要是不仔细我能活到今天？以后不准再这样胡闹。”“是，我的爷。”多姑娘顿了一下，继续说道，“你说那姓冯的，要爷您跟着一起出去围猎，是不是一个幌子？”“确实是一个幌子。”“爷……”那多姑娘变了脸色道，“说什么您也不能去。”“有事要谈，还不一定是坏事。”“不一定是坏事！我的爷，他们把你送给红眼鞑子，还不一定是坏事？”“芙蓉啊，你让我说你什么好。”接着便向多姑娘低身耳语几句。“什么，真有这福分？”多姑娘惊叹道。

多姑娘给他整理盔甲准备出门，还是从北国带回来的那套银镜骷髅甲。这套甲胄是当年叉叶国册立太子，恶洛克为向叉叶方面示好，送给叉叶太子许多珍宝，以至太子府的随从都从中获益。这身甲胄便是恶洛克的巧匠量身定做，辛苦一年方才完成。只是贾珊这一路风尘，没有顾得上照料。此时贾珊将这副盔甲穿在身上，多姑娘竟不认识，虽然这身甲胄是她亲自清洗的，但是她真真的没想到竟然是这个样。

在多姑娘看来，眼前的珊少爷早已不是肉体凡胎的平凡之辈，而是自九重天上下凡的一员神将，她不由得自惭形秽，不禁想起了当年的往事……

“姐姐，快起来。”多姑娘的好友夏荷道。“这才什么时候，你这小蹄子就坐不住了。想必奶奶刚让二爷把你收了房，屁股坐不住了，这会子就把我叫起来去喝你的喜酒，我的琏二奶奶。”芙蓉的这句话说得那夏荷羞红了脸，但一脸的喜色却是怎么也挡不住。当时宇文氏身边众丫鬟认为，夏荷该到琏二爷的房里去做小，而她芙蓉也该被珊少爷收房，自以为都有了着落……谁知道，她自己现在成了这样子，而那可怜的夏荷，巡海夜叉王熙凤过门不到半年，她便进了棺材。

“死烂蹄子，别瞎说，是奶奶找你。”芙蓉知道是宇文夫人找她，赶快打扮利索，小步快跑去见宇文氏。她跪在地上，恭恭敬敬地给宇文氏请安。“抬起头来。”谁知道芙蓉刚把头抬起来就看到一模样凶恶道士打扮的怪人。

见此情景芙蓉好生的害怕。“别怕，让道长好好看看你。”宇文氏说道。这是被唤做血坟道人的怪物，他本来与贾代善交好，后来他因说了不该说的话，得罪了荣国公，不得不到别处云游去了。谁知代善的大儿媳妇宇文氏又把他给找了回来。

“大奶奶，这位小姐果然非同凡响。您看她这眼睛，神元气足，魂力充沛，有如长江大河滔滔不绝。又似珍珠晶莹剔透，神色动人，百万人中亦难寻与之相匹敌者。”宇文夫人听后言道：“道长所言甚是，在满府的丫鬟中也就这小蹄子有那么几分灵气。只是这出身的确不怎么像话。”“多好的一个妙人儿，可惜，实在是可惜，偏偏晚生了四五日。”那血坟道人不禁哀叹道。“听管家婆说，这孩子是元月初一子时生人，难道会有问题吗？”宇文氏不解地问道。“正是，这样晚了这么四五日，恰好错过顺天应势水运隆盛之时，却又偏偏赶上了寅卯之交，虎兕搏杀，天地冲撞之际，阴阳错乱，风云激变之时，真真的可惜，若不差下这几日的光景，别说是收房做小，就是三媒六聘娶来做正室夫人也是应该的。可惜，就是差下这么几日的光阴，终与令郎有缘而无分。”

“芙蓉你怎么了？”贾珊见她在沉思就不解地问道。“没什么……只是……”多姑娘缓了一口气道，“我在想这么好的一副甲胄，只是这头盔……”

贾珊看了看这头盔，又看了看这几个月来长起的头发。季冥海一带的居民素来小气，且小气成了习惯。恶洛克给小气人做惯了活，也习惯性得不大方。做这套盔甲时贾珊刚好从沙流岛回来，到塔林域，因西元国一带气候炎热，就剃成了和尚头。现在一过就是五六个月，他又按汉地的习俗蓄发，而做惯了小气活的恶洛克人不给留一点富裕的地方，这头盔现在根本就戴不上去。

“爷，这头盔怪里怪气不戴也罢。”“这怎么能行，我看还是向冯少将军借个倭甲的头盔过来为好。”“爷，你瞧瞧这是什么？”一个银灿灿的汉家头盔，虽与他身上的银镜骷髅甲并不配套，但颜色却相近，好歹糊弄的过去。贾珊见了这玩意是一脸的苦笑。“这不是赛子龙赵天彪送给咱家祖上的东西吗？这不正是遂云甲里的物件，该在东府的珍大哥屋里，怎么在姐姐你的手上？”这语气着实叫多姑娘害怕，贾珊正色道：“芙蓉啊，以前的事就随他去吧！只是今后，这些毛病可不要再犯了。到那时就算是我能容你，老爷、太太也容不了你。”“是，我的爷。”一向机灵善变的多姑娘，这会儿怎么也机灵不起来了，竟无意中把自己的老底全部揭了，这些年她手脚一直都不是很干净，小偷小摸的事不算什么，要是让贾珊联想到别的事可就不妙了。“我的好姐姐，只要你今后肯规矩点，但凡有我贾珊的立足之地，就有你芙蓉的容身之处。”贾珊的口气很是严厉，吓得多姑娘忙娇声媚气地应道：“是，我的爷。”

贾珊走了。多姑娘依然对他是放心不下，冯子英设下的到底是不是个鸿门宴，珊少爷这一去究竟会如何？如果真如珊少爷所愿，让宁荣二府咸鱼翻身，那她多姑娘又要何去何从？她出身不好，名声又臭，当个姨娘也就知足了，只是不想落下个跟尤二姐一样的下场。要是这位爷听了他三叔的话，不来什么南关北关，落草当了强盗，也就没了眼下这档子麻烦事了。

“好身手。”冯子英见到贾珊在马上飞奔的景象，不禁称赞，“想他家祖上的宁荣二公也不过如此。”“何止是他家祖上，贾家的这个老大好生厉害，就算是古时候的李广、薛仁贵也不过如此。”那冯大将军言道。“不过他的箭射得可不怎么样。”那冯子英说道，“不过他却练得一手好鸟枪。”那冯将军也言道：“是啊，我初次见他，闻见他一手的硝石味儿。常听人说鞑子都有些怪味，便疑心他是冒荣府之名来行事。没想到他把头盔一摘，竟跟他兄弟活似一个模子里刻出来的……”

“皇上驾到，皇上驾到。”数千禁军的喊声一时震撼山林，止步行云。这事明明是在意料之中，可他贾珊却偏偏装作是意料之外，下马伏地不敢起身。

“冯将军，陛下问你父子与何人在此，见过圣驾为何不早早回避？”一个阴阳怪气不男不女的声音发问道。“回夏爷爷的话，臣父子在与番邦的降将兰提实一同狩猎，不知天子驾到，罪该万死……”“可是那个冒名已故太师忠正文襄荣国公贾氏代善长孙的兰提实？”“回夏爷爷的话，正是此人。”

等了许久，方才听到又是一阵阴阳怪气不男不女的声音：“圣上有旨，宣番将兰提实觐见。”贾珊起身随那太监一起觐见天子。一般碰上这种情况，觐见之人都是百步之外就跪下，不得再向前一步。而这一次，贾珊在太监指引下走到了距天子只有四五十步之遥的地方，他感到非常奇怪，在过来百步的那一刹那警觉了起来。他从众龙禁卫中认出了兄弟贾琏，只想了片刻便明白了天子的用意，却不知道这几十步全是中堂林如意（林黛玉的亲叔叔，流放楼兰多年）全力争取出来的。他当时不顾贾雨村的反对力争道："陛下既要辨真伪，定是要看个清楚，若眼见不能为实，何言亲辨真伪。"

原来当今的这位天子，因久在深宫眼力竟远不如常人，贾珊只有走到这个地步，他才能看得清楚。天子见到贾琏两兄弟相貌竟如此相似，论理也该……可是，他突然想起了贾雨村的话："天下相貌，相近之人何其多，且戎狄诡诈不得不防。"贾珊下拜叩头道："荣国公长孙贾珊参见皇上。吾皇万岁万岁万万岁。""平身。""谢陛下。"那贾珊虽因是在天子驾前强作镇定，可是兄弟多年未见，还是不由自主地失态了。可是皇帝却似乎没有注意到这一点，继续发问道："兰提实将军，你因何故背弃旧主来投我国？又因何故要冒认贾太师之孙？"前一句话问的是合情合理，后一句话让他心里很不是滋味，但他城府极深远在兄弟贾琏之上，故而没有表露出来。"陛下容禀，贾珊身陷虏庭多年，不敢忘皇家世代之恩宠。后得知叉叶国主素有南吞中原之心，不敢延误，连夜狂奔，南归故国，以报圣上之恩德。至于兰提实之名实为胡人所起，非臣之本名。以上均据实所述，不敢妄言。""可那叉叶前番上表恭敬得很，你有意挑拨是非，居心何在？"跳出来发难的正是元春（元春生前为妃）生前的宿敌，吴皇后的父亲国丈吴天佑。

贾珊虽不认识吴天佑，却也知道此人来者不善，于是言道："叉叶国狼子野心，欲进犯中原之心久矣。只是眼下北与恶洛克相争，西与高帽国、西元等国征战，一时无力南顾，然其亡我之心不死。索伦诸部一向恭顺于我朝，而近年以来业已沦为叉叶国之附庸。"那吴天佑贼心不死，还要继续发难，但被天子止住了。"将军一路奔波，想必辛苦了，龙禁卫贾琏。""臣在。"贾琏应道。"陪他下去好生招待。""兄长在上，请随我来。"那贾琏眼中含着泪珠，兄弟当场相认怎么假得了，可是那贾雨村照样有话说。"陛下，虽然贾琏已经相认，可是事情依然不能妄下结论。"贾雨村道。"贾大人，贾氏兄弟既然已经相认，事情已经明了，你还有什么话讲？"林如意言道。"陛下，无论真假贾琏均会与那兰提实相认。"雨村言道。"噢，这话从何说起？"那皇帝不解地问道。"贾氏诸人骄奢淫逸，早已将祖业败坏，此次番将背主南投，冒认其子弟意图取信于我朝，而那贾氏则欲借此为由重整家业，各取所需，各有所图。请陛下三思。"皇帝这么一想道："雨村所言却是有些道理。"那吴天佑心想："这贾雨村好生厉害，那林如意本来与贾氏沾亲，经过这么一说那姓林的反倒不好说什么了。厉害，只是我以后得提防着他点……"吴天佑偏偏打错了算盘。"大人当年同荣国府联宗，想必也是出于同理。”林如意的这句话让贾雨村羞得满脸通红。这皇帝的才干虽然不及太祖、太宗，却绝非无能之辈。林如意的话竟提醒了他，那贾琏虽然奉诏侍驾不过十来日的光景，但皇帝对他已有了些了解，知道他绝没有雨村这样的心机。“朕早就吩咐贾琏，与那人多谈其家中旧事以辨真伪。”吴天佑依旧不死心上奏道：“陛下，纵使那番将真是贾太师之孙，然其在北国多年，性情难测，臣请陛下勿忘侯景之故事。”吴天佑确有杀贾珊之心，一来是元春与他女儿吴皇后当年争夺后位时候留下积怨；二来那贾妃虽自尽，但仍有一子在世，娘家有人，他日皇位之争，犹是劲敌；三是他与叉叶私下交往不断，他前几日刚收下了三十万两白银。谁知天子竟龙颜大怒，道：“好你个吴天佑，当朕是梁武帝一样的昏君。”吓得那吴天佑一个劲地跪地求饶。“黄龙节度使熊瑶可是你举荐的？”皇帝发问道。吴天佑不敢欺瞒只得答道：“确是微臣举荐此人。”“真是个护国良将！”皇帝反讽道。“臣有罪，臣该死。”吴天佑不停地磕头。“你是有罪，但不该死，该死的是那熊瑶。传旨将那熊瑶满门抄斩，家中女眷或送教坊司为妓，或发配与功臣之家为奴。”吴天佑惊出一身冷汗，那黄龙节度使熊瑶正是他的儿女亲家，皇上此举意为敲山震虎。皇帝起驾回了行宫，那吴天佑依然长跪不起……

中华酒家

叉叶、可士零两地的居民称中土为元国，称中原百姓为元民，故而在这里，所谓元国酒楼即是中华酒家。可是在这家店里，唯有那道鹿肠豆腐或许能与中华沾边，藏酒中或许只有那么一两坛楼兰产的葡萄酒可以说是地道的元货。

一个穿着亚他细实彩缎（一种蛛丝做的蓝紫袍）的人坐在那里。他在这里是一不吃饭，二不喝酒，只管饮着那西元国出产的苦茶，品味着世间万象，而中原的形势则正朝着他叉叶君臣极不希望的方向发展……

“陛下，近年来那些进京朝贡的所谓索伦单于，其实都是叉叶人所立的总督。目前，正从叉叶内地押来囚徒，屯田修路。以待他日，西元称臣，北海请服，回师南顾，以犯我天朝。”皇帝听完，气得将燕窝也砸了：“那察罕单于（中原君臣对叉叶国主的称呼）欺人太甚，朕当日将公主许他，谁知竟……那索伦乃是辽东的门户，竟被胡人设为行省，这索伦易主辽东就难保了，辽东一旦失守那么京师就……”皇上听完贾珊的分析后，感到了事情的严重性，但想满朝的文武却无一人熟悉北国事务，只得不顾吴天佑的肺腑之言，硬着头皮再次向他请教对策：“贾爱卿，你看现在朕当如何是好？”“回陛下，依臣之见对策有三。其一，致使西元、高帽国及与叉叶为敌的季冥海诸国与之结盟共抗叉叶。其二，叉叶本为弹丸之国，后蚕食鲸吞可士零、佐洛依等列国方成今日的北番大国。然列国遗民畏其势而不感其德，海青羌，蓝衫回，三帐钦察以及新并索伦等部百姓犹感其苛政之苦。陛下当亲派纵横之士，使之游说以策动其起兵起事，且输以钱粮军械以供其与叉叶持久周旋。以上两点，皆为辅助之计，而制其根本则有赖我天朝之兵。那叉叶带甲不过二十万，而我天朝雄兵何止百万。而胡人所仰仗者无非是火器尖厉，甲胄精良，当不惜重金请西海巧匠制火器、做兵甲以备他日出兵北征之用。那时，叉叶必将腹背受敌、内外交困，待我天兵进剿，不出五年便可平定。”

皇帝听后，连连称是。这几手狠招也正是元国酒楼里的那位喝苦茶的先生，最为害怕的几手好棋……可那皇帝老儿偏问贾珊道："请问爱卿这要耗费多少银两？"贾珊道："最多不过八千万两。"皇帝皱着眉头，想了一阵便道："爱卿这恐怕是要将朕的国府清空。眼下淮河水患，陇西灾荒，处处要用银子。这北番之事，可否缓行？"贾珊向那皇帝三拜，然后言道："陛下容禀，眼下时机千载难逢，若是他日，叉叶国吞并四邻成了气候，纵使散尽天下财富，也恐……"这让皇帝左右为难，不由想起了元春生前的话："那叉叶人凶残狡诈且极富远略，非寻常夷狄可比。今若得了我朝公主，非但不会感念陛下恩德，反而生出染指华夏，问鼎中原之心。惜汉高祖纳庸人之言与匈奴和亲，致使胡主冒姓刘氏以汉室外孙而自居。至魏晋之时刘渊作乱，神州陆沉，而后有五胡之祸，数百年不得安宁。前车之鉴，望陛下三思。"而他当时却只赏给了元春一句后宫不能干政的狠话。不由想起贾妃在世时的好处，看着那元春留下的古琴不由得睹物思人……"这事择日再议吧。"贾珊便只得告退。"爱卿慢走……"贾珊站着，听皇帝还有什么吩咐。"听说爱聊近日来教爱妾弹琴为乐，朕这里有一张古琴是贾妃生前的遗物。朕观卿兄弟模样与那贤德妃相近，正好代那贾妃为朕抚琴。""陛下恕罪，臣所能者是北番的十九弦琴，而中土之琴正音雅乐非臣所能胜任。"皇上的脸色变得有些难看，这可真真的将琏二爷吓了个半死……

要不是他哥哥从北边回来，他现在还在大牢里跟他的父亲和二叔做伴。当时一纸诏书下到了大牢之内，吓得他的继母邢氏以为大祸将至，小便失禁，谁知竟还有这等造化……

"小常子。""奴才在。""你去把上次番邦进贡的那把古琴给朕拿来。"不过一会儿，太监将一个怪异但又非常考究的箱子拿了过来，然后再将其打开。"爱卿说的可是这种琴？""正是此物，不知陛下从何处得来？""是那次季冥国的仁和太子（仁和太子是这皇帝亲自下旨加封的）所贡的祖传之物。朕一向不知该如何调控……"贾珊问道："敢问陛下他是恶洛克，丹洛还是亚他细实的太子？"据他所知季冥海一带素来是邦国林立，一向互不相属……"那太子只说他是大季冥国的太子，同他父王一向仰慕中原。朕观他知书达礼，通晓中土风俗，又不远万里而来，故对他甚是礼遇。"贾珊见如此情形便不再说什么。"贾爱卿，为朕抚琴。"让贾珊想不到的是，这大季冥国仁和太子祖传的宝贝竟还不如他为了教多姑娘弹琴，就地取材，现做的那把好用，且音质又差，三五个铜钱也没人会买这种烂货。

“提南大人。”那位提南大人依然在中华酒家里品着苦茶，对来客的呼唤却有意视而不见。“大人本是中土之人，请问这苹果酒可是杏花村的佳酿？”这句话明知故问，但却意味深长……可那提南大人却只是淡淡地答道：“你看错了，这不是酒，是茶，西元国的苦茶。”

跟提南大人说话的这人面有菜色，身上的那身衣服破烂得很，脖颈处围了一圈的袜子，屁股后面的那块补丁分明是给女人做衣服的料子，好生的鲜艳，而他脚下的那双鞋子更是惊天地泣鬼神，本是一对在中原只有藩王世子才穿的龙靴，真真好的材料，实打实的做功，可惜是只见其一不见其二，那另一只，本是在街上捡的一双女人穿的破鞋，自己胡乱打的底子，恰成天渊之别。可却又生的一张好脸孔，仪表堂堂，面容俊美，纵使是古代的美男子潘安、宋玉也在他面前黯然失色。这不是别人，正是那元国可汗（叉叶朝野对中原皇帝的称呼）亲笔下诏所册封的，大季冥国仁和太子是也。

酒保头子见到这人便气不打一处来，招呼几个伙计，要把这位仁和太子打出去。“混账东西，还不滚出去！”酒保头子吼道。那国丈讲道：“这是老夫请来的客人。”那群伙计见他发了威，便吓得灰溜溜地走了。“请上座。”“我特烈西何等样人，怎敢同国丈大人（这个货真价实）同桌共饮。”两人说的都是汉家言语。“好厉害的一张嘴，听不出半点番味来，纵使苏秦、张仪也不过如此。”那国丈暗自惊叹道。“仁和太子，何必过谦。以恶洛克为首的季冥海一十七国使节，携重礼出使中原，欲共谋算计我国的勾当……可那皇帝未肯见上一面，理藩院尚书也就随便糊弄了几句话，便把他们给打发走了。而你这个大季冥国的储君，也就花上两三百个丹洛银币（这钱还是向南扶桑十七行商人广从源借的）弄了些千里送鹅毛的贡品，水无忌（即中原皇帝的姓名）这小子，就亲登大宝，以九宾之礼相迎。亲封尔父王（那时这特烈西早已父母双亡）为季冥王，礼遇与北靖、南安等列王相当。后来，尔父王病重从国内捎信，殿下一时间自觉忠义难以两全，于是向那宫城方向，一步一回头地磕头下拜。那水无忌深感殿下诚意，便赏赐古玩、珍宝、药材、茶叶、典籍不计其数。扶桑、高丽及安南的君王，不仅赏赐厚礼，而且还派兵护送……”这太子殿下不由得惊出了一身的冷汗，真没想这老匹夫远隔千里，竟对事情的前因后果知道得一清二楚。“国丈大人真是中土的那个诸什么亮的……”“诸葛亮。”“对，真是个诸葛亮神机妙算，对千里之外的事情如此清楚，他日图取中原岂不易如反掌？”这句话说到了这位国丈大人的烦心之处，眼下贾珊南归要想轻取中原恐怕……

这位皇帝钦封的季冥国荐慈仁和太子，本是一个无有姓氏的中等人家子弟，父母亡故后，是吃喝嫖赌无所不为，因而欠下了一屁股利滚利的高利贷，不得已，只得远出重洋做了四海漂泊的强盗。

但又因为素无胆勇，又经常私吞公钱，渐为同伴所厌恶，一日众伙伴饱饮而熟睡，他便乘着风高浪急一个人驾船卷走所有财物逃到了爪哇国，就此以经商为业。

后因他素来不讲信义，又不改当年的恶习，生意便渐渐地黄了。幸而胆识还远过常人，听闻中原皇帝待海外列国的贡使甚为优厚，以至所赠之物价值是其贡物的数倍甚至数十倍，便串通了几个佛郎斯牙的奸商，又向南扶桑十七行的高利贷商人广从源借了二百五十个丹洛银币（中原百姓称之为银饼）弄了一身行头，又弄了些个贡品，自封是北海季冥国太子，进京朝贡，天子礼遇甚重。回国路上沿途列国君主不仅相赠厚礼，而且一路派兵护送。听说他途经扶桑，那广从源带着一帮打手上门去讨债。谁知，只见那各国的武士、大名云集，特意赶来护送。反吓得广从源一伙四散逃离，那广从源更是三年不敢还家。

后来，他将皇帝赏赐之物，尽数拉回故国贩卖，获利甚厚，又以此为本金高卖低买，同时做起了放高利贷的生意，最盛时竟有白银一百来万两之多。可他却挥霍过度，又不善经营，加之得罪同道，因而在故国丹洛无法立足，故此亡命来到叉叶。

可他依旧不改往日习气，仗义疏财，遍交豪杰，可却不知该如何置些产业，不过一年光景便精穷了，只得靠往日故友接济度日。谁知，近来又因酒后失言得罪了人……

“菜来了，二位大人慢用。”一桌的好菜，恶洛克鱼子拌蓝虾，亚他细实的鹿奶鲜猪，他故国丹洛的七宝烤肥鹅，还有这家店的特色，即所谓的元国奶酪（就是豆腐）……这太子爷可是饿了整整三天。

这特烈西三天前才在国舅（即当年后元汗，因是太后胞兄，故称国舅）处大吃了一顿。其间竟因为吃得太多，先后两次呕吐，还吐了那位元室后人一身，众宾客无不引以为耻。好在那国舅是厚道人，还给了他一身棉袍，一百多恶洛克金洋。谁知他老人家前脚出了国舅府，后脚便进了赌场，一番搏杀之后，又操练了一番拳脚，丢掉了一只靴子，便成了眼前的这副狼狈样。

三天了，该开饭了，这位爷也顾不得礼数伸手便抓，被那国丈一筷子打住。“小子，先把账结了。”“我的国丈大人您开什么玩笑，我现在可是身无分文。”“账难道一定要用钱来付吗？”“那国丈大人，我可真的是饿糊涂了，怎么把正经事给忘了。”那国丈叫心腹将店里的闲杂人等通通地都给赶走了。

“那元国可汗虽非无能之辈，但才略远不及其祖上，本不足为惧。只是自那楚尔闯关以来，南兵无能尽显于世，致使兰提实将军南归之后，渐为南朝皇帝所倚重，实为我国之大患。那冒牌货欲用计，假手南国权臣除掉兰提实，可惜三十万两银子白打了水漂……”说着他便双手捧起一块豆腐，狼吞虎咽地吃了下去，再接着说道，“依大人之意，当派刺客除掉兰提实。现其正被那南朝皇帝所倚重，戒备必然森严，怎能轻易得手，不如这样……”

这特烈西便跑到那国丈身边低声耳语。“好小子，不愧是水无忌亲封的仁和太子。这样一来那小子虽然能生，却跟死了无异。特烈西好小子，我定在圣上的面前保举你。”

那贾珊确实弹得一手好琴，那皇帝听得好生舒坦：“好，痛快，爱卿再来一曲。”

“林中堂求见。”皇上也只好极不情愿地让贾珊停下。贾珊也识趣地连忙把琴收起。林如意为祭祀太祖、太宗的事而来，却忽然发难道：“陛下请容臣言。”“爱卿请讲。”“昔圣人制乐以图教化之用，而刚才臣在帐外所闻之乐，虽然精妙，但却夹杂着不入五音的怪声，实非正音雅乐，且悲歌绕梁，恐生不祥之事。”

林如意的话没人爱听，尤其他的那句“悲歌绕梁，恐生不祥之事”。

水淹龙王庙

林如意的那句“悲歌绕梁，恐生不祥之事”，应验在了珊琏两兄弟的身上。本来皇帝不顾贾雨村、吴天佑那套，贾珊新近来归，令其处理此事，恐胡人见疑的理论，让贾珊与叉叶使节为索伦，故元北境之事谈判。

这事贾珊办得确实漂亮，圣上甚是喜悦，不仅让他承袭荣国府的产业，还将宁国府名下的那些田庄，以及因获罪被抄没的金陵史氏的土地、人口统统赏给了他。真可谓，重沐皇恩前途一片光明。

荣国府那边传来了消息，他的继母刑氏遇害身亡，贾雨村、吴天佑等人乘机发难。这贾珊虽然一时得宠，但在朝中却并没有什么根基，迫于压力只得回家去敬节守孝。

“我就说那几个福建口音的人来路不正，我跟管事的人说，福建人说话我见识过，哪里是这种口音？”焦大哀叹道。“你说的那帮人真是为钱财而来？”贾母问道。“那些人要是真的为钱财而来，为什么舍近求远去打大老爷的主意，而二老爷那边离得近反倒没坏一草一木？”听完焦大的话，贾母感叹道：“好容易，有了今天这个出头之日。好狠毒的计谋，先是赦儿房里的，然后是他自己，最后便是老身，这样一共是九年的孝期，就算是铁打的前程也要朽掉烂掉。”“老祖宗，依您的意思，这事可是那边在难为咱们？”宝钗问道。“不会的，眼下周妃、郑妃是天子眼前的红人，咱家的娘娘毕竟已经没了。当年武媚娘为了陷害王皇后不惜害死自己亲生女儿，而那边自己造下事把把柄留给别人，也不太可能。”“难道是贾雨村那杂种派来的杀手？”平儿问道。“他派不出这样干净利落的好手，他也没这个胆量。”贾母说道，“只能是珊儿在北边得罪了胡人。你们都给我听着，我贾门从此和那红眼儿鞑子势不两立。叫老二过来。”

“老二，你这就向天子请旨，求用红眼鞑子，为你嫂子祭灵。”

“母亲！”贾政道，“胡人此举，人神共愤。可这是那叉叶君臣不义，与百姓何干？儿实不敢从命。”“老三现在也快回来了，你不写，我让他来写。”“二姑爷家新得了个丫头，像是从那边来的。”王善保家的说道。“好，宝丫头、平丫头你们这就派人向孙家要人。”贾母讲道。

那孙绍祖虽然对老婆孩子不是打就是骂，但亲戚间来往却是既漂亮又体面。马上答应了下来，可偏偏人没了。荣国府的这位姑爷，二话不说冲进老婆迎春的房里。不由迎春说话上来就是两个嘴巴。“你老娘被害，要拿胡人祭灵。可你这没用的东西连个毛丫头也看不住。这事要是传出去，不说你这婆娘没有孝心，反倒说咱老孙家小气，舍不得人，不给丈人家出气。”“父亲此言差矣。”说话的不是别人正是他与迎春所生的儿子子聪。“昔日魏武子病危，要爱妾为他殉葬，其子魏颖不敢从命，反将庶母改嫁。后魏氏与强秦交战，魏武子妾室之父，结草衔环，以报此大恩。父亲当效仿古须眉……”“小子，你才读了几天的书，就教训起老子来了，你那点心思别以为我不知道，你看那丫头长得俊俏，等过几年好给你做房里人。”那子聪羞红了脸。见儿子害了羞，这老子反倒得了意。“天下漂亮的小姑娘有的是，以后再找一个配你，孩子不知道吗？这是在为你姥姥家报仇雪恨。”“既然要报仇雪恨，为什么不奏明天子，让舅父领兵，把那察罕尔单于拿来，拿弱女子出气难道是大丈夫所为？”孙绍祖一个巴掌打来，但又心疼儿子舍不得打，一转手又打在了老婆迎春的脸上。“儿子顶嘴，打我干吗？”迎春委屈地说道。可孙绍祖却自有他的道理：“你教出来的，当然要打。”

那丫头相貌与中土之人相异，打听起来非常容易。可偏到这里没了踪影，绍祖一时心中见疑。“二位老人家，你们可曾看见一个胡人长相的丫头。”其中一人用手向前一指。待那孙绍祖走远，那对老夫妇赶紧将口袋打开，那丫头大口喘气，刚才差点闷死在里面。“孩子饿了吧。”那老太太将馒头递给她，她却只掰了一小块。“孩子我们是大人，少吃一顿不要紧……”

“当然不要紧了，老子送你们一家到阴曹地府享福。”孙绍祖言道，“别看你们头发都是白的，其实年岁并不大，定是偷着跑出来的狗男女。”“你少胡说。”那女子泼辣得很，竟往孙绍祖的脸上吐了一口唾沫。“你们这对狗男女、狗汉奸！统统给我绑了。”

“妹夫你怎么跟宝玉和云丫头在一起？”贾琏见状连忙下马。“宝玉，真是你们？”“还愣着干吗，还不给舅老爷松绑。”孙绍祖忙应付道，“宝兄弟，你姐夫我多有得罪，望你多担待……”

史太君要用没官的叉叶人为大儿媳妇殉葬的事传到了宝玉的耳朵里。他刚换好衣服，马上要赶去见史太君，他刚要去，就被老婆宝姐姐拦住了。“怎么二爷你一回来也不问我和芳儿这些年是怎么过的，竟为一个胡人毛丫头去顶撞老太太，这也太不像话了。”“宝姐姐这人命关天，你竟然还说这些个风凉话……”“宝二爷，宝二奶奶，大爷有请咱家二爷。”一丫鬟来报。“大爷？珍大哥从云南回来了？”“不是东府的珍大爷，是咱们荣府的大爷，从胡人那里回来了。”这宝玉心想刑夫人是大哥哥的继母，如果能把他说服，老太太那就好办多了。“告诉他我速来。”说着宝玉赶忙整好衣冠去见这位多年未曾见的叔伯兄弟。宝姐姐狠狠地看着他逝去的背影哑然无语。“二爷不是去当和尚去了吗？”她的丫鬟莺儿说道，“怎么化缘竟化回个史大姑娘来，这修行的道行可真真了不得。”“住口！”可她还是冷冷地站在那里，等待着宝玉。

再世甘罗

宝玉惊奇地发现这位伯父家的大哥，与他同辈的众兄弟截然不同，城府之深，处世之老练，即使是他的父亲、伯父也不能与之相比。

来吊丧的人也多，他便更难开口，不知以什么事来起题。这时他的那位遇赦归来的三叔，向众人夸起他的侄子来，把他如何与那楚尔大战三百回合，又是如何连放三枪，吓跑叉叶国的十万雄兵是从头到尾，添油加醋地向众人细细道来……“好机会，这确实是挑起话题的好机会。”“大哥哥智勇双全，乃国家之福……”“我看是实非国家之福。”没等宝玉把话说完，就有人抢白。这人不是别人，正是那迎春与孙绍祖所生的儿子，贾珊、贾琏的外甥，孙氏子聪。

他小小年纪，竟有这番论调，一时间众人为之失色。“你小孩子胡说八道些什么，老子不收拾你……”“妹夫，让他说完。”贾珊对孙绍祖说道。“孩子你来说说怎么不是国家之福？”“请问外祖家中，为何无有第二人胆识才能与舅父相当？”这一句话可把宁荣二府的这些个爷们儿们都给问住了。“我孙贾两门，本武荫之家，驰马弯弓乃是本色，诗词文章则非所长。而今天下大定而非宁荣之世，然舅父之才实不下李氏广牧、汉家之卫霍，其因何也？胡人牧羊故得乘马，越民捕鱼固可行船，我想舅父之才亦与之同理，得之于北境强邻。”外甥的话恰恰说中了事情的要害，这一点他贾珊不得不向他的兄弟和子侄承认，他枕边的这卷兵书非孙非吴乃是叉叶文写成的《生死经》。孙绍祖看儿子锋芒过盛，便严厉训斥了起来：“小子休要长他人志气，灭自己威风，那红眼鞑子有什么了不起的，要是真厉害，你大舅能要回江（黑龙）北七城来吗？”“同样是吃饺子，胡人吃馅，却把皮留给我朝。”他本来还有一句“那单于正在磨刀，而舅父却在守孝”，可后边的半句话只能咽了回去。

“喂，你吃的是包子，饺子在宝二叔那里。”众人之间一个美少年迎面走来。“这是犬子贾芬。”说是犬子，但宝玉却认得出，是他和湘云收留的那个叉叶女孩。

本来贾珊当年把她带出来交与家臣海青羌人帖木儿，让他们走波斯、龟兹一路来到中原，而自己则经索伦过黑龙江返回故国，不想那帖木儿被误当奸细抓了起来，而这丫头也被有司没官送到孙府当了丫鬟……因为贾母不喜欢她亚宁的番名，让贾珊为她起名，贾珊因亚宁本为蜜蜂之意，本意是叫蜂儿，但是史太君觉得有风月之嫌，便改成了芬字，和宝玉的儿子贾芳一样，也是宁荣两府中早夭无后子弟的名字。

“你怎么来了！”“大家大都认不出来，认出来的要么不会说，要么不敢说。”父子二人用叉叶语言谈道。她一身男装对众人彬彬有礼。

贾母特意命人把探春的旧居秋爽斋收拾一新让她入住，可她却死活不肯入住，执意要去早已破旧不堪的元春故居。史太君又让鸳鸯把元、探两位小姐的遗物留下来的一些物件给她。可她惊奇地发现她对元春的物件都非常喜爱，对探春用过的东西却是讨厌得很。

“你丈人是何出身？”史太君问贾珊道。“一般耕读人家。”史太君淡淡一笑，自是不信。可奇怪的是，无论下人们怎么照料，芬小姐院中的花草总是不能久活，而秋爽斋前的红杏总是格外的茂盛。

第三章

流云寨

流云寨最初的名字叫流云塞，本是扼守川陕边境的一处要塞，是在鼎革之际由伪朝的骁将羊枭按西扶桑倭城的样式所筑，坚固异常。多少年后，川陕两省的百姓提起这段往事依旧在讲，当年羊枭筑城时用了多少块砖头，官军破城时就丢了多少条性命。战后朝廷推平了羊枭那时所盘踞的城池，在昔日的战场上人们建起了一座村落，宁荣二府的主子们管这里叫流云庄，可当地的百姓却管这里叫流云寨。这里的故事并没有随着昔日战场上的硝烟散去而只是刚刚拉开了序幕……

花枝巷

这花枝巷的房子，着实的晦气，当年夏荷（多姑娘的好友）被王熙凤害死之后，管家赖大就曾把这租下放过一阵棺材。想当年琏二爷金屋藏娇的时候她就想劝贾琏给尤二姐换个地方……果不其然，柳二爷误信谗言害死了尤三姐，而尤二姐也步了夏荷的后尘……

可气人的事情还是摆在了眼前，偏偏贾府管事的混账们，又把她这位大姨奶奶安置在了这里。本来她的那位珊少爷打算为她置套新居。谁曾想，偏又闹出事来……

“听说那个什么毛毛虫的婆娘给珊儿生了个儿子。”贾母讲道。“老祖宗，不是毛毛虫，是多浑虫。”鸳鸯纠正道。“管他毛毛虫也好、多浑虫也罢，这种人可皆夫的贱货，也配给珊儿带孩子。”

“老祖宗，孩子怎么也不能没有娘啊。”贾母的侄孙女史湘云插嘴道。“闭嘴，要是再敢胡说，你将来生了孩子，我就让宝丫头来带。”贾母的这句话让史湘云很不是个滋味。史家抄家后，她从妓院逃出来，碰上了在外流浪的宝玉……现在虽说好歹是爱哥哥的姨娘，但因为那些不干净的事，凡事总比别人矮上一头。“云丫头说得不错，这孩子怎么能没有娘。”贾母一边说一边抓住鸳鸯的胳膊。“老太太？”鸳鸯一脸的茫然。“小蹄子，这个娘你来当。”一时间鸳鸯羞红了脸，虽说她曾扬言别说是宝玉，就是宝金、宝银、宝天王、宝皇帝她也不为之所动，可是那贾珊一身的英气，着实叫人心动……“你这就到珊儿的房里去，等他孝期满了你就来顶凤辣子的位置。”贾母用不容置疑的口气讲道。“奴才怎么配得上……”“奴才？自打出事以后，我就没把你再当作奴才看，旁人走的走散的散，独你留了下来。丫头，要是他老子非要给他再找别人，你也不要怕，我让那新人跟你姐妹相称。”贾母慈祥地讲道。

多姑娘正给孩子喂奶，以王善保家为首的一帮婆子、丫鬟闯了进来。“哟，多姨奶奶。”王善保家的叫惯了多浑虫的婆娘，又不知道多姑娘到底姓什么，这个称呼便应运而生。“原来是您老啊，您家外孙女，现在成了咱们府上的三太太，我也没顾得上道个喜去。您倒不辞劳苦地看我来了。”多姑娘感到来者不善，可是贾珊现在却偏偏还没有回来。“姨奶奶想不到你这里也……”话到王善保家的嘴边就停了下来。“你这话什么意思，府上猫狗都戴了孝，凭什么我这不能戴孝？”

“姨奶奶您戴孝还是戴花我管不着，”王善保家的言道，“但这个哥儿，老太太让我接回府里去。”怕什么来什么，多姑娘最担心的事到底还是发生了。“都给我站住，你们既然叫我姨奶奶，却怎么还是这般无理。”“姨奶奶您想开点，等哥儿将来风光了好处少不了您的。”那夏婆子说道。“你这多浑虫的婆娘，你识相点把小少爷交出来，不然休怪老娘对你不客气。”王善保家的说道。“西贝窝里的狗腿子们，都给老娘听好了，你们谁敢再上前一步，老娘就送这孩子去见他的祖宗。”众仆妇吓得慌忙后退，倒是那王善保家的艺高人胆大，这种事她确实见得多了。“少吓唬人，都给我上。”谁知道这多姑娘竟真的摔起了孩子来了。

幸得贾母对原来邢夫人房里的这些人并不放心，特意派焦大跟去。那孩子号啕大哭，焦大抱着孩子道：“姨奶奶你这是何苦呢？”“我宁愿孩子摔死，也不愿生出像三姑娘那样的白眼狼。”

她的话不得不让焦大深思，自打荣宁二公创业以来，这贾门里出来不知多少个赵姨娘、三小姐似的人物。哭天抢地的见过不少，可像她这样刚烈的却真是少见。

“焦太爷，你就让我再抱一抱我的孩子吧！”已是泪人的多姑娘已跪在地上了。“这怎么使得，姨奶奶你好歹也算半个主子，怎么能……”焦大叹了口气道：“好吧。”多姑娘最后给孩子喂了一次奶，她的血与泪一并流出。突然，一丝极为不祥的预感蹿上了焦大的心头，多姑娘的脸庞真真像极了一个人，当年那个可怕的女人。焦大盯紧了她，生怕这多浑虫的婆娘再演出一场摔孩子的好戏。

多姑娘识相地把孩子交给了焦大，那孩子哭得更响了，仿佛他也感受到骨肉分离的痛苦。“姨奶奶，您尽管放心，将来等哥儿有了一官半职，好处少不了您的。”那夏婆子好言相劝道。

可是，急等着抱孙子的贾赦和他的母亲史太君等来的却只是个死孩子。狡猾的多姑娘用针弄出了一个细的不易察觉但却非常致命的伤口，等荣国府的众人察觉之后想要搭救，为时已晚。

那贾赦浑身一个劲地发抖，且说道:“贾赦到底做了什么孽，尽招惹些个夜叉星。虎毒尚且不食子，那个什么姑娘，竟然比凤辣子还狠。”“来人啊。”史太君叫道，“给我把那个奴才拉来喂狗。”

“万望老祖宗开恩。”贾珊急忙下跪为多姑娘求情。“珊小子，她害死的可是你的儿子。”贾母道。“可是如果不是她当时把孙儿救下，现在孙儿恐已命丧胡人之手。咱家也……”“混账东西，你娘当年说的一点也不错……”

李庄头

史太君这一气不得了，整整两天下不了床。

老祖宗下不了床，可真急坏了鸳鸯，端茶倒水把老太太服侍得好生周到。谁知那贾母却不领情地讲道："你这小蹄子不到珊儿房里，老来我这干什么，怪不得收不住男人的心。"自从鸳鸯到了贾珊的房里，她连贾珊的人影都没看见过几回，怎么能拴得住他的心！鸳鸯曾一度打算改变策略去讨好他的女儿贾芬，谁知道这丫头比他老子更不是东西，竟当着众人的面，把鸳鸯给她做的金丝鱼子面摔在了地上。那芬丫头别看平时眼睛跟常人没什么两样，在摔碗的时候，那眼珠子竟跟血染的似的。从贾赦、贾珊父子（一个拒人千里，一个自己倒贴）再到那个芬丫头，金鸳鸯是真真受尽了他们家祖孙三代的气，但此刻她最恨的不是别人，正是多姑娘那个狐狸精。

不过这可怨不得多姑娘。皇帝老儿一句话，贾珊便得了宁荣二府和金陵史家三家的产业，可那些庄头收上来的银钱竟还不如抄家前的那一年宁国府的年租。为此贾珊亲自往江南走了一回，也办了几个庄头，银钱竟翻了一倍。"哥，可真有你的！"贾琏道，"过去珍大哥拿他们一点辙都没有，你一来他们就都服了。""不知道这些奴才能不能长些记性。"贾珊道，"怎么流云庄的李庄头现在还没来？"

"就算来了又能怎样？"贾琏道，"每回交来的银钱不足千两。""流云庄有多少人口，多少亩地？"贾珊的这句话可把琏二爷给问住了。"我说老二，你这么当家可不成，有多少人口你不清楚还说得过去，有多少亩地你可一定要搞清楚。"忽然听见小厮来报："流云庄的李庄头来了。"

"这个老头现在才过来。老二，你把三叔和小蓉小子一起找来，咱们一起来看看这些个地头蛇到底是几颗脑袋几只手。"

那李庄头带着两个水灵灵，还带着那么几分稚气的丫头站在院外，站在宁国府唯一干净的两个大石狮子面前。正是该吃中午饭的时候，那李庄头一行人，一路奔波是又累又饿，可是荣国府的主子是迟迟不肯相见。害得他们一直从正午站到太阳都快落山，站得那李庄头两腿直抖，那两丫头的腿也是又累又酸。

李庄头上了岁数，累得站立不住，差点栽倒过去，幸亏被两个丫头搀扶着。“爹，这荣国府的主子可真不厚道，您这么大老远地来送租子，他们是既不给看座也不上茶。咱们的肚子现在还饿着呢！”那李庄头叹了口气道：“丫头别说了，回了这趟差事，咱们就远走高飞，彻底离开那鬼地方。”“好，只要能离了那鬼地方，就是到街上讨饭也知足了。”“姐，你别瞎想，要是那荣国府的主子较上劲来咱们两个都得来抵账。”

“别嚷了，主子让你们进去。”荣国府的管家王善保喊道。两个丫头便随李庄头一起过去，谁知那王善保竟当着李庄头的面给了两个丫头一顿嘴巴。“眼睛乱看什么，进了这国公府也不知规矩着点。”荣国府里的一句老话，主子长脸是用来体面，奴才长脸是用来掌嘴。“老爷，您消消气。我这两个丫头没见过世面，两个臭丫头还不快给王老爷赔不是。”“免了，大少爷有话问你。”

李庄头父女三人忙跪下等着贾珊问话。贾珊却只顾着摆弄他的十九弦琴，不过弹出来的曲调，不似他在皇帝面前弹得那么活泼欢快，反而越发的狰狞刺耳，让人极不舒服。

“爷，该吃饭了，这是原来东府里的豆皮包子，是爷最爱吃的。”鸳鸯说道。谁知那贾珊竟一脚将那一笼包子踢到九霄云外。“谁告诉你我爱吃这破玩意儿。”自打出了死孩子的事后，贾珊便没给过鸳鸯好脸色。“爷去北边那么多年口味变了，您到底爱吃什么，我让下边给您做。”鸳鸯委屈地讲道。“我爱吃什么不要你管。”这时候贾琏见此情景，连忙跑到他哥哥的身边低声耳语：“鸳鸯是老太太身边得脸的人，没她老太太连饭都吃不下。哥你不为自己想，也为你家芬丫头想想。”贾珊这才换了副笑脸道：“我正在为年租的事生气，不想吃罪了姐姐，姐姐你先回去问老太太的安，等我料理完这些个奴才随后就去。”贾珊这些年口味确实变了，丫鬟给他拿来咸奶酪和鹅肝，用来卷着吃，且喝着皇帝赏赐的西洋进贡的葡萄酒。而李庄头一行人除了昨天早上简单地吃过早饭之后，就匆匆地上路了，至今不曾吃过东西。

等他吃得差不多了，才慢悠悠地说道：“呦，这不是流云庄的李老爷吗？”“奴才该死，奴才罪该万死。”那李庄头是一个劲地磕头。“起来说话。”那李庄头应声起来。

直到这时贾珊才发现这李庄头粗布单衣，且面有菜色，跟其他庄头衣着华丽，肥头大耳的样子截然不同。“看座。”那李庄头不敢坐只是站着。“你们庄上有多少人口，多少田地？”那李庄头正要磕头谢罪。“谁要你跪着了，站着答话。”贾蓉讲道。“回大少爷的话，奴才实在不知道。”这话惊得贾珊是目瞪口呆，有生以来这种事情还是头一回碰上。“哥别跟他废话。”贾琏讲道。“你这次打算拿多少银钱来搪塞府上？”“这几年年景一直不好……”“你这真是胡说八道。”贾琏道，“小辛屯离你们那也就十来里地，怎么人家那就风调雨顺？”贾珊讲道：“老二别发火，看看他有什么话说。李庄头你这回都带了些什么东西回来？”那李庄头支支吾吾好半天才开口：“回爷们儿的话，奴才这回只带来了马一匹，驴四头，蘑菇二十斤，现银子八十七两又五钱。”

“这简直是打发叫花子。”贾府的爷们儿是一片哗然。“难道流云庄上只剩了你们一户人家？”贾珊气得将夜光杯摔碎。

“奴才实在是没有办法，要是实在不行……听人说大少爷您喜欢流云庄上的婆娘，实在不行您把这两个丫头带走。”“你老人家倒是会算账。”那贾蓉说道，“你这两个丫头是西施还是貂蝉，能值千百两银子？不过倒也蛮水灵的，等爷们儿玩腻了，就卖去做窑姐儿。”说着贾蓉露出了淫邪的目光。

谁也不曾想到那李庄头竟撞死在了宁国府的那只大石狮子上，那两个丫头顿时哭成泪人。“爹爹，爹爹……”“看来流云庄上确实只剩下了这一户人家。让库里面支个五十两，再加上李庄头上交的那八十七两，把他给厚葬了，至于这两个丫头，先带下去好生安顿，明天叫宝玉媳妇儿问问到底是怎么一回事。”

暗潮

“宝姐姐，那两个丫头都说了些什么话？”宝玉问道。“什么也没说，那两个丫头一个天聋，一个地哑，活似两个锯了口的葫芦，什么事也不说。”宝钗说道。“莺儿，你姨奶奶呢？”“回奶奶的话，我从早起就没看着她。不知道上哪里去了。”“还能上哪去，定是上多浑虫的混账女人那里玩去了，看她回来我非给她两耳光子不可。”宝钗道。

“岂有此理，多浑虫的婆娘？”宝玉道，“那不就是晴雯的表嫂吗？”“云丫头怎么跟这种人在一起？虎毒尚不食子，这种连自己孩子都能下手的女人……也真是晴雯当年命苦，竟落在她的手里。”宝玉依然因晴雯的死对多姑娘耿耿于怀。

真的让宝姐姐说准了。这两个不怎么干净的姨奶奶，竟成了一对知己好友。“我是何等样人，怎能让姐姐你给我做饭？”“你这话说得叫人恶心。”多姑娘言道，“你是何等样人，那我又是何等样人。”她这句话无意中触动了两个人共同的心结，那史湘云顿时羞红了脸。“这样吧，我来做饭，你来打下手。”就这样多姑娘做饭，史湘云打起了下手。

突然一阵熟悉的马蹄声，多姑娘兴奋得差点切到手指。多姑娘冲着去开门，确是贾珊从北国带来的那匹魔颗宁的马，但人却从马背上摔了下来……

多姑娘此刻明白，这个人只能是贾琏，而不是他的兄弟。贾琏见到这位昔日在床颠鸾倒凤的嫂子不免有些尴尬，而这位嫂子当年也曾笑话宝玉是个没药性的炮仗，而今竟然也自己不由得羞红了脸。

贾琏刚站起来不久，那马用蹄子一扫，贾琏又摔倒在地上，史湘云竟忍不住笑了，琏二爷弄得好没面子，提起鞭子便要打，被多姑娘给止住了。

多姑娘道：“我说老二，大过年的，你只顾着自己大鱼大肉的，也不喂喂人家。”

贾琏讲道："我还没喂它？我就差拿老祖宗平时吃的御田胭脂米来喂它了。""你把你哥哥的话全当是耳旁风，看他回来怎么收拾你。"说着多姑娘提起一只活鸡来，那魔颗宁居然张嘴就咬，它不吃肉只是喝血。吓得史湘云脸色惨白，那琏二爷不由感叹道："这玩意是马吗！"

这时琏二爷方才想起他哥哥说的话。"这马产自极北苦寒之地，即使是牛马也难耐那刺骨的寒风，当地的古儿林人也只得牧鹿为生，但为了让马儿习惯这苦寒之地，隔三差五便喂些个野鹅血或是鹿血，是那年我奉命向古儿林汗索要马匹时得来的，我走后老二你要替我好生地照顾，记得隔个两三日喂它些活鸡活鸭。"

"嫂子，我哥去哪了？""还能去哪，还不是表少爷家。""这宝贝，我消受不起。"说着琏二爷便换了一匹白马去了仇都尉家。

"喂，别告诉爱哥哥和宝姐姐我在这里。"史湘云喊道。"知道了。"贾琏应道。"跟他说了也是白搭，你琏二哥哥虽说人不坏，但除了相好的粉头，心里边什么事也不装。"说完多姑娘才意识到她连自己也一并骂了。

"这是什么？""怎么你连这个也不认识了？这不就是那年刘姥姥过来时吃的茄鲞吗！""这不要十几只鸡来配吗？"史湘云问道。"那夜叉婆的鬼话也能信？我敢说她这辈子都没进过一回厨房。"说到这多姑娘信心满满。

忽然一阵马蹄声传来。"天哪，不会是宝哥哥和宝姐姐来了吧。""怎么会是他们，他们才不会来，照我说是你珊哥哥和他的两姨兄弟。""两姨兄弟？"湘云问道。"仇都尉的二公子。""什么！是仇鸣镝！好姐姐，快让我躲躲。""好的，你到这里吧！"说着史湘云便藏到了床底下。

一开门果然是贾珊和他的两姨兄弟仇鸣镝。"芙蓉你怎么现在才开门？"贾珊说道。"人家刚炒完菜。""老二来过了？"说着用手指着魔颗宁。"他到表少爷府上去找你们了，谁知他前脚走你们后脚就来了。"贾珊却依然是一副狐疑之色，不由得让多姑娘寒心。"姐姐，你真有先见之明，知道我和表弟要来事先就摆好两个人的酒菜。"这分明是话里有话，再听他跟那仇鸣镝商量去流云庄收租子的事，便让她气不打一处来，听着真真的心烦。

"芙蓉你再去弄几个菜。"多姑娘见这冤家又是欢喜又是愁。她的前夫多浑虫是府里面的厨子，她从他那学来一手青出于蓝的好手艺，一道道的菜肴是色香味俱全。"珊哥哥，要不要等会儿琏哥哥？"那贾珊看了多姑娘一眼说道："不用了，我想这老二早就用过饭了。”

“这个黑心烂肺的玩意。”多姑娘低声地骂道，不过骂的并不是他，而是他的兄弟。她估计的不错，贾琏本来确实是有事来找他哥哥，但是在他看来这事并不着急，半道想起了那个相好的粉头厮混了起来。这下倒好，照贾珊的推断：如果老二真是来找我的，纵是去了表弟府上，这会儿也应该过来了，芙蓉你一个人又吃不了这些个酒菜……

多姑娘就知道这冤家会这么想，但希望这表少爷能多留一会儿，等贾琏厮混完了也该过来了，一切都还好说，不然这该死的冤家定要吵上一架，然后不知上哪儿去，到时候真是百口莫辩了。

谁知那仇鸣镝却因嫡母无端生事心情不好，菜没吃几口就走了，贾珊这个表哥倒是热心送了他几句诗，来勉励这位仇尉卫庶出的二公子。

“姐姐，表弟走了咱们吃咱们的。”“可惜，白做了这么多的菜。”多姑娘讲道。“怎么会白做了呢，三个吃正好。”说着，一时间形如脱兔，竟似一道白光闪过，好生利索的手段。可惜却错把湘云当成了贾琏。多姑娘光顾着跟贾珊生气，竟然把她给忘了。

他初见湘云的时候，湘云与宝玉因多日流落饮食不得周全弄得满头白发，而这些时光在荣国府内好生地调养，气色也竟好了起来，以致让贾珊惊为天人。

“云丫头，你这模样真是好生了得。”贾珊言道，“怪不得鸣镝那小子要用扶桑宝刀和大宛马跟宝玉换你。”他这话羞得湘云脸红了，但他却继续说道：“你在宝玉那边做小，而到了鸣镝那边说不好还能做大呢！”“珊哥哥你这人好没良心，错怪了嫂子，还拿我寻开心。你给仇老二做的那首诗，可真是胆子大得很，也不怕不安好心的人挑你的毛病。”“好啊，你说说，你能从我这诗里挑出什么毛病来？”

这首诗是贾珊用来勉励姨表弟仇鸣镝的，用的是薄太后及汉文帝母子的故事。在汉高祖众嫔妃及诸子中薄太后最不得宠，汉文帝也只得封到了偏远贫瘠的代地。可谁知后来，吕后暴亡不久，便是诸吕伏诛，文帝得众臣推立得以为皇帝，终于苦尽甘来，诗文如下：

禅心一片汉未央，林中飞鸟与丹凤。
代地风光无限好，水到渠成功自然。

湘云笑道："依我看这倒是一首藏头诗。"贾珊横着一看，果然是"禅林代水"四个大字。"而水字恰恰是这本朝天子的本姓。"湘云见贾珊有了惊恐之色，自己也不由得有些害怕，便说道："珊哥哥，我只是胡说罢了，再说世上也并没有姓禅林的人家啊。"

不曾想这禅林二字一出口，那贾珊的脸就变得更加忧郁愁苦，他打开窗户向北望去，只觉得今年的年景反常得很，这阴湿的冷风也许正是从那季冥海边一路吹来。那中原草木却是这般的娇嫩，怎敌那北来的狂风！

叉叶国的都城塔林，建在莫名江的出海处，这入海的激流被叉叶所修造的城池阻挡在此而更加汹涌，加上与涨潮的海曙相冲撞，使这遂龙滩一带的水面异常凶险，以至于一些老练的采珠人都不在此下水采珠。

飘影客这位忠顺老王爷用上千两黄金都请不动的扶桑上忍，此时竟也扛不住这遂龙滩水下凶狠的暗流提前认输上了岸，这时黑衣侍从给他换好了衣服。飘影客讲道："世叔，我担心……""不用担心。"已故的那位君夫人的父亲提南英恶对飘影客说道，"自从陛下那年从恶洛克回来，到现在这么多年了。这事我再清楚不过。""小侄自幼在西扶桑长大，也常与扶桑当地的土人一起下到海底，捕鱼拾珠，也受不住这样的……""小子你还是太年轻，什么人能跟陛下相比，放心，陛下是不会有事的。"

这时一个人影闪过，飘影客与国丈赶忙行礼，原来是君夫人探春驾到了。那探春言道："陛下怎么还不上来，飘影客你再往水下走一趟。"那飘影客正要从命，谁知那国丈的一个眼神竟让这位狂傲扶桑上忍不敢越雷池一步，探春又想让身旁的侍从去水下救人，谁知道这些人全都不敢动，见此情景，探春气得几乎要将那满口的银牙咬碎。

一时风高浪急，季冥海的大潮将起，探春看着更是心惊肉跳，一些侍从正要下水救人，那国丈一声吼，便都退了回去。她此刻恨不得将这老贼碎尸万段……

忽从水下蹿出一股浪花，那君王竟踏浪而出，跳上一块礁石。那君王虽说是一丝不挂，但因为浑身多毛竟似穿上了一身皮衣。

眼下季冥海正值涨潮的时节，巨浪拍击礁石宛若远方的雷鸣，红色的眼珠子配上他那锋利的眼神，则正似晴空中的闪电，叫众人不敢正视。

"朕一时兴奋，叫国丈和夫人久等了。"居然把那老贼放在自己前面，这真真的叫探春不舒服。"陛下，眼下西元战事已定，恶洛克已经臣服。"贾宝玉的妹子探春道，"当趁现在贼子的孝期未满，火速进兵中原。南朝承平经久定难挡我朝的雄师铁骑。”“不可。”那国丈劝谏道，“中原地大人多，我军虽然勇也恐一时难以平定，而西元，高帽回云，虽一时战败，但实力尚存。陛下不可轻心。”“难道，要等过几年那兰提实练好十几万精兵再来夺取中原吗？”探春质问那国丈道。那君王则道：“要不是朕当年把兰提实从水中救上，又怎么会有今日之事。”

叉叶国主提起的这段往事，浮现在了当事人梦境中。那君王身上的那把恶洛克的匕首，锋利无比，这是紫衫太子的遗物，五十年光阴方才铸炼而成。

贾珊一时贪心，竟以身上的汉玉九龙佩来打赌，比武定输赢。三局两胜，头一场步下较量贾珊不敌，第二场却从马上扳回一局，到了第三场则比的是潜水……

他一个人浑身湿淋淋地坐在角落里，万分悔恨自己的轻率，因为他输掉的正是曾祖母水氏的遗物。“兰提实！”一个少女叫他在叉叶时的名字，“都是我不好，可真不是故意的。”原来打赌的时候，两位少爷各胜了一场，到第三次的时候不知道比什么好，便来请教这女孩。她说去比潜水，可她却不知道贾珊是个根本就不通水性的旱鸭子，不仅输掉了九龙佩而且还差点闹出人命。“没事，我愿赌服输。”贾珊装出一副无所谓的样子。“这是我的一点心意。”那个女孩子把一颗珍珠递给他，那珍珠好生的奇怪，竟活似人的眼睛。“你拿着吧，我技不如人，输得心服口服，这次输掉的又不是什么值钱的东西。”原来，这叉叶国是既不懂玉，也不爱玉器，贾珊的九龙佩，在那里确实不值钱。“你休要哄我，我不知道那件物品在你们那里算什么，但我看得出来那是你先人的遗物。”话已至此，贾珊不由得落下了眼泪。“这珍珠确实不值多少钱，但我哥哥当年却差点因为它丧命，希望你能够珍惜。”说着便把珍珠给了贾珊。

“倪多芙，倪多芙。”贾珊一直说着梦话，直到被魔颗宁的嘶鸣声所惊醒。“怎么，你想北边的那房少奶奶了吧？”贾珊看着枕边的多姑娘顿时生出一股苦涩的歉意，“要是倪多芙和我一起回来，这事可真难办，那边可没有这套习俗。”

“你也不必担心，就算你的那房大奶奶过来也不妨事。她要容得下人，老娘就伺候她。她要是容不下人，我就回流云庄照顾老人去。”

“你是流云庄的人？”贾珊大吃一惊。“怎么了？我们流云庄寨里的人怎么了？凭什么我们村里的人在你们这些主子的眼里就要比别人低上一等？小辛屯的人是你家的奴才，我们寨里的人也是你们家的奴才，为什么他们可以仗着府上的势力，去占水源，而流云寨的人……那年我和我哥哥两个人到界河里捞鱼，邻村里的孩子仗着人多，便霸占了我们的鱼，是我放狗赶走了他们。可是庄头的老婆却嫌我给府上惹了事，当着全村人的面……”说着多姑娘扎进贾珊怀里哭了起来，多年的旧事却始终不能忘怀。

“这都是过去的事情了，也休要再提，只是你说的可是那李庄头的老婆？”贾珊问道。“奇了，流云庄的庄头不是黄老兴吗？什么时候变成了姓李的？”多姑娘离家多年好多事情并不清楚。

“呦！庄头太太、少爷，你们好大的架子，怎么这会子才到？”那李庄头的儿子被那声音吓得哭了起来，李庄头的老婆忙拉着儿子想要跪下。“休要这样，我可消受不起，叫你们来是让你们见识一样东西。”一个坛子被抬了出来，吓得那对母子是心惊胆战。里面装着一个老妇人，是没手也没腿。紧接着，一碗滚烫的茶水泼在妇人的脸上。“告诉他们，你是谁。”“我是……”“你找打，忘了自己是什么东西。”那坛子里的妇人忙说道：“畜生我是黄老兴的老婆。”“再告诉他们，要是对着干是个什么下场。”那人严厉地命令道。坛子里的人也只能这样讲道：“只能比畜生我还要惨上一千倍，一万倍。”“听明白了吗？”这对母子吓得说不出话了。“只有听话才有活路，西贝窝里的畜生们管不了你们，按吩咐去做就不为难你们。”那母子俩因说不出话来，只能不断地点头。

旅途风波

“珊儿，自打出了李庄头的事以后，外边说咱府上待庄奴刻薄异常，如今你又亲自下田收租……”那贾政长出了一口气道，“府上出事的时候，那吴天佑弹劾咱家时，便有一条是说流云庄的恶奴仗着咱们家势力劫掠蜀商谋财害命。依我看那地连年歉收，民风又刁顽，不如放那些奴才出去，也好彰显咱府上的恩德。”“二叔，此言差矣，若那地真是连年歉收，纵使减免些年租，再倒贴些米粮，也是应该。可若是有奸人从中兴风作浪，便绝不能轻饶，今日弃了流云庄，明日乌山村、老黄庄便会照此做法，再往后，如贾雨村、吴天佑这帮人以为咱府上软弱可欺便要趁机发难。”这番话，贾政听得在理，便转念一想自己的儿孙宝玉、贾兰，虽然读书不少，但终究没有什么才干，不如趁这么个机会出去历练一番。

一切安顿好之后，贾珊并没有立刻起行，而是带着多姑娘去给他那未得名的幼子上坟。恰好碰上了来给晴雯上坟的宝玉。

原来，按照他们贾府的规矩，但凡是出生不满月便夭亡的孩子一律就地下葬，而不是像先前的贾珠、贾敬不顾路途遥远，一定要送到江南祖坟。而那孩子的墓，恰巧便在晴雯墓地的旁边。多姑娘一时间浑身冰凉，就像掉进了冰窖一般。

“宝兄弟，你一边去。”贾珊道。“我知道你想问我什么，让他在这里也无所谓。”多姑娘镇定地讲道。“那好，姐姐你就当着宝玉兄弟和你孩子英灵的面把事情是怎么一回事给我说清楚。”多姑娘反问道：“如果，你的儿子跟着红眼鞑子一起带兵杀向中原，你又会怎样？”这句话说到了贾珊的要害之处。“想三姑娘那样连亲娘都不认，赵姨奶奶也为她哭得死去活来……我又怎么会害自己的孩子。我们庄上的习俗，孩子卖给别人家之前弄下点毛病让他在那家会不舒服……到头还是想着自己家人，哪想到这孩子的身子骨经不起折腾。”说着泣涕涟涟。

贾珊见到她这个样子也不由心疼起来，正要好言安慰，不巧这时贾琏来了。“哥，嫂子，我在平元巷给盘下一套小院……”琏二爷喘着气说话不太清楚。“晚了，我这辈子看来就是住死人房子的命。”这句话好生的不吉利，但多姑娘自己浑然不觉，珊琏兄弟也不忍说破，怕事情更不吉利。

“你既是过来人，当年又何苦要为难小晴雯？”宝玉愤愤不平道，“如今姐姐你修成了正果，而她却苦苦地躺在这里。”“我当年又不是没管这小蹄子，只是受不了她那副小姐的脾气。你不信可以问问你琏二哥哥，当年的那位大太太都病成那样，老太太还逼着她去管后园子里的婆娘们，是我站出来给旧主人抱不平，哪怕她因为你大哥哥偷东西的事情，把我……”“够了！”贾珊呵斥道，“多年前的旧事你提它干吗？非要在大家的伤口上撒盐。”多姑娘缓了一口气问宝玉道：“你有没有梦见那丫头？”“我梦见她被封做芙蓉花神，掌管世间芙蓉花。”“什么！”她听了这话一时变了脸色道，“我生平看不起司棋，可她现在是三太太，偏压了我一辈儿。我与那晴雯不能相容，偏由她来管我。”多姑娘的旧名正是芙蓉，宝玉说起晴雯被封芙蓉花神的事，真真犯了她的忌讳，何况近日来她常梦见那已故旧主人宇文氏的音容笑貌……足足地招来了一身的晦气。

这一回贾珊也带她一起去，多姑娘不由浑身一热，自打那一年之后，她便许多年没有回去过故里。不知道家里现在成了什么样子，家里人还能认得自己吗？

可是这冤家的眼神，让她不由得害怕，这眼神竟与他从北边刚回来的时候很相似，只是感觉胆气上更豪壮一些罢了。这不由得让她想起到底出了什么事，竟像要去打仗一般，多姑娘不由得生出一股子无名的愁苦之色来。虽然这一回荣国府用来接待少奶奶的马车，破例地给这么一个至今连名分都没有的女人享用，但她却在里面坐卧不宁，好生的难受。

忽然听到了贾政训斥宝玉的行为，她幸灾乐祸地笑了，贾珊派来服侍她的丫鬟弦儿，以为她是在高兴政老爷因责骂儿子而没有发现这一僭越的行为。

可这冤家偏偏就看穿了她的心思，心中早已明了事情的原委：“芙蓉你拿了宝玉的什么东西，害他误了行期，让二叔一顿训斥。”“拿去看看吧！”这玩意让宝玉一顿好找，贾珊本不愿看，但到底是经不住多姑娘的挑逗……

“使君有妇，罗敷有夫。”贾珊不由得叹道，原来林黛玉自宝玉与宝钗成婚后，并没有死，而是被她的叔叔林如意接走，嫁给了宝玉的姑舅。

她因受到婆母及大小姑子的欺负，再加上丈夫专注仕途经济，无意缠绵于闺中之情很是苦闷，近日又得到了宝玉的消息故而捎信过来……

这封信真真的让人酸掉了下巴。“姐姐，你原来可没有这小偷小摸的毛病，怎么我不在的这些年……”得，又来了，依旧是一副主子的口气，让多姑娘头疼不已。“将来把你接回府里边来住，就是我能容你，可是你这毛病不改，老太太和老爷又怎么能……”想到这一条多姑娘就心烦，那贾珊一个劲地讲老太太是怎么宽厚仁爱，只要她肯改过，便如疼亲孙女一样疼她。

那老太太的宽厚，她其实多年以前便领教过。记得那一日宇文氏预感到自己时日不多，因为心中有愧，刚训完儿子贾琏，便叫人把她找来。

“芙蓉，你奶奶我管家的时间虽长，但私房钱却就这么一二百两，别嫌少都拿去吧！”对于一个被毁掉一生的丫鬟来说这些钱确实少得可怜，但却是足够一般人家过上八年的，但她却不肯收下。“怎么还在生我的气？”“芙蓉你就收下吧，这好歹是奶奶的一片心意。”夏荷也在一旁帮腔道。可她却不领情地讲道：“奶奶你赏我这些东西，还不如赏我两桶黄汤呢！您就是把皇帝库给我，也得让我们家的那条虫，连汤带骨一起孝敬给那酒店老板。”

“太太，您来了。”贾母驾到，宇文氏赶紧起身迎接。“后园子里的老婆子赌钱吃酒，你到底管不管？”“太太，大奶奶都已经这样了……”尽管宇文氏毁掉了她的一生，可她依然看在旧日主仆的情分上，站出来为主母说情，不过对小晴雯却偏偏没有这么厚道。谁知那老太君竟说道：“要是你不能干，我凭什么让我的儿子，把你这不共戴天的仇家女迎进我贾家的门？”

她和夏荷走出来的时候正碰上宇文氏的妹妹带着女儿凤姐来探望病情。那王家二小姐的眼神可真真的厉害，竟和她姨妈活活一个样。当时，她就对夏荷说道：“你赶快趁现在奶奶还在，配个小厮算了，不然你怎么是那王家二小姐的对手。”

可怜的夏荷后来在凤姐过门不到半年就进了棺材，包括后来死了的尤二姐，这些年的经验告诉多姑娘那西贝窝里（指宁荣二府）就是吃人连骨头渣都剩不下的地方，任贾珊说破嘴皮子也不能进去。

多姑娘故意岔开话题：“咦，你怎么这回不带兰小子，那小子能文能武比他那呆头木脑的叔叔有用多了。”“这个嘛……”贾珊正要说话……

“不好了，表少爷跟拦路的强盗打了起来。”那贾珊忙蹿出车外，跳到他的那匹坐骑魔颗宁上，骑马赶去。

好一阵厮杀，那仇鸣镝一杆软枪使得是神出鬼没，攻中带守，守中带攻，一套枪法集合杨家枪和河北聂家枪等诸名家之长，果然非同凡响。

而他的对手却也不是吃素的，贾珊见那人在马上用的也是双剑，可用法却截然不同。贾珊用双剑是为了护住门户，而那人却是为了击杀对手。那人的身手，也好生了得，在马上是何等飘逸潇洒，竟有点仙风道骨的味道。

“这两个人的武艺，确实是世所罕见，不过到底都是没有真正上过战场的人。”贾珊一看他们的身手，心中便有了数，他仗着魔颗宁，一下子便蹿到了两人身边。那马一声尖叫，两人的战马都受了惊吓。乘势一招收掉了那人的双剑，紧接着那魔颗宁，甩首一咬，竟把他摔下马去。

“琏二爷，往日真是小瞧你了，真不想身手竟如此了得。”“我不是贾琏，是他哥哥。”说着便揭去那人脸上的白布。“柳湘莲！”宝玉和贾琏惊呼道。

这可真是不打不相识，一来二去便成了朋友。“鸣镝、柳贤弟，你们的武艺虽然不错，但到了战场上可千万不能这样，万不可有这样外强中干的坐骑。”贾珊讲道。

“大哥此言差矣！”宝玉在一旁插嘴道，“天下已太平多时，眼下虽然河南有魔教闹事，江南有红毛番的海盗为患，但也是小打小闹成不了气候，圣上已降诏让二姐夫（指孙绍祖）和舅舅（王子腾）去料理，想必不日便将太平。大哥又何必妄言征战之事。”

“冲你这种想法，天下也休想太平。”说着贾珊就变了颜色，把腕子一抖，整个调了个个儿，过了好久且不止一圈，先使出了一招被后人称为周天寒御的招数，这一招是他自创的兼有中原及叉叶的招数之长，接着又一手狠毒的看着像是雪飘梅香的路子，将仇柳二人的坐骑，一一刺死，那仇柳二人被这样漂亮的身手吓得是目瞪口呆，心中佩服得紧。“先换这两马来骑，等到了胡家镇从那边的马市上挑上几匹好马。”

“冷先生，怎么爷们儿能给气成这样！这么大的火是哪来的？”多姑娘问道。“他那是为国分忧。”贾珊请来的师爷，冷子兴道。“看来那些红眼鞑子确实是咱爷们儿的一块心病。”

多姑娘的话说得不错，那确实是她爷们儿的心病，可她爷们又何尝不是那叉叶国主的一块心病。眼看那兰提实的孝期将满，荣国府又被林如意、北靖王调兵保护了起来，想要故技重施又恐难以得逞，正好给那南朝的君臣提醒。把这位爷急得是真真吃不下饭。

那君王正是在为兰提实的事沉思，突然，一只猎鹰大小的乌鸦，撞开九叶八角窗飞了进来，君王将一只白兔奖赏与它，这畜生的爪子远不如苍鹰一般的锋利，因而不得一击致命，与那白兔的较量也更加的持久而残酷……

不知是何缘故，叉叶的这三代君王都喜欢养这种凶狠且令人生厌的动物。这不祥的鸟儿在国人中引来一阵阵的非议，至于民间传言，宫中的乌鸦犹如鹦鹉能说人言，常将民间的传言带入宫中。于是塔林城里的百姓见了这种畜生，便不敢再多言语。

因后世的文献缺失，无从辨别这传言的真伪，但是这君王却突然来了精神，那血红一般的眼珠子再次露出了那凶狠锋利的目光。

“那兰提实这回要去一个叫流云庄的地方。”叉叶国主看着地图说道。“流云庄，又名流云寨，这一带可是大有作为之处，兰提实要是到那里等同于跟他祖宗当年征战过的敌人，再度较量一番。”国丈言道。“这有意思的很，但愿不要再重蹈往日的覆辙。”探春言道。言毕，那国丈的脸色有些凝重，仿佛想起了那不断被上代人提起的陈年旧账。那君王突然手指地图：“兰提实，好像会走这里。”上官谷是那叉叶国主指向的地名，国丈一时如倒了五味瓶万般滋味直上心头……

上官谷一带的地形十分险恶，柳湘莲、贾文忠根据往日的绿林经验劝贾珊不要走这条道，可是还是来了。贾珊在这里见到如此险恶的地势不禁感叹祖辈创业的艰难，一件不断被家中老人提起的往事，浮现在眼前，仿佛只是昨日之事。

“贾演、贾源，水恒仁的十万大军已全军覆没。你们兄弟又何苦不识时务？”那伪朝的三秦王宇文浩然道。“此时不降，更待何时？”伪车骑大将军赵天彪，龙虎大将军孙英应声喊道。“自古忠臣不事二主，要杀要剐悉听尊便。”“贾氏双雄果然是忠义之士，本王念你们原系江淮一带的盐枭，本非那辽贼水氏的嫡系。今日且放你们一条生路，若来日再犯，定不轻饶。”“大恩不言谢。”说着三人三骑绝尘而去。那三秦王得胜班师，走到半道，其部将赵天彪忽然想起什么。“大王千岁，依末将之见，那贾氏兄弟身旁的那员军卒，在万马千军中镇定自若非是寻常之辈。”宇文浩然思考片刻，突地猛然一惊，“水恒仁！快追！”可为时已晚。

中原的太祖皇帝在上官谷一战中剩下了三人三骑，后封贾演为宁国公，其弟贾源为荣国公。

那贾源是贾珊、贾宝玉的曾祖父，而那宇文浩然，正是他珊少爷的曾外祖父。“老二听说云小子，在这一带谋了个守备使。”“这云小子今非昔比，他现在做了那贾雨村的女婿，恐怕早记不得咱府上的恩德了。”说到这贾琏不由得苦笑了起来。“这不乱辈分了吗？”贾珊淡然笑道。“还不是你那夜叉老婆挑的。”多姑娘在车里插话道，“当年你们多好，那又是个正派知恩的人……”

多姑娘的话句句在理，说的那贾琏是无地自容。“老二、芙蓉你们别吵了，要不是那小云子，咱们这一行人也不敢走这古道。先代不知多少英灵埋在这里，你们都安静不要惊扰那故去的无数英豪。”

“冷先生，”贾珊向冷子兴请教道，“那流云庄上的刁奴，屡屡闹事，不知如何是好。”“公子不必多虑，水能载舟亦能覆舟，可为利亦可为害。既然那地方民风凶悍又何尝不可为公子所用？”“先生之言正合我意。”贾珊言道。“芙蓉，”他冲在车里的多姑娘喊道，“过一会咱们到杨家镇去吃面。”“那儿的面有什么好吃的，不如先饿一会儿，到了流云寨，我做给你们吃。”已有好多年没有回娘家了，着急要见家中父老，再加上杨家镇的人对流庄上的素来刻薄，往往在赶集的时候卖给他们多于其他地方的三四成价格，所以，流云庄上一些有骨气的人家，宁肯多走几十里，也不愿意在这个地方做买卖。可她的这些理由，在贾珊看来是那样的无聊可笑。“芙蓉你厚道点儿，那杨家镇因杨家而得名，说来也算你半个本家。”“我又不姓那个杨。”“那你姓哪个杨？”“你们家杀猪宰羊那个羊。”贾珊听到之后，不由得觉得这世事变化无常。当年贾家祖宗宁荣二公因得罪当时在江南根深蒂固的大盐枭羊氏家族，不得不跨海到辽东投奔太祖皇帝，而留在本地的亲族皆为羊氏所害。所以，贾氏很少同这个姓的人家攀亲……到是宝玉来了劲一时间旧病复发笑话她道：“琏二哥，你让珊哥哥劝嫂子改个名，要么换个姓。”贾琏笑了笑道：“你怎么非要人家改名换姓，这是什么道理？”“羊吃草，芙蓉属草木一类的物件，羊芙蓉三个字放在一起怎么有点自生自灭的味道。”“宝玉你老实点，要是让老大知道，别的不问，就你偷听他们谈话这一条就要给你一顿嘴巴子。”贾琏忙说道。碰巧贾珊捡到了古战场遗失的兵器，不禁吟唱起来：“驱车携佳人，拾起旧刀枪，试将磨洗儿，不敢认前朝……”忽然，多姑娘叫了一声肚子疼。贾珊便看了她一眼讲道：“看来你不去杨家镇也不行了。”

桑下老人

这几天雨村一直睡不安稳，虽然他现在还当着大司马，但这些年他为了能扶摇直上，不知得罪了多少人，害的多少人家破人亡，只要他一朝倒台不知道有多少人恨不得将他碎尸万段……

他在世间仇家虽多，但想来真正能置他于死地的，也只有荣国府的那位从北国归来的大公子贾珊。他本靠着荣国府起家，可他却在荣国府落难的时候动起了邪心，打了宝二奶奶的歪主意……

后来贾珊回来的时候他也是百般刁难，吴天佑逼贾珊守孝的时候，他也在朝中跟着起哄，逼得当时正得天子倚重的贾珊，不得不回家去念孝经。雨村心里也算是一块石头落了地。

可是，人算不如天算。这几年他因为在太子和郑王的事上摇摆不定，弄得在那忠顺老王爷和吴皇后面前是两边不讨好，而那贾珊则请来了他旧日的知己冷子兴，正是在这位高人的指点下，贾珊这些年来是韬光养晦，避开了朝中的争斗，暗地里结交了上至北静王水溶、中堂林如意等王公权贵，下至如黑蛟帮倪儿等一帮子下三滥的人物。

不过根据多年的官场经验，他也并没有把事情做绝，那薛宝钗不愿意跟他，也没有强逼着，而且在荣国府困难的时候还时不时地送些财物过去，就拿邢夫人过世这件事来说，他当时就把皇帝赐的古扇给了那小贾芬。因为虽说元春已死，但她的儿子却被封了辽王，万一贾家的外甥做了皇帝……

“怎么兄长还在为那小子的事为难呢？”说话的不是别人，正是被中原的皇帝封了仁和太子的特烈西。“你是怎么进来的？”特烈西笑道：“老兄你花上那些个银钱怎么就雇来一些废物来看家护院，我替你全解决了，省得浪费粮食。”

雨村忽然看到特烈西身后的那三个黑衣人……这亏得是他贾雨村，要是换了一般人恐怕早就吓得瘫在地上了。他故作镇定且正色道："你们这是要干什么，我乃堂堂的兵部大司马。""老兄，何必动气，咱们是老相识了，我又怎么会把刀架在你的脖子上。"这句话不假，当年要不是他和凤姐的父亲王子腾推波助澜，这特烈西当年在朝堂上行骗也未必能够得逞。"把刀架在你头上的是那个小子，你以为给他闺女送个小玩意，便可以尽释前嫌了？那帮人恨不得将你拆骨扒皮……"

特烈西的话不无道理，可是这事一旦做了就再无回头的余地……思索之后，终于想出了一条两全之策，"这事我不方便直接出面，让管家修书一封给流云庄的桑下老人，再让我那干女婿从中注意，老弟你再活动活动，这事就算定了。""好，若有难处定会再来指教。雨村兄，别忘了你这是在为天子办事。"言毕，特烈西便扬长而去，那天子二字一出口，那贾雨村便感到一阵阵彻骨的寒意。

流云寨的情形也让贾珊感到了一阵彻骨的寒意，犹如从火山口掉进了冰窟，这地的情形让他是触目惊心，他惊奇地发现那些地里庄稼长得齐整、茂盛的人家往往住在不怎么样的土坯房里，家里的牲口是又弱又小，往往是一些瘦弱的耕牛和小毛驴，耕种的大都是一些贫瘠的土地。而与之相反，那些耕种肥美土地的人家，反而地里庄稼长得大都不怎么样，住的是相对较好的砖瓦房，家里的牲口大都是一些用来乘骑的骡马。

他的表情顿时变得严肃起来，这让他的三叔贾文忠感到好生的奇怪。"小珊子，你这是怎么了？过上官谷的时候你都没有这样。""三叔，自古人心阴于山川，这流云庄让我想起了一个地方。""什么地方？""可士零。""那可士零是何国何地？""三叔，你还记得跟我交手的那个楚尔吗？""当然记得，那红眼鞑子的武艺好生了得。""那楚尔便是可士零人。侄儿在北朝时曾随提南将军去可士零平叛，那地的军民举刀为兵，埋刀为民，大军剿不胜剿，令人十分的头痛。在那地驻扎时，我军每人十个结伴，两两成行，轮流小睡片刻，那时好生的难受，是饭不敢吃，连水也不敢喝……"

"三老爷，大少爷庄上的奴才们已经准备好了酒菜，就等主子们来赏脸用饭。"多姑娘这话不由得让贾珊有些个欣喜，心想这芙蓉说话向来没大没小，如今怎么这么的规矩，不就是拿自己做法，给这里的奴才看吗。

贾珊本不愿让她到这里，想让她留在杨家镇或者回京城。可她非说都到家门口了没有不回去的道理。总之贾珊现在已是老大年岁，他已有二子却深陷北国，还有一个未足月就……在多姑娘肚子里的这一个说什么也不能……

“芙蓉你怎么不在屋里待着，怎么自己出来了？”贾珊问道。“爷们儿不回去，我也风光不起来。”“这民歌唱的是什么？”多姑娘在他的耳边轻轻耳语道：

英枭茶儿代美酒，定计安天下。武威间爷自许，笑傲间寄苍生。风从林间过啊，空气中透血腥。爷们舍得一身剐，敢把皇帝老拉下马。微风起、微风起，从那天边起，风儿转急刮得紧，转瞬间雨转晴。狂风吹来，寒气笼四野。休道冰封千百丈，他年是春分。

“这就是流云寨的民歌！”贾珊一行人先去李庄头院里安抚李庄头的幼子和遗孀，问他们庄里的事，这母子俩竟是一问三不知。宝玉要去茅房，李庄头的婆娘竟不知道茅房在哪儿。

有一点更让人感到奇怪，附近的那些孩子，赏给他们东西，谁也不敢要，塞到手里的能给你又退回来，真真的气人。

这情形让贾珊不塞心也无由。昔日宁荣二公，及他的祖父代善、堂祖父代化为朝廷征战，所获之囚赐为奴隶，皆不堪大用，或令其去饲养马匹。

这流云庄的百姓的先世或是一些伪朝的兵丁，或是昔日贾源、贾代善两代荣国公征战苗蛮、漠北所获之俘虏。

仔细看来真的奇怪，多姑娘和贾珊一没入过洞房，二没有过三媒四聘，可就是这么个至今连正经的名分都没有的女人，却在这里好生的风光。

这儿出了个姨奶奶可是了不得的事情。若把这流云寨比作大观园，她多姑娘比起当年的贾元春是有过之而无不及。即便是那元春也没有把皇帝老儿的威风给压下去，就拿门外那些帮忙喂马的孩子来说，宝玉把糖给他们，他们是死活不要。而那羊芙蓉的一个眼神过去，就像换了一拨孩子似的在那乖乖地谢恩。所幸她识得大体，跟自家人常讲府上如何恩典。可那珊少爷却依然不是很舒服……

忽然那多姑娘的妹子闯了进来，那丫头好生的漂亮，皮肤就像羊脂玉做的一样，恰好人也叫羊脂，活脱了那羊芙蓉当年的模样，但却更加艳丽动人。宝玉见了也暗自惊奇，因为这样的美人天地间少有。

她先忙着跟她姐姐说什么事情，忽然想到珊少爷在场慌忙行礼。这流云庄的方言与川陕两省的其他地方毫无共同之处，就像他听不懂流云庄上的民歌一样，他也听不懂羊家姐妹在讲些什么！

羊芙蓉也就是多姑娘仿佛也意识到了这一点，忽然说起了官话："妹子，这么大的事你怎么不去求少爷，大爹、二爹回来又能怎么样？""这……""怕什么，大少爷是咱们的主子，大少爷不给咱们做主，谁还给咱们做主？""可是……"接下来的贾珊一句也听不懂，全是当地的土话。"咱们庄上的人是大少爷家的奴才，小辛屯的人也是，谁对谁错还不得听大少爷的。"

小辛屯上像如临大敌一般戒备森严，贾珊驱车前来。"快开寨门。""大少爷，奴才有失远迎万望恕罪。"小辛屯的洪庄头道。"我说洪庄头，你这怎么跟要打仗似的？""回大少爷的话，要是不仔细些，流云寨的人就会来放火烧庄稼。""有这事？""不好了，那羊狞跑了。"

"小狗崽子，让爷们儿费这么大的力气。"说着几个庄丁，对羊狞一顿拳打脚踢。

"有话好好说，干吗打人？"荣国府的公子发话了，西贝窝里的奴才才停了手。"你就是芙蓉的弟弟，长得果然像她。"这话说得不错，这羊狞长得确实像多姑娘，只是那一双碧眼，隐约地向世人昭示着第二代荣国公贾代善讨伐安延集的赫赫战功。

可是这句话却让羊狞一头雾水，因为无论芙蓉还是多姑娘都不是他姐姐本来的名字。芙蓉是宇文夫人给起的名字，多姑娘则是一个绰号，因为当年嫁给多浑虫之后，他姐姐便自暴自弃，跟各路人马毫无节制地鬼混，完全没有了媳妇的样子，那些人都只称呼她多浑虫家的多姑娘，久而久之便成了多姑娘。那羊狞只是个半大小子，也没见过什么世面，自然听不出这话是什么意思。

那洪庄头却明白得很。"快，还不快给舅爷松绑。""什么，你就是我大姐夫？""混账！"贾珊母亲的陪房林之孝骂道，"赵姨奶奶家的侄少爷，到现在都不敢管二老爷叫姑父，你个……""够了，何必同小孩一般计较。"贾珊讲道："你既觉得亲热，往后就这么叫。"那羊狞一时间受宠若惊。这流云寨不归陕西，也不归四川，在过去，西贝窝里的主子吩咐什么，什么就是王法。能称呼主子为姐夫，在这里不亚于当上了皇帝老儿的国舅。

"洪庄头，到底为什么把狞娃子给绑起来？"洪庄头一时不知如何应答。"说实话！"贾珊道。"回大少爷的话，是因为偷牛。""狞娃子，是这样吗？"那羊狞想了一会儿，便只得承认了。"你这是第几次了？""我一直都是这么干的，没想到这次府里动了真格的。""一头牛才值几两银子，以后你好好干，将来自然给你寻个差事，再不许胡闹了，要是再干这没出息的事，看我不揭了你的皮。”

自打贾珊出了远门，芬小姐便成了大观园里的灾星。说来十分的奇怪，过去虽有个巧姐儿，但赦老爷却几乎没有过问。这丫头几乎被他给宠坏了，几乎每天都在用火枪打鸟，吓得宝玉的儿子贾芳都不敢出院门。

最苦还要数金鸳鸯，但凡她要去管教这位芬小姐，芬丫头就往贾赦屋一坐。

这孙女让贾赦说不出的喜悦，可终究还是……“芬丫头，告诉爷爷你那两个兄弟都叫什么名字。”“厄尔金洗，兰提实。”“那兰提实不是你爹爹的番名吗？”“对，一个是爹爹的名字，一个是舅舅的名字。”“那你的名字不会就是你母亲的名字吧？”芬小姐眼珠子变了色儿，一片血红好似夕阳的余晖，落下了两道天间的清泉，祖孙二人，一时间伤心无语。贾芬遥望着北国思念着母亲和兄弟。

她的父亲此时也是如此，仰头望着北斗，思念着妻儿，正要弹起十九弦琴，却突然听到了那奇异的笛声。这笛声优雅婉转，贾珊生平所未闻。回头一看，只见一位佳人也在那里，背对着他孤坐在枯渠一侧。与北望的贾珊不同的是她是向南望去，这笛声固然是优雅婉转，但听起来却有着说不尽的愁苦。

这笛声也弄得贾珊心思烦乱，这段时间里，因闲置而失落又思念起远在北国的妻儿，也不由生出了忧愤之意，弄起那十九弦琴来，配合那女子的笛声打着节拍。

那女子的笛声阴柔之中杂藏着狠毒与泼辣，而那贾珊的琴声虽说是悲苦，却富有着刚阳和柔情。这一琴一笛，堪称绝配，叫人叹为观止，两人也不由得生出了钦佩之情。

“敢问姑娘……”那女子蓦然回头，这人虽然身段标致，却早已上了年纪，这一张脸满是沧桑，贾珊隐约感到这应该是一位与自己的先祖宁荣二公同一辈的人物，“恕晚生无礼，请问刚才所吹的可是郑卫之乐？”

“不错，公子因何而知？”贾珊讲道：“尚书有云，八音克谐，无相夺伦，因而得知夏商两代之乐与后世不同，非只拘泥于五音，只是周人自西岐入主中原，视前朝之乐为靡靡之音，因而弃之，郑卫两地因多有殷商遗民，故而其乐优雅婉转时人爱之。可晚生却不明白，这郑卫之乐失传已有千年，夫人从何处得之？”那人却讲道：“早年帮佣时学来的，听公子琴声，想必不是中土之乐，其声怪异非常，不知是何方雅音，竟可使江河逆流，而日月无光。”“晚生用的是北国叉叶的底调。”那老太太再次问道：“老身曾听人言极北之地，有可士零国，其人赤目如血，凶狠异常，元定宗时曾在此国丧师十万，不知公子说的叉叶与可士零……”

贾珊不由得暗自惊奇，这老太太绝非平凡之辈，果然有些见识，“老人家说得不错，那叉叶本是可士零的属国，后来将其吞并。自此而强胜至今不过三代。”“看来，天下又要多事了。”“敢问老夫人，为何这流云庄和小辛屯之间隔着这么大一片的良田美地却无人耕种？”“这事还得从头说起，当年昭武皇帝赐田宅与三秦王和平辽公，两家的家人为了争地，在此起了争执，分别求助于家主。三秦王和平辽公皆是有德之人，训斥了各自家人，相互退让了一步。”

这番话貌似颇有些仁义风骨，但却让贾珊听得极不舒服。那所谓的昭武皇帝乃是伪帝严龙。三秦王乃是他的曾外祖父，后被太祖皇帝封为归义侯的宇文浩然。至于那平辽公究竟是何人不得而知，但光看这平辽两字就知道是冲着太祖皇帝而来。

贾珊问道：“请问老人家，这流云寨和小辛屯的百姓，可是那时候留下的？”“祖奶奶，你们在这。”这正是多姑娘的声音。“元丫头，请问这位公子是？”“这是咱府上的大少爷。”“老奴给大少爷请安。”“老人家请起。”

事后贾珊问多姑娘道：“她真是你的祖奶奶？”“怎么这还能有假？”他怎么也想不到当年宇文氏借故把多姑娘从贾珊身边弄走其中一个很重要的原因便是她的出身。这流云庄上的人家因为贫穷往往兄弟几人共娶一妻，这多姑娘家也是如此。谁想到这样的人家竟有个谈吐见识都非同寻常的人……

“她真的是你祖奶奶？”贾珊还是不信。“怎么，这怎么会有假。我的爷你这是怎么了？”“没怎么，只是你这祖奶奶让我想起了一个人。”“谁？”

那羊家老太太不由得让贾珊想起了当时叉叶的皇太后踏提如氏。当时的叉叶国主叶伽实不愿意立身世寒微的三子为储。“那古儿林女人给你生的那两个儿子怎么能跟他相比，你为何竟还是这般的迟疑不绝？”“母亲，他到底只是一个私生子，他母亲连个姓氏也没有。”“够了，你父亲不也是就是一个妓女的儿子？而我叉叶却是在他的手里吞并了旧日的宗主可士零，你的这个儿子将来也会成为天下之主。”

这虽是民间的传言，但贾珊见了那踏提如氏却从来不敢正视。而多姑娘的那个祖奶奶的眼神竟活似那北国的太后，那踏提如氏天生的鹰钩鼻子很是凶恶，而这羊家老太太面善得很。那北边的故去的太后是所谓的正目人（即红眼人），而这个祖奶奶的眼睛却……

“你祖奶奶这是要去哪里？”“她说是去给老刘庄的牲口看病去，换些下水给主子们接风洗尘。”“她会看病？”“人和牲口的病都能给看，照我说当初就不该去什么杨家镇，找什么狗屁郎中。”“芙蓉，我的好姐姐，你可比那些人要尊贵，以后你也该尊贵起来，以后我谋了差事你就在我身边，过几年等孩子大了，老太太不想给你名分也难。”“珊少爷……”“芙蓉，你祖奶奶到底去哪了？”

“你们这些个废物，那西贝窝里的小兔崽子们才多少人，你们这些个人隔了这么几天都不敢动手。”“祖奶奶，这些人可个个都是高手，我们……”“胡说八道，他们的那个什么宝玉估计连元丫头（即多姑娘）也打不过，何况他们在明处咱们在暗处，怎么算计得不了手！”“祖奶奶您消消火，收拾这伙西贝窝里的杂种容易，但要是那府里的来兴师问罪，”一个满胡须的大汉说道，“这事我看这还得……”说着那老太太竟然将一碗热姜汤泼向那大汉，“没出息的东西们，真不配作为羊家的子孙，你要再敢说这样的话我也把你变成个尿罐子。”听到这话，这汉子竟两腿发软只得跪下来磕头认罪，因为他不想落得跟原任庄头黄老兴夫妇一样的下场。“起来，你这没出息的玩意，你长着这膝盖不是用来磕头的。”

“祖婆婆，”一个妖里妖气的女人道，“抓来了两个空子。”“押上来。”

“你是干什么的？”那羊老太太问道。“我的，是来做生意地干活。”“做生意的？难道你就没有听过流云庄前走一走，大罗神仙掉层皮。还敢来做生意？”“你什么地方的人怎么这样讲话？”一个艳装妇人问道。那人也意识到自己讲话露出了马脚，忙说道：“小的是福建人，刚才是被吓怕了，所以说话语无伦次。”“福建人说话再语无伦次，也不是你这口音，分明是从扶桑国来的练家子。”这老太太的话是一针见血，“去，把那一位请来。”

众人打开麻袋，那羊老太太也不由得暗自吃惊，想不到世间竟会有这样的美男子，与那扶桑国人面貌相异，完全不似中原面孔，高鼻子，大眼睛，正是那特烈西。

羊老太太讲道：“后生，我们这又不听戏，没人请你来唱花旦，来这里干什么，是偷大姑娘的吧？”众人一阵哄笑。“奉天子口谕，来封羊老太太做诰命。”“老太太我老眼昏花，不认得什么天子、地子，你说你家主子和那个假话村（指贾雨村）要太太我干什么？”“痛快。”那特烈西道，“羊老太太不愧是女中豪杰。我家陛下振二世之余烈，并航海牧马之民为一国，图取中原本指日可待，只是那贾珊在我国多年深知虚实，为我主心腹之患，只要老太太肯为我主除掉这个祸患，就让那个假话村从中策应接您一家到北边去享福。”“这人误地一时，地误人一年，孩子们丢下农活，不是要饿肚子吗？”“老太太，这是八千两银票您老人家先收着。”“不过，那西贝崽子带了几个高手难对付得很……”“我手下的这些扶桑人也全听老夫人的调遣。”“好，咱们这就兵合一处，将归一家，将那群西贝崽子一网打尽。娃子们，给我好好款待钦差大臣。”可这一向精明的老太太到后来才发现，这位钦差大臣给她的银票，其中有三张是假的，不是那叉叶国主小气，而是这仁和太子又吃了一次回扣。

流云寨的秘密

正所谓疾风知劲草，板荡见忠臣。眼下的焦大太爷成了尤氏母子唯一的臂膀。看到那两头大石狮子，便不由得黯然神伤，那宁国公一手挣下的这份家当，如今则全部归到了他兄弟后人的名下。

忽然便听到了小厮们的议论："你不跟着少爷，跑回来干吗？""那多姨奶奶又怀上了，二爷让我来取贤德妃娘娘过去赐给那巡海夜叉的安胎药。""又怀上了，你说是大爷的还是二爷的种？""当然是大爷的，这多姑奶奶跟谁都没闹出过动静，这大爷一回来连着已经是第二回了。""大少爷要你把安胎药送到流云寨多姨奶奶的娘家。"

"我有要事，求见老太太。""是焦老太爷啊，老太太现在……""事情十万火急，我必须见老太太，此时没得商量。""可她现在正在……"

她正在和那一对表兄妹吃螃蟹。这对表兄妹可真是那离不开见不得，不在一起的时候想着对方，可在一起却总是吵架，让老祖宗好生烦恼。她见那孙子小小年纪，却很是懂事，见识竟胜过许多大人，非常的讨人喜爱。

那孙绍祖也派人提过亲，只是贾母顾及到这孙家的家风不好，怕芬丫头过去受罪一直没有答应。可是，看着这两个孩子仿佛又要步宝黛的后尘，弄得老祖宗和贾赦左右为难。

那赵姨娘见此情景，好生心烦，她家的祖上与这孙子聪的祖宗孙英同是伪朝的降将，为什么如今这孙家就如此的赫赫扬扬，不可一世。而她那可怕破落的赵家，却只能在这荣国府里屈膝为奴。她的女儿探春……这就别提了。那王熙凤矮她一辈儿，也照样欺负她、作践她。儿子贾环也……她的那个侄子也照样是一表人才，哪点也不比这孙家父子差，而那爷俩凭什么，老子能陪贾赦一起下棋看戏，儿子能和这芬小姐在一起打打闹闹……越想这些赵姨奶奶的心里越不是个滋味。

可是贾母丝毫没有想到这赵姨奶奶的心理，越发地对这两个孩子疼爱起来。

忽然焦大闯进来，贾母警觉地站了起来，知道要有大事发生。“鸳鸯你带着他们两个小冤家去后院打鸟去。是不是那个毛毛虫的女人又怀上了珊儿的孩子？”“这还好说，只是真真出了大事。”

她与主家的大小姐元春一样都是大年初一的生日，且生于子时，故而家里的人都叫她是元丫头。可是，她到贾府的第一天那宇文氏便狠狠地给了她一个响亮的耳光。“你一个丫鬟也配叫这样的名字。看你这丫头还有那么点灵气，以后便叫芙蓉了。”后来，因为那珊少爷的缘故，便配给了那条虫……人们便叫她多姑娘。自那冤家从北边回来，那芙蓉的旧名再一次被提起，倒是那没药性的宝玉多事，非要叫她什么羊芙蓉。

此时的她多想听家里人再一次称呼元丫头，可是此时耳朵里听到的却只是千篇一律的姨奶奶。昨天祖奶奶还叫过她的小名，可今天却给她又是下跪又是磕头。这让她不由想起那贾妃省亲的情景。当年，对那位与她同一天出生的大姐是何其的羡慕，而今想起那大小姐也不就是个皇宫里的赵姨奶奶罢了。

“祖奶奶，母亲怎么没来？”“回姨奶奶的话，您舅舅捎来信说您姥姥病了，所以便跟着您舅舅去那边了。”“我长这么大，还真没见过姥姥家那边的亲戚。正好，现在过去也好向那边的姥姥问个好。”“我的姨奶奶，这怎么使得，亲家是延安府人氏，这千里迢迢的怎么得了。”这多姑娘便只得作罢。虽是说不出来，但总觉得有那么点不对劲，等众人走后才想起来，小时候听母亲说过她是米脂人……

“狞娃儿子好样的，没在你姐姐那，把戏给演砸了。”羊老太太道。“可是，老祖宗，我们家媳妇也是为了大家好。”几个汉子言道。“她不死咱们都得死，她活着是能做那西贝崽子的丈母娘，你们几个难道能一起做那西贝崽子的岳父不成。都给我好好干，事败了你们谁都跑不了。事成了咱们到山里边去做无本的买卖，那胡人要说话算话咱们就去奔他，要是不算数咱们就在这川陕边境逍遥自在，谁也奈何不了咱。这最要紧的是咱总算是对得起祖上的在天之灵。”“祖奶奶不好了……”“什么事？”“那些个扶桑杂种嫌饭粗，吵着要……”“你们是怎么招待这些人的？”“羊杂汤，辣子鸡，猪头……”“混账，谁让你们这么招待了？”“那祖奶奶我们该怎么招待？”“原来咱们家是江南一带的望族大姓，顶着皇商也贩着私盐，也常与那些倭奴的豪侠来往。招待这些人先不上最好的酒菜，要是那些人识相、规矩、有见识，那就添酒加菜，要是没什么见识，也不懂什么规矩，就糊弄个饱完事，再遇上不识相的就打出去。”

这些扶桑武士是叉叶的国丈提南英恶花重金请来的，因为叉叶人与中原人面貌相异不便行事，故而请来这些人。他们确实个个都是好手，就拿眼前的这个横刀三郎来说，不过十五六的年岁就使得一手好倭刀。横刀三郎虽然年幼却是这帮武士的首领。

横刀三郎训斥他们道：“你们这么闹也太过分了。”“小三郎大人，我们没有必要尊重这些人，他们无非是仗着地形打埋伏罢了。现在咱们也熟悉了地形就不必怕他们了。”

忽然传来一阵奇异的笛声，那群人一阵大笑认为是羊家人怕了他们，送花姑娘来了。结果，花姑娘没等来，却等来了羊老太太。

“去去，叫年轻的过来，你回去。”“你们村里的年轻姑娘都死绝了吗？”忽然蹿出来一群汉子拿着绳子，这群武士正要举刀，却被一阵奇异的笛声所制服。

“老太太，我们这些人受人之托来到中原，本来已将生死置之度外。”那横刀三郎道，“有本事我们真刀真枪练一场，好让我们死得心服口服。别靠这些邪术来糊弄人。”又是一阵尖刻的笛声，那些个扶桑人一个个心如刀绞。“输了就是输了。怎么我家的孩子就没事？”羊老太太讲道。横刀三郎这一伙人现在喘气都困难，而那羊老太太手下的人确实一点事情也没有。这不由得让这位只有十五六岁的扶桑少年深思，忽然间他看到了那老太太手中的笛子……

想当年，他的祖宗松月剑客和江南盐商羊家的公子羊枭交好，常在一起讲文论武。一日松月剑客与羊枭在金陵固山庭打了三百多个回合不分胜负，都自以为各自的武艺好生了得，不料却被那羊枭的妹子羊显玗看出了破绽：“先生的刀法和哥哥的枪法固然厉害，可惜都有着致命的弱点，一旦被人看破，便必死无疑。哥哥的这套枪法固然厉害，但是适合与人单打独斗，而不适合对付多人，而且不利于对付以长钩和短剑做武器的敌人。”

可谓是一针见血，但她却没有说松月剑客刀法的问题。当松月剑客再次向她请教的时候，她提出来：“咱们下一盘棋如何？如果先生赢了，我就告诉你其中的缘由，要是输了把紫竹笛给我……”

“敢问羊老太太您与过去的金陵羊家是什么关系？”那横刀三郎问道，“请问您是否就是当年的那位羊家小姐？”那老太太忽然变了脸色，双眼放出了那凶狠狰狞的目光，这眼神真真叫人害怕。

“羊老太太，我们本不愿闹事。”一个被绑的武士道，“答应好了给我们八千两银子现在才给我们三千多一点。”“这可怪不得我，咱们其实都是红眼鞑子请来办事的。他们给我的连一千两都不到。想要钱找那个唱花旦的小子去。俗话说得好，捆绑不成夫妻，不管你们想不想干、做成做不成，今天子时，必须离开。否则决不轻饶。”

“老太太您这一手确实高明，咱们这叫坐山观虎斗，无论谁胜谁负，咱们……”一个四十多岁的汉子言道。“那西贝崽子不死才好呢！”“老太太……”那汉子吓得跪地直磕头。

“那荣国府公子出手时何等阔绰，上次你们哥几个争着跟冯家沟的人买侯家堡的地，那边一口气拿出三百两，而你们哥几个东拼西凑弄不出一百两来。跟元丫头胡来的那个什么珊公子，一甩手就是三千两。”

那汉子吓得满头大汗，他知道这老太太一旦发起火来，什么都做得出来。多姑娘的母亲胡氏就是因为说了“老祖宗，咱家跟主上有再大的仇也是不知道多少年前的事了，好容易出了个姨奶奶……”这么几句混账话，这老祖宗就把一贯孝顺的胡氏给活埋了。

“娃子啊，你有这想法也不怪你，咱们这一家确实是穷得不像话，到了你们这一辈兄弟哥几个伙着一个婆娘的有的是，见那西贝崽子出手阔气，不免有些人穷志短，一时昏了头脑。可你们有没有想过那荣国府的钱哪来的。他们贾家吃每一口饭，喝每一口水都是咱家的。你们别看他家的人现在做官发财，他家的祖宗贾二狗，不就是个从山东逃难过来的穷光蛋吗？正是靠着咱家的势力，才在盐道上站住了脚，一连养活了他家三代人。谁知，这些没良心的王八羔子，非但不念你祖宗的德，反想在那盐道上独大。也是咱们家背运，当年没有斩草除根，让贾演、贾源两个杂种窜到了辽东，再以后咱们家在改朝换代时看错了风向成了现在的模样。小子们你们都给我记住，那贾家的钱本来都是你们祖宗的，他们现在连肉带骨头都吞了，就是从牙缝里拿出了点渣子，你们有什么好感恩戴德的。”

“怎么回事？出了什么事？”多姑娘问道。“宝玉不见了，我怎么向二叔交代？”贾珊讲道。“哥，我这就去把他找出来。”贾琏讲道。可贾珊却说：“你给我留下来，别宝玉找不到你也中了招，今天叫大家准备准备，可能要出大事了。”

“我不在的这些年，这怎么成了这样？”多姑娘向妹子问道。“我真的什么也不清楚，祖奶奶有事只找男丁和媳妇们，女孩子家家的什么也不知道。”这句话貌似什么也没说，却把一切交代得一清二楚，多姑娘用异样的眼神看着一母所出的妹子，万千般的滋味直上心头，便对那冤家说道："看来你说的没错，我确实不该回来。""现在，你们姐俩最好换个安全的地方。"贾珊讲道，"芙蓉，你懂点事，脂丫头是你妹妹，可比你规矩多了。"这句话让她羊芙蓉心里酸溜溜的，这段时间里这冤家和脂丫头打得火热，竟让她不由得可怜起那位被琏二爷休回娘家的巡海夜叉来了。亲生妹子都是如此，何况是旁人，贾琏见此情景不由得感叹，这多姑娘确实没有凤辣子高明，都什么时候了还想着争风吃醋……

宝玉被不知名的人关在这个鬼地方已经整整一天多了，不仅水米未进，甚至连呼吸也变得困难。借助着这密室里的孤灯，竟看到了……

"蓉儿。"宝玉惊呼道，那遮盖一切秘密的纱帘竟然掉下来了。一张似乎带着那么点扶桑味道的画像露了出来，在那一道异样光芒下竟让宝玉误以为是贾蓉。

画中人与贾蓉的模样是何其相似，只是那目光却如狼似虎，颇有些吞吐天地的味道，一身英气，顿生出八分狰狞，好生的威武。

看到那幅肖像画之后，宝玉顿时来了精神，感觉呼吸顺畅了许多，忽然，密室里亮起了一阵烛火，"龄官、蔷儿、小红、芸儿。"那四个人并没有说话，只是都跪在那幅肖像画前，宝玉忽然想起了什么，就在半年前……

那时，贾芸带小红与旧友倪二一起去四川贩盐，半道遭人埋伏……倪二也是好不容易死里逃生，但贾芸却……那贾蔷夫妇也是在抄家前一年奉贾政之命到离流云庄不远的小辛屯去办事……想到这那宝玉不由得……再看四个跪人，好像还少了些什么，这时他才明白，这四个人是遭害后被人剥了皮囊，填上了稻草。

忽然他听到了脚步声，"来吧，要杀要剐悉听尊便。"事已至此，宝玉非但不害怕，反而添了几分豪气。"老奴来迟，万望宝二爷恕罪。"这不是别人，正是那多姑娘的祖奶奶。

这些扶桑忍者本来不把中土的豪杰放在眼里，可一到这流云庄竟丢人现眼，怎么也要换回些颜面，何况这事又是受人所托，必须做到……

其实贾珊等人现住的所谓庄头大院，乃是羊家的宅院，在贾代善、贾代化兄弟相继过世后，羊家在流云寨一带势力迅速膨胀，只是那土坯房换上了新瓦，多姑娘一时不认识了。

这帮人从羊家人精心设计的地道里摸了进来，自以为神不知鬼不觉，可是偏偏打错了算盘，本来一起挖好了陷阱，谁知道自己反倒成了猎物。

这贾琏就像《水浒》里的西门庆，胡来归胡来，但功夫还真有那么两下子。虽说远不及他的哥哥贾珊，也不能跟湘莲、仇鸣镝这样的高手相比，但好歹也能应付两下。

那横刀三郎摸准贾琏是个软柿子，跳过去找他的麻烦。要论单打独斗琏二爷接不了他三五招便会丧命，但是偏偏这回中了埋伏，一招之内不能解决便有麻烦，何况贾琏这回又带了几个高手。

横刀三郎不得不转攻为守，寻找着机会。一个年轻的家丁仗着人多，一时又占了上风，挥刀走中路上盘，想要直取他的首级，反而被砍掉了一只胳膊……

这扶桑来客沉着应战，等待着机会，而贾琏等人，心浮气躁正不时地给人家创造着机会。二爷这一手落空，这横刀三郎顺势劈来，要将这琏二爷拦腰劈成两半……

贾琏躲闪不及，眼看就要被砍到，那与多姑娘同出一母的羊狞，虽说只是个半大的孩子却好生的厉害，用那勾连索缠住横刀三郎的左腿，横着一摆，那扶桑人腾空而起，贾琏等人趁势把这位上忍生擒。

贾琏正得意地向他哥哥邀功请赏，谁知竟是劈头盖脸的两耳光。自打贾珊懂事后，从没有动过这兄弟一手指头，今天发这么大的火……

“我让你带人保护好芙蓉，谁让你跑过来了？”“哥，是芙蓉让我过来的，他说那些人找的就是你，所以她那边不会有事。”“出了事我拿你是问。”这时一颗人头滚了过来，众人大惊失色。

多姑娘站在那了，可是却少了三根手指，顶着个大肚子，由她的妹子羊脂搀扶着。贾琏的说法没错，她羊芙蓉确实没有王熙凤高明，生死关头反而在乎起来了……她因为跟过贾琏很不干净，生怕那冤家因此吃醋，硬把贾琏赶跑了……

俗话说不做亏心事，不怕鬼敲门，那一晚本来放心睡大觉的她老人家，正看见晴雯给宇文氏倒茶，气得她冲晴雯喊道：“你真是个挺死尸，不知道大奶奶最不爱喝的就是普洱茶吗……”

忽然一想，不对头，这两位……她忙拿起那把从贾珊那偷来的帝波安火枪，本来想，如果孩子生下来，贾母依旧派人来夺，她就用这个自我了断。刚才梦见晴雯和旧主人不禁心惊肉跳，总是疑神疑鬼，她拿着枪，准备用来对付前来索命的小晴雯，谁曾想鬼不见个鬼影，反倒收拾了个大活人……

她不会用这玩意，一时间一声枪响，震断了手指，她那妹子见此情景吓得浑身发抖，结果让她硬逼着，割了那扶桑忍者的头颅。

大人没事，孩子也保住了，贾珊忙给多姑娘包扎，那横刀三郎不服气地叫喊着，要贾珊和他堂堂正正打一场，多姑娘想起了他和楚尔的那一场激斗，便要劝阻……

贾珊冲那横刀三郎喊道：“我和你们扶桑人素无过节，为何来到中土与我作对？”“我们也是受人之托。”“我知道是叉叶人。可你们没有想过自古唇亡齿寒，中土一旦出事，你扶桑未必有好日子过。”“秦元之师何其强大，又能耐我扶桑何？”“叉叶之强，岂是秦元两朝能同日而语的，你既然要打，爷们儿奉陪！”

“珊哥家的，你放心，这个人珊哥应付得来，他的身手比起当年的那个红眼鞑子可差得远呢！”贾文忠道。贾珊这回用的双剑，步伐也与当年的楚尔相似。而那横刀三郎则用的是单刀，打法也与当年贾珊对付楚尔的路子相似。

不过贾珊在这方面的功底远没有当年的楚尔好，而横刀三郎的招数仿佛比当年的贾珊还要凶狠。可奇怪的是，横刀三郎往往一到关键的时候便没了力气，数十个回合，莫名其妙地倒在了贾珊的面前。

众人看得都很惊奇，那横刀三郎输得莫名其妙，一肚子的窝囊气。

“你这孩子，就是太自以为是，自以为高明，往往就是最愚蠢不过，你以为中间隔着大海，叉叶人不会到扶桑，是啊，以前只有你们渡海打人，哪有在海上吃亏的道理。你们的那两下子跟那边比起来不过是小巫见大巫。就拿你这套刀法来说，是不错，单以招数而论确实在我之上，可是弄得中气空虚，看穿门道的人根本不用动手，只需一声吼。你回去告诉请你来的那多毛怪物，有种真刀真枪地战场上相见，不要背后搞这些下三滥的玩意，你们走吧！”

那横刀三郎输得是心服口服，看了那救宝玉出来的羊家老太太一眼，对贾珊说道：“贾公子是至仁之士，在下受人之托，情非得已，望足下千万小心，能置人于死地的不只是刀剑。”横刀三郎只得颜面扫地地回了故国，愧对他的师兄飘影客。

“奴才等人被吴天佑和这帮扶桑人逼迫，做了些对不起主子的事，万望饶恕……”羊家的人，连同羊家老太太都跪了下来。“你们若有困难，主家会有所照顾，要是无理取闹，决不轻饶，以往的事暂且不跟你们计较了，要是今后再犯……”荣国府的大少爷在那边毫不客气地训话，多姑娘心里很不是个滋味，可偏偏毫无办法……倒是那宝玉出来说情：“这边人还是蛮有孝心的，家里边还供着蓉哥的画像……”“你当老太太供的是蓉哥哥？”贾珊冷笑道：“那是燕王羊枭。”吓得那羊家老太太一个劲儿地磕头，“奴才这就把画像烧了。”“何必如此，那羊枭是你羊显玗的哥哥，你要是怨恨他也是情有可原，但是你毕竟只是羊家的小姐，不是羊家的媳妇，何苦要让你的子孙世代为羊枭守灵。”这不由得触动了那羊家老太太的心结……

无知的晚辈，一时间便飘飘然了，他怎么也想不到在这里发生的一段阴邪而凄凉的往事。宁荣二府里的人习惯称这里是流云庄，可本地人却管这里叫流云寨或流云塞，因为在很久以前这里便是一座守川陕要害之处的要塞，常与扶桑豪客交好的羊枭，参照倭城样式修建的城池坚固异常，以至于当年的平乱大军不得不在城外建起一道道土墙用来长期围困。

那羊枭不顾胞妹羊显玗的劝阻，在招安不到一年便勾结瓦剌单于再次叛乱，天子派来平乱的宁荣二公，在经过长达一年多的围困与封锁后，传令强行攻城，这是在宁荣二公一生攻克的大小城池中最为血腥的一战。

那宁荣二公跨过齐膝的血泊，踩着堆积如山的尸体，身先士卒地登上了城墙。忠于伪朝严氏父子的旧部，在羊枭的带领下进行了殊死的抵抗，而贾氏兄弟则为了报灭门之恨，向江南羊氏在世上唯一的成年男丁羊枭复仇。

令人遗憾的是那羊枭在混战中被自己手下的军卒误伤致死，不能让贾氏兄弟把他千刀万剐，早早地脱离了苦海。这贾演便冲进了羊枭内宅，去屠杀他的家眷。一个出奇美艳的女人倚在墙角，可惜已经有了身孕，正举着拳刀……“万望将军饶命。”“我想起来了，你是那羊枭的妹子，两年前你那杂毛兄弟向天子谢恩的时……”当时，羊枭归降朝廷，赴京谢恩，家眷在途中，遭到了伪朝余部的截掠，刚好被贾演所救，贾演生平未曾见到过如此绝色的佳人，当时便向这姑娘的父母提亲，谁知一问竟是那羊枭的妹子，方知救错了人，便骑马而去，不想今日竟……

“说，你夫家是谁？”“奴家，并未……婚配……”“我还以为羊家小姐是什么大家闺秀，原来闹了半天都是些不要脸的贱货。看你这模样还不错，走，出去跟爷们几个乐乐。”说着拉着羊显玗的头发便往外走。忽然一个孩子蹿出来咬住他的大腿。“娃子，牙没咬掉吧。”那一身的黄金锁子甲，怎能咬得动。说着他提起这个少年，问羊显玗道：“他是谁？”“是我收留的一个羌奴，因本名太怪直管他叫焦大。”“奸贼你放了小姐。”焦大叫道。“看在你身边的这个小家伙份上，爷们儿饶你一回。小家伙，你家小姐肚子里的是谁的种？”“不许瞎说！我家小姐一向冰清玉洁。”“笨娃子，怎么睁着眼睛尽说瞎话……”

事后，他将羊枭手下的旧人一审才得知，就在破城前的几日，那羊枭不知因何事杀了自己最宠信的一个叫作胡珍的鸾童，并派人把妹子看押了起来……贾氏兄弟将羊枭一家灭门之后，便将这羊显玗虏到了宁国府，自以为将那羊氏斩草除根。

“那瓦剌单于背信弃义，迟迟不发救兵，这城池……”“显玗你说得不错，天下大势已定，现在真的是……”“事已至此，何必多言。眼下之计，当想办法为咱们羊家留下根苗……”

“这事谈何容易！”那羊枭叹道。羊显玗跑过来轻声耳语。“这怎么行，显玗！你怎么能有这种心思？”他无奈地看着妹子言道，“那孙家没有一点点信义，本来连定亲酒都喝过了，现在见贾氏兄弟在那水恒仁面前得宠，便要悔婚，若是当年答应那个松月君，你在扶桑也有个安身立命之处，也不至于今日……”“哥哥，覆巢之下焉有完卵，羊家败了我羊显玗何处能容身，何人敢要，就算是自我了断也要被无端加上些不堪的罪名，说什么我羊家也不能断了香火。”“就算是这样也未必能成事。一旦事败，我兄妹将要身败名裂……”“自古以来成王败寇，兄长再干净，那姓贾的也自有办法污蔑兄长的名声，这样一来或许可以混过贾氏兄弟的眼睛。”

那羊显玗在此之前，确实是冰清玉洁，满头的青丝婉转娟秀，那白净的肌肤赛霜欺雪，柔美的身段更是极尽风流……

同根连理金瓯缺，且做伏羲与女娲。
巫山有情天亦老，云消雨散现参商。

贾氏兄弟将羊枭苦心经营的城池夷为平地，把他宠爱的妻妾或分或卖处理了个干净，可到底没有做到斩草除根。不知那宁荣二公泉下有灵会作何感想，这段往事旁人无从得知，只有当事人自己清楚，从此她既是羊家小姐又是羊家的媳妇。

杀机

“想不到那婆娘还活着。”贾母道，“论理她是大太爷的女人，比老身我还要大上一辈，可惜是仇人家的闺女，一辈子上不了台面。”焦大也只是叹道：“四爷也因为这个一生与富贵无缘。”“四兄弟现在如何？”“四爷听说姨奶奶还在世，眼泪汪汪的。可恨那些个奴才，一直不把消息告诉四爷，不然，四爷母子早该团聚。”“四兄弟也够可怜的，先是被大伯送到别人家去养，好容易认祖归宗大太爷就没了，生了个儿子没得也早，好容易有个瑞儿，不知得了什么怪病……好在当今圣上贤明，让四兄弟承载了你们东府的世职，一年好歹也有个五六百银子的俸禄，也让那老太婆到京城享享福，另外让四兄弟也劝劝她，今后少干那三姑六婆的勾当。”

史太君哪里知道，要是没有这档子三姑六婆的手段，羊显玗怎能让她哥哥的血脉在这流云寨里生根发芽，羊枭的子孙非但没有被贾氏兄弟根除，反而在这一带兴旺。

但论起来羊芙蓉虽然比贾珊只小两岁，但却整整矮了他一辈儿，但荣国府的少爷又怎么会跟流云寨的家奴来论资排辈。那冤家眼里竟没个大小，当着多姑娘的面数落她的祖奶奶。他家的老太太做出来的事再没理、再荒唐，这该死的冤家是连个屁都不敢放，祖奶奶的岁数比那老不死的还要大许多，竟被他这样数落。

贾琏的话是一点也没错，这多姑娘究竟不是王熙凤。照理说，她亲娘被那老太太活埋，她多少也应该怨恨老太太才是，可是羊显玗花言巧语将一切责任通通推到扶桑人和贾雨村的身上，一阵阵地送来迷魂汤灌去，呛得多姑娘、羊脂两姐妹在贾珊面前直为祖奶奶开脱……

老太太看来也服了软，不是下跪便是磕头，嘴里一个劲地说：“老奴知罪，老奴该死。”即便是这样，那冷子兴依然对贾珊献计道：“庆父不除，鲁难来已，这老太太留在此地，始终是个祸害，她既是服侍过宁国公的人，不如让宁国府接到京中养起来，这流云庄便可安定了。”贾珊听后觉得很有道理……

可羊家姐妹说很没道理，老太太在这里生活多年，满堂的子孙都在这里怎么能说走就走，弄得贾珊一时间也拿不定个主意，这事便放了一放，但却没有闲着。

珊大少爷按照庄上的人口重新分了土地，贾府的奴才耕地收四分之一的收成，而外边的人耕种则按市价上交一半，并向年老体弱者分发了米粮。

而体健好斗者则被他收为家丁，其中的一些人如多姑娘的弟弟羊狞，后来的岁月里一直跟着他南征北战，这一套做法大大有利于流云庄的百姓，却很难落实，除非那羊老太太点头。

宝玉也不由得叹道："真不知道这些个人家是怎么想的，哪有给阎王冷脸，倒贴小鬼屁股的道理，咱家要收租子的时候，这些庄稼人是拼了命地抗租、抗粮，可是咱们家收的租子再重，也有个度，一年里也就那么一次，可这羊老太太今儿个给羊狞过生日，明儿个给脂姐儿上寿，连底都没有怎么填得完？"贾珊讲道："宝兄弟，都说你傻，其实你再聪明不过，这一位是何等人物，跟咱家先祖宁荣二公一辈的人物……"吓得那羊老太太赶紧下跪，这一回贾珊也不好意思，忙将她扶起来。"早该这样。"多姑娘小声嘀咕道。贾珊则继续讲道："老太太是何等的精明，吃过的盐比咱们咽过的饭还多。她先让那些血气方刚的占上些个蝇头小利，或者招赌聚嫖弄上些恶习让人染上，一来二去百姓的心离咱们府上就远了，离她老人家反倒近了。这老太太便在这慢慢管起了事，性强的利语，性弱的吓唬，再把这里的民风带坏了。满脑子想着占便宜发不义之财，弄得是地也不好好种，租子也不交。百姓苦了，主家也收不到银子，羊老太太一个人反倒风光了……"

"奴才该死，万望少爷……"贾珊接着讲道："你一个人倒是风光了，也在乡里鱼肉了一阵，可是您的这些子孙的日子也过得不成个体统。就算是您老人家，过得也不过如此，您虽然是盐商世家的小姐，可却一点也不懂得生财之道，弄得川陕两省流传流云寨走一圈，大罗神仙掉层皮。商路断了，如何能富得起来……"

这贾珊确实是生财有道，竟在这流云庄附近开了硝石矿，几个波斯的胡商便跟他做起了买卖。这买卖可比凤姐过去放债要强过很多，虽利薄一些，但买卖大，有他这哥哥在，琏二爷以后就不愁没钱花，冷子兴有些个忧愁便对贾珊道："爷，这些胡人唯利是图，要是贩运到北国叉叶可就麻烦了。"贾珊却讲道："天下货殖流通非人力所能扭转，纵使尽数让胡商运至叉叶，也无关紧要。"

流云庄的百姓对荣国府是感恩戴德，但少数几个老渣子习惯了往日不劳而获无法无天的活法。见贾珊一来，他们日子反倒清苦了，便心生恨意。

“我说马大麻子，你说老祖姑姑都服软了，咱们今后还怎么过？”张二驴道：“我说狰老三，老祖姑姑这么厉害的人连贾雨村都怕她，怎么就在这小子手上服软了？”“有什么办法？”羊狰叹道，“现在连狞娃子也不偷牛了，先吃了这一顿，今后怎样还不好说呢？”“是啊，得过且过。”“你们几个可真没出息。”“什么人，给爷出来？”

“贵客，真真的客，吕老太爷、赖大爷今日贵脚踏贱地。”那贾雨村的管家吕平和赖尚荣从柴草堆中走了出来，“幸会幸会。”那吕平抱拳向众人道，满面春风，而与他同行的赖尚荣却是一脸的傲气，一副王孙公子的架势。

“两位远道而来，本应该好好地招待一番，可我们这也没有什么像样的东西，既然来了那就勉强用用吧！”一口吊锅胡乱瞎煮了几块骨头，对于这二位贵客而言却实在难以下咽。那羊狰把肉最多的两块骨头给了两位爷，那吕平恭敬不如从命地吃了起来，而那赖尚荣是一不称谢，二不吃肉，一副目中无人的样子。

“快带我们去见你们这儿的桑下老人！”那赖尚荣道。“祖奶奶难道是你想见就见的！”一个打扮妖里妖气的妇人道。“小爷我千里迢迢地和吕大爷跑来见她已经是给了她天大的面子，这村妇竟然还在爷们儿面前摆起了架子！”“既然赖大爷如此说，你就带她去祖奶奶那。”羊狰说道：“吕大爷，您要不也跟赖爷一块去。”那吕平吓得面色惨白道：“我这样怕冲撞了她老人家，还是……这是我家老爷给列位的酒钱。”“那我们就不客气了。”那赖尚荣见此情景，“哼”的一声，便跟那妇人见老太太去了。

“吕太爷，这位赖爷是哪家的侯门子弟，怎么如此的张狂？”那张二驴问道。“什么侯门子弟，不过是原来西贝窝管家赖大的儿子。”不等吕平答话那羊狰便插话道，“近些年不知走了什么狗屎运，得意地连自己姓什么也不知道了。”“是啊。”吕平说道，“这小子最是张狂，除了我和老爷家里的人外，旁人是一概不放在眼里。老爷见他通些文墨，对他也是另眼相看……”

这赖尚荣模样不错，很受贾雨村的喜爱，故而清高了起来，便不把羊老太婆手下的这几个村姑野汉放在眼里，闯进了流云庄外十余里的这座闹鬼的古庙。

庙门前几个浓妆艳抹但又黑土气的女人，见他这么一副上刀山下火海，如田间散步的大无畏的气概，不知他是哪一路英雄。

这一带经常闹鬼，附近的居民胆小怕事经常给这几位仙姑奶奶上供些猪羊贡品，叫她们在阴兵老爷面前说好话。贾府被抄后，贾芸、贾芹伙同黑蛟帮堂主倪二贩盐时路过此地，仅倪二一人侥幸生还，其余人等皆被阴兵勾去，那倪二在京城的混混中号称是“西街胡通节度使，七品县官绕道走”的狠角色，可一提到“流云”二字就怎么也威风不起来了。

那赖尚荣径直地闯了进去，直喊道：“大司马让你……”这时，他不得不收起刚才王孙公子的傲气，因为他看到了贾雨村的小舅子韩洗在这里，有一个模样英俊的胡人也在，座次比那韩洗还要尊贵些。

见此情景便赶忙施礼道：“恕晚辈无礼，只因有要事在身，一时冲撞……”竟想不到，那羊家老太太居然视他如无物，只跟那特烈西和韩洗说话。

特烈西与赖尚荣并不认识，见他这样冒失地闯了进来，心里有些奇怪，便问韩洗：“这也是大司马家里的亲戚？”“哦，这是荣国府赖爷爷的公子……”“小子，你可是那贾家的奴才？”羊老太太的这句话可谓是一针见血，弄得那赖尚荣很没面子。“我……我爹确实曾帮着料理荣国府的家务……”“你可是那赖奇的子孙？”“老太太怎知道我家先祖的名讳？”

忽然羊老太太不知从哪里弄出了个人皮木偶，赖尚荣吓得是浑身发抖，转身就要逃走。“往哪里走！”听到声音后竟然吓得不敢动了。“你要是再敢走一步，我定将你拆骨扒皮，这个人你认识吗？”这个人他当然认识，当年此人曾向他父亲行贿，谋得协理贾氏宗族家庙的差事，正是那宁国公贾演的玄孙贾芹。虽说是一日夫妻百日恩，可这羊显玗服侍了那贾演几年，却只有切齿的恨，既然贾演已经作了古，那就由他的子孙来还债……

“老太太，我家只是贾府的奴才。”那赖尚荣不愧是个聪明人，瞧出事情不对头，忙说道，“主家的事，我们是一概不知。”“你们是谁家的奴才？”这个赖尚荣是真的答不出来，家里人远不会告诉他，赖家的先人本是羊氏的家奴，在围城前便瞧出了风声不对，改投了贾家的宁荣二公。“不愧是贾家家奴，连自己是什么东西也不清楚。”“应该是一仆三主，两姓家奴。”

特烈西看出了端倪故意说道：“这大司马也姓贾。”“老太太，您老人家别和小孩子一般见识。”韩洗说情道，“这小子素来轻狂，有时候……”“这是我的家事，请韩公子不要插手。”接下来的事，让那韩洗和特烈西这辈子都不会忘记。特烈西这几十年也算是经历了风雨见过了世面，可这一次却真真的叫他开了眼界，他甚至有些想要退步抽身的想法，只是那叉叶的君臣都不会白白地将他放过。

这事可真奇怪了，贾珊这个晚辈这几天来总是对自己耳提面命，怎么今儿个居然客气了起来，羊显玗一时捉摸不透其中的缘故，她拆开书信一看，一时思绪万千。

那不知道是多少年前的事情，那时的她依旧还有着那么几分姿色，在宁国府低眉顺耳，苟且偷生地活着。可凡事往往如此，树欲静而风不止，尽管任她千般柔媚，那贾演也隔三岔五地拿她的身子来出出火……

可是在整个宁国府，上至贾演下至一般的仆妇丫鬟，却都只管她叫羊家婊子，倒是那贾演的正妻柳氏说满府的下流言语很不雅观，于是便给她起了个羊鞋儿的诨名。

这一切她都忍了，可即便这样……“爷，就让奴才再看一看孩子吧……”“你这婊子少在爷们面前来这一套，你当老子不知道，把这孩子留在府里，早晚你要让这小子杀他老子，害他兄弟。”“这孩子好歹也流着你贾家一半的血……”“所以我才让你这孩子永世不同你这羊家婊子见面。”这句话让人怎么能忍，恶言恶语倒在其次，刚出世没几天的孩子，便不让见……那羊显玗忽然一掌向那贾演击去，被轻松地闪开。“我怎么忘了，你这婊子还是个练家子，我今天就要你好看。”羊显玗一路躲闪连呼饶命，可那贾演却不依不饶，直到无路可逃，用剑指住她的咽喉道：“贱人，我这就送你和你的那个杂毛哥哥去团聚。”“演哥哥，看在九姑姑的面上，你就……”贾演把宝剑一放，伸手便给了她两个巴掌。“你们羊家的人，还有脸提这种事情，好，你既然管我叫哥哥，我这就送你去军中做军妓，让你亲哥哥、亲姐姐地叫个够。”“老爷请千万饶过姨奶奶。”在这个宁国府上下，也只有焦大还把昔日的旧主子当回事。“焦大谁让你封她做姨娘了？”“老爷，这事闹出去怎么也是咱府里的名声不好。”贾演这才放过了羊显玗，但却把她的儿子送给自己的部下抚养，多年后，直到贾演感到自己快要咽气，才让这儿子认祖归宗，取名贾代儒，代儒多年来一直想找到生母，可是贾府上下都是一双势利眼，见他身份低微，贾演又已过世便不把他放在心上，他又为人刚直，认为自己好歹是主子不肯屈就宁荣府里的那些豪奴，所以一直就没有生母音信，后来他娶妻生了一个儿子，不幸那儿子早逝，只留下一个孙子名唤贾瑞，后来因调戏凤姐被设计害死。

后来，也算是苦尽甘来，贾珍与儿媳妇秦可卿乱伦的事闹出来之后，产业归了荣国府，而爵位却给这位宁国公唯一在世的儿子贾代儒，一年好歹也有个五六百两银子的俸禄。如今得知母亲尚在人世的消息，代儒连夜往流云庄赶来。儿孙皆已过世，奉养生母便成了他在世唯一的心愿……

羊老太太在那里待了好一会儿，却是一滴眼泪也没有流，样子非常的奇怪，奇怪得让众人说不出个所以然来。贾珊以为她又要按惯例磕头谢恩，忙准备伸手扶她起来……

可这一回，老太太却只是很平淡地说道："谢府上的恩典，老奴这就回去准备准备。"转身便走了。"这位老姨奶奶今天好生奇怪。"贾珊讲道。多姑娘忙在一旁劝解道："我的爷你不要多想，要不是祖奶奶告诉咱们密道的事，还真险些中了扶桑人的暗算。以前祖奶奶也是被他们胁迫的，可真怪不得她。""芙蓉我不明白，咱府上一直不用你们庄上的人做体面活，你当年是怎么就到了我娘的身边？""那年我和我的几个爹爹到府里送大太太爱吃的那种蘑菇，府里管事的人有意短我们的赏钱，不想我识字，看到上面分明写的是每人一两三钱银子，而管事只给每人半两多一点，为这事溜进里边找到大奶奶，大奶奶就……"其实多姑娘本人不愿意提到已故的那位宇文夫人，因为最近老是梦到她。"芙蓉，也真是你的造化，按我母亲的脾气，下边出了这种事往往是闹事的、管事的一块罚，看来她是真的喜欢你，要不是你当年手欠乱动姥姥留给她的遗物，闹不好你现在连正房的位置都坐上了。""别瞎说，我的爷，你那丈人复职后就高升了，你的那个鸾妹妹现在也没寻下个人家。""怕什么，这都多少年的事了，人家说是要到忠顺府当侧妃娘娘，怎会过来？""这事可不一定，现在回想起来，都不寒而栗，真不知道当年是怎么熬过来的。"

"你们家的女孩子难道只有你一个可识文断字？""差不多，不过听人说过祖奶奶原来有个闺女，也能像府上的小姐似的做些诗出来……""唉，你家的也能做诗。"不曾想又撞上了这宝二爷，贾珊和多姑娘知道他的脾气也就无所谓，但这句话分明是话里有话，可见他依然因为多姑娘当年没有好好地照顾晴雯，心里不舒服。"行，我这就把姑奶奶的诗，念给你这行家听听。"多姑娘这辈子，最见不得的便是狗眼看人低，"'同根连理金瓯缺，且做伏羲与女娲。巫山有情天亦老，云消雨散现参商。'怎么样？""芙蓉以后别念这种东西。""知道了我的爷，以后我们做奴才的写诗总之是不能超过主子。"这也怪不得她，虽然也识得几个字，但她哪里知道"云雨巫山"到底是个什么意思。宝玉当着贾珊的面不敢笑，也知趣地走开了。

贾珊忽然感到背后一阵阵凉意，"爷，你背上的伤怎么现在还没好利索？""是啊，让宫里的太医看都看不好。""要不要让祖奶奶看看，她老人家……""这个以后再说，这诗你是从哪里学来的？”“年头长了，说不清楚。”

朝廷发还一些抄家后，贾珊从伯父贾敬的遗物中发现了一幅奇异的画，那画上有一妖媚，身段窈窕，一张脸半系厉鬼，半系美女。上面写的就是这首诗。这个流云庄里到底还有多少不为人知的秘密……

“我说你们都别死待在那，都想想办法。”说话的不是别人正是羊老太太的大玄孙羊狰。“老祖奶奶要走，有什么办法！”一向与他相好的邻村有夫之妇侯氏道：“老祖奶奶可千万走不得啊！”那张二驴手里有命案，这件事也是言官弹劾宁荣两府的罪证之一。“大家都是有事在身边的人，要是老太太倒了，咱们恐怕都活不到月底。”羊狰这话说得在理。

“祖奶奶来了。”众人一阵子躁动。“祖奶奶，您可千万不能走啊。”“是啊，您走了我们就是一帮没娘的孩子，谁还来疼我们。”“是宁荣两府的主子叫我走，又能有什么办法，也好跟着我儿子去享上两天清福。”“祖奶奶，我已经打听清楚了。”羊狰说道，“那老子一年到头也不过一二百两银子，却有一大群人要养，您过去了也是要受苦的。祖奶奶咱们才是至亲骨肉，您就算是让我把皇帝老儿的心挖出来，我也……”“少说这大话。那天都埋好了炸药，怎么都不动手，不然你祖奶奶也不会被那小子呼来喝去，看来咱们羊家就是给人当奴才的命。”“祖奶奶，这可不能怪我，都是那狞小子吃里扒外……”

“我累了，娃子们给我沏茶去。”“快，赶快给祖奶奶沏茶。”羊狰招呼侯氏道。“谁让你沏这个，快去把最好的拿来。”“祖奶奶咱们家过去是前朝的皇商，在昭武皇帝手下也是做王爷的活法。这可全都是那姓贾的害的，咱才落到今天这模样……”这些话本是羊显玗用来教训这些后辈儿孙的，可今天羊狰却反过来给他的祖奶奶讲课。

可是那羊老太太只是一味地品茶，闭着眼睛养神，像是睡着了，过了好半天才开始说话：“不错，元丫头从京城带来的茶叶，果然是一等一的好茶。”这样的茶叶，她羊老太太已有多年没再用过，看她那怡然自得的样子，似乎还是在做皇商羊家的小姐，或者还是那燕王羊枭的胞妹。

忽然老太太将刚咽下的茶叶吐了出来。“老祖宗，难道是茶叶不可口？”那侯氏道。“茶叶当然是好的，可惜是那些混账用过的。”说着老太太便睁开了眼睛，其中闪烁着复仇的怒火。

“马奇芳。”“老太太。”“你本是河州的回回，在流云寨，这些年是一天回回日子也没有过。这些钱是我的一点心意，你还是到别处讨好生活去吧！”“老太太，我马大麻子生是你的人，死是你的鬼，不是这些年您老人家罩着我，早就进了棺材了，跟您老多少天，这些年我就赚了多少天，您就算让我立马去死，我也不敢有二话。”

焦大和贾代儒急忙从京城赶往流云寨。贾代儒恨不得插上双翅膀飞到那里，他先后丧子、丧孙，得知未曾谋面的生母尚在人世，一时间无复他求，辞掉了贾氏的宗学，一心只想着侍奉老母，见车马缓慢至此，便不由得生气……

焦大太爷和他一样的着急，不过却为不同的事……当年，贾演听从紫极道人的劝告，节欲戒色，遣散了身边的一些没有名分的侍婢，羊显玗亦在其中。那贾演的正妻柳氏却只给了她十两银子，让她到荣国府的封地流云庄上去安家。

“姨奶奶，有何训示？”这翡翠文淑原是她哥哥羊枭的宠姬，而今却成了那贾演的小妾。那羊枭在世的时候她就讨厌这小姑子目中无人的样子，到了宁国府之后那贾演又经常拿羊显玗出火，弄得她好生的忌妒，借着这最后的机会拼命地羞辱羊显玗。那羊显玗同哥哥所生的儿子羊斑见此状况，跪在地上求她放过母亲。谁知那婆娘反倒更加来了劲，说道：“这就是你同那戏子生的野种，这模样生得倒是清秀，我看将来恐怕又是个小兔崽子。你说是吧，羊家婊子。”羊显玗只是依旧低着头，并不答话。“问你话呢，羊家婊子。”她冲这对母子吼道。“是，姨奶奶教训的是。”昔日一向高傲的羊家小姐都已经这样了，可是那翡翠文淑照样不依不饶道：“这小子长得不像那胡珍，长得倒蛮像你那杂毛哥哥，这不会是你和那冤家造出来的吧？”羊显玗表面上不动声色，实际上却是心惊肉跳，但眼下也只得打掉牙往肚子里咽，赔笑道：“姨奶奶真会说笑，这养儿像舅，却是不假，可他的命恐怕连他舅舅当年的一个零头也及不上。”“你当老娘是在夸你，呸，羊家婊子。”说着一口吐沫，打在了羊显玗的脸上，便扬长而去。那羊显玗一抹唾沫竟然咽了下去。这笔账事后便算在了翡翠文淑后人贾芸的头上，只是可惜了那林之孝的女儿小红。

“嫂子，你说这女人是不是……”“怎么会呢！”柳氏自信地向她的妯娌水夫人说道，“要是那样，这只破鞋怎么也得赖在咱府上。”“就这样放她出去，真怕弄出些事来。”水氏道。“她一个人难道还能翻了天不成。”

多年后的事，柳氏怎么想得到。一段时间过后，贾演想起羊显玗的好处，让焦大把她找回来。可是却听说她改嫁了别人，还生了个女儿，贾演只得作罢。

可是当年，送她去流云寨的时候，焦大知道将来绝不会安宁。“小姐，你是不是……”说着他驱车便往回赶。“焦大，你就忍心让我回那个虎狼窝？”“可贾家的骨血怎么也不能流落在外，小姐你今后只要再和软些，老爷的心也总会软的。”“你要是不答应我，我就当场死给你看。”

焦大没有办法，那羊显玗毕竟救过他的性命，而且还向他保证只要孩子将来长大，自会来认祖归宗，便只得依了她。往后不知多少是非，皆从此而起。

“都什么时候了，你还送那夜叉星的催命符来干吗？”宝姐姐冲莺儿吼道。宝姐姐打骂丫鬟，并管凤姐叫夜叉星，这真是大观园里不多见的奇观。

“二奶奶这是怎么了，怎么发这么大的火？”史湘云问道，“凤辣子送催命符也不是一天两天了，怎么这回能生这么大的气？”莺儿委屈地说道：“还不是老太太前两天不知因何事抬举起了赵姨娘，把太太数落了一顿，太太心中有火撒到了咱奶奶的头上，等火到了奶奶这里，她不敢拿姨奶奶你来出气，便只有拿我……”一番话让史湘云也不免生出了兔死狐悲之感。

“不好了，新琏二奶奶归天了。”此琏二奶奶非彼琏二奶奶，乃是原来凤姐的丫鬟平儿，王熙凤被休回娘家后，她便被扶了正，成了新一任的琏二奶奶。

史湘云和莺儿捡起散落在地上的催命符，看看凤姐的这些个杰作，叫人不得不佩服，那玉面夜叉王熙凤虽是大家小姐出身，可却一直不通文墨，也就是在荣国府管家的这几年里，才识得了几字（因为二奶奶要读账本）。写给平儿的这几封“请安”信，在史湘云看来却是字字皆血泪，心思不寻常，这凤姐姐的用心，何其歹毒。

就像她老人家平时说话，一贯是嘴甜心苦。这类信上总是千篇一律的奴才王熙凤给琏二奶奶请安，然后便向平儿报告，什么亲家老爷和亲家太太在马房煤堆里是何等的福寿安康。虽然平儿也已被贾琏扶正，可因为几代人都是贾府的奴才，所以同父母在内，一窝子的亲戚都拿在凤姐的手里。她又是一个极有孝心的人，几次差人向凤姐说情，都无果而终，心病就渐渐地重了，就这样一来二去被凤姐请安请去了西天。

“那巡海夜叉都回了娘家也不说安分点。”莺儿愤愤不平道，“害得我好几天被二奶奶一顿臭骂。”“尤二姐，秋桐，平儿，鲍二家的，还有那个没有见过的夏荷。”湘云自言自语地说道，“都被凤姐送进了棺材。只剩下羊姐姐一个人了。”

“云丫头，你怎么管那杨洞尘家的媳妇叫起姐姐来了？”湘云光顾着想事竟没有注意到宝姐姐已走到了她的身后。“什么杨洞尘家的，我说的是羊芙蓉姐姐。”一时间史湘云不禁失了嘴：“谁是羊芙蓉？怎么连凤辣子也奈何不得？”

宝姐姐怎么知道这羊芙蓉就是差点被史太君送去喂狗的多姑娘，又怎能想到她这些年的苦辣与辛酸？

本来夜夜梦见宇文氏、晴雯等人便已经让她发愁了，可是那该死的冤家偏偏不省心，竟当着她的面，跟她的妹子羊脂打得火热，这事可真真让她左右为难。

“脂丫头，你听姐姐一句劝，爷们儿把你收房是好事，但你千万不要住在府上，让爷在外边给你弄房子单住，将来有了小孩顶多是少分些财产罢了，要是住在府里面，不是让人欺负，便是让人害了。”可雄心勃勃的羊脂哪里听得进去，反而不识好歹地说道：“你这话听得叫人恶心，咱俩是至亲姐妹，我得了脸还能没你的饭碗吗？男人家三妻四妾也是常有的事，你一个人体面了，就不让别人了？”“你这叫什么话？把心窝子掏出来给你，你却当成是毒药。咱们这种人家哪做得成正房大梁，咱爷们儿在北方早就有了一房奶奶，万一那里红眼鞑子服了软，让人家回来，你便别想自在。再说万一他原来的丈人再动了心思，把他当年该娶的再送回来……”却是一番肺腑之言，可惜羊脂全然没有听进去，姐妹俩不欢而散。

多姑娘不由得感叹，贾琏的话说得不错，自己确实没有他那阎王老婆聪明，那王熙凤把本该同她势成水火的尤二姑娘哄得服服帖帖，而她却连自己的亲妹子也摆不平。“我看来真的没有那夜叉婆聪明……”“芙蓉你在嘀咕些什么？”

这冤家来得正是时候，她忙把自己的想法告诉了贾珊。“芙蓉你想开点，老祖宗向来仁厚，见了面一切好说，那鸳鸯能够光鲜不就是跟老祖宗近的缘故，你要是肯听老祖宗的话……”“老祖宗！”“老祖宗说了只要你乖乖地听话，她就像疼鸳鸯一样地疼你。”“我的珊少爷，你怎么还在说她仁厚，你知道大奶奶是怎么没的？本来生着病，什么忌口就让厨房给她做什么，本来生着病，硬逼着去后院管……”忽的一巴掌打在了多姑娘的脸上，可她的话却不无道理，史太君的祖父保龄侯兵部尚书（追封）史辉德，当年便是因为被俘后顶撞了三秦王宇文浩然被斩首……

“主子间的事你少管，你快收拾些东西，明天就同脂丫头一起回府上去。”“不要吃喝这里的东西，小心有毒。”焦大急冲冲地闯了进来，“他那里面肯定下了毒，千万不要吃不要喝……”

“焦太爷你这话是什么话？”多姑娘气愤地说道，“我是祖奶奶的后辈孙女，难道她要把我一起毒死不成？”“就算是有毒现在也已经来不及了。”贾珊自信有一套辨毒的本领，不以为然道，“我已经吃过了也喝过了。”

“芙蓉！”忽然多姑娘心如刀割，贾珊一开始以为是他的一巴掌害得多姑娘受惊流产，正要说以后你想住哪里就住哪里，可看多姑娘的脸色不对……“姨奶奶可曾吃过猪肉？”原来，这是过去羊枭惯用的伎俩，这种毒不易察觉，但只有近期吃了猪肉才会发作，羊枭过去用这一招除去不少手下要拉队伍自立山头的将官。

贾珊因为要与波斯商人谈硝石的事，怕信回教的胡商闻到怪味，只喝了毒汤，而没有吃猪肉。可是多姑娘却不同，因为她原来是宁国府的厨娘，喜欢对菜肴品头论足，因而吃过了羊老太太送给贾珊的那一份……贾珊虽事后也吃猪肉，但是药性早已经过去。

不只是多姑娘，还有那未出世的孩子，气得贾珊拿起宝剑道：“我这就杀了那老巫婆，替你和孩子报仇。”“千万……饶过……祖奶……”“芙蓉！我不杀那老巫婆誓不为人。”

他提剑去找羊显玗，却发现羊显玗正在那等着他。不只是这老太婆还有上千朝廷的兵丁，有骑兵，有步兵，还有火器兵。

误入虎穴

为首一将白甲白马，这一幕宝玉也看在眼里。这人方方正正，大气端正但长相有些粗平。那孙绍祖也属于这一类的长相，自打迎春出嫁后挨打受气的事传开后，宝玉便对这类长相反感得很……

这人本是贾珊兄弟的发小，同贾琏的关系一直很好，可自打凤姐过门之后，两人关系却急转直下，现在这人又做了贾雨村的干女婿。

这一回又是那特烈西的阴谋，他指使羊老太太说有人在此聚众谋反。而流云寨地下也正好埋着羊枭作乱时留下的兵器正好作为证据。贾雨村事先嘱咐他这个干女婿，将贾珊一行无须逮捕归案，就地处决，若是圣上问起来，就说是贾珊拒捕，被当场斩杀……

“这小子竟有他祖宗赛子龙的风采。”贾文忠不禁赞叹道。那一副“雪花锁子甲”，虽然用起来不能跟贾珊的那副“银镜骷髅甲”相比，但样子更加漂亮，仿佛古时的名将再临人间，提着红缨枪一身的杀气。

“擒贼先擒王。”仇鸣镝想要用手中的暗器“掌心雷”除掉那人，却被贾珊止住，“表弟，你就算杀得了云小子，也摆不平他手下的千余士卒。”“可是……”仇鸣镝万分焦急，但贾珊却镇定自若且冲那人喊道：“可是云小子？”“原来是珊少爷。”“当日在塔林城，身旁俱是胡人，不曾与你相认……”

其实两位在贾珊从北国出逃时就已经相见，那时这个云小子同他的岳父贾雨村一同到北国送亲，遇见了身为左翼近卫军都检点的贾珊。

他提枪一指道：“珊少爷，你我虽是故交可是朝廷的……”“工部左堂贾政求见陕南守备使赵将军。”

突然，这云小子脸上露出了惊异之色。“莫要理他，只管动手。”羊显玗在一旁说道。可是那小子却没有按她的意思行事，而是让左右退后，可是羊老太太却留了下来。他亲自下马去迎贾政和赵姨娘。“姑父一向忙于政务，不曾来此拜会贤侄，望贤侄多多海涵。”这一番话说的那赵若云不知该如何是好，论理姑姑赵姨娘是那贾政的女人，他是该叫贾政一声姑父。可是自他的祖宗赵天彪征讨安延集兵败获罪，因此家道破落，其后便沦为了荣国府的奴才……做奴才的怎么能跟主子攀亲，以前别说是他，就是他的父亲赵国基，在表弟贾环面前也没有坐的份。

冷子兴果然高明，他早料到那贾雨村会有这么一手，故而特意捎信给贾政让他早做提防。贾政因赵若云的作风与他父亲相异，所以自幼就对赵若云不错，让他陪着贾府的少爷到代儒那里陪读，请来的教习教自家弟子学武时，也让他在一旁陪练。

因而他便一直敬畏着贾政，这一回贾政不仅自称姑父，而且让宝玉也管他叫表哥。这一下弄得他不知该如何是好。“云小子，你这么干对谁有好处？”他姑姑赵姨娘劝道，“出了事，祸是你的，好处是人家的，你当你房里的那丫头真是知己故交的女儿？说白了就是那薛大傻子房里的丫鬟，后来那呆霸王的大老婆厉害，逼得薛家人把丫头卖给了他家。见你有些本事，故此来捆住你的心，那狗贼算你哪一门子的岳父，咱们才是至亲的骨肉。”

那赵若云被他姑姑说得心软了，打马便要收兵。“小孩子，不想想你赵家是怎么样败落的。”羊显玗叫喊道。这句话说得那贾政的脸顿时有了惭色。赵若云走马回转，惊出冷子兴一身的冷汗，这一点他确实失算，他着实不知道这其中到底有什么样的恩怨。

这生死一线，悬于赵若云一念之间，或是流芳百世，或是遗臭万年。他想了片刻还是收兵走人了，并说道：“珊少爷，剩下的你自己小心。”“呸，没出息的东西。”羊显玗骂道，“烂泥扶不上墙的种子。”

“亏得有冷先生，不然险些中了你的毒手。”贾珊看着那羊显玗一时间怒火中烧，整张脸仿佛都变了形。“珊哥儿……”羊显玗的儿子贾代儒想要给母亲说情。“三叔，老二请带四爷爷一边去休息。”于是，贾琏和贾文忠叫小厮支走了代儒。“爷，千万饶过祖娘娘性命……”“脂丫头，这老妖婆害死你母亲，又害死了芙蓉，今天不杀这老太婆我誓不为人。”羊脂识相闪开了。“虎毒尚不食子，你这婆子倒好。”贾珊气愤地骂道。“今天是老婆子你自我了断，还是小爷我送你上路？”“小子，死到临头了，说话还这么没大没小。”贾珊哼的一声冷笑，他不知道小云子的兵都走了，这死老太婆哪来的这股底气。

贾珊怎么也想不到这老太太的行动快似闪电，在这老太太面前竟像三岁小孩一般被轻易地制服了，柳湘莲和贾文忠想要赶去帮忙，谁曾想到那老太太竟指含风雷之气，叫人根本近不得身。

羊老太太挟持了贾珊，众人尾随追来，被她引进了秘道。“怪不得这边的奴才交租子总是不足斤两。”贾琏说道，“原来都用来干这个了。”“依流云寨之民力不可能有这些成就，”柳湘莲道，“定是上代留下的。”柳湘莲说得不错，这秘道正是当年伪燕王羊枭命人修造的。

这些秘道有些是通往储藏兵器的密室，有些是为突围修造的暗道。当年修造的时候，用一帮子哑巴干活（有些是羊枭人为制造），完工后就灭口，多年之后就只有羊显玗还尽知其中的秘密。至于羊狰、羊狞这辈子孙所知的不过只是皮毛，一时间真不知道该如何是好，忽然传来一声佛号：“无量寿佛！”

仇鸣镝又要祭出他的那件法宝，再次被人制止，这一回乃是冷面二郎柳湘莲，“鸣镝兄弟且慢，此人声音听起来甚是熟悉。”“柳师弟咱们久违了。”走出来一个道人，看样子果然有些仙风道骨。“各位，这是在下的师兄。”柳湘莲道。“请问道长尊姓大名？”贾琏问道。“小道俗姓甄名士隐。”“什么？你才是那云小子的正牌岳父？”“各位闲言少叙。”士隐道，“如此下去犹如盲人瞎马，恐遭人算计，不如这样……”

贾珊这一回可真是窝囊，到了此时贾珊才知道赵若云让自己小心的是什么，可恨自己当时偏没听明白云小子说的是什么，当时就该用自己手中的帝波安火枪收拾了这个老妖怪。

羊显玗不用绳索，因浑身饱含风雷之气，那贾珊竟像被万千个小鬼制住一般动不得，只得像木偶一般任人摆布。

羊显玗将他带进一间密室。原来那羊枭有个癖好，喜欢一个人在这密室里，或是弹琴或是吹箫，旁人皆不敢惊扰，独他的妹子羊显玗是个例外。这里的陈设古朴素雅，几幅带着扶桑口味的老画，看来也是出自名家之手，其中一幅画，像是羊枭亲绘。这画像上的羊显玗，绝对没有当年的真人漂亮，因为贾珊看得出那羊枭不是绘画的行家，但却依稀可以领略那羊显玗昔日的绝代芳华。多姑娘和羊脂姐妹，虽有着她当年标致清灵的面容，却没有她那时大家闺秀的风范。

这里挂着那燕王羊枭的几幅墨宝，那羊枭的字写得十分细小，但却苍劲有力。正如羊枭其人，虽然身量细小，但却精明强干。再看那幅羊显玗绘的羊枭画像，活脱脱的和贾蓉一个模样。“怪不得，焦太爷恨铁不成钢地骂蓉哥儿，他就是羊枭托生来断送宁府基业的。”

“小子，你给我哥哥磕几个响头，老娘我就饶了你。”“做梦！”一时间羊显玗往贾珊体内灌注风雷之气，其苦楚不下于凌迟，就是这样，那珊少爷依旧是咬紧牙关绝不低头。

这羊显玗虽是铁石心肠，可此时竟也软和了起来，不禁赞叹道：“好小子，真是好样的，就算是你祖宗贾源和他哥哥贾演那混蛋也敌不住这个，按说能有你这样子的女婿，纵使是把孩子送去做小也是值得的，可惜你却是那混蛋兄弟的后人。”

“你杀了我又能怎么样，吾家兴旺已有百年，子孙众多，你哪里杀得过来。你兄弟羊枭当年有那么多兵马都灭不了我贾家，以你一己之力，以卵击石，只能最后落得飞蛾扑火，自取灭亡的下场。”这句话让羊显玗听着很是熟悉，忽然她的口气变得和软了些说道：“你这孩子说话好是奇怪，老实告诉我，你可是从那东府过继过去的？”

宁国府一脉自贾珍与秦可卿乱伦，以及贾珍与其父贾敬的小妾私通生下所谓的妹妹惜春的丑事被翻出以来，弄得贾府上下很是没脸。贾珊此时宁愿死也不愿意说谎，故而振振有词地说道：“我是荣国府的长房长孙，我母宇文氏乃是归义侯宇文浩然之孙，车骑都尉宇文顺德之女，不知你老人家何出此言？”“你原来是宇文家的外孙，你那舅舅可是本事得很，他现在改名换姓做了上门女婿，出三十万两白银要你这外甥的脑袋，有这笔钱也够我羊家人过上一阵了。”“这事你也知道，不过他们说的话多半不能相信，要是说话属实，诸如狞娃子之类的你老的嫡亲子孙又怎么会……”这话让羊显玗很是生气，她的这些没出息的子孙，当她的面说些什么西贝窝里的狗男女是如何伤风败俗，根本就不把荣国府的主子放在眼里，可是背地里却都在疯传元丫头当上姨奶奶的消息，好像自己成了皇亲国戚似的，欢天喜地地庆祝。

她看着贾珊不由得有些……可惜这小子是仇家的小子，刹那间风雷之气大胜，贾珊头脑虽然清醒，可却丝毫动弹不得。“你是不是想咬舌自尽，可你做不到。看在故去的九姑姑面上，我放你一条生路，可你要眼睁睁地看自家子弟把你祖宗的基业一点点地败光，你家的闺女被人卖做娼妓……”她绘声绘色地给贾珊讲她如何指使手下那群老渣子，把宁国府的嫡派玄孙贾芸和林红玉夫妇（即小红），用那一套独特的手法活生生地剥皮，而且还把他们的女儿卖到了一家妓院，就等过几年长得齐全便可接客了，她还详细地告诉贾珊该具体怎么找到那丫头，可贾珊现在却根本动弹不得……

不过，螳螂捕蝉黄雀在后，焦大本不愿意这样，但还是不得不向旧主人动手，一支箭射向羊显玗，谁知这羊显玗竟像背上长了眼睛似的，从容闪过，那一箭却不偏不倚正中贾珊……

这时羊显玗欺上身来。

这焦大练的是外家功夫，年轻的时候也算得上一员猛将，可是现在上了年纪，拳脚也周转不灵了，而那羊显玗修行内家功夫多年现在正是派上用场的时候，不消片刻焦大便被她制服了。

“焦大，当年要不是你，我早送那贾演家的小畜生去见他祖宗了，今天你居然还敢暗算我……”“你做的那些事，哎！让我怎么说你，我这条命是小姐你给的，今天还给你，来世也不欠你什么了。”

就在这时只听见“轰”的一声，原来焦大的那一箭让贾珊因祸得福，这是珊少爷在叉叶养成的习惯，穿着便衣时里边也穿着一套内卫甲，再加上羊老太太灌注的风雷之气，虽使他动弹不得，也让他皮肤厚实，故而一时没有伤及性命，受了些皮外伤而已，风雷之气也一时消散，身体摆脱了束缚，又正好给他一个千载难逢的暗中开枪的机会。

谁知这一枪竟穿透了焦大的身体，好个羊显玗竟似浑身长眼睛一样，当贾珊察觉误伤了焦大，羊显玗已漂移倒了他的身后，他的另一支火枪也被老太太收走，待贾珊转身又不见了那老妖婆的踪影。

“珊少爷，我在这儿。”这句话极其甜美，倒像是多姑娘的腔调，贾珊胸中更是怒火中烧，拔剑与她拼命，谁知那羊显玗眼中放出了两道紫光，贾珊双膝一软竟跪到了地上。“好孩子，真是懂事得很，我真该好好地疼疼你。”

这腔调像极了被她害死的多姑娘。“你害死芙蓉，可她临死前还让我饶了你，你却依然不思悔改，看来芙蓉真的不是你家生养的，肯定是被你不知从哪偷来的大小姐。”“不愧是一家子，像极了贾演养的那个小畜生，看来以后真不能教这些丫头识字，谁识了字，谁就向着你们贾家，这元丫头和当年的鸠丫头一个德性……”焦大听后想到了些什么忙讲道：“您这辈子总该要回脸吧！”

亏得这枪被多姑娘借去过一阵，这帝波安火枪分阴阳两类，打中焦大的那支为阳，可射放三枪，头一枪威力最大，之后便一枪不如一枪，多姑娘前两枪要了扶桑武士的性命，这第三枪便被贾珊哭笑不得地送给了焦大。

“你瞧你非跟着他们西贝窝里的畜生混，现在差点死在这小子的手上。”羊显玗一边给焦大包扎伤口一边说道。“祖奶奶，我和焦太爷加一块也不是您的对手，您要我们的性命，尽管动手罢了，何苦这样猫玩耗子……”“就是要玩死再吃，焦大对我有恩，我不想杀他（焦大听到这话，心中有愧），至于你吗？看在你叫我一声祖奶奶的份上，祖奶奶我就给你这小孙子讲个故事听听……”“您老要点脸行吗……”“焦太爷，保重身体，您越这样，她讲得就越起劲……”“聪明孩子，祖奶奶这就讲故事给你听。”

羊显玗不顾焦大的反对，硬是往所有人的伤口上撒盐，无耻地翻开了那宁国府里的陈年旧账……

宁国府的旧账

这说起来还是个非常香艳的故事，自贾演死后他与柳夫人生的长子贾代化继承了宁国府的产业和爵位。这贾代化有一次外出打猎，他张弓搭箭，看见的分明是头梅花鹿，可射中的却是位美佳人。这女子自己说是姓史名鸠，来燕京投亲，因是养伤便在宁国府里留了下来，后与贾代化日久生情而被纳为妾室。一日贾代化清剿苗蛮负伤，天子前来探望，正巧她也在身旁。那太宗皇帝见这女子色艺双全，便不由得有些失态，在晚宴时执意要敬她一杯，可她却在敬酒时故意说道："这怎么使得，该是奴家来敬陛下，圣上是有德明君，就是和唐太宗李世民比起来也不差分毫，成天为百姓的生计奔波，哪像前朝的永安皇帝只要自己好别的都不管。"前朝的永安皇帝是出了名的无道昏君，曾经见色起意逼死了臣下的妻子。想到这一层典故太宗皇帝便不敢再有非分之想，于是以礼相待重赏了代化夫妇。这女子不是别人正是贾珍的亲祖母鸠夫人。

一日贾代化见鸠夫人一个人在那里画画便问道："鸠儿，你在画什么？""《燃葵图》！""好手笔，只是少了副对联。"于是，鸠夫人挥笔写道："世事洞明皆学问，人情干练即文章。""鸠儿，你这是何意？""虽然俗话说练就文武艺货卖帝王家，可是不通人情，不晓世故是万万不能的。就算是再大的本事，不知兴亡，不明大义，也终究是过眼云烟。"

"就是你娘家，金陵史家的小姐也未必有你这样的见识。"这句话说得鸠夫人很不好意思，代化为了把她扶上正房大梁之位，让金陵史家认她做了养女，这样说来从此金陵史家便算是她的娘家，转眼间一个来历不明的女人和荣国府的正房夫人（即后来的贾母）成了姐妹，当时鸠夫人本人都有些不好意思和人家姐妹相称。代化这一句把金陵史家的小姐都比下去这实在是让鸠夫人羞红了脸，在那里呆呆的！

"老爷，太太。"一个丫鬟跑过来报信，"外边有个叫花婆子，非要……"丫鬟一时喘不上气来。“难道是王母娘娘要找你回归天界。”贾代化打趣道。“她让我把这个给太太。”“好奇怪的笛子，我好像在哪里见过。”贾代化道。

“那婆子非要太太出一百来两银子买这笛子。”“你回去告诉她，依我看笛子只值三两三钱，我可能不太识货，改日亲自向她请教。”这句话让人好生的奇怪，妻子是笛箫一类乐器的行家，几年前天子驾临宁国府，宴席间他便让鸠夫人吹笛助兴。连那时的皇帝都不由得赞叹道：“此曲本为天上有，人间难得几回闻。古人云倾国绝色，朕总是不信，可今日却不得不信。”幸好那一位天子还算是个贤明之主，怕干出有违君道的事儿，便从此再也不敢光顾宁国府，只是招代化进宫，却从此不再喜悦宫中的管箫，常命宫中的艺人，向鸠夫人请教谱曲上的事情……所以，妻子今日的这番作为在他看来，真真反常得很。

“娟丫头，你把这个先还给她。”“可是太太，她已经走了。”“那你就去她住地。”“太太您饶了奴婢吧！她住在西廊子胡通的魁星阁一带……”那一带满是各类不干净的游民，那些无处容身的人便在此栖身。“没事儿，我让几个小厮跟你一块去，另外这有一两银子，让她往别处去住。这笛子我从没看过，改天一定看个清楚。”

贾代化察觉到妻子的脸上虽然平静，可手心里却直冒冷汗。

那日鸠夫人被他误伤的时候，只言父母双亡投靠一个叫房五的亲戚，那房五是荣国府的奴才，确实在外地有一房远亲，但不知是哪里的人氏。

她说自己是关中人，可听她的口音南腔北调，晋音楚语，完全对不上账。婆婆柳氏觉得她身世可疑，对她总是不甚放心，在她当姨娘的那段日子里，时常将其责打。有件事，说来十分的奇怪，这鸠夫人是一口肉也不吃，以至连她的亲生儿子贾敬，都嘲笑她是梅花鹿修炼成精，要拿照妖镜让她现原形……

每当丈夫问起她家里的事，她总是避而不谈，更让人怀疑她的身世，不过她对丈夫代化却是极好的，那次贾代化奉旨征讨蛮夷，中了一支毒箭，是她亲自将毒汁吸出来，以致她自头胎生了贾敬后，便再没生养子女。对代化前妻留下的女儿也很是疼爱，那时皇帝立他的长子，也就是后来的义忠亲王老千岁为太子，当时柳氏要把孙女送去做太子妃，但鸠夫人因看出太子品性不正非长久之人故而极力反对，为这事竟被柳氏吊打了一夜，被罚跪在冰冷的石板上，最终说服了柳氏……

所以，后来代化对此事不是很在意，偶尔想到只是觉得妻子的出身寒微，羞于跟人提起罢了。但自那以后，妻子的心事日重，整日愁眉不展，叫人很是费解。

还有一件烦心的事，他堂弟贾代善，近来养了一个血坟道人，这道人好生奇怪，代善多次相请，他都不肯出山，嫌荣国府里没有住处，那代善便只得不顾家人的反对，在梨香园里给他备下了棺材和活死人墓，这才屈尊来到荣国府，那牛鼻子老道生活十分规律，可是却把正午当作子时用，傍晚时分准时从棺材里爬起来，跟代善一家人一起用“早饭”。

那天贾代化携鸠夫人去荣国府看望代善一家，只听那道人竟唱起歌来：“沉浮与双星，西贝佐君王。偏水能克火，最怕冷人来。”

他顿时觉得这牛鼻子老道是有些道行的，歌虽浅，但却意味深长，西贝佐君王说的是他的父亲和叔叔，辅佐天子立下赫赫功勋。偏水能克火，说的则是本朝天子以水为姓，当年逐鹿中原最大的敌手便是伪帝严龙，严字谐音为炎，所以最终严龙死亡，其后主不能守成便为太祖所灭。至于最怕冷人来说的好像是后朝之事，最好不要管他。只是那头一句话沉浮与双星，却值得玩味。太祖皇帝与第一代北靖王水恒义是两兄弟，他的父亲和叔叔又是两兄弟，伪朝又是两父子……这不得不让人深思……

那牛鼻子老道见了贾代化夫妇先是大笑道：“真真的一对笑料。”然后便是一阵大哭，“真是一对苦命的妙人儿。”代化听着觉得很不对劲，便跟焦大一合计，打算暗中替他堂弟代善除掉这个祸患……

那天夜里，血坟道人用过“午饭”，在青石板上打坐消食。千载难逢的好机会，还不动手更待何时。

那道人打着坐，身子骨竟凭空而起，以打坐的样子，在空中转了那么一圈，正好浮在空中面对着贾代化、焦大主仆。

这对主仆立了个门户，嘴里念着避邪咒语。那血坟道人一声大笑，代化主仆以为他要发难忙出招应付。“自己家后院起火都快烧着了屁股，还有心思替人家来管是非。”贾代化厉声发问道：“你这什么意思？”“当心你那梅花鹿被老鸦儿叼走。”梅花鹿正是贾代化对鸠夫人的爱称，说着便使出拿手暗器火雷针向那道人打去，谁知那道人凭空翻了几个跟头，长袖一抹便收下这一对物件：“这个年纪有如此身手不错得很，小子，看你为人还算正派，送你两句话，密道不密，宁府不宁，回去看看吧。”片刻便不见了踪影。

“看来这道长确有半仙之体，那么他说的话……”这两天妻子一直鬼鬼祟祟，让人很不放心，他便带着焦大回到宁国府密室入口处盯着。

不想鸠夫人带着一个有些年纪的夫人来到密室的入口处，那妇人总觉得有点眼熟而且与鸠夫人好像还有些相像。“鸠儿怎么知道开这密室的机关？”这机关他父亲贾演生平给他做了一回示范，他也没再给任何人看过，想到这觉得寒风阵阵，不由得难受……

她二人走进了密室，好在鸠夫人还没彻底弄明白这里的机关，贾代化主仆便从更隐秘的通道暗中监视着她们……

“鸠丫头，我看你是在这里享福都忘了根本……”“母亲，我……”“儿子中了进士，便不认得亲娘了，怎么到现在都没得手，你是想等我进了棺材，到时候你就可以舒舒服服地在这过日子了。你想得倒美。咱羊家上百条人命，这个仇不能不报，你倒好，贪恋这里的富贵，忘了这血海深仇。”“娘！要是我家老爷没了，你让我和敬儿怎么过活！”“丫头你怎么想不明白这个道理，为娘这也是为你好，趁现在你还受着宠，先把他弄死，这家当不就全由你来摆弄，省得他到时候再恋上别人。”“母亲，女儿身为人妇，怎能干这谋害亲夫的勾当，娘你要多少钱女儿都给你，只求你……”“不要脸的小婊子，老娘我这就劈了你……”

“奸贼看剑。”于是贾代化仗剑而来，两个人好一阵厮杀。那时的羊显玗武功还没有到后来的地步，虽说是招数上更高明一些，可闺阁中习武怎及浊物（怡红公子语），一时间支撑不住，节节败退下来。

忽然，羊显玗身子一闪，抓住了女儿鸠夫人。“小子，你再敢上前一步，我就把你这小心肝给……”贾代化后退几步道：“你是何人？”“燕王爷的侧妃，八面观音。”“难得你对那羊枭一片忠心，此时归降，还为时未晚，当今天子仁厚定能放你等生路。否则你和这贱人休要活着离开这里。”“小畜生，你这套说辞哄得了谁。”说着，她往鸠夫人的腿上弄了一个很细的伤口，虽不致命，但时间一长必死无疑。“你……”贾代化本想扑上去，但还是止住了。“把剑放在一边，不然我就要了这贱人的命。”代化只得把剑扔下。“少耍滑头，把那些暗器也给老娘扔出来，京营节度使大人。”贾代化便又扔了那些暗器。“真是个好孩子。”那羊显玗眼睛里露出了狠毒的杀机……

“是你！”这时焦大使出一招魔王背女，架开旧主人，鸠夫人趁机得以逃脱，这羊显玗敌代化一个已是不及，何况再加上个善用外家擒拿法的焦大。很快，便被制服。“真是一条好狗。”羊显玗此时恨不得把牙根都咬断。

“是谁指使你来的？”贾代化剑指羊显玗问道。“你那混账老子。”贾代化讲道：

“看来你是要死硬到底，你自己了断，还是我送你一程。”鸠夫人听后忙哀求道：“老爷，千万放了我母亲……”“贱人。”他顺手给鸠夫人一耳光道，“还不快滚，等着家法侍伺。”“爷把我也一块杀了吧！”贾代化讲道：“鸠儿，你这是何苦？她这么对你，你却……”“她不仁，我却不能不义，您饶了她，奴家来世……”“鸠儿！她怎么可能是你的母亲，我想你肯定是哪个官家小姐，打小被她偷出来……”“不错，她是老娘我偷出来的。”贾代化厉声喝道：“你说鸠儿到底是哪一家的小姐？”“哪一家的！宁国公贾演的千金。”“老爷，我娘说的都是气话，这可千万不能当真……”“不生气，老娘一点也不生气，看到你们宁国府亲上加亲，老娘可是高兴得很。不信你可以问问焦大。”

贾代化问她道：“你到底是什么人？”“少爷，你难道忘了，你当年还赏了奴才一碗稀饭，这份恩情我可是一直记在心上。”想当年，羊显玗因偷着祭拜她哥羊枭，被宁国公贾演好好地教育了一顿，被饿了整整一天……

那过去曾为羊枭宠姬的翡翠文淑，拿一根狗啃过的猪蹄要来喂她。这姨奶奶的“盛情”让她着实难以推辞，眼看就要羊显玗接受这位姨奶奶的“好意”……是当年的代化为她解围，并赏给了她一碗稀饭。

当年的贾代化真的想不到多年之后，这羊显玗竟然会这样来报答自己。其实当年羊显玗被宁国公贾演的正妻柳夫人送出宁国府的时候便已经怀上了贾演的骨肉，羊显玗刚到流云寨不久便生下了一个女儿，就是眼前的这位鸠夫人。一想到这里焦大后悔不已，当年他看出羊显玗有身孕，想让她留在宁国府，可终究经不住羊显玗的苦苦哀求和空头许诺，一时心软，铸成大错。贾代化到此时才知道鸠夫人的身世，鸠儿其实是贾演和羊显玗的女儿，是贾代化同父异母的妹妹，此时的贾代化是又羞又气，想他贾代化是当今天子的发小，堂堂的京营节度使，竟与异母妹妹做下了乱伦的丑事，气得他大病了一场……

一段时间过去后，他的病渐渐好了，他也便想通了，这事也没几个人知道，我和鸠儿装做什么也没发生，只是关起门之后，不再做夫妻，彼此尊敬些才是，面子上将错就错地恩爱些，省得让人瞧出什么把柄来。

他便向鸠夫人的房里走去，只听道：“敬儿你既中了进士，便该学学怎样当官，怎么反倒跟那些娼妇粉头没日没夜地鬼混。过一阵子，你便是要当爹的人了，也该想想将来如何给你孩子做个榜样。”

“榜样，你和爹爹倒是我的好榜样。我都不知道叫你们爹娘还是姑舅。”贾代化冲进来将儿子一顿好揍。“是谁教你讲这些胡话？”“要想人不知，除非己莫为，天下美艳女子何其多，何必要将祖父的骨肉……”

其实这贾敬是个聪明人，要是不聪明便不会十四岁就中了进士。想当年，他本该是那一届的新状元，但鸠夫人怕他过于轻狂，便让其父上了一本，让天子有意把他降到了二十名开外……

所以凡事都很难瞒过他的眼睛，他莫名地发现府里边多了一些海鲜类的荤菜，都是母亲叫人做的。可母亲却是个梅花鹿般的肠胃，而父亲又病着不想吃荤腻。他便从此暗自留心，一次因羊显玗闹绝食，鸠夫人亲自去送饭，被他盯上……

“我杀了你这逆子。”鸠夫人见势不妙，忙跪在地上，梨花带雨地求情……真真没有办法，多年以来他都专宠鸠夫人一个，所以他眼下也就这一个儿子。“滚，给我滚！鸠儿你回来，今天咱们好好谈谈。”

这对又是夫妻，又是兄妹的绝物，一直从早晨聊到了深夜。有些话鸠夫人以前从来没有跟他说过，他好像也对鸠夫人小时的事很感兴趣……

“那时我们家养了一头绵羊，谁知这绵羊跟外边野山羊生下了两个羔子。一个长得像山羊，一个长得像绵羊。那畜生好生地偏心，只给长得像绵羊的那个喂奶，而另一个饿死也不管。我去把那小半山羊拿到张家去喂奶，谁知道那只绵羊像发疯似的朝我扑来，我便只好丢下小羊羔自己走了。”“鸠儿你说的那头羊是叫显玗吧？当年父亲把四弟从她身边带走，我起初很是不解，现在才明白，要是父亲当年动了那么一念之仁，恐怕现在我和四弟早已手足相残了。”“四叔叔他是我母亲的孩子！怪不得我见他是那样的亲切。”“鸠儿，你怎么不愿意讲你父亲……”直到此时贾代化依然心存侥幸，可是……“我自幼便没有父亲……”鸠夫人说到这眼泪汪汪的。“她当年在牲口棚里把我生下，那里的人至今都还记得。”她靠在了代化的胸口上，继续说道，“家里苦成那样，她依然教我吹拉弹唱，填词做诗。可是她教哥哥学武我要是敢偷看一眼，便会将我打个半死直到第二天也走不好路……后来她就让我报这国仇家恨，指使我找准时机……可我没想事件竟会这样……”这时贾代化方才清醒，推开鸠夫人，把脸埋在那双手里哭道：“哪怕你真是那羊枭的女儿，也好过现在千倍！”

“老爷，北靖王妃求见。”

所谓北靖王妃，其实就是贾代化与前妻所生的女儿贾纹。当年，鸠夫人察觉当时的太子品行不好，所以极力反对婆婆柳氏将贾纹嫁做太子妃。其夫北静王近来又因有事得罪太子，弄得她很惶恐。便将气全撒在了鸠夫人的身上，借口荣国府家人不法，故意回娘家宁国府来生事，闹到第二天寅时才算罢休……

“你那样疼她，她却这样对你。”代化讲道。可鸠夫人却说：“我也搞不清，我不知为什么，见了她总是觉得喜欢，真是搞不清其中的缘由。”以前，听到这话代化心里都如暖三春，而现在却觉得是彻骨凄寒，他现在怎么也侥幸不起来。鸠儿的面容现在看来真是像极了自己的祖母羊太夫人……经纹敬姐弟这么一闹代化的病就更重了。

他自觉时日不多，便把妻儿都叫到了床前。“鸠儿，这些事情怪不得你，愿你我来世能……怎么没见着焦大，快叫他来。”过了一会儿下人们找来了焦大。“焦大，你怎是这个样子？”自打闹出那事以后，焦大自感对不住贾家的恩典每日只是睡在马厩，整天地借酒消愁。“这事不怪你，毕竟那是你的旧主人，何况她那样的人这世上也罕见。敬儿，我不在了……”贾敬哭着说道：“爹爹，你会好的。”“以后，你要多听你母亲和焦大的话。鸠儿，你那个哥哥我可以放上一条生路，至于她羊显玗这辈子休想再见天日，否则……”

鸠夫人显然没有把他的话听进去。“娘，您真的要……”“她不仁，可为娘不能不义。”“可是……”“没什么可是，你父亲把你关几天禁闭你都受不了，她又怎能受得了在那种地方一辈子。”

这几天鸠夫人日见消瘦了，倒是这羊显玗在宁国府里好吃好喝反倒日渐发福了。“你这忘恩负义的小娼妇，怎么今天不让哑丫头送饭，反倒自己过来了？”“外祖母，请嘴上放尊重些。”“贾演有你这样的外孙子，可真是三生有幸。”“你……”“敬儿，大人说话你少插嘴，母亲你罢手吧，我们被害成了……四叔叔是您的亲儿子，这些年来，也一直在打听您的消息。”“小娼妇，你要杀要剐老娘奉陪，少来这一套。”

忽然鸠夫人往墙上写了一首诗，正是贾珊不让多姑娘念的那一首。“敬儿，把东西给你外祖母。”“什么，斑儿在你们手里，好鸠丫头，为娘说的全是气话，当不得真，斑儿好歹是你哥哥，为娘听你的，这就去你们家老四那边去。”“知母莫若女，你要是真到了四叔叔那里，肯定是要挑拨离间弄得我宁国府手足相残，我只求你依女儿一件事。”“你就是让为娘摘星星，偷月亮也依你。”“答应女儿，四十年内不得找我宁国府的麻烦。”“好，四十年后我一定加倍讨还。”

为了防止母亲变卦，鸠夫人还特意扣下大侄子做人质。气得那羊显玗骂道：“你和你的那个杂毛老子一样的狠。”“母亲我知道你不会听，但女儿依然要说，我贾家这些年来兴旺发达，娶妻纳妾以至子孙众多，您又怎能杀得过来，想当年舅舅有那么多的兵都灭不了我贾氏，您一己之力，以卵击石，到头来只能是飞蛾扑火，自取灭亡。”“用不着你操心。怎么只给这么点银子？”“不少了，足足有三十两。”“你们打发奴才也不止这点钱！”“女儿是想给您金山银山，可是怕把您养肥了，又出来生事。”“好，你真不愧是贾演那混账的闺女，给我好好活着等着四十年后，为娘把你拆骨扒皮。”待羊显玗走后贾敬问鸠夫人道：“娘，你怎么知道外祖母……”“她若不是过来人又怎会如此！”

自此后，鸠夫人每况愈下，在孙子贾珍四岁的时候便过世了。那时的皇帝听闻之后，也甚是悲痛，本来这位天子是贾代化的发小（代化从小便是小皇帝的伴读），代化去世时便想去吊唁，可害怕见到鸠夫人干出不轨的事来，便派了宫中的太监前去，于是乎，这一日鸠夫人过世竟下令赏赐楠木棺材，违制而葬。好生的风光，至今让贾母及当时还年幼的贾珍都记忆犹新。自她过世之后，贾敬便一心向道，宁国府便走向了衰落……

化险为夷

以上的事情，羊显玗大致讲给了贾珊。焦大道："您这么大岁数，难道就不能要点脸吗？""我曾听过西域有一种诅咒语。"贾珊说道，"欲害人必先害己，今日我才知道这种咒语是，害人必倍害于己。"

羊显玗欺上身来，她身段极其标致，步伐极富节奏，若还是年轻时脸庞，定胜似天仙下凡，迎面给了贾珊几个嘴巴，"小混账，还轮不到你说三道四。焦大，我那鸠丫头现在怎样了？""自打出了那事后，不到十年也就……您那外孙也去了，重外孙珍哥儿在前几年也倒在了云南……"焦大说到这里不由得老泪纵横。那羊显玗也不由得感叹道："苟活百年如一梦，到头却似烂柯人。小子，我本不愿为难你，但见贾演、贾源两个畜生有你这样的后人，我便不能饶你。"

贾珊被羊显玗劫走，众人急得像热锅上的蚂蚁。"依我看，咱们还是分头探路。"贾琏道。"请问琏二爷，你可是那羊枭妹子的对手？"甄士隐问道。"这……我当然不是那老太太的对手，可咱们这么多人一拥而上，她肯定招架不住。"甄士隐便反驳道："说得不错，确实大伙聚在一处那羊显玗绝不是对手，但要论真本事，别说是单打独斗，就算是任意两三人加上手中的暗器，也不是她的对手。所谓分头探路便是分头送死。""那也不能坐视表哥被那老妖婆……"仇鸣镝道。"道长，我们一并行动，万一中了机关。""可真的全都……"冷子兴不敢说那最后一个字。"所以要以静制动。"甄士隐说道。

贾珊的家臣帖木儿听不懂这种文绉绉的语言，便向旁人请教，明白之后说道："难道要等我家主公变成白骨再来报仇吗？"他胆气豪迈吓得一旁的羊狞有些个心神不宁。"看！"甄士隐道。

那是羊老太太的嫡亲玄孙羊猛，帖木儿想要用火枪收拾掉此人，却被柳湘莲拦住。

"别误会，我是……"这羊猛被倪二一招莲花擒拿手便给轻易制住，别看此人又高又壮可却是不经打得很。那次他伙同贾芸、把兄弟鹿飞虎到西蜀去贩盐，正是这个羊猛把他们骗到流云庄附近，一百来口人，只有倪二一个生还，所以倪二撞上此人便是往死里打。"倪二哥停住。"仇鸣镝道，"他也不过是受人指使，且听他要说些什么。""各位老爷，在这里可千万不能瞎走……"

原来那羊显玗功夫远在贾珊之上，之所以之前没有动手，不为别的，是想把贾珊带来的一干人等全数一网打尽，因害怕打草惊蛇故而一心隐忍，她也想到赵若云未必下得了手，故而把众人引进秘道，再命羊猛、羊狰埋好炸药，好把这些西贝窝里的臭虫一网打尽。

而这羊猛虽是羊老太太的嫡系子孙，但一向有失检点，不仅不事产业，好逸恶劳，而且人品极差，他私吞公钱的勾当羊老太太也许还能容忍，但他把两个本家女孩送给赖尚荣做姨太太，确实让羊显玗忍无可忍，故而她埋伏的炸药也有一些是为他准备的。谁知这小子聪明得很，看出来祖奶奶的险恶用心，于是把心一狠，也顾不得往日的旧账，你不仁休怪老子不义，爷们儿这就投奔荣国府主子去。

贾琏学着他哥哥的口气安抚他道："猛娃子，谁生来不会犯错，有点小错，只要今后改过，凡事有爷替你担着。""这小子错大了。"倪二道。"倪二兄弟凡事得饶人处且饶人。"贾文忠道，"羊猛你来带路。"

这时众人不得不佩服羊老太太的心机，她设下的那些埋伏，这些个机关，多年之后都让当事人不寒而栗。

羊猛把众人带到一空旷处，里面正绑着两男两女。真想不到会是尤氏、贾蓉母子和尤氏同父异母的弟弟尤枫。"珍哥儿媳妇你们怎么来了？""回三叔叔的话，奴家和蓉哥儿听说四太叔叔要接姨奶奶回去，奴家母子也赶来帮忙。"原来，这尤氏清楚贾代儒良善且已绝后，想趁机讨好他，以图将来可以回到贾蓉这里，自己也好老有所依，不料竟中了那祖姨奶奶羊显玗手下人设的埋伏。"你们可真是来帮倒忙的，你们要是出了事，我可怎么向北靖王府的太妃娘娘交代？"

那北靖王府的太妃娘娘，又如何向故去多年的鸠妇人交代。此时的这位太妃娘娘正在给供奉着先慈史氏的排位上香磕头。亏得当年这个所谓的先慈史氏极力反对，不然后果不堪设想，那义忠亲王后来因当太子的时间过长，按捺不住，受宇文定泰的挑唆阴谋谋害圣上……想到这，贾纹对这位继母又是感激又是惭愧，当年出殡的时候，她都称病未去。再看鸠妇人的遗像她奇怪地发现，除了自己生母外，鸠夫人的相貌和自己最为相近，那双眼睛竟活似已故的祖父宁国公贾演……

“请您的安。”北靖王水溶来了，太妃贾纹发问道：“好像要出大事？”“您说得不错，王太尉召珊哥儿回军中任职。”“王子腾他是黄鼠狼给鸡拜年，没安好心。快派人通知珊哥儿千万别回来。”

珊哥现在就算是想回来也怕是难于登天。“小姐你就饶了珊哥儿吧。”焦大说道，“宁国府的子孙您也杀了好几个，正房正枝也被你害得一代不如一代，您不看在您儿子的份上，也该看在您九姑姑的份上饶了他吧！”“小子，告诉我你背上的伤到底是怎么回事，我活了这么大岁数怎么就没见过这么奇怪的兵器？”这句话出自焦大嘴里一点都不奇怪，但是从她羊显玗的狗嘴里吐出这样的象牙来，还真是稀奇得很。“帝波安人的弯刀。”贾珊答道。“这种刀看来与倭刀相似，但又有些类似瓦剌人的长刀。”“您的眼力不错。”“好奇怪的兵器。”“对那边人来说，中原也是古怪得很。”“你岁数不大，但经历的大小战阵，不比那两个畜生少。”“我先祖是何等人，史家早有定论。你羊家世代盐枭，亦官亦匪，为祸江南已有百年，令尊羊擒虎勾结倭匪，称帝江南，人神共愤，后为前朝骁将顾阳所破。尊兄羊枭率残部逆江投奔伪帝严龙，后归降太祖受封平灵侯，不到一年便联结瓦剌单于谋反，如此作为实不下吕氏温侯。”“好歹老娘也做了一阵子公主娘娘，你家的祖宗又是什么好东西。黑道上包赌包娼这套不干净的买卖，我家先人嫌脏手，全盘交给你祖宗去做。当年要那两只牲口本来要去投闽海王，可惜老天当年不长眼，让南面风高浪急，那两个滑头也只得转投辽贼，否则他们的下场也和闽海王一样被爪哇王扒皮送与水恒仁……”

羊显玗的语气越来越凝重，焦大甚至可以听见贾珊的骨头里发出的那一阵阵奇异的响声，珊少爷虽然依旧咬紧牙关，可是嘴里边还是微微地发出声音……

“小子，快撑不住了吧！”她笑了，笑得很甜，怨毒之气顿时消散，透过岁月的沧桑依然看得到动人的神态，脸上的笑容都酷似被毒死的多姑娘，喝汤的时候贾珊本还有些个戒备，那枕边人竟说道：“我就不信祖奶奶会把我一块毒死。”也让焦大好生惭愧，当年他一念之仁让羊显玗铸成大错，多年之后又是未能吸取教训，让她的后代害死了贾珊的儿子。

“小姐，焦大有话要讲！”“讲。”“珊哥儿丢掉了在北边的老婆孩子，回来为国家效力。现在朝中武将虽多，可都是些纨绔子弟，干不了真活。要是珊哥儿没了，这大好的河山都会被胡骑踏遍。”羊显玗嘴角顿生一丝苦笑道：“这灭门之仇不共戴天。”“您还想怎样？您的大孙子后来改姓了秦，做了府里的头亲家。只要肯放了珊哥儿，我就劝他娶您家的孩子做正房奶奶。”“几十年前，我就可以这样。”“焦……大。”贾珊现在浑身软似烂泥，但还是挣扎着说道：“她铁石心……肠。”“聪明人，看来有人来了，我收拾了来人，再回来疼你。”言毕羊显玗就走了，仿佛是鬼魅一般，这个身子就像飘在云里似的。

事后，众人不得不感叹，这羊显玗的修为，隔那么厚的石墙都能知道外边的事情。亏得是羊猛倒戈，不然可就麻烦大了。

冷子兴知道羊显玗难缠，通过羊猛得知了她的阴谋后不由得大惊失色，遂与众人商议定下计谋，利用马奇芳好立头功的特点，先把他引出来，由柳湘莲和贾珊的家臣帖木儿来对付。贾文忠带领其余众人，去对付羊老太太大玄孙羊狰的一票人马，最后等到把羊老太太引出来，再让修为最高的甄士隐去救人。那甄士隐爽快地答应下来，那羊显玗的身手确实厉害，让人心惊胆战。这甄士隐面无惧色，让人不得不佩服他的胆识和才干，但他有且只有一个条件，那就是带贾蓉一起去。冷子兴不敢做主，请示贾文忠，贾文忠虽不能理解，但还是应允了。

奇芳本非流云寨人，出自河州回教宦门，后因河湟变乱，不得不逃亡于此，被羊老太太收留，并做了羊显玗的重外孙女婿。所以，为了能在羊老太太面前吃得开，于是乎往往表现得就比别人更活跃些。羊猛偷着告诉他：“有几个西贝窝里的狗腿子掉进了陷阱，穿的都是洋缎。”这马大麻子便跟着去了。

引开他之后，贾文忠便带着众人杀向羊狰。羊狰虽也富才干，但为人奸诈小气，远不如那马大麻子、马奇芳得人心，所以其他喽啰一见荣国府这边人多势众，便全无了战心，一时间形势大好。

倪二因把兄弟鹿飞虎被此人害死，苦练了一阵赶来寻仇，又遇见此人，仇人见面分外眼红，一出手便想置人于死地。

却没想到自古以来道高一尺，魔高一丈，那羊狰这些年也不是吃干饭的，他在外边的仇家多，本不想迈出流云寨一步，被祖奶奶非逼着他顶着黑杀令出去办事，为此他昼夜苦练他的功夫，连羊老太太都说过，狰娃子的功夫已不在他的祖宗燕王羊枭之下。

倪二的那一招龙腾三江竟被他轻松闪过，贾文忠最拿手的日出沧海，也被他应付自如地挡了下来。

羊狰好生得意，对倪二道："盐邦的小子，想杀老子等下辈子吧。"倪二气得咬牙切齿，可是不管怎样贾琏在他手上……"让开，不然老子废了这草包。"他冲仇鸣镝道。"放了二表哥，不然要你狗命。"他见仇鸣镝不甘示弱，想起了祖奶奶的教导，往人质身上制造流血伤口，迫使对方加速觉悟的妙法。贾琏可不真是他哥，痛得嗷嗷地大叫起来。"仇老二你……"贾文忠的话还没说完，只听呯的一声，那羊狰的脑袋竟被一道白光打穿。

只见那仇鸣镝的袖子却着了火，幸好他随身带着细沙，扑腾了好一阵，没伤着皮肉。所谓的掌中雷实际上是一种佛朗斯产的火枪，但因为打不远，买家一向很少，可这仇老二却独具匠心，利用这枪可以藏到袖中的特点，再加上他的母亲宇文三娘（宇文三姐妹中唯一文武双全的人）传授他宇文氏独家内劲指的功夫催生火候，又请表哥贾珊帮忙改造枪械，因而成了他的独门绝技——掌心雷。

让人想不到的是羊显玗竟然能隔厚厚的石板得知这一幕。"好像那小子是把火器藏在袖里，听这小子的步法，像是宇文家的人，但又有些奇怪。亏得让狰娃娃先撞上他，也亏得那唱花旦的骗子（指特烈西）提醒。好啊，敢用这套调虎离山的把戏来哄老娘，我这就给你们好看。"

她是这样想的，不过，凡事想起来容易，做起来难。甄士隐押着牙齿一直在打架的贾蓉一路前进，生怕惊动了羊显玗救不成贾珊。可偏偏怕什么来什么，羊显玗迈着麻雀小碎步，却腾云驾雾如闪电般地欺上身来。

甄士隐见此情景是心惊肉跳，可在那贾蓉看来却是别有一番风味。"别看她是老太婆，这身段没人比得了，这面皮却不怎么像话，可惜爷们儿没生在我爷爷那一辈儿……"

贾文忠等人收拾了羊狰一伙之后，马上赶去营救贾珊。原来仇鸣镝还指望他的那手掌心雷，可谁知竟用在了羊狰的身上，不过众人还是在贾文忠的带领下奋勇向前……

"哥，你是不是生病了，怎么虚成这样？"听起来像是多姑娘声音，这个琏二爷再熟悉不过。仔细听却不太对劲，感觉这个声音有些个苍老……"姑奶奶，你就饶了我吧。"这分明就是贾蓉的声音。

贾政和他四堂叔贾代儒还有宝玉，在焦急地等待着，但让人不曾想到的是代儒的生母羊显玗活蹦乱跳地跑出来，而贾珊却被人架了出来，软似烂泥，和他一贯英武雄健的形象判若两人。再看羊显玗脸上也没有了愁苦之气，竟显得比她的亲生儿子贾代儒还要年轻。

“宝二爷，借你的命根一用。”不等贾政、贾代儒发问，他便借来了宝玉的劳什子。甄士隐这套还真管用，不一会儿贾珊便生龙活虎地精神起来。“大恩不言谢，若非仙长搭救，我贾珊恐已命丧此妖妇之手。”“王爷自有后福，小道不过是顺天行事罢了。”众人皆面有惊恐之色，贾珊忙说道：“仙家不可妄言，我朝素来没有异性封王的先例。”他怕甄士隐再说出什么惊世之论来，忙抢先说道：“练了一辈子功夫，想不到竟栽在这老妖婆的手里，比三岁小孩也强不了多少。”“羊枭的这个妹子是和贵府先祖宁荣二公同一辈的人物，如果不是蓉少爷在前面我也最多撑不过三个照面。”这是实话，正是因为贾蓉酷似羊枭，让羊显玗出手慢了半拍，这才让甄士隐可以从容施展风月宝镜的威力……

“老公公，这个伯伯为什么总是对我那么凶？”羊显玗对自己的儿子贾代儒说道。贾珊看着她便气不打一处来，可是多姑娘临死前让他饶过羊显玗，甄士隐也说羊显玗一生悲苦，不如让她就此以终天年。

贾珊故意挖苦道：“小妹妹你这般年龄，为何不找个婆家？”“我母亲本给我定了九姑姑家，可我爹爹说那家的家风不好。那家老子贾二狗本是个山东过来的要饭的，有个演哥哥人长得倒漂亮，可惜吃、喝、嫖、赌、不要脸，五毒俱全。还有个源哥哥，人倒是好人，可惜三年也不见得会洗一回澡……”

好像她说的都是实话，气得贾珊是直咬牙，贾府的众人也好生没脸。忽然羊显玗抢走了宝玉的通灵宝玉，吓得那甄士隐变了脸色，好话说尽了才让羊显玗松了手。“乖乖听话”之类的话此时也顾不得大小了。“狞娃子，咱们去接应一下柳湘莲。”贾珊道。

“贾公子就此别过了。”甄士隐让贾珊一时无措，他本想拉着甄士隐一起去建功立业，可士隐却是去意已决。临行前他忽然对宝玉道：“劳烦转告我女英莲，妇人操守可为小节，可为大节，小节即生，大节应当保全，否则便是自绝于天地鬼神。”这句话听得宝玉是一头雾水，不知所云。

贾琏道：“你知道那云小子的老婆是谁？”“不是说是贾雨村的女儿吗？”“不是她亲生的，就是原来呆霸王房里的香菱。”“她不是……”“那天她是快不行了，那夏金锁招了个人牙子，把他卖给了贾雨村的小舅子韩洗。本来贾雨村的岳母死了，要找人来殉葬，故而把她买下。谁知，这丫头的亲爹竟跟贾雨村是旧交情，于是将她收为义女。”“那诗呆子她的亲爹是谁？”“就是刚才跟你说话的那人。”“原来如此，那她现在怎样？”“好像还给云小子生了个儿子。”

忽然，一个女子蹿出来跪地向宝玉和贾琏求情道：“老爷们万万饶我男人性命。”可众人见这女子却都吓得是说不出话来……

画虎难成

柳湘莲善用双剑，这路烟花剑法善攻而不善守，可偏偏这一回……

事先贾珊曾跟他说过“那两口龙泉宝剑虽然锋利，可惜到底是外强中干，柳兄弟你最好另择良剑”这些话，他显然没听进去，结果因剑心不稳，让对手占了先机。烟花剑法善于进攻的长处没有发挥出来，不利防守的短处反而暴露出来。

不巧的是，马奇芳的那路河州刀法也是以进攻为主。尽管柳湘莲一贯看不上这路粗笨的外家刀法，可是经过羊显玗的一番精心调教之后，马奇芳的内家修为可是今非昔比，要不是贾珊的家臣帖木儿这个不错的帮手，恐怕早已见了阎王。

他柳湘莲真没想到，这个其貌不扬的马大麻子，身手竟如此了得。

忽然那马奇芳从空中倒立，差点被自己的河州刀刮瞎了双眼。“真想不到是你们羊家的人自家院墙认贼作父。”这句话让从背后暗算他的羊狞顿时红了脸。“这位兄台此言差矣。”贾珊说道，“老太太年事已高，神智早已不清，病人的疯话怎能信得？”再看这羊显玗直叫贾蓉哥哥且一个劲地撒娇，让马奇芳哭笑不得。

“狞娃子还不给你姐夫松绑。”马奇芳冲羊显玗拜了三拜道，“老太太这些年承蒙您的照顾，咱们就此别过了。”“大麻子，你走了我们娘俩怎么活啊？”马奇芳的女人扑过来，这女人也是羊显玗的一个重外孙女，长得活似已故的秦可卿。“谁说蓉儿媳妇是从养生堂抱来的？”贾珊对焦大讲道。

“请问兄台可是河州的宦门子弟？”贾珊道。“惭愧，这些年我可是一天消停日子也没过过。”“兄台请宽心，经林中堂查证，那年河州事变，皆是新教所为，与你宦门无关，若兄台返回故里，我等愿意送兄台一程。”“这些年下来，消停的日子也过不惯了，下酒也离不开肉，要是少爵爷不嫌弃，愿从此为府上做事。”“在下求之不得。”

“狞娃子，你看少了谁没有？”“回爷的话，那张二驴跑了。”羊狞回贾珊道。那张二驴品性极差，多姑娘曾经多次叫羊老太太把他踢走。

贾珊有一种极其不祥的预感，羊显玗从此再也不能兴风作浪了，倒是那个张二驴反倒能弄出滔天大祸来。“就是把这个流云寨翻个底朝天，也要找出那小子。”

贾珊极不情愿地带着羊显玗这个老小孩，翻查其兄弟羊枭苦心经营的密室，不得不佩服那羊枭的精明强干。

宝玉、珊琏的姑舅兄弟，林黛玉的两姨也是她现在的丈夫江南甄宝玉，曾奉皇帝圣旨为前朝修史，其中列传里的《羊枭传》文采颇为传神，深受众家读者的喜爱，只是那些荣国府玉字辈的老兄弟们，有些个不太高兴，觉得有些个贬低他家祖上，可还是对《羊枭传》里精彩的段落记忆犹新。

这就是一个被甄宝玉等人载入正史《故志记》的故事，被朝廷列为正史，在民间口耳相传，却不知道那些当事人，有多少的血泪与辛酸。

据史所述，羊枭有胞妹显玗，为人识得大体，听闻宁荣二公生母羊氏过寿，也特地赶来拜寿。

“怎么是你？”贾源看着一身男装的羊显玗说道。“源哥哥，你这句话好没道理，哪有不让侄子给姑妈拜寿的道理。贾羊两家本为姻亲，近来虽然有过节，但现今一殿称臣，凡事当以和为贵……”“好了不要多说，你还是……”“老二你这是做什么？显玗，你源二哥哥不会说话，里边请，母亲都等急了。”贾演说道。“谢过演哥哥。”于是羊显玗便往里边走，谁知那演哥哥居然趁机摸她的屁股……“哥，你这……”“老二，你懂什么，这小妮子的皮肤不赖，老哥我活了这么大，到今天才知道什么叫做柔香软玉。”羊显玗到底是识得大体，当时并没有露出声色，可在回驻地的路上越想越生气，到底是没能忍住，为此大哭了一场。

羊枭问其中缘故，显玗并不愿回答。“我这就去找贾家那两个畜生算账。”羊显玗忙拉住劝道：“何苦再生事端，毕竟没出要命的事……”“等生出要紧的事就晚了，看着吧，定要他们好看。”

三日后，太祖皇帝设宴招待伪朝的降将。按常理太祖皇帝当先给伪三秦王宇文浩然以及伪燕王羊枭赐酒。可是太祖皇帝却反常得很，居然第一个给当年曾将他胞弟第一代北靖王水恒义拦腰劈成两半的赵天彪赐酒，让这位赵姨娘的祖宗是受宠若惊。太祖又问赵天彪可是宋室之后，天彪答是。太祖便言道：“朕祖上亦是宋室之后，被金人掳到黑龙水一带之后，为乌骨陆寨主水浒耶律收养，故以水为姓。朕与卿同出一室，当不分彼此……”

可事情到底还是给搅黄了，先是史辉德的儿子，贾母的父亲史从龙在敬酒的时候竟将酒向三秦王宇文浩然的身上泼去。那宇文浩然连忙躲闪，谁知竟撞上了卫士的长枪，一时间血流如注……

“快拿盐来。”宇文浩然道。仆人拿盐过来。“怎么能拿这个，这是乌陵盐。”羊枭叫道。那贾源不知是计，一提到乌陵盐便气不打一处来，为这事他贾家差点被羊氏灭门，挥枪使出一招雾里乾坤来取羊枭。本该做羊枭妹夫的孙英此时却不敢插手，那赵天彪挥刀挡住贾源的燕尾枪。

“荣国公你不要欺人，暗箭伤人算什么好汉。”赵天彪不知内情完全蒙在鼓里。贾演看出兄弟被人暗算，忙将贾源拉开，可当事人自己却不清楚冲羊枭喊道：“姓羊的来，咱们真刀真枪地干一场。”“看在是表兄弟的份上，我劝你这招雾里看花，步下便算了，要在马上必死无疑。”

好好的事，硬让史从龙和贾源搅黄。太祖于次日再次设宴招待归义侯宇文浩然、平灵侯羊枭。太祖皇帝一方面施以仁政，对两位昔日王爷，而今是侯爷的伪朝干将好言相劝；另一方面又观兵耀武，以震慑这两位侯爷。

“你不是韩家庄的林小二吗？”“燕王爷，是您老人家……”天子校阅的兵马中有几个是过去羊枭的旧部，以为是重要将领，一问才知道是普通士卒，天子觉得奇怪便问道：“此二人有何过人之处，爱卿如此上心。”羊枭一时语塞，不能答复，原伪将赵天彪道：“陛下有所不知，燕……平灵侯爱兵如子，军士姓名都能一一背出来。”“卿全盛时将兵十万，横行于川陕楚晋四省，那这些士卒的姓名都一一叫得出来。”羊枭跪地俯首不作答复。天子言道：“卿若真有此能，朕定有重赏。”“臣……”“有话请讲。”“臣不求陛下赏赐，只求陛下能依臣一件事。”“好说。”

太祖皇帝挑出原来羊枭的旧部两万多人，不想那羊枭竟然都一一地叫出了名字，太祖也称奇，怪不得前年八十七万大军围攻太原城，都让这小子逃了。

“这羊枭到底要朕依他什么事，难道他也要朕封他做燕王？”忽然，只见羊枭跪在地上。“爱卿，这是为何？”“前几日，臣妹到姑妈家拜寿，不料被人轻薄。”“何人如此大胆？竟敢非礼侯府千金。”“臣不敢讲……”“爱卿的姑妈可是叫贾羊氏。”“正是。”

“来人，把贾源给朕押上来，这事肯定是他做的。”贾演一看兄弟被抓，忙赶来向皇上请罪。“此事乃是微臣所为，与二弟无关。”

太祖皇帝笑道："这个你说了不算，还把羊家小姐请来。"羊显玗识得大体，言道："回陛下，当时人多，小女子又是一副男装……""休要为你两个表哥瞒朕，回朕的话。"羊显玗再也不敢撒谎，只得说道："是演哥哥。""来人，把贾演推出去砍了。""陛下。"羊显玗喊道，"演哥哥虽然混账，但是罪不至死。""要怎么罚他？""不如让奴家打他三个巴掌。""好。"

羊显玗一巴掌拍去，拍得完全听不见声响，趁机小声对贾演说道："演哥哥就此打住，往后还是亲戚。""你身子给爷，爷就放过你那个杂毛哥哥。"羊显玗又一巴掌打了上来，但因为全身发抖，又极力克制，这一巴掌上去威力更是大不如前，似乎连贾演的脸都没有沾着。"哥哥，你是有家室的人……""在以后，恐怕你连做小的份都没了。"贾演一副色眯眯的样子，看来势在必得。"你们贾家的人是什么东西。"这一掌颇有些内家功夫的火候，竟当场将毫无防备的贾演击昏。

以上皆引自贾家的外孙江南甄宝玉所著的《故志记·羊枭传》，其中记载到羊枭妹妹最终为宁国公所得，便没了下文。贾珊当初在读《羊枭传》的时候，万万没想到，会在这碰上书文中的人物。

贾珊此时听她的声音，看她的样子便气不打一处来，只是他贾府的祖宗宁荣二公都是彪形大汉，身量与现在的这位珊少爷相当，以后的子孙似乎一辈比一辈矮，像眼前的这个贾蓉，个头甚至不及叫他哥哥的羊显玗。

倒是羊枭的盔甲让他穿上，再合身不过，那一套倭甲就像是为他贾蓉量身定做的一般。只是当年羊枭穿上这套行头无论步下还是马上，都依旧行走如飞，而贾蓉却连喘气都困难。事后，连宝玉都不由得感叹：照猫画虎是何等困难。

可是有的人偏偏不明白这个道理，只听见凄厉的惨叫声从那传来……

奴才该怎么写

羊狞说道："爷，听起来像是张二驴掉进陷阱了。""怎么可能？要是这样的话，我也不会这么着急找他了。"众人都去看个究竟，贾珊和羊狞却没动。

看得出羊显玗年轻的时候，确实是个大家闺秀，才华似在元柳探惜四姐妹之上。她的画贾珊是叹为观止，只是画得过于刻薄，宁国公贾演的那一副俊俏的脸庞，竟被安在了猪狗的身上，所做的诗歌虽妙，似乎都是为贬低贾演而作，让他看着很不舒服，倒是有那么一首不错，可惜是羊显玗当年写给最终有缘无分的未婚夫孙英的……直到一阵女子的啼哭声，将他从沉思中惊醒。

这两个女子本是流云寨的人，一个被唤作三七姊，另一个被唤作十三妹，分别是羊显玗重孙辈，玄孙辈的女孩。自以为嫁了金龟婿，想荣归故里，好显摆显摆，可谁知……

流云寨这个地方，既不归四川也不归陕西，这里的民风民俗都是如此。这边的方言也怪得很，甚至不似中土的言语。就拿贾珊的坐骑魔颗宁来说，这马本产自古儿林国，呼唤起名字时，本有个舌头似弹琴般的怪音，纵使是古儿林的近邻叉叶人也念不出来，贾珊的亲闺女芬小姐也是如此，可是多姑娘、羊脂姐妹却念得是字正腔圆，故而这马儿也喜欢与多姑娘亲近……

可这里姑娘却漂亮出奇。多年以前本为绝代佳人的羊显玗，带着乱伦生下的美少年羊斑来到这里，后来两代荣国公贾源、贾代善父子又将征战所俘获的瓦剌人、安延集人安置在这里。

那三七姊的身上汇聚了羊显玗那迷人的脸庞、瓦剌女子的丰满、安延集人的高鼻梁大眼睛，可却远不如小她一辈的那碧眼的十三妹更得夫主的宠爱。

连宝二爷都不得不感叹，这两个美人似乎比大观园的女孩们更加迷人。宝玉初到这里时，因为这里姑娘大都对这个从西贝窝里来的家伙充满敌意，又没钱去买脂粉，自然不觉得出色，可时间一长，他不禁觉得纵使是大观园里的群芳，到了这里恐怕也要像是星星见了太阳，没有一点点光彩。

可惜的是，这里的女孩子往往大了之后，找不到像样的婆家。这里的人家祖上多是些伪朝的残部，被俘的瓦剌和安延集人，按朝廷的规定，世代不能参加科举，荣国府派来的庄头，过去只管催粮收租，这里的居民因打斗闹事出了人命也懒得去管。

世间的事往往是这样，你不管，自然有人会管。羊显玗仗着自己过去在哥哥羊枭军中学来的一身看家本领，又善弄些巫鬼之术，再加上子孙多、心机狠毒，渐渐地便成了这里的皇太后。几任庄头都不得不对她礼让三分，再后来这一带便成了她羊老太婆的独立王国，并渐渐地把势力向方圆十余里外扩展，邻近小辛屯的人口在珊少爷驾临之前，便只有鼎盛时的三分之一，因为那流云寨的恶邻，实在是难以相处。

羊显玗奶奶甚至还有心思，把向流云庄这样的位于川陕陇三省边界的三不管或者两不管的地方统统都吃下来。

不过，这里的百姓却在她的治理下越来越穷，越来越遭周围邻人的讨厌。流云寨的人到杨家镇赶集，卖给他们的价钱总比别人要贵，客店里更是不接待这样的客人。流云寨的姑娘们也就更难找婆家了。

正好赖尚荣来此为贾雨村办事，却舍不得这一对尤物。而她们俩也正好向乡里乡亲们显摆，可惜谁曾想赖尚荣竟然没了音信。

她们也知道流云寨里那些无法无天的勾当，于是跑过来问娘家兄弟要人。可谁知道会是这个样子。本来还想来显摆威风，谁知这里又出了两个荣国府的姨奶奶，要知道她们现在的主也不过是荣国府的家奴而已。现在倒好，那三七姊反而要向小自己一辈的羊脂磕头行礼。

这还不算，看到赖尚荣那样子，两个美人心都碎了。他有口却不能言，有模有样的人，却不能像人一样站着，活似一只癞皮狗。只是那眼中却依旧流出令两位美人心碎的泪珠儿。

贾珊看到此情此景对他说道："尚荣，你现在应该知道这'奴才'两个字是怎么个写法。"这事还得从当年说起。当年赖婆婆带他到贾府请安，赖婆婆去服侍贾母而他却被安排在厨房吃饭。

这个赖尚荣在自家也是公子哥似的活法，被人放在这么个不上台面的地方，本来就心中有气。那道虾汤狮子头确实做得有些老了，他便将其中一个扔在地上。“这也是给人吃的？”“说得不错。”

宁荣二府的女主人大都不会光顾厨房这种地方，不过却有两个例外，一个是宁国府的鸠夫人，另一个便是琏珊兄弟的生母，眼前的这位宇文氏。

那一对丹凤三角眼吓得赖尚荣下边湿成了一片。“芙蓉，你去把赖少爷的那盆猪食倒掉。”芙蓉领命而去。“站着，倒哪儿去？就在这倒掉。”于是那盘虾汤狮子头便被全盘倒在了地上。“请慢用，赖公子。”

“芙蓉，那后来怎么样了？”那时还年幼的贾珊问道。“他便一个都不剩地全吃了下去，大奶奶又找来了赖婆婆要教这小子奴才两个字到底该怎么写……”

这两个字该怎么写，赖尚荣至死也不明白，他当年见风使舵投到贾雨村的门下，仗着大司马贾雨村的势力一贯横行霸道目中无人，不想近来冲撞了羊显玗，成了这模样，此后一直到进了棺材也是这个模样。只是苦了那三七姊和十三妹。

一贯怜香惜玉的怡红公子，也不由得说了实话：“可惜你们不在府上，要是……”贾珊给了他一个眼色，他意识到自己有些失言。

曾经把她们两个送给赖尚荣做小老婆的羊猛，见宝玉似乎有那点意思，便动起了心思。“猛哥哥这合适吗？我们再怎么说也是赖爷的人。”“这有什么，咱们流云寨几个汉子伙一个老婆的多得是，这又算得了什么？”“所以咱们那的人才被外边瞧不起。”说着那碧眼的十三妹便投了枯井。“我的姨（在当地方言中姑姨不分），那十三丫头是死心眼儿，你可不能死心眼儿，宝二爷可是正牌的国舅，细论起来不比珊少爷差。万一哪天辽王爷成了皇上，你闹不好也能弄个诰命当当。”赖尚荣的大老婆串通管家卷走家财，改嫁了别人，倒是三七姊一直陪伴终老。多年后，文帝亲赐牌坊嘉奖。

这桩事皆是羊猛所为，宝玉毫不知情，可是大错却早已铸成。

啼笑皆非

这几天下来贾珊终日以泪洗面，为多姑娘痛哭。他不顾叔父贾政一切从简，且要办被贾琏扶正了的平儿丧事，当主次有别的建议，为多姑娘大办丧事。

这位爷甚至不顾自己说过的宁损万两银，不失一寸地的格言，竟卖掉了贾氏在辽东的田宅。一时间声势浩大，顿时震撼了川陕两省。

“宝玉！”听了贾珊的话后宝玉吓得有些个魂不附体。“这就是你写的祭文？重新给我写。”

“你过去写的《芙蓉女儿之来》是何等的精妙，现在都写的是什么玩意儿？在路上你就笑话她的姓名不好，我当时没跟你一般见识，今天你要是写不出个像样的来，我跟你没完……”

贾琏忙在一边劝道：“哥，你消消气。这文由心生，那乱咬舌头的云丫头，跟芙蓉最是要好，这祭文让她写再好不过。”贾珊听到觉得有理。

贾珊看到了他祖父的堂兄弟，宁国公贾演的四公子代儒。他话里有话地跟羊显玗说道：“您哀乐最切题不过，像芙蓉这一生，什么凤辣子、铁苍蝇、扶桑国的忍者也被她割了头颅，最终却在这故土故地落叶归根。”可惜的是此时羊显玗根本不记得有这回事，居然说道：“这个姐姐真是可怜，大哥哥这墓碑怎么空着？”这句话倒是提醒了贾珊，他写的是天朝荣国府贾门侧室羊氏之墓，可觉得不舒服，改成了爱妾羊芙蓉之墓。

“这个姐姐我虽然不认识。”羊显玗不依不饶道，“可我想，但凡做小老婆的，生前都不知受了正房太太多少恶气，在阳世不能得志，难道死后在阴间也要委屈她吗？”

这句话让贾珊左右为难，不得不再次提起笔写到挚爱羊芙蓉之墓，哭得俯倒在地上……羊显玗又再次吹起了紫竹笛……

一听这笛声贾珊便心烦得很，心想羊显玗在流云庄是个祸害，于是便对贾代儒说道：“晚辈有一事相求。”“珊哥你但说无妨。”“咱家在乌山村、杏月庄两地的产业每年收银部下八千余两，落在外人手里终归不是个事儿，这自家子弟又少像四爷爷您这样德高望重的人物，况且那地离咱家在余陵的祖坟又近。祖太太不管怎么说也是先人的侧室，流落在外也不成体统，做晚辈的也应好好孝敬她老人家才是。”

代儒一听在理，便要带母亲往那边去，可是羊显玗撒泼耍赖怎么也不愿意离开流云寨。贾珊给宝玉使了个眼色，于是这位怡红公子便说道：“你要是再不听话，就把你许给演哥哥做小老婆。”吓得羊显玗赶快上车。

“祖姨奶奶虽然硬朗，可神志却不怎么清楚。”尤氏说道，“太爷也是上了年纪的人，怎么照顾得过来，咱们不妨也一起去帮忙。”“有丫鬟婆子，与咱们何干？”贾蓉嫌乡下的环境艰苦不愿前往。“焦大、尤桐，你们给我把蓉哥押上车。”“焦太爷饶命，我的骨头都被你捏碎了。”“至于吗？没出息的东西！”

看着羊显玗一行人远去的背影，贾珊愤恨不平地说道：“该死的不死，不该死的却……”说着号啕大哭了起来。由不得这位爷不服，那羊显玗在后来的岁月里不仅活过了焦大，活过了贾代儒，甚至还活过了他珊少爷，一直到孝仁皇帝登基的第二年还有人见过这位与宁荣二公同一辈的人物。

贾珊悲痛不已，众人无论如何劝，依然无济于事……这时一对官差火速赶来，不知所为何事。

第四章

河南平叛

鸾姐来袭

来的是一对将官，应该是五六品的官职。“脂丫头，”贾珊道，“你快叫弦儿去上茶。”“不必了，奉王太尉之命请大人回京复职，太尉有紧急军情要找贾大人商议。”

众人一听这话都不禁变了颜色。这王太尉就是王熙凤的父亲王子腾。

这王子腾老爷一共有两个嫡出的女儿，王熙鸾与王熙凤。王熙凤的姐姐王熙鸾也同样是个烈货，熙鸾听说父亲要把她送给忠顺亲王做妾，心中很是苦恼，便叫马夫驾车在京城的街上游荡。她的这辆马车很不寻常，拉车的七匹马都是从西洋运来的高头大马，而为她赶车的却是一个奇异的红眼人。“尤龙坎，你怎么停下了？”熙鸾问道。“那边的人好像是你家的亲戚。”

她拉开车帘，只见一对小夫妇等在荣国府的门外。“巧丫头。”“姨妈！”这对小夫妻正是巧姐和刘姥姥的外孙子板儿。

那时凤姐因被贾琏休弃，便赌气带走了巧姐，回了娘家，可王子腾老爷那时也是官司缠身，便让王仁带巧姐去远方亲戚家避祸。谁知那王仁竟因为同凤姐在放高利贷的利钱上起了争执，竟把外甥女卖到了一家妓院。

刘姥姥闻讯后，匆忙赶到李学监府去找李纨和贾兰母子。这对母子事先看出风声不好，便早早地躲到了娘家，李纨因早年守寡，贾府对他们母子很是照顾，平时又是有进无出的活法，攒下了沉甸甸的财物，论理赎出巧姐该不是问题。可偏偏一毛不拔，直在刘姥姥面前哭穷。刘姥姥没有办法，只得卖房子、卖地，把巧姐救出了火坑。

为此刘姥姥一家也只得离开了祖传的老屋，挤进了跑风漏雨的茅草屋里。从此以后，一向硬朗的刘姥姥身子骨一日不如一日，竟病倒在了自家的破席之上。

所谓家贫被人欺，任巧姐和板儿跪了一夜，那赤脚郎中依旧是不肯开门。不仅如此，那郎中的小儿子还嘲笑道：“这不是荣国府的小姐吗？怎么还要求我们这样的人家，八成是个冒牌货吧！”

小两口只得转往别处，正好路上碰见了李寡妇。“我的傻丫头，你娘家现在又风光起来。你们两个大活人，咋还干抱着金碗讨饭，不着调的事儿！”

板儿便还真跑去贾府求助去了，谁知竟被荣国府的豪奴给拦了回来。“让板儿哥哥带我一起去。”“这个……”刘姥姥心里有些个害怕，怕巧姐重见娘家富贵不愿意回来和板儿在这个穷窝里过日子。“姥姥，我发誓一定有去有还。”刘姥姥这才放心她和板儿一起前去。

这番遭遇巧姐是一把鼻涕、一把泪地一股脑讲给了熙鸾，谁知等来的不是爱抚，而是狠狠的一个耳光。“窝囊废，你可真不像是凤丫头养的。”

这句话说得不错，巧姐的性格确实不像王熙凤，倒像是被她老娘折磨死的尤二小姐。荣国府看门的奴才，借口要回大老爷，竟让这位正牌小姐等了一个上午。

板儿忙在一旁劝道：“姑奶奶，您消消气。”谁知熙鸾一口唾沫吐在板儿脸上。“你也是个没气性的，去给那看门的奴才一个巴掌。”板儿也是老实胆小的主，本该用来打人的手哆哆嗦嗦总是伸不出去。“尤龙坎。”“在。”那红眼车夫应道。“要是这小子再不出手，你就把他扔到城门外喂狼！”吓得板儿使出吃奶的劲打了那看门的一耳光。熙鸾这就领着妹妹的女儿、女婿径直地往里闯。

这时贾赦正在寻思要给巧姐换个婆家，可他兄弟贾政是极力反对……这时只听下人来报：“不好了大老爷，二老爷那巡海夜叉的姐姐带着小姐和姑爷径直地往里闯，说是要跟老爷太太们算总账……”

眼下王子腾老爷东山再起，再加上王熙凤被休弃后熙鸾一直对荣国府怀恨在心，正好借机发作。因为凤姐曾经请熙鸾协理过一阵荣国府，所以这里的家奴都领教过这位厉害的鸾姑奶奶，一个个都成了避猫鼠。

“那个姐姐是谁？”“是你二叔家的巧姐姐，那个像是她的女婿。这位是……”见到鸾姐史湘云不知道该说什么好，可这贾芬却是再聪明不过。“是巧姐姐啊，快快跟姐夫一起进去吧！老祖宗都急得直骂鸳鸯。”熙鸾正要往里走，贾芬却拦住了去路。“表姑姑请留步。”

“你是……”“我是赦老爷的长房孙女。”熙鸾估算了一下她的年龄，“这绝不可能是那贾琏那小子生的，难道是……”熙鸾强挤出笑容：“丫头你别闹，等会儿，我好好地疼疼你……”“表姑姑，那凤辣子是你家什么人，我二叔对她那么好，可她却谁也容不下，我本该有个堂兄弟，现在也不见了。听说那凤辣子还有个姐姐，本来和我爹爹定了亲，可却不等他回来改嫁了别人，不论她到谁家去，都是鸡犬不宁。”熙鸾瞪了史湘云一眼，吓得史湘云直低头且问芬丫头道：“这些混话谁告诉你的？”

原来就在贾芬摔碗的那一回，史湘云冲上去教训她道：“别以为你的心思我不知道。你欺负你金姨娘是丫鬟出身，便不把她放在眼里，你就欠珊哥哥弄回那凤辣子的姐姐给你做后娘。”

“表姑姑，我可不想说出好听的来！”气得熙鸾强压住怒火笑着对史湘云道：“云丫头，改日我再来好好地疼疼你俩。”贾芬的话句句在理，本想大干一场的王熙鸾只得无奈地走了。

“芬丫头，你怎么连她也敢惹？”湘云讲道。可贾芬却不以为然地讲道：“怕什么？她不是要给义忠亲王做小老婆吗？难道还能到我爹爹身边？”“这可说不准，毕竟她是当年定给你爹爹的。何况她现在仗着娘家的势力。”“不就是那王子腾吗？他是不知道我亲娘舅的厉害。”这一贯疼爱她的贾母不知不觉走到了身后，并狠狠地给了她一耳光。“要是你再敢说这话，我就送你去给那鸾丫头做丫鬟。”

拜见金陵王

熙鸾气冲冲地回到了王子腾在京师的府邸。“小丫头片子，看我以后怎么教训你。”

“姓贾的你当你自己是什么好东西，合着伙儿一起来哄我妹妹。你还说什么就算是我妹妹回去也得给平儿做丫鬟。”贾珊讲道：“你是鸾妹妹吧？”“你装什么蒜！当年要不是看在姨妈的面上，我妹子才不进你们贾家的门。这几年不知让我娘家倒贴了多少金银。今天见我爹爹又升了官，就跑过来拍他老人家的马屁。”“鸾妹妹你认错人了。”“贾琏你这败类，就算是化成了灰老娘也认得你，要不是那几年我妹子管家，你们一家早到街上去……”

“小姐，你确实认错人了。”熙鸾的车夫那个高大英俊的帝波安人说道。“是你？”贾珊看着那人道。熙鸾此时才发现自己认错人了，他比贾琏整整高出来半个头。“你是珊哥哥？”

熙鸾觉得自己刚才讲的话有些个过分，正要向他道歉却发现那贾珊正和自己的那个叫尤龙坎的红眼车夫不知在说些什么，反正总是自己听不懂的番语。

“你们早就认识。”熙鸾说道。那两人便不说话了。“珊哥哥，你家的那丫头可厉害的，把我可好好地教训了一顿。”“这个芬丫头，看我回去不好好地……”

“贾大人，太尉有请。”那尤龙坎也被叫去，熙鸾的心顿时七上八下的。“真不知道爹爹找珊哥哥去做什么？”

贾珊也有好多年没有见这位本该是他丈人的王子腾老爷。他却奇怪地发现王子腾身边有一个奇异的人物。贾珊虽然不认得特烈西，但却凭多年来的经验判断出他不是丹洛人便是恶洛克人，且来者不善。

“你就是恩侯的大儿子，好多年不见了，让我见识见识这些年下来，你的武艺长进了多少？”那王子腾身材矮小，其貌不扬，然而目光尖厉，叫人不敢正视。他善于玩弄权术，当年在贾妃与吴妃，也就是现在的吴皇后争宠的这件事上，他可以说是两面下注。一面他的闺女当时是荣国府的当家奶奶，而他的儿媳妇却是吴皇后的亲妹妹。他因后来广纳门生，扩张势力渐成尾大不掉之势，因而被中原皇帝水无忌罢免。后来，江南一带有外番的海盗为患，河南有魔教作乱，那水无忌不得不再次将他起用。他也趁机休养生息，声势更胜从前。

只是也渐渐地成为中原皇帝严加防范的对象，只是苦于朝廷无有精通军事的人才，一直留他至今。近日，听闻皇帝有意起用从北国归来的贾珊，再加上特烈西向他通报贾珊在北国的赫赫战功，更使他动了杀机。

此时贾珊顿时察觉到这是一场地道的鸿门宴。“小子！这四个人本事平平，你来指点指点他们。”

别人还都好说，就是鸾姐的那个叫尤龙坎的车夫便难对付得很。此人本为帝波安王子，因那叉叶国主亲征帝波安，并吞其国，便不得不流亡海外，做了海盗，后来变成了王子腾的家奴，王熙鸾的车夫。贾珊背上的那道刀伤，便是他老人家的杰作。

“兰提实将军，别来无恙。”“尤龙坎王子，别误会，我是来操练兵马，打灭你家国的叉叶人的。”“杀了你，这老头子一样可以，而且当初也全是你为那厄尔金洗谋划。”“那老头子要是真有这样的能耐，又怎么会像家奴一样地对待你。”“少废话，老头子要等不及了。”

贾珊考虑到这四个人中最难对付也是最有危险的，便是那个尤龙坎，贾珊原本在马上也是喜欢用单刀，可是自打与他交过手之后，便改用起了双剑，为的是严密地将自己保护起来。至于剩下的三个人，贾珊扫了一眼，便知道他们各有自己的长处。看来王子腾要以检验武艺为名，取自己的性命，谋划的不止是一天两天了，对自己打斗的路数看来是相当的了解。

这一回他一反常态，不再使用自己在步下惯使的单刀，而是用本来经验生疏的长枪，直取那尤龙坎。只要先打倒了那尤龙坎，其他人便都好说。一开始，这一反常态的举动让那尤龙坎猝不及防，一时间被动得很，其他三位也是大吃一惊，准备好的套路完全派不上用场。

那特烈西是门外汉，自然看不出个所以然来，而王子腾不由得暗自惊奇。“好一身功夫，想他祖宗宁荣二公也不过如此，除了从骨山血海滚出来的人，谁还能有这样的身手。”

凡事往往就在那一念之间，贾珊因为在用拿手的风卷残云时有些保守，没能打开局面，致使那尤龙坎逐步适应了他的打法，随着时间的推移，劣势越来越明显……

“圣旨到。”一道圣旨救了贾珊性命，亏得是北靖王太妃，通过林如意在皇帝面前提起此事。

当时出了太尉府，坐在车上时，只感觉骨头都要散架。“谢谢你手下留情，不然的话珊哥哥怎么也撑不到现在。”熙鸾对尤龙坎说道。“不用谢我，大小姐，奴才也不过是自帮自助了。”“我可不敢把你当奴才。”

槐树下的故事

这中原皇帝水无忌的才干虽不能与太祖皇帝相比，但也绝非无能之辈，他也清楚叉叶方面用心险恶，所以这回特意召见了贾珊。

贾珊上次通过谈判讨回的江北七城，此时已经尽数被叉叶人蚕食，从索伦各部涌向中原的难民，逐日地增加，起初只是在辽东，后来即使在京师也可以看见那些身穿兽皮的索伦之民。

“老祖宗，好消息。”史湘云的叔伯妹子史湘兰，一直以为她是史太君为贾珊选定的正房大梁，所以她第一个向史太君报告贾珊升任西营指挥使的消息。

史湘云和鸳鸯以及贾珊新纳的羊脂都在那拍手叫好。“好什么好，看来天下又要从此多事，到时候是凶是吉，还难说得很。”

忽然传来了一阵猫狗的惨叫声，吓得那羊脂竟一时失态，原来自贾珊回来之后，芬小姐再也不得放枪打鸟，又因近来河南战事不顺，孙绍祖恐朝廷降罪抄家，便自作聪明地把迎春母子送回了山西老家。那子聪不来，便更没人同芬小姐一起玩了，于是便以折磨猫狗为乐。

“芬丫头，别闹了。”贾母言道，“听说近来魔教起了内讧，你姑父不日便可班师回朝了。”“打了败仗死掉了才好呢！”

“丫头，你这是怎么说话呢？”史湘云道，“要是你姑父出了事，你表哥和姑姑还怎么过活？”“他死了才好，姑姑和那臭小子也好少受点罪。”

“芬丫头，不是我说你。”史湘云道，“连你的丫鬟都说子聪人好，怎么你还是几乎每次都要和他吵一架才罢休，比你林姑姑当年还要过分。”

“他对丫鬟们好，是因为他把那几个当外人。而他每次惹我生气正是因为没把我当外人。”“芬丫头你怎么这么不懂事，你子聪哥总是在让着你，你还嫌……”“他让芬儿，不就是想让芬儿到时候去他家做媳妇儿。”刚从外边回来的贾珊说道。

这话顿时让贾芬羞红了脸。“到时候你就不能胡闹下去了，”贾母道，“就算是他能容忍你，他娘老子也不能容你。”“谁要到他家去，在外面倒还像个人样，一回屋里不是打老婆，便是骂丫鬟，那回我来中原话都讲不清，那是听错了话给我好看，要不是有子聪哥在一旁我怕要被摔死。”“芬丫头的话似乎有些个道理。”贾母道，“那孙家的家风确实不正。怕就怕这子聪将来同他老子一样，我好像听老辈说了，那四太爷母亲原来的婆家，好像就是你二妹夫的祖宗……”

一提到羊显玗，羊脂便很是尴尬，贾母对她虽说并不像对她姐姐那样讨厌，可也谈不上怎么喜欢，尤其不喜欢她那副狐媚子，霸着贾珊的样子。

贾珊看着怀里的羊脂，生怕她顶撞了老祖宗，他记得那一回他和多姑娘因羊显玗的事起了争执。

“那东府的老太爷也真够刻薄的，我祖奶奶好歹服侍了他一场，也生了孩子，竟还这么对她。”“这可怪不得宁国公，他未出阁就……”“你知道我祖奶奶是谁？”“不就是羊枭的妹子羊显玗吗？”“那时她小姑子，她老人家本是燕王爷的侧妃八面观音。因为她和羊小姐长得极像，故而调换了身份，那小姐为了守住秘密便投井自尽。”“那既为人妇，便不当失节。”“你这是什么话，难道要燕王爷的骨血就此被你贾家灭门？”

好在这贾珊怀里的羊脂终究不是她姐姐，胆子可要小得多，不过脾气也好得多，此时正依偎在贾珊的怀里忍气吞声，不敢有言语。倒是他们背后的那棵老槐树见证了当年的往事。

当年那本该是羊显玗未婚夫的孙英，正是在这颗槐树下与宁国公贾演、荣国公贾源结拜为兄弟。看着孙英与西贝窝里的那对畜生在一起称兄道弟，羊显玗心里很不是个滋味。

当年峥嵘岁月，也仿佛只是昨夜的一场春梦，梦中的人虽然已经醒来，可心却依旧还在那里……

那一年伪帝严龙将大半的兵力拉去与太祖皇帝征战，致使后方兵力不足。当时安延集国势力强盛，其苏丹自封宇宙单于，先后吞并楼兰、龟兹，欲进犯中原，其前锋已至陇西。

那严龙本欲纳贡嫁女，与该国苏丹修好，而那燕王羊枭却不答应：“陛下，安延集人狼子野心，侵吞中原之心久已，此举非但不能结其欢心，反使其得寸进尺。”“依卿之言，朕当如何？”“假意与之讲和，暗地派一支奇兵与之交战，可获全胜。”

羊枭虽说在朝堂上是信心满满，但心中却明白，眼下的这一仗，可是凶险得很。自己瞒不过从小在一起长大的胞妹，于是羊显玗也披盔带甲来助阵。

“你怎么来了？”羊枭知道妹子在招数上虽然不错，可毕竟气小力薄……“哥，这一仗真的要打吗？”“让水恒仁得势是亡国，让安延集人得势便是亡天下！”严龙大军的兵力都调去对付太祖了，羊枭只得硬挤出三万步骑（其中不少是刚披上铠甲的新兵）去截击安延集人。

安延集的兵马足足有十万之众，且都是身经百战的老兵，羊枭设伏的兵马虽一时得势，但毕竟兵力单薄，长此下去恐非安延集人的敌手，羊枭的心里此时万分焦急。

突然严龙手下的龙虎大将孙英率领一支生力军赶来，战场的形势顿时见了分晓。孙英仗着手中那一把狼牙剑，直向安延集人的苏丹扑过去，那苏丹眼看就是孙英的刀下之鬼，可是孙英却走马回头……

羊枭最担心的事情还是出现了，羊显玗虽然在招数上不差，但终究是气力弱小，一时间险象环生。幸得孙英不顾严龙事先讲的只要斩得安延集苏丹便封大梁王的许诺，回来营救羊显玗……

羊显玗也爱他那一身英雄气概，本来伪帝严龙想将她作为自己的太子妃，但最终她还是说服自己的哥哥与孙英定亲，当时她甚至写下这样的诗句来夸赞孙英的勇武：将军本是少年豪，晓读兵书夜带刀。河湟柳绿春驰马，昆仑雪飘射大雕。

当年正值伪朝全胜之时，一时间气势如虹，安延集的邻国波斯遣使来贺，赠以极其艳丽的夜明珠冠，严龙将其赐予孙英作为日后迎娶羊显玗的新婚之礼……

那时的太祖皇帝一副败象，一日他特意将贾演、贾源召在身边道：“眼下大势已去，恐回天无力，卿等归降严龙为时未晚，若不愿归顺与他，可投扶桑、高丽等国。”贾演、贾源伏倒跪拜咬破手指头写下效忠太祖皇帝的血书，太祖深为感动，因贾演早已娶了柳佳帖木儿（后改名为柳彪，封理国公即柳湘莲的祖先）的妹子。固然将宗室女许与贾源，本欲退守辽东之图恢复。

羊枭当年也万万没想到事情到头来会是这样。他的谋士扶桑人佐木野曾劝道：“天下事难定，何不将小姐早日出阁？”那时的燕王爷又怎能听得进去，他一路东进连克太原、邯郸等重镇，眼看严龙封地的这个燕王马上就要名副其实。可谁曾想，那严龙忽然暴亡，形势急转直下……

而今，这位孙英后来又迎娶了理国公柳彪庶出的妹妹，跟宁国公贾演成了连襟，现在又结拜成了兄弟。本该属于她的那异常珍贵的夜明珠冠，戴在了孙柳氏的头上，成为这浅薄的女人向姐姐、姐夫炫耀的本钱。而她羊显玗此时，心中有泪却不敢流，只得给将她哥哥尸体喂狗的贾演，吹那欢快的曲调……

这一切都当着孙英的面，那本该是羊显玗未婚夫孙英的面。孙英也并非是草木之人，他第一次见到这个放足健走，又精通琴棋书画的女子，便深深不能忘怀。当年，他宁愿放弃梁王的封号，也要把陷入敌军重围中的羊显玗救出。可是，后来他的母亲不惜以绝食要挟，让他与羊显玗退婚，去迎娶当朝的新贵。

孙英本有几个兄弟，但都在战乱中凋零，他的父亲是独子，而他的爷爷也是。在母亲和祖母的压力下他也只得撕毁了与羊显玗的婚约。

羊枭曾派人去质问孙家的那对婆媳，他妹妹到底有何过错，而得到的答复只是不想遭罪，不想因此得罪当朝的权臣。

羊显玗曾想就此投井了断残生，不想哥哥的宠姬八面观音竟为了救她，搭上了自己的一条性命。当年的八面观音从水中被众人捞了上来，已是无力回天，城池被人围困，缺医少药，如何救得活……

“你们都出去，我有话要和小姐说。”“嫂嫂你怎么能行，我将来有何脸面，跟后人说起这事。”“到时候你就跟燕王爷的子孙讲，你是我，我是你。”

在羊显玗被俘后，孙英也打算用重金将显玗从贾演那里赎出。可他的母亲却劝阻道：“那羊枭的妹子，都跟唱戏的小白脸鬼混，你还惦记她什么？”便只得作罢。

让他想不到的是，眼下的羊显玗虽然忍辱偷生，但却……“孙老爷、姨太太，这是你们丢的东西？”“丫头，我们没丢东西，你还是回去问问你家太太去吧。”孙英说道。“再仔细看看。”“你可真是个缺心眼儿。”孙柳氏便捶了孙英一拳，她在娘家时候因是庶出一点也不敢造次，可一嫁到孙家，便是好生的骄横，连孙英的祖母都被她欺倒。

“丫头你叫什名字？我到时候一定好好地在姐姐面前夸你。”“太太管我叫羊鞋儿。”“怎么听起来倒像是破鞋的意思。”说笑着便同孙英一起出了宁国府。

羊显玗却只是依旧呆呆地立在那里，她似乎弄不明白，她怎么能看穿那宁国府铁铸的大门。直到柳氏的一巴掌狠狠地打在了她脸上。“还不伺候老太太看戏去？除了老太太谁还疼你这破鞋？”

多年之后，孙英带着从姑苏买来的小老婆路过流云庄，当年羊枭苦心经营的城池，现早已是面目全非。因他的小老婆要临盆，急于找接生婆。庄头说道：“这有一个姓羊的寡妇，刚好干这营生。”忽然一个下人跑了回来讲道：“那女人说，她做不了这活，还是另请高明的好。”那庄头气愤道：“她干不了，谁还能干？我这就找她去。”“还是我亲自去请她。”孙英说道。

孙英来到那接生婆的门口，他万万想不到，开门的竟然会是显玗。

“我当年有意给你的东西，至少值一二百两银子，你为什么不收下？”“我连身子都不是自己的，你就算给我金山银山又能做什么？”尽管家里不富裕，羊显玗还是杀了仅有的两只鸡中的一只来招待他，而她的小老婆正昏睡在羊显玗的床上。

孙英见羊显玗是这光景又怎吃得下口，忙把肉夹给了后来的鸠夫人。“我不怎么饿，你还是先紧着孩子吃。”“你不用给她，这丫头天生的尼姑胃。”羊显玗又把肉从女儿那里夹回到了孙英的碗中。“显玗，你就听我一句劝。现在我的老婆也能容得下人了，虽说做正房大梁已是不可能了，但好歹还有你的一席之地，你的儿子是燕王的外甥，看在老交情的份上，也不会亏待他。”

“我都这把年纪了，你还是找别人伺候你吧。”“可我不嫌你老。”“我知道你不嫌我老，要是那畜生再动起心思，你恐怕又要把我完璧归赵。”这让孙英无话可说，他忙拿出三百两银票给显玗。

显玗道：“你这是干什么？”“是我一点心意。”“我心领了，你拿回去，省得你那老婆又耍威风。”“那就全当是饭钱。”“我羊家再穷，也请得起你这顿饭。”孙英只好含泪与显玗别过。“不送。”虽是这么说，但却一直目送他到再也不能看到的地方。

在回家的路上孙英看到了这样一幅奇异的景象，一只山羊竟杀死一头恶狼，因为离得太远，他看不清那羊是在吃草还是在吞噬狼的内脏……

同样是在当年贾演同孙英结拜的那棵槐树下，贾母和赵姨娘破天荒地坐在一起吃月饼。“赵丫头，现在连宝玉都管你那侄子叫表哥了，怎么还不肯到府上来坐坐？”“老祖宗，云小子说他婆娘是贾雨村那混蛋的干闺女，那贾雨村管老爷叫叔父，他怕万一遇上他丈人乱了辈分可就不好弄了。”“哼，看来你们赵家的人，到底还是记仇。”当年，太祖的侄子北靖王不听劝阻执意冒进，结果吃了败仗，把责任全部推到了伪朝的降将身上，那孙英因走了宁荣二公的门子因而无事，可惜罪责全揽在了赵姨娘的老祖宗赵天彪一人的身上。

“不好了。”“什么事儿把你急成这样？”贾母问鸳鸯道。“孙绍祖在河南造反了。”一片凄凉杀气再次笼罩在被抄家怕了的荣国府上空。

恶狼磨牙

“孙将军。”那特烈西满脸堆笑道，“只要这边能撑上个一两年，我主便愿与将军平分天下。”“你主子到底什么意思？”孙绍祖豪迈地说道，“你主子要出兵就快出兵，不然再过一二年等老子把水无忌的江山都打下来，到时候你主子想得到一尺一寸的地盘老子都不给。”“孙将军，您千万息怒，我家主公那边还需要些时间。只是您这边可得千万顶住……”“怕什么，朝廷里的几员大将老的老，无能的无能。那冯庶父子还称是关东名将，可结果呢？什么神武大将，简直就是废物大将军，还不是做了本大爷的刀下鬼。”“我家主公说了，别人您都不用怕，就是荣国府的那位，您可千万小心。”“你说的是我那丈人，他倒是当年平过苗蛮征讨漠北，可现在的他身子骨早被那一帮小老婆给掏空了，还能打得动仗？”“您丈人现在就是废人一个，可您的那个大舅兄弟，可要千万小心。”“得了吧！就看他练兵的那套路数，就能活活地把人笑死。”孙大将军似乎并不把贾珊放在眼里，可是特烈西还是放心不下，对他是千叮咛万嘱咐。

“好了，我会小心的，只要你家察罕单于多给些银钱、兵器，助俺老孙成就大业，到时候就把什么辽东、陇西、北方河套统统割给你们。”

打发完了特烈西，他便回后宫教育迎春、子聪母子去了。“躲什么躲，老子今天不打你，明天老子要改朝换代，大喜的日子，你们娘儿俩都给我高兴着点儿。”

“整天摆着这个臭脸，让人看着丧气。”“我……”“我什么我，以后要称臣妾。”“父亲！万万不可乱来。”“小子，怎么怕了，现在想走回头路也来不及了。”“事已至此，孩儿也只得全力辅佐父亲成就帝业，可依当下形势而论，万万不可急于称帝。”“老爷，您可千万……”“混账，等着挨打！”“陛下，不要和小孩子一般见识。”“小孩子！小孩子可比你这婆娘有见识得多，子聪你脑子里有什么歪主意就尽管说。”“自古以来名正则言顺，理直则气壮。原废太子义忠亲王千岁本为先帝之储君，后失宠被废，坊间至今多有流言。父亲何不寻访义忠亲王之后，以收天下之民心，到那时天下大定，赐封大国，仿舜禹之故事，代水氏坐天下亦为时未晚。”“好小子，果然有你的，小脑袋瓜里的主意和北朝的特使一个样，都是叫老子先找一个姓水的傀儡，然后自己当皇帝。可你们都不明白，一旦这龙椅坐上去，屁股就再也不想挪开。那楚怀王本来就是个放羊的娃娃，是老项家把他扶上了帝位，可到头来还是让刘邦去做关中王。所以这事不用再说了，反了就是反了，与其到那时留下骂名，不如明目张胆地打天下。”

子聪叹了口气，知道父亲不愿在人之下，故而不愿拥立义忠亲王之后，但还是再次劝诫道：“纵使父亲不愿另立水氏之后，也同样要缓图帝业。”

“这是何道理？小子你说说看。”“自古以来，天无二日，民无二主，依当下形势而论，能主天下者为父亲、水无忌、察罕单于三人尔。父亲若是急于称帝，则必为那水无忌与叉叶国主的眼中钉肉中刺，不如暂缓称帝，待天下大变，则二者必不惜金钱土地以结交父亲，到那时进则一统天下，退则可成鼎足之势。”“嗨！造反这档子事，脑袋拴在裤腰带上，谁能保证一定会有结果。不如趁现在得意，先过上一把皇帝瘾再说。”

见如此情形，子聪只得祭出了他最后的下下策：“河南乃中原腹地，为四战之地，易攻难守。我军可北上京师直取水无忌的江山，也可南伐金陵坐拥江南半壁。西可进关中收取百二里秦川，或吞齐鲁联结扶桑共谋大事。只是万万不可坐守大梁画地为牢。此处地势平坦，无险可守，若水无忌发倾国之兵相战，则恐凶多吉少。”

孙绍祖很是欣慰，摸着儿子的头道：“说得不错，只是这兵马未动粮草先行，总不能让军士饿着肚子打仗吧？只要粮饷齐备，就马上直取京师，等得了天下就拿你的那个眼睛会变色儿的表妹给你做娘娘！”

贾芬近来不懂事得很，先是把鸳鸯气得一个劲地摔东西，后又把羊脂弄得一个劲地直哭她姐姐。一提到多姑娘贾珊便觉得很是愧疚……

平时提起这事还好，可现在贾珊正为妹夫造反的事心烦，她这宝贝闺女偏偏又来给他添乱。

这贾芬不等鸳鸯和羊脂，她便左手用筷子夹了个虾仁塞进嘴里。“芬儿！你眼中也真没有长辈。”贾珊很是生气，但却怎么也不舍得打他这个宝贝闺女，但只见这丫头，用筷子霸占的东西多，真吃掉的却很少。“你这丫头，可真是造作，要知道现在连西营也缺钱买兵器。”接下来，父女俩嘴里说的便全是旁人听不懂的话语。他一怒之下竟掀翻了桌子。

可真吓坏了那金鸳鸯，她拉住贾珊道：“小姐毕竟是在那边长大的……”“给我闭嘴，少给她开脱，在北边的时候她要是敢这样，那倪多芙会让她三天都下不了床。”

忽然贾芬的眼睛变得血红一片，那羊脂忙劝道：“爷，小姐，这个样老太太知道后肯定又要说我在欺负她，您可千万别……”“你可真不是那羊芙蓉，要是你姐姐早给她颜色了。”

这时丫鬟来报：“大老爷那边的嫣红姨奶奶说大老爷有请小姐。”贾芬见来了救星顿时又神气了起来。“让姨奶奶回去告诉父亲，就说是芬丫头病了。”

“贾芬这孩子可真够厉害的，珊哥哥那么打她，都没叫唤一声。”“云丫头，你说得不错，哪像她这个宝二叔叔板子还没上去，人先在那叫唤了。”宝钗道。

狼牙剑与玉珠冠

当年太祖皇帝为了分散京营节度使的兵权，又设了东西两营共同捍卫京师。相对于京营和东营而言，西营只是一支不起眼的偏师而已，但经过贾珊的一番整顿之后，霎时间焕然一新。

“听说贾爱卿你为了取信三军，”中原皇帝水无忌道，“手把手地把军饷交到每一个士卒的手里。对此朕甚是喜悦，希望将军这次能够代朕好好地教训那头中山狼。”“臣一定不负……”“陛下且慢。”国丈吴天佑此时跳出来说道：“此人与那孙绍祖乃郎舅之亲，若他与孙绍祖兵会一处，后果不堪设想。”那皇帝的脸色便顿时凝重了起来，中堂林如意解围道：“臣请让贾将军先行回避。”等支走了贾珊，他才继续说道：“他当年既能为君臣大义抛弃妻子，又怎么会顾忌郎舅之情？”皇帝听到觉得很有道理，忽然，那贾雨村又跳出来：“易牙当年也是这样服侍齐桓公的！”

这句话听得那水无忌是心惊肉跳，他不时想起吴皇后跟他说的话：“那贾珊目光如电、眼若利剑，非甘居人下之辈，当早除之，以绝后患。”而此时贾雨村又把贾珊比作将出生的儿子杀掉，做菜给齐桓公吃的易牙，更让中原皇帝水无忌心存疑虑。可朝中又无可用之人，一时间举棋不定……最终在贾雨村的点拨下，才想出来一个自以为高明的两全之策。

皇帝调了一半的西营兵去了南关，甚至也调走了他的得力助手表弟仇鸣镝，而派来了昔日发小，如今大司马贾雨村的乘龙快婿，赵姨娘的侄子陕南守备使赵若云。

“云小子，这不是羊枭当年藏在流云寨地下的那一套甲胄和火器吗？你怎么又把它们都翻出来了？”“这些个火器和甲胄可比朝廷现在用的要精良得多，要不用实在是可惜了。”赵若云这番话确实让贾珊的那颗心顿时凉了半截。羊枭当年确实凭着这套行头横行一时，连太祖皇帝都不由得感叹：“移山填海易，破羊枭军难。”可数年来斗转星移，当年的那一套让宁荣二公寸步难进的火器，如今恐怕都比不上叉叶国农人打狼用的猎枪。而那一套倭甲，跟上次楚尔闯关的那套行头相比是笨重又不禁用，只是样子更漂亮一些而已，可是赵若云说的确实是实话。

“跟红眼鞑子那边是没法比，”孙绍祖的手下败将冯子英劝诫道，“倒是比姓孙的那边却要强上许多。”赵若云跟他的丈人去过叉叶，知道那边的兵马厉害，但却不知道厉害到什么程度，于是便问贾珊道：“请教将军，叉叶一个兵能抵我朝多少兵马？”“叉叶一万之众，我朝三十万人马也未必能敌。”一语惊人，众将官便皆有惊恐之色。

贾珊对军中的器械十分重视，对自己穿的甲胄、用的兵器也十分的挑剔，他不惜花上三千两银钱重新买了一对新制的帝波安火枪，再花八百两请巧匠为他的那身银镜骷髅甲重新配一个头盔。

作坊里火光冲天，匠人一丝不挂地卖命干活，纵使这些巧匠们三年如一日地辛劳，可是却依然不及恶洛克人那独到灵巧的手艺。

如果不是贾珊把原先的实物拿与他们，谁都不敢相信，天下竟有如此灵巧的双手，又有谁有这般上好的材料，坚硬无比，又相对比较轻薄。

做好那个可以让重新蓄发的贾珊将就着用的仿冒品，谁也不好意思拿荣国府的银子……

贾珊这边为了出征忙得是热火朝天，而孙绍祖那边也忙了个热火朝天，不过却是在忙他的登基大典。

“儿子，你看这玉珠冠上的夜明珠，是不是让丫鬟……是不是让宫女给偷拿了几颗？”子聪却所答非所问地对母亲说道：“天下没打下来倒有心思忙这个！”“我的儿，这话可千万别让你父亲知道，到时候他又说为娘没把你教好，你不为自己想也要为为娘想想。”“可事情万万……”这时传来了孙绍祖的声音：“儿啊，我叫宫女请你出来试朝服，你怎么总是不出来？你这个大皇太子可真是好大的架子。”“回父皇的话，儿子见母亲的这玉珠冠好生的稀奇，不知有何典故。”“大喜的日子你提这档子事干吗？”孙绍祖很是生气，因为子聪这是明知故问。

玉珠冠又名夜明珠冠，当年波斯沙阿为了与严龙结交，硬是说服了自己的正宫皇后将这不世之宝相送。严龙便将此宝冠转赠孙英，做他日后与羊显玗完婚的新婚之礼。

可谁知羊显玗先是被贾演非礼，后又听说孙家悔婚，一时间竟哭倒在床上。倒是那羊枭的宠姬，船娼出生的八面观音，带上家臣扶桑人佐木野去找孙家评理。

“孙家太太，我家小姐到底有何不到之处，请赐教。”这时的孙英不敢见羊家人，躲到了外面，出来回话的正是他的祖母杭州人孙丁氏。“你家小姐人还可以，只是那宁荣二府我们孙家可得罪不起。”八面观音道：“既如此，佐木野把那狼牙剑（实际是一把重达百斤的大刀）拿来。这东西还给你们，也请孙太太把该是我家小姐的玉珠冠还回来，当年那位可是有言在先。”当年伪帝严龙确实有言在先：“这东西先交到你的手上，到时给羊枭的妹子一个惊喜。要是你恋上别人，这东西可要还给羊家。”

谁知那丁氏竟说道：“那玩意早就送给了理国公的妹子，再说当年的事谁能说得清楚？”那佐木野一时激愤，竟要拔出那把东洋的七胴宝刀（所谓七胴宝刀便是一刀劈开七层尸体的宝刀），幸好被那八面观音制住，她一声冷笑，对那孙氏说道：“孙家老太太做人不可太过分，否则可不一定会有好结果。”“世道如此，有什么过分不过分的。除非羊羔能把恶狼欺倒。”“这可说不准。”说着那八面观音便乘车而去。

这事确实是孙家没理。可自那国公柳彪的妹子一过门，不出半年那孙丁氏便被活活气死。那孙柳氏不能生养，也不让孙英纳妾，只是到后来也慢慢看得开了，不然这孙氏一门差点便被她斩断了香火。那孙绍祖的父亲便是羊显玗亲手接到这个世界来的。所以，孙家先后派过几批人到流云寨去接济羊家，可都被羊显玗给赶了出来。再后来，流云寨的名声越来越差，孙羊两家也就没了来往。

“小子你没事怎想起提这档子事情？”孙绍祖不解道，“难道你想讨个姓羊的姑娘做老婆不成？”“如果严龙当年不在这一带纠缠，率大军直捣幽燕，咱家先祖又何必屈节侍奉贾柳两家？”

绍祖听了之后，不得不佩服儿子的见识，血淋淋的教训摆在前面。“小子说得不错，今天办完登基大典明天老子就去打山东，如果成了老子就改朝换代，如果不成咱们一家就到扶桑避难。”“谢天谢地。”迎春念佛道，“这样再好不过。”

这一家三口正往出走，要去办登基大典，只见一个宫女慌慌张张地跑了过来。“什么事慌成这样？”孙皇帝训斥道，“看你这个样完全没有皇家的风范，倒像是土财主的丫鬟。”那宫女忙回道：“不好了陛下，朝廷……”子聪给了她一个眼色忙改口称伪朝。“伪朝的兵马已经到了平安州。”“什么？”那孙绍祖顿时惊出了一身冷汗。“怎么来得这么快？来将是谁？”那宫女：“是……”“是谁快讲，不然把你丢出去喂狗。”“是国舅老爷。”“这小子看来是个人物，老子以往小瞧他了。”“父皇，伪朝乃是有备而来，万万不可轻敌，当坐守大梁，断其粮道，不出数月便可获胜。”“不必这样，老子就不信三十万大军，还打不过你舅舅的三万兵马。小子，你就等为父把你表妹抓来给你做太子妃吧！”

说着，草草弄完登基大典就点齐三十万大军迎战贾珊。迎春吓得浑身发抖地说道：“愿你爹爹……不，你父皇手下留情，饶你舅舅一条性命。”“母后请放心，舅父不会有事，只是父皇……”子聪不敢再说下去，这一仗打来叫这对母子左右为难。

血战中山狼

多姑娘在与史湘云交往的时候，强压着性子让湘云教她写诗填词，可做出来的没有一首能尽如人意，但却让贾珊终身不忘。

荣府公子玉珊郎，你是我的心上人。

一身银镜骷髅甲，好似六月降雪霜。

这一回贾珊穿的正是恶洛克巧匠精心打造的那一套行头，好生的威武。连人带马披盔带甲，可却依然行走如飞，让敌我两边的军士无不赞叹称奇。

孙绍祖拿着西洋望远镜看到贾珊那边军容齐整、行军有序，方知遇上了劲敌。“子聪，你这个舅舅果然厉害，只是想用这点兵力就吃掉我简直是做梦。我看他是想趁我不备奇袭大梁。马涛，你带十二万兵马在大梁附近埋伏。”“父皇，大梁城城防坚固，好歹也有五六万兵马守城，坚守一阵应该不成问题，临阵分兵，可是兵家大忌。”“为父自有安排，小子你不是怕老子把你岳父大人给废了吧？放心，等为父得了天下，由不得那丫头不从。”

孙绍祖打发他的管家，如今的大梁宰相，带一道圣旨前去招安。孙绍祖也是老行伍了，看得出贾珊治军有方，难对付得很，即便是取胜也至少要三四万人的伤亡。

“狞娃子。”“爷！”“你小子好像不太喜欢用无弦弩这玩意儿。”贾珊道，“这玩意每一个五百来两银子，可不是用来当摆设的。”“爷，正因为这玩意贵得吓人，而且打一枪之后，就自己炸开再也不能用了，所以怎么也得放倒个值钱的。”“狞娃子，那好像是个大官。”贾珊道。

孙绍祖这个伪皇帝，在大梁城里的那个小朝廷，其实就是个草台班子，武将多是他剿匪的旧部和魔教的降将，至于文官则多半是他自己的家奴，他的管家程兴弄了一套戏台上的衣服便成了当朝宰相。他来到两军阵前吓得浑身发抖：“圣……圣旨到，国……国舅老爷……”

话还没说完便被羊狞一枪爆头。“珊哥哥，两军交战不斩来使，你怎么让狞娃子干这一行？”随军的文官江南甄宝玉道。“要是不杀这人更说不清楚。”贾珊道。

“妈的，不识抬举！给老子，不，给朕打！”刹那间两边枪炮齐鸣，拉开了战斗的序幕。一阵枪炮过后，孙绍祖不由得倒吸了一口凉气，对儿子道：“你这个舅舅果然不简单。”“父皇，现在就把马涛的兵马调回来，还为时未晚。”“为父最担心的便是，他出奇兵奔袭大梁，你母亲，还有众姨娘，还有你那刚出生的弟弟和几个妹妹可都在大梁。虽然守城的有五六万兵马，可西营军的红衣火炮可不是吃素的。”

“可是万一索伦的马队不是出现在大梁城下，而是奔袭我军侧翼……”“那也不用怕，我军的兵力毕竟是贾珊的五六倍，若是战败也可以全身而退。”

孙绍祖出身将门，善布奇门阵法，这八门金锁阵，可是颇得其祖父孙英的真传。当年孙英绰号中山狼，一来是因为手中的狼牙剑，二来是因为作战凶狠顽强，故而与羊枭以枭狼而并称。故而当年严龙有言，决胜千里朕有秦王，临阵破敌则有枭狼。

此阵变化无穷，只有一处生门，其余七处皆是死门。“父皇，此阵虽妙，万一让人看出了生门，则必破无疑，何故要布此阵？”“小子，朕是老行伍了，那生门里老子放了一堆叉叶给的火器，要是敢从那进来定炸他个稀烂。”

“这小子必败无疑。”贾珊道。“赵将军你带索伦马队先不要动，我先带西营兵去打死门。”“既知那是死门，为何还要硬闯？”赵若云问道。“孙绍祖的军中多有魔教降人，皆是乌合之众。虽以常理观之乃是死门，但临阵之时未必会是死门。若从那生门入，姓孙的则肯定准备下了大批的火器。”赵若云也是聪明之人，便道：“好，到时候尽管放信号给我。”

言毕，若云便领命去了。“哥，云小子虽然是跟咱们一起长大的，可毕竟……”“如果他不可靠的话，你我兄弟是必死无疑。”

“小子看到了吧，亏得为父早有先见之明。”“那为何敌众偏从死门入？”“嗨，那管索伦马队的赵若云是贾雨村的干女婿，这肯定是他想破了大梁，自己立功，哄你舅舅一个人来这里送死。”“父皇，听北朝特使说，贾珊用兵诡诈，还是不要把他全部放进来的好。”“我就不信他这点兵马能翻得了天。”

贾珊率本部兵马全部进阵，若进了阵，则如进了一个巨大的磨盘，顷刻间便会被碾得粉碎，阵中兵士流水走动，如同与上万人同时过招，再勇之人也恐怕……

孙氏父子最终露出了一丝笑容。突然间枪火齐作，阵中军士乱作一团。原来贾珊早已看透，中原的军队使用火器与过年的炮仗无异，往往头一阵就将手中的火器发放，而且因为平时训练不严，怕伤到自己人，有的更是将枪往天上放……

“如此用兵真是旷古无人。”冯子英不由得赞叹道。“可毕竟孤军深入，该是让云小子的索伦骑兵登场了。”贾珊道。

“赵将军，”甄宝玉道，“该是出兵的时候了。”“万万不能出兵。”贾雨村的小舅子韩洗跑了过来。“舅舅有何吩咐？”

香菱的母亲和娇春后来结拜了姐妹，所以赵若云得管他叫舅舅。“云小子，别以为荣国府的人叫你声表哥，就是把你当亲戚。那薛大傻子才是他们的正牌亲戚，你抢了他的老婆，他口口声声说要报仇，要让荣国府重新得了势，有咱们好果子吃吗？再说有他们这样用兵的吗？打赢人家领赏，打输了你来顶罪。”“赵将军，你怎么还不把此人拿下？”甄宝玉道。“来人，给我把甄宝玉绑了。”“赵若云，你这个小人，你今生定不得好死。”“麻烦舅舅在岳丈大人面前给我多美言几句。”“一定照办。”说着韩洗便回去向贾雨村复命。

“舅老爷，你真的要让老爷给姑爷到时候讲情吗？”贾雨村的管家吕平道。“怎么可能？到时候罪责全推到小子一人身上。”

“父皇，趁现在快收拾些兵马撤吧。要是等索伦马队过来，就来不及了！”“别怕，那赵若云是不回来了，现在可是反败为胜的绝好时机。”

“哥，趁现在，咱们撤吧！上次云小子放过咱们是因为二叔和赵姨奶奶在那，这回……”“是啊，信号已经放了出去，该来的话早就来了……”冯子英也在一旁劝道。贾珊也不由得有些个动摇，“这个云小子，跟那个姓孙的一样都是伪朝降将的种。”

“怎么样，子聪，现在形势一片大好。”“只要父皇能饶舅父一命。”“一定，你不是还等着那红眼丫头给你做太子妃吗？”子聪顿时羞红了脸……

突然，一队骑兵杀入阵中，皆是凶狠好斗的索伦之人，因近年来不堪叉叶的压迫纷纷涌入中原，皇帝一向苦于安置。后贾雨村献计道：“灾荒之年，有乱民而无乱兵。”那水无忌便将这些人编入军中。

现在孙绍祖的兵马受到两支官军的内外夹击，想调回马涛的兵马也来不及了。“儿子快坐过来。”子聪便跳了出来。

孙绍祖拖着儿子，正要杀出一条血路。“杀父之仇不共戴天，贼子看枪。”正是冯子英来也。“不知死活的东西。”不想那孙绍祖手中的家伙锋利得很，竟然砍断了子英的长枪。

可眼下逃命要紧，不敢缠斗。“姓孙的此时归降留你一条性命。”乍看，那将一身银白的雪花锁子甲，乃是贾环的表哥赵若云。“你我的祖宗都是昭武皇帝骁将，同样受尽了这些新贵的欺凌，今日为何干这亲者疼仇者快的勾当。”“奸贼休要多言，看枪。”

所谓的狼牙剑实际上是一把重达百斤的大刀，当年他祖父孙英学剑未成，观恶狼与烈马相斗，反而悟出了一套刀法，却以剑术为底。

两人打了十余回合不分胜负，孙绍祖因顾忌子聪的安危便脱身就走。“姓赵的你怎么会使羊家枪？”“该做你祖母的人教的。”

当年的羊显玗热恋这孙英，偷学来哥哥的绝招教与孙英。所以这孙绍祖识货，赵若云的这几招确实是羊显玗亲手传授。

“贼子休走。”乃是柳湘莲舞着双剑杀来。他不敢应战只得闪过。冷不防，一刀劈来。真真侥幸得很，好在马奇芳只砍掉了他大片头发儿没有砍到脑袋。

“你是河州官门的子弟，怎么也来多管闲事？”

他不等马奇芳回话，便一刀砍来，马奇芳一闪，他趁着马快又溜了。“你这是要往哪里逃？”

再看一人，连人带马浑身铁甲，头带银镜骷髅头盔。更是不敢交手打马便逃。他的马乃是特烈西所送，是产自古儿林的饮血战马。虽然贾珊的马跑得也不慢，可毕竟连人带马披着盔甲怎么近得上去。

孙绍祖找准了方向，要往大梁奔去，而眼下拦路的……“可惜。”贾珊后悔让羊狞用无弦弩去杀那个伪朝的宰相，羊狞一个娃娃怎么是这孙绍祖的对手。

孙绍祖见羊狞拦路丝毫不像对其他人那样的畏惧，目中露出了凶光，看得贾珊是心惊肉跳，心想这下他要怎么向死去的多姑娘交代。

宿命这东西让人不得不信，事情还要从伪朝的时候说起。“姓羊的，你瞧不起我们山西人请明说。”孙英愤怒地对羊枭说道，“逼急了用不着你点头，老爷我自己向皇上请旨。”“天下事，难说得很！”羊枭道，“你现在急着做我妹夫，谁知道将来。”“你别瞧不起人，我孙英赌咒发誓。”“算了，”羊枭的宠姬八面观音道，“尽说些没边的话，鬼相信能应得了。”“我孙英对苍天起誓，要是今生有负羊显玗，便让显玗与别人的子孙灭我孙家门。”“孙英哥哥！”羊显玗道，“你怎么发这么重的誓，你家现在可是单传。”

孙绍祖显然是没有把羊狞放在眼里，虽然羊狞功夫还行，但跟孙绍祖这样的老行伍比到底还差得远呢!

孙英当年号称中山狼，是因为他的那把狼牙剑，而他的孙子也叫中山狼是因为……

如今这匹恶狼，遇上了自己宿命中的克星，羊狞便出那勾连索。这是羊狞的老本行，过去偷牛的勾当，只是这一回偷的不是牛而是人。

“我孙绍祖一人做事一人当，看在亲戚的份上千万放过我儿子，毕竟他也流着你贾家一半的血。”贾珊狠狠地打了他这混账一顿。“混蛋，谁叫你造的反！是不是又是叉叶人捣的鬼？”

孙绍祖被俘后，贾迎春惶惶不可终日，赶忙召见了北朝特使特烈西。“你家皇上何时出兵！不是说好马上……现在我儿子都……”说着哭成了泪人。“娘娘别急，我家主公已带大军到了边境，本来就要出兵，可我家娘娘死活……”迎春一想她自幼与探春相处，这三丫头貌似清高，实际上再贪婪不过，显玗是毫不犹豫便摘下了玉珠冠，及一堆珍宝给了特烈西。“望先生在你家娘娘那里好好说说，将来得了天下，全是……只望贵国兵马速速来救我母子。”迎春搂着小儿子哭哭啼啼道，就这样白白地又让这个混账发了一笔横财。

中山狼遇中山狼

“快给甄大人松绑。”甄宝玉拍拍身上的尘土道，“赵将军，你这是演的哪一出？”赵若云道：“我怀疑那韩洗通匪，怕走了风声，所以当时多有得罪。”“赵将军为朝廷出力，甄某人的个人荣辱，倒无所谓，只是珊琏二位表哥现在何处？”甄宝玉到底还是信不过这个贾雨村的干女婿，急着要问珊琏兄弟的下落。“你表哥正在审一个胡商。”“哦，是吗？”

“是的。”赵若云的话说得没错，那特烈西刚一出城便撞上了贾珊的军队，真是不走运得很。“丹洛佬，我和你往日无冤近日无仇，为何总跟我过不去？王太尉府上还有得说，在这你又该怎么说？”看贾珊那眼神恨不得马上揭了他的皮。

那特烈西则故意用一种奇异的口音跟贾珊说道：“吴（误）会，吴（误）会，全部都是误悔（会）。我枝（只）是一个生意人。”“做的好大的买卖！”贾珊冷笑道。

“爷，这个人您绝对别轻饶他，要不是他在那挑拨，老太太（指羊显玗）也不会干那些不着调的事儿。”羊猛、羊狞两位起哄道。“这，你还有什么话好讲！”贾珊的眼睛宛若一把尖刀，吓得特烈西完全慌了神，到是羊猛得了意，那回特烈西的假银票可把他害惨了，这回可正是报仇雪恨的时候。

不过到底是打错了算盘。“这位爷，我实在是……”他故意装出一副汉语讲不利落的样子趁机同贾珊讲起了番话。

大梁城的城防本来十分坚固，还有孙绍祖部将马涛的十余万人。可是在特烈西的指点下贾珊的工兵把地道通了城中的火药库，“轰”的一声巨响大梁城被炸开了缺口。

“娘娘，快上马来。”马涛对迎春道。“你带着孩子快走，带上我只是个拖累。”临走之前，她把一块刻着恶狼二字的玉石留给了孩子。“马涛，以后你就说这孩子是你捡的，永远也不要跟我儿子讲起他的身世。”

让马涛带走孩子后，二木头迎春却依旧只是平静地像未出阁的小姐那样看她的《太上感应篇》。纵使被不知底细的军士拖了出来，却依旧面无表情，一副呆呆木木的样子。

“浑蛋！”贾琏狠狠地打了那两个身披兽皮的索伦军士。

“我贾赦瞎了眼，竟……”贾赦骂道，“要不是这回珊儿立了大功，咱家就成了反贼亲属。”“当年，我和老二那样地劝，你就是不听，现在倒好！”贾母叹道，“只是那孙绍祖看起来也算个老实人，怎么说反就反了？”

“你这个黑心烂肺的王八蛋！好好的日子不过，非要鬼迷心窍地当皇帝，你现在蹬腿去了，我和子聪可怎么活啊？”“事到如今，你说这话有个屁用，老子当初造反的时候，你也不劝一劝。”“我还敢劝你！平时我只要稍微插上一句话，你好不好就是一顿打……”

说着，那迎春哭成了泪人，二木头敢和中山狼吵架，这还是破天荒的头一回。孙绍祖让冯子英打了一顿，心里本来就有气，现在见老婆迎春也敢跟他顶嘴，一时便更是气上心头，骂道：“你们贾家的婆娘可真是心狠，见大爷我待你不好，你就眼看着胡人的那个骗子把我父子送入火坑，你倒好另嫁别人。”“孙绍祖，你做人有点良心行不！你和那个什么特大爷商量的事情，什么时候跟我说过，我又知道个什么？”

“你们俩都别吵了，”贾珊道，“把事情的来龙去脉都说清楚，我也好在圣上面前为你们求情。”

原来事情是这个样子。孙绍祖奉旨到河南去征魔教，可谁知一年苦战下来，兵马钱粮难以为继，绍祖不得不向当地的地主老财就地筹饷。这件事办得很不顺利。

就在此时一个丹洛商人雪中送炭，为他的军队解决了不少困难。所以，之后便逐渐地与那特烈西成了好友。“孙将军，您这不出世的英豪，何必要在水无忌那个小儿之下？”“这个嘛……实在是没有办法。”“圣旨到！孙绍祖接旨！”

砰！砰！砰！特烈西埋伏的枪手杀掉了传旨的太监。“你这是……”“你去看看那圣旨上写的什么。”“什么？水无忌你不仁，休怪老子不义。”于是孙绍祖便拉旗造反，一时间天下震动。

贾珊得知真相后，忙打发羊猛、羊狞去追，可是人早已没了踪影，倒是那顶应归羊显玗所有的玉珠冠被特烈西用来孝敬探春去了。

“真是个没用的废物，又让兰提实在南边高升了一步，花了好些个银钱只买来这么个玩意儿。”那叉叶国主指着那玉珠冠说道。

“陛下，那边的事您还是得早打算。”探春说道。“朕真没想到兰提实练兵会有如此成效，只怕这中原山河恐难轻取之。”“要是再拖下去，让他练好更多的兵马，汉家天下恐更难取之。”“夫人所言甚是。”说着这君王便掀翻了七彩水晶琉璃桌，“朕这就整军备马，以图中原。”此事在叉叶的都城塔林弄得是路人皆知，故城中有民遥云：“抓丁运粮草，打铁做大炮。为图中原事，天子不食鱼。”

孙绍祖被擒后，皇帝大喜。命辽王代替已故的贤德妃元春再次省亲大观园，为此可忙坏了贾政的一干人。

“宝丫头。”“老爷。”宝钗应声道。“你看新制的这些稀奇玩意到底要多少钱？”“回老爷的话，大概是五千两银子。”“你不会是算错了吧？照理至少不下三万两。”贾政疑惑道。“听季冥街的二牙子们说，那恶洛克近来被叉叶吞并，该国之人流落至此故而工本不及以前。”那贾政反生出一丝的愁苦之色来。

“老爷。”李岩跑了过来，“天干水云钟造好了。”贾政忙跑过去查看。这钟坐列十二神兽，依着时辰轮流喷水，且依时有丝竹之声传来，令人叹为观止。

他觉得这曲调好生熟悉，更赞叹起工艺之精巧，于是定要与那做工的匠人一见，看看什么人能有这样的手艺。

那匠人不太会讲汉语，倒是他的婆娘是一个地道的中土人士，贾政只是觉得眼熟，仿佛在哪里见过……

“老爷，我……”“你是……”“我是抱琴，和大小姐一起进宫的抱琴。”“你不是被圣上许给大季冥国的仁和太子做太子妃了吗？怎么弄成这样？难道贵国也被叉叶……”“老爷，哪里有什么大季冥国太子，他就是一个人面兽心的骗子，丹洛国中人人喊打的过街老鼠……”

原来，当年特烈西冒充某一国太子进贡朝廷。天子见他一表人才，便赐其宫女为妻，恰好选中了抱琴。对这一桩婚事元春是极不赞同，可中原皇帝水无忌却说道：“楚庄王妃子都能送人，何况只是个宫女？”

特烈西在回国的路上，途经南洋一带的一些小国，当地的君王也同样把女儿下嫁给了这位仁和太子。当时这些女孩还在算计谁做正宫，谁是偏房。可是一到季冥海特烈西便把她们一视同仁地卖到当地的妓院。这些年抱琴流落包括叉叶的都城在内的季冥沿岸数十个城国，直到被好心的恶洛克人赎出……

贾政看了宝玉、宝钗一眼道："这就是你们舅舅干的好事，把披着人皮的豺狼引到了朝堂之上。我这就写奏章向圣上……""老爷万万不可！"宝钗说道，"要是让圣上知道，这颜面恐怕……""真是便宜了这条恶狼。""真是便宜了这条恶狼。"同样的话也从贾珊的嘴里出来，忽然他习惯性地念叨着番语。甄宝玉问他是什么意思。"这是那边的俗语，丹洛人的舌头屠龙的宝剑。"

"大哥，千万留我孩儿性命。"迎春哭喊道。如何处理孙子聪，正是摆在贾珊面前的难题。

芬丫头的眼睛

贾珊又向人问了一下事情的前因后果，他看了那孙绍祖一眼道：“你要是能听子聪一句，也不至于到现在这个地步。”“你……求你放过我儿子，他好歹也流着你贾家一半的血。”他没有立刻答复，而是平心静气地和子聪下了一盘棋。

子聪在这方面颇得迎春的真传，弄得贾珊一点火气也没有。他不由得有些不忍……可是却偏偏身不由己，不由得想起临行前倪多芙的话！“我知道你待在这里总感觉委屈，那边虽是你父母之国，可到了那边你未必好过。前段时间你征讨帝波安，十万大军由你指挥，陛下也不干涉，我就不信南朝的君王能有这个胸襟。”

现在他可真是……接着他又和子聪下了一盘象棋，这一回他可是形势大好，竟得意忘形了起来，张口念出这样一首诗：

烈马跳中山，轻车指咸阳。
支士走斜谷，架炮五丈原。

“这肯定是芬丫头的诗。”子聪的话不错，贾珊嘴角露出一丝的苦笑却不答复。“舅舅这首诗可是不吉利得很。”“可这盘棋赢的是我。”“我父子不过是棋子而已，棋面还未开始，您这边便少了好几个子。”子聪的话一点也不错，贾珊看着他好生的怜惜，拍拍他的肩膀，这一手其实非常狠毒，子聪的五脏已被震碎。

孙绍祖见此情景露出了一丝笑意，虽然子聪这样依然十分痛苦，但总好过被皇帝一刀刀地凌迟。可迎春却不领情，她见子聪这样定是命不久矣，于是拔下累金凤，当作武器要和贾珊拼命……

烈日炎炎照九州，几家欢乐几家愁。甄家在京城的住宅闹了火灾，贾代善庶出的女儿甄贾氏，带着儿媳妇黛玉投奔了过来。正巧羊脂恰好为贾珊生了一个儿子。

“这林丫头，还没芬丫头懂事。”贾母道，“这点小把戏哄不了人的。”“是啊。”鸳鸯道，“只送孩子东西，不送他娘。让那女人的妹子生气，又挑不出一点毛病来。倒是芬丫头现在懂事得很，见了我和她都客气了许多。”“鸳鸯，怎么孩子现在不在你这？”“让赵姨奶奶做主，硬是带了回去。”“这个不要脸的娼妇，以为自己是个什么东西。要不是看在她侄子同珊儿出生入死的份上，早把她……姓羊的呢？”“和姓赵的在一起。”“真是乌龟配王八，臭鱼找烂虾。”

“羊丫头，听你婶婶我的话没错。”赵姨娘在那自卖自夸道，“在这大宅门里你婶婶我待了那么多年，什么事没见过？不管是吃亏也好，占便宜也罢，凡事不管有理没理都要争上一争。不然，你以为我们家太太真是吃斋念佛的菩萨？”“这回多亏了婶婶您老人家，不然这孩子长大了连他娘是谁也不知道。那鸳鸯算是什么东西，分明都是小老婆，凭什么压我一头？”“傻丫头，你以为老太太真会让她做正房大梁？那是哄人的，这早留给她自家的亲侄孙女史湘兰了。”“这……”想到这羊脂不由得满头冷汗。“丫头你别怕，你趁现在得宠，多搞几个孩子出来，到时候爷们儿身边全是你家人的声音，就是那老不死把皇帝的公主给珊哥儿来，你也不用怕她。”“好！真是好，我们流云寨的婆娘别的本事没有，生孩子谁也比不了，不瞒您说，爷们儿来我们那时，我最小的那个妹妹还没满月。”

“你这孩子，可真不争气，到现在还是个女儿身。”贾母道，“现在看在我的面上，他还给你留那么一席之地。要是哪一天我闭了眼睛，那狐狸精仗着有个儿子还不知道怎么折磨你。珊儿这孩子怎么就这样地厚此薄彼，放着正经人家姑娘不爱，偏把个都闹不清是谁家种的狐狸精当宝玉似的宠着。”

这话不错，羊脂现在领着死去的多姑娘的月钱，又有孩子的奶水钱，再加上自己的一份，合在一起整整是鸳鸯的两倍。受多姑娘临死前话的影响，因宇文氏的死对贾母有些个……可是在贾母面前不敢不尽孝道，这怨气就全部撒在了鸳鸯的身上，表面客气实际上冷落……

贾母的这一番话正中要害，弄得鸳鸯眼泪汪汪可却毫无办法，亏得近来贾芬变得懂事了，不然鸳鸯的日子更不好过。

贾芬的手也是出奇的巧，她一眼就看出宝玉雀金裘打过补丁。“宝二叔，这么补还有些个问题，让侄女替您重新弄。”宝玉因惦念着晴雯没让她去补。贾芬不知其中的缘故，觉得是宝玉不信任她的手艺。

于是她又亲手做了一套雀金裘给宝玉，又做了一副衣帽给刚出生的弟弟贾苗，让人不由得佩服。可是贾珊却是满脸的愁苦之色，因为这让他再次想起了倪多芙来。“芬儿，要是你母亲在场恐怕又要说咱们造作了。”“没办法，恶洛克人天生小气。”

“珊儿。”“老太太。”是老祖宗史太君驾到了。“你闺女的眼睛是怎么了？”“她的眼睛向来如此。”“胡说，这丫头平时哪是这个样子？要不要请个大夫好好看一看，不然将来怎么嫁人？”知道子聪出事的消息后，芬小姐的眼睛就一直都是这样。

贾芬凝望着北方，那北方的天空，一直到那遥远的地方。

“去，把朕的两个儿子找来，把提南家的两位公子也叫来。”在北国叉叶有句俗语：“目若星震天子堂，雪银骷髅宰相家。”

已故的提南氏的大儿子，和探春生的次子，都带着如人眼一般用琉璃或珍珠、水晶制的饰品。而提南家的两兄弟则穿着雪银的骷髅袄，加之皮肤洁白，更显出一股子凄凉杀气来。

让探春不能理解的是，为什么主上喜欢这令人恶心的玩意，这在她看来就像是好好的一幅画偏让醉汉吐上了一口痰。

“多漂亮的鸟儿，孩子你们谁替朕喂喂这些可爱的小家伙？”这君王的两个孩子吓得不敢上前。而那另一对兄弟……

一个黑眼睛的少年，见这些个乌鸦大如猎鹰且丑陋凶狠便畏缩不敢上前。而另一位双目则似血染的一般，提着人头便往乌鸦堆里钻。

君王用他那凶狠的目光，看着剩下的三个孩子道：“你们俩好没出息，都和兰提实一起去关禁闭，厄尔金洗好样的，跟朕一起吃饭听曲。”

听的曲是零枭笛吹出来的那些凶狠的凄厉的曲调，没有一个音符在五音之内。吃的则是再新鲜不过的鱼头，下刀的时候那鱼的嘴还在颤动。探春见了就恶心，但还是装出一副再爱吃不过的样子。而君上与那少年吃得却很起劲。“厄尔金洗，你怎么不放些调料？”“回陛下，我一闻见这些元莱用的调料就不舒服。”“什么事？”那君王问探春道。“陛下，倪多芙已在宫外哭了一夜。”“厄尔金洗，你可愿意回去？”“陛下，我不是在这好好的。”

“告诉倪多芙，是孩子自己不愿意回去，朕有什么办法？告诉她改天朕自会去看她。”说着嘴角露出一丝奸邪，却让探春醋意横生地微笑。

三王省亲

一阵阵凄厉冷风自北来袭，其中夹杂着阴湿的邪异的空气，像是经塔林从季冥海那边吹来。元春故居的草木也多因此而凋零，住在其中的芬小姐则认为是爽秋斋那边抢了她的风水，于是提起当年贾琏要杀王熙凤的宝剑来到那里。

看来芬小姐的做法似乎很有道理，任那北国的狂风欺凌，无奈花草皆已凋零，可爽秋斋里的草木反而越发茂盛。贾芬不顾丫鬟的劝阻，挥剑便要砍其中最繁盛的那棵杏树。那杏树好是兴旺，远远望去，倚着初升的红日与长空中的白云，说不尽讲不完的恢弘气象……

这一切贾芬都看在眼里，那一对丹凤三角眼霎时间变得血红一片，分外的凶狠。“小姐，还是……”她的丫鬟琶儿劝道。

“我园中的花草不能久活，全是这儿抢了风水，今日我要……”

没等她的话说完，不知从哪里飞来了一只厉枭，不知是何等样的飞禽，龙泉宝剑从芬丫头的手里滑落，差点砍到她的脚踝。

“我的小祖宗。”贾母、贾赦等人赶了过来。“你别胡闹了！”于是史太君下令，不让贾芬踏入爽秋斋一步，气得贾芬竟把自己院中的花草叫人统统都处理掉了。

“芬丫头也太霸道了吧！这也太杀风景了。”史湘云对贾芬的破坏行为很是不解，也很是不满。“看你们家国公爷回来怎么收拾她。”林黛玉说道。

黛玉说的国公爷不是别人，正是因扫叛有功，被皇帝封为第三位荣国公的贾珊。一时间可谓是光宗耀祖。“哥，现在你功高震主，凡事还是低调些好。依我说就当辞了军职，在家安静些好。”“我说老二，要是叉叶的兵马打过来，怎么办？你哥哥也想清闲！可是眼下从索伦一带逃难过来的灾民满大街地乞讨，你让我怎么能安心？在家养老等死？”“哥，皇上都不操心，你操这份心干吗？管得多了吴天佑和贾雨村便要告你图谋不轨，何必多管闲事，反正就算是天塌下来也是皇帝先顶着！”“贾琏，你说的是什么话！”贾文忠听后大怒，这几年他武艺进步神速已经不在贾珊之下，按住贾琏便是一顿好揍。“三叔替我好好地教训他。”

“珊小子、老三，你们都给我住手。”贾赦道，“明天王爷就要来省亲，大喜日子，何苦为难琏儿？”这时鸳鸯急冲冲地跑了过来，每次见了贾赦她都是低着头，而这一次她却昂着头道：“北靖王太妃派人传来消息，说皇后娘娘要带着太子和金国公一块省亲，让大家都准备准备。”

“在那老不死的眼里，咱们两个到底是不算人。”羊脂愤怒地跟赵姨娘说道，“我不去接驾也就罢了，凭什么让鸳鸯那婊子去，却不让婶娘您去，这分明就是在欺负人。”

“孩子想开点。”赵姨娘道，“这个吴皇后正是咱家娘娘的死敌，难缠得很，应付不好让老不死（指贾母）去骂那些当家的去，咱们在背后看好戏。”“那姓吴的贱人确实可恨，本来我家弟弟抓了反王，要向朝廷报功。谁知那婊子的老爹在皇上面前挑事，说我爷们儿任人唯亲，什么乱七八糟，老太太为这个也来说我。”说着羊脂便委屈地哭了。“那边的人（说着赵姨奶奶指着王夫人房里）都是窝里横的主，也就能在这个屋里欺负欺负咱们。要是真能耐，怎不把那婊子斗下去！你爷们也就不用拼死拼活地为府里打天下。”“就算这天下打下来，也没我的份……”“丫头你有点出息行吧！怎么又哭了，叫人看不上！”“这满屋子里也就婶娘一个人疼我，可其他人都和我过不去，都不待见我。我姐姐被他们弄，我现在也被他们……”羊脂把手指向王夫人屋里，“我和那边无冤无仇干吗非和我过不去。”“你姐姐当年抢了那边侄女的饭碗，你现在占着爷们儿的心，那边的人进不来，所以把你当杀父母的仇人看待，不然那老不死的都要进棺材，又怎么会管孙媳妇的事，肯定是那边挑的！”羊脂经她这么一点拔，马上恍然大悟，兴奋地说道：“好，咱们就看那帮贱人在那里狗咬狗。”“对，就全当是看戏，看她们怎么唱下去。”赵姨娘道，“这台戏可不是那么好唱的！”

人往往是这样，嘴上说一套，心里想的又是另一套。这两位姨奶奶一见史湘云出来了，忙拦着她问长问短。“这个事你们去问丫头就好，干吗要问我？”“别人的话多不可靠。”赵姨娘说道，“都说那辽王如何如何，太子又怎样被芬丫头的火枪吓得尿裤子，总之都向着府里的，也就你嘴里会讲点实话。”

湘云便把知道的全告诉了两位姨奶奶。“云丫头，你说为什么那芬丫头不理辽王也不理当朝太子？”赵姨娘问道。“是不是那金国公长得不十分清秀？”“那金国公个头还没她高，人也一副病容。”“这就奇怪了。”赵姨娘不解道，“论贵是太子，论亲是辽王，那金国公又是怎么一回事？”“那太子闹着要玩火枪，那娘娘让芬丫头给他做个示范，结果把自己吓得尿了裤子，辽王爷吓得喘不过气来，倒是那金国公反倒神情镇定自若。辽王和太子来了之后只知道游山玩水，而那位殿下却一个劲地向老祖宗打听这次平叛的事。”羊脂道：“真是好样的。”“那后来呢？”赵姨娘问道。“太子换好了衣服，娘娘便要走人，辽王也不敢说个不字，倒是金国公说哪有不让辽王与自家人见一面的道理。就这样吴皇后带着太子先回了宫。要不是这样，咱府上的爷们儿还见不了辽王的面呢！”“真是好样的，其他的皇子都封的是王，他怎么才弄了个公？”羊脂问道。“听老太太说，好像是这位殿下的母亲顶撞了皇上，他出生后不久，那位娘娘便被赐死了……先放过我，以后再聊。”说着湘云便走了。

听完这一段话，那羊脂竟给赵姨娘跪了下来。“脂丫头，好端端的你这是干什么？”

“婶娘，只求你让北边的狼主干什么都好，就是不要和朝廷讲和。”“丫头你这是说的什么话？”赵姨娘也觉得这个脂丫头不懂事得很，怎么能讲出这种话。“只要北边的那房大奶奶回来，我便没有好日子过，我本来便是苦人家的女孩子，苦一点没什么关系，可是我的孩子到那时可真没有出头之日。像那金国公不也是皇上家的孩子，可又能顶什么？连咱们府里的人都笑话他寒酸！”

赵姨娘听得也很不自在，哄了她几句，便回去了。只见王夫人带着辽王赏的首饰，心中就更是不快，心里想道：“就算是辽王将来做了皇帝，也是王夫人的外孙，哪有我和环儿半点儿好。虽说是那三丫头不义，我做娘的却不能不仁。祝愿你在北国能够兴旺，最好把中原的花花江山也一并给夺过来，也好给为娘出这一口恶气。哎呀。”赵姨娘叫道：“这天气怎么这么凉，这才几月份。”

北风呼啸而过，在夜里则更是犹如狼嚎，让人不得安眠。

第五章

浩劫将至

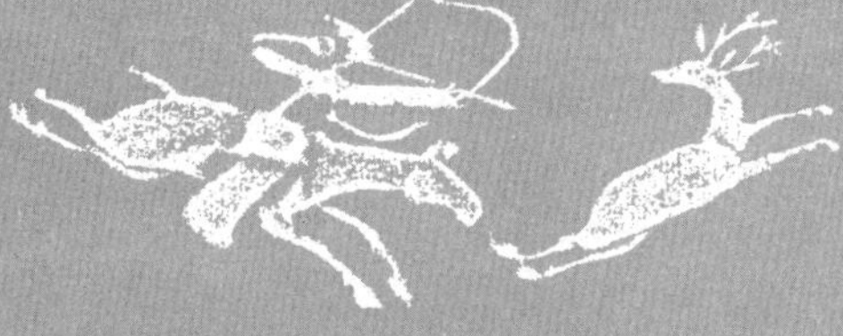

冰火两重天

此时叉叶的都城塔林早已是冰雪世界。可在这个铸炼室却犹如地狱般的炙热，一群汉子们脱得一丝不挂地在干活，其中一个干得更是格外卖力，依稀可以看出他刚剃完浑身的体毛。

“小伙子歇一歇，这么卖力，拿的也不过那几个铜子，值得吗？”老铸工说道。“天子马上就南征，能不卖力吗？”“你说的好像有点道理，听说宫里面七天才开一次荤，而且开荤吃的还是最便宜的鱼。”“我不信这一套。”一个满脸是疤的锤工说道，“自古以来饥荒饿不着帝王家。”“你小声点别让密探听见。”“都是老相识，除了厄尔金洗是新来的，但却最可靠不过，你说是吧兄弟？”说着一拳捶在厄尔金洗的胸口。“伙计们赶快加把劲，快把这门大炮造好。”工头吼道，“女工中新来一个鞑靼女人，不是一般的漂亮，除了烂鱼头之外，我看着都是没媳妇的，都快加把劲。”

“我们这么多兄弟，就算是南边的皇后来了又怎能消受得了。”一群人一阵子淫荡的欢笑。“滚去吧！老子又不是开窑子的，见了面小心点，今天是那女人给你们盛饭当心吃不上肉。”“只能看不能摸没意思。”疤面人道。“吹了灯都一样。”厄尔金洗道。

到了开饭的时候了，雇来缝制的女工们，为这些个汉子们盛饭。工头确实没有哄人，确有一个高挑身材、鸭蛋脸面、俊眼修眉、削肩细腰的女子在那里为众人盛饭。

“亚俄芜，想不到会是你。”厄尔金洗对那女子道。“厄尔金洗他是你浑家！”疤面人讲道。“对，真没想到。”那厄尔金洗讲道。“厄尔金洗家的，劝你男人手脚省一些，他挣钱还不够他自己花的呢！也再劝劝他以后干活别那么卖力，反正一天也就挣那么几个铜板。”谁知那女人却说：“如今天子为南征大业废寝忘食，我等臣民蒙天子厚恩得安居乐业。这铸炮的行当乃是国家的要务，又怎能……”“好了，好了。”那疤面人道，“你这婆娘怎么说话跟官太太似的？你们鞑靼人难道说话都是这个德行？”“我不是鞑靼人，我是汉人。”“那你就更不应该了，等你男人和我们铸好了大炮，打死的是你的亲娘老子吧？”那女子顿时羞红了脸，顿了顿说道：“我既嫁到了叉叶，这里便是……”

“陛下！”忽然提南家的公子，叉叶国主的亡妻的弟弟绍雷有事来报。“什么事？”吓得那一众铸炮的工人不知如何是好。那疤面人看了看那君王，又看了看探春道：“主上，娘娘，我这人说话……”那君王道：“叫义忠亲王的孙子等着，朕今天有事。”

他令探春继续为铸炮工人盛饭，并让绍雷开了御酒倒给众人，那疤脸人不敢吃也不敢喝，但君王却依旧为他夹菜敬酒，并说：“眼下国库困难怠慢了各位，等他日得了汉家天下定加倍酬谢。”

樱花

义忠亲王一脉的党羽已在子午殿外等了许久，可听到的却是这个消息。“这鸟国是怎么一回事？把堂堂中原的正牌皇孙晒在一边，却跟一群下九流的苦力一起吃吃喝喝。你们说说这是哪国的理？”镇国公长房后人牛威年少气盛愤愤说道：“兄弟咱带着少王爷反出这鸟国到别处借兵去。”“牛贤弟息怒。”那飘影客劝道，“既然有求于人，就免不了要低声下气些，况且……”“况且这一国强盛异常，非古来戎狄所能同日而语。”他师弟横刀三郎道。“师弟！”“师兄你在叉叶的时间比我长，这叉叶国人的虎狼心肠，你也比我更清楚。你们这样一意孤行下去，根本就不是在做哭秦庭的申包胥，而是在做断送汉家山河的石敬瑭。不只是中原，连扶桑、爪哇之民，到那时也要受其荼毒。这桩买卖师兄你万万做不得。”“这是我中土的事，师弟你最好不要管。”“国丈大人到。”

趁众人都去迎那国丈，横刀三郎居然剖腹自尽了。“师弟你这是何苦呢？”“师兄……为天下苍生，听……我一句，万万不能……引狼……”“将军不必忧伤。”叛逃到叉叶的贾雨村道。“你堂堂理国公的嫡派玄孙，何苦为一个扶桑的蛮夷伤神？”那飘影客狠狠地打了贾雨村两个嘴巴，说道：“你说扶桑是蛮夷，可礼乐文字与中原相似。而你叉叶父子重名，男女同席又是怎么一回事？”

那国丈冷笑道：“湘豪你还是太年轻，只看其表不看其里。雨村你先下去，好生厚葬这位扶桑武士。”

那国丈又交代给他们一些事情便走了。“他也是先太子的旧臣，竟然帮着胡人处处节制我等。”飘影客愤愤不平道，“可真是人心险于山川。”“他宇文家本来就是伪朝的降将，卖主求荣可是祖传的本领。”牛威言道。“可他现在做这边的国丈，风光得很。”“等着瞧吧，我姓牛的就不信他能有什么好下场。”“先让我师弟入土为安吧！”

横刀三郎入土的时候，与他同行的扶桑人却一个也没有来。“这些扶桑人是怎么回事？”牛威问道。“等着趁火打劫，拿中原发横财，哪有心思给他送行。”“兄长在扶桑那么多年可真不容易！别看那些扶桑人一个个衣冠楚楚，但却都禽兽不如。”“看来那宇文老贼的话确实有道理得很，但愿将来的事不要被我师弟言中。”

飘影客寄居扶桑多年，当年也没少受当地土人的欺凌，幸得横刀家父子的照顾，可如今……只有北国田野里不知名的野花与英灵相伴，寒风吹起那落花樱，凄美音乐，诉说着古今的往事……

阴云密布

羊脂虽然不像赵姨娘那样不受人待见，但湘云却也不怎么喜欢这个姿色出众的美人，因为她除了姿色还是姿色，没有一点别的东西。可偏这一回羊脂向她主动招手，便不由自主地跟去了。

“脂妹妹，你今天怎么不去赵姨娘奶奶那里了？”“我说史大姑娘，我哪有脂丫头那么白，你再看仔细些。”眼前的这个人身段虽说与羊脂相似，但却总是要差一些，脸盘也显得不及某人精致，皮肤也微微发黑，跟另一位白如羊脂娇美如玉的肤色截然不同，只是那一双眼睛机灵的紧，却是那羊脂万万不及的。

“姐姐是你！”梦境中的云丫头过度兴奋，“你终于肯来府里住了，只要和软些老太太便……”“丫头你还有工夫去管闲事，别人都要为你急死，舍命地从那边赶来给你报信，你倒好跟没事人似的在这里享清福。”“姐姐这是……”“原来那呆子房里的那几个狐狸精都哪去了？”

这话让湘云有些个不自在，听人说抄家那会儿，宝姐姐一狠心便把袭人和麝月卖了，换了些银子开起了杂货店，一想到这湘云便有些个心寒。“真要到了那个时候就是你那本家的姑奶奶也救不了你，趁现在赶快到南边去躲躲，那个什么姐姐你要千万小心。她谈不上坏，可确实不是什么有良心的好人。”“那可怜的花袭人，本守着爱哥哥，到头来却跟了一个戏子，虽说后来日子过得也可以，谁知不知从哪来了一伙强盗害死了那戏子，到现在那袭人也不知是死是活。”“都火烧眉毛了，你还有心思管别人的死活。”“可她到底当年服侍了我一场。见她受苦，我实在是……”“得了吧！哪用得着你操心，她现在可是好得很。”

这话不错，花袭人现在确实好得很！

花袭人好得很，而且还不是一般的好。这时的她仿佛意识到自己才应该是真正的主子，而宝玉那呆子反倒……当年她爷爷义忠亲王为争夺皇位，打发宇文定泰（贾珊的舅舅，北朝人口中的文提南，即提南英恶）去请第二代荣国公贾代善相助，谁知却只换来了一句话："主家之事，家奴焉得问之？"

当义忠亲王府被人灭门，只有老王爷庶出的两个小女儿，和一个孙子在一干忠义之士的保护之下得以侥幸生还。

那两个不同母的小女儿便是袭人和她所谓的两姨姐妹水丹灵，至于那孙子便是所谓的哥哥，应该叫水自芳的花自芳。自芳在义忠亲王府的旧臣及其子女的帮助下拉起了复国大旗，要向水洪、水无忌父子讨还本该属于他的中原山河。一时间气概豪迈，便觉得对自己多有照顾的戏子妹夫（应该是姑夫）碍眼，便叫飘影客领着那一帮扶桑来的师兄弟把这事处理了。

现今觉得万事大吉，被叉叶方面安置在贾珊过去做都检点的旧宅子里，跟比他分别小两岁和三岁的姑姑们商量他的复国大计。"哥哥这么做合适吗？"虽然身份早已明了，但是水丹灵还是习惯这样称呼，"哪有自家兄弟打架，请外人帮忙的理，何况请神容易送神难，来了便不会走。那水无忌自上台以来，便琢磨着如何削减勋臣旧族的产业权势，以致朝中多有怨言，贤侄你从中运作未必不能成事，何苦干这引狼入室的勾当！到那时祖宗在九泉之下，恐怕也不得安宁。"

"你这丫头我看纯粹是读书给读傻了。"花袭人不以为然地反驳道，"天下早已不是咱家的了，管他请来的是神是鬼，反正能让咱过上像样日子就行。不用咱请人家会自己来，这样做说明人家看得起咱。想不到你还说出这种话，真是给脸不要脸。""咱们到底谁不要脸？"这对姐妹眼看就要动武……

"好啦，都不要吵了。"自芳劝解道，"还没和水无忌斗法，咱们自己人怎么就先动起手来。你们先别急，这借兵的事再和外臣商量商量。"

可事情早已铁定，水自芳忙收拾好行装出去相迎，刚一出门便不由得后退了一射之地。一辆九匹烈马拉的雪银骷髅车停在门外，那马车银光闪烁透出一阵阵凶邪的肃杀之气，吓得那水自芳有些个退缩，一旁的飘影客劝解道："主上，莫要惊慌，这宇文定泰固然在这边成了国丈，但毕竟是先太子的旧臣，不敢把您怎么样。""我家太尉奉天子口诏亲自来迎水公子。"特烈西在马上喊道。飘影客不由得惊出了一身的冷汗，原来这叉叶有文提南和武提南之分，所谓文提南便是原来义忠亲王的旧臣，贾珊的舅舅宇文定泰，因入赘提南家故改名提南英恶，自女婿上位之后便官至宰相；而武提南则是宇文定泰的妻兄提南结实，现官拜太尉。此人难打交道，水自芳看提南结实目光凶狠，面目不善，便有些个想打退堂鼓……

“主上别怕，臣随您同去。”飘影客道，“您是堂堂的帝室贵胄，何惧番邦之君？”他想与自芳同去，却被楚尔和南可士零人魏波夫挡住。“陛下只请了水公子一个人。”特烈西道。

“哥，要是连你都没了我可怎么过啊，本来还有他唱戏能过过日子，可现在……”袭人啼哭道。“得了，你别在这丢人现眼。”自芳觉得很没面子，训这位叫了妹妹的姑姑。

“既然人家是好意咱们别给脸不要脸。姐，这话可是你说的。”水丹灵对袭人讲道。她见自芳依旧畏缩不前，便说道：“我与你同去。”但楚尔和魏波夫依旧拦着去路。“我乃义忠亲王之女，就是你家主子也得管我叫声姨妈。”便只身同自芳一道去了。

“亚俄羌。”那君王对探春说道，“朕要去见位贵客，那义忠亲王的孙子，你替朕照料一下。”等那君王走后，探春问特烈西道：“什么人比义忠亲王的后人还要值钱？”“是亚他细实的那个讨血乞丐。”“就是那是个沿街乞讨不要银钱，只要你割破手指给他血的怪人。”“一点不错，娘娘真是好记性。”

“混账！”楚尔大骂道，“你把我家陛下当成了什么，竟敢这样同他讲话……”这个亚他细实来的讨血乞丐，确实不识抬举得很，他拿着这个小瓶满塔林城地乞讨问人要血，没人搭理。

那叉叶的宰相，太尉也就是所谓的文武提南派人去请也不做答复。如今被叉叶国主请到了正厅，居然光着脚躺在地上喝茶……

楚尔见此人如此傲慢，挥手便要打，却被那君王给制住了。再看那叉叶国主竟然也脱了鞋袜躺在地上，往自己的嘴里倒可士零的酸酒。

那个亚他细实人见此情况便只得站了起来，说道：“难道你接待汉家王子时也是这个样子？”“那南朝小王爷怎能跟阁下相比。”现在的提南英恶，当年的宇文定秦说道，“我家陛下只是让人在偏殿招呼他一下，而您现在站着的才是这靖霄宫的正殿。”

这个亚他细实的哲士一时间不知该如何是好。等那君王喝完了酸酒便也站了起来，拍着他的肩膀道：“这是应该的，那个人怎么能与你相比。”

义忠亲王的孙子，竟然不如一个亚他细实的乞丐。探春在偏殿劈头便质问道：“看来，水洪、水无忌父子的江山真是白给的，上万口子禁军，满城地撒网竟还会有漏网之鱼，你要晓得在我国冒充王世子，可是五马分尸的重罪。”吓得那水自芳满头大汗道：“当年我父王与花姓侍女……”原来当年废太子义忠亲王的长子与父亲喜欢的花姓侍女私通将他生下，从小便在别处寄养。

后来这个侍女又被义忠亲王宠幸生下比他小两岁的姑姑兼妹妹袭人，再后来义忠亲王又与侧妃孙氏（孙绍祖的姐姐）生下水丹灵。

“住口。”水丹灵打断了这个比她大三岁的侄子，接着便对探春说道，“你家狼主既然认为我们是骗子，何必千里迢迢地把我们从中原请到这里。论理是亲戚，我实在不想说出难听的来。”探春并不甘心，依旧想要发难……

“亚俄芜不要难为远客。”太后发话了，探春便也只得打住。“请问您可是傅子云姐姐？”原来这位太后，本是义忠亲王的养女，汉姓傅，名子云，系故元之后，为后元汗的胞妹。

傅太后笑道：“也难为你这丫头，初次见面辈分却一点也不乱。”说着，便对这姑侄俩好生地安抚。出了靖宵宫水自芳便长出一口气道：“真是吓死我了。”“你可真没用。”水丹灵极不高兴道，“真李逵竟被李鬼给吓住好没出息。与其这样何必与那水无忌争天下，还不如回去卖茶叶呢！”

这本该去卖茶叶的水自芳，于次日在飘影客、牛威等一干人的陪同下，去子午大殿拜见叉叶国主。这一回礼数上却是周到得很，用九宾之礼相迎，甚是礼遇。

此刻本是正午时分，可太阳的万丈光芒照到这子午大殿之内，反显得迷蒙和邪异。这殿里并没有窗，有的却是一众如漫天星辰，又似活人的眼，那大大小小的琉璃孔，天间的光明正是从这里进来变了形也走了样。

正是叉叶人常说的那句老话：“目若星辰天子堂，雪银骷髅宰相家。”再看那君王赤目睁展，宛若闪电，如正午之日叫人不敢正视。

自芳此时可谓是心惊胆战，但也只得硬着头皮把戏演了下去。或许今生今世，他真的入错了行，这出戏演得竟然比他那戏子妹夫蒋玉函唱得还好。他历数水洪、水无忌父子昏庸无道，残害手足的一条条一桩桩神人公愤的罪行，只等着大叉叶的君王发仁义之师救中土生灵于水深火热之中。

这一套精心准备的言辞入情入理，听得众人无不泪湿衣衫，可那君王却只是说道：“朕不忍中原百姓受苦，可又恐天下人说朕贪图南朝的江山，何况朕与那水无忌乃是亲戚，实不忍加罪，不如这样，朕修书一封与那水无忌，让他善待中原百姓，也分一些疆界与足下，如此一来贵国百姓免于战乱之苦，宗室也免于手足相残之痛。”

这戏演得过于逼真，一时间那水自芳竟信以为真，吓得满头大汗，不知如何是好。忽然只听见一声女人的叫：“陛下，请千万救中原生灵于水火。”正是夫人探春。“夫人，此事容朕三思。”“陛下若不从命，妾身愿以死相谏。”

不只是探春，一众文武皆是如此，就这样那君王才极不情愿地顺天意，下诏举国为作古多年的义忠亲王发丧戴孝。

同床异梦这句老话，今天应该反着来，被故去的多姑娘从梦中惊醒的湘云和贾珊撞在了一起，更是吓出来一身冷汗。

“珊哥哥，怎么会有这种事，咱们俩在梦里说的话竟然……都对上了来。”“云丫头，真想不到，这回竟会是异床同梦，看来芙蓉真的是……”说着这位国公爷一时语塞说不出话来。

“爷，我这姐姐也真是的！跟你们都托了梦，反把我这亲妹妹撇在一边。”羊脂在一旁插嘴。“这说明你是有福的人，不用她担心。”贾珊笑着说道。“爷，她都跟你们说了些什么？有没有提到我？”“她跟我说要一心报国，叫云丫头赶紧和宝玉到南边去，你嘛，她说好得很，用不着着急。”说着便哄了她几句，羊脂自己回房里睡了。

“羊芙蓉姐姐的这个妹子，可惜白长了个好模样，肚子里竟没有一点点见识。”湘云的话不错，昨天羊脂换了套行头（穿的是秦可卿的衣服）竟把老祖宗惊呆了，黛玉气得回家后搜了好几套衣服，结果招来婆婆甄贾氏的一顿臭骂。宝姐姐那天回到房里也没怎么吃东西，也没怎么说话便睡去了。这时众人才明白，羊脂的姿色可以说远在大观园的群芳之上，只是平时的艳俗打扮，实在给自己掉价。

“真是可惜了那一身的好皮囊。”湘云不由得叹道。贾珊表情凝重，不由想起从北国出逃的情景，便吟诗一首：

一夜北风紧，晨霜沾我衣。

千里走单骑，踏雪下中原。

“怎么跟凤姐姐那年的开头一模一样？”史湘云好生奇怪。更奇怪的是他为什么非要用个“下”字。

“云丫头，你怎么了？”“珊哥哥，我在担心胡人会不会……”“你看这里都结了霜，那边恐怕早已是大雪封路，这事至少还能拖上半年，还有时间周转。”

“事情至少能拖上半年。”荣国公贾珊是这样想的，可是有的人别说是半年，你就是朝夕间也觉得光阴太长。“陛下，那贾珊在军中安插亲信。”吴皇后言道，“伪宫中藏宝最少估价白银也不下千万两，可他上交国库的却不足十万。前日臣妾与三位皇儿上他家中，见其府邸豪奢异常，竟在宫廷之上。不早除之必为后患。”“爱妃此言甚是，朕亦早有此意。只是朕欲留着他，制衡王子腾，此人老谋深算在朝中根基又深，为祸远在贾珊之上，实为朕之心腹大患。”“陛下此言差矣，那王子腾大半个身子已在土里，三五年后便要进棺材。而那贾珊正值盛年，四世将门，门生故吏遍布朝野，若是今日不除，他日一旦成了气候，恐悔之晚矣。”水无忌闭目沉思良久后说道：“可惜朝中无人熟识北番的事务，不然朕早就……”“陛下，自古常有戎狄为患边地，皆不过皮表之患，而这乱臣贼子才是真正心腹之患。”

次日，水无忌散朝之后与林如意、吴天佑商议如何除去贾珊。“陛下，此事万万不可。”林如意劝阻道，“叉叶狼子野心，据悉其主近来寻得厉太子义忠亲王余脉，欲借此祸乱中原。临阵换将，此乃兵家大忌也。”吴天佑还欲尽他的肺腑之言，可是那水无忌一听到义忠亲王的后人就不自在得很，忙说道：“快招荣国公贾珊入宫商量大事。”

于是便打发以前元春宫里的太监小桐子去请那位刚才还欲除之后快的乱臣贼子。这贾珊搂着羊脂吃好了鹿肉，喝完了佛朗斯牙进贡的葡萄酒，才慢悠悠地去进宫面圣。

贾珊一进宫便说有紧急军情来报：“陛下，这是臣查抄贾化（即贾雨村）旧宅时找到的！”“什么，这个奴才，朕……朕……”“陛下，此人其实几年前就找到了厉太子的余孽，只是心怀异志，当作奇货卖与叉叶人。”“朕要灭他九族！北边之事还要倚重爱卿。”“攻战之利器莫过于火器，臣新近调教军士习练西洋枪炮，望陛下查阅。”

那水无忌自幼长在深宫之中，哪里见过这个，看得是心惊胆战耳朵直疼，心里寻思道：“贾珊这人确实才干非凡，只要将来胡人服软，送还厉太子的余孽，朕定要灭他的九族。”可眼下不行，还用得着他，于是不得不满脸堆笑道：“我军声威如此，何愁叉叶不灭。”谁知这贾珊竟叹道：“在臣回来的那一年，胡人仅在索伦一省就有开花火炮八百九十一门，红衣大炮五百六十四门。而我京师三大营，总共也只有一千来门大炮能派上用场，且多为用土法铸造的旧炮，大战之际恐不堪用！”“朕不是让王子腾前段时间弄了一批西洋火炮回来吗？”“王太尉弄回来的东西是真东西，可惜适用于海战，不适用于陆地上野战杀伤，落到胡人手中反而有助于其破坏我方的城墙。”“朕这该如何是好？”

那水无忌吓得浑身直冒冷汗，站也站不稳，要由旁边的太监搀扶，见贾珊不答话，过了好半天才从牙缝里挤出话来：“爱卿有何良策？”“陛下，眼下北国大雪封路，道路艰险，我朝还有半年时间可以从容准备。”

水无忌回宫后耳朵直疼。“吵死人了！混蛋！都给朕停下！”一杯热参汤泼在了太监的脸上。“陛下饶命！”“拉出去给朕斩了！”“陛下饶命！”吴皇后一个巴掌打在了那个太监的脸上，并说道：“还不快谢陛下网开一面，否则定诛你九族。”

在这位国母娘娘的威逼下，那太监含着热泪，一步一回头地下拜谢恩领死而去。“别磕这么响，朕的耳朵！”“依臣妾之见，那贾珊是有意为之……”“王八蛋！等收拾完胡人，朕定要灭他的九族！”“妾身听说这家伙从北边带回一个闺女来。”“不错，听说眼睛还会变色。”“依臣妾之见不如这样……”“好，真好！爱妃不愧为女中诸葛。”

这段时间贾珊忙着操练兵马，置买兵器，久不回家。本以为芬丫头要闹翻天，谁知却懂事得很，只是贾母的侄孙女，史湘云的叔伯妹子史湘兰……

这丫头自以为是老祖宗为贾珊选定的正房大梁，可是殷勤得很，先是为羊脂的儿子做衣服（为此孩子母亲很是感激，要找马道婆送她到阴间享福），锲而不舍一次又一次送贾芬礼物，换来了一次次颇有城府的微笑。

“呸！”可待那史湘兰走远，羊脂便往地上吐了一口唾沫，芬丫头的眼睛则霎时间一片血红。“爷！你快把人给想死了！”

一听到羊脂这肉麻的声音，鸳鸯便很不舒服，可偏偏又无可奈何。记得那一回多姑娘本家三七姊为了孩子上学的事，来找羊脂借当头，谁知这一找竟给羊脂找来了麻烦。

三七姊含着泪拿走了鸳鸯给的五两、羊脂给的十两银子，等她出了荣国府的后门，羊脂的麻烦就来了。“脂丫头，你现在好歹是半个主子，怎么跟奴才论起了亲戚？”“鸳鸯姐姐，我……”“你当这荣国府是你们流云寨，没一点点的王法……”“吵什么？到底是怎么一回事？”

“爷您来评评理，赖尚荣家的孩子上进，上学缺钱给些银钱也是应该的。可这脂丫头竟不分尊卑管那婆娘叫姊。上次也管羊猛那狗东西叫哥，惯的这些奴才越发大胆，这后院子的花草被他们偷工减料弄成个什么样子。”“这算个什么事儿，以后慢慢改就是了。”“爷！脂丫头那一回跑去为环哥上学的银子比宝玉短下二两找管事说理。可是她给赵姨奶奶二十来两银子去帮苗哥儿换奶妈子，至今也没个音信，那回她又拿五两银子让环三爷给苗哥儿请玉佛，结果就请来了一个市面儿上只卖两三百钱又没开过光的……”“好了，这脂丫头就因为呆呆笨笨的才可爱。”

“脂丫头就因为呆呆笨笨的才可爱！”一想到这句话，金鸳鸯就气不打一处来。羊脂这婆娘，为人虽说还可以，对伺候她的人也相当不坏，可是伺候她确实是一件极累人的苦差事。在宁荣二府里下三等的奴才吃起饭来也斯文得很，可是这个羊脂光吃饭的声音就让周围的大小丫鬟恶心得一两天都没有食欲。斗大的字不识一个，哪像她金鸳鸯跟主子们讲话从来都是引经据典。可就是这么个除了漂亮还是漂亮的活宝羊脂，却偏生得一副没人能比的好模样。说来可真是奇怪得很，也是生过孩子的人，平时吃的东西又荤又腻，跟宁荣二府清淡素雅的饮食风格恰成天壤之别，故而她赏到下面的饭菜无人敢吃，洗碗的小厮连声叫苦且好奇这位羊脂奶奶平时是不是不喝水只吃油！可就算这样，羊脂姨奶奶身段却一点都不走样。别说是她金鸳鸯，就是那宫里的吴娘娘，看来也比不过这个活宝……

“这样的一个人，竟俗得连根儿都烂掉了。”宝二爷这样评价羊脂，可问题就是这么个俗得连根儿都要烂掉的羊脂，却有着天地间再难寻得的一副绝好模样。

每回看到羊脂仗着自己的姿色狐媚子霸着贾珊的样子，金鸳鸯就心里很不是个滋味，不过这一回却露出了一丝幸灾乐祸的笑容，任这个美女在那使出浑身解数地搔首弄姿，可是贾珊的目光此刻却完全不在她的身上。

父亲一样的目光让贾芬极不舒服，她忙将眼睛弄回原来的模样。“芬丫头，你的眼睛一点也不像你的母亲，倒像是他。”沙流岛那血腥一幕顿时又浮现在贾珊脑海里。

不只是贾珊，当年在沙流岛一桩桩、一件件的往事也浮现在了其他当事人的脑海里……

“陛下，在沙流岛的时候我就知道，兰提实这小子有反骨。”楚尔激动地说道，“当时陛下烧两脚猪给大家吃，独这小子要滑把肉吐到袖子里。”“哼！”那君王道，“到最后还不是连骨头也要敲开，像狗一样舔得干净。”

活下来的都难逃干系，当年的事人人有份。“魔鬼！魔鬼！你们这些披着人皮的畜生，要神明降罪……”“娘们儿，送你男人出苦海也不谢谢我，你知道我是谁，敢这样跟我讲话？”“你这副尊容谁不知道，不就是小叶伽实那个白发魔王跟恶洛克婊子造下的野种。”

“楚尔，把这小子给我放到锅里去。”楚尔领命而去。“兰提实，不要往里面加水，填油去！这样熟得快。”“三太子，小妇人说话不知分寸，您大人不计小人过，只要您放过俺孩子，给您做什么都行。”“兰提实别磨磨蹭蹭的，做起事来，就该像个爷们儿。”他冲贾珊喊道：“干站在那干什么，还不快点火。”

刹那油锅鼎沸，那妇人吓得魂飞魄散，那对血红的眼珠子盯死了那妇人，心平气和地说道：“婊子你放心，我不杀你，你出去告诉外边的人我大叉叶的兵马对城中百姓何等仁义。”

“厄尔金洗！”贾珊对他怒吼道，“你这么干让大家都没了活路！”“逆龙氏让主上给我的这些兵马不是新兵就是降兵，本来就没什么胜算，不如把事情做绝。兰提实你试想一下，那些西云和高帽回的降兵在这里吃人肉啃婴儿，还有何面目回去见他们的教友、乡亲。有的便只剩下跟着我与他们的亲人血战到底。”

“你们当年是怎么脱的险？”探春问道。“娘娘……这。”楚尔有些不知道该如何回答。那君王却讲道：“楚尔讲实话！”“嗨，到底还是兰提实那小子……那小子一肚子的坏水，确实是……”

所谓沙流岛即是沙流域，乃是西元国的旧都，涨潮时为岛，退潮时为山，正是驻守两海之间的要冲。当年被叉叶方面占领，可不久之后西元便联合高帽回的兵马反攻，城中的叉叶人便陷入了层层包围之中。

“兰提实，你不是不吃两脚猪的肉吗？”自打与贾珊认识以来，楚尔便没给过他好脸色，这一回也不例外。“怎么这一回倒像条狗似的连根骨头也不放过。”“浑蛋！你什么意思？”“都给我住手，都是自己人，有什么过不去的！”三殿下讲道。“谁跟这元国猴子是自己人？”“楚尔你这是干什么？”“三殿下，那套大道理，您也别讲了！”楚尔不以为然地说道，“外边我都看过了。提南将军的兵马解围还得一段时间，想不到临死还要跟一个元国猴子做伴。”“兰提实，咱们到底还剩下多少粮草？”“回三殿下，还能支撑两天。”“两天后，不用外边的两脚猪拿刀砍咱们，就要……”楚尔讲道。“楚尔你说得不错，所以咱们一定要突围出去。兰提实你准备准备，明天咱们就……”“三殿下，何不趁现在？”“兰提实！”那楚尔大叫道，“现在马上就要涨潮，还没有冲到两脚猪的跟前，就要有一半的弟兄……”“不错，好样的兰提实，就按你说的来办。”“只是三殿下……”贾珊道，“前边骑的还好办，后边……”

“朕在最后一个步行压阵，谁走得慢了朕就给谁一刀，让他脱离苦海。当大潮填满了浅滩，朕刚好上了岸，现在想来真是惊险得很。”

“陛下。”忽然探春跪在了地上。“亚俄芜！”“眼下的情景同当年一样，陛下当火速出兵中原莫要延迟。”

“雨村啊！”“国丈大人。”贾雨村满脸堆笑地应道。“依你之见何时出兵为妙？”“回国丈大人的话，我看最好是半年之后。”“你看现在出兵如何？”“这个……”贾雨村支支吾吾说不出话来。“现在出兵可能是个上上策，但没有雄才大略，是下不了这个决心的！”

恶洛克人有一套奇异的占卜之术，看花草的走势来断凶吉。贾珊的发妻倪多芙也沉迷于此道，当年贾珊好不容易说服她与自己一块带着贾芬南归故国，却见那盆冰原兰微微北倾，花叶不全，便让贾珊带着女儿南归，自己一个人留了下来。

倒是这一套，正合宝玉的胃口，他近来请抱琴夫妇观看大观园花草的走势。“杏而过艳，傍日生威。风寒乍乍，俄紫夺朱，非是吉祥之兆，万般祸事，皆从北域而起。”抱琴将丈夫的话准确无误地翻译了过来。听得史湘云好生害怕，想到那日多姑娘托梦留下的警语不禁感到浑身发凉。

这一套冷子兴从来不信，但他却警醒地嗅到了那一股阴狠的激流，向贾珊劝诫道：“往年雪封道路艰险异常，却依然有胡商不畏艰险贩运钟表、首饰等物到中原，其所得也不过是多于平时三四成的利润而已，故而眼下虽说是大雪封路，北边之事还是小心为上。”

贾芬也仿佛感觉到了什么，忽然间眼睛变了色儿，虽然只是刹那间的事，可还是被贾珊发现了。“芬丫头你怎么了？”贾珊问道。“咱们在北边的旧宅子不知落到什么人的手里了。”她的话让贾珊不得不想到倪多芙。“芬儿，咱们在这边的房子比北边的要大得多。”“可那毕竟是咱们家的宅子。”

他们在叉叶的老宅，现在用来安置义忠亲王在世唯一的孙子水自芳一行人。“这一家可真是奇怪，家里边的东西都稀奇古怪的。”水丹灵对贾珊的旧宅很困惑。“听说原来住在这的那房奶奶小气得很，连饭都是自己做的。”袭人说道。

“这是什么声音，真是吵死人了。”袭人快要被这声音给吵死。“这曲子好生的英健，”水丹灵不由得赞叹道，“只可惜邪气太重。”她抛下袭人，上楼拉开窗帘，却只见那窗外边一片血红……

“这是怎么回事？怎么这塔林城里家家都办起了喜事？”水丹灵很是疑惑，可士零的枭笛吹出了那极为尖刻的声音，配合着恶洛克传来的十九弦琴，让少壮之人无不热血澎湃。

塔林城里遍街披红，一片血一般的猩红。直到这时水丹灵才意识到，过去飘影客曾跟她讲过，按叉叶人的习俗，若善终则披黑，若是冤屈而死则戴红。

“这是在举国为我父王发丧。”水丹灵见此情景便不由心中一热，很是激动。“姐、自芳，你们快去准备准备。”她忙招呼袭人和自芳，按照叉叶人的习惯换上了猩红的孝服。

望着眼前血海般的一片猩红，水丹灵好生激动，虽说是在引狼入室，但毕竟是父母亲的大仇得报。水洪、水无忌这对奸贼不日便要被淹没在这一片血海汪洋之中。

果不出丹灵所料，片刻自芳等人便换上了一套行头，在校兵场等候着叉叶的君臣。一队队的兵丁开进校场，似喷流的血水，似海涛，似江潮般地涌来。

丹灵的养兄牛威见此情景，恨不得此刻跨上战马，腾云驾雾般地杀向中原。“哥哥，你是在想金哥姐吧！”“当年既然渭河的浑水不收我这个人，今天……”他激动得说不出话来，但一身的杀气吓得水丹灵直往后退。

此时太阳从海面上冉冉升起，晨光映在海面上，天地间猩红一片，正如同那君王的眼睛，仿佛两团烈火，似乎要吞噬天地间的一切生灵。

“这帮红眼儿鞑子，真是出奇地烦人，非不等开春，偏闹着现在就要出兵。真真冻死个人。”“自芳你有点出息行吗！”水丹灵训斥道，“哪里有房子着火，救火的人不怕死，房主反倒嫌辛苦的道理？”“人家想夺水无忌的江山，把咱请过来只是为图个名分罢了。”“你说的这一套我早就明白，只是老人留下的这些忠臣义士不惜身家性命，来保你的江山，你就得拿出个样子来。”

那君王在塔楼之上，眺望着一片血红的海洋。探春怕他着凉，忙拿出一套皮袄给他披上。“亚俄芜，你怎么知道拿逆龙氏来激朕？”“陛下……”可直到今日探春依旧不敢正视这一对犹如烈日般血红色的眼睛。

她不敢隐瞒什么只得和盘托出道：“回陛下，只因妾身乃是庶出。”“噢，荣国府的哪一位侧夫人是你的母亲？”“是政老爷身边的赵姨娘。”“可比朕强得多，好歹还有名有姓，朕的母亲只不过是恶洛克制炮匠人的女儿……”

说着那君王的脸色变得异常的凝重，让探春一时间是心惊肉跳。他拍着探春的肩道：“亚俄芜！还是你称朕的心。那丫头同朕一胎所出，着实地让人寒心，记得小的时候，我们住在古坟场一带，为了能让她吃到鲜鱼，朕扒开棺材砍下死人的手指头，用金戒指去换……”“陛下待人甚是厚道，可是人家都……”

他领悟到探春的醋意，便说道：“你看姨妈和表哥在那里干吗，咱们过去看看。”

水丹灵正在和自芳争吵，却只见一对男女，骑在高头大马上飞一般地过来，那女子身段娇美，骑在烈马上又焕发出了那么几分英气。

让义忠亲王的一干勋戚旧臣不由想起，太祖皇帝入关之前，连随军的女眷都能够上马骑射。似乎那一辈祖奶奶的血腥，又在这一辈重孙女的身上再次复苏……当年羊显玗因被翡翠文淑羞辱，又见贾演、贾源兄弟因醉酒而熟睡，便起了杀心。“羊鞋儿，你来得正好，把二爷的那张弓拿来。”羊显玗领命而去，那太祖皇帝的堂侄女水氏，竟将从地上看只有芝麻大小的雀儿从空中射下。羊显玗顿时便惊出一身冷汗。“羊鞋儿。”“二奶奶。”“你今后最好老实点儿，半睡的虎也胜过一只小猫，你心里想什么我是知道的，赶快回去不要白白送死，眼前的事我就当是不知道。”事后水氏不由害怕，当时宁荣二公早已是醉死过去，论功夫她也不是羊显玗的对手，可还是……

先代人的血腥复苏在重孙女贾探春的身上，她这一身的打扮仿佛是一位仙娥自九天而降，但在另一个人的面前也只不过是一只倚云的红杏，终盖不过太阳的光彩。

水丹灵此前有幸目睹，那水无忌从北边出巡排驾归来，水无忌那镀金铠甲好生的华贵。而这君王身上的甲胄看来也甚是寻常，只不过偶尔微微闪烁着银光，但那一身的英气却是水无忌所不能同日而语的。“好一个奇男子。”“好一个伟大夫。”水氏姑侄不由得赞叹道。

见到这一对夫妇自芳惊得说不出话来，倒是那水丹灵嘴快：“贤君王、君夫人，我姑侄有礼了。”“那一位怎么没有来？”探春问道。

那一位显然是指袭人。这一位被众人认为是明显上不了台面所以就没让她来，何况她是服侍过探春的丫鬟，当然是不会来的。

水丹灵言道：“蒙贤君王深恩大德，为我水氏清理门户。她一时喜极而泣，行为言语不能自己故不得来。”那君王只言道：“让朕来此祭拜外祖父。”

这一手叫水丹灵暗自吃惊。按她的理来讲，这一位应该叫她姨，因为那君王嫡母傅太后是她父亲的养女，可没有料到此人竟借此成了义忠亲王的外孙子，理论起来中原山河也是有份……

当天那君王便率领点集来的兵马出了塔林城。自芳虽然留恋塔林城里的安逸生活，可还是不得不跟叉叶的君王踏上了南伐中原的征程。

“牛贤弟，你看这叉叶的兵马如何？”飘影客问道。“这些兵士目光凶狠、性格寂静像是常年征战的老兵，而水无忌手下的兵丁全都是些个样子货，平时维持地面还算是勉强，要是真打起来，可真招架不了这帮虎狼之徒，十来个也顶不了人家一个。”“这支兵马训练有素，凶狠好斗，可惜不是仁义之师，看来中原又要受苦了。”

飘影客的这番话触动了两个人共同的心结。飘影客寄居扶桑多年，以至于中土的言语都有些个不利落，但还是心系中原……至于他牛威则隐含着一家祖孙三代人的辛酸与泪水。他的祖父牛玄随贾代化征讨苗蛮，因临阵脱逃就获罪，幸得当时的太子，后来的义忠亲王说情才逃过一劫。为此他的父亲便收留了义忠亲王的孤女水丹灵，牛家一直为此是夹着尾巴做人，可是偏偏树欲静而风不止，他和那张金哥多好的一对妙人儿，竟被那琏二奶奶王熙凤的一句话给……他去投河殉情，可渭河的浑水却不收他牛威这个人。

如今终于有了用武之地，得以施展拳脚干一场。可终究是引狼入室，那横刀三郎的英灵时不时浮现在眼前，真怕步那皇帝石敬瑭的后尘，天地冰封道路艰险却不得不跟着大队人马踏上了南伐中原的征程。

自林如意拜相以来，一些陈年旧案被放出来。其中的云光案让荣国府是脸面扫地。贾琏责备贾琏道：“老二！那牛守备到底哪里得罪了你？你硬是要拆散人家小两口，现在倒好，托你的福，云都督一家人都让那牛老三灭了门。”“哥！这事我是真不清楚。”“你还狡辩！”

他真没狡辩，这事贾琏完全不知情，这其实全是……

“不要杀我，不要杀我，我真不知内情，这全是那静虚老尼捣的鬼。”她连声呼救，吵得别人都睡不好觉。这段时间里凤姐每到夜里便害怕得要死，叫来姐姐王熙鸾和另一位来陪她。“平儿怎么连你也要害我？我只是恨你背着我跟那冤家……写那些信只是要吓唬吓唬你，让你今后对巧姐儿好点，没想到你……平儿不要害我，不要害我。”

“二小姐，我怎么会害你？”“我不是在说你，我是在说……”此萍儿非彼平儿，这位被休回娘家的琏二奶奶，因过去结下的仇人太多，于是想让流落中原的帝波安王子尤龙坎做她保镖。可毕竟是男女有别，贴身之处难以兼顾。

所幸那尤龙坎有个妹子，武艺精湛，气力超群，正好可以担此重任。这是一个身形匀整、五官精致的美人，那血红色的双眼，同她哥哥一样天生的白发，更平添了几分冷艳。

因凤姐记不住她的名和姓，又因她哥哥的名字是尤字开头，所以便为她起了一个叫尤萍的汉名。“凤丫头你既然醒了，那咱就出去走走。”熙鸾讲道。“姐，我实在没有力气，还是再睡一会儿吧。”可熙鸾依旧不依不饶道：“越睡越没精神，走走就好，省得再在梦里撞见鬼。”

经过这段时间的调养，凤姐的精神头依旧不是很好，她嫌其他的丫鬟烦人，且没有用处，便只叫尤萍一个人跟她们姐妹一起去散步。

这时从园中传来一阵笛声，这笛声优雅婉转，只是夹杂着凄凉而悲愤的情调。熙鸾知道这是尤龙坎的笛声。这尤龙坎是因劝诫父亲王子腾防备叉叶侵略未果，而心怀怨愤……

“或许，爹爹真应该听听这个人的话。”熙鸾是这样想的，于是乎向尤龙坎发问道：“难道我泱泱天朝的兵马，就全是纸糊的吗？”那尤龙坎笑道：“这就是你汉家的兵马。”说着手指着大磐石，“而我的这把刀就是叉叶。”说着一道光环闪过，石头纹丝不动。“看来，你真是多虑了。”熙鸾娇笑道。

谁知那尤萍一脚踢断了巨石，那一半落入水中，激起一片浪花，吓坏了那水中的鱼虾。“萍儿，你怎么这么大的力气。”凤姐惊呼道。而尤萍则道：“二小姐，他已用刀将石头劈开。”“你们跟珊哥哥到底有什么过节？”熙鸾问道。“他就是那多毛怪物养的一条狗。”尤萍咬牙切齿地说道，“要没他，我们也不至于流落至此。”“丫头息怒，两位小姐，那兰提实确实是个将才，不过他现在和我一样是做不了主的人。”

新政危局

林如意上台以来一直同水无忌谋划着以赎买和治罪为手段来削减勋戚世家的封地和年俸，荣国府似乎也在其列……

贾珊便跟上姑舅兄弟甄宝玉来到林府去劝诫林如意。“中堂大人，这虽说确是治国安邦的良策，可眼下大战将即，此举搅得人心惶惶，只恐动摇国本。”“荣国公多虑了，正是因为大战将即，可眼下府库空虚，处处都是用钱的地方，故而此举势在必行。”

两人各执一词谁也说服不了谁。一出了林相府，尤龙坎在他背后的那手杰作，便叫他珊少爷不舒服得很。

可羊脂那婆娘偏没什么眼力见儿地撒娇道：“我的爷，怎么一去这么久，都快把人给想死了。”“死烂蹄子，到了府上这么久还是没有一点儿眼力见儿！”鸳鸯道，“没看出爷们儿正难受着吗？”“好了，就是……”“就是脂丫头笨笨的才可爱。”他的这番套话金鸳鸯早就学会了。

“爷，是不是背上的刀伤，要不要让……”羊脂的话还没有说完，贾珊便知道她要讲些什么。“脂丫头，怎么你姐姐像样的地方你不学，偏偏是不成气候的地方……不愧是羊芙蓉的妹子，身上一样的毛病。别像你姐姐似的都进了棺材也不知道是怎么一回事。”

这一气，竟将贾珊气出了荣国府，他骑上一匹白马便跑到了在花枝巷的旧房子，去怀念故去的多姑娘。正巧史湘云先行一步也到了那里。

在流云寨经过的那一段恩怨是非，此时正直上那当事人的心头。“芙蓉、犽娃子都招了，你怎么到现在还护着她？”“祖奶奶也是被扶桑人和贾雨村逼迫，身不由己。当年，那个后来被她赶出门庭的貂哥哥，在读书时感叹前朝的太后好不要脸，国破家亡做了妓女，还说做了婊子比当娘娘还痛快。”“这段典故我也知道。”“谁知道祖奶奶却跟他说,”说着多姑娘便学着那羊显玗苍老的声音说道,“笨娃子,你们几个动脑筋想想,亡国之人,生死任由别人摆布,说的又怎么会是真心话。”“爷!”她郑重其事地对贾珊道,“不管府里的人怎么着她,这其中又有多少难以言尽的苦衷。”

贾珊在苦闷之中似乎注意到了什么:“云丫头,你这是芙蓉的茄子……”“可惜不及……”“这么好的手艺失传了,这么好的人儿也不在了。云丫头,芙蓉既托梦给你让你到南方去,为何现在还不动身?”“珊哥哥,我来这一会儿,爱哥哥和宝姐姐那边不知要费多少口舌。回去得慢了,还要说我几句,奔南留北的事,我又怎能做得了主?”

这一番话让贾珊的心情更加凝重,看着多姑娘遗留下的物件,仿佛将千万种滋味一一尝过。不想云丫头竟然冒出了一句:“仇老二在北边还好吧?”

仇鸣镝是宇文顺德众外孙子女中唯一的庶出的公子。小时候因常到贾府故而与珊琏兄弟及赵若云、贾文忠交好。他和史湘云则是在官妓院认识的……

“云丫头你不一直躲着他吗?怎么今天想起来问他?”这一番话让湘云羞红了脸,过了好半天才说出话来:“毕竟他也是府上的亲戚。”

可不只是府上的亲戚那么简单,当年史家获罪抄家,史湘云做了妓,素不得志的仇鸣镝也是官妓院中的常客。

因是常来常往,两人便日久生情。因此行事便也没了分寸。“仇二哥,你来了。”自和他交往以来,云丫头咬舌的毛病一时间大为改观。

湘云正要让鸣镝看看她新作的曲子,谁知他竟迫不及待地想整那事。“公子,你今日这是为何?”史湘云正色道。可那仇公子却嬉皮笑脸道:“那帮老头子换了一拨又一拨,怎么我这亲哥哥反而……”

史湘云竟冲他吼道:“那些人是畜生,难道你仇鸣镝也是畜生吗?”“想不到连你这粉头也狗眼看人低。”说着他踢翻了桌子,冲了出去。三天后,他从家中偷了一箱银器出来想要给湘云赎身。不想云丫头竟然自己逃跑了,后来遇上了当时同为天涯沦落人的宝玉……

“珊哥哥,仇老二现在驻守在葫芦岛一带,万一北边动了刀枪,他恐怕……”“唼……”贾珊叹了口气,很无可奈何,水无忌害怕他成尾大不掉之势,故意把他的亲信仇鸣镝调到了关外,为此他很气恼,可又毫无办法。

“你们怎么来了?”鸳鸯和羊脂竟然一起来了。“爷,大老爷有事找您商量。”

“天命不足畏,祖宗不足法,人言不足恤,这个林如意也太无法无天了。”“他林家本来就不是跟太祖爷入关的，想法自然跟咱们这些人家不同。”

这些旧勋之族的老人四处串联也找到了贾赦。“珊儿，明日上朝你给那林如意一些颜色瞧瞧，让他以后少搞那些不着调的东西。”“可爹爹，这林中堂毕竟是咱府上的恩人。”“那也不能就这样任人欺负，把咱祖宗的老根都给刨了。”

北靖王太妃贾纹出于对继母鸠夫人的亏欠因而对宁国府一向是照顾有加。可贾蓉这侄孙子偏偏不让她省心，贾代化当年单手就能拖起的狼牙棒，这贾蓉竟双手也抬不起来。

“蓉儿你是怎么搞的，你不是做过龙禁卫吗！怎么还是这个德性？”“回太妃娘娘，侄孙刚刚从江南回来，饮食不得周全，故而体力大不如前。”“还敢狡辩，焦大耍给他看看。”

焦大虽早已远不及当年，但舞起这对狼牙棒来依旧虎虎生威。“焦大，蓉哥哥吃得好还是你吃得好。”“这一路上蓉哥儿有老婆丫鬟给他买小菜，我只是一路上啃馒头吃咸菜。”

贾蓉依然想要狡辩，气得他姑奶奶一个巴掌打了上来，骂道：“要是贾府的祖宗也是你这个德性，恐怕早让姓羊的给灭门了。”

羊家的女子虽然只是死去的多姑娘一人识字，可家中的男丁，不管再困难，羊奶奶也让他们识几个字。可怜当年羊狞为了抄录一部史记，不惜走上一百来里的山路，为四川的一个举人白白干了一天的活。

羊狞相貌不错，肚里又有些墨水，宝玉也喜欢同他谈话。可老祖宗却为此事很不高兴，对宝玉说道：“以后，你少搭理这几个姓羊的，虽说那老姨奶奶只是羊枭的妹子，不是羊枭的媳妇，可天下的事难说得很，我婆婆生前就对此不放心得很。”

太妃贾纹对贾蓉这个侄孙也同样不放心得很。“蓉小子！”“太妃娘娘，蓉儿该死。”“把焦大叫来逼你读书练武确实是难为了你。可没办法，现在是林如意和那个小脚女人（指吴皇后）当道。成天想着算计勋戚旧族的产业和恩养银，你将来不谋个差事，又怎么能将这宁国府立得起来？”

听了这话贾蓉不住地叫苦道：“我的娘娘，您让王爷去劝劝皇上，不能再这样瞎搞下去，弄得现在人心惶惶的，就这样下去天下非乱了不可。”

“何尝不是这个理儿。”贾纹叹道，“好在现在天下太平，并没有当年瓦剌单于和严龙那样的劲敌，否则……”

林如意的这套新政，得到了出身寒门的吴皇后、吴天佑父女的大力支持，但是却让勋戚旧族苦不堪言，甚至波及了一些宗室。一些旧族中的老人们开始怀念已故的义忠亲王……

“听说，太子爷有个孙子。”“是有这回事，好像老千岁的外孙子就是那北国的可汗，听说这回要出三十万大军助他姑舅兄弟复国。”这样的谣言在宫中广为流传。

“牛贤弟，听说中原很不安定。”牛威讲道：“正是如此，我等才有用武之地，到时候把咱少主爷的牌子一亮，就不愁招不到人马！”

英灵墙下

“难受死我了！这帮红眼鞑子怎么给老子派来这么一辆破车？”自芳在那抱怨道。“我在那边当小老婆那会儿，坐的也比这个好。”这苦头袭人也吃不消。“你们就少说几句话吧，冒牌货和那红眼儿王爷人家两口子都只是骑在马上，有车坐就已经不错了，还在这挑三拣四的。”

那古儿林饮血战马的撕咬声好生吓人，吓得自芳和袭人差点滚下车去。“二位将军，到底是怎么回事？”自芳问道。“听宇文老贼说，好像是英灵墙到了。那些胡人都下了马。”“我那个红眼儿外甥和冒牌货呢？”“也是在牵马走路。”“这英灵墙究竟是什么地方，竟让这么个人物也乖乖地下了战马？”水丹灵寻思道。接着她冲袭人和自芳喊道：“还坐在那里干什么，还不赶紧下车。”

“世间的事儿亦是如此，花瓣儿落地血沾裳。”可士零的故都传唱这样的曲子，曲调忧伤，尖刻而凄厉。一人多高的杂草早已将百年前的殿宇淹没，一众诡异的古树，仿佛见证了那百年的兴亡。

“这是什么，怎么都一丝不挂的？”袭人尖叫道。这一众奇怪的石雕，正是当年那些可士零武士的形象，鹰钩鼻子、尖狭耳朵、赤裸着身体骑在马上……

周围立满了一些石碑，上面写着的全是叉叶、可士零的文字，残垣断壁上嵌着一些似活人眼睛的饰物，好不骇人。“这些都是什么人，这块儿到底有着什么样的典故？可惜这上面的字我一个也不认识。”水丹灵说道。

正所谓英灵墙边走，天子下马来。探春夫妇到此之后，按照叉叶、可士零君王的惯例再次下马步行。“陛下，难道当年这里真的镶满了人眼？”“亚俄羌，这怎么会有假，当年大元天子就是见了这一众人的眼目，才栽倒在马下。”

当时正值大元朝龙兴之时，周边列国无不臣服，独可士零国主不予朝贡。元定宗由贵大怒，遣元太祖庶子忽吞兰率十万大军征讨。

一时间可士零国中大乱，城中地震，北西两面城墙皆毁，独山南一面存，可士零国主以为天灭其国，欲降元儿保其性命。

恰好这国主有个小女儿，长到十三岁依然不能言语，而此时却开口讲起话来。“父亲素来不向元主称臣，纵使请降，也难保全身家性命，如今天降祥瑞，何不浴血奋战？”“你是在说反话吧？山北城墙都毁了，南面倒是留着，正好挡住逃走山南的通路，如何能说是祥瑞之兆？”“正因为如此，是天意让父亲与元军血战到底，没有退路，势必人人血战到底！”

于是，出倾国之军八万与十万元军血战。时天降大风雪，元军轻敌冒进，因军士多为金宋降卒不肯用命。可士零国主命国中游侠儿七千余人裸身冲锋，元军看得是心胆俱丧，十万元军生还者不过三十余人……

元定宗闻此消息后不顾群臣反对，带雄兵三十余万，于来年夏季再征可士零。沿途只见累累白骨，且腐尸的臭恶之气难闻，一时间龙心不悦，烦躁之气甚重。老臣速不台劝诫道：“宋国不肯臣服，花剌子模余部尚啸聚山林，现敌兵早已遁逃山南，陛下不如就此收兵，待他年四方平定后，再征讨此国。”

元定宗由贵不肯听从，执意征讨。“陛下，我等在前方看见一墙的珍珠，担心有诈不敢摘取。”“有这种事？朕自己去看看。”

元定宗亲自打马向前，不想……“这上面有的黑白珍珠，看起来竟跟人眼一般。”

原来，上次可士零人战胜之后，将元军将士的眼珠取下，用烈灼之油涂抹，嵌入墙中数年不毁。元定宗征战一生未见有如此情景，竟受不住惊吓从马上栽倒过去……

日久年深，当年之物早已损坏，以后的可士零君王，命百姓嵌入琉璃珠相代，便是这英灵墙的典故。

绍雷是宇文定泰的儿子，贾珊的表弟。因他父亲做了上门女婿不姓宇文，反而姓了提南。自幼由舅父带大，嘴里边一句汉话也不会讲。

即便是这样他依旧通过随军的通司，给自芳一干人讲解这英灵墙的典故。醉翁之意远不在酒，等着自芳等人替他吹嘘大叉叶的兵马何其强盛，那双色眯眯的眼睛直盯着水丹灵……

水丹灵对这位北朝的国舅很是讨厌，看见他一副目中无人的样子，心中便来气，于是便让通司翻译道：“贵国的典故，我确实不懂，但自古残暴不仁者皆无好下场，请国舅给我们讲讲那位君王最后下场如何……”

可士零故王在战胜元师之后，很是得意，先是挖去了俘虏的双眼，扒皮挖心无所不为。“那丫头怎么不出来，这大喜的日子她怎么还躲在宫里？”“陛下，小公主这回可是立了大功了。”“不错，这丫头……”“陛下，不好了，公主把眼睛给弄瞎了……”

“丫头，你……你这是……”“陛下，杀投降之人，肢体不得保全。女儿苟活已是万幸，又怎敢与无罪之人同享光明。”“你说的这是什么浑话？”“陛下，女儿劝父亲抗击元师，本欲保一国生灵无恙。不想陛下杀心由此渐重，残暴之势更胜暴元，女儿不敢享宫廷之福，请陛下准我出宫行乞，了此残生……”

果不其然，可士零故王残暴不仁，为其臣下所害。

自老叶伽实以来可士零特别是山南可士零，便是这三代叉叶君王胸中的一块心病。特别是在眼下的这个节骨眼儿上……

“陛下。”探春言道，“眼下南征在即，何苦要舍近求远，招惹那些个土蛮。”“正因为如此，朕才要好好地跟山南的这些亲戚们聊聊。就算是主人出了远门，后院的这些老鼠们也休想翻天。”

那君王说得好生的坦然，但是探春却总有些个放心不下，虽说她自来叉叶以来，时常同楚尔、魏波夫等可士零出身的将领打交道，但是要提起山南的那些怪物来，就……

多姑娘特意留给妹子一副首饰，羊脂舍不得丢弃，可戴在身上又觉得寒酸。于是便叫人嵌一些珍珠上去。

谁知管事的竟慌慌张张地跑了回来。“脂姨奶奶，老扒皮匠人说……这是……人骨头！”“这有啥大惊小怪的？”国公爷贾珊说道，“你到可士零人的家里去坐坐，便就什么也都见怪不怪了。”

他话说得倒是不错，若是在可士零生活多年，也就见怪不怪了……特别是在那天高皇帝远，叉叶君王法令所不能及的山南可士零。

不加雕琢的骷髅碗，扒下活人面皮做成面具，交予自家孩童玩耍，剩下的骨头刚好做成枭笛，吹来的曲调尖刻异常，竟全不在五音之内。

寒风呼啸，今年的天气异常寒冷，那一对叔侄，可士零的山南宗长，竟豪迈地脱下皮袄，露出血色充盈的肌体，与肤色惨白的叉叶人、古儿林人成天壤之别。

那件从波斯客商身上活活取下的皮肉，当年做成了衣裳，如今却被丢在冰凉的雪地上。虽说这里早已是千里冰封的北国世界，可这两位却还照着可士零的老规矩，脱光衣服裸体打斗，来消遣这带着腥味的时光。

“伙计拿料过来。”年轻的可士零宗长喊道。可铁皮虫都因却说：“用不着抹那玩意儿，这样就挺好。”说着便舞起大钝刀向侄子砍去。

可士零的招数与中原相异，上盘的招式较为简单，但下盘的步法却甚是复杂。有些个把式，在中土武人的眼中只算是一招，在那边却因为下盘步的变化被看成是三到四招。

铁皮虫都因确实是老了，被侄子白头鹅小楚尔（姓宇宁氏，与同贾珊交手的大楚尔不是同一人）在胸口挂出来一道血痕，只要这一道再深那么几许，便会要了他的性命。

不过，却在这一位的计算之内，铁皮虫都因当年打波斯、征西元，跟着老叶伽实在二百年前是一家的帝波安境内杀人放火，什么套路没有见过。连贾珊当年都不由得在他面前感叹：“我就算是练一辈子功夫，恐怕也比不上您老人家。”

刹那间峰回路转，到此时白头鹅小楚尔才知道自己落入了圈套。叔父的刀并未开锋，也没有贴到他的身体，但是那咄咄逼人的杀气，差点将小楚尔的整颗心脏冻结……

白头鹅恶心地往地上吐出来还没有消化干净的饭菜，赶紧站起来打了随从一巴掌。“谁让你把开过锋的兵器拿来！”“乖孩子，干吗发这么大肝火？”老都因抓把盐往身上一撒，对侄子说道，“走，跟我去见见亲戚们。”

“叔叔，亲戚们都在外边，还是穿上些……”“小子，别整这些个玩意，就算是见小叶伽实在恶洛克造下的多毛怪物和那个汉家婊子来了也用不着穿别的……”

“灰猫、白狼，你们两位来得可真是早啊。”“铁皮虫老弟，你……这是？”小楚尔忙说道：“手下的伙计们做事不仔细，把开锋的刀剑给拿来。”“你小子也不简单啊，你叔叔绰号铁皮虫，这伤口看着要肚皮通风，但却总是伤不到他分毫……”

“我这两下子怎么能和他老人家相提并论，天底下又有谁能和他老人家相提并论？”

一日贾珊与叔叔贾文忠在花园里小憩，文忠问道：“小珊子，论武艺你最佩服哪几位？”“这头一位嘛……东府的那位老姨奶奶……（说到这，他长叹了一口气）走起来比咱们跑起来还快，由不得人不服。”

羊显玗他不愿意多提，便紧接着说道："还有两位，一位是帝波安王子尤龙坎。那一回我同叉叶的骁将遥狸和魏波夫一起截杀此人，不想遥狸被砍掉半个脑袋，魏波夫兵器脱手，我也落下了一道刀伤。另一位则是山南可士零的宗长铁皮虫都因。"

"小子，弄伤你叔叔那招看起来怎么这么怪？""灰猫叔叔，这招是侄子从外边学来的。""这一手我怎么看着这么眼熟。"老都因沉思片刻，忽然眼睛一亮说道，"对！和当年那个汉家娃娃的那一手是一个路子。"那大白鹅小楚尔则忙说道："这是我上回去黑龙江一带办事学来的……""你小子还差得远呢！一点也没有学像。"

铁皮虫都因的表情顿时严肃了起来，让他的侄子大白鹅小楚尔不由得害怕起来。不过铁皮虫都因与贾珊之间有着一番非比寻常的交情。

那一年小叶伽实仿汉制废藩置县，全可士零都炸开了锅，特别是在山高路远的山南，几乎反了所有的宗长。自古以来这些人便不服可士零历代故王的管束，而今又与叉叶的君王征战，正如后人所说的那样："熟土腥扑鼻，便是山南地。"

"浑蛋，你们这么一群汉子怎么连一帮娃娃兵也打不过。"铁皮虫愤怒地说道，"何况带队的又是个野种。"这里的众宗长天生的一副傲骨，尽管山南地在可士零各省中最为贫苦，平地和南可士零中讨不到老婆的穷汉，娶得便是山南的闺女。可这里的众宗长却好生的狂傲，常看不起外省的居民，特别是那些个非婚生子。

"天子家的野种，终究还是野种。"铁皮虫说道，"又不是什么从九天而降的英豪，你们这群小子难道都是废物吗？""叔祖爷爷息怒，论武艺跟这些娃娃兵相比，一挑一、一挑二都不成问题。可那小牙堡里的鸟枪实在厉害，再猛的汉子也顶不住那玩意儿。""噢！"

这些兵士虽说在老都因看来都是一些个半大的孩子，但却个个训练有素，轮番操使火器丝毫不乱……

"难得，真是难得。"铁皮虫不由得说了实话。"咱们家人打仗吃亏就吃亏在火器上面。长牙猪和金口袋这两个阔佬不是说好了要用重炮助我一阵……可到现在却连一发炮弹也没有听见。"

"不好说。"一位骑士飞奔而来，"长牙猪和金口袋两浑蛋在和提南家的上门女婿（指宇文定泰）一起吃喝。""有这种事？"都因问道，"他们在一起都说了些什么？""说是陛下……小叶伽实传下令来，咱山南暂不置县郡。"骑士言道。

"厉害，厉害，果然是厉害。这人心一散，便什么事也成不了。"都因说道，"看来咱们也得跟水头耗子讲和。”“叔祖爷，您说眼前的这个小牙堡咱还打不打？”“这是什么屁话，连一帮娃娃兵都摆不平，不是明摆着让小叶伽实笑话咱们无能吗！就算咱家再死上一半人丁也得打下来。”都因的话虽如此，可勇猛的可士零人缺乏火器，小牙堡纵使打下来也获益不大，以眼下情形马上便要跟上边讲和……

但要是连这么个小牙堡都打不下来，也实在是丢人。现在他这边已丢掉了上千条性命，而守备军伤亡却不足百人，这个脸面、这一口气，让他怎能善罢甘休。

于是拍马便向小牙堡走去。“叔祖爷你别走这么近，当心……”“现在那帮小子手中的火器都快哑了。”铁皮虫都因大声喊道，“娃娃们干别的不错，手中的家伙快哑掉了吧？”“不用您费心，表舅爷爷这棺材还是足够用的。”

这说话的声音好生的奇怪，竟让都因胯下的战马也为之一惊。铁皮虫都因看了看这说话的少年，便说道：“我当是谁呢！原来是我那表外甥和恶洛克婊子造下的多毛杂种。跟你这杂种商量点事，你这边出个人和老爷我赌个输赢，要是你们赢了老子就不为难你们，要是败了，就和老爷我一道回家，就替我的那个白毛外甥照料你们几日。”

“好说。”那红眼多毛的少年却也不甘示弱，言道，“我倒要见识见识你铁皮虫的皮硬，还是我手中的剑快。”那铁皮虫都因却冷笑道：“不错，有志气，可惜我不跟野种动武，怕脏了我的手，那个黑头猪（对鞑靼人的贱称）看样子挺机灵的，叫他出来让老爷好好瞧瞧。”

贾珊徒步出城，都因见他仪态非常，便发问道：“小鞑子，你是中帐、小帐还是大帐的台吉？”“我不是鞑靼，我是汉人。”

再看这贾珊从容镇定，不卑不亢，不由得生出几分喜爱之情，到目前为止，汉人他铁皮虫都因总共见过两位，一位是提南家的上门女婿，贾珊、贾琏的亲娘舅宇文定泰，即所谓的提南英恶，那一位是阴险狡诈令人生厌，而这娃子看起来却顺眼得很。

“娃子，看你年岁还小也不为难你，过上十招就放过你们。”话已出口，可铁皮虫都因只是跳下马来，吊儿郎当一点也没有战斗的样子，嘴里哼着不三不四的小调，挑逗着贾珊。

贾珊只是立了个门户，耐心地等着丝毫不为所动。“小子，果然是个人物。”说着刹那间变换了步法，山呼海啸般地提刀杀来。贾珊顿时手腕上边落了轻伤，节节后退，可却颇有章法，丝毫不乱。“小子别以为拖上一阵就能把招数拖够。”这不知是谁的声音，忽然间风云突变……

那都因刀锋一转竟砍断了贾珊的长枪，眼看便要直取贾珊的性命，好个珊少爷，在这千钧一发之际一个漂亮的转身，这一招可是大有来历，当年围攻郜元成的时候，他的曾祖父第一代荣国公贾源，便是用这一招翻江倒海，杀了羊枭的庶母弟羊松。

看得那一众可士零的叛乱军士，惊出了一身的冷汗，眼下这铁皮虫性命就要保不住，偏有那么几个都因的老兵把这事看得很淡。

可都因却不是凡人，自幼便在刀尖上讨生活。

贾珊的那把短剑眼看就要让都因的后背透风，可他却从容地身子往下一弯，转身便向贾珊攻来，贾珊向后一跳，都因上盘舞刀朝他的脑门砍去，珊少爷慌忙闪过，谁知这一招是虚，那铁皮虫都因竟一脚踢中贾珊的胸口。

顷刻间胜负便见了分晓。“伙伴们我对不住你们。”说着便拿起那断剑往自己的喉咙刺去，却被铁皮虫一鞭子打掉。“小子，你总共接了我十一招，这回就放你们一马。”

原来，在可士零下盘步法有了变化也算一招。贾珊用中原的算法觉得一共同他过了七招，但在都因看来却是有十一招。

“兰提实那小子确实是好样的，要不是他当年睡了那多毛杂种的妹子，老夫可真想把闺女许给他。”老都因说道，“这小子确实是好样的，多毛杂种对他那样好，他还是带着闺女回了自家。不像咱家的某些人，嘴上说的是一套，背地里巴不得去舔人家腚沟子。”

这番话吓得他那一众子侄纷纷向他老人家表忠心，豪言壮语出口的不计其数。可他老人家却只是淡淡地说道：“九面魔君离他叔叔怎么没来？”“他好像到英灵墙候驾去了。”灰猫道。“怎么可能？这……”铁皮虫都因开始有些心神不宁。

喝一口酸酒喘口气，缓了一会儿对众人说道：“离他叔叔在咱山南众宗长中年数最大，威望也最高，自老叶伽实以来，每回起事都有他老人家的份，差个六七年就一百岁，怎么会在快进棺材的时候，去舔那小野种的腚沟子？”

“他可比你这奴才要识时务。”这一句话惊得铁皮虫都因差点魂魄出窍。这身影好是奇怪，完全不像可士零人，听口音却也不像是叉叶人。

他警觉地闪到了岩室的入口，正要聚拢自家子弟到一处，却只见他的亲侄子，大白鹅楚尔，与一帮生面孔处在一处。

老都因一时间怒火中烧，只觉得这回的肝火异常旺盛，似乎要将他五脏烧坏。不知从哪里蹿出一位身穿蓝紫袍，文官打扮，汉家面孔的人。“久违了，老朋友。”

老都因看了宇文定泰一眼说道：“我当是谁呢，原来是提南家的上门女婿。”“老兄你劳苦功高，天子甚是欢喜，特地让我给兄弟你送来一副汉地的檣木棺材。”宇文定泰用非常友善的语调说道。“我的国丈大人你怎么不留着给自己？”

老都因这话分明是话里有话。周围全都是他的心腹和党羽，凭宇文定泰带来的几个人外加一个内鬼大白鹅小楚尔，又怎能在自家的家门口翻得了天。

“汉地的庸医多不可信，几年前就交代你注意身体。”定泰依然不愿意撕下脸皮，尽管在场的人都握紧了兵器，老都因看了看被侄子刮破的那道伤口变了颜色，便什么都明白了，知道自己已经中毒，命不久矣……

灰猫、白狼等人一看势头不对纷纷换了口风，老都因的子侄们也一个个换了风向，本来是要起事造反，却反倒一个个争着去表忠心。

“陛下。”探春问道，“为何都因老贼的绰号不叫铁头狮子、金刚虎之类的雅名，非要唤作什么铁皮臭虫？”“问得好啊，亚俄芜，这老都因虽说是厉害，但胸无远略，不晓大势，怎能不说是臭虫？”

“陛下，娘娘……”宇文定泰匆匆赶来。那君王将手一扬微微施礼且说道：“老都因的病情如何？”“本来身体康健，可惜汉地庸医给开了一服虎狼药。”“敢问丈人，那水无忌给他请来的是哪里的名医？”

宇文定泰淡然说道：“这便是那庸医的药引子，我想娘娘应该认识。”

挖来几箱白银，成色不像是官银，探春仔细看来却甚是熟悉，她原先在荣国府管过一阵家，故而不多时便看出这是荣国府官中的银子。

探春赔笑道：“怪不得水无忌那小子如此小气，原来是兰提实那小子自作主张。”探春的推断，很是正确，贾珊为了推迟叉叶国主兵伐中原的时间，上奏水无忌，封老都因为可士零的王，给予银钱以策动可士零的山南宗长起事……

“这一手水无忌也甚是高明，只是那林如意却极力反对，唆使臣子背离君父，此举非礼也。戎狄之心难测，万万不可轻信。”无奈之下，贾珊只得从自家府库里拿出十万两白银，托人送与老都因。

“快走，老实点。”众兵士押特烈西上前。“仁和太子，你好大的胃口。”那君王笑着说道。“陛下，饶命，我只是一时……”

事情要从头说起，这特烈西本是个唯利是图且见利忘义之辈，生平最见不得的是忠义二字。自叉叶强盛之时，不断兼并列国，国势强盛。

丹洛与佛朗斯牙皆以为患，所以花下重金，将特烈西再度收买，便赠送金银、火器以策动可士零叛乱。这位中原皇帝封的仁和太子特烈西，便再次鼓起了他的三寸不烂之舌去鼓动老都因叛乱。

这一回他可是大发了几笔横财，贾珊给了他十万两白银，他只给了老都因三万两，佛朗斯牙方面给了白银一百万两，他只给了四十来万两。至于丹洛方面给的二十余万两黄金，老都因是一分一厘也没有见过。所赠的一些新锐火器也被他截留了一部分，私自贩卖。

不想乐极生悲被宇文定泰派来的眼线盯上……“陛下，饶命！陛下，饶命！”特烈西一把鼻涕一把泪地喊道，“汉地情况，小人都熟悉，只要陛下不杀小人，纵使是肝脑涂地，也要报陛下的深恩厚德。”“好厉害的一张嘴，确实有用得很。”那君王言道，“朕给你花上大笔的银钱，你却替兰提实办事，如此作为，朕便留你不得。刀斧手，将此人斩首，把心肝挖出来喂朕的御犬。”

吓得那特烈西是魂不附体，一时间大小便失禁好生的狼狈。特烈西忙呼喊道：“陛下，眼下大事未定，先杀栋梁，不是明智之举……”

没等他说完叉叶的兵士用尿湿的泥巴，把他老人家的嘴一堵。那一众叉叶、可士零的武夫早就恨透了这个油嘴滑舌的骗子，想想这些年武将出生入死，从死人堆里滚出，好不容易才有了一席之地，而这个连个姓氏都不曾有的丹洛人，却凭着一张破嘴，就谋得一席之地。

此时朝中将官是齐声称快，这特烈西经宇文定泰举荐谋得高官时，大楚尔正因为追击贾珊未成而被贬为列兵。于是他一时间，便喜形于色，得意地喊道：“丹洛佬，任你的舌头比毒蛇更滑，此时也……”

“陛下，且慢。何不看看他有何话要说。”探春言道，这特烈西忙吐出那沾尿的泥巴，叹了好长一口气才开口说话。

“陛下，中原地域辽阔，人口众多。陛下麾下兵马固然厉害，纵使可一战破其都城，然其各地义兵烽起，陛下为之奈何！陛下之国地域虽然大，但人口不过是中原的八分之一，且多为四方吞并之民，较嫡系的叉叶，可士零之人尚不足半数，依如此民力如何能压服中原的亿万生灵。小人虽然不才，但自幼混迹江湖，通晓纵横之术，愿凭三寸之舌，为陛下说降汉地诸将。”

那君王半天没有言语，特烈西等得是心急如焚。只听见那君王开了金口：“汉家之事自有汉人料理，要你何用？拉出去给朕喂狗。”

那特烈西一时间吓得目瞪口呆说不出话来，这些年来他仗着三寸之舌，不知做了多少空买空卖的买卖，又不知害了多少人国破家亡，却想不到今日便会……

“陛下且慢。”说话的不是别人，正是宇文定泰。“臣有一封书信要有劳此人。”“派贾雨村难道不能料理此事？”那君王问道。“雨村与收信之人有仇，恐怕难与之共事。”“特烈西你可愿意前去？”“回陛下，小人求之不得，求之不得。”说着便拖着一摊屎尿领命而去。

紧接着那君王便唤宇宁家的小楚尔上前。

“宇宁家的楚尔，这一回你可是劳苦功高，朕欲封你做山南节度使如何？”那大白鹅小楚尔又是心惊，又是欢喜，再一看可士零众宗长的眼神，过了好一会儿才说道：“只求陛下将老都因的财产人口统统给臣下。”“浑蛋！”另一个楚尔骂道，“你让你的堂弟吃啥喝啥，难道跑到外地去做漂客（指失去土地产业的流浪贵族）不成？”小楚尔面色苍白不敢言语。那君王再问道：“朕欲在都因所辖封地置县，这个县令你做如何？”小楚尔并不敢答应，因为杀害亲叔叔铁皮虫都因后，封地上的百姓恨透了他，眼下叉叶国主南征，后方兵力必然空虚，封地上的百姓造反，虽说掀不起大浪，但要他的小命却还是绰绰有余的，于是他忙说道：“愿带本家子弟从征汉地，一切粮草、器械，愿意自理。”

他这一手确实高明，不仅可以在叉叶的君王面前讨好，更可以将封地上的一些向来不服他管教的子弟带走，以免发生祸患。叉叶国主不消片刻，就恩准了他这一请求。

“报！”一个黑衣侍从急报，可士零宗长离他求见。“可是九面魔君库都离他？”“回陛下，正是。”“快拿锦袍来。”

九面魔君离他一直以来便是可士零众宗长中年数最大，辈分最高的一位。历次可士零的宗长起事，他是回回有份，而这次不仅亲自赶来见驾，且有重礼相献。

那君王向离他发问为何他的祖父贤君候叶伽实，及父亲白发君王叶伽实在位时不献此宝物。九面魔君老离他的回答却只有一句：“只拜真天子。”

这两件宝物可是大有来头，被后世的史家称为乾坤日月星辰袄、宇宙混一舍利冠，这两副物件儿，被众可士零人视为至尊之宝。

那乾坤日月星辰袄乃天蛛丝所制，上边镶着几类珠宝，据说乃是当年元军将士的眼目所化。按照可士零文献的说法，此袄制成之时有大星坠地，天上顿时便少了三分之一的星辰。

至于那宇宙混一冠更是邪异，虽说也按着十二星辰之数镶嵌着宝石，但其中主要的物件非金、非银，更非铁，乃是人骨所制，华贵之中带着一股子狰狞之气。

事后，探春向那君王请教道："陛下，此冠有何奇异之处，为何可士零人视之为珍宝？""佛陀出自何处？"那君王反问道。"净饭国。""昔时净饭国与舍卫国和亲，净饭王诸女皆不从命，净饭王不得已，只得将一庶出公主，即茉莉夫人，下嫁为舍卫王妃。十六年后，茉莉夫人与舍卫国主所生之子即琉璃太子来净饭国探望外祖父，为争座次，一时间同表兄弟起了争执。"

虽说当时被净饭王及时拉开，但事后净饭王子为了泄愤，将琉璃太子坐过的地方掘地三尺，且用香汤冲洗。琉璃太子闻之后深以为耻，继位后征兵募马，日夜操练以图复仇。

琉璃王三次出兵净饭国，三次路遇佛祖而退兵。到第四次，佛欲再次劝阻，却因遭遇九天魔主而未能成行。琉璃王破城前，曾传令城中男女皆可杀，独不能伤佛陀家眷。可佛的前妻和那一对女儿还是死在了乱兵的刀下。

琉璃王深表为憾，便使人将佛陀家的母子三人的骨骸做成了这冠冕。琉璃王死后，其子无能，其国被灭。这宝冠几经易手，便为波斯王所得。波斯王信奉外道，欲毁此宝物，然锤击、火烧皆无损分毫。于是，将其收入府库，二三百年前，可士零故王征讨波斯大获全胜，得此冠冕……

"陛下万福。"探春言道，"长者献宝于君前，一顺天意，二应民心，更是天降祥瑞。要言道百鸟儿当朝丹凤，风云际会定有真龙显现。那水无忌才干几何，又怎能与陛下相提并论。南朝兵马纸糊泥捏一般，怎得我朝百战余生的雄狮铁骑……"

一时妙语连珠，说得三军将士士气高扬，恨无羽翼不能飞奔中原。越说越是激动，眉宇间不觉竟留下了二道浊秽之流。一开始众人以为她是不忍故国父老，遭受刀兵之灾……

"也难为她了，一边是丈夫，一边是父母。"众人起初是这样想的，可再看她咬紧银牙，双拳紧握，哪有半点思念父母之情，倒似有冲天的怨怒要让天地翻覆。

正所谓冰冻三尺非一日之寒，这一股冲天怨气，自她贾探春记事起，便长留胸中。在荣国府的时候，她对贾政嫡妻王夫人则一律是恭敬地称呼母亲，而对她的生母赵姨娘，从来没有客气过几回……

那年赵姨娘在王夫人的屋外苦苦跪了一上午，好半天王夫人才出来，忙说道：“太太您大人有大量，别和小孩子一般计较。大小姐的那支钗是坠儿那小蹄子捣鬼，不干我闺女的事……”“闭嘴！”王夫人道，“谁是你家闺女？探春出来，这贱人是谁？”“回老太太，是老爷房里的姨娘。”“丫头，这娼妇说她是你娘，有这回事吗？”“我眼里只有老爷、太太，别的一概不知。”“好孩子，咱们一起看戏去。”赵姨娘敢怒不敢言地看着她们，不知这王夫人用的是什么手段，竟然一个上午的工夫就让女儿变了一个人似的。

多年以前的那个下午，赵若云今生今世都不会忘记。他知道探春爱吃油盐枸杞芽儿，可偏偏在荣国府这道菜刚断了供应，于是天未亮赵若云便跑出去到苏杭楼给她买来这道小菜，直到下午才大汗淋漓地赶了回来。“四妹妹（在赵姨娘这边的亲戚中，探春排行第四），这是……”“呸！”忽然探春横眉冷眼道，“谁是你四妹妹？猪狗般的奴才，也不说往地下洒杯水，看看自己是个什么东西。”

一想到这，她贾探春骨子里的那股子邪火便阴乍乍地发作起来。虽说自己当年总是千方百计地讨好王夫人，可是当年王夫人不让自己管母亲赵姨娘叫娘，可当自己不知轻重地管王夫人叫了声母亲，那王夫人便拉着个脸好生难看。最可恨的是，王夫人偏偏把这和亲塞外远嫁异国的苦差事，摊派在自己的头上……

当年得到和亲的消息后，探春在自己的屋里号啕大哭，气着说道：“惜春年岁也不小了，整日里什么心也不操，为啥不让她去？偏偏派上我，那回管家替他们操碎了心，也没落上个半点儿好……”“我的儿，你怎么这么不明事理，亏得那边没有第二个闺女，否则就是为娘舍了命的，求佛祖拜菩萨也难给你寻着这样的好事！”“我都恨不得要拿剪刀把你脸刮花，你还在这说风凉话，也怪我当年没有福气，竟托生在你这奴才的肚里。”眼下情况万分火急，赵姨娘也顾不上跟女儿生气，耐心开导道：“我的孩子，为娘也不愿你走，可眼下咱府上的娘娘已经送命，这眼看就要抄家，你到了那边，好歹也算是个娘娘。”“我这么一去他们倒是照原样地享福，真真的可气。”探春说着便把古琴一摔，埋头到床上。“这一朝天子无情无义得很。”赵姨娘对探春意味深长地说道，“老太太的先人不也是太祖皇帝的外甥吗？你看这回史家被抄，平时老跟你一块玩的那个老太太和爱咬舌头的侄孙女儿，现在不也送到窑子里了吗！我那可怜的赵家怎么破落的……”“够了，谁听你赵家的破事？主子间的事，姨娘你做奴才的少掺和。”这探春嘴上是这么说，可听了赵姨娘的这番劝告，心里反倒觉得母亲的话在理，仔细一想也就认识到这正是一个施展抱负的机会……

也正是她的那位奴才表兄赵若云的一路护送，才突破鞑靼部落的层层阻挠，得以至塔林城与叉叶国主完婚。

一路上，性命当紧时，她对赵若云表兄长表兄短地百般讨好，可是对给她指明道路方向的赵姨娘，她三小姐贾探春的生身母亲，却在临别之际任她哭破嗓子也不肯多看上一眼。

第六章

大战前夜

黄袍郎造访大观园

北冥沼池是黑龙江两岸绵延上千里的一片沼泽地带。这一带的沃沮之民凶狠好斗，辽金两代的皇帝从来不敢对此处用兵。至元季以来，这里对中原皇帝的朝贡也是时断时续……

可谁曾晓得，大难竟从平地起。凶狠的鳞甲兵出现在了这里，黑压压的不知来了多少兵马，旗帜遮天蔽日，以至于让人分不清是白昼还是黑夜。

一排的火枪打来，仿佛下起了一阵子的火雨，勇敢的沃沮居民好不容易冲到了可以弯弓射箭的地方，却奈何不了坚硬的盔甲……

直到多年之后，贾珊也不由得感叹且佩服这一手的胆识。不过这一带道路的艰险还是远出叉叶方面的预料。

当地人的弓箭倒不可怕，只是这艰险的道路，实在让人头疼。几个豪门子弟吃力地推拉着一门重炮，这些人平日里都是娇生惯养的活法，这样的苦头哪里是人来受的，抱怨之声层出不穷。

“绰罗英，陛下不是一向疼你吗？怎么也不说给你换个好点的差事，到时候我们哥几个也好一起沾沾光。”那绰罗英是叉叶国主的一个世侄，经众人这么一捧，便不由得有些飘飘然：“这全怪那管事的不长眼，等我回了陛下，非叫他好看不可……”“绰罗英！”

原来是君上和君夫人探春到了，吓得绰罗英等人不知如何是好，探春狠狠地往绰罗英脸上扇了两个巴掌……

再看那君王脱下了乾坤日月星辰袄，摘下了宇宙混一舍利冠，二话不说与众少年去推那门大炮，而探春也借来一副破旧军衣赶去帮忙。

十六七岁的绰罗英便羞成了泪人儿。那君王柔声说道：“七叔也不想让你吃这苦头，可是汉家兵马多如蝗虫，不吃点苦头，又怎么能将他们制服。”探春也一边摸着绰罗英的脑袋，一边安慰他道：“婶婶怎么舍得打你，只是你刚才那话实在是没出息，一点苦头也吃不得，又怎么能成大事。”

叉叶军中多凶恶残忍的可士零，关外的百姓饱受其害。牛威、飘影客很是心痛，这是他两家祖宗苦心经营的故地，却被他们这两位不肖子孙请来的豺狼践踏。

不过五十步却偏笑百步。那天贾雨村正从那边过来。“呦，原来是贾大人您啊！要是不是您老从中带路，叉叶的兵马还不知道要吃多少苦头呢。”他们话里有话向雨村问候道。

这一手果然是出其不意，奉旨守边的北靖王水溶猝不及防，只仓皇出逃，那禅林家的绰罗英，第一个登上黄龙府的城墙。

“贾雨村。”“陛下有何吩咐？”这贾雨村满脸堆笑地说道。“你好像是兰提实的本家？”这番话反倒把贾雨村给问住了，他支吾了一阵只得硬着头皮答道：“回陛下，我与他虽是同姓，却非同宗。当年与其叔父相认，也只不过是官场上的权宜之计。”“兰提实临走时跟倪多芙那丫头说他家的日子过得比高丽、安南的国王还好？”那君王脸上顿生出一副狐疑之色，用那一对血红色儿的眼珠子盯着雨村。“好像，确实差不多……”雨村估摸了一下答道。“汉家既如此富庶，怎么军士手中的器械还如此破旧？”“这个……”雨村正要说明理由，那飘影客便在一旁插话道：“这其中还有贾大人的一份功劳。当年他奉水无忌之命整顿军务，那些个军饷大多进了他贾老爷自己的腰包。”“干得好，朕要为你记一大功。”说着那君王便用西洋望远镜看了一下南关上那些犹如惊弓之鸟的兵士，又接着讲道，“那关内该是怎么样的一幅情景？”

叉叶的兵锋直至南关城下，那中原皇帝水无忌这时也慌了神，忙从吴皇后的床上爬了下来，在深夜里召贾珊进宫。

“狞娃子，你能不能快点？”“爷！再快这马车就要散架了。”确实怪不得羊狞，这车已赶得飞快。贾珊无奈便只得从拉车的四匹马中找出最快的一匹，飞一样地赶到宫里。

“贾珊！”那水无忌气得将御桌掀翻，冲他吼道，“你说叉叶人出兵最快也要半年之后，怎么现在就杀到了南关城下？黄龙府所辖的那些个州县，全让胡人占了，这可是朕祖宗的龙兴之地。”

“陛下息怒，陛下息怒。”贾珊说道，“臣几年前就说过，南关、黄龙府两地依我朝之军力只能守其一处。若是要贪大求全，只怕处处皆失……”

“悔不听卿当日之言，若是早几年用爱卿移民守边，兴练民团之策……”水无忌此时眼睛直冒血丝，万分悔恨地讲道：“若朕当日纳爱卿之见，何至于让那北国的胡骑长驱直入。”

“陛下，依臣之见，当火速撤出南关守军，使之与京师三大营将士合兵一处。”“贾……贾爱卿你这是要……”“陛下，古人云，欲将取之，必先予之。叉叶兵马虽强，但其军中所用的火器及其火药皆非中原所能产，时日一久，必后援不继，陛下再遣兵断其后路必定全胜。”

那水无忌沉思片刻便道：“依爱卿之计，当退至何处为止？”“或移驾关中，或迁都金陵。”

“昔日后元汗作乱，也有人如此说，但却被卿祖父所破。为何今日你却畏敌如虎，要我朝步晋宋之后尘？”“陛下，请容臣言，叉叶兵器精良，且士卒多为久战之兵，而我朝军械陈旧……”“贾爱卿，你四世将门，通晓古今兵法，何故出此言论？那孙绍祖何其嚣张，爱卿不出一月便将他讨平，那叉叶又何惧之有？”“陛下，那叉叶三世经营，岂孙绍祖一匹夫能比……”“好你个贾珊，朕早就听说你与那叉叶国主乃是郎舅之亲，今日方知并非虚言。”

吓得贾珊跪地俯首不敢多言。“贾爱卿，你下去吧。此事容朕三思。”“陛下，喝碗参汤补补身子。”贾珊走后，吴皇后便出来了。这时皇后一边服侍这水无忌，一边问道：“陛下，你说那姓贾的说的可是真话？”“朕不怕他无能，只怕他不肯尽力，爱妃你说得不错，王子腾不可怕，快进棺材的死人。而这小子往京师三大营中安插亲信，实在是尾大不掉。”“陛下，别忘这小子还有个闺女。”“爱妃高见，朕明日就派人去宣旨。”

“汪东魁家的，你说这一族的主子都睡不着觉，是不是要出大事？”“我看八成是这样，好像是当年抄家的时候……”两个上了年纪的婆子正议论着，忽然看见贾芬从旁边走过忙说道：“是大小姐啊，您还没睡啊！”贾芬笑盈盈对她们说道：“你们辛苦了，明天就清闲了。”“小姐您这是什么意思？”“您二位可以呀！连主子的短长都敢议论，我可真不敢留你们两个。”说着便走了，两个婆子并不以为然，觉得她小孩子家又怎么能做主，谁知第二天便被人送出了荣国府。“芬丫头，这么点小事你就把人撵走，心也真够狠的！”史湘云对贾芬说道。“云婶婶，这两个奴才是府上的老人，不带头劝后辈，反在这蛊惑人心，着实可气。”

芬丫头的话或许不无道理，可是才多大一点年纪，人就这样，这心肠着实狠毒。湘云看着贾芬，整个一张脸与中原之人相异，但她的那一双丹凤三角眼，却实在是像极了那个人。湘云便不由得脱口而出：“我看你才是那凤辣子的嫡亲闺女！一样样的狠毒心肠！”

这说凤姐儿，凤姐儿便到，可凤姐儿一到，却发现她虽还未进到荣国府的大门，这里早已换了一番天地。以前她本人虽然已被琏二爷休回了娘家，但那些下人却不敢不恭敬地称呼她一声琏二奶奶……而这一回却都是些不认识的生面孔。

看到这一幕她心情便不由沉重了起来，她已是心如死灰，一心皈依我佛，这次在姐姐王熙鸾和尤萍的陪同下想在出家前最后看一下女儿巧姐。她一身青衣下了车，静静地跟他们讲道：“叫你们管事的出来。”

一个面目清俊的人走了出来，这人岁数不大，一对碧眼映射出机智而干练的目光。这不是别人，多姑娘的亲弟弟羊狞是也。那陪同鸾凤姐妹下车的尤萍用她那一对血红色的眼睛仔细打量着羊狞。尤萍身形匀称，面容清秀，满头银发更显出那么一股子不似在人间的冷艳之美，羊狞也细细地观察着此人，荣国府的一帮子奴才看到此情此景，心中在想：这狞爷别看平时那一副正经八百的样子，这回子见了美人也走不动路了。“这女人是什么人，怎么跟祖奶奶似的一副练武的身段？”羊狞用心地琢磨着尤萍。

“呦，羊将军，我们王家的丫头就这么好看呢！”熙鸾在一旁娇笑道，“不知道你现在看够了没有？”这番话说得羊狞很不好意思，忙赔笑道：“贵人说笑了，小的这就去请示大爷，您稍等上一会儿。”“大小姐，你认识这小子？”尤萍问道。“新来的这帮家伙我哪个认识？”熙鸾讲道，“只是听说那姓孙的是被荣国府里的一个蓝眼儿奴才拿住，我想定是此人。听说这小子也是流云寨那块出来的。”一提到这，凤姐那有如死水的那张脸上不由得泛起了一丝波澜，似乎想起了什么。

“这贱人还有脸回来。”贾琏因为尤二姐的事，提起凤姐就气不打一处来。“金姨奶奶。”见到鸳鸯来了，羊狞忙向她请安问好。可鸳鸯却一眼也没往他身上看，只是对贾琏说道：“老太太说了，只要凤丫头想来，随时欢迎，让二爷你不要去难为她。”

这一回王夫人过寿，鸾凤姐妹亲自前来拜寿，恰好巧姐儿也在那。一时间，千万种滋味直上心头。那巧姐儿见到母亲，正欲扑进怀抱，“娘！”

可琏二爷却在那吩咐道：“巧姐儿，别瞎叫。张婆子，带小姐下去。”“贾琏！”凤姐冲他喊道，“你不要欺人太甚，看在大家伙的分上，我不跟你一般见识。”“你这粉头还敢跟爷们儿顶嘴，今儿不给你点颜色瞧瞧，你是不知道琏二爷姓甚名谁。”

这贾琏正要动手，不料尤萍却突然欺上身来，使出一招被后世称为三星聚义的外家擒拿手段，这一幕惊得众人是哑然无语，只要这尤萍使上个三分力，贾琏的这条胳膊就算是废了。

幸好，那羊狞早有防备，围魏救赵地朝凤姐奔去，其中暗藏着杀机，这其中门道流云寨的人唤作蛟龙甩尾、白象点头。猛地一脚正中那尤萍……

羊狞看傻了眼，他想不到女人家的身子骨竟然能结实到如此的地步。两人你来我往，过了十余招，不分胜负，那尤萍虽是女流，但却气力超群，招式上是气力十足。而那羊狞则有条有理，或攻或守，不乱分毫。

“住手！狞娃子！”“住手！尤萍儿！”鸾凤姐妹和贾珊各自叫住了自己的手下人。“狞娃子，谁让你对表姐下手的！”贾珊训斥羊狞道。“哥，这可不能怪狞娃子。”贾琏忙言道，“要不是狞娃子机灵，来了这么一手围魏救赵，我的胳膊（说着并色眯眯地瞥一眼尤萍）恐怕就被这个萍儿给废了。”“萍儿！谁让你使这么大劲，你不知道这位琏二爷是纸糊的，风一吹就碎。”王熙鸾抑扬顿挫地讲道，“你老人家使这么大的力气，不怕一口气吹化了这位爷，让荣国府的国公老爷找你我的麻烦。”可尤萍只是冷冷地说道：“大小姐，可是你们让我把他扒皮抽筋的。”

“够了。”这声够了，说的是季冥海一带通用的丹洛语，贾珊接着便道：“海鲨公主（即尤萍），你闹也闹了，打也打了，当年的气现在也算是出过了，请转告你哥哥，他那样的人物，不应就此埋没。若能击败叉叶，你帝波安也复国有望，若依旧解不开这场恩怨，待大功告成之日，我贾珊任他取我的项上人头。”

这两场恩怨着实地让人头疼，尤龙坎、尤萍兄妹这边还好说，他当年只是奉命而行，那一对兄妹也都是明白人，只是同鸾凤姐妹这一场，真真难说得很……

当年凤辣子的父亲王子腾是他爷爷贾代善的学生，他爹贾赦的至交，凤姐的母亲同他的生母宇文氏是嫡亲的两姐妹。按理说当年他爷爷代善做主，让他与王熙鸾定了亲，这王熙鸾应该是他贾珊的女人。可是，当年正是他父亲贾赦和当年的那位老北靖王爷轻敌冒进，致使他老人家自此流落北国，多少年来下落不明。可王家的女儿不能从此就当一辈子的寡妇吧，便嫁与理国公后人为妻，不料后来遭到休弃，从此一连换了好几处人家，到后来王子腾为了讨好忠顺亲王，又把熙鸾送到了王府里做过一阵侧妃娘娘。可是这王家大小姐，终究成不了鸾妃娘娘。她对老王爷冷冷的，不出一个月忠顺亲王开恩，她又被退回到了金陵王家。至于王熙凤，则因为贾琏不堪忍受凤姐的专横霸道，更生气其父王子腾在贾妃吴后斗法中，脚踏两只船的做法，便趁着凤姐放高利贷，在狱神庙里受苦的时机，将凤姐休回了娘家。贾家的这对兄弟和王家的这俩姐妹可以说是剪不断理还乱，真真麻烦死人。

贾珊也想说服兄弟与凤姐重归旧好，可惜却始终无法如愿。贾珊亲自出门送了鸾凤姐妹和尤萍一程，便有太监传旨要他进宫去了，便由羊狞代自己送她们三人一直到王家在京城的府邸。

“表小姐恕罪！”在王府门口羊狞下跪谢罪道，“奴才着实不敢冒犯，只是当时情况紧急，不得不出此下策。”熙鸾看着羊狞，娇笑道：“快请起，羊大将军，你拿住了反王，做了大官，这不是在折煞我吗？”“您这是折煞奴才了！”羊狞忙说道，“您是万金之躯，奴才何等草贱，怎经得起您这样的夸赞？”“有什么经起经不起的？”熙鸾颇有些味道地讲道，“你们流云寨可是人才辈出，前段时间你们那出了个姨奶奶，连自己生的骨肉都能下手，可真真叫人佩服。”一提到流云寨三个字，凤姐的眼睛里忽然放出了两道奇异的光芒，看来想起了些事，便问道：“流云寨的姨奶奶？真想不到多浑虫家的媳妇卖炕也能修成正果！那婆娘现在是谁的房里人？”不曾想这回羊狞客气够了，便硬起骨头说道：“回二奶奶的话，我姐姐入土已有了些时日，不管生前欠下谁的东西也只能来世再还，难道还要她翻出阴曹地府，闯过九重幽冥来给您琏二奶奶请安吗？”

“什么？那婆娘死了？”凤姐不由得惊叹道，“我王熙凤这辈子从不服人，尤其是女人。那些人有几个逃得出我的手掌心？独你姐姐是个例外。”说着便一甩袖子回到了自己屋里。

羊狞送完凤姐便心事重重地回到了荣国府，正遇上本家哥哥羊猛。这羊猛为人甚是狡猾，当年他将贾芸夫妇、倪二一行人骗到了流云寨，财物被他和羊狞等人瓜分，贾芸、林红玉夫妇也被羊奶奶活生生地剥了皮。独他羊猛机灵，料想贾府这样的人家，难说他日不会有咸鱼翻身的机会，于是便背着羊奶奶，将贾芸的女儿偷偷养了下来，为自己留了一条很好的后路。

“怎么，狞娃子，琏二奶奶给你脸色看了？”“哥哥哪里的话。”羊狞神色凝重地说道，“表小姐对咱倒是客气得很，只是以后不要硬说是府上的亲戚，咱是啥样的人家，做奴才的怎么能跟主子攀亲？”

对他的意思羊猛是心领神会，便道："狞兄弟，你的话很有道理，我也是这么想的，这苗少爷……"突然抱琴夫妇赶来，说是有番邦的客商求见。

这让羊狞很是心烦，眼下大战在即，与番客交往很容易被勾上通敌的罪名。可前些日子传来风声，说是政老爷要认抱琴做干女儿，不得不另当别论。

出门迎客，只见一位汉家长相的锦衣公子，将一块九龙玉佩拿给他看。这玉佩与琏二爷的那块九龙玉佩相似，只是样式初看上去显得不及那一件，但若细细看来则隐含着一股大巧若拙的雄浑之美来。"请问阁下是……"羊狞的话还未说完，那锦衣公子便开口："我这就去通报我家老板。""看来，这府里的亲戚一个赶一个阔气。"羊狞意味深长地言道。

贾府的众家丁听了羊狞的话，很是不解，门外那三人一副商人打扮，也瞧不出什么特别之处来，一人汉家面孔自称是扶桑人氏，另一位虽异中原之人，但却五官端正、仪表堂堂，至于那第三位虽是一副男子衣帽，但却……

"现世宝，快读书去。不然我让芳儿教训你。"宝姐姐娇笑道。"芳儿，教训我？"宝玉道，"儿子教训老子这不反了天吗？""你儿子进学中了秀才，而你这爹爹，至今还是个畜生。你说我是不是要把你们爷俩换个个儿？"宝姐姐故作娇媚地说道。

宝玉未及答话，却是一阵轻风撕开了纱窗，有如一双美人之手，不急不促却恰到好处。风侵入到怡红院中，湘云的那两碗茶，不知是何故，顷刻间变得冰凉。

"你干什么去？"宝钗轻声唤道。"姐姐，我看要出大事，不知是凶是吉。""能有什么事儿，我看是你的老毛病又犯了。"宝姐姐不以为然道。"奶奶，"湘云插话道，"爱哥哥别的是不行，可这点上确实有一套。""总是胡说八道，偶尔撞上罢了。"宝钗不以为然道。

可偏偏在这件事上，由不得你不以为然。往出走，至元春故居，正巧碰上贾芬。"芬丫头，你在看什么？""你瞧那！"宝玉抬眼望去，竟大为惊讶，芬小姐的院中竟养活了花草，真是荣国府里不小的新闻。"芬丫头，听你说你娘当年本来也要跟你们一块回来，就是因为当年她屋里的冰原兰枝叶不全，而不肯依从。"

"宝二叔说得不错。"贾芬缓了一口气说道，"我娘有点迷信这路旁门，总是种冰原兰这玩意，前些日子，我往这埋了一些，可久日里不见出土，以为都再也活不了呢！不想今日……"

"宝二爷，老爷有事叫你。"若烟急冲冲来报。宝玉连忙赶去，见父亲、伯父正襟危坐，似有大事发生。这时琏二爷也刚好赶来。“宝玉、琏儿，你们整理一下，外边有贵客求见。”“贵客？”贾琏道，“什么样的人，比夜叉星她们家的气派还大？”等父亲掏出了九龙佩，贾琏惊异之余便没了言语。

下人带着他们刚到那里，却见有三人正在等候，右边立着一人，自称是扶桑来的番客，复姓柳生，但观仪表却与汉地之人无异。靠右边也坐着一人，高鼻梁、大眼睛，五官端正，仪表堂堂，绝非平凡之辈。而另一位……

宝玉仔细地打量着，如果说宝钗、黛玉她们是画出来的美人的话，那这一位便是刀雕斧凿出来的美人，其眉若蛟龙，显出一股子天地精灵之气来。看其面容与贾芬好生相近，贾府诸人不由得喜上心头。“看来芬丫头那铁树开花，果然是印证，珊大嫂子从那边回来可喜可贺。只是……”宝玉却琢磨眼前这位，心里寻思道：“这珊大嫂子虽然不凡，但端庄太过，少妩媚之气。她那鼻子虽说是占尽了天地间的灵气，可到底还是鹰钩鼻的味道太重，只怕为人比凤姐、夏金桂尤为尖刻善妒。”一想到羊脂、金鸳鸯即将受苦，这宝二爷心中便好是不忍。

“可是这女子千里寻夫身世可怜。”宝玉又细打量了一番，“她怎么是这种身段，竟比练武的男子还要粗壮，想是珊哥哥南归之后她一个人在北国度日艰难，日夜操劳。”这怡红公子贾宝玉，便不由得悲金悼玉，感慨万千。

可他的父亲贾政心中却是另外一番想法。“珊哥家的这媳妇，怎么如此的无礼？一众长辈在此，这妇人却只是紧闭双眼，俱不搭理是何道理？”忽转念想，心中便又有了道理，“这也怪羊狞这孩子没把话说清楚，只说是珊哥儿在北边的故人来访。不想今日竟反生出男女之嫌来，这羊狞也是办事办老了的，今日怎如此的糊涂？”正要为此训斥羊狞，不想这时那人却睁开眼睛……

“芬丫头，你这是什么花，竟有如此的风采？”贾芬回头猛然答道：“原来是宝二婶婶和抱琴姑姑啊！这叫冰原兰，恶洛克所独有。”“我的芬大小姐！”抱琴马上纠正道，“亏你自幼生长在塔林城里，怎么连帝凌空和冰原兰也分不出来了？这冰原兰枝叶齐全，而这帝凌空无茎无叶，从岩石骨子里长出来。”说着宝琴用手一刨土，“瞧，这是冰原兰还是帝凌空？”

冰原兰和帝凌空一样的颜色形状，叫人着实难辨其真假雄雌，但却是不一样的芳香，一个清新淡雅，而另一个却是甜腻熏人，其实本非草木，与蘑菇、木耳乃是一类物件。

这时，那人睁开了如血一般的双眼，好生的骇人，当事人有诗词为证：

面若二八俏佳人，却是虎背熊腰身。
赤目睁展寒光闪，需知画龙要点睛。

真可谓神目如电，摄心夺魄，众人皆惊为奇男子，只是宝玉却在心中哀叹道："这本该长在清俊女儿家的脸上，可谁知这山川日月之精奇，竟汇聚在这个浊物的身上。"

那人开启了那猩红樱唇，不想这汉子虽然面目清秀，可声音却甚是低沉，犹如铁锤敲击，又似山岳震撼，只听他言道："在下姓冷单名一个袭字，是北地的客商，受人之托有要事告知国丈与宝二国舅，请旁人务必回避。"

贾赦、贾琏便只能先行回避。待他二人走远，那冷袭才道："在下奉我家娘娘之命，有密信交于国丈、二国舅。"贾政连忙起身，张开双手去迎那封探春的家信。一时竟不见冷袭呼应，过了片刻那美人脸的汉子方才开口："娘娘事先嘱咐，事关机密，不可落下文字。"

冷袭便将探春的那封家书一五一十地背与了贾政、贾宝玉父子。确实是探春的文笔，诉说北国之不易，让他父子不由得泪湿衣衫，可是提到贾珊的事，却是在颠倒黑白，令人疑惑不解。

这让贾政好生为难，只得让那冷袭带话给女儿探春，让她专心侍奉君王，相夫教子，另外也让探春借机奉劝那叉叶国主，凡事以和为贵，万不可轻动刀兵。

"三位远到，而这是老夫的一点心意。""国丈大人您这是何必？"那冷袭言道，"我们不畏生死来此送信，难道为的是你的一点银钱？若国丈真有心想谢，不妨让我三人粗略目睹一下贵府的景致，也好不虚此行。"

贾政看着那冷袭，暗自盘算了一番，寻思道："也罢，这府中有不少景致，是奉旨修造，恢弘异常，正好让这些戎狄看一看，我泱泱天朝的雄浑气象，让他们转述给北国狼主也好！"便欣然应允了。

贾政父子一路上将当年元春省亲的桩桩典故，讲与冷袭等人，好生的得意。可那冷袭却只是问道："这样的人家，在中原还有多少？"那贾政为了替本朝皇帝，震慑这些远来的番客，故意虚张声势地说道："吾家庭园不过是公侯府邸，焉能比帝王之宅？"冷袭淡淡一笑，不知是何意。倒是宝玉不依不饶地继续追问道："先生意下如何？”“贵府恢弘异常，依我之见，不像是人力所为，到像是鬼神之功。”冷袭的这番话让贾政父子初听甚是欣喜，可细细听来却别有一番用意。

“恐鬼神亦为之劳苦尔！”只见前边走来了一男一女。

贾政一看，那一男一女不是别人，正是赵姨娘和她的侄子赵若云。赵若云本不愿来贾府，理由是表妹探春、表弟贾环都只当他是府里的奴才，过去与他认亲不过是看在他还在当官的分上。而今，因他岳丈贾雨村叛逃叉叶的事，他老人家演出了那么一场捉曹放曹的好戏，惹得中原皇帝水无忌罢了他的官。一想到这儿，便觉得贾府诸人不会给他好脸色看，便不愿意过来。

这可急坏了他的姑姑赵姨娘。她急冲冲地杀到侄子那里说道：“你这小子，天生的狗屎驴脑袋，现在是珊少爷当家，念过去的旧情，你过去就是讨不回官职，也是肯接济些米粮，也比你现在整日和香菱喝稀粥强。”说着便生拉硬拽将若云拉到了荣国府。

那冷袭用他那血红色的眼睛打量了他姑侄二人，笑着对贾政说道：“您这边有亲戚，我等就不打扰了。”“四丫头！”贾政冲赵姨娘吼道，“你怎么越大越没规矩？”“老爷，可是你让奴家把云小子拽来的！”赵姨娘又娇又委屈地说道。

“云小子，你来得好啊！”贾政拍着赵若云的肩膀说道。“敢问老爷，那三个是什么人？”若云问道。“是渡海来的客商，户部要采买些洋货，正好把这几个请来。”“只是那美人脸的汉子仪表非凡，总觉得是在哪里见过。”若云接着问道，“那番客是何方人士？姓甚名谁？”贾政只是答道：“他自言姓冷名袭，听抱琴她男人说是恶洛克人氏。”

“那红眼人，真是恶洛克人？”抱琴疑惑地向丈夫问道。“他的口音地道得很，听起来像是七八代以上的老住户的腔调。”他以不容置疑的口气答道。“哦，是吗？我看他好大的派头，就是你们那边有姓氏的人家也赶不上他，我在季冥海一带闯荡了许久，只知道叉叶人和在帝波安练武的人是红眼儿外，再没有人是这样的长相。”“他该是从滴金街西那边出来，那里的人家向来比较随便，常招赘外来佣兵做上门女婿，可奇怪的是，听他的口音不像是那里的人，倒像是从王宅一带出来的。”

“那是个什么人？”老祖宗问道。“估计是个唱旦角的，正好给您老人家祝寿！”贾政还没开口，赵姨奶奶便在一旁插嘴道。“去，谁用你说话？”这马屁到底还是拍在了马蹄上，赵姨娘便只得再一次灰溜溜地走开了。

“是北边贩木材的商贩，儿子奉户部之命去采买为太后娘娘修逸安宫的木料。”贾政对母亲言道。“贩木头的，我看不像，倒觉得有那么些个天子气。”“母亲，不可妄言！”这句话惊得贾政是魂飞魄散。“珊儿来了，正好找他问个明白！”贾母言道。

世间事儿就是这样儿，成败往往就在一线之间，转瞬间落子生根定下了百年的兴亡，让几代人追悔莫及。

正好贾珊刚从宫中归来，正欲问赵若云的冷暖，不想那云小子劈头便问：“珊少爷，在北国的故交中，可有一个美人脸的汉子？”贾珊眉头紧闭，不敢言语。赵若云再细细想来，方明白：“原来是他！那年他留着大胡子，看起来倒像是那梵天帝主。而今剪了胡子，到像是季冥海街边卖唱的婊子。”

原来，这个冷袭不是别人，正是那三小姐探春的亲夫，北国叉叶的君王。他姓禅林，名唤厄尔金洗。临行之际，他岳丈宇文定泰送他一个汉名。“禅林”在叉叶的古语中乃是冰寒刺骨之意，故而择一个冷字，至于厄尔金洗本意是鳞衣人，被宇文定泰领会为龙衣人，故而玩了个拼字法得名一个“袭”字。

与这冷袭同行的两位，也不是平凡之辈，一位是亚他细实国的贤士唤塔修实，而另一位汉家长相的便是横刀三郎的师兄飘影客。

“陛下神勇，这亲入虎穴探敌虚实，古今实无出陛下之右者！”这几句话，系出自那飘影客的真心，这冷袭的胆识确实非比寻常。“过奖了。”那冷袭接着说道，“怪不得收不住兰提实那小子的心。他家的这宅子，非但胜过高丽、安南的君王，就是朕的靖宵宫和他家的这宁荣二府相比也略显得小些。”“这正是中原之大不幸，陛下之大幸。”那塔修实说道，“他一小小公侯之家，就已如此，那换做王府又不知该如何造作？”

塔修实的话不能不让那冷袭三思，他顿了一下便言道：“看这些帝室王宅，便耗去了汉家三分之二的财富，贾雨村这些人再发上些个横财，不知还能剩下多少能用来操练兵马，购买军械。亚俄芜所言确实不虚，即使那水无忌肯割让一半的山河，朕也决不收兵。”

这话虽说是豪气万千，但多少有些个得意忘形，那飘影客听着很是不舒服，心中暗自寻思道：“果然是请神容易送神难，这引狼入室的罪名这回可是铁定了，今后也只得走一步看一步了。”飘影客再望了一下冷袭的那张脸，心中惊叹道：“苍天啊！这君王若是闭了眼不出声，不看身段，简直就跟他那妹子，贾珊留在北边的婆娘，就像是一个人似的。老天爷你是怎么生出这样的人物来？”

不只是他飘影客，就是冷袭自己，也不由得惊叹这张脸就像与他一胎所出的妹子倪多芙对着镜子照自己似的。这一副容颜确实曾救过他的性命，却也坏了他的大事……

那一年倪多芙来叉叶已经一年有余，可他却在……那驿站长因被人收买，有意推迟时间。这冷袭生性机警，看势头不对便偷偷溜了。

可他父亲小叶伽实的发妻，古儿林公主逆龙氏却毫不手软，亲自领着娘家带过来的亲兵前去拿人。“人还在吗？”“回娘娘的话，小贵人还睡在里边。”这逆龙氏狠狠地打了那驿站长一个巴掌。“恶洛克婊子生的野种也能叫贵人？”“娘娘，我们都搜遍了，里边没有那小子。”“娘娘，千万饶命。”不论那驿站长如何求饶，可那逆龙氏还是叫几个从自己娘家带过来的古儿林力士把他的身体活活地撕裂。“娘娘您看啊，这有脚印，他没走远。”“跟我追！”说着逆龙氏跨上高头大马，带着一帮爪牙追赶冷袭去了。

逆龙氏一众人马，一人两骑，都是上乘的良驹，那小冷袭乃是徒步，又怎能逃脱？“娘娘，是个丫头片子。”逆龙氏便跳下马来亲自去看，只见那冷袭整个身子没在雪里，一张脸却刚好露在外面。“可真漂亮！”这话一出口，逆龙氏便不由有些自惭形秽，这逆龙氏长得并不丑，身材高大，皮肤白皙，在风雪中生出一股子别样的冷艳之美来，可还是不及……古儿林力士惊叹道：“世上竟然有如此的妙人儿，这简直就是天上的仙女。”“是啊，生这丫头的恶洛克娼妇得是怎样的一副模样？”逆龙氏此话一出让众人好生害怕，可还是……“娘娘，毕竟是个丫头。”“是啊，无论叉叶，还是可士零都无丫头坐江山的先例，娘娘您就……”“好把，就让这丫头在雪地里自生自灭，撤！”说完便扬长而去。

“兰提实，你这小鞑子，能不能别让马儿跑这么快？我都快摔下来了。”“倪多芙，我的大小姐，不快点能打着东西吗？另外别叫我小鞑子，我是汉人。”“汉人是什么人，汉人住在哪里？”“不好！”贾珊叫道，“下边有人。”

两个小孩忙下马来，那倪多芙学会骑马的时间不长，由贾珊把她扶下马去。“是个什么人？”“像是你姐姐！”倪多芙忙冲上去，惊呼道：“这是我哥哥！”“怎么可能？男子家怎么会是这种长相？”话音未落，那冷袭竟从雪中暴起，一手漂亮的摔法将贾珊按倒在雪地上。“哥，你松手，你把他弄疼了。”冷袭却笑言道：“伙计，你这会信了吧？”凡事有利必然有弊，那年楚尔告发贾珊，他急冲冲地亲自跑到城门。“陛下，您不是……”守城的兵丁结结巴巴道。“浑蛋！”说着，他狠狠抓起那军卒的衣领，将那人摔在地上，硬是让个结实的汉子顷刻间断了气息。“倪多芙，你这死丫头……”

冷袭心里边全都明白了，原来那天在贾珊家里喝酒，不想芬丫头无意中碰掉了洋蜡，竟让他的那身袍子平白地破了个大洞，那倪多芙执意要为他缝补……

那倪多芙与冷袭如果光看脸盘儿是一模一样。人又坐在车里，吃草药变了嗓子，专学她哥哥说话的腔调和看人的眼神，一时间竟然真假难辨。正如后世里的戏词唱的那样：

英武超群气盖世，唯有使君与操尔。威威河岳为其弯，山峦为其倒哉，枭雄气盖世哉。玲珑蜂儿逆金鳞，玉凤扮作真龙来。焉能辨我是雌雄，诈开叉叶鬼门关。马蹄儿溅起落花樱，兰提实不复返兮，今生莫相忘哉！龙马现相渡康王，玄德儿有贤孙，剑指贺兰山缺。

百姓每逢受人欺凌，这曲子便浮上心头。可眼下贾珊却……

“国公爷，亏你说出这种话。”那赵若云气愤地说道，“什么两军交战不斩来使，人家都欺负到了家门，说什么也要给以颜色。珊少爷趁现在那单于还未走远，赶快调兵把他拿了。”贾珊却言道：“眼下圣上正在给太子庆生，最好还是别闹出动静，不然那吴天佑再乘机发难事情就不妙了！”“那你就让这红眼鞑子拍拍屁股，回去兴兵再来作乱！”赵若云冲他喊道。“那这样吧！”贾珊言道，“我给鸣嫡修书一封，让他千万在南关截杀此人。”

“云儿，慢走。”贾政喊道，“珊儿快叫羊狞一起跟去。”贾珊便打发羊狞一起跟去，正要走出荣国府的大门，再看赵姨娘拉住了她侄儿的衣角。“姑妈，您这是？”赵姨娘拉住了她侄儿的衣角说道：“孩子，你怎么这么不懂事，那狼主再怎么说也是你四妹妹的男人，他死了你四妹妹就得守寡！”“姑姑，我这是为朝廷办事顾不上那么多。”“朝廷的事自有皇帝佬他自己个儿料理，你操哪门子的闲心？再说就算这府里娘娘生的辽王，当了皇帝又有咱们家什么好处？别看这里的奴才尊你一声表少爷，可你这表少爷能跟薛大傻子那表少爷比？”赵姨娘的嘴还想说：“万一姓吴的那贱人，哪天再发难，咱们在北边也有个投靠处。”可赵若云一把将她推开，说道：“您这是何故，三小姐的性子您还不清楚吗？越是得意，便也认不得您这个娘。”

赵姨娘依旧不甘心，冲贾政哭喊道：“老爷，云小子打小最听您的，您让他……”贾珍狠狠地打了她一个耳光，吼道：“死丫头你这是干什么？”一般一个巴掌上去赵姨娘便会住口，可偏偏这回是个例外。“老爷，这边死了的娘娘是你的女儿，那边在世间的娘娘也是你的女儿。这手心手背，可都是肉啊！”“环儿！”贾政道，“还不快扶你母亲回屋里去？”于是赵若云领着羊狞奔往南关，知会仇鸣镝父子截杀冷袭去了。

那冷袭一干人等出了京城不敢停留，急奔南关而去。眼看南关将近，却怎么也走不出这砂石地。只觉得悲风凛凛，山呼海啸般的声音传来，恰似那千军万马的喊杀之声。

那君王冷袭虽说是沐浴腥风而生，从血海里泡大、死人堆里滚出来的一位绝代枭雄。可此时也不禁变了颜色，问道：“这是何地？何人当年征战于此？”“不敢瞒陛下，”那飘影客答道，“此地名为一片石，当年我家太祖皇帝率十三万健儿入关与那二十余万黑山贼在此大战了一场。”“原来如此。”冷袭淡淡地笑道，“看来……”

冷袭的话还未说完，却见一个赖头和尚和一个跛足道人从那边走来，嘴上哼哼着奇怪又非常难听的歌谣：

天下一点，太上一横。有理无道，无道有理。漫天汪洋自北来，不测季冥降雪霜。此时兽贵人儿贱，狼虫结伴街中走。偏逢三羊不开泰，反将狼食遇枭豪。帝子西来长安春，万古江山复清明。

飘影客要用手中的火器收拾了这一僧一道，却被冷袭止住，只听他言道：“若是凡人又怎奈何得了我朝的千军万马，若是神仙下凡纵是百万雄师又为之奈何？”

“好小子！”声音从一僧一道那边传来，却不知是谁的言语，只听得：“陛下虽说是九五至尊，天子之命，但终不过是金元之运尔。况人生苦短，不如随我等一道出家去了。”那冷袭却答道：“谢仙长好意，我幼时长在恶洛克，曾听帝波安的佣兵讲过，乌鸦食腐，寿至百岁，而枭狼饮血饥寒，却十余载春秋。可朕宁愿逍遥上这十余载，也不愿食腐过上百年。”

“果然是劫数，只是可怜这世上的万千生灵！”说着，那一僧一道大施幻术，一声长啸之后，顿时间便烟消云散去。

这段时间金鸳鸯确实下了真功夫，她仿着过去多姑娘的手艺，给贾珊做开胃小菜，近来总算有了成效。她金鸳鸯长得并不差，人又知书达理且非常的干练，又怎么是那脑袋空空无有一物的羊脂可比？近来，与爷们儿便日渐地亲近了，人也便又精神了起来。

可有一样她还是终究无法与那羊脂相比。羊脂人如其名，整个人像是羊脂玉雕出来的一般，艳丽动人，用宝玉的话说："脂丫头的天地之精华，形容与昔日秦氏（可卿）相近，然风姿之胜，独到之精妙，非往来人物之所能相媲美。"

再看那羊脂满面春风地从贾珊那里走了出来，让金鸳鸯不由得泛起一股子酸酸的醋水，心中暗自骂道："长得好有什么了不起，模样是爹妈给的，光漂亮有什么用？不会疼人啥都白瞎！爷们儿此时正气力空虚，我送参汤给他必然欢喜。"没多想便进去了。

可谁知道那贾珊此刻正在心烦，只喝了一口便狠狠地将那碗参汤摔在地上。"此刻正着急上火，你还来送这个。"此刻，鸳鸯方才明白被羊脂给算计了，是故意引自己去讨个没趣。金鸳鸯想不明白，前段时间羊脂还被赵姨娘骗了大笔银钱，怎么今日竟如此的厉害。

贾珊的心情不好得很，赵若云和羊狞一去，到现在还没有回来，他心里很焦急……"表少爷，回来了。"贾珊忙着出去相迎，只见赵若云带伤回来。"云小子，这是怎么回事？"

原来，赵若云和羊狞刚赶到南关，不想守城的军士叛变，叉叶国的兵马大举入城。赵若云领着羊狞拍马便走，不想……

"雨村，你看那不是那年跟你一起送亚俄芜过来的那小子吗？"冷袭问道。"陛下好眼力，此人正是小人的女婿，娘娘的表兄弟赵若云。"雨村的这番话让探春很是不悦，可冷袭却说："亚俄芜你的这个表哥很是厉害，跟朕的那个表哥丹枭识在送你过来的那年，打了三百来个回合不分胜负。功夫上路数好的人，用兵也不会差，该是个将才，若能把他收过来，何乐而不为呢？"探春便上来言道："陛下，待我前去将他招降。"

探春便拍马向前，向赵若云喊道："二哥哥（赵姨娘这边，赵若云排行第二），那水无忌无道，纵使是辽王登基也与你无有半分好处。而你我乃是姑表至亲，而今我朝天子贤明，兵马强壮，还不弃暗投明，更待何时？"

赵若云看探春那一副叉叶人的打扮，便不由得气上心头，冲她喊道："三小姐，你当我还是你姑舅兄弟，便当听我一言。叉叶的兵丁们，你们若懂汉家言语，也当竖起耳朵来听着，娘家和婆家打架，哪有做媳妇的不去劝和，反在这添乱？看你是女流不跟你一般见识，赶快回去，否则我手里的家伙可认不得你是谁。”贾探春便只得灰溜溜地退了回去。

“且住！”那冷袭叫火枪手不要开枪，要尽力将他生擒。突然，闪出了宗室十二将，皆是禅林家的子孙，这赵若云是羊显玗的徒弟，身手不弱，可是那十二将中则有三位跟他是在伯仲之间。于是乎，他赵若云便用起了拼命保命的打法，招招都是进手，只攻而不守，舍生忘死，使出了全部的看家本领。那十二将是个个惊心，虽说赵若云此时是破绽百出，一招下去便能致命，可自己也……

所以比画了一阵，赵若云便突围而去，可那十二将终究不是泛泛之辈，赵若云虽然保全了性命，但却伤得不轻，且保得了自己，保不了羊狞。

见羊狞没有回来，羊脂已然哭成了泪人。贾珊也浑身不自在，飞剑插进了假山石，叹道：“狞娃子出了事，这让我如何向死去的芙蓉交代？”

苦恼之余，便回自己屋里去了，不想女儿贾芬也在那里。“芬丫头，你这是要干什么？这么急不可耐的样子。”贾珊笑着对女儿说道。“我屋里的慧儿太笨，昨夜掌灯的时候，竟把那本《西游记》给我烧了，求爹爹再给我一本。”“你在读《西游记》？这是本奇书是应该好好读读。”贾芬注意到父亲的脸色很是难看，便问道：“爹爹，外边出了什么大事，怎么满府的人看我的眼神都奇奇怪怪的？”“丫头你不要多想，大人的事你小孩子家少插嘴。告诉爹爹你看到哪一回了？”“第三十回《邪魔侵正法　意马忆心猿》。”

这一回书说的是，那黄袍怪变作白衣秀士，哄骗那宝象国王，认他做了三驸马，反污蔑唐僧是妖怪，竟将个唐三藏变成了一只白额金毛虎，打伤了小白龙，抓走了沙和尚……可是像极了冷袭一干人等这回光顾荣国府的情形。正如后世歌谣所唱的那样：“黄袍郎造访了大观园（也做宝象国），小白龙伤卧在御马圈（也做宁荣府），笑贾府一干人，俱是那肉眼凡胎无用身，怎及那应劫而生北朝真天子？”

气得贾珊是七窍生烟，竟抓起了女儿的头发，他又不知如何是好，便只得松手：“女孩子家家看这些神神鬼鬼的书干吗？你要是再不学好，我就……”

“圣旨到。”这时大太监戴权带着一帮宦官闯了进来，“荣国公贾珊接旨。”贾氏父女连忙跪拜听旨。“奉天承运，皇帝诏曰。荣国公贾珊长女，家世清白，品行俱佳，性情贤淑。即刻入东宫服侍太子，不得有误。钦此。”

初入宫闱

“大晚上的你找死呢？”“老哥，自己人。”“谁她妈跟你是自己……你不是荣国府羊姨奶奶的兄弟吗？”羊狞一副灰头土脸的样子，害得守城的将官差一点没认出来。“快进来，这大晚上的实在看不清楚，请羊大爷你多担待。”“不打紧，不打紧。兄弟有急事向老弟借些银钱。”“我说羊老弟，你不是荣国府舅爷吗？问府里管事报个账不就成了吗？”“这大晚上的我怕惊动府上，想住个店将就一晚上。”“我说老弟你这就不应该了，听张兴岳和马大麻子讲姨奶奶为你哭了整整一夜，兴许到现在还没消停，你回去赶紧报个平安，也好让姨奶奶放心才是。”羊狞听的在理，谢过那人后，便连忙到了荣国府。

“我的狞娃子，你可总算是回来了。”羊脂说道，“弦儿，快去把苗儿弄醒，让他出来见一见舅舅。”“姨奶奶这怎使得？我一做奴才的，怎么能让少主爷这样称呼？”“那也得让咱家孩子认认门子。”羊脂底气十足地说道，“为什么二姑奶奶（指迎春）咱这边的三爷（指贾琏庶母弟贾琮）凡事总是吃亏？不就是娘家的根底浅，从小又没了娘是让奶妈子带大的，不认得谁是自家人，长大了不吃亏才怪。现在倒还好说，要是将来大小姐的母亲和兄弟从北边回来……”说到这羊脂语气也变得凝重：“我是苦人家的女孩子出生在这府里，过上一天姨奶奶的日子也知足了，可是说什么也不能让苗儿将来过的和祖奶奶的儿子一般光景。”

“还是收敛些好。”羊狞道，“我看爷们儿的脸色难看得很。是不是出了什么大事？”“你可真是个机灵鬼！”羊脂说道，“我要有你这眼力见儿，早就当上正房奶奶了。皇上传旨让大小姐进宫服侍太子。”

“这听起来倒像是件好事。”羊狞一脸愁容地说道。“该是件好事，可偏偏遇不上个好人。”羊脂说道，“太子已经有了正妃，就是皇后的亲侄女，说是让她进宫，又不说是当贵人、做昭仪，给个名分，转一圈下来连人也嫁不了，这辈子算是完了。”那羊狞碧蓝色的眼珠子一转道：“以后咱爷们就不好做事了，想把刺吐出去，却怕吃不着肉，可最怕的就是这肉还没进到肚里，就被鱼刺卡住了喉咙。”

吴皇后是贾元春生前的死敌，贾家的人对吴氏父女恨之入骨。想当年，贾家的祖宗宁荣二公（贾演、贾源）跟着太祖皇帝九死一生，上官谷、战邯郸、剿羊枭大小不下二百阵才有了今天。而那吴天佑不过仗着手中的笔杆子，中了那年进士的最后一名，又靠着千娇百媚的女儿混上了礼蕃院尚书。而且，元春当年也是被吴皇后（当时为吴贵妃）设计害死。

而吴皇后，这位长在江南书香门第的小脚美人，对贾妃、周妃这些关东旧俗放足健走的女子，有着天生的怨愤之气。对这芬小姐也毫不例外，贾芬一进宫就来了一个下马威。先让她折腾了一整天，没顾得上吃东西，又让他给自家侄女磕头行大礼，干各种端茶倒水的活儿，这些天下来，听自己侄女说贾芬规矩多了，高兴得她直说是侄女调教有方。

这几天一直没到东宫看儿子，于是吴皇后坐着小轿子去往东宫，却见侄女一个人在那愁眉苦脸。“三丫头，你是不是又和晨儿吵架了？”那太子妃可怜地点点头。“晨儿呢？”“回娘娘的话我真的不知道。”“没用的东西！”

吴皇后径直地迈着小碎步显得极富媚态，身边的宫女尽力地扶着她，生怕摔着。却见贾芬正在那骑着小马好不得意。“我猜果然没好事，晨儿这孩子也真宠这小娼妇，让她在宫里唱起了杨门女将来了。”再走进一看发现贾芬胯下的根本就不是马，而是儿子水晨。

“你们都反了。”贾芬和太子见她来吓得连忙跪拜。“你这个狐狸精……”吴皇后气得喘不上气来，说道，“你先下去，听候处理。”然后狠狠地打了儿子一巴掌，说道：“你就让这么个奴才把你折腾成这样？”“母后息怒，她说要是不听她的，她就把儿子……那件事告诉父皇。”贾元春当年让吴皇后不消停，好容易她没了，她侄女更让吴皇后不消停。“来人！先把她给我看起来，等本宫省完亲再行发落。”

那太子妃抡起鞭子狠狠地打在了贾芬身上，狠狠地骂道：“不要脸的小婊子，成天鼓捣着太子干坏事。来人，给把这贱人的脸拿刀刮花了。”喊了半天没人响应，气得这太子妃扬起手掌便往芬小姐的脸上打去，却被她的奶妈给拦了下来。“李嬷嬷，别拦着我，让我收拾了这贱人。”那婆子却说道：“娘娘走前交代过老奴，您可以罚她跪、罚她站，也可以打她，只是有些地方您碰得，有些地方您碰不得。”

这太子妃和贾芬相处的时间不长，但对她却是恨之入骨。芬小姐一到东宫，太子爷就把她冷落在了一边。头几天，表姐弟还能故意弄出乐子，欺负贾芬寻个开心。可谁曾想这越往后，太子便跟贾芬越亲密，反将她这嫡亲的姑舅姐姐晾在了一边，最近还大吵了一架。本来好不容易有一个回娘家省亲的机会，可姑妈偏不带她一块回去，所以这口气说什么也要出在芬丫头的身上。

可是这几天下来，她没少管教这位贾家小姐，可是她姑姑说的那几处可以碰的地方，已经不能再下手了，要是弄得太过，让太子看着不舒服，他这个太子妃的日子也不好过，一时间太子妃陷入了两难之地，要是不狠狠地打贾芬一顿她不甘心，可真要是打狠了，太子看着不能赏心悦目，就要冲她发火。

“李嬷嬷，你说我难道就要这么算了？”这太子妃是一脸的不高兴。“哪能这么算了？”那婆子与太子妃耳语几句，那太子妃此时便又精神了起来。

虽说按宫里的规矩挨打不能还手，挨骂不能还口，可即使如此这贾芬虽说是天天挨打，却始终没把这位太子妃放在眼里，偏偏这一回看到她诡异的眼神和那一副奸邪的笑容，心中竟不由得有些个害怕。

“莹奴儿。”太子妃慢条斯理地叫道。“奴才在。”贾芬忙应道。这贾芬一进宫，这太子妃就给起了这么一个怪名，每次叫的时候，故意把奴字念得很重，便是有意要给元春的儿子辽王水星难堪。

“给我端杯茶来。”贾芬便只得递茶给她。“莹奴儿，你要知道本宫教训你也完全是为了你好。可每次打完了之后你都不长记性，你说本宫该如何是好？”“奴婢愚钝，望娘娘赐教。”“本宫这就教训你一次，你说说自己错在什么地方。说得在理，本宫就好好地奖赏你，要是说不在点上，看我如何叫你好看。”李嬷嬷忙向那婆子叫道：“老奴在。”“这贱货身上骚气冲天，怕弄脏了我的手，就有劳您了。”说着便把鞭子递给了那婆子。

这婆子舞起长鞭，仿佛是天间的游龙，这手段确实是非同凡响，疼得贾芬是双眼直落热泪。“贱人还不快快谢恩？”那婆子狗仗人势地叫喊道。

她这一鞭是真真的厉害，这苦楚是贾芬以前所从未经过的，手法着实高明，竟不落下半点伤疤。再次冲贾芬厉声吼道：“贱货还不快谢过娘娘恩典？”“奴婢谢娘娘奖赏。”“你这奴才听好了，娘娘每抽一下，不是在害你，乃是为你好，所以每抽你一下你就要谢恩。”

那天一直折腾到那婆子的手都麻了，芬丫头的嗓子都有些哑，才算住了手。正所谓人逢喜事精神爽，太子妃吴氏坐在那里是容光焕发。反观贾芬此时因疼过了劲头，浑身麻木，轻飘飘的，下拜谢恩时，竟有些个跪不着地，感觉自己要飘起来似的。

“回我的话。”那太子妃拿腔拿调地说道，“今后，还敢不敢装狐媚子勾引太子了？”“奴婢不敢。”“你知错能改善莫大焉，本宫真应该好好奖赏你，拿点心来。”

宫女把点心拿来，被太子妃倒在地上，再用脚踩踩，又把漱口的茶水浇在了上面。那太子妃忙冲贾芬吼道：“贱人还不快点过来领赏，难道还要本宫喂你不成？谁让你这么过来，给本宫像狗似的爬过来。”

那太子妃正在得意，忽然一个巴掌狠狠地打在她的脸上。这不是别人打她的，正是她的姑妈吴皇后。“来人，把这奴才给我收拾了。”说着吴皇后便命人当着贾芬和侄女的面儿，命人将那个打人的婆子活活勒死。

接着吴皇后向贾芬和太子妃训话道：“人之有别于禽兽不为他故，乃在三纲，君为臣纲，父为子纲，夫为妻纲。你们既然共侍一夫，当如姐妹彼此相爱。芬丫头，玲儿（太子妃）本身并无恶意，只是某些奴才小题大做借机使坏罢了，本意仍然就是为你好。你且回去反省，我有话问玲儿。”

待贾芬一走，吴皇后便滔滔不绝地给自家侄女训话：“你父亲他们在外边不让我省心，你在这宫里更让我省不了心。我刚进宫的时候，那些个有脸嫔妃有谁不是出自功勋之家，祖上跟着太祖皇帝从刀山火海里闯出来的。就因为我出自小门小户的耕读人家，当年这后宫里有几个是瞧得起我的？可为何今天坐在这昭阳正宫之位的不是周妃、贾妃反而是你姑姑我？”

“是因为姑姑您天姿国色，手段又高，深知上意……”“你这丫头到底是嫩得多了，论姿色、论手段这宫里总有人比我高明。”“这，这……”那太子妃支支吾吾地答不上来。

吴皇后接着训话道：“远的不说，就拿狐狸精的姑妈贾妃来讲。论姿色我们是燕瘦环肥不分高下，论琴棋书画这些才艺我们也是旗鼓相当，但要论治国理政之事，我却远不如她，连皇上也不由得感叹，元春一去，后宫少一智囊。为何我却坐上了这皇后之位，她却进了棺材？不为别的，那些人家的闺女，仗着祖上刀枪里积累来的那些个功德，天生的一股子收不住的傲气。纵使她们心机再高明、手段再厉害，可都无一例外地败在这一点上。她们的娘家越有根基，皇上对她们就越是猜忌，所以在这后宫里凡事还是收敛点好。”

吴皇后缓了一口气接着教训道：“你这丫头倒好，凡事偏偏反着来。这后宫里的事有你没我，有我没你。你要真能整死她，这自然是再好不过，但要有理、有据、有节。你这样蛮干下去，将来早晚要让人家折磨死。”

“我知错了，今后我一定不这样。”“你待一阵子，就去把上回陛下赏你的东西，带几件给那丫头……”“姑妈！她算个什么东西，也配得上那几件稀世珍宝？我去哄哄她也就是了。”皇后哼的一声道：“玲儿，你真不是她的对手。别看你现在占了便宜，过几天晨儿便要给你好看。说句实在话，如果你不是我的亲侄女，她爹不是那么心术不正，你这辈子恐怕连东宫的门也进不了，更别说坐在这里。”

宫中遇险

“老祖宗，”贾珊劝贾母道，“眼下大战在即您和父亲还有二叔还是到江南避一避的好。”“怎么仗还没打，这当将军的就给自己家人张罗着逃跑，谁还肯跟你到前边去卖命？你太爷爷当年为太祖皇帝征战的时候，他打到哪里，我婆婆就跟到哪里。我这做媳妇的虽说这辈子都没法跟她老人家相比，可到底不能给咱们家先人丢人。”祖孙二人到头来谁也说服不了谁，贾赦、羊脂等人向南迁徙，而贾政却一直坚持要留在京城。

“陛下，我军入关已有了些时日，为何不火速进兵直捣其巢穴，反而在此地休整？”探春问道。“朕在等水无忌把能调来的兵马统统调来，这样朕才不虚此行。”“可是这样一来就要多出不知多少力气。”“不是要费多少力气，而是要省去不知多少力气，这些柴火越多，火点得越旺。朕不怕水无忌跟朕打仗，他手下的军士十不当一，不经打得很。就怕他跑，他弃了这里可以去开封，丢了开封，可以去金陵，再往南甚至可以去广州、昆明，到时候朕又能为之奈何，给他这些日子准备准备又如何，朕又何惧之有？留下的这些日子给兰提实和水无忌他们，还能多从西洋的奸商那里买些个不成样子的军火，也能多些时间操练士卒，但又能怎样，这会儿兰提实想教会他们放枪都成问题。”

这话说得不错，这些个兵丁怎么教也教不出来，弄得贾珊这些天是大动肝火，不过那水无忌却是个门外汉，看贾珊练兵阵容齐整，火器齐射更是地动山摇，心中便很是欢喜，竟放声言道：“有如此精锐之师，何愁叉叶不灭。贾爱卿你明天就整军出战，平定胡虏。”可贾珊的话却让他很是扫兴，那贾珊二话不说伏地便拜：“请陛下赦臣战败之罪，臣别无他求，只求陛下将我的尸骨运到臣在江南的祖坟落叶归根。”“与胡人兵马并未交手，爱卿何必出此不祥之言？”水无忌言道，“卿多谋善断，未必不能胜。”“北国骁将提南结实狡诈惯战，用兵亦不在臣之下，今日闻得那胡主又从亚他细实国请来了多谋术士，这一战恐是凶多吉少。”“照你的这番言论，这大好江山就要沦丧胡人之手？”说这话的不是别人正是那吴皇后，“我泱泱天朝，亿兆臣民，岂是那叉叶能比？贾将军何言不能胜那叉叶？”“娘娘说得不错。”那贾珊应答，“臣确有一计可破叉叶，不知陛下和娘娘能否首肯。”“有何主张，爱卿尽管对朕讲来。”

“陛下，正如娘娘所言，我朝人力物资何其雄厚，岂是那叉叶可比。但敌军械精炼，且军士多为百战余生的虎狼之徒。眼下我朝兵器陈旧，士卒未经战阵，一时难以取胜，但若假以时日，则形势必然逆转，故而久战利我朝，速战利叉叶。暂且迁都，以为回避，在关中西路联结鞑靼、安延集的兵马断其中路，何愁不胜？若是坐守京城或是出城与其决战，则是凶多吉少，望陛下慎重！”“贾珊！”那水无忌叫道，“你小子打得好算盘，到时候朕成了丢弃宗庙、抛弃黎民百姓的罪人，你倒成了给朕再造江山的万古功臣。至那时，百官便唯你是从，连朕都得看你的脸色。”吓得贾珊忙磕头下拜道：“陛下，臣绝无二心。”谁知那水无忌却说道：“贾珊你与那北国狼主是郎舅之亲，朕同爱妃则是你的女儿亲家，你到底还有什么不满？这个兵你不带也得带，不然朕便要灭你的九族，你回家好好反省，明日朕再传你入宫问话。”

“你这孩子，怎么这样？”贾母训斥鸳鸯道，“羊脂那家伙被珊儿送到了南边，你不跟着过去，守着我这老骨头做什么？”“老祖宗，爷们儿的心里根本就没我，也没有羊脂那个狐狸精，只是那骚蹄子仗着她是那摔孩子主的妹妹，多讨些个便宜罢了。得脸了，让爷们儿当个玩意儿似的爱上一阵，不得脸了就像穿过的衣服似的丢在一边。所以，我也想开了，与其跟羊脂那样的骚货像狗一样地争抢，不如在这里像人一样清清白白地活着。”可贾母却说道：“我知道珊儿心里根本没有你，但珊儿说什么也不能没有你……”贾母的话还没有说完，却听得丫鬟来报：“老太太，东府那边出事儿了。”

北靖王太妃贾纹及北靖王水溶来访。贾珊在面儿上极热情地接待了他们，实际上却是心不在焉。刚被水无忌这个门外汉训斥了一番，女儿又被吴皇后扣作人质，表面上一张笑脸儿，看似春光无限，心里边却是无尽的烦闷，可偏偏又火上浇油……“不好了，东府的四小姐被老姨奶奶一把抱住了。”“哪个老姨奶奶？”“宁国公留下的那位老姨奶奶。”

羊显玗奶奶这一回不仅惊动了他的玄孙女婿贾珊，甚至连北靖王太妃贾纹、贾母、史太君等人也急忙赶来。自从被儿子贾代儒接出了流云寨之后，她说的全是疯话，这回也不例外。可惜听来却与以前大不相同，叫人胆战心惊。

“鸠丫头，你这贾演造下的小娼妇，休要怪为娘心狠。不把你送进那小畜生怀里你又能有什么出路。别以为当年把你留在宁国府里，你就会有好日子过，贾演的那个小老婆生的大闺女，从小便跟着你爹那个畜生，可到头来又能怎么样？你也知道她被你老子许给了什么样的人家！”

时至今日宁国府里的一些秘密，其实早已不是秘密。当年贾敬意志消沉，贾纹曾亲自去劝说他回去，重振家业。“兄弟，你家珍哥闹翻了天，你也不去管管？”“管什么？”贾敬酒气熏天地说道，“有什么样的老子，就有什么样的儿子，有什么样的爷爷，就有什么样的孙子。”“亏你还要修道成仙，竟吃醉成了这样，在这里丢人现眼。”“姐，你不懂，我这叫酒肉穿肠过，佛祖心中留，造化在五行，阴阳贯当中。”贾纹气得狠狠打了异母弟弟一个巴掌，“你贾敬要死要活我管不着，可爷爷和父亲都是国之栋梁，不由得你污秽他们的清名。”谁知那贾敬更不以为然地说道：“你说他们？那爷爷倒还有的说，可终究也是个活死人，亲闺女被仇家绑在手里，自己到死都不知道。至于那两个我都不知道，叫他们爹娘还是姑舅？”“不许你在那里污秽爹娘的名声。”贾敬发疯笑道：“连你亲娘你都不记得长啥样。你一直都抱怨他没把你嫁给那个废了的太子，她出殡的时候，你不是在家里装病不肯出来，怎么现在做起孝顺女儿来了？哦，明白了，你男人过世也有些日子了，现在也骚得慌。来来来，他们上梁不正，咱们下梁歪，咱姐弟也来一出。”贾纹气得一巴掌狠狠地打在了他的脸上，气得答道：“浑蛋！你们宁国府的事老娘不管了。”说着，便扬长而去。

当时她以为贾敬说的是气话，可现在，她……“住口！”贾纹厉声喝道，“国公爷无论如何也跟你是夫妻一场，你却在这里无中生有糟蹋我父母的清誉。”

这顷刻间就是风云变色，真可谓是迅雷不及掩耳。羊奶奶虽说是神志不清，可是功夫却越练越精，哪里像是一百来岁的老人，眨眼间便蹿到了贾纹的身边，硬是让众人惊出了一身冷汗。

只听那羊显玗冷冷地对贾纹说道：“你不是鸠丫头养的，但长得确实像她，你称她是母亲，怎么却还对我这外祖母如此的无礼？”“且尊称您一声外祖母，既如此您为何却不肯善待亲生女儿，让她……”“休怪我当年没把她留在你们家，你那个大姑姑不也是嫁到了关东的不毛之地，把她留在你们家只怕比这更惨，老娘塞她到你老子的床上，也好歹让她享了那么几年的福。”“你这是什么话？我大姑姑虽是庶出，可祖父母视她为掌上明珠，最是疼爱，那郑家虽说地处关外家境艰难，但与宁荣二公在关东时乃是过命的交情，贾郑联姻正是先人不忘贫贱之交。”“住口！姓柳的那婆娘怎么不打发她自己的亲闺女到那里去住土坯房、披兽皮？”

贾珊怕这样下去羊奶奶真的清醒过来，便鼓起勇气在那厉声喝道：“在那里胡说什么，还不快闪，等着待会儿送你给演哥哥做小妾。”这一声断喝吓得羊显玗慌忙躲闪蹿出了好远。“回来！”贾珊再次喝道，羊奶奶乖乖地回来。“手里拿的是什么东西？”“没拿什么东西。”“还敢狡辩！”羊显玗交了出来，这是宝玉的那块通灵宝玉。贾珊狠狠地打了宝玉几巴掌道：“浑蛋！连自己的命根都看不住，差点惹出了滔天大祸。”

这几天贾珊的心情不好得很，可偏偏有人在这时候赶来添乱。宫里的太监过来说芬丫头派人来要几样稀奇的物件。“公公，我家丫头不知怎么……”“贾大人，你这是什么话。什么你家丫头，要叫昭仪娘娘。”吴皇后身边的太监小洪子说道。

“这分明就是要挟。”中原皇帝水无忌的气不比贾珊小，气得他把贾珊的折子狠狠地摔在地上。“问朕要兵要钱，就是不给朕出力，朕……”“陛下息怒。”那吴皇后在一旁劝道，“那林如意的侄女婿，江南甄宝玉机敏善变，前日招降了豫西小梁山的杨氏三雄。不如让他这回去招抚那北国狼主。”“爱妃高见，只是这叉叶顽胡难治，非豫流贼所能比。”“陛下此言差矣，这钱可通神，昔时匈奴作乱，汉高皇帝兴兵征讨，陷于不测，乃是陈平献计予以厚赏，将其招抚，招抚叉叶不过是花上些银钱，而养着贾珊则后患无穷，恐生董卓、曹操之祸。”“爱妃所言甚是，朕这就下诏去，招抚叉叶国主。”“陛下一旦招安成功，断不能留贾珊在世。”“爱妃所言极是。”

一提这位甄宝玉，贾宝玉便是一肚子醋水，当年林如堂听说了怡红公子他老人家的大名，说什么也要把侄女接出荣国府。而对这位甄宝玉却十分器重，当年甄家人请贾雨村为他授课，可是他宁肯跟自家的丫鬟胡闹，也不愿听贾雨村讲课。后家人问其中缘故，他却坦然答道：“这个人连自己都教不好，又怎么教得好别人？”

甄宝玉自幼通读经史，好刑名法术。那一年甄家被抄家，甄氏女眷发配宁古塔与披甲人为奴，男丁被押送到荆州修造堤坝。

那时王子腾奉命治水，日久无动，偶遇这甄宝玉。甄宝玉献奇策，治住荆州水患。一时间，水无忌龙颜大悦，赦了甄氏之罪，选用其在礼部为前朝修史。林如意见他才华过人，与侄女又是两姨之亲，故而便将黛玉许配与他。

那次甄家在京城的宅院着了火，黛玉和婆婆投奔到了贾府。宝玉本想借此机会看一看他的林妹妹，谁知道两边都看得死紧，连书信也无从传递，贾宝玉几次要去会这甄宝玉，他都借故避而不见，这一次甄宝玉奉命出使叉叶，生死未卜，作为姑舅兄弟，这才硬着头皮出来相见此人。

只听到甄宝玉说道："宝爱哥哥，今日初次见面，小弟不曾备得厚礼。""免了。"这宝玉看着那宝玉心中不由得叫苦，想当年林黛玉笑话湘云咬舌，说一二三四五，是一爱三四五。可是湘云却说她将来嫁一个咬舌的林姐夫，这云丫头真真可恨，怎么事情偏偏让他说准。怡红公子是越想越不自在，长得也和自己是一模一样，可是那宝玉却没心思和这宝玉一般计较，甄宝玉向贾珊问道："珊大哥，小弟这回去招抚叉叶，不知表哥有何赐教？""要招降叉叶容易得很，只需要小小的物件。"贾珊言道。"不知表哥说的是何物件？""我贾珊的项上人头！"

贾珊的话是一点也没错。

"陛下，听人说水无忌那小子要派人来讲和？""有什么好讲？当年先君王欲与扶桑、安南、佛朗斯牙共分其地，朕却只是言道，一家买饼众人食之，入我口者几何？""陛下莫急。"探春言道，"兰提实已故的堂妹和水无忌现在的正妻乃是死敌，不如假意退兵，那水无忌见外患已除，必杀兰提实。待兰提实一死，我军便可长驱直入。""好！甚好！亚俄芜就按你说的来吧。"冷袭言道。

甄宝玉等了许久没人答应，好半天才见探春出来。原先他父亲和贾政想安排他跟探春以结秦晋之好，亲上加亲，可他的母亲甄贾氏，贾代善庶出的女儿，却是极力反对，理由便是探春不是大老婆生的。

这探春不比别人，别人区分这长相一模一样的甄宝玉，听的是他们的口音，而这三小姐探春，只要一看他们的眼神，便知道谁是真谁是假。

虎狼穴中遇故知，甄宝玉心中自是别有一番滋味。"朔安公主，贤婿何在？"甄宝玉向探春问道，可探春并未答话，只是将写着议和条件的纸往桌上一拍，便转头走了。

"二舅舅怎么养了这样的一个闺女？"甄宝玉不禁拍桌子骂道。一看那张纸总共便只有四句话，头一句是赔偿军费白银两千万两；第二句是割让南关以北全部土地；第三句是送还贾珊；第四句是若能做到以上三点便永不来犯。

反观甄宝玉带来的那份千余字的圣旨，为这个，水无忌、吴皇后熬了一夜，绞尽脑汁、反复润色才搞出了这么一篇锦绣文章，可是冷袭和探春，却懒得看上一眼。

"特使阁下。"走来一队黑衣侍从异口同声地言道，"上面的条件既已看过，我们便要送客出营。”“我自己会走，中原不是叉叶，我们是主人，你们才是客，请转达你们的主子，凡事当以和为贵，我泱泱天朝，岂是犬羊之辈可比？若不早日改过，恐悔之晚矣，告辞。”

“珊小子，听说皇上要和胡人讲和？”贾文忠讲道，这贾珊一脸死气，不由得猛然起脚，竟踢断了那游廊上的立柱，“来人，把老马和狞娃子给我找来。”

贾珊、贾文忠、羊狞、马奇芳，还有贾珊从北边带回来的家臣帖木儿，五人聚在密室里。一进密室贾珊便开宗明义地讲道：“这飞鸟未尽良将藏，狡兔未死走狗烹。圣上宠信小人，不日便要治我贾珊的罪，这些个银钱大家分了。三叔你还回辽东落草；帖木儿你回老家去吧；马兄啊，你回河州故地，依然是大有作为；至于你狞娃子，带上这些个银钱和你姐姐，我的苗儿去别处逃难去吧！”“国公爷，”那马奇芳喊道，“何苦说这没志气的话，你手中那些个兵马又不全都是摆设，那狗皇帝要是敢动你，我马大麻子第一个不能饶他。”“小珊子，咱们不如杀进宫去，废了水无忌那小子，立你家闺女做正宫皇后。”贾文忠道。贾珊又望了一眼羊狞，便说道：“狞娃子你说我该如何是好？”“爷，那草包皇帝没什么好怕的，您吹口气儿就能把他化了。只是这动起手来，人心可千万不能乱，人心要是乱了，白忙活了半天，还不是给北边做了嫁衣吗？”羊狞的话不无道理，贾珊不由得深思起来，忽然只听得一声断喝：“所谓兵者凶也，能不动尽量不动。”进来的不是别人，正是贾珊的谋士冷子兴。贾珊露出了喜色，冷子兴一来便如此这般面授机密。

“死丫头，你跑到哪里去了？”吴皇后恶狠狠地冲贾芬吼道。“奴婢放心不下太子，便去东宫走了一圈。”“胡说！”吴皇后狠狠地给了贾芬一个嘴巴，接着说道：“我问过东宫里的人，他们根本就没见过你，我看你是去找你那表哥辽王去了。”“娘娘，奴婢都不知到辽王那边该怎么走。奴婢刚到东宫那会儿，正巧见太子宠幸几个新来的姐妹，便不敢打扰，躲了一会儿，便赶回来侍奉娘娘来了。”吴皇后派来到元春之子辽王那边的卧底核实，贾芬确实没有往那边去过，翻开芬丫头的眼睛一看，一拍贾芬的屁股道：“好在没折腾出事来，要是敢瞎闹，本宫绝不饶你，上床去。”说来有一点十分的奇怪，吴皇后跟贾家势同水火，但上床睡觉却总是喜欢搂着贾芬。虽说和吴皇后相处已有些个时日，可是她那近乎放荡的眼神却总是让贾芬不由得害怕。

她用这眼神细细地打量着这个乖巧玲珑的物件儿。“你可真是个绝物。”吓得贾芬不敢回话。“怎么不知道谢恩？”贾芬便慌忙谢恩。吴皇后闭着双眼，享受着贾芬用她的纤纤玉手给自己捶背按摩，心中在想：要是除去贾珊，便留不得这丫头，可这样一来，待在宫里，又像进了棺材一般！

在这深宫之中她是皇后，虽然最为中原皇帝水无忌看中，可却依然有着像一般嫔妃一样的苦楚，这苦楚让人着实的难受。一些年轻的嫔妃，便因此常与宫中的太监相好，行话唤作“对食”。可这吴皇后再怎么说也是书香门第里的小姐，怎么也不能干这对食的勾当。

“陛下驾到！”贾芬和吴皇后连忙出去迎驾。“爱妃，这可是贾珊家里的丫头？”“陛下真是好眼力，竟一眼就认了出来。”皇后马上讲道。“你这丫头好有灵气，怪不得你父亲把你那两个哥哥都丢在了北国，却把你给带回来。”水无忌看着贾芬，也不由得有些个上火。“陛下过奖了。”贾芬说道，“陛下，太子妃姐姐这些日子一个人总睡不着觉，请陛下准奴婢去陪她。”“朕不知何时修得这等福气，晨儿的嫔妃竟如此的和睦。”嫔妃间和睦才该是件好事，可吴皇后一想到这心里边就不寒而栗。小吴太子妃，到底是没把姑母的话听进去，她屋里的那几件宝贝一件也舍不得给贾芬。倒是贾芬把手里的跳舞小金人、恶洛克的七彩琉璃狮子钟一股脑地全给了这小太子妃。这小吴太子妃便从此被贾芬的甜言蜜语哄得团团转，在吴皇后面前说了贾芬不少的好话。“才多大点年纪，便有如此心机，将来还不鱼肉我家？”吴皇后的心里不由得暗自叫苦。

那贾芬走后，水无忌便言道：“爱妃，朕心中好生烦恼，胡人给的条件虽说是不难办，但这脸面……自我太祖皇帝入关以来，还没有过割地赔款的事，这让朕如何向祖宗交代？”“这个不难，”吴皇后应道，“陛下可与那番君约为兄弟，陛下年长理应为兄，再册封其为郸王永镇南关之北，再如数上交些银两与胡人便了。”

水无忌言道：“好歹争些颜面，只是这第三条……这让朕如何是好？”“陛下，臣妾就不信，除了贾珊朝中就没人带得了兵。那贼子不是说，我朝军士久不经战阵，难以一战吗？臣妾就不信，这十万西凉兵打不过三千叉叶的举国之军。”“不瞒爱妃，那西凉兵马总节度使董超，已被古儿林人斩首。”“什么？那古儿林是叉叶的属国，三千兵马便能斩我上将的首级？”剩下的话吴皇后不敢说下去，此时她已经明白贾珊的话一点没错，叉叶兵马多为久战之师，且兵器精良，不能与其争锋，当避敌之锋芒，再断其之归路。这确实一点也没错……吴皇后一时间想劝说水无忌变通思路接纳贾珊的良策，可一想元春的下场就不由得胆寒，何况她又是贾家的死敌。可现在事情明摆着，这贾珊实在是……

“那小子野心勃勃，朕早就想除掉他。可是，朕这边着实是蜀中无大将。可不除去又怕胡人不能应对。”“臣妾有一计可一举两得。”“爱妃有何妙计快快讲来。”“陛下，先假意召他进宫，以殿前失仪为由将其下狱。这样对胡人那边也有了交代，若是将来再有杀伐之事，再把他放出来。”“好，爱妃真不愧是女中诸葛，朕明日就依计而行。”“何苦要等明日？依臣妾之见就在今日。”那水无忌便依计而行。

“哥，这分明就是鸿门宴，你可千万去不得。”贾琏抓着他的衣角说道。“你放心，老二，为兄自有安排。”说着甩开贾琏便去了。贾琏心中十分焦急，但见那冷子兴却依然镇定自若。“冷先生，你葫芦里到底卖的是什么药？”“琏二爷莫急，大爷此次进宫，定然有惊无险。”

“贾爱卿，不知你对议和一事有何看法？”“陛下万万不可，此无异与虎谋皮。”贾珊伏地下拜道。“贾将军！你是担心议和的条件吧？”吴皇后在帘后，娇声言道，“你放心，前两条不必再议，但第三条还是可以变通的。”

“哈！”又听得一声怪叫，从宫楼上跳下一人，这人一身黑衣，吓得水无忌摔倒在地。“还不快把江山让与我家主公，否则便要你的狗命。”

原先埋伏下来要拿贾珊的士兵纷纷出动，赶来护驾。那黑衣人手中倭刀，似那九天游龙，一时间削铁如泥，众卫士看来难以抵挡。“贾将军……”吴皇后叫道，她本想把帐内的那太祖皇帝的宝剑丢给贾珊，无奈力气太小，根本拿不动。

“得罪了。”贾珊便径直跳到帘后自己取吴皇后那边的宝剑，恰好贾芬也在那里。“芬丫头、娘娘，你们快躲起来。”那一刀眼看就要将水无忌一分为二，幸好被贾珊及时挡开。

“好身手，这路功夫与那横刀三郎出自同门。”贾珊心中暗自惊叹道，“怪不得师弟栽在他的手上，果然是好身手。”飘影客也不由得佩服贾珊的身手。两人的兵器说来也十分奇怪，贾珊手中兵器虽然沉重，但却是把软铁剑，而那飘影客的倭刀也略显狭长。

正所谓棋逢对手，将遇良才。一眨眼的工夫，便过了有上百招，水无忌夹在其中不得脱身，侍卫们看得是心惊肉跳，谁也不敢上前。

“朋友你认输吧，你手中兵器不趁手得很。”飘影客道。“谁说的？当年羊擒虎不正是用这宝贝赢回了关白的侄女。”贾珊反驳道。可飘影客的话不全没道理，一般对付倭刀用的是苗刀或者力气大的用狼牙棒，可软铁剑却鲜有胜绩。

忽然宫中养着的武僧，乌斯藏界的四大金刚急忙赶来，那飘影客忙打出雷火电珠，贾珊忙拉着水无忌躲闪。这飘影客仗着手中抓钩和一身的好轻功，似林中的飞鸟蹿出了九重宫殿。众英豪想要追赶但却没有这一身的好轻功，又怕追出去后他又折回来，来找水无忌晦气，反不敢追，便只得任他去了。

“废物，全是废物。”水无忌气急败坏地骂道。

“陛下莫急，那人武艺虽好，但还没到技压群雄的地步，只是仗着飞檐走壁的功夫罢了，在平地之上未必逃得出陛下的手心。”贾珊言道。“好，贾爱卿，你务必捉拿此人归案。”水无忌说道。

“刚答应议和便派人刺杀！那胡人没有半点信义。”水无忌一气之下打了吴皇后一个耳光，吓得吴皇后连忙磕头谢罪。“贾珊那小子狼子野心，朕难道不清楚？可眼下用人之际……”说着忽然看见贾珊的闺女贾芬就在身旁，情急之下竟想要杀人灭口。幸得吴皇后拦住：“陛下不可，宫里人多嘴杂，难免会有一言半语传到贾珊耳中。此时又正值用人之际，况且这丫头又在北边有亲，陛下凡事当多留条退路。”

水无忌一时间竟清醒了过来，又见贾芬这丫头容貌秀丽，眉目传情，便更舍不得下手，还不由得有些个上火，一时间竟失了仪态。贾芬表面上不动声色，仿佛还未经人事，可心里却恶心得很：“亏得娘亲当初不和爹爹一起过来，不然得让这昏君气死。”

“丫头。”“奴婢在。”“你在家里，可听你爹议论过什么国家大事？朕要你如实回答。”“回陛下，国家大事奴婢女孩子家怎得知晓，只是听家中老人家讲，在家从父，婚后从夫，既进了宫，便当一心一意服侍君父。”“好！”水无忌言道，“将那羊脂玉凤赏与太子妃昭仪贾芬。”

“陛下，那丹枭识以往跟您表哥长表哥短地招呼着，偏偏在这个节骨儿眼上坏您大事。”探春言道。“若真是丹枭识，也会这样干。只有我叉叶的兵马全部陷在南边，他古儿林才能够北疆称雄。”“不只是他，就连义忠亲王的那个孙子，也打发刺客来搅局。”探春骂道。她的心比冷袭更急不可耐，一想到这等同于暗助水无忌，不由得怒火中烧。她接着说道：“那义忠亲王的孙子着实的无能，可他手下的那两个家伙，却没有一个是省油的灯。这一路上他们没少收罗绿林道上的那些兵散勇士。他们本事没多大，倒是这算盘打得很精，不想出什么力气就指着咱们血战一场，到头给他们做嫁衣。”“亚俄芫，你多心了。那一头势小力薄，朕无须多虑，即使是丹枭识那一头，朕也压服得了，只是朕在想这些人接二连三地同朕作对，到底是谁在背后捣鬼。”“会不会是特烈西？”探春问道。“特烈西？朕谅他也没那个胆子，就算是他做的也是背后有人给撑腰。”“是那老贼！”探春不敢直唤那人姓名。

探春说的那老贼不是旁人，正是冷袭已故的妻子提南氏的父亲，在北边改名换姓，做了上门女婿的宇文定泰。不仅如此，这个人还是贾珊、贾琏、王熙凤、仇铭镝等人的亲娘舅。

“我的国丈老爷，我现在想想，心里边还怕得慌。”那特烈西道。“小子你慌什么？自古富贵险中求，刀尖舔血，脑袋拴在裤腰带的事，你仁和太子干的还少吗？”“我的国丈大人，这一回可比不得往日，你可要在陛下面前多说我的好话。”特烈西说道。“你小子到底年轻。”宇文定泰言道，“若是这天下轻取之，你我又有什么好处？我们汉家有句老话不知你可曾听过。”“晓得！晓得！”那特烈西忙接应道，“飞鸟尽，良弓藏，狡兔死，走狗烹。我明白了，国丈大人您可真是老谋深算，佩服佩服。”这特烈西嘴上挤出一脸的笑容，可心里却骂道：“却又不得不服，这老贼果然厉害。他和我分明就是一类人物，可人家坐上了当今的国丈，而我却至今还没个正当职位。原来真以为是我的时运未至，现在才知道跟人家比我还差得远呢。”他正走神，却听得有人叫道：“世叔、仁和太子，在下有礼了。”

“将军安好。”特烈西忙问候道。“贤侄好样的！”那宇文定泰赞道，“你这孤身闯京都，技艺压群雄，可是一点也不输你家祖上。”那飘影客忙应声道：“过奖，过奖。”

宇文定泰确实是过奖了。那天夜里这飘影客仗着一身绝顶轻功，翻出九重宫阙，可一出了宫廷，却发现自己在外边才是真正的虎落平阳。

在深宫之中，靠着飞檐走壁的本领，大内中的高手，任谁也拿不住他。可是一出了这九重宫阙，那些个龙禁卫仗着宝马良驹顿时便厉害了许多，他是单骑逃命，而那些人至少有三四匹马可以换乘。

忽然一阵绊马栓将追赶的龙禁卫一一绊倒，黑夜里凭空生出了五色迷雾，好不骇人。“好汉快跟我来。”飘影客忙跳上那辆马车，出入在这深街窄巷之中，而那一堆龙禁卫却追着骑马的纸人去了。

“多谢……”那飘影客正要答谢那碧眼的赶车人，却发现……

“小子没想到吧？刚逃出了龙潭虎穴，却又上了这辆贼车。上了虎牙车你就是楚霸王、吕温侯也休想超生。”

羊狞这话说得不错，这虎牙车里满是机关，这飘影客又怎能挣脱得了？就在贾珊去流云寨的半年前，有个叫田青云的好汉从京都还乡。

这田青云可不是平凡之辈，自太祖皇帝开国，四川省出武状元，他田青云可是头一个，但因为得罪了吴天佑不到两个月就被贬为庶人，不想竟上了羊狰的贼车，虽空有一身的功夫，可在这虎牙车上却只能是任人摆布，等被押解到了流云寨，却又逃不出羊奶奶的魔爪。

田青云家境不过小有，而羊老太太却是在漫天要价。到头来羊显玗奶奶拿走了田家变卖家当得来的钱财，却是照样地撕票杀人。“怪不得师弟在那边尽是吃亏，不想我今日也中了这鬼机关。”

“狞娃子，赶快放人。”“可爷，这小子……”“他家主公与当今圣上都是太祖皇帝的嫡亲子孙，眼下虽有争执，但毕竟是亲兄弟，打架又怎能下此毒手，赶快放人。”

羊狞便只得放了飘影客。“贾将军，大恩不言谢，只是那水无忌昏庸无道，跟着此人未必会有好结果，想我家主公，才是太祖皇帝的正支嫡脉。贾将军若肯相助，到那时正本清源，将军就是裂土封王也不在话下。”飘影客言道。“谢阁下好意，贾珊只知一心报国，不敢有别的心思，只是请回去转告你家主公，这引狼入室终究不是长久之计，且自家手足相残，背离天理人心，不如就此讲和，同御外侮。”“谢贾大人的好意，可惜做不了那水无忌的主。”飘影客便扬长而去。“珊哥儿，你胆子也够……”贾文忠道。“哥你不怕掉脑袋吗？”贾琏道。“三叔、老二，你们别说了，那边也毕竟是太祖皇帝一脉的子孙，和胡人未必一心，将来总有用得上的地方。”

对此老谋深算的宇文定泰不知情，这么一说那飘影客反而十分的羞愧。见此情形宇文定泰便移开话题道：“当年先太子对我好生器重，本想辅佐他老人家干一番事业，不想宫闱生变，让水洪、水无忌父子窃居帝位，把锦绣山河践踏得不成样子。谢上苍有灵，我家陛下仗义出兵，大仇指日可报，我也算对得起先太子的知遇之恩了。”“小侄有一事相求。”飘影客硬着头皮，“只是眼下粮草不足，还请您在那边多多美言几句。”那宇文定泰对飘影客说道：“我陛下不畏艰险仗义出兵，倾一国之所有，为你家君父报仇雪恨，论理你家少主也当有所表示，何况眼下大敌当前，更不应斤斤计较，这军械粮草还是你们自己想些办法。”飘影客依旧不甘心想言语，可却难以启齿。“好！”音色低沉犹如泰山压顶，不经意间冷袭来了，那美人脸的君王言道：“既是为朕外祖父报仇，区区粮草又何足挂齿。”

飘影客见冷袭竟然如此仗义，一时激动跪倒在这位美人脸的君王面前。“陛下如此仗义，我汉家君臣即便是为陛下赴汤蹈火，也在所不辞。”“好。”那冷袭言道，“再过三五日要同水无忌大战，就请将军率汉家义士去打先锋。”

这个军马虽说是乌合之众，但也是他飘影客和牛威花了九牛二虎之力收罗起来的，本想着手中多少有些个本钱，也不用寄人篱下过活，可转眼间……

朝廷的兵马虽说跟叉叶的兵马打起来，往往十不当一，可收拾这些乌合之众，还是绰绰有余的。飘影客还想与叉叶君臣争辩，可一想到刚才的豪言壮语又难以启齿。

“陛下嘱托，外臣不敢不从，只是这首战失利，恐长水无忌那奸贼的志气，灭陛下您的威风，恐动摇我军士气。”事已至此，飘影客依然想保住这支好不容易才拉起来的军队。

“将军放心，只要你带兵出战，无论胜负皆有功无罪。”冷袭以不容置疑的口气命令道：“你即刻回去，眼下还有两三日的工夫可以操练兵马。”可这胳膊终究拧不过大腿，这冷袭拔根毫毛都比他们这些遗孤旧臣的腰粗，那飘影客便只得回去，整顿兵马，力争将损失减到最小。

待飘影客走后，冷袭便向宇文定泰说道：“我们放出了鱼饵，可这张网却是兰提实当年织的。”“是啊，本当两路出兵，以免水无忌起关中之兵，截我中路。”宇文定泰慢条斯理地说道，“可他却说自古以来分兵便是大忌，何况千里之遥首尾难以呼应。燕代之野平坦无险，乃是用兵之地，当一战破其倾国之兵，斩其君王，岂不痛快。”“此计甚妙，只是朕在想那兰提实难道会进自己设下的圈套？”“陛下放心，兰提实虽是明白人，可那水无忌未必会上钩。”宇文定泰便露出了一阵阴乍乍的笑容来。时正值夕阳西下，燕代之野，一片青葱，两只昏鸦坐落于孤藤老树之下，它们似乎预先嗅到了战场上的血腥味。

“这便是汉家山河。”冷袭这位美人脸的马上天子，不由得赞叹道，“清灵娟秀，不失雄浑之气！岳丈，从水恒仁入关算起，到现在该有多少年头？”“回陛下，尚且不足百年。”

贾芬心事

"谁叫你听这些个淫词艳曲？"吴皇后一本正经地向自家侄女训话道，"真后悔把你弄进宫来，你这样下去将来如何才能母仪天下？"这孩子怎么教也不开窍，她怎么知道姑姑吴皇后最忌讳的并不是什么淫词艳曲，而是……

"奇怪。"吴皇后心里寻思，怎么贾芬这丫头就从来不犯这个禁忌。她怎么想得到，贾芬竟用西洋怀表，从伺候她多年的老太监那里得知了天大的秘密……

"昭仪娘娘，这样的曲子可千万不能让皇后娘娘听……""汤公公，什么样的曲子娘娘不爱听？""这里面的学问可深了，老奴也实在是讲不清楚。""汤公公听说你有个本家侄子现在也在京城？""不成器得很，本想着……"

他本想着找吴皇后说情，在外边谋个差事，可吴皇后却说："眼下陛下正为国事心烦，等过些时候本宫再作安排。"可过些时候，是啥时候，让汤老太监在那里着急。"恭喜您了。"贾芬便将一个红底金色喜字信封递与了汤公公。"那小三子竟有如此造化能娶上荣国府的小姐。"

这贾芬心细，趁着羊脂、金鸳鸯入宫服侍太子嫔妃的时机，叫他们带信给父亲。贾珊便不顾贾政、宝玉等人的反对直接安排那汤太监不成器的侄子与祖父贾代善胞弟贾代良的孙女四姐儿成婚。

汤公公感动得是老泪纵横，但却怕吴皇后知道，慌忙把那东西烧掉。"汤公公！""昭仪娘娘，这怎么使得？""自入了宫，外边的亲友如何也不得相见，在这里您就是我的亲爷爷。""老奴这怎当得起？""小小意思，权当是干孙女的孝心。"说着便拿出西洋金表。

"公公，我知道您对吴皇后忠心，我虽说是贾妃娘娘的侄女，可毕竟也是咱家娘娘儿媳妇。这一损皆损，一荣俱荣，我又怎么会与她二心。向您打听这些事儿，也不过是为了更好地伺候她老人家罢了，也没藏着坏心。”

在贾芬的软磨硬泡之下，汤公公吓得如实交代。“娘娘最不愿听跟杨贵妃沾边的戏，纵使其中的调子也是听不得的。”“敢问公公，娘娘是一向如此，还是近来有什么变故？”“回昭仪娘娘，若是老奴没有记错，自那孙绍祖被剿灭，娘娘就忌讳这些个戏。上回跟圣上一起听《贵妃醉酒》，回来后一宿都没睡好，现在想起来心里都直害怕！”

吴皇后和贾元妃当年同一月里封的贵妃，可经过一番残酷的斗争之后，贾妃被赐死，宁荣两府被抄家，儿子水晨也坐上了太子之位。可自元春的堂兄贾珊剿灭孙绍祖立下盖世奇功之后，改立辽王的呼声不时出没在朝堂之上。她一心想要除掉贾珊，可眼下的形势……

“皇上驾到！”“臣妾参见陛下，吾皇万岁万岁万万岁。”吴皇后连忙跪下。“爱妃请起，有一件事情朕要与你商议。朕见贾珊家的那丫头仪态端庄，气度不凡，有意立为晨儿的正宫。”“那丫头确实有些灵气，只是她爹爹心术不正，又手握重兵，一旦立为正宫，只怕将来外戚势大恐不利于江山社稷。”“好吧！此事朕再从长计议。”

其实这吴皇后对贾芬一直不甚放心，派人把辽王那边盯得死死的，生怕这对姑舅兄妹干出些什么勾当。可她却怎么也想不到……

金国公水月一生下其母亲便被赐死，一向由元春抚养，元春死后便由贾母的侄女史太妃照料，相貌虽说是不丑，但也不甚清秀，整日一副病容，让父亲水无忌看着就心烦，可谁曾料想……

“你在这发呆干吗？平日里你不都在看书吗？怎么今日也学着偷懒？”贾芬笑盈盈地说道。“今日是贤德妃的忌日，我……”“也难得你有这样的孝心，那辽王今儿个还痛快看了一回《赵子龙单骑救主》。”一想到这，水月便不由得有些难受，虽说元春待他还谈不上视同己出，可却远胜过其他嫔妃。现今贤德妃含冤过世，可儿子辽王水星又很不成器……

“你别总是这样一副愁容，让陛下看见恐怕又不待见你。”贾芬言道。“芬丫头谢谢你，只是你现在已经贵为太子昭仪……我实在是……”“有什么好怕的，你我小小孩，在一起又能怎样？”

天下事往往便是如此，说是这样，可到头来就难说得很。

当年他与太子水晨、辽王水星一起去游历荣国府，兄弟三人都对贾芬很是喜爱，临别赐礼物给她。水晨是太子，所赐之物自然是奢侈华贵异常，那辽王虽说不怎么成器，可却很得那水无忌的喜爱，也不时有些赏赐。独他一人不为父亲所重，也着实赏不了什么值钱的物件儿，便将人骨手链赐予贾芬。

这人骨手链是内迁的索伦部落献于水无忌的，那水无忌觉得此物件十分不详，便将此物赏赐与他，他又将此物件赏赐与芬丫头。为此连荣国府的下人都笑话他寒酸。可是太子和辽王那回赏赐的物件被贾芬转手便送了人，而他的那副手中唯一值钱的人骨手链贾芬却一直留着。

突然紫嘴雀儿开始乱窜，那水月忙悄声对贾芬说道："你快躲起来。"他的话贾芬虽然不解，可还是照做了。后来，贾芬才知道史太妃喂的这几只雀儿极易受惊，一里之内若有大队生人前来，必不安分。

这一回乃是中原皇帝摆驾前来看望史太妃，却见水月一副病容，就不由得来气。于是便厉声喝道："太祖皇帝留有遗训，朕以武功得天下，虽说不修习文艺，则难以治国理政，然武功乃是吾家立业之根基不可荒废。可你倒好，书读的倒是不少，可祖宗留下的技艺却全都荒废了，若当年太祖皇帝也似你这样，拉不开弓，射不了箭，又如何创下这万世基业？"

"儿臣知罪，今后一定勤修武艺……""免了，省得你拉弓拉断了手指。"水无忌不耐烦地对他讲道。"你在看《故志记》？"水无忌对儿子水月讲道。

这本《故志记》由夏衡开功甄宝玉收尾，前后共耗费十余载光阴，记述了从前朝晚景，一直到太祖开国，这六十余年的史实，其中一些章节文采颇为传神，中堂林如意曾夸赞道："可比《春秋》，不输司马，近五百年未有之文章。"

"小子，这书你读过？"水无忌言道。"有四五遍。""可有见地？""父皇容禀，依儿臣拙见……"水月的话讲得不快不慢，隐约隐藏着几分劲力，且在水无忌面前无有半分惧意。"读前朝往事，至末帝前四十余年，天下早已朽坏，然其三世昏政，而国不破非有他因，乃在漕盐（指漕运和盐务），乃在阁僚。然此二者有利亦有弊，漕盐之利素来以白银结算，且获利甚快，长此以往君王必重银钱而轻农桑，至前朝末年，西蜀之田多锦棉而少米粟，秦陇饿殍遍地而国中无有余粮，此其一。漕运发达，必兴商贾，且君王喜好财货，商人以捐重金而得官，必图之以十倍之利，一时间苛捐杂税多如牛毛，民生因此凋敝，闽浙富有鱼盐，然沿海之民淡食而无鱼肉，此其二也。前朝广至阁僚，天子五日一朝，而国中之事自理。古人云，流水不腐户枢不蠹。事事倚重臣僚，君王必生懈怠，如有大事臣子不敢自专，而天子久不理朝政，然亦难得其要领。”

水无忌看着儿子不由得生出了几分怜爱之情，心里想道：“看来平时真是埋没了他。”但却佯怒道：“你这孩子懂什么？照你说该如何治国？”“治国之道，霸王之道杂之，自古以来便无有定法。”

这水月虽说身形瘦弱，但仔细看来确实仪表非凡，一身的英气仿佛直冲斗牛，与他那苍白的病容好不相称。水无忌见他小小年纪，竟有如此见识，竟不由得动起了改立储君的心思，可这孩子的身子骨又怎让人放得下心……

“晨儿……”一时间水无忌便叫错了名字，便改口道，“月儿，你虽一向疏于武功，但却饱读诗书富有才干，朕欲他日分封你到外地主事，不知道你可愿往？”“愿主政云南，为陛下驻守西南边陲。”“可那边偏远潮湿，且边民素来不服王化。”“正因为如此，儿臣为君父守边，教化当地百姓。”“好，传朕旨意，册封皇子水月为滇王，明年就藩都昆明。”

待水无忌走后，贾芬探出头来，冷冷地说道：“你的才干比你那些兄弟们要强百倍，早该如此。可惜挨到这时候……”她没有明说，可水月却听出了其中的弦外之音来。

“芬丫头，你何苦长北番的志气，灭我朝的威风？那叉叶地面虽大，可人口却不过我朝的八分之一，且其主素无德行，与四邻结仇。虽士卒凶狠，兵器精良，猖狂得了一时但却猖狂不了一世，时日一久必为我国所破……”水月信心满满地开启了一番长篇大论。

“滇王爷，你且打住。”贾芬阴厌厌地言道：“我外祖家有句老话不知当讲不当讲？”“讲。”“羊头狮子身，照样被狼欺。”这话很是伤人，但却不无道理，水月想到这，不由得有些心寒，便向贾芬问道：“你见过叉叶的胡酋，那是何等样人？”可贾芬却只是手指着史太妃养的金鱼说道：“这池子养大的玩意儿，怎么能跟江河中的活物件儿比，更别说是汪洋里的蛟龙。王爷千岁就算是天涯海角，你依然是太祖皇帝的血脉。可我在那边，被当成汉家女，到了中土反倒成了胡姬。”

她的这番话让水月很是激动，却又不知道该如何是好，想要言语，却又被贾芬止住，只听得她娇声道：“滇王爷，你有这心，奴家就算死了也值得了。只求你记着世上有过我贾芬这个人。现在时候不早了，我得回那边去了。”

覆巢之下

“娘娘万福金安。”贾芬见到吴皇后忙行礼下拜。“平身！”贾芬虽然表面十分平静，但内心十分害怕，因为她知道吴皇后一向心细，生怕她看出什么不对劲来。“丫头，你快打扮一下，你爹马上要进宫面圣。”

这一回，吴皇后亲自指挥宫女为贾芬这位太子昭仪梳妆打扮，吴皇后亲手开了百宝箱，拿出珍藏的首饰，件件都是市面上已绝货的稀世珍宝，拿芬丫头的小脑瓜儿一一试戴。

“丫头，你与我母子可是一心？”吴皇后向贾芬问道。“奴婢既已入宫便是太子的人，怎能不与娘娘和太子一心？”“我的儿，你明白点就好，这一损俱损，一荣俱荣。要是这东宫易主你我都没有好日子过。”吴皇后语重心长地开导贾芬道，“这汉家可比不了番邦，嫁出去的女儿，泼出去的水，过了门就回不了娘家，就算你回了娘家又能怎样？你母亲在北边，看样子是回不来了，正房的位置不可能久空着，万一要来一个像凤辣子似的后娘，就有你苦头吃了。就算你将来侥幸再嫁得人家，也定不会如意，见你是服侍太子的人，哪户正经人家敢要你？敢要的也多是些不上台面的寒门。本宫可全是为你好，就怕你这丫头不识好歹。”贾芬忙跪地下拜道：“娘娘圣明，奴婢自幼长在北番不知礼数。母亲陷在北国，而父亲一向忙于政务，对奴婢疏于管教，入宫以来，多蒙娘娘教导，关怀备至，早已视娘娘为再生父母。”吴皇后用手指挑起贾芬的下巴说道：“丫头，你如此懂事，本宫实在是高兴得很，只是你那爹爹好不明理，因为贤德妃的事明里暗里和本宫斗法拆招。你要好好跟他说说，别总是把本宫当成仇人。”

宣旨的太监还未出宫，那荣国府便自己先热闹起来。“云小子，你这孩子可是真真的死脑筋。”赵姨娘窝了一肚子的火，她劝赵若云休掉香菱，改娶荣国府旁支的庶出小姐，可却怎么也说服不了那不开窍的驴脑袋。

于是乎便把一肚子的苦水，吐露给一向交好的羊脂。“婶婶，表少爷为人可真好！”羊脂在一旁赞道。“这孩子为人向来厚道，”赵姨娘叹道，“可惜为人太过方正了……”“不好了！”丫鬟急冲冲地跑来说道。“什么事情，你急成这样？”赵姨娘问道。“大事不妙，二位姨奶奶，那巡海夜叉又回来了。”“婶婶，咱们还是躲起来的好。”“脂丫头，你可真没出息，今日不同往日，就算是她又回来做琏二奶奶，又有什么好怕的？走，跟婶婶我一起会会那夜叉星。”说着赵姨娘便拉着羊脂一起去见王熙凤。

凤姐马上要回南边，今日特地向老祖宗贾母辞行，不想正撞上了这两个活宝。赵姨娘凤奶奶自然是再熟悉不过，至于羊脂这样的妙人儿，凤姐也是头一次见，身形样貌与秦可卿相近，只是显得更加精妙，那奇异的眼睫毛与中土之人相异，在凤姐看来就像父亲王子腾收藏的唐三彩里的那些胡人商贾，隐隐透出了那么几分过人的奸诈，又带着迷人的风韵，当是子孙兴旺之相。凤姐的脸上也不由得生出了几分难掩的醋意……

尽管如此，经过一番变故之后，王熙凤却不得不有所收敛，对这两位也很是客气，赵姨娘和羊脂倒也识相，问候了凤姐几句话，便知趣地走开了。

“经过一番变故，人都变得精明了起来。”贾母此时说话的语气比往日显得更加苍老而凝重。“老祖宗您千万注意身体。”“凤丫头，我不用你担心，这把年纪也就是这样了，刚才那个女人你要千万小心。”“赵……”“凤辣子，不是她。”凤姐淡淡地一笑：“那女人是有那么几分小聪明，但比起她那卖炕卖成大奶奶的姐姐来，还是差得远呢！况且我和她又不是一个池子里的鱼，谁也犯不着谁。”“你到底还是年轻，你爹爹百年之后，你就是一个人，可她身后却有着一大帮子的亲戚，你要千万的小心。”

贾珊、贾琏两兄弟也赶来给史太君贾母请安，凤姐跟贾珊打了个招呼之后，便劈头向贾琏质问道：“我上次给巧丫头二百来两银子，你为何不让她拿？”“我家的闺女用不着你管。”贾琏对凤姐吼道。“贾琏，实话告诉你，别人我都能放心，唯独你我可真是不放心。你琏二爷何许人也，一旦再有了相好的粉头，还能顾得上我的巧丫头？趁我现在还能帮衬上点，要是靠你这败家子儿，那小两口连带上刘姥姥一家，恐怕想喝西北风，都没人给刮去！”“你这全是在血口喷人！”贾琏生气地说道，“我当爹的能不管闺女吗？你那个混账兄弟差一点儿就把巧姐给害了。”

“行了！”贾珊叫住了这对冤家，且言道：“你们两个到底有完没完，不看在我的面上，也应该看老太太、故去娘亲的面上消停一会儿。老二，再怎么样，你们也是多年的夫妻，况且还有个巧姐；凤妹妹，你是嫁出去的人了，老在娘家混着也不是个事，还是回来吧！”“有珊儿在，琏儿也不敢把你怎么样。”贾母在一旁说道，“丫头，听姑姑的话，以后你对下边人也宽厚些，落下个一儿半女也好给你养老。”

“谢谢大家的好意了，有道是好马不吃回头草，他贾琏一纸休书让我王熙凤在娘家没脸见人，那么就休想让我再回到他身边。”凤姐决绝地说道。

这时传旨的太监来了，“圣上有旨，宣荣国公贾珊入宫觐见。”

贾珊今天的这番话，可是顺耳得很，那水无忌一时间竟龙颜大悦，加封其父贾赦为武功大夫，其叔叔贾政、文忠分别为工部侍郎和游击将军，其弟贾琏也被封为龙禁尉都统。

“爱妃，你的推断不错，叉叶的兵马哪有贾珊说得那么厉害，就是想借机为他荣国府谋些个好处罢了！养这小子就像养鹰，喂得不饱，不给你办事；喂得太饱，自己就飞了，爱妃你说呢？”“陛下圣明。”吴皇后言道。

“贾大人请留步。”贾珊猛一回头，见是内务府总管徐公公。其他太监可比不了这徐公公，他本是龙禁尉出身，因在征苗疆时候中了蛊毒，便入了宫，想当年为了保全先帝水洪，与义忠亲王府的刺客周旋，落成了这般的模样，算起来总共八根手指一只眼睛。

这两代中原皇帝对他很是器重，朝臣尊称他为内相，一时间竟与林如意并称为内徐外林，故而贾珊便恭敬地上前迎道：“内相爷有何指教？”“昭仪娘娘有事，要与大人商量。”“哪个昭仪娘娘？”“太子殿下的昭仪。”贾珊便随他去了，却发现等候在那里的不仅有女儿贾芬，还有元春的死敌吴皇后。

见了吴皇后贾珊忙磕头下拜。“将军免礼，赐座。”吴皇后吩咐道。吴皇后如此客气，贾珊便不由得警惕起来，忙训斥芬丫头道：“死丫头，你好不懂事，竟敢劳烦皇后娘娘。”“大胆贾珊，竟对太子昭仪无礼。”在吴皇后的厉声训斥下，贾珊不得不下拜谢罪。“起来吧。”吴皇后让他起来，可他却没起来。“你老实告诉本宫，皇上这次出征，到底有几成胜算？”“回娘娘的话，若让臣自己领兵，或许还有三成，可是陛下这回非要御驾亲征……”贾珊便不敢再说下去。

“贾将军，你我怎么说也是儿女亲家，陛下百年之后有本宫在，贾门的富贵比贤德妃在世的时候有过之而无不及。”吴皇后说完这话，语气顿了好久才说道：“徐公公，传本宫口谕，晋升太子昭仪贾氏为太子嫔。贾将军，只要你肯一心报国，本宫和太子保你世代富贵，至于国丈那头你也不必多心。”“臣谢过皇后娘娘圣恩。”

待贾珊父女相继散去后，徐公公竟磕头向吴皇后下拜道：“奴才有言进谏，望娘娘赦臣死罪！”“徐公公，你这是为何，你有什么话听不得？”“林中堂让老奴劝谏娘娘，既然娘娘要与荣国府和好，就得让太子立贾家女为正宫，否则便难平旧恨，也难以笼络贾珊，又恐生出新仇，且老奴观那太子嫔贾氏，凤眼鹰鼻，恐非甘居人下之辈，如此一来恐太子有性命之忧，望娘娘三思。”可吴皇后三思之后，还是没有从命，反而言道：“反正他家丫头生死都是我儿子的人了，他要敢打太子的主意，叫他闺女一辈子守寡，我就不信入过宫的女人，荣国府的小姐，还能改嫁别人不成。”

贾珊刚一出宫，便撞上了甄宝玉，那甄宝玉抓住他的衣服道：“贾珊你戎马一生，难道就不知道临阵分兵，乃兵家之大忌吗？”“孩子松手。”林如意叫住了甄宝玉，到这时甄宝玉才发现那贾珊一脸的死气，活像是从棺材里爬出来似的，好生吓人。

燕代之野平坦而开阔，正是兵家用武之地，冷袭站在叉叶军军营向南望去，尖利的目光仿佛直指京师，甚至南方的金陵。“陛下不必多虑，”探春在一旁言道，“扶桑、高丽两国的兵马，必不敢施以援手，就算前来相助，恐怕也只是为陛下省去些力气罢了。”

“言之有理，”冷袭言道，“只是朕在想，这兰提实睁着眼睛一步步地走进自己设下的圈套，心中会是怎样一番情景？他让水无忌把王子腾的兵马留在了江南，让他兄弟和赵若云去西边，那这一战的胜算便更小。”探春说道：“虽说还有漏网之鱼，可大势已定，就算是十个兰提实也难以挽回。”“这可是兰提实的手笔。”冷袭感慨良多地说道：“用你们的话说便是作茧自缚。”“我看作茧自缚的不只有兰提实，还有水无忌和他的小脚老婆。”探春言道。夫妇二人心领神会地笑了起来。

前三杰

正所谓，千军易得，一将难求。贾珊从历年及第武进士中寻查可带兵之人，但令他失望的是，那些武进士及第者要么是些纸上谈兵的书生，要么便是一些徒有技艺的武夫。

在这些武夫中，“一刀仙”徐平贵颇为出众，与其交手的各路好汉，往往几招之内便败在了他的手下，于是贾珊便同此人切磋了起来。

“看这小子目光灵巧凶悍，但却还不够沉稳。”贾珊寻思道，“此人善攻而不善守，当以抢攻为上。”突的一下贾珊身一侧向那人攻击，这一招甚是诡异，吓得众人目瞪口呆，他的动作很是难看，但招数却狠毒异常。

就连多姑娘的弟弟羊狞也感到十分意外，除了贾文忠和仇铭镝，对贾珊打斗路数最熟悉的便是他狞舅爷（荣国府的下人对他的称呼），甚至连贾琏也赶不上他。

“爷们是在学谁的路数？”羊狞不禁自问道。这招被后人称为潜龙出海，是冷袭惯用的招数，若是一挡一闪，后边便有着无群后手，可置人于死地，让人着实难以拆解。

那徐平贵当机立断，不挡也不闪，一刀直来直去往贾珊腰部切去，直到多年之后，当事人依然对徐平贵十二分的佩服，他这一手是当世罕见，出手时，从来没人敢这样直来直去地出招，因为这等于是将自己的胳膊送给对方，但是他这一手出招之快，力道之猛，亦非寻常刀客可比，就算是手臂被贾珊砍断，也照样能将人拦腰斩断。也真不愧是“一刀仙”，少有人能有这样的功夫，其他的武进士就是知道是这手也不敢这样做，一来贾珊现在身居要职，动动嘴皮子便能定他们的生死；二来是怕贾珊看不出来这一招的凶险不会躲闪。

可贾珊到底是贾珊，使了个玉凤还巢的身法便从容闪了过去，那徐平贵紧接着跟上一招，这一招就是直来直去，不像刀法反倒像是剑术，而且出手也不快，叫人看不明白。

可贾珊却知道其中的深浅，连忙退了几步躲闪过去。“不愧是当世的英豪。”那徐平贵也不由得赞叹道，话音刚落，他的下招就变得更加凶狠，朝贾珊迎面扑去……

这时羊狞的心也不由得七上八下的，手中死死地攥着追魂索打算救人，可却没想到这两位比他想象中的要有分寸，拆到第五招时，看似像同归于尽的招数，可两人却各自后退了一步，看来是不分胜负，可羊狞心里清楚是贾珊输了。

“不愧是一刀仙，”贾珊赞叹道，“如此身手，可是那一届的武状元？”那徐平贵支吾了半天不说话，倒是那界的探花赛温侯吕简不耐烦了，插话道：“两招之内就败在了田状元的手下。”“你又有什么了不起的？你连攻四十七招田状元理都不理，耍猴似的等你把丑出完。”

徐平贵和吕简互不服气，眼下这就要动手，幸得被贾珊给拉开。经过一劝和后问道：“那田青云现在何处？”“哎！”吕简和徐平贵都不言语，一种兔死狐悲的苍凉感顿时涌上心头。可让贾珊感到奇怪的是……

“狞娃子，你这是怎么了？”“爷，奴才在想那田状元武功何其了得！怎么这几年完全没了音信，这其中到底是出了什么变故？”到底出了什么变故，这位荣国府的狞舅爷其实是再清楚不过的。

想当年羊老太太有事要麻烦大玄孙羊狰，可一连几十天都不见个人影。“狰娃子怎么一走十几天，就带回这么个货，一看就不是有钱人家的孩子。”“祖奶奶您消消火！”“混账。”羊显玗将唾沫打在他的脸上骂道，“这几年来收成一年不如一年，借口却越来越多，小辛屯那边能捞的油水也越来越少。近来又听说从北边回来一个精明的小畜生，再想捞钱以后便难上加难。”

羊奶奶越说越气，把羊狰骂得狗血淋头，这羊狰也是在道上混出名堂的，在江湖上有个响亮的绰号，好听的叫作“赛罗成”，难听的便唤作是“狼心秀才”。可现在无论他是“狼心秀才”也好，“赛罗成”也罢，在祖奶奶羊显玗的面前畏畏缩缩活像只毛毛虫，乖乖听羊老太太的训话：“狰娃子，你这个族长是不是不想干了？看你那三个兄弟在外边风生水起，也不想在这个穷窝里过日子了。是啊，你们几个虽说不是一个娘生的，可到底同出一父……”

说到这羊狰吓得连忙给羊显玗奶奶跪下来，“祖奶奶，天地良心，孙儿绝不敢做对不起咱们羊家的事情，这小子衣衫虽然寒酸，可好歹是个武状元，怎么说也能弄出一千来两现银的油水来。”

“狰娃子你说的这是什么混账话，咱羊家一向是耕读传家，从来不干这下三滥的勾当。去！还不快给田状元松绑。”

待羊狰等人给田青云松绑之后，那田青云识相地抱拳下拜道：“见过太夫人，晚生田青云，近来在京都应试，侥幸博得虚名，不知何事得罪了太夫人，还望赐教，如果有不当之处，定当改过。”“哼！小孩子家好大的架子，老太太我苟活至今日，已有百余年，难道还请不动你这状元郎？”

早在成都老家的时候，田状元就听人说起过，川陕边境有个苍颜黑发的妖障，吸童男童女的精血，能在白昼踏风而行，好生的厉害。

当初只当是吓唬孩子编出来的瞎话，可真没想到竟让自己撞上了这一出。“晚辈无礼，敢问您老人家可是那桑下老人？”“寡妇人家不曾出过远门，不晓得外边的事情。”说着羊老太太便拿出一张纸来，且言道：“状元郎，把这上面的内容抄上一遍，也好给你家里报个平安。”

田状元从命抄完了书信，可还是想不明白羊奶奶心中到底打的是什么算盘，便斗胆言道：“太夫人万福，晚生虽然侥幸得了功名，可家境依然穷苦，确实不能孝敬您老人家，若他日谋得一官半职，定来报您的深恩厚德。若时日一久朝廷追查下来，恐怕您这边也不好交代……”

“你这毛孩子可真是不知好歹，你当我羊家是什么人家？虽说眼下有些个寒酸，可当年也曾大富大贵过，又怎么会在乎你家里的那几个小钱？”这时那田状元也客气够了，便一甩袖子说道：“老太太，你什么意思，请明说！姓田的头可断、血可流，但绝不容当猴来耍，反正我是你们刀板上的鱼肉，尽管漫天要价好了。”

“姓田的你怎么说话呢？祖奶奶跟你说话是看得起你。”那马奇芳说道。他的口气虽凶，但却全是一片好意，生怕羊奶奶翻脸，伤了田状元的性命。“田状元你好不知趣，”那羊猛言道，“祖奶奶既然跟你好话好说，便不会亏待你，何苦说这些不知轻重的屁话。”“姓田的你算个什么东西？”那羊狰说道，“要不是……”

不等他的话说完，田青云便厉声驳斥道：“我田某人有几斤几两，天下自有公论，轮不到你这人面兽心的武林败类说三道四。”“算你嘴硬，黄泉路上可别怪老子心狠。”

“都给我闭嘴，你们这些毛孩子总是吵个没完，小孩子家家总是那么大脾气，等头撞了南墙，进了棺材，便什么都晚了。”羊奶奶的这番话，声音很是轻柔，但却凝重异常，仿佛窒息一切生灵。

田状元依旧不卑不亢地言道："太夫人，恕在下无礼，只是在下是个粗人，请您有话直说。""好，是个爽快人。"羊奶奶言道，"脂丫头，你出来。"

走出一位高鼻梁，大眼睛，皮肤如羊脂玉，仿佛整个人就像是羊脂玉调出来似的。这不是别人，正是后来的少康王的生母，天地间少有的美人——羊脂是也。

多姑娘的母亲胡氏，一向孝顺，境况很不尽如人意，当年羊老太太与过路的强盗坐地分赃将她得来，便让重孙子中的几个穷汉共用这么一个老婆。

那胡氏本是个小家碧玉，也粗略地能识文断字，可她家即便是在流云寨羊姓人家中也是抬不起头的，但这胡氏为人却很是孝顺，将羊显玗奶奶伺候得很是舒心。

得到羊狰拿住田状元的消息后，她老人家为此也特地动了一番脑筋，心想那田青云家怎么也拿不出一千来两银子，不如将此人收做她羊家的女婿，也正好利用武状元田青云的名望，将势力往流云庄外进一步扩大。那重孙媳胡氏一向对自己孝顺，正好奖赏她做状元爷的丈母娘。这便是羊显玗奶奶的如意算盘。

为了今日羊脂特意地打扮了一番，她本来天生丽质，但过分修饰反显出了几分艳俗，好在还无伤大局。从本家姑姑那边借来了一身绸子衣服，虽说是不上台面的货色，但这羊脂的身段好，穿在身上反倒显出一番别样的风情。

可那新科状元田青云硬是没有正眼看她羊脂一眼，反而倒吸了一口凉气，心想："离乡进京的时候就听说，在川陕交界有个荣国府管着的庄子，没人伦也没有王法，这些人面兽心的畜生想拉我这大旗来做虎皮。我个人的生死是小，可若是做了这门亲戚，不仅连累同宗乡里，恐怕连我自己也要落下骂名。"

"小子，我什么意思你应该清楚。"羊奶奶直截了当地说道，"既然你这毛孩子没有耐性我就和你直说。我羊家现在是落魄了，外边的人怕归怕却打心眼里瞧不起，你这娃子又何尝不是如此？可你要知道要是赶在当年那会儿，你这样的小户人家就算是把嘴皮子磨破、把头磕烂了我家的人也未必会瞧你一眼。小子你放心，彩礼你看样给就行，不会把你家的银钱赔光。眼下虽说是我羊家穷，但三四百两的嫁妆也是贴得起的。"

那羊脂因有祖奶奶在不敢妄自言语，但此时的她却一心想做状元夫人，便一个劲儿地直用媚眼来回勾人。可惜这状元郎却丝毫不肯为红颜折腰，正眼也不看她一眼。

田青云打心眼里便从来没瞧得起过流云寨的这一干人等，可说话却客气得很："蒙太夫人瞧得起，只是田某家境寒微，虽说眼下有个功名，但却就任无望，不敢与太夫人家的千金相匹配。”

“状元爷你怎么说出这种话？”羊脂哭喊道，“您再仔细看看我，我难道长得还不够俊吗？”“姐！”那羊狞喊道，“做人要有骨气，姓田的别说你现在是状元，就算你是皇帝也容不得你这样不识好歹，是我羊家瞧得起你。”

“我姓田的用不着你们这些人瞧得起。”这句话一时间便犹如火上浇油，连本来对他同情的马奇芳等人，也不由得怒火中烧。“脂丫头，祖奶奶我可是尽力了，可人家状元爷瞧不起咱羊家，觉得娶你进门是现眼。不是祖奶奶我不帮你，可你就是在这穷窝里受苦的命，生来没那福气便强求不得。”“姓田的你听着，”羊脂咬牙切齿地对田状元吼道，“听说你来我高兴得一晚上没合眼。听说要做状元娘子我把牛皮都吹到天上，你就这样地拍拍屁股走了，让我如何做人？今天你说什么也得娶我当老婆，不然我叫祖奶奶把你的皮剥下来，给我小妹妹当尿布用。”“纵使将我千刀万剐，也不娶你们这不三不四的人家的闺女进门。”那田状元斩钉截铁地说道。“姓田的，”羊狞悲愤地喊道，“你敢这样毁我姐姐的名声，今天这里有你没我，有我没你。”“在下倒愿意奉陪。”田状元言道。

“去把香炉请上来。”“是！祖奶奶。”“姓田的，你要是能在一炷香的工夫走出这扇门，你就回去过你的好日子，要走不出去，就按我家孩子说的去办。”“祖奶奶我乱说的，您可千万不要要田状元的性命。”“脂丫头，咱羊家的人说到做到，姓田的小子，你不必这样看着我，这回我绝不用身子碰你一根汗毛，在这一炷香烧完之前，能滚多远就给我滚多远。”

羊显玗奶奶说到做到，她确实没用身子去碰田状元身上的任何一根毫毛，可那田状元一转身，她眼中便放出一道紫光，打在了田青云的身上。

“小子，我可没用身子碰你。”可田状元却有如万箭穿心般难受，但他咬牙切齿不吭一声。这一段路尚且不足一丈，可田状元走起来却异常艰难。“什么时候你田某人，不当状元郎当起狗来了，爬着从这里回成都老家。”羊狰在一旁嘲笑道。

可即便是这像蜗牛似的爬着走，却也绝非易事，亏的是他田状元有这一身盖世武功，要是换了旁人，被风雷之气镇住，别说是爬就是动一下舌头恐怕也是徒劳。看田状元这副惨状，羊脂也不由得有些心软。

一炷香的时间到了，可田状元却还有半只脚留在门里。可就差这么一点，马奇芳也为他感到惋惜。“小子，你是做我的玄孙女婿，还是给她小妹妹去当尿布？”“我乃战国时齐国贤大夫田单之后，怎么可与你们这些衣冠禽兽做亲戚？”“我羊犴现在就要你好看。”

“犴娃子你且慢动手。”胡氏忙对羊显玗说道，“我们家脂丫头福薄，怎能和状元爷匹配。田状元你也说些个软话，老祖宗，这田状元确实是条好汉，您老人家英雄珍惜英雄，就饶了他算了。”“你这丫头好生糊涂，就算他是关云长，也不替咱们羊家过五关斩六将，留着做什么，犴娃子把他扒皮，挖了他的眼睛。”

“祖奶奶！”羊脂哭劝道，“做不成亲家，怎么也别搞成仇家。您打他一顿轰出去吧！”“脂丫头闭嘴，说到就要做到。”“姐姐，这姓田的把你当粉头，咱们就绝不能饶他。”“老祖宗，要不再商量商量。”多姑娘的母亲胡氏劝道，“田状元定是觉得脂丫头高攀了，实在不成做小的也算是一门。”“老祖宗您就……”羊脂也在一旁劝道，可羊奶奶斩钉截铁地讲道：“你们两个好没出息，再说这没出息的话，就从你们身上扒皮去做擦桌布。”看到田状元被活剥的惨状，羊脂把头埋进母亲的怀里不敢出声，也不敢看，羊显玗奶奶摸着羊脂的脑袋说道：“脂丫头，你真是白长了好模样，可真没你姐姐有灵气，我苦命的丫头，你将来就算是进了大户人家，怕也是一辈子做小的命，你们这辈的丫头中就数你姐姐像样，可惜跟了那边。”

“祖奶奶，姓田的家里要拿六百两来赎人。”那羊猛言道，“可眼下怎生是好？”“人来了没有？”羊奶奶问道。“人来了，钱拿来了。”“这就好，收下。”羊奶奶言道。“老祖宗，”那羊狰有些不太乐意地说道，“咱们家人费了多少力气凭什么分出三百来两给王老回回？”“笨娃子，这人怕出名，猪怕壮。把鸭嘴山的那群喽啰推到风口浪尖，咱们照样过咱们的日子，四妮子（她的一个重孙媳妇儿）把那状元郎的肝胆炒一炒给脂丫头家送去。她们母女也够可怜的，家里的那几个男人都没什么本事，也就犴娃子有那么点机灵劲儿，可惜又太小了。四妮子你多放点调料，不然没味儿。”“老祖宗，这年头收成不好，您看……”“少说没良心的小气话，上次刘老三进贡的五斗米，二两花椒全给了你家，分点出来又饿不死你。”

“丫头别吃了，我看这些下水，有些问题。”胡氏对羊脂说道。“娘你这说的是什么话，祖奶奶难道会送毒药给咱们吗？这味道不是很好嘛。”“我是怕……”胡氏怎么也不敢说那个字眼。

“这有什么？”羊脂不以为然地说道。说来是十分的奇怪，羊脂和她的母亲胡氏一样，见到流血就怕得要死，可一旦做成见不到本来面目的死物件儿之后，便就平常得很。“怕什么，这不就是田状元的下水吗？这又有什么了不得的，这喝水的瓢不也是从老刘庄的那个不交香火钱的小花脸脑袋上卸下来的吗？娘您渴的时候不照样拿它来喝水吗？冬天时候戴着的这皮手套是从哪来的？不就是去年从私盐商人身上扒下来的皮吗？没这宝贝，冬天的时候冻得您手疼。可要是不从那人身上扒，咱家的人就得走上十几里山路到县城里去买，一路上的那些个庄子素来跟咱流云寨的人不对付，要是落单去打一顿算是好的，张家的那个老六不就是让钱家庄的那个一根筋给打死了吗？就算是到了县里边，那些买卖人讨厌得很，用上一二斗米，也难说不会换些破烂货回来。”

“也罢，”胡氏道，“丫头你省着点吃。你犸弟弟做的是力气活，回来时饿。”说着便拿走了那一坛子炒肝。“娘再让我吃一口。”“等过年吧！”“好，我的娘亲大人，那您把田状元的那张皮给我。”不管怎么说田青云的这身皮，便成了多姑娘一母所出的最小妹妹羊节身上的尿布。

一提到那故去的田状元，羊犸便浑身不自在，可那赛温侯吕简的话却更让羊家人犹如刀割一般。“我说一刀仙，你说田状元当年真是栽在王老回回手里？”“这可就难说了，听说川陕边境一带怪事特别多。”“是啊，听说有个老妖怪。”那吕简言道，“不知是什么出身，什么东西修成的精，专在子时出没，吸食童男童女的精血。”听到这话，那“一刀仙”徐平贵也不由得变了脸色，缓了口气言道：“这事我也听说过，听人说绵竹袍哥鹿飞虎就是栽在那的，好像狼心秀才羊老五。嗨，早就听人说那边的风土很是不好，尽干些伤风败俗的勾当。”

他二人话音未落，忽听得一声巨响，仿佛是晴天里打响了惊雷。八十多斤的链锤飞了过来，那链锤银光闪烁，好似一条银蛇首尾呼应，拦在当道。

那徐平贵、吕简顿时便吓出了一身冷汗不由得慌忙后退，贾珊、柳湘莲也是惊叹万分。一般来说，用飞锤的都是些个好用蛮力的莽夫，用起来也往往不讲什么招数套路，所以练武的行家很少有人用链锤来面对面地厮杀，只是绿林道上的一些喽啰总是趁着月黑风高，冷不防地来一下子暗箭伤人而已。

可这一回却偏偏遇上了不走寻常路的武林怪杰，这人相貌堂堂仪表方正，只是那一头的卷发像极了京西贩打糕的回回。

他这一首锤不沾地平空掀起巨响，是在打草惊蛇，足见此人光明磊落不屑于偷袭暗算。

“不曾想世间竟然有这样的人物。”众武夫之中不知道是谁发出了这样的一声感叹。这情形确实让众人是叹为观止。“想不到这下九流的器械竟还有这般玄妙的变化。”柳湘莲由衷地赞叹。

若是换了旁人，就算是有这般技艺也没有这般的气力，竟然将那冷冰冰的死物件儿舞得跟活物似的犹如浑身长了眼的精怪一般死死地盯住了“一刀仙”和“赛温侯”这两位响当当的盖世英雄。

吕简、徐平贵两人是屏气凝神，严严实实地守着门户不敢大意。就好像两头河边吃草的小鹿忽然遇到一条穷凶极恶的五步蛇，两头小鹿别无退路只得背水一战，看那尖锐的鹿角迟迟不敢向前一步，而那条五步蛇在两头小鹿面前不断地挑衅，让两头小鹿摸不透它何时露出那凶恶的毒牙。

“浑蛋。”贾珊冲那帮赳赳的武夫吼道。可是在这刀口浪尖之下，杀气腾腾，稍有个闪失就要血溅当场，这一出手就像开弓的箭，泼出去的水，又怎么能收得住手？可若不停手照这样下去不是你死便是我亡，正所谓两虎相争必有一伤，无论哪一个都是国之栋梁，这未上战场便有英雄好汉死在自己人的手里，让贾珊好生无奈，可又拉不住这缠斗在一起的三位赳赳武夫。

“老七，收手吧。”一位面如冠玉，相貌端正的汉子喊道。那卷毛汉子凭空转了一圈，闪过了刀光剑影，一眨眼，三人之间高下立判。徐平贵和吕简两人的动作呆板僵硬，而那一位却从容镇定收放自如，叫众人很是佩服。

“末将参见元帅大人。”一个高鼻梁，面如冠玉的人向贾珊下拜道。他一个眼神过去，刚才那个使链锤的卷发人和另一位浓眉杏眼的人也忙跪下向贾珊请罪。

“你们就是豫西小梁山头领杨氏三雄？”那三人跪地磕头，不敢应答。“吕简，徐平贵。”贾珊训斥道，“你们怎么不听我的号令就私自动起了手？”

那吕简一个劲儿地磕头认错，倒是那徐平贵依旧不服气地说道：“贾大人，这几个人不是好人，您可千万不要信他们的鬼话。”“徐先生，你这是什么话？”那个杏眼浓眉的人反驳道：“我兄弟虽然出身绿林，但自被朝廷招抚，我等绝不敢有二心，情愿效命沙场与胡人拼个生死，以赎旧日之罪。”“说的好听，谁知你们哥几个会不会临阵倒戈。”“徐平贵，你不要欺人太甚！”

“都给我住口。”贾珊喝道，这些人才停住了争吵，他待众人都静下来之后，向徐平贵发问道：“你凭什么说这几个不是好人？”“大人，您别看他们豫西三杰在江湖上的名声甚好。那川陕七害中的狼心秀才羊老五跟他们几个是亲兄弟。”听得这话，贾珊也不由心里一惊，那个被仇铭镝打死的羊狰，当年曾在流云寨外边闯荡过，在道上有两个响亮的名号，分别叫作狼心秀才和赛罗成，这一点贾珊是知道的。“看来你和川陕七害很熟啊，不然怎么什么都清楚？”那人反问徐平贵道。这话说得不错，川陕七害中的马三娘人称黑皮西施又名蚀骨蝴蝶，是徐平贵的哥哥徐重贵的大姨子。“都给我闭嘴，”贾珊发令道，“往昔的事本官无心计较，若是再犯定斩不赦，你们退下，若有事自会派人来叫你们。”

“徐平贵，吕简。”待杨氏三雄走后，贾珊冲这两人发话道。这两人吓得跪地磕头。“大人，我们不该意气用事得罪同僚。”“你们的心思我明白，你们先回去反省，来日自然有话要问。”

“这些个赳赳武夫火气可真够大的。”贾珊谈道。“杨氏三雄本为草寇，现在也已经领兵拜将。而这些武进士都迟迟得不到任用，也难免会借机生事。”甄宝玉言道。“你的意思是要我任用这些武进士？”

这话一出口让甄宝玉不由得有些害怕。自太祖皇帝开国以来科举取士便是国策，这科举分文武两项，满朝文官大多是由此途径做官（少数是通过翻译考试到理藩院任职，还有就是通过皇帝的格外开恩，如贾珊的叔父贾政便是由此途径未经科举考试做官），而武举一途却……

武举考试虽然不像文科八股取进士那样红火，但也是兴旺非凡，历年下来，应试者如云，及第者无数，可真正得到任用的却少之又少。及第的武进士在军中经常受到老行伍、旧勋子弟及在朝文官这三家兵马的排挤和刁难，往往是得不到任用，便被挤出官场。长此以往，应试的人也自然是心中有数，多数人还不敢图什么出将入相，大好的前程，要的只是借举人进士的名分免掉本家的差役而已，要么就是这些赳赳武夫的门第之见，武林上争排行的勾当罢了。

可眼下国难当头，太平皇帝水无忌想起这帮子不上不下的武夫来，下诏让贾珊从中选将才，及第的众武人一时间热血沸腾。吕简、徐平贵更是摩拳擦掌，可贾珊却丝毫没有让这两人领兵作战的意思，相反绿林强盗出身的杨氏三雄带领旧部，做着朝廷的武官。看得这二位好生眼红，便要故意生事。

“你的意思是我应该好好任用这些个武状元、武探花吗？”说着贾珊的眼中射出来尖利的目光，吓得甄宝玉不由得连连后退，缓了一口气才说道：“这些人都是多年辛苦习武取得功名，如此恐怕……恐怕不妥。”“你什么意思？”贾珊冲他喝道。“我只是……”甄宝玉支吾着说不出话来。“你是想说我厚此薄彼，军中用的不是草寇就是旧族子弟？”说着贾珊的那张本就苍白的脸，顿时充满了血色，将口气缓和了一下，再次跟甄宝玉讲道：“甄宝玉！你我是姑舅兄弟，我可没把你当成是外人，你的心思我明白，那些个进士论功夫没的说，有那么几个连我都不是对手，可以匹夫之勇，何能战退千军万马？何况近世火器日益繁盛，一阵火雨下来不知要葬送多少英雄的性命。又有多少好汉被震得尸骨无存，最终难分彼此地埋在一起？”

甄宝玉见如此情景，叹了口气讲道：“他们也不全是有勇无谋，我看过他们写的策论。”“纸上谈兵的玩意儿，看不出真东西来，况且武举的策论，不像文科的考试要朝廷层层密封才能过关，其中多有水分，免不了有代笔之嫌。”“可那杨氏三雄毕竟是绿林出身，难免会生出二心。”“这可是你把他们从豫西请过来勤王保驾的。”贾珊对他讲道，同时用那一双锋利的眼神，将那姑舅兄弟盯得死死的，直到他不再敢言语才开口讲道：“他们几个虽说绿林出身，但却深知用兵之道，从外地赶来勤王的官军，多有扰民之举，而他们的手下喽啰一路上却秋毫无犯。”

“表哥您的意思是让他们去做宋公明，为朝廷征方腊、剿辽邦？这也确实是条妙计，当年孙绍祖河南追杀魔教的右护法左立豪，正是因为不敢到他们的地界生事，方才作罢，在言官那里落下了把柄。这叫以毒攻毒，以匪攻夷，是为上上策，只恐那杨氏兄弟狡猾，难以驾驭。”

甄宝玉忽然想起，那次贾珊剿灭了孙绍祖。当时他甄宝玉便赞叹道：“天下英豪，无出表哥之右。”可贾珊便说：“这算得了什么！”“表哥，孙家兵力雄厚，如此便被平定，他日征剿北国生擒胡酋也指日可待。”那时贾珊低头不语，今日脸上便显得难看，更像是从棺材里请出来似的。

这让甄宝玉好生害怕，忙找了个由头便走开了。待他一走，贾珊便向羊狞发问道：“狞娃子，豫西的那几个你可认识？”“回爷的话，看样子，像是被祖奶奶当年赶出去的貂哥哥、獴哥哥他们。”“怎么，你们一个村的抬头不见低头见，又是自家人，怎么有认不清的道理？”

羊狞忙解释道：“凡事不敢瞒爷，奴才家虽说是小样人家，可是非却不少。”接着，羊狞便将其中的经过，一五一十地讲与贾珊……

“有这种事？”贾珊惊呼道，“他们竟是被老姨奶奶赶出去的？”他不敢信自己的耳朵，因为在他看来那杨氏三雄举止大气得体，态度不卑不亢与流云寨其他的羊氏诸人，似有天壤之别。更不敢相信，他们会是老渣子羊狰的同父异母的兄弟。这三位虽说是绿林出身，但却显得温文尔雅，看起来不像是江湖上流浪生死的强盗，倒像是耕读人家的子弟。

“狞娃子！”“爷。”“你说祖姨奶奶是为啥把他们赶出家门？”“此事说来话长，当时奴才也都是听老辈人讲的。”“就把你知道的讲讲。”“奴才遵命。”

那是多年以前的事……

自羊显玗奶奶被宁国公贾演的正妻柳夫人送到流云寨开始算起，她在这里住了多少年，流云寨周围的百姓就被她祸害了多少年。

宁国府已故的女主人，贾珍的亲祖母鸠夫人，即便是睡在异母哥哥丈夫贾代化怀里的时候，也能在梦里记得当年那些血腥的勾当。从她记事起，母亲羊显玗便和哥哥羊斑从外边那些落单的商客那里带来了一些血淋淋的物件儿。

腥浊的迷雾在川陕边境上正如陈年的老酒越发地浓厚。流云寨周围数十里，因这些血腥勾当被搞得一片萧条。本来已在灭门边缘的羊氏血脉，反而越发地兴旺，不想竟出了预料之外的变故。

“祖奶奶，我知道那些粉头每天孝顺不少场子上的利钱。”羊家当时的族长羊貂为了赶走住在流云寨的土娼，竟和他的祖奶奶羊显玗起了争执，“可是怕就怕咱们的子弟和女眷被这些人带坏。犯不上每年为了那区区三百两把……”“区区二三百两银子！你貂四爷好大的口气！”没等他的话说完，羊奶奶便动起了肝火：“听你这么一说咱家不像是给那两个畜生的子孙种地，倒还像是在昭武皇帝手下当王爷的活法，好像还是当年在官场响当当的羊家。那年头日子是好，过得既体面也风光，扶桑和中土之间的买卖全都是咱们家过户。那时候别说叫使上个二百两，就是两千两又能算个什么，可眼下又是个什么光景。你们长房的日子倒是不错，当着二道桩头（从流云寨附近几个孤立的皇庄，以租的名义从庄头手里找地占下，再转租给别人），又弄这私货（主要是私盐），在汉中还有些个实在玩意儿。你老子养的小老婆，买得起江西的粉头，可别忘了你们那些本家兄弟，几个汉子共一个老婆的多的是，那这些钱又不是我一个人花，总是要周济一下那些过日子过不下去的孩子们。”“祖奶奶，您的苦心孙儿明白。只是再穷这风气不能坏，这风气一坏，凡事都难办，满桶的清水，倒在无底的杯子里，又能顶个什么用？”你有来言，我有去语，这祖奶奶和玄孙子任谁也说服不了谁，最终闹得不欢而散。

“家中有事，孙儿就先行告退了。”说着羊貂转身就向门口走去，直到快走出去的时候，羊奶奶竟迈着小碎步（又名蜘蛛锁魂步），闪电般地挡在门前。“祖奶奶有何指教？”一时间左右开了不知道多少巴掌上去，“小子翅膀硬了，回去好好反省。”

羊貂是羊氏一族的族长，平日里也很是威风，今天被羊奶奶当众扇了嘴巴，心里很是烦闷，回到家里舞枪弄棒，操练一番，忽然便传来了敲门声。

那羊貂正要去开门。“老七，让他们去，不要理会。”“四哥哥，要是有急事怎么办？”只听那羊貂言道：“真要有急事翻墙也能进来。”谁知话音刚落便听得：“浑小子，难道要你祖奶奶我翻墙进来吗？”

羊貂只得开门去给他的祖奶奶请罪认错。“起来吧。”说着羊奶奶看着自己玄孙子脸上青一块紫一块的杰作，便语重心长地说道：“娃子们，你们年轻，又想过体面的生活，是应该的。只是干什么都不能急，咱羊家现在这个样子，要想真正地活出个模样来，恐怕也得到你们孙子那辈。”“祖奶奶，有件事不知道当讲不当讲。”“自己人，但讲无妨。”“祖奶奶，虽说咱家祖上跟那边有仇，可眼下还是要和软些好。”“貂娃子，按你说该是个怎么样的和软法？”

这一问一答惊得身边的羊獴、羊狸一身冷汗，生怕祖奶奶变脸。可这一回却相当反常，羊奶奶反倒心平气和地说道：“貂娃子，祖奶奶我果然没有白疼你，确实有些见识，可惜那是一座冰山靠不住的。”

“娃子们，”羊奶奶吩咐道，“沏茶去，祖奶奶我口渴了。”羊貂亲自将新进的六安茶沏了一壶。“貂娃子，这茶是最近的，一点也不便宜。”“孝敬祖奶奶是应该的。”“不错，这茶确实是清凉败火，只是你们几个不惹我生气，比什么都强，祖奶奶喝这个去火，你们几个也别闲着，出去打些野食回来。”

所谓打野食，就是在川陕交界处的某个不为人知的角落，干些个图财害命的勾当。羊貂等人满脑子里想的是将来如何过体面日子，对此很是反感，可生怕祖奶奶发火，只得硬着头皮去干这档子买卖。

这一路上祖奶奶有交代过，娃子们都仔细着点，那些有钱有势的就不要招惹，一来眼下风声紧官府查得严，二来先放过去，等养肥了将来再下手。就专找那些受苦的倒霉开刀，反正都是受罪的命，也算是积德行善送他们超生。

“猛兄弟，”在密林深处羊貂对羊猛低语道，“这小子饿得前胸贴后背，还是放过他的好。”“貂兄弟，要落了空，祖奶奶的脸上可是不好看。”

这是一个身形瘦弱的白面书生，哪里招架得住这样的一伙人。“这么个空身子上能有多少油水？”羊貂疑惑道。“还是先带回去，祖奶奶自有安排。”

羊猛说得不错，羊显玗奶奶却有一番再巧不过的安排，在她老人家的手里，可谓是人尽其用，物尽其用。在流云寨羊氏诸人中最穷的便是多姑娘家。即便多姑娘一直将省下的钱财从她当丫鬟期间就往娘家寄，可她家却依然是村子里面出了名的漏斗户，这个状况一直持续到她去世为止。

正好这一家刚死了耕牛，这个不幸的苦差事刚好摊在了可怜的文秀才的头上。“混账奴才，吃得多干得少。”那时年岁还小的羊脂也跟在她几个爹爹的屁股后面起哄。终于有了白干活的长工，这位荣国府未来的脂姨奶奶，于是乎也摆起了小姐的架子。

“小姐，赏奴才一口饼吃吧！”文秀才累得半死，气喘吁吁地向羊脂乞求道。这位将来威风八面的脂妃娘娘，此时却很是犹豫。一来祖奶奶有吩咐，就是要让这些牛子们半饥不饱的才好摆弄；二来羊脂自己也不一定顿顿都能吃上饱饭。过了许久之后，羊脂看着文秀才心也不禁软了下来。思前想后好半天才将祖奶奶赏给的白面馍馍，掰了一半送了过去，不想……

谁知那文秀才竟生出了歹意，竟扑向羊脂，所幸的是被脂丫头的本家哥哥羊貂及时发现。“浑蛋，我妹子好心给你吃的，你这奴才却忘恩负义。”羊貂把他挂在树上质问道：“小子你是不是不想活了？”“要杀要剐，就尽管来吧！”文秀才刚才的话让羊貂很是吃惊，于是乎羊貂揪住他的头发问道：“你是想早点超生。”“我本来有年老的父母，需要人来照顾，不想竟落到你们这群畜生的手里，想爹娘受苦无人照料，就算活着又有什么益处。”说着那文秀才泣涕涟涟，本来想打他一顿出出气的羊脂，也不由得下不去手。

“这是你的家信？”羊貂指着搜出来的东西问道。“你别碰那东西。”文秀才叫道。“你们家是浙江的，怎么没事往四川跑？”“做买卖赔了。”羊貂不信，便一把按住了文秀才的胸口，这架势似乎要将他的骨头压碎，“说实话！不然你这辈子也休想再见你的父母。”

在羊貂的逼问之下，这文秀才不得不说出了实话。文秀才祖上本来是忠义之士，衣冠之家，他家先人得罪了前朝的皇帝竟被贬为堕民，所谓堕民便是子孙不能参加科举，不能务农、经商，只能干些个打更、拉皮条、抬死尸之类的营生。江南一带对堕民很是厌恶，特别是绍兴，如果堕民敢进酒店或是客栈的门，便会被其他客人群起而攻之，甚至殴打致死。

文秀才的父母为了潜入民籍，这才不得不千里迢迢带着他从浙江赶到四川。他的家境并不是很好，可父母依然供他读书，这次进京赶考，很是不幸名落孙山，一来因为回家愧对父母，二来也缺少回家的路费，便不得不出去卖力干活，谁料想竟落到如此地步。

“貂哥哥，你放了他吧。”羊脂向她的本家哥哥求情道。“脂妹妹，那你家的地谁来种？”一时间，羊脂哑口无言。“让这小子走吧，让四叔哪天去我们家宰头牛回去。”

文秀才千恩万谢，转身便逃，可最终还是翻不出羊显玗的手心。“不中用的东西，吃得多干得少，来这没几天，便想着逃跑。”羊奶奶骂道。“太婆婆您消消气。”她的一个孙媳妇，一边将文秀才剖腹挖心，一边笑盈盈地跟羊奶奶说道：“这小子的心肝不错，正好给您下酒。”“祖奶奶！”谁知道这回羊貂闯了进来。“娃子，我知道，这件事你还是想不通，你祖奶奶我这辈子比窦娥还冤的人见得多了，却也不记得六月份下过几回雪。”

听完这话羊貂转身便出去了。“长房的这些娃子真是越来越没规矩。”“太婆婆，您消消气。”识大体的孙媳妇劝和道，“年轻人火气冲，您老大人有大量，貂娃子他们等过几年就懂事了。”“五婶婶，您别老护着他们。”羊奶奶的一个重孙子插话道，“咱们羊家娶不上好媳妇的汉子多的是，可他们长房却养得起小老婆。那个他老子从汉中买来的翠喜，才多大年纪，他们哥几个便白养活着，当长辈似的凭空养着。”“娃子，敢情你是打起了翠喜的主意来了！”羊奶奶的这番话说得不紧不慢，可却惊得那人面色惨白，好半天才缓过气来。“祖奶奶，我可真没别的意思，他们长房的小子，不接济同宗的兄弟也就罢了，连祖奶奶您也不放在眼里，我实在是咽不下这口气。”“你的话确实有那么几分道理。”羊奶奶说道，“这些个娃子翅膀硬了，可就不再听使唤了，明天叫四房里的娃子把翠喜带走，但你小子已是有老婆的人了，就不要再想了。”那孙媳妇忙劝道：“太婆婆，只是这些孩子的脾气坏得很，怕生出事来。”“没事！我派猛娃子去说和。”

羊猛兴高采烈地回来向羊奶奶报喜道：“祖奶奶，貂老四从了。”“那好，从外边随便起了坟头，把翠喜丫头埋了。”羊显玗的话一出口，众人皆没有头绪，再看羊貂抱着翠喜的尸体走进屋来。

“干得好，干净利落，不愧是我羊家的孩子。这小坟头也确实不是守寡的料，死了干净。”羊奶奶突然话锋一转说道：“貂娃子，这小粉头，好歹也是你的长辈，做了这种事，我羊家恐怕也留不得你。”

那羊貂也是聪明人，向羊奶奶拜了几拜，便带了一些财物和自家兄弟羊獴、羊狸转身便要离开流云寨。三兄弟骑着马出流云寨的时候，羊显玗奶奶似乎变了主意。无论八条腿的蜘蛛还是百足蜈蚣，都不能奔跑或是跳跃，只能一步步走着，可就是这样的生灵有时候行动起来却快过闪电。羊奶奶她老人家走的时候，进二退一的小碎步，竟然在此时能够追上四蹄生风的烈马。

“你们几个死娃子，难道就不能改改你们的脾气？”羊奶奶语重心长地说道。那羊貂忙领着羊獴和羊狸给她老人家磕头且言道：“祖奶奶，就算到了天边，我们依旧是您的子孙，要是在外边混不出样子来，我们绝不再返回故乡一步。”“小孩子家家总是那么大的口气，”羊奶奶不由得叹道，“只怕你们今后再也休想回来。”

言毕，羊奶奶像鬼魅一样走开，仿佛就是在踏风而行。

“老伙计你怎么在这？”羊显玗问道。那是一个鹤发苍颜的老胡人，羊显玗奶奶的老亲家。那人似乎所答非所问地言道：“都是好孩子，你却把他们赶走。”“老伙计，不是我心狠，只是这几个孩子的心太大，早晚要生出事来，故而我便留不得他们。”“老妹子，你此言差矣，依星相而言道，他们前途远大，只是这一出去便不会再回来。”羊奶奶淡淡地苦笑道：“那元丫头出生的时候你就在瞎说什么，咱张羊两家人，将因她而显贵。可现在这些年下来，又成了个什么样子？那三个娃子是有气度有本事的，若在乱世确实会有一番作为。可眼下水家的江山虽说刚开始在走下坡，可终究气数未尽，恐怕也成不了什么气候。”“天上星宿从来不会虚言，眼下如此，不见得将来如此，记着我说的话。”接着这老太爷便念叨起怪异的话：“非常之世，非常之人。沧海扬波，反使江浊。”“非常之世？”羊显玗奶奶疑惑道，“从前晚朝景到水恒仁入关那几年，确实是非常之世。可他家立国自现在尚且不到百年，怎么又到了非常之世？况且你下边的沧海扬波，反使江浊，说的又是什么？那江河还有沧海分别指的是什么？老伙计！老伙计！”许久没有回音，顿时这百岁老人便与世长辞。

听到这个消息后，原来被他老人家赶出家门的羊狰一时间喜上眉梢。这羊狰本事非凡，在外边也确实闯出了名声，和什么浊骨蝴蝶、日里无常等人结义并成为川陕七害。只是后来，因他们为人奸诈不讲信用，在黑道上的路也越走越窄。得到消息后连夜赶回，给祖奶奶请安。

“我说狰五爷，你在外边风生水起，在我老婆子这又请的哪门子的安？”“祖奶奶，我羊狰就算走到天边也是祖奶奶您的玄孙子，老四他们几个可真不怕报应……”“行了！狰娃子，你现在竟然敢欺负祖奶奶我蜀中无大将。”

这一句话吓得羊狰浑身发抖，直给她老人家下拜磕头。“好啦，我也知道你狰娃子有孝心。只是有两件事小子你必须依我。”“祖奶奶，别说是两件，就算是两百件，我也给您办……”“少在这吹牛。”没等羊狰吹完他的牛皮，羊奶奶便不耐烦地打断他的话。

“这头一件，你五叔家媳妇生的那貔娃子是你的种，这个我是知道的，只是以后你们只能做兄弟，而不能成父子，以后再不得去你五叔家纠缠。”“祖奶奶，这有何难办，我照办就是了。”“好！这才是乖娃子。还有件事，也要和你说说。”“祖奶奶您老只管吩咐。”“娃子，除了你的两个不成器的哥哥，这长房之中就你最大，按理说这个家早该由你来当，只是你在外边多年，怕众人不服你，不如这样，把你家在汉中的那些地，给大伙匀匀。”

这番话让羊狰心里好生的难受。他这一次之所以要回来故里，可真不是为了孝敬他的祖奶奶。一来他在外边结下了大批的仇家，不得已到羊奶奶这棵大树下乘凉；二来虽说他这些年下来发了好几笔横财，可到手的钱财，往往很快就被他老人家给挥霍掉了。故而惦记起父亲留在汉中的那些个产业来，一听祖奶奶如此安排，真像是被鬼魅叫走了魂魄。

“娃子你放心，这是祖奶奶借你的，到时候还你。”“都是自家人，何必如此，我的钱就是大家的，我的地就是大家伙的地。咱们羊家的人有什么麻烦尽管找我好了。”“狰娃子！”羊奶奶说完这三个字，便没了下文，羊狰见势头不对，赶忙按她的吩咐把地都分给了众位本家。自此一直到后来被仇铭镝暗算身死，便一直都是羊家的族长。

羊貂等人出了流云寨以后，便分别把他们的姓名改成了杨召、杨蒙、杨理。他们开始以替人保镖为业，可后来豫西的悍匪岳无钟为了拉他们入伙，故意使人去开封陷害他们做贼，于是这三位便只得做了草寇。到后来，羊貂却娶了那岳无钟的女儿，在岳无钟死后便成了那一路流贼的总头领。再后来，便被甄宝玉招安。

水无忌集合来的那八十万大军，走得似乎比蜗牛还慢，走了十余里便要安营休息。

烦心的事弄得贾珊一夜未眠，此时忽闻羊狞来报，“甄宝玉求见。”

“宝玉你来此有何贵干？”贾珊问道。“岳丈让我告诉你，那杨氏三雄狡诈多变，千万不能信任，当立即除掉以绝后患。”贾珊思索良久之后，正要开口却又听见外边来报那羊獴求见。“快叫他进来。”谁知那羊獴一进来便跪在地上，俯首痛哭不已。

宜解不宜结

原来，就在白天的时候，事情又再次出了变故。“貂哥哥，獴哥哥，你们说咱们这一干兄弟出生入死为朝廷杀贼立功，到头来不会落得跟水泊梁山一样的下场吧？”那羊狸问道。“这还算是好的。”羊貂的脸色很是凝重且言道，“南关以北的兵马是朝廷的精锐，可却被番兵像割草一样地杀败了。眼下朝廷征调的兵马虽多，但这些天看下来又多是乌合之众，恐怕难以取胜。”“荣国公是当世的名将，用兵如神，仿佛诸葛再世，事情或许会有些转机。”“嗨！”羊貂长叹一声言道，“荣国公当年奔袭大梁，何等的神速，军容齐整，对沿途百姓秋毫无犯。而今一日行军不过十余里，士气低落，军纪涣散，此外临阵分兵，乃是兵家大忌，何况是对付红眼鞑子这样的强敌。可他却反其道而行之，有意调开索伦骑兵和自己的一部分旧部，又让王太尉手中的南军留在江南待命。前后间竟判若两人，只怕他也是明知不可为而为之。”

“原来是让兄弟们送死！”“走他娘的，还是回老地盘逍遥去。”“与其这样，不如干上一票。”听完羊貂的分析后，众头领是一片哗然。

一时间众说纷纭，羊貂也拿不定主意。倒是他的妻子岳夫人，从容镇定地说道：“大家是刀尖上舔血混出来的，没几个是怕死的，可就算是要死，也要死得值，死得赚，白白去送死，到头来还是草寇，没人会心疼。不如先撤了，等来日再杀回来照样可以报效君父。”羊貂便带领旧部私自离开了营盘，只是那羊獴死活不肯离去。

“我三劝两劝，可还是死活拦不住他们，弄了半天只留下了几千人。不敢有他求，指望国公也放过这些留下的兄弟，也放过我那两个兄弟。”羊獴交代完事情的前因后果，霎时间甄宝玉便尝遍了人间千万种滋味。倒是那贾珊却不愧是开国以来的第三位荣国公，他不慌不乱，镇定自若地将羊獴扶了起来，且言道：“这算什么，我本来便要调他们出去见机行事，没想到羊貂他头脑灵光，早了一步。”

贾珊如此安排让甄宝玉是匪夷所思，找了个由头，便出去了。那羊獴激动地向他伏地下拜，他忙将羊獴拉了起来。“羊将军你尽管放心，羊贾两家本是亲戚，后因奸人挑拨，有些个误会，也是多年前的事了。也请你转告你手下的兄弟，他们若是想另谋高就，我贾珊决不强求。也请派人转告……”

贾珊的话还没说完，大内总管徐公公便闯了进来，说是太子嫔妃娘娘有旨宣他觐见。

凤眼鹰鼻

到底是哪个娘娘找他，贾珊心里自然明白。这贾芬也很是精明，借口要去方便，转身便要回避，却被吴皇后一把拉住。“娘娘，让毛孩子知道这些事情，总不是那么回事儿！”“大胆的奴才。”吴皇后再次对贾珊发起了她的凤威且言道，“什么毛孩子，君臣之间竟敢无礼。”贾珊只得低头谢罪。

吴皇后抚摸着贾芬的头说道：“贾珊，本宫知道你一直在为贤德妃的事怨恨我，你们全家都是这样，你说呢丫头？”说着她便用手指挑起贾芬的下巴说道，只听贾芬忙应和道：“奴婢生是娘娘的人，死是娘娘的鬼，一心一意服侍娘娘怎敢有二心？”“你不因你姑姑的事怨恨我？”“那些年奴婢在北边，宫闱之事无从知晓，何况奴婢现在是太子的人。”

待贾芬表完忠心后，吴皇后对贾珊言道：“你的这个丫头可真是聪明，我倒觉得太子有些配不上她。”“娘娘过奖了。”贾珊不温不火地言道。倒是缩在一旁的贾芬吓得不敢说话。“不管怎么说贤德妃也已经过世，她的儿子现在也只是辽王且不成器得很，就算是将来得势也未必记得你们荣国府。只要你能一心杀敌，我就让这丫头将来做昭阳正宫。”“臣不敢不尽心为国效力。”“哼，我看未必，你瞒得了陛下，可瞒不了本宫！”

“集合所有兵将尚未必能胜叉叶，何况兵分三处。”“恕臣直言，眼下用兵与送死无异，叫大江南北一十九省健儿皆去殉葬，臣于心何忍！”“贾珊！”吴皇后激动地站立了起来，但因为是小脚，差点摔倒，幸得被贾芬扶住。“你身为大将，朝廷对你寄予厚望，竟未战先胆寒，你也是堂堂七尺男儿！想你家祖宗何等的英雄！到你这辈子孙，竟如此畏敌如虎！”“若娘娘真为国家考虑，便请奉劝陛下以退为进，坚避清野，叉叶君臣不顾艰险，冒风雪以犯我朝，虽有出其不意之功，却难免有后援不及之害。时日一久，利我而不利彼，何愁不胜。奈何陛下与娘娘不肯依从。”

吴娘娘原本怒气冲天似团火，可眼下却心灰意懒似块冰。忽然坐下去对贾珊说道：“贾将军，你为国事操劳辛苦了，且先回去，他日自有安排。”

待贾珊走后，吴皇后猛地一下抓住贾芬的手腕说道：“丫头，你说本宫该如何是好？”“回娘娘的话，奴婢小孩子家什么也不清楚。”

忽的一巴掌打在了贾芬的脸上。“死丫头，少在这和本宫耍心眼子。”“娘娘恕奴婢直言。”芬丫头便做哭泣状言道：“奴婢姥姥家有句话，日上三竿才下地，休怪他年饥荒。我爹爹一回来就买军械练兵可到现在也没有见过样儿来（说到这吴皇后很惭愧，正是他和父亲吴天佑逼迫贾珊回家守孝。眼下用贾珊的话说，可以勉强抵挡一阵的精锐且不足两万余人）。我父亲拦着，不让陛下出征，娘娘若当时肯硬着头皮劝阻圣上，也能听得进去。可眼下搞得声势浩大，再让皇上回头只怕难于登天，让陛下如何拉得下脸。”

听完吴皇后也不由得长叹道：“眼下也只得走一步看一步了。丫头，本宫和你爹爹的话，你也听见了，本宫也是一片苦心。”接着便像哄亲闺女似的把贾芬好生地安慰一番。

待芬丫头走后，吴皇后向徐公公问道：“您怎么看这丫头？”“回娘娘，这太子嫔凤眼鹰鼻，非是甘居人下之辈，您还是要早做打算。”“这两个丫头，谁做大谁做小还是由晨儿定吧。”

福祸所依

这一支军队声势浩大，首尾相隔足足有十来里之远。临走前贾珊曾经向中原皇帝水无忌进言道："陛下当不排、不列仪仗，行营布置宜当不异于寻常将官。且当封锁消息盘查奸细，使胡人不知陛下置于何处。"

可这一番肺腑之言，那水无忌全当是耳旁风，一路大摆排场，好生招摇，仅仪仗队足足能有三里多地。水无忌坐在车上豪气万千，仿佛回到了他祖宗创业的年月。

叉叶的兵马一路上势如破竹，使他很是惧怕，可此时见己方的兵力如此雄厚，一时间便胆气豪壮，与先前判若两人，然后说出了不打到叉叶国主谢罪称臣，决不罢休的豪言壮语来。

真可谓意气风发，可身旁的吴皇后此时却打不起一点点的精神来，让他好生的扫兴。可怪不得吴娘娘，那回同贾珊谈完话之后，可是一宿都没合上眼，倒是他水无忌在陈妃的床上美美地睡了个好觉。

他这一副从容镇定的派头无论贾珊还是冷袭都是"佩服"。他在行营里照旧早朝，与群臣商议漕运、盐务乃至为太后娘娘过寿等事宜。

"你家陛下实在是不可理喻，我们好心帮他，却被一口回绝了。"红毛使节用奇怪的语调言道。"先生莫急，"贾珊满脸堆笑地讲道，"凡事都好商量。""可是你做不了你家陛下的主。""我是做不了主，但我家娘娘是说得服我家陛下的。""那好！贾大人就请代为引见。"

这着实让贾珊为难，虽说私底下他和吴皇后也有过几次会晤，但都是打着看望女儿的旗号，于是通过芬丫头将这个意见转达给吴皇后。这皇后娘娘也只得硬着头皮答应了下来。

于是趁着夜里水无忌与佟贵人颠鸾倒凤之际，偷偷地同贾珊一起去接见嘶哈哩国的使节。那红毛使节说话很是啰唆，大谈叉叶与嘶哈哩、西元、高帽回国、波斯及西洋列国之间的关系，听得吴皇后好不耐烦。

“好了，你说的这些，本宫听不懂，你家国主到底能出兵多少？”“总共三万多人，其中七千为本国人，其余为天竹兵。在天竹士兵当中，有九千多骁勇善战舍卫国人。”“什么？”吴皇后握紧双拳言道，“这点兵马做得了什么？”“娘娘，我国三万人马可以胜过贵国的百万雄兵，不信您可以问问贾大人。”

“贾珊，他说的可是实话。”吴皇后问道，贾珊苦着脸言道：“虽有些水分，可却是根救命稻草。”“那就全权仰仗贵国仗义出兵了。”吴皇后对那红毛使节道。

“不过，有个小小的请求。”那红毛使节用奇怪的语调慢条斯理地言道。“贵国仗义相助，凡事莫敢不从。”吴皇后言道。“其一，请准我国商船进入长江口岸一概免税，官兵不得无理盘查；其二，我国侨民若在贵国犯法，应与我国官吏协商处理；其三，请准我国驻军在广东沿海一带。”吴皇后看了看贾珊，贾珊点头示意。于是乎想了好一阵才咬牙答应下来。

待那使节走后，吴皇后向贾珊质问道：“到时候陛下反问下来，该如何是好？”“到时候自有办法。嘶哈哩人唯利是图，且重利轻义，到那时以上的三条一条也不应准，可也免不了花上几千万两银子，去打发他们。”

“几千万两银子，你国公爷好大的口气。敢问这笔钱可是从你荣国府的账上出？”“从贤德妃省亲到现在练兵，已经把臣的家底掏空，以臣之见，还是该让国丈大人多出些血本。”吴皇后似怒非怒，似笑非笑地对贾珊说道：“浑蛋，贾雨村的话一点不错，你可真是打得好算盘。好好干，我就让这丫头将来做正宫娘娘，不然当心我让皇上诛你九族。”“臣遵旨。”

迎祥堡位于一片石南边二十里外，进可夺回南关断北国兵马之归路，退可以此为依托阻击叉叶兵马进一步南下。可不巧的是，叉叶的两支仆从军却早他一步抢先占了这块宝地。

一支是由冷袭名分上的表哥古儿林少可汗丹枭识麾下的骑兵，这支军队名声很响，到了中原之后名声更响，与之交手的各路官军总数不下二三十万，可却相继败下阵来，故而一些北边败下来的将领，听说贾珊要他们夺回被占领的迎祥堡，一个个哭天喊地地劝阻统帅说那根本不是人，而是白面朱唇，吞食活人血肉的饿鬼。

至于另一支偏师真是地地道道的乌合之众，这些个吊儿郎当的军士，本来便是绿林上的惯匪，被叉叶人抓获的降卒及平头百姓，其中只有很少的一些人是真正义忠亲王府的旧人。

飘影客和他手下的军士一样吃的是难以下咽的食物，尽管这是一支不成气候的偏师，可却是他废了九牛二虎之力弄出来的，可眼下转瞬间，便要化为乌有，便似有千万条毒虫撕咬他的五脏六腑。所幸水无忌的兵马走得比蜗牛还慢，他能争取更多的时间来操练这支军马，虽说是难堪大用可却是手中唯一的本钱。

“这哪里是人吃的饭，简直是喂猪。”一个军士愤怒地吼道。“就是在大牢里，也该给死囚吃顿像样的断头饭。眼下这就要开打了，连像样的东西都不给准备。”说话的是一个将官，此人不是别人，正是那大难不死的拦江虎贾文忠的拜把兄弟贺飞龙是也。尽管被自芳一纸官文封了个参将，可还是把碗一摔带着头闹事。

军士们一看连当官的都不听上边的了，也一个个地跟炸了锅似的造起反来：“走，不管他们谁坐天下，咱们照样在山里逍遥！”“走，谁知道他们是冒牌货还是真品，就算是天下打下来又能怎么样？封侯拜相的才有几个？”

飘影客、牛威忙带了一群亲兵赶去弹压，这支亲兵算得上是自己的嫡系人马，多是些义忠亲王的旧部，被流放到关外的旧族子弟，手中拿的火器也很是陈旧，都是些叉叶人看不上的古董，但却要胜过其余诸人百倍，在飘影客的示意下，他们朝天上放枪，一时间镇住了哗变的军士。

可尽管如此，众军士依旧脸上带些许的怒气，让赶去镇压的亲兵们也着实地害怕。飘影客想要讲几句话，平息众军士，可谁曾想此时竟开不了口，这也确实是难为他了，他的双亲因忠于先太子，不得不流亡扶桑，最终客死异乡，因而在扶桑长大的他，也是这几年才捡起了汉家的言语，情急之下，竟不知该如何讲话。

这时走出了一个女人，她五官端正，不慌不乱地走了过来，那一双大眼睛好生传神，这使义忠亲王府的老人，不由得想起了她祖奶奶那一辈人的风采，简直就是当年的穆慈太后。

那穆慈太后是太祖皇帝的母亲，想当年太祖皇帝，因部下越境，偷采人参，与高丽国交恶，那高丽王率大军来犯，号称有十万之众。太祖惶恐，正欲率众内附投靠前朝皇帝，幸被穆慈太后所劝。

那穆慈太后言道：“龙游浅滩遭虾戏，虎落平阳一张皮，离开多年经营的故地，眼下又是乱世，难免会被人鱼肉，何况近十年倭兵北犯，连番征战，早已耗尽其国中的精锐，其兵马虽众，但多为新兵，十不当一，我拼死一战，未必不能取胜。”

于是太祖皇帝率领自家的两千死士，又从妻子的娘家借来了三千索伦兵，与那高丽王血战了一场，最终咸镜之战大获全胜，扶桑国关白江户川佳德闻之后，亦遣使节来与太祖皇帝结为兄弟。

穆慈太后威严而刚毅的血液似乎并没有流淌在子孙的体内，听到外边的军士哗变，自芳和袭人吓得不敢出行宫，倒是论年岁比他们都要小的水丹灵，此时却挺身而出，她一句话也没说，捡起被一个士兵丢弃的饭菜大口吃了起来。“殿下，这怎么使得？”她的义兄牛威劝道。“眼下军中的存粮不多，我也正好没有吃饭。”她心平气和地言道。那些个军士，虽说胸中依然有怨气，一来惧怕亲兵和叉叶人的弹压，二来如此作为，也不好意思再说什么。

可她心里面明白，管得了一时管不了一世，平息了这叛乱后，她便向飘影客言道：“柳将军，你还是再到那边好好说，让他们多给些粮草，总不能让将士们饿着肚子去打仗。”“他们是不会给的。”飘影客的脸上此时看不出任何的表情，语气异常生硬，不紧不慢地言道：“他们说这些人十有八九都过不了明天，用不着为这些乌合之众来糟蹋粮食。”听了这番言论后水丹灵惊得说不出话来，飘影客则言道：“红眼鞑子只是把咱们当成让水无忌咬钩的诱饵，那边的兵马最迟后天就会过来，败下来是难免的，应该让主上早做打算。”牛威在一旁补充道：“其他喽啰到时候只能听天由命，可咱们太子府的这些旧人，说什么也要尽全力保全。”飘影客没有说话，默默地点了点头。见如此情形，水丹灵也只得含着眼泪道：“也只能如此了，难为你了，柳将军。”“在下告退。”那飘影客讲道。

那飘影客刚一走，水丹灵便流露出小儿女的神态，与先前的沉稳庄重作风，仿佛判若两人，她将茶杯一推，冲牛威发火道：“分明是在引狼入室，还非要糟蹋上万条汉子的性命！”

这水丹灵自幼在牛威家长大，其实她和牛威远比同袭人、自芳亲近得多，因而说话也就没了忌讳，于是乎她哭着大闹道：“哥，这就是你干的好事？那柳将军常年来长在扶桑，不知道其中的变故，难道你还不清楚吗？”可牛威却说道：“我又有什么办法？水洪、水无忌父子，经营多年，根基牢固，不借助外力又怎能得势？”“请神容易送神难，到时候看你怎么收场？”

这句话说得不错，牛威和飘影客请来的这瘟神，根本就没有走的意思。“兰提实这小子天生狡诈！八十万人，走得竟比蜗牛还慢。”冷袭的嘴角露出了一丝极轻蔑的微笑且阴森森地言道：“这样的玩意儿，小时候在滴金街见得多了，要上断头台了，那一小步都恨不得要一百年，可到头来又有几个躲得过那一刀。”

那探春更是得意地笑道：“兰提实是聪明人，想当缩头乌龟，想不战就拖垮陛下，可惜他做不了水无忌那小子的主，只是陛下的那个表兄，素来有二心，要是这兰提实、丹臬识合兵一处，只恐对陛下不利。虽说这两人一直就有过节，都是无情无义之辈，到那时难免会苟活在一起，荼毒生灵。”

听完妻子的话，冷袭笑了，笑得百味回肠，那故去的人，曾经的事情一时间历历在目，似乎只是旦夕之间的事情。

一些刚从前边败下来的将领，纷纷劝阻贾珊不要与古儿林交战。“大人，千万不要与那些人交战，平地上尚且败多胜少，何况他们占据了高处，恐凶多吉少。”贾珊不以为然地言道：“如果古儿林人是条狗，那么叉叶就是一头虎，如果不把这条狗赶出去，后边的那头虎恐怕更难对付。”

这时忽听羊狩来报，说是特烈西又来了，这位仁和太子，虽说是久经风浪，可这一回就很担心害怕，叫羊狩好生地奇怪，像他这种人，行遍列国，大小皇帝见了无数。真龙身刮层鳞，饿虎嘴里掏油水的主，这回竟怕成这样！

羊狩见到如此情景，仿佛嗅到了什么味道，便不由得小心起来，特烈西这一向口若悬河的主，这回竟然不敢轻易开口。贾珊顿时浑身冰凉，背上那尤龙坎的杰作不时隐隐作痛。

他尽可能地使自己看起来非常的镇定，可是周围的人无论是谁，看到他这样的脸色都不寒而栗，那特烈西吓得更是站立不稳，好一会儿才把那封书信递给了贾珊。

那特烈西恐慌之余，竟闭上眼睛，心中已做好了最坏的打算，可贾珊接过书信之后，却只是对他说了三个字：“你走吧！”

特烈西回去忙把消息带给了冷袭和探春。冷袭淡淡地笑道：“亚俄芜，你这是何必？这封信除了可以将兰提实气个半死外，毫无益处。”“陛下，这可未必，他终究也是血肉之躯，而非铁石心肠，但凡是人，尤其是男人都受不了这个。”冷袭用他那双血红色的眼睛扫了探春一眼，且言道：“你的字真好，简直和倪多芙的一模一样。”探春则笑盈盈地回答：“这就是她写的。”

这确实出乎冷袭预料，他对妻子探春发问道：“真有你的，倪多芙可是个软硬不吃的主。”“女人再爱丈夫，也比不得孩子，何况兰提实身边现在又有了别的女人。”“亚俄芫，朕该如何处理那两个小家伙？”“陛下当斩草除根，以绝后患！”冷袭却只是淡淡地笑了笑。

羊狞见贾珊脸色凝重，便向他的旧臣帖木儿打探其中的缘故，不料此人嘴巴竟跟宝瓶口似的，死活问不出话来，可自己又死活捉摸不透其中的奥妙，也很是心烦。心烦之际，只见贾政旧日的门客卜固修笑盈盈地说道：“恭喜舅老爷，贺喜舅老爷。”羊狞忙迎上去，言道：“卜先生何喜之有？”

卜固修原是贾政的门客，大抄家后便投奔了吴天佑门下。可是后来竟无意中得罪了那边管家，便只得滚了出来。这荣国府又因他见利忘义的做派，也对他很是冷淡，一时间那边混不下去，贾府又回不去，就连生计也难以维持。

所幸遇到了羊狞，对他很是礼遇，常向他请教接人待物的礼节，并以他为军师为自己谋划。卜固修卖了好一阵关子，才向羊狞道出了其中的缘故。

“狞舅爷，你说北边有何人能让爷们儿肝肠寸断？”“北边有何人？”羊狞想了一会儿，便豁然开朗，心想看来是北边大奶奶和两位少爷出事了，这样算下来，我那外甥虽非嫡系，但却居长，将来便有了出头之日。当时他便向卜固修道谢，但却怕卜固修口风不严，在军中闹出事来，早上刚称谢完，不到中午，便找了个由头，将此人正法。

飘影客在大战的前一夜，终于得到了一些难得的给养，这要感谢冷袭名分上的表兄古儿林少可汗丹枭识。丹枭识麾下的军队一路上虽说也到处掠夺，但往往只对富户官家下手，甚至还将少许财物分给百姓以收买人心。这位少可汗还很宽厚大方，飘影客私下与牛威议论他和冷袭时说：“那叉叶国主虽说威仪却心机深沉，远远不及古儿林少可汗深得人心，此人宽厚怀柔，不下齐桓。”

因此冷袭对他面上很是尊敬，不过实际上却对他很是防范。“除了这些人也该收敛一下，一不留神又让丹枭识那小子抢在朕的前边。”冷袭的兵士一路上烧杀抢掠，恶名远扬。此时才想起整顿军纪，却是为时已晚，探春则向他解心宽道：“陛下莫急，兰提实的兵马就要到迎祥堡了，到那时定有一场血战，待他们拼得两败俱伤，陛下便可坐收渔人之利。”“当年兰提实为了回归故国，能弃她而不顾，今天又定会为她拼命，听到她改嫁丹枭识的消息，确实能让小子好好哭上一场，只是到头来，这笔账还是要算在朕的头上。”

自从特烈西来过之后，贾珊的口气变得粗野而生硬，这可苦坏了他手底下的那些个军士，按照贾珊的命令，每隔二三十步便要修堡、挖壕。累得那些个老兵苦不堪言，一些老将看不出其中的门道，私下里议论，这样下去累死比战死的还多。

“小姐，你来做什么？”飘影客问水丹灵道。“他们走了（指袭人和自芳），我再不留下，如何镇住这些个赳赳武夫？”飘影客、牛威还想言语，却被她打住，只是言道：“他们不常抛头露面，寻访别人。而我却时常出去，谁都认识，怎么也得留下来？”

丹枭识那边也同样不太平。“少可汗没有必要为兰提实的弃妇和汉军在此拼生死！”“大家的意思我很明白。”丹枭识满腹愁云地言道，“只是今日不同往日，曾祖父在位时，我一人一骑可抵三个叉叶兵卒；到祖父在位时情况便慢慢地反了过来；再后来我父亲继位，情况便更糟，若是正面开战，没等冲到这些鱼皮子（对叉叶人的称呼）的身边，便有大半的弟兄倒下……”说到这儿，丹枭识眼中闪烁着泪光。古儿林众武士也不由得落下比珍珠还要珍贵的眼泪，想起那些被开花大炮炸得肢体不全的兄弟，心肠便犹如被豺狼撕碎。

丹枭识语气沉重地言道：“咱们这一世，恐怕是难逃叉叶人魔爪，但却要为儿孙辈着想，现在马上的勾当还值几个钱，做出个样儿，也好让厄尔金洗不敢看轻咱们！以后咱们的子孙也不至于苦苦养鹿牧马，就是替他们当兵吃粮，也是一条糊口的生路。”

任凭古儿林的骑兵如何挑衅，贾珊只是让军士们挖战壕修垒墙步步为营地向迎祥堡推进，绝不准部下将军贸然追击。

“将军，咱们不能就让胡人这样地欺负！”一个虎背熊腰的教官言道。“我若是不能把藩王擒来，我提头来见！”贾文忠也坐不住了，且言道：“老是走几步就挖土，挨了打也不还手，这是哪门子兵法？还不如痛快地打他一仗。”“都给我闭嘴，谁再敢胡说八道，我就砍谁的脑袋！”贾珊言毕，众将谁也不敢言语。

尽管不时有零星士兵被古儿林的人冷不防放倒，可还是步步为营，直到迎祥堡破旧的墙下。大炮齐轰，火枪齐鸣。古儿林的骑兵被打得寸步不能向前，更不用说飘影客手下的那群乌合之众，甚至自相踩踏，死伤不少。

鉴于此次朝廷征调的兵马众多，所用的火器也是七长八短，难以在短时间内教会他们排子枪的战法。便只得采用放一阵火器，火器兵退到营垒之后，让刀牌兵冲杀一阵，然后再退下，再让火器兵放枪的循环的打法。

故而贾珊的兵马看起来似乎是时进时退，如潮水般涨起来退下去，退下去涨起来，可总的看来是离城墙越来越近，似乎要将飘影客的这支偏师吞没。

丹枭识等人仗着轻骑兵风一般的敏捷的身手，从容地从阵地上撤下来，可飘影客的这支弱旅，却远没有那么幸运，他见大事不妙，便只得叫上牛威一起保护水丹灵撤出战场。

谁知那水丹灵不肯离去，对他们讲："上千条汉子在这儿送命，我怎么好意思一个人独活于此？"那飘影客强拉她逃走，却被牛威拦住，知道硬来的话，只能带走她的尸体。

水丹灵拿起还不知道怎么用的火枪心想："就此了结也算清白，可怎么也不知道这枪该如何使用。"还没等她摆弄明白，便被羊狩的勾魂索给勾去，为防止她咬舌自尽，羊狩用软麻把她的嘴塞住，这可是过去他祖奶奶绑票用的家伙。

贾珊亲自赶到迎祥堡去勘察地形。迎祥堡地势较高，取水困难，所幸前朝时挖的水井还在，不然这八十几万人吃水还真成了个问题。

"狞娃子，打了胜仗，立了功，你怎么还是这样愁眉不展？""回爷的话，奴才在想那胡人为何不将这几口井填平？""问得好，你将来肯定是个好将才。这就像在池子里钓鱼，聪明的吃口食就走，笨鱼连滋味都没尝到，便被拉上来。""爷，该不会最终闹一个鱼死网破吧？""总会有那么几条漏网之鱼。"贾珊、羊狞主仆是一脸的愁云。

金锁

中原皇帝水无忌最近兴致好得很。听说拿了一个伪公主，便要亲自审讯水丹灵。论理说这两位应该是堂兄妹，可一个是面南而坐的当朝皇帝，另一个却是披甲带锁的阶下囚。

太监们硬是堵住她的嘴，以免犯上的言论惊了圣驾，并强将她按在地上。一向怜香惜玉的怡红公子贾宝玉正好也在那。水无忌爱好宝玉的诗才，想让他写些歌功颂德的东西出来，这回也特意把他带到了身边。

水丹灵那双眼睛，晶莹剔透，让宝玉看得是好生眼熟，忽想起多年前的往事。那年他去探望袭人，无意中撞见了袭人的几个姐妹。其中一位红衣女子，看穿戴与其他几位似乎无太大分别，可细看来她们之间似乎已有了主仆之别。水丹灵似乎不愿正眼看他，可那双眼总是将异样的光芒射向宝玉。这时宝二爷只感到胸口一麻，原来是自己身上的那块通灵宝玉微微触动。

一股子灵英之气直压自己的胸口，似乎感觉是在太虚幻境，所谓的仙姑那里，可是那里总是充斥着阴森邪异的鬼魅气息。而这水丹灵那双眼睛中，则放出一阵阵的精灵之光，蕴藏着端正而庄重的气息。

“你叫何名字，为何付逆从贼？”坐在皇帝宝座上的水无忌向她发问道。水丹灵并不言语，看了他一眼便将目光移到了别处。大太监戴全见此情况，忙吩咐小太监给水丹灵用刑。

宫里边的刑法名目繁多，有什么仙人指路、五女拜寿、金玉满堂之类的狠毒刑法。女人家受过这些狠毒的刑法之后，不是毁容便是不能生育，就此落下一辈子的病根。

“陛下，万万不可！”这时怡红公子贾宝玉跑了出来。“宝玉，你有何话说？”水无忌言道。“回陛下，此女是臣的一个丫鬟姓花，名袭人。处事一向糊涂，望陛下念她无知将其饶过，回去之后一定严加管教！”“谢你的好意。”谁知那水丹灵无情地说道，“他父子兄弟手足尚不能相容，何况到我这又隔了一层。”这句话气得水无忌是怒火中烧，只恨不得将她一刀刀地凌迟。

亏得这怡红公子急中生智，从容应对，忽一个巴掌打在了水丹灵的脸上，骂道：“小贱人，这什么地方还在胡闹，亏得当今陛下宽厚，要是换上前朝的永安皇帝，不仅要灭你的九族，还要将你剥皮抽筋！”

前朝的永安皇帝是出了名的昏暴之君，宝玉如此这般表演，弄得水无忌也实在不好意思动手。“不知死活的东西，陛下仁厚不与你一般见识，看我今日不打死你。”“贾宝玉！”水无忌言道，“满朝文武在此，不是看小子管教丫鬟的，宣旨将此刁奴发放荣国府，归旧主严加看管，不得有误。宝玉爱卿带你的小心肝下去吧！”

水丹灵一身傲气哪肯认输，只是忽一想，本来引狼入室已是造孽，又何必再搭上傻小子的一条性命，可又不愿向她的仇人堂兄水无忌低头，便为自己找了一个还看得过去的台阶，冲宝玉撒泼道：“宝二爷跟我犯横算什么本事，有种跟你妹夫打一架，成天朝三暮四费人家的苦心。”“清官难断家务事，还不给朕下去！”宝玉便拉着水丹灵走出了行宫，之后便被一堆太监和兵丁押赴荣国府为奴。

这水无忌面上宽厚，但内心却十分生气。打算叫人在路上结果了这丫头，可又怕落下出尔反尔的话柄。摆弄着水丹灵身上搜出的金锁，不知该如何是好。

这金锁甚是怪异，像是乌斯藏界的物件，可上面写的不是梵文，而是奇异的怪字。

为此水无忌去请教宫中的武僧四大金刚。“陛下，这上面写的是象雄文，是黑教的东西。”听了他们的话之后，水无忌表面上不动声色，实际上心中甚是烦恼，那一旁陪王伴驾的吴皇后此时也不敢言语，却不知其中的缘故。

其实这是宗室里的一段陈年旧事。当年义忠亲王因与儿媳有染再度被太宗皇帝废去了太子之位，心中好生的烦闷，便搂着爱妾在借酒消愁。孙夫人容貌平平，但却多才多艺，为人也颇有见识，因此深得义忠亲王的宠爱。

近日来义忠亲王气运不佳，悔恨当初不肯听从孙夫人的劝告，无奈地感叹道：“商纣王听信妇人之言丢了江山，可孤却是不听爱妃之言，而白白地将锦绣山河拱手让人。”“殿下何出此言？”孙夫人在一旁劝慰道，“昔日秦琼卖马，汉高祖皇帝也曾落难彭城，太祖皇帝出了上官谷也只剩下了三人三骑……”“爱妃无须多言，孤大势已去。”他无奈地打断了孙夫人的话，只是怨恨地言道：“孤的这些子孙没有一个成器，爱妃你服侍寡人多年，可惜却没落下个一男半女。”

这句话让孙夫人思绪万千，她的祖父孙英很晚才有了儿子。可在此之前，宁国公家贾演的儿子却早已娶妻生子。而她也是前几年才有了个庶出的弟弟（这个弟弟就是孙绍祖），自己虽说是服侍这太子爷多年（已被贬），却从没有生养过一男半女，眼看这大好的年华将逝，却不见后来人在自己的膝下，片刻之后孙夫人正色对义忠亲王言道：“事已至此，大王当知足常乐，万万不可听信歹人的谗言。”“你说的歹人，可是指宇文定泰？”“殿下，此人阴险歹毒，为人狂傲……”孙夫人话还没说完，便听王府的太监来报，有乌斯藏界的黑教法王求见。

“陛下，不知那黑教法王与咱府上有何交情？”孙夫人的这番话，让义忠亲王的嘴角上不由得带上了一丝的苦笑，便把当年往事从头到尾，一丝不乱地讲与了怀中的爱妾。

当年，白利土司作乱，太宗遣时任太子的义忠亲王上前征剿，在内附的瓦剌部落的帮助下，很快便取得了全胜。

“诸位将军，那叛贼格桑博尔巴的家眷如何处置？”他向诸将军求教道。“殿下，自古以来斩草除根，何必留情。”一位老将说道，“殿下按前朝的老办法男的杀，女的发配教坊去做婊子。”这义忠亲王虽说凡事有失检点，但却宅心仁厚，一时间举棋不定。这时听说外边有当地的苦行僧求见。“什么人如此不知礼数？”身边的太监高叫道，“堂堂太子殿下，是他们想见就见的吗？”“只怕是为反贼做说客的吧！”义忠亲王冷笑道：“看看他能说些什么。”

忽进来了一个黑袍白帽的僧人，喝着青稞酒就着糌粑，也不向当时的那位太子爷行礼，也不搭理众人，便自顾自地讲起故事来了：“当年朗达玛单于要造宫殿，有棵千年的铁树怎么也不倒。朗达玛问我的师爷爷，该怎么办。师爷爷告诉他想砍倒那棵铁树只有去造一把斧头，这斧头柄要用那棵树的树枝来做，可那棵树的树枝却一样地坚硬，直到朗达玛死了，也不能动它分毫。直到有一天那树枝自己从树上掉了下来，做成了斧头砍倒了那棵树，可拿斧头的人却说砍大树不如去砍活人，砍倒了他家祖宗的江山……”

僧人讲的故事很长，让人摸不着半点头绪。众将官都想将此人轰出去，可义忠亲王却耐心地听他讲完了故事，且冷冷地向他问道：“你说该如何处置格桑博尔巴的家眷？”“今日种何果，明日结何果。吃肉的还肉，欠债的还钱。”还是让人摸不着半点头绪，但义忠亲王终究放过了白利土司的家眷，只是把他们流放到了辽西不毛之地。

“后来这和尚帮着平乱大军，安抚流散百姓。我见他教化有方，便请父皇册封他做了黑教的法王。当时他就劝我出家，说将来会有什么……”义忠亲王片刻说出了那几个字。“他胡说什么血光之灾，可依眼下情形，可真是难说得很。”“殿下请宽心，凡事当顺其自然，且听听这法王怎么说。”孙夫人言道。

那法王一见面便直截了当地讲道：“殿下，娘娘，凡事随缘不可强求。”“凡事在天意亦在人为，还望大师赐教化解之法。”孙夫人见法王如此直爽，便开门见山地说道。“此乃定数，何谈化解！”那法王便不由脸色凝重，霎时间目光如电，叫人不敢正视，缓缓言道：“不过正如娘娘所言，凡事在天意亦在人为。殿下待人宽厚，多有福报，虽此劫难消，然子孙亦有后福。”说着拿出了一个奇异的金锁，对孙夫人说道：“此金锁是唐金城公主入藏时的金如意所铸，有万千神明护佑。娘娘当赠予后来人，以备他日促成金玉之缘。”数年之后，孙夫人生有一女，便是水丹灵，她就将金锁戴到了女儿身上。这丫头出生不久，便因宇文定泰密谋兵变的事情败露，而招灭门之祸，独袭人（女）、自芳（孙）、水丹灵幸免于难。

金锁的故事在宗室里广为流传，朝廷却一直追查不到行踪，直至今日，方有了结。

水丹灵是杀是留，水无忌寻思了老半天也拿不定个主意，只得去请教父亲水洪的旧臣，外林内徐中的徐公公。“陛下，若真是义忠亲王之女，自当以德报怨，彰显我朝之仁孝。若非皇室血脉，则念其无知，责备教育，念其悔改。”“徐老之言，深合朕意。”

这说归说做归做，水无忌心中却依旧咽不下那口气，心中杀机重现，忽听见一男一女的私语之声。传唤内侍何人喧哗，实无人喧哗，只见已让内侍收入府邸的金锁，竟在自己案前。便再传旨，让太监收入府库。

夜里难以安眠，便去批阅奏章，忽听见有老者吟诗的声音。依旧不见其人，只见那金锁又在他的案前，正琢磨其中的缘故，谁知又听见蜂鸣声，好生惶恐，便起誓再不敢有加害水丹灵之意，方才安定下来。

那水丹灵的金锁弄得水无忌一夜没有睡好，可等第二天还是强打起精神去找贾珊和羊狞。“你就是活捉孙绍祖和那个伪公主的羊狞？”水无忌发问道。“回皇上，草民确是羊狞。”“抬起头来。”羊狞将头抬起，水无忌打量着他，发现这人长得很俊，只是那一双眼……

十面埋伏

“这小子确实不错，只是那双眼睛简直像条饿狼，天生的不良之辈。正好朕把他从贾珊身边弄走，省得将来弄成尾大不掉之势。”水无忌心中寻思道。“好小子，果然是一表人才，朕今日便封你龙禁卫统领。”谁知那羊狞竟说道：“陛下万万使不得，小人一介匹夫，只求侍奉我家主子，不敢有他求。至于护卫，还是圣上另请高明。”这话说得语气很是坚决，竟没有一丝一毫讨价还价的余地。水无忌身子正起来，想要发怒，帘子那边的吴皇后急忙点了他一下。

水无忌强压住火气向贾珊言道：“初战告捷，爱卿居功甚伟。此时我军士气高昂，当就此一鼓作气，乘胜追击，一举擒获罪魁祸首。”“回陛下，依臣之见，敌军虽然小败，但我军所斩获者不过是附逆的其属国之师，而不是叉叶的嫡系。况且凡事当以稳妥为上，欲造九层宝塔，必先固其根基……”“贾珊！”可水无忌却好不耐烦地将他打断，毫不客气地说道，“老婆被人抢走，却还是这样畏敌如虎，连朕都为你脸红。”说着将一个红底金字的喜字信封扔给贾珊。

叉叶的行营中正办着一起规模空前的婚礼，新娘的脸上却看不到一丝的笑意。看着镜子里的自己，倪多芙仿佛看到与自己一胎所出的哥哥冷袭。“厄尔金洗、兰提实他们两个自私的浑蛋！”她低声叫骂道，这是衔西的方言，即便是在恶洛克——她和冷袭的故乡也少有人听得懂。回想起当年，不由得百味回肠。

那是当年的一段风流事。贾珊次日便随同提南将军去征讨当时国势尚未强盛的西元汗国，临行之前特来向她告辞。

“这怎么使得？”贾珊言道，“我他日都不知是生是死，怎能拖累你做这种事！”“我看你是放不下你在南边的故国！”这句话一针见血，吓得贾珊不敢抬头，转身便要离开。“兰提实，你就真的忍心让我到北国冰原，去陪伴那快进棺材的老头吗？”

当初白发君王，小叶伽实为讨好自己的岳父古儿林可汗，便打起了私生女倪多芙的主意。古儿林与叉叶一向有家中纳妾之俗，便有意将倪多芙送与岳父为妾。

可不料却出了这种事，小叶伽实本欲治贾珊的罪，但见他从沙流岛献妙计突围而出，便改了主意。一来因他立下了战功，二来是古儿林可汗素来反复无常难以收拾，这三来……

“兰提实身世，先君王到后来是清楚的。”冷袭对探春言道，“本指望着凭借你家四世将门的老人脉，想让这小子去做入主中原的引路人，不想这小子反倒成了水无忌的看门狗。”“这奸贼真是罪该万死。”探春咬牙切齿地说道，“真该灭他的九族。”“亚俄芜别这么说，他的九族也包括你在内！”

倪多芙看着镜子里的自己，越看越像是冷袭，心中不由得有些个不是滋味。当年父亲为了拉拢古儿林可汗，送自己去做当年的那位古儿林可汗的小妾。而今与她一胎所出的哥哥，又逼她改嫁给当年那位老可汗的孙子——丹枭识。

这时探春特意过来，倪多芙只得强挤出了那么几分笑容。她笑盈盈对探春讲道：“有个不情之请，万望娘娘求陛下恩准。”“一家人，但讲无妨。”探春笑言道。“我既改嫁丹枭识，那我的两个孩子便是丹枭识的孩子，而不是兰提实的儿子。求娘娘和陛下将他们也一起带到古儿林。”“倪多芙，你真打得好算盘，到时候你再和丹枭识通融通融。等陛下一不留神，你们就可一家团聚。”探春一针见血地看穿了倪多芙的伎俩，厌厌地说道：“我劝你最好死了那条心，兰提实的身边已有了别的女人，还和人家有了孩子。你们母子过去也只能受气，不如把两个小家伙留在陛下身边享福。另外我劝你好好打扮一下，脸上总带着泪痕怎么能行，来我帮你擦擦，再多抹些胭脂，这样看起来更年轻些。”说着便帮着小姑子倪多芙涂脂抹粉。待她转身走后，倪多芙用儿时的土话低声骂道：“鞑靼婊子，杂种、该死的！”

同样是打了败仗，可待遇却大不一样。丹枭识虽然战败，但却抱得美娇娘，至少看起来是这样。

“不愧是北边戎狄，男女混坐没半点风化。”坐在偏席的牛威冲飘影客偷偷地抱怨了几句。他们和丹枭识一样吃了败仗，冷袭对他们依然客气得很，倒是那宇文定泰的脸上好生地难看。

“牛威老弟，无须多言。”飘影客对牛威劝解，“凭咱们手里的这点兵马，能有个一席之地就已经不错了，何必再挑三拣四！”“柳大哥，兄弟我不为别的，只是气不过宇文老贼的那副嘴脸。”飘影客言道：“你知道那老贼为何给咱们冷脸子瞧？”“还不是仗着胡人的势力，在那里狐假虎威。”“只怪咱们没把小公主一起带来。”牛威也是聪明人，经飘影客这么一点，心中顿时明白，不由得大惊：“这老贼难道是想……”

叉叶人的规矩，女子出嫁前，由父兄扶入礼堂，小叶伽实已不在人世，这个重任便落在了冷袭的身上。可他迟迟未到，正与几个恶洛克的匠人一起检修一门大炮。回来时安排一起做活的那几个工匠，坐在了牛威、飘影客的旁边。“这他娘的是哪国的礼？”牛威小声骂道。“牛老弟，莫要生气，这也许便是那君王的独到之处，凡事敢为天下先，开万世之先河。我一生游历扶桑、高丽、中土大小百十来国邦，未见有如此作为者！”

“兰提实，浑蛋！我要抽你的耳光，身边的婊子我要扒她们的皮。”倪多芙对着镜子自言自语地骂道，话音未落便听到了轻盈的笑声。“陛下。”是冷袭进来了。“怎么跟我也客气起来了？”冷袭对她言道，“兰提实变了心，丹枭识也不错，你凡事想开点。”这让倪多芙觉得又好气又好笑，便对他讲道：“当年他姑姑千万百计要将我兄妹置于死地，而今日你却让我和那老头子的孙子同床共枕。”“你不要多心，一国之女，匹配另一国之子也算是门当户对。”倪多芙忽然想起探春来，便觉得这女人年岁不大，但却可恨至极，于是便向冷袭言语道：“我一个弃妇尚且嫁了一国王子，兄长乃世间英豪怎能同冒牌货为伍，况汉家幅员辽阔，天下之民十有其四，若不娶其故主之女，又怎么能收这里的人心？”冷袭沉默良久之后，透出让倪多芙不敢正视的寒光，可他却笑了，倪多芙明白这意味着阴冷的杀机。

无论水无忌如何施加压力，贾珊依旧不肯松口，坚持不与叉叶军在平原上决战。可最后君臣之间却不得不达成协议，贾珊同意与叉叶的兵马决战，但必须以迎祥堡为依托。应付完水无忌之后，他亲自去迎祥堡一带探查地形。幸好当地有位百岁老人（比羊显玗奶奶小三岁）亲眼看到了当年的一片石血战，太祖入关的第一场硬仗。“老人家，此处距一片石不远，地势较高，当年黑山贼为何不据此固守，以他日反攻？”贾珊问道。

“回大人的话，宁武关的地势比此处更为险峻，依然没有给前朝的皇帝挡住黑山贼的乌合之众。此处的地形不能与宁武关相比，又怎么挡得住太祖爷的雄师铁骑？”贾珊听完这话，好半天没有说话。待老人走后，他向羊狞发问道：“狞娃子，军中粮草怎么样？”“回爷的话，军中军粮充足，可奇怪的是，我军自打在此安营扎寨之后，运粮的兵马再也没有受过敌兵骚扰，好像他们怕我军粮不够吃似的，还留下来大批的存粮，没有烧毁。”

“狞娃子，你是聪明人。”贾珊将佩剑狠狠地插入土地骂道：“厄尔金洗你打得好算盘！”忽想到什么东西不对劲，忙招呼羊狞道：“狞娃子，快让小姐传话，说有事求见娘娘。”

“什么？嘶哈哩的使者是假的？你贾大将军，堂堂的兵马大元帅，竟让市井无赖哄得团团转。”吴皇后气得整张脸都变了形状，咬牙切齿地说道，“我看你是想把本宫和陛下当作奇货卖与红眼鞑子。”“娘娘息怒，事到如今，尚有补救之法，若娘娘能说服陛下驻守关中，或南巡金陵，再遣使于波斯、丹洛、佛朗斯牙、嘶哈哩等国兴兵扰其老巢，到那时候何愁不能转败为胜。”“你现在说这些还有什么用？”吴皇后气得恨不得将满口的银牙咬碎。“如今刚打了胜仗，陛下正在兴头上，如何劝得住？贾珊你自打从北边回来就急着要练兵，可闹到现在也没弄出个样来。”

此时的贾珊已无心再听吴皇后层出不穷的抱怨，不等她吩咐，自己便站了起来，昂首抱拳道：“既如此，臣告辞！”见此情景，吴皇后忙叫道：“贾爱卿留步。”可他却依然大步流星向前走。“丫头，傻站在那里干什么，还不赶快把你父亲劝回来。”通过贾芬的一番劝和，贾珊被请了回来，吴皇后对他也是好好安抚了一番。

待贾珊走后，吴皇后便发问道：“小德子，你家娘娘都说了些什么，能让贾大人这样铁石心肠的人回心转意？”“回娘娘的话，太子嫔娘娘和贾大人说的全是番语，奴才是一句也没听懂。”“我的太子嫔娘娘跟你爹爹到底说了什么？”说着吴皇后用手指挑起了贾芬的下巴。贾芬顿时便羞红了脸，对吴皇后悄悄耳语。吴皇后笑着拧了拧她的脸蛋说道：“你这小骚鞑子，你们小夫妻间的那点事儿，也好意思跟你父亲讲。”

一向聪明的吴皇后到底还是低估了这孩子。芬丫头并没有像吴皇后想象的那样大谈床笫之间的事，而是别有用心地说道：“父亲，那女人根本就做不了皇上的主，您还是该早些打算。”

“芬丫头说的一点不错。”贾珊对羊狞发问道：“狞娃子，那些人你对付得了吗？”“爷您放心，那些人都是样子兵，不用动手就能收拾。”“这样再好不过，记得不能有分毫的差池。”“明白，爷您放心，奴才一定把这事给您办得干干净净。”

“真是福由祸所依！”望尽迎祥堡，贾珊不由得感叹道。这里离太祖皇帝当年与黑山贼血战一场的一片石不远，从那算起到今天尚不足百年。贾珊也不由得悔恨万分，想自己也是经过风雨，见过世面的人，怎么竟然被一个红毛小子愚弄，妄想在这里等待嘶哈哩的援兵。

叉叶军的行营，有一座满是珠光宝气的大帐，聚集了各色人等，特烈西在其中居中正坐，里面供奉着一幅鬼谷子的画像，挂着一块匾额，上边写着金色的三个大字“纵横会”。

一个红毛人，就是贾珊和吴皇后接见了的嘶哈哩使节，进来后向坐在硬木太师椅上的特烈西下拜道：“弟子参见师傅。”“让你办的事怎么样了？”“回师傅的话已经办妥了。”“好样的。”特烈西向众弟子训话道：“小子们都学着点儿。只要胆子够大便没有干不成的事。”且听众弟子异口同声地说道：“弟子明白，以后一定刻苦精进将我纵横会发扬光大。”

特烈西得知宇文定泰来访，亲自带着一帮弟子前去迎接这位国之重臣，那张不知道让多少人家破人亡的嘴，竟似抹了枣蜜：“原来是恩师啊，里边请，里边请。”“不必了，我们待会儿就走。”宇文定泰没有答话，说话的是一个浑身金甲，不见真容的家伙。

“这位是？”“特烈西你怎么连他也不认识了？”宇文定泰笑言道，“可是你劝他弃暗投明的。”那金甲人也立刻抱拳道：“谢先生指点迷津。”“原来是你老兄。”特烈西满脸堆笑道，“好工艺，一看便是恶洛克工匠的手笔，就是鸟枪也休想在三百步之外洞穿，老兄靠这身行头，他日定能横行天下。”“过奖了。”那金甲人言道，“苟活至今日，依旧一文不名，哪如阁下靠一招纵横之术，摆布南朝君臣于股掌之间。”“过奖，实在是过奖。”“一点也不为过，”那金甲人言道，“近来老兄更是本事见长，居然开帮立派成一代宗师。”

只听那特烈西厌厌地笑道：“你们汉人不是有句老话叫作近朱者赤近墨者黑吗？跟着恩师的时间长了，总能有些长进。”“特烈西。”“学生在。”特烈西冲宇文定泰满脸堆笑。“听说你要开宗立派，这真是可喜可贺，敢问这一派用的可是你们丹洛人，吹摆皮桌子的老办法？”所谓吹摆皮桌子，是指丹洛的一些匪类拉帮结派之前，先共同将某人杀害，再将人皮充实做成桌子，共事者围着桌子而坐，轮流坐庄。母桌子管子桌子，子桌子管孙桌子。往往这类匪穷凶极恶，让当地官府很是头疼。

那特烈西笑言道："非也，非也，用的是你们汉人投门生帖子认祖师爷的那套办法。""你一个丹洛人，却搞我们汉人这一套？"那金甲人疑惑道。特烈西冷笑道："你是汉人不也做着叉叶的将军吗？老实讲，我特烈西有什么本事，不就是靠嘴皮子狐假虎威吗！在别处我兴旺得了一时，兴旺不了一世，唯独在你们汉地我这小狐狸就能吃掉真老虎。"

那金甲人似要有异动，不幸被宇文定泰一个眼神给止住了，笑盈盈地说道："眼下有事，就先行一步了。"言毕两人就上了一辆马车，扬长而去。

"毛孩子家，哪来那么大的火气？""舅舅，"那金甲人对宇文定泰道，"那小子算个什么东西，从您那学来皮毛，就要登台拜相。""小子，凡事要看长远，无本的买卖，注定不会长久。"宇文定泰道，"好好干，自然好处少不了你的。""请您让陛下放心，贾珊在南边的那一套我都清楚得很，只要把归降的军士都交给我，不用陛下动一兵一卒，就能把那水无忌捆来。""好小子，有志气，好好干，别让那些人看扁你。"

"狞娃子。""爷。""抓来的那些俘虏要是叉叶人你们看着办，要是汉人，送交有司部治罪；要是古儿林人就一律放回去。""遵命！"羊狞便大步往外走。"等会儿！""爷您吩咐。""记着，每人发给他们两块嘶哈哩银元做路费。""爷，这钱是咱们府上出，还是从宫中出。""皇后娘娘刚给了咱们三十万两，咱们就从那里边匀点。"

大战在即，即便是冷袭也不由得紧张了起来。"岳丈，我军连番诈败，虽说是条妙计，只怕属国之兵生有异心，此次出征极为仓促，属国之兵已占半数，要再这样下去只怕他们会向兰提实倒戈。"宇文定泰则道："大哥（因为定泰是上门女婿，这个大哥是只比他小两岁的表兄提南英恶）用兵一向稳重，请陛下宽心。"而亚他细实的谋士塔修实也劝解道："属国之兵，其心各异，又深陷异域，一时间气候难成。何况火器不精，纵使哗变也无大害。兰提实虽有才干，怎奈其主不肯听命，也难以施展，如此行事，陛下何必担忧？""朕征西元，吞并帝波安、恶洛克两国皆是连番苦战，而此次又南征，竟似如入无人之境，叫朕实在是放心不下。"

第七章

沉船争渡

雾

王熙鸾一个人照着镜子，看着镜子里的自己不由得感慨良多。熙鸾长相不错，大眼睛，高高的个头，她妹妹熙凤人比较苗条，而她则比较丰满，只是面容没有凤姐漂亮，不过随着时间的推移，凤姐在生病之后面皮发黄，而熙鸾反倒因为血气充盈显得更加好看。

可是王熙鸾身上的毛病比妹妹王熙凤更甚，她妹妹熙凤只是善妒，而她不仅善妒而且连婆家都换了好几处，一提到熙鸾的婚事子腾夫妇就头疼，因为这鸾姐换的婆家太多，到后来再办喜事，连妹妹凤姐儿都懒得去也只是随份礼物意思意思。

王熙鸾照着镜子，不禁想起了自己和妹妹王熙凤几年前的一番对话。那天凤姐讲道："姐姐你老这样下去，可真不是个事儿。"熙鸾则反问道："那你说我怎样才是个事儿？"凤姐便娇笑道："你以后再出去怕是做不成大奶奶了。"熙鸾问道："那凤丫头你的意思是？"凤姐笑盈盈地跟她讲道："我们家子嗣艰难，我这身子骨也不顶事，让别人来我也放心不下。我和我们家那口子说说把你收了去，到那时咱姐妹正好调个个儿。鸾丫头以后管我得叫姐姐。"熙鸾笑着骂道："没大没小，看我不撕烂你的嘴。"不过贾琏听说此事后私下里说过："要是凤辣子这话是真的就好了，高高的个儿，看起来比她这妹妹受用多了！"

想着想着熙鸾便不由得有些困了，回头看了一眼西洋钟，一看才寅时，便又睡了个回笼觉，这一睡不要紧，不想竟在梦境中惹出了是非来。熙鸾居然一个人孤零零地来到了王家的老宅，除了她竟然一个人也没有，忽然听见了奇怪的声音。"姐，你难道不想报仇了吗？"这声音似在哪里听过，可一时间熙鸾却记不得在哪里听过。于是小心翼翼地循着声音跟了过去，轻轻触破那层窗户纸，便不由得真魂出窍。

"怎么是她？"熙鸾好生地疑惑，那不是别人，正是早已入土多时的尤二姐。"我不去她那里，她比她妹妹还不是人，简直是头母老虎，吃人不吐骨头！”尤二姐说道，“何况琏二爷又不在身边，这回更有苦头吃。”熙鸾用手强压住嘴，不敢出声，心想：“这尤二丫头看来是个老实人，凤丫头也真是的，干吗当年非容不下她，后来的那些个粉头更不好对付，也是你自己不争气，别说是我妹妹，旁人也整得死你。”忽一下，回过神来，便不由得害怕：“怎么她还活着，真是见鬼，且听她们是如何算计的。”

“姐姐你好没出息。”说话的这个人，熙鸾看着眼熟，五官玲珑，身段娇媚，一双杏眼更是藏着无尽的秋波。“宁国府那爷俩可真不是东西，老头子刚咽气，便伙着两个小姨子当粉头，真没想到你们两个小娼妇现在还活着。”只听那尤二姐说道：“姐，那夜叉星生前硬把你逼上绝路，眼下要出家有佛菩萨护着，咱得不了手，虽有个闺女但也没什么罪过，犯不上和小孩子一般见识。倒有这么个同样是泼辣货的姐姐，咱就拿这女人出气，以后一定要拖累死她。我到那边去，而你就守在她的身边，咱姐俩来她个内外夹攻，让这女人今生不得安宁。”“果真是鬼，在地上连影子也没有。”熙鸾转身便要跑，那尤二姐也追了出去。“我妹妹的债凭什么让我来还？萍儿救命！救命！”

“你干什么！”那尤萍用一碗水把熙鸾给弄醒。“对不住，大小姐，怕你在梦里吓死。”这尤萍做事一向简单粗暴，不招人待见。熙鸾知道她的脾气，不愿和她一般见识。“你这个萍儿，一点也不像以前那个平儿，哪怕有你哥哥一半的圆滑也好。”“圆滑是什么意思？”“你慢慢领悟吧！”尤萍本来还想说：“领悟是什么意思？”可熙鸾嘴快没等她说出口来便道：“走，咱们一起去看看你哥哥他们在干什么？”

所谓国难思良将，王子腾见大战在即，便想到了尤龙坎，想让他做江浙水军总教头。可凤姐的哥哥王仁却说：“万万使不得，要让皇上知道如此的能人，爹爹将置于何处？”故而王子腾便打消了让尤龙坎出来做官的念头，只是让他为自己操练家丁，以备他日不时之用。

“尤爷。”尽管尤龙坎不姓尤，可众人却依旧这样称呼他。几个五大三粗的汉子说道：“你成天教我们走路站队有个屁用。”“是啊，还不如教我们洋枪怎么用，炮怎么打。”“兄弟们，就像你们练功夫，先从马步开始，这战阵也是先从列队开始。我看大家也累了，先吃饭休息。”

“尤爷，成天吃这些东西实在是受不了。”一个满脸胡子的汉子说道。“是啊，成天除了豆子就是青菜，再吃下去连我人都快成了豆子。”“姑且忍忍吧。”尤龙坎说道，“先把身上这层皮肉换了，以后想吃什么随便。”“尤爷你看我这层皮肉应该换得差不多了。”一个五大三粗的汉子说道。“这不是靠说的。”说着便捶了那汉子一拳，那汉子便没有站起来。“想开荤可以，但得先吃过我这一拳，”尤龙坎言道，“这都是为你们好，刀剑无眼，上了战场难免不会挂彩。皮肉结实的还能捡条命回来，皮肉软乎的当场就会被穿了肠子。”“再结实的皮肉，也不如你尤爷手里的家伙。”忽然传来了熙鸾银铃般的声音。

“原来是大小姐。”尤龙坎抱拳施礼道。只听熙鸾言道：“你尤爷手中的家伙快得像闪电，伤到人后，落下的刀伤怎么也好不了，试问手里边没有伤人的玩意儿，再结实的皮肉有个屁用。”“是啊尤爷，大小姐的话可是一点都没错，你成天叫我们站队，就是怎么样结实的皮肉，真到了战场，可挨不了人家一刀。”众家丁质疑道。“你们说我尤龙坎手中的刀快，还是你们手中的枪快。”“自然是我们手中的枪快。”“我为什么别的枪不使，非让你们用着又重又笨的洋枪。”众家丁任谁也说不出个所以然来，就在这时，王仁驾到。

“参见大公子。”尤龙坎抱拳道。“尤龙坎，爹爹传下话来让你把洋枪统统换成鸟枪。”“大公子，你可千万要把老爷给劝住，否则在座的这些人，恐怕将来死无葬身之地！”“尤龙坎你算个什么东西敢在这指手画脚。”王仁不以为然地说道，“你要是真有本事，就不会放着好好的太子爷不当，来这给爷驾车喂马，再说了你才多大点年纪，我爹爹半生行伍还不比你清楚？”

言毕，王仁便坐着车扬长而去。一堆王子腾的亲信不由分说地把众人手中的洋枪换成了鸟枪。尤龙坎见此情景，竟给众人跪下来。

虽说这尤龙坎平日对众人极为严厉，但分发军饷的时候从不亏欠，不像别人从中扣上一笔，军中有病的也是亲自喂药，见他如此众人谁也担当不起。“尤爷你这是作甚，让我等如何是好？”到底还是熙鸾机灵，便向他言道：“听我爹爹讲过，洋枪看着厉害，可从来都打不着东西，只能用来吓人，不如鸟枪打得稳，用起来响，你为什么偏认准洋枪不放？”尤龙坎讲道：“大小姐，鸟枪这玩意打打猎还行，可真到了战场便是只能去送命，也就比弓箭打得远点。”“可这玩意从来都没准过。”王熙鸾依旧不解其意。尤龙坎无奈地讲道：“这就是为什么我每天都让你们练列队、练战位，就是能让洋枪有用武之地，而如今辛苦了这么一场，到头来还是让各位去送死，着实对不住各位。”

如此一来，尤龙坎命人杀猪宰羊给众人开荤。摆弄着王子腾送来的鸟枪是又好气又好笑。这时天边飞来了只乌鸦，让人好生心烦。“扁毛畜生也来添乱。”熙鸾骂道。“砰”的一声枪响，那尤龙坎只是轻轻瞟了一眼，手中的鸟枪冒起了青烟，老鸦儿便落了地。“厉害，就是老爷玩枪也没有这般造诣。”众人惊叹道。

“大小姐要奴才叫人去把府里的厨子叫过来给您做点可口的。”管事的奴才说道。“有啥咽不下去的，你们能吃的东西我怎么就不能吃？”

尤龙坎一边吃火烧的乌鸦，一边喝着烈酒，那血红色的眼睛却让人始终无法看透。“我看得出你尤爷是水里泡大的英雄。”王熙鸾在旁言道，“看他算个什么东西敢这么说你。”尤龙坎讲道：“这有什么？大公子是主子，在下是奴才。”“奴才？我可从来不敢把你们两个当奴才。”熙鸾直率地说道，“我们家老大的话你可别往心里去，你别看他在别人面前神气，实际上我爹爹早就不拿他当回事了。”尤龙坎就着烈酒苦笑道：“我已是国破家亡，个人的事早已不在心上，羊圈里来了一群狼，牧羊犬空有一身本领却被拴上了铁链，不管怎么汪汪，老板只管看他的账本。”话说到了这个地步熙鸾也不好意思再说什么，可也不由得为近来事忧愁，依旧忍不住去问：“你说我爹爹镇守江南多年，难道还打不过北边几个放羊的胡人？”话虽是这么说，但多少有些个明知故问的意思。因为尤龙坎以前就说过，如果连兰提实也吃了败仗，你们的这点家当就更不顶事了。

可这一回，尤龙坎这位曾经的帝波安王子，却一句话也不说，喝着酒瓶里的酒似乎比苦胆还苦，一时间竟难以下咽，既然烈酒不能消愁，便自己吹起了长笛。帝波安人的长笛形状音色与可士零的枭笛相近，但吹出来的曲子优雅婉转，与枭笛尖刻的音色相异，就像帝波安人，虽说也是可士零佣兵之后，但却生得俊美，相貌上与可士零人相异。

他吹的曲子听起来十分悦耳清新，可稍一琢磨，熙鸾便感觉到彻骨的寒意。鸾大小姐见他久不答话，伸手就去抢他的烈酒。“大小姐！”“怎么，你舍不得让我喝？”不由分说地便往自己嘴里倒，不过咽下去才知道了厉害。“不愧是蛮夷，喝这么烈的玩意。”“大小姐，这是你们这儿的酒。”尤萍插话道。

尤萍还是老样子，只吃豆类和香菜，而且还不加一点调味料。“真是奇了怪了，这丫头的酒量竟比男人还好。”熙鸾心中寻思道，可她鸾大小姐的酒量却是不敢恭维，随便灌了几口黄汤就醉了。“大小姐别再喝了，再这样老爷会怪罪的。”王府的一个婆子劝道。“这么点酒也醉得了人？”尤萍说道。“尤小姐，这金陵王家的小姐可是金贵着呢，比不得你们从小生吞人肉喂大的。”说话的婆子真不知死活，要清楚若是尤萍稍稍用上三分力就能拧掉这婆子的脑袋。尤萍也确实想这么干，所幸的是被她的哥哥尤龙坎一个眼神给止住了。“滚。”熙鸾冲那婆子喊道，“谁说我醉了，我清醒得很。萍丫头。”“在。”“给这家伙一巴掌，让她以后长点眼力见儿。”不由那婆子求饶的话说出口，尤萍一个耳光上去，便把人给打晕了。“尤龙坎，你老实告诉我，与北边打起来到底会怎么样，那叉叶的兵马到底几条胳膊、几只腿？”熙鸾带着醉劲向尤龙坎发问道。尤龙坎的脸色好生凝重，想了一会儿才所答非所问地说道：“叉叶人是厉害，不然我兄妹也不会流落至此，不过这玩意儿（说着手指着烧熟了的乌鸦）只吃自己坏掉的东西。”他的一番话，让熙鸾不得不深思眼下的形势。

“这鸾丫头太不像话了。”王子腾夫人（宇文二姐）说道，“老爷真该好好管教管教这丫头，哪有府上的小姐，不好好待在家里，跑到校场上和当兵的一起吃吃喝喝。这丫头，让人操碎了心，回来也不安分。”王子腾不以为然地笑道：“她打小就是这个脾气，怎么说也比她两个兄弟省心。”一提到这，子腾夫人就有些个难为情：“我的这点脸面全让这几个孩子给丢尽了，没一个争气的。”忽然奴才来报：“老爷、太太，韦星家的来了。”

这韦星家的不是别人，正是平儿的生身母亲。“呦，这不是荣国府的亲家太太吗？”子腾夫人这样的一声称呼，吓得韦星老婆一个劲跪地磕头道：“老爷、太太恕罪，我家那小蹄子被恶鬼迷了心窍，竟干出了对不起主子的事，老奴该死，罪该万死。”“罢了，你闺女都已经不在人世了，我也不与你这奴才一般见识。说吧，什么事？”子腾夫人言道。“表少爷托人送来了一封信，让……”说到这韦星老婆有些个哽咽，“让老奴把信转交给老爷、太太。”“你下去吧！”那韦星老婆一连磕了几个响头之后，连忙小步快走了出去。“信上说了些什么？”王子腾问道。“回老爷，珊儿来信说想让琏儿和凤丫头重修旧好。”“是吗？我这里也收到了一封信。”王子腾老爷立刻把信递给了夫人。“什么？大哥居然还在世上？”子腾夫人惊叹道。“只是做了上门女婿。”王子腾老爷说道，“他要凤丫头做他的儿媳妇！”“老爷，这怎能使得？”“没什么使得使不得。”王子腾意味深长地说道，“这年头又有什么说得清楚的。”

云中雪

左三和拦江虎贺飞龙这对活宝又撞到了一块。“贺老大，这可怪不得我姓左的不够意思，全是你老人家执迷不悟，就管五十个人也要过把将军瘾。”“左三，当初是谁说与其冻死在那，不如回中原干上票大的，搞不好还能弄个王爷当当？”“妈了个巴子的，不给这些个红眼鞑子卖命，咱们谁都活不到现在，现在翻了车，反倒怪罪老子，老子又不是没劝过你开溜。”“老子他妈的早就想溜了，可那群二鞑子成天扛着鸟枪巡逻，咱们他妈的溜得了吗？你他妈没事非去招惹那个枯树林开人肉饺子馆的玉面夜叉，要不是你当年非得贪那点小便宜，又怎么会让苍蝇兵跟过来端了寨子。”“你他妈还有完没完？谁想得到……”

“你吵什么？”这不是别人，荣国公贾代善的三公子贾文忠是也。“老三，当年你被仇林的兵追得满处乱窜，可是我贺某人把你给背回来的。”“三爷你可千万不能不管我，当年劫盐车的时候，可是我替您挡的冷箭，如今我左三有难了，三爷您可不能不拉兄弟一把。”

经这两位活宝这么一闹，贾文忠真真要被烦死了，收复迎祥堡一战，俘虏了大量的伪兵伪将，左三、拦江虎贺飞龙也在其列。叉叶的兵一路烧杀，百姓早已恨透了汉奸，就算贾文忠放了他们，这两位也休想活着走出这里，着实地让贾文忠好生的为难。

“是你，狞娃子！”是多姑娘的弟弟羊狞来了。“三老爷，爷们儿让我找几个能说鞑子话的人。”“真是来了救星！”那左三人激动地都快哭了出来。

“你们两个真的会说鞑子话？”羊狞问道。“红眼鞑子的话我们会，鹿皮鞑子的话我们也会。”拦江虎贺飞龙说道。“什么是鹿皮鞑子？”羊狞问道。“就是迎祥堡的那些鞑子。”左三儿应答道，“听人说他们家可汗是红眼鞑子的亲戚。”“好得很，跟我来。”这两位忽然间来了精气神，摇头晃脑地跟着羊狞走了。

乌鸦这种令人生厌的玩意儿，在哪里都不招人待见。可偏偏叉叶的这三代君王都喜欢养这些吃死物的生灵。以致世间多有传言，这宫中的乌鸦犹如鹦鹉能说人言，常将外边的流言带入宫廷。以致塔林城中的百姓，见到这不祥的鸟儿便不敢开口言语。

贾珊不仅放走了所有被俘虏的古儿林人，而且还每人发放两块嘶哈哩银圆。一对对吃死肉的家伙，也跟着那些半死不活的伤兵，飞到了古儿林人的营帐。

“姐姐您小声点。”“怕什么，这除了咱们姐妹没别人。”“只是听南边亲戚说，叉叶人养的这些个报丧鸟能说人话。”“哄人的鬼话你怎么能信得！”

说话的是古儿林少可汗丹枭识的几房妻妾。古儿林的风俗与叉叶不同，国中有纳妾的旧俗。探春以贾珊留在叉叶的两个儿子为要挟，倪多芙也极不情愿地嫁给了这位名分上的表哥，可却偏偏引来这一众妻妾的怒火。

“那小骚货可真不要脸，先可汗有意抬举她，可她倒好，偏偏跟汉家那小鞑子破了身。”“人家算计得可是精明着呢！当年叉叶有事还要求着咱们，她来也只能做小。现在倒好，连咱们家可汗都快成了……”那妇人硬是忍住没把话讲出口来，紧接着便抱怨道：“现在倒好，这个没人要的破烂货一过门就是最大的。”“可不是嘛！她要是行得端正，那小鞑子走的时候怎么不带这贱货和她的那两个野种？照我说那两个小子是谁的种也是说不好的。”“那贱货若是小叶伽实和恶洛克婊子造下的野种，从根就烂掉了。听说她那个哥哥一直都不干净。”

倪多芙可没有心思跟丹枭识帐中的那几房妻妾争风吃醋，她照着镜子，看着里边的自己就仿佛是她的哥哥冷袭。“当初真不该送兰提实回去。”她的心不住地翻起了一阵阵醋意。“听说这浑蛋在南边又有了别的女人，我可怜的丫头不知道你会被那边的婊子折磨成什么样。”她的皮肤可谓是赛霜欺雪，不似别人随着年岁的增长会出现一些皱纹，依然是一副刻出来的美人脸，可无情的岁月还是在她的脸上留下了不可磨灭的印记。少女时代的红润，此时已经完全不见了踪影，整张脸苍白得不见一丝血气，再与那猩红樱唇、血红色的眼睛相衬，竟冷凄凄地活似鬼魅一般。

“娘娘，”侍女轻轻地施礼道，“少可汗求见。”“有请！”可真真是造化弄人。当年正是这位丹枭识的姑姑，她父亲小叶伽实的发妻千方百计地要置胞兄冷袭与她于死地。可今日却在探春的逼迫下，改嫁给了此人。丹枭识人不算英俊，但却身材高大，仪表方正。倪多芙与他向来是有名无实，此时见了他夫君二字呼不出口，便只得按古儿林人的规矩，躬身施礼。

“何事？”倪多芙问他道。“有几个汉人想要见你。”丹枭识道。“汉人？他们是谁的人？”倪多芙问道。“兰提实的人。”倪多芙便许久没有言语。“你要是想走，我绝不阻拦。”说着丹枭识便向帐外走去。“我要是走了，你怎么向我哥哥交代？”丹枭识看着她，不由得有些个慌神，实在是像极了那个人，便静静地对她说道：“我好歹是一国之主，这点主还是做得了的，来去由你，我悉听尊便。”

“事办得怎么样了？”在荒郊野外里，羊狞问左三儿道。“回狞爷的话，这一切都还说得过去……”“捡要紧的说。”羊狞不耐烦地将左三打断。他年岁虽说是不大，可办事为人却老辣而干练，尤其是那对碧眼，不时地放出一阵阵凶邪的寒光，叫人不敢正视。“我在那边好话都说尽了，可大奶奶连面都不肯见，我可真是尽力了。”“也难为你了，暂且歇息，到时候自有吩咐。”待左三走后，羊猛见四下无人悄悄对羊狞说道：“狞兄弟，这样就最好不过，不然要是大奶奶回来，咱家的脂奶奶还能有好日子过吗？”“猛哥哥，你说的我也想过，只是这事坏在谁的手里都行，就是不能坏在咱的手里。不然的话，一来爷们儿会有看法。二来听说爷们儿能从北边回来，也是当年大奶奶帮了忙。看着这一位也是忠正的品性，若是咱们帮着把她弄回来，到那时她也欠咱们一份人情，对咱们家的姨奶奶多少也会客气些。这三来咱家的姨奶奶怎样也成不了正房奶奶。这大奶奶张口连话都说不了的人，一时间也主不了事，况且年岁大了，定不会把爷的心拴死，有她占着正房总比让年轻的占着正房要强。”“狞兄弟，你说的似乎有些个道理，可我总觉得不是这么个事儿！”“猛哥哥，莫再要言语，把三老爷请来，好做个见证，免得出了差错，爷们怪罪。”

丹枭识出了营门便往外走，便看见自己的奶妈和姑姑。“少可汗，在娘娘那总该软和点。”他的这位姑妈一头的白发，牙齿也掉了几颗，却厚着脸皮对侄子闺房里的事指手画脚。“少可汗你就听我一句劝，这软的也好，硬的也罢，既然是两口子那总得像个样子吧！怎么也得体贴些。”还算要点脸没敢把事情彻底说明白，而丹枭识的那奶妈说话可就要直白得多。“少可汗，哪有夫妻间不整那事的？那边的娘娘可是等着给你孩子过满月呢！”“哪个孩子？”丹枭识问道。丹枭识的姑妈是聪明人，见势头不对便溜了，可那奶妈子却依旧浑然不觉地说道：“自然是少可汗您和里边娘娘……”“够了！”丹枭识对她讲道，“是厄尔金洗的那个汉人老婆派你来的？”这老奶妈事到如今却依然不知轻重，依旧毫不在意地说道：“少可汗，人家也是一片好心，这位娘娘虽然前边有过人，到底是大国的公主。”“你的意思是说我古儿林是小国吗？你这就去告诉叉叶的那个汉地来的公主，他男人是君王，我也是君王，不是她手中摆弄的木偶。”

“你也是世间少有的英雄，就甘心任由我哥哥摆布？”一不留神倪多芙从自己的帐中走了出来，她说的是恶洛克的方言难懂得很，好在丹枭识曾在恶洛克为质，故而听得明白。“我既为一国之主，就得为我的子民着想。”丹枭识无奈地说道。“我哥哥还好办，那汉家女人可是狠毒得要命。”丹枭识反问道：“我要担心我国的百姓，你既放心不下你的女儿和丈夫，却为何要这样？”“可还有两个儿子，就算我哥哥下不了手，那汉家婊子可是没有什么做不出来的！”

可真是难为了吴皇后派来的小顺子，贾珊父女讲的全是让人听不懂的番话，尽管他是理藩院出身主修叉叶文，可却丝毫听不懂恶洛克的言语。

“把事情交给蓝眼儿奴才（指羊狩）来办，我看不妥。”“亚宁（贾芬旧名），你铁矿叔叔（指帖木儿）到你二叔那里去了，我身边着实没有可用之人。”“这听起来怎么像是让馋猫去管鱼盆，他肯定不会希望让母亲回来。”贾珊听了之后心里也不是个滋味，想了一阵子才慢慢地说道：“有你三爷爷在，那个人不敢耍滑，她回来之后，你要好好开导她，我不敢指望她把你弟弟当儿子，但你得把你的兄弟当兄弟。”

贾珊觐见完毕之后不一会儿，吴皇后便过来了。“奴婢参见娘娘。”贾芬连忙下拜。“起来吧！我的太子嫔妃娘娘。”贾芬不敢起来，是吴皇后让小德子硬把她给拉了起来。“你这丫头可真是厉害！看来理藩院养了帮废物，竟然跟听天书似的。丫头告诉我说了什么悄悄话？”“奴婢吃不惯宫中做的饭菜，想让爹给匀点可口的进来。”“宫中的菜用料虽说讲究，但都是照着祖宗的口味做的，难免有些个不粗不细。”内相徐公公在旁插话道：“区区小事，何必兴师动众，老奴叫下人找些淮阳味的菜单，定合娘娘的胃口。”“慢着！”吴皇后一脸正气地对贾芬训话道，“你们荣国府的小姐什么都好，就是凡事讲究得都过了头，我朝的太祖皇帝衣食不异众人，居陋室、披兽皮、亲自耕掠，励精图治十余载而终有天下。祖宗勤俭数十年方创下基业，子孙若不爱惜，败亡便在旦夕之际，你父亲为国家效力，吃喝用度与军卒无异，可你这丫头终日锦衣玉食，却还在挑肥拣瘦。”

“娘娘教训的是，奴婢一定改正。”这时，小太监跑了过来：“娘娘，荣国公派人把小菜送来了。”“去，给我送回去。”贾芬对小太监说道。“免了，既然来了就不要糟践了。”吴皇后言毕，就和徐公公一起走了。

“徐老，亏得您老机智，凡事还是不要点破的好。”吴皇后说道，“徐公公，你看此事该如何处理？”“依老奴之见，还是把那一位迎回来的好，这样国公爷会少几分担忧，太子嫔也会感谢您的恩德。”“好！本宫这就派四大金刚前去接应。”

老太太贾母史太君离去，贾政、王夫人等人也依旧留在了荣国府，倒是以贾赦为首的长房一脉连同女眷，一路上马不停蹄地向南逃难，一直到了洛阳才安顿下来。

可有的人偏偏就消停不下来。“脂奶奶，那鸳鸯算个什么东西。”秦显家的在一旁说道，“论模样您顶她十个，论儿女您有苗少爷。她到今天都没个一儿半女。”“可她识文断字，时不时地还能蹦出几句书里边的怪话。”不学无术的羊脂对此总是心痛得很。她老人家是最近才开始学《三字经》，连自己的名字也时常写错。“那顶得了什么？您和苗少爷才是爷们儿的心头肉。”“这有二百钱，老妈妈打酒吃。”羊脂客气地打发走了这位……

“没眼力见儿的奴才，除了会拍马屁，便是挑拨我们姐妹的关系。走了清静！”“脂奶奶，不是我说你。”马奇芳的妻子马张氏论理是羊脂的长辈，讲话便不由得有些个冲，且言道：“你进荣国府的大门也有了些个时日，也早该明白，这府里便称姐姐论妹妹不在年龄，看的是谁有脸谁没脸。您有苗少爷怎么说也比她强，犯不着对她那么客气。”“脂奶奶，不是奴才说您，她天天对您指手画脚，她以为她算老几，这荣国府里的正房大梁？”曾经服侍过多姑娘的弦儿插话道。

“你们能不能把眼向远的地方看点？”羊脂姨奶奶训话道，“别老是盯着眼前边的鼻窟窿看个没完，那鸳鸯脸蛋倒还勉强（确实有资格说话，论姿色宝钗、黛玉也不及她羊脂），可往下看要胸没胸，要屁股没屁股，就是让爷们使劲儿地暖和，也不见得能落下个男女来。我跟她有什么好争的，论家世她也不过是府里奴才，当不了家做不了主，又有什么好怕的？怕的就是万一上来个当家做主的，咱们就有好日子过喽。”

“当家做主！这府里轮谁也称不上这个。”马奇芳媳妇疑惑道。“奶奶您说的不会是北边的大奶奶吧？”“到底还是弦儿聪明。”这位脂姨奶奶叹了口气说道地“那位大奶奶我羊脂是没有见过，可我看大小姐那个样儿，估计也不是什么省油的灯，等她一回来就没什么好日子过，我本来就是苦人家出来的，在府里一天就赚一天，只是苗儿就要苦了。大小姐面上客气，可心里边什么时候把苗儿当成是兄弟？那四太爷不也是宁国公的儿子吗？东府里的太爷听人讲，也是个厚道人，可也没见他怎么照顾这兄弟，一辈子苦穷，儿子又早死，好容易把孙子养大，又不知得了什么怪病也没了。亏得咱爷们从北边回来，四太爷才算是和祖奶奶母子团聚。要不然这满府的奴才不管是有脸的还是没脸的，谁把他这好主子当回事儿？环三爷啥样咱们就别说了。咱府里的三爷（指贾琼）确实是一个好人，可凡事占到了几回便宜，不是咱爷们儿拉了他这庶出的兄弟一把，还不知道成了个什么样。”

经过这段时间在荣国府里的历练，羊脂变得颇有些个城府，剩下的话没好意思说出来，千言万语终归只有一句，北边的大奶奶可千万别回来。

绝命金刚佛悟化法师，俗家姓吴，今年已八十有六。练成一身惊天地泣鬼神的盖世神功，他面色红润，身强体壮，看起来似乎还不到六十岁。他独到的外家神功金刚不坏身，确实非同凡响。任凭刀削剑砍，我自岿然不动。一招卧佛神掌上去，便将死人坟头的墓碑劈了个粉碎，吓得那本来要去上坟的孤儿寡母，惊在一旁是敢怒不敢言。

“悟化。”“师父，徒儿在。”差十四年就要满一百岁的悟化大师，满脸堆笑地向今年还未满三十的师父特烈西请安道。“好功夫，陪为师走一趟。”说着这位绝命金刚佛悟化大师，便亲自扶他的这位师父上马，随后便自己也骑马跟去。

羊狞、贾文忠以及拦江虎贺飞龙和左三儿，都扮成俘虏混在古儿林人的营中，只等和这边少可汗谈妥，把大奶奶带走。不想却偏偏在这个节骨眼上来了个不速之客。

只见特烈西带着他的老徒弟，一个慈眉善目的大胖和尚，不是别人正是那武艺超群的悟化大师。特烈西叫他把看家本领当着丹枭识的面又好好地表演了一番。

“功夫不错，大刀砍上去一点事儿都没有。”丹枭识赞叹道。那悟化大师脸上也露出了几分得意之色，可不曾想那丹枭识拿出火枪来，这绝命金刚顿时就变了脸色，生怕自己就此绝命。“大师好功夫，不知能不能架住这个？”“少可汗可使不得，这可是娘娘派来给尊夫人讲经说法的。”特烈西忙说道。“让他回去吧，除了中原人和鞑靼没人相信这套东西。”丹枭识说的一点也不错，无论恶洛克还是古儿林百姓普遍笃信外道，并没有人会去佛堂道观。“这宁可信其有不可信其无，这可是我家娘娘的好意，少可汗不要不给面子！”特烈西的这句话语气很重，要挟的意思很足。“十年前有件事想必你也听说过，姑父向我们借了五千骑兵去打波斯。在那有回教的长老到我们的营中去讲他们的那套道理，结果被挖去了双眼。今天能让这秃子过来已是给足了你家娘娘面子。”“少可汗，有些个事儿……”特烈西言道。

没等特烈西的话说完，里边竟传来了倪多芙清脆的声音：“既然是哥哥、嫂子的好意我就收下了。”“还是夫人识时务。”特烈西言道。丹枭识言道：“我这里除了酒就是肉，大和尚没有不方便吧？”通司准确无误地将这番话完完全全翻译给了那悟化大师。“不打紧，不打紧。少可汗，我酒肉穿肠过，佛祖心中留，方便得很。”没等通司把这番话翻译出来丹枭识便走开了。这时贾文忠觉得情形不对，便想要出手，却被羊狞给止住了，用碧蓝色的眼睛向他示意，时机未到。

“狞娃子你拦着我做甚？”事后贾文忠在野林子里向羊狞质问道，“你到底是怕了那贼和尚，还是打着别的算盘？”羊狞则从容地言道：“那贼和尚没有什么好怕的，再厉害的汉子也抵不过手中的家伙。只是这边的少可汗有意成全，咱们就不能给他难堪。”羊狞的话确实在理，贾文忠也只得说道：“也是我急着想把珊哥媳妇带回来，错怪了你，我性子直怕冲撞了人，还是你去与那少可汗交涉的好。”

“这么大的事，要贾爱卿你也和本宫商量商量。”“这是臣的私事，着实不敢惊动娘娘。”吴皇后则满面春风地赔笑道：“不必客气，你我现在都已经是儿女亲家了，你的事便是我的事，你们夫妇团聚本宫也甚是欣喜。”

吴皇后如此作为，让贾珊反倒是生出了几分戒心，客气地说道：“娘娘圣德，臣万分感激。只是臣这丫头，从小脾气古怪，有不到之处还望娘娘海涵。”“贾珊！什么这丫头，那丫头的？你要本宫提醒几回？”“臣知罪，应称太子嫔娘娘才是。”“你家的这丫头实在有些个古怪。接娘亲回来这么大的事儿，不论是谁都会急得团团转，求佛爷爷，告观音奶奶的。可本宫只是偶尔见她眼睛变色，接人待物依旧如故，天生就是个当娘娘的料。”“娘娘过奖了，小小孩能懂个什么？”“小孩子家就将普天神佛视作粪土，将来必不可限量。”“娘娘言重了，叉叶人独尊她化大自在菩萨，而这太子嫔娘娘又出自恶洛克，那地居民笃信外道不事佛老，故而芬丫头行事如此。”

贾珊的话一点都不错，无论在恶洛克还是古儿林，居民便笃信外道不事佛老。倪多芙其人更是如此，多年来只供奉从故乡带来的圣母娘娘。不过，这悟化大师也没有白白地表演一番，丹枭识的妻妾们对此甚是着迷。

“大师你可真是了得，在沸油锅里洗手，竟然与清水里一样。”“过奖了，夫人过奖了。”“大和尚您实在是了不得，手劈大石头就像捏奶酪一样。更绝的就是听您呼的一声，那玩意儿就烧着了。”

这些个妇人对悟化大师的高深道法很是着迷，于是乎便在通司的帮助下开坛讲经说法。这悟化大师虽说是酒肉和尚，但在经理方面的功底还算是扎实，替他翻译传话的通司却也不是平凡之辈，此人便是贾珊、吴皇后亲自接待过的所谓嘶哈哩使臣，真名唤作白瓦尔罕，后来因为丧尽天良被中土的百姓称为白眼狼。这白眼狼的品性虽说是不敢恭维，可却博学多才，他翻译的佛理简单明了，更让这些古儿林的妇人们听得顺心。

这些个妇人大多头脑空空，哪里听过这等的无上妙法，一时间如痴如醉沉陷其中。这悟化大师也讲得更是起劲，于是便更是添油加醋地言道："以常理而言，乃是今日种何因明日结何果。善有善报，恶有恶报。可若是皈依我佛，那就要另当别论。天竺国的摩柯多王，享寿一百八十三岁，一世为王，享尽了人间的荣华富贵。终其前世也不过只是一个被流放孤岛的囚徒，却因为当年只是布施给修行的罗汉半碗剩饭，来世竟有如此福报……"

没等他把话说完便有一个女子站了起来，且冷冷地说道："世尊既有如此神通，为何当年却会坐待父母之国灭亡，而束手无策，此间有何因由望大师明示。"

这起来发难的不是别人，正是那倪多芙，她在丹枭识的众妻妾里居中正坐，尽管她在叉叶生活多年，可口音依然带着浓厚的恶洛克乡音，那白眼狼琢磨了好一阵才明白她说的是什么。

这个问题着实刁钻，那悟化大师便只得硬着头皮说道："非我佛不能治舍卫之兵，实不忍多造杀业。释迦国人善射，皆能百步穿杨，击破琉璃王之兵非是难事，然其性宽厚，恐造成杀业，故有此祸患。"不料这倪多芙依旧不依不饶道："既如此，当初便不会生此大祸，若是连邦国兴亡都看得开，当初又怎么会去争座次惹恼琉璃王？失陪了！"便转身回了自己的帐子。

这样一来悟化大师好生的为难，心想好不容易打开了局面，要是不想方设法把这帮娘们儿镇住，便是要前功尽弃。他就以请圣为明，通过皮影戏法，和他高深内力加以配合，大施幻术。

我佛降临凭空立，如影如幻，似有火龙环绕（实际上是他老人家用内力催动），竟有风雷之声，摄人心魄。再看我佛如来放出七彩光芒，似有祥云围绕。

这帮古儿林妇人，一个个诚惶诚恐地顶礼膜拜，这悟化大师正摆弄得起劲，可那红毛的白眼狼却向他小声低语道："师弟该收场了，别把正事忘了。"论理这白眼狼今年也只有三十来岁，而悟化老和尚却足足八十有六，可照特烈西定的规矩，白眼狼的排行在他老和尚之前，不得不叫这位一声师兄，这事也只得乖乖从命。

转眼间刚才的那套把戏便都收了场，漫天的神佛眨眼间就烟消云散。"这汉地神仙怎么这么一会儿就走了？”“看来，是咱们几个礼数不够。”“都是她，非胡说八道些什么，神仙好容易来一次这就走了！”

趁着悟化大师卖神通这阵工夫，一个古儿林的侍女赶忙知会羊狞、左三去办大事。他们为了掩人耳目，没有在丹枭识的大帐见面，而是来到了看押俘虏、畜生的地方。

“你就是兰提实派来的？”丹枭识问道。左三言道：“不错，当年的事，我家主公也是身不由己，望少可汗海涵。若能迎回我家主母，我荣国府上下都感念少可汗的恩德。区区薄礼，不成敬意，望少可汗笑纳。”“好说，何必客气。”丹枭识言毕，便有几盏骨质的宫灯照亮了一张羊狞熟悉的面容。

“狞爷，你这是怎么了？”左三问道。“不好，是他，冷袭！”

“丹枭识你这个小人，枉我家主公诚心待你，想不到你竟设下圈套！”羊狞叫道。那左三吓得浑身发抖，是一句话也不敢翻译。丹枭识看了那冷袭一眼，只听得一阵清脆婉转的话语。羊狞心中奇怪：冷袭怎么变了声调。于是忙问左三道：“他说了些什么？”“这不是鹿皮鞑子的话，也不是红眼鞑子的话，着实让人弄不明白！”“我的汉语你们听不懂？”这声音确实奇怪得很，可羊狞却总算是听懂了，忽然间羊狞想起了贾珊曾说过倪多芙、冷袭兄妹若是闭上眼睛，光看脸蛋子几乎分不出彼此，而倪多芙的头一句也正是这个意思。

这时那盏宫灯更加明亮，倪多芙的身影更是清晰地显现在羊狞的面前，面容与冷袭是如此的相近，虽也是同样的红眼珠子，但却微微闪着紫气，身段娇媚，只是面色苍白不见血色，竟如同鬼魅一般，羊狞忙下拜道：“奴才参见大奶奶，大奶奶万福金安！”

只听那倪多芙冷冷地说道：“兰提实不是已经有了别的老婆了吗？怎么又想起我来了？”这出乎羊狞的意料，中土女人对丈夫迎新纳妾，虽有怒意，可却从来不敢放在脸上，而叉叶与中原及古儿林相异，贾珊纳妾之举中土看来甚是平常，可在塔林城的街巷早已落下了骂名。

事情变得棘手了，丹枭识原本就有话在先，人可以送回来，但前提是，要当事人自己愿意。倪多芙妒意十足，她的那双眼睛，本来微微含着紫气，恰似熟透了的西域葡萄，可此时却是一片腥红。

见如此情形，羊狞不由得倒吸了一口凉气，直为他姐姐羊脂担心。可是贾珊事先有过交代，怎么说也得交差，又见这倪多芙性格刚直，心机不深，反生出了一番想法。

“怎么也是大奶奶您尊贵。”羊狞满脸堆笑地说道，“其他的人，大奶奶想打就打，想骂就骂，怎么使唤都随着您的意。”“哼，让你主子在南边好好享受，只求善待我的女儿。”羊狞则从容言道：“近来爷添了几位公子，都有各自姨娘疼爱，像神仙似的供着，唯有大小姐可怜，无依无靠。”说着硬是从碧蓝色的眼睛中，挤出了几颗眼泪。“走！我跟你去找兰提实算账！”

这悟化大师此时坐禅入定，修炼先天真气，以窃天地之造化，夺日月之精华，他体内此时翻江倒海，吞吐皓宇真元。

“师弟，别呆坐在这，快随我来。”那白眼狼忙将他拉起，惊得悟化大师是魂飞在昊野苍穹高天外，魄散在九幽北海的渊明底。一时间气息杂乱，胸似刀绞，气血两亏，险些走火入魔，也亏得他道行高深，连忙在丹田里凝结了一处舍利血丹，这样才保下了少许真元。

这口气着实让人难受，悟化大师其实只需要动动手指，便能要了这白眼狼的命，可照特烈西定下的规矩，白眼狼是师兄，他是师弟，也只能强忍着这口窝囊气，跟他上马去追倪多芙。

真可谓冤家路窄。“这又是哪群苍蝇兵？”贾文忠叫骂道。自冷袭的祖父老叶伽实时，便有叉叶游兵散勇，以经商为由侵扰索伦、辽东居民。贾文忠在辽东落草，离黑龙江稍近的地方，百姓便用红眼鞑子来吓唬小孩，无论是官府、百姓还是绿林，关东之人无不将叉叶人恨得咬牙切齿。

“不许开枪，要是伤了公主，陛下要你们好看。”白眼狼声嘶力竭地喊道，任凭这些个苍蝇兵一个个被火器打落在地，却怕伤了倪多芙，没有一个放枪还击。

可羊狞和贾文忠等人毕竟势单力薄，不一会儿便打光了火器，所幸的是那群苍蝇兵也所剩不多。

“还待在那干吗？还不过去帮忙？”白眼狼冲悟化大师吼道。这位都快能做白眼狼爷爷的师弟，也毫不含糊，马上翻身上马，虽已是这么大的年岁，动作却犹如闪电，差点将白眼狼这位大师兄惊倒在马下，直取贾文忠而去。

贾文忠知道是遇到了劲敌，见他手无兵刃，门户大开，也不敢托大，直使绝招“银河落九天”来战这和尚。这招风险极大，虽说是威力无穷，可若是一招不能毙命，便后患无穷，很容易被他人反击得手。当年荣国公贾源为向舅父羊擒虎讨还血债，不顾兄长宁国公贾演的劝告，日夜苦练这手不留余地的绝招，当年曾经结果了前朝大将顾阳的性命，而今这一手绝招，在他的孙子贾文忠的手里，更是青出于蓝而胜于蓝。

不料这大和尚竟然不躲也不闪，任凭贾文忠的长枪向他的胸口刺去。悟化大师可真不愧是绝命金刚，这一身硬气功真可谓练得是出神入化。贾文忠那长枪顷刻间变为数段，这一刻可谓惊天地、泣鬼神。夺命金刚佛便使出绝招“饿虎扑食”，这一掌威力是可开碑碎石。

论理别说一个贾文忠，就是十个贾文忠，也照样不是悟化大师的对手，他本来可以轻易结果了贾文忠的性命，这手饿虎扑食虽说厉害，可却大伤元气。他先在师傅特烈西、丹枭识的妻妾面前卖弄，又在练功时候被师兄白眼狼惊扰，一时元气大伤，于是乎一口真气没提上来，竟然意识错乱，这稍纵即逝的机会被贾文忠抓住，先是一招穿云掌，接着一招移山填海，将悟化大师竟打下马来，一时半会儿竟爬不起来。吴皇后派来的四大金刚也赶来帮忙，羊狞那边也得以解围，白眼狼打马就要逃走，那贾文忠正要结果那悟化老贼，忽听一人高声喊道：“请留步！”

这不是别人，正是中原皇帝亲封的仁和太子——纵横会开山祖师特烈西是也。“你跑什么？还不快回去？”特烈西冲白眼狼骂道。“好狗不挡道，不想死的赶快让开。”那特烈西却面无惧色，从容镇定地说道：“我说三爷，你难道不想要你两个侄孙的性命吗？”

他又用恶洛克的方言向倪多芙喊话道：“做母亲的，就忍心让孩子死于非命？”“我和厄尔金洗（即冷袭的真名）打从未出娘胎便在一起，他的性情我最是清楚，兰提实做下了这样的事，他的儿子又怎么能活命？”说着，苍白的脸上便落下了几行热泪。“您若是跟我回去，贵公子还有一线生机，若是这么走了便是必死无疑。兰提实是那边的将军而不是那边的皇帝，以您的身份到那边只会使兰提实将军和您家小姐的处境更加的艰难，而被南边的君臣猜忌。丹枭识少可汗，和您一样也身不由己，且为人忠厚，作风与其姑母相异，这几天下来，您也没少搭恩情，若是这么一走，他便没有了好日子过，望您三思。”

“快让我下车！”说着倪多芙从马车里跳出来，便要回去。“珊哥媳妇，你这是要干什么？千万不要听他的鬼话。”“我若是不走，我的两个孩子还有一线生机，要是一走，他们……”倪多芙讲的汉语口音太重，贾文忠实在听不清楚她在说什么，忙劝道：“珊哥媳妇莫要上当，此人奸诈没有信义，我是你男人的叔叔，说什么也要把你带回去。”

“文忠三爷，你这侄媳妇面容好似刚从棺材里出来的死人，看来时日不多了，眼下大战在即，难道你要你侄子分心吗？就算你们侥幸胜了，吴天佑也会拿她做把柄，向你荣国府发难。”特烈西冲贾文忠喊道。“狗东西闭嘴，老子送你去西天。”“老实讲，若是她不回去，你的那两个侄子还能活命，若就此一走，则必死无疑。他日两家讲和，你荣国府也能骨肉团聚。要是一意孤行，只怕追悔莫及。”特烈西的这番话也让人不三思也得三思。“珊哥媳妇，你说！”倪多芙割断了自己的头发。“把这个交给兰提实。”说着便下了马，又冲特烈西喊：“今日的事由我一人承担，不能为难丹枭识。”“这个一定。”特烈西满脸堆笑地说道。这个所谓的仁和太子只是动动唇舌，便将众好汉的一番辛苦顷刻间化为乌有。

“弟子无能，请师傅责罚。”这悟化大师不惜把老脸丢尽，在特烈西的面前下跪认错。“你舍本求末，又怎能不败。”他的师兄白眼狼毫不客气地在那训话。悟化大师一肚子的气，心想你算是个什么东西，老子的岁数都能做你爷爷，要不是你在老衲打坐时生事，那小子又怎是佛爷爷我的对手。可此时也只能强压下这口恶气，满脸诚恳地说道：“师兄教训的是，小弟我一定改过。”那白眼狼还想言语，却被特烈西止住，这位水无忌亲封的仁和太子说道：“人非圣贤，孰能无过！你们若凡事都想得明白，也不会来我这里拜师学艺。这一位貌似单纯，可实际上却极富心机，她先是用极刁钻的问题，逼得悟化不得不卖弄本领，震慑那群娘们儿，他们好趁机做些勾当。亏得娘娘圣明，放心不下，特意叫为师过来。”“弟子惭愧。”“以后凡事要多动些脑子，不要以为光凭蛮力就能打遍天下。”白眼狼教训道。“师兄教训的是。”“行了！”特烈西再次言道，“那古儿林蛮荒之地能有什么油水可捞，能捞好处的，还是这大好河山。悟化你先去一片石好好调理调理，待为师安顿好，咱们好好地大干一场！”那悟化便领命而去。待他走后那白眼狼便言道：“这种人有勇无谋，师傅您真是太把老秃驴当回事了。”“你当他真是个庙里的和尚？”“弟子不明白，请师父明示。”“他本是广渠寺的武僧，后来做了那里的住持，因时常收容匪类，被官府追杀，就此流落在苏鲁交界一带为非作歹，后水无忌派兵剿匪，他无处容身，便投在了为师的帐下。他在苏鲁交界一带为盗多年，在绿林上人脉甚广，这正是咱们用得上的地方，不然就靠咱们的几张嘴如何能够成事？所以你以后跟他说话要客气点，记住跟中原人打交道，事可以做绝，但话不能说绝。”

举棋不定

“丫头，那边的话未必没有道理。”吴皇后开导贾芬道，可心里却在寻思：这丫头，果然不是凡人，虽说此时眼睛变了颜色，跟血染了似的，任此时难受得犹如万箭穿心，却也不掉一滴眼泪，要是本宫百年之后，我那可怜的侄女，还不知道要被你怎么折磨呢。吴皇后对贾芬说道：“丫头，凡事想开点，留着青山在不怕没柴烧，若是将来两家讲和，亲家母和你的那两个兄弟从北边回来，本宫第一个为他们接风洗尘。”“臣父女谢过娘娘恩典。”贾珊父女急忙俯首下拜。“芬丫头，本宫有要紧的事情和你父亲商议，正好晨儿也有些想你。”于是贾芬便知趣地走开了。

“娘娘说的可是叶宗元的事？”“你贾珊不愧是荣国公，脑袋就是比别人好使。”吴皇后说到这，便不由得长出了一口气，接着讲道：“太祖皇帝崛起于白山黑水之间，关外的苦寒之地，在他看来，关内的人全都是蛮子，没一个是好人，我吴家是蛮子，还是最坏的那种，你贾家虽说是旧勋之家，当年要是没有上官谷的功劳，也不过是渡海来投的蛮子。在陛下的眼中，咱们两家得脸也好，没脸也罢，都不过是奴才。而他叶家才是真正的索伦姻亲，秦晋之盟。别看他叶家的人杀的杀，关的关，可真在陛下面前说句话，还真比咱们强上百倍。咱们费尽心机，都说不下来的事，他叶家某人，一个刚从大牢里放出来的死囚，三两句话就能说得陛下班师回朝。”可贾珊却不以为然道：“他叶宗元虽说也有些个才干，但当年赢的也不过是千人的小仗。”“这事，你可千万不能大意，当年扳倒他妹子，我和死去的贤德妃可都是有份的（为此她吴皇后和贾元春还特地结拜了姐妹，说要从今往后共进退，并立下毒誓背信弃义者不得好死），要是让姓叶的缓过劲来，辽王和太子都性命难保。”

吴皇后说的叶宗元不是别人，正是那废后叶氏的哥哥，滇王水月的亲娘舅，他家本姓耶律，是辽宗亲的后代，入关后便以叶为姓。早在太祖皇帝入关以前的好几代便是皇家的姻亲。想当年太上皇的长子西凉王想趁机谋反，他一人一骑便独闯了北大营，收走了西凉王的兵权。

后来，因胞妹叶氏被废，再加上此前在广东封赏嘶哈哩国的使臣，故此获了重罪，全家被杀的被杀，送去做官妓的做官妓。他叶国舅则在军里大骂道："不出二十年天下必亡，水无忌你忘恩负义，过河拆桥，将来定不得好死。"当场骂完就被狱卒狠狠抽打了一顿。叶父看着心疼地说道："儿啊，事已至此，何必再受此皮肉之苦。""爹爹您就等着看吧。"叶宗元没有明说，可心里边却自有一番用意。水无忌问刑部，叶宗元在牢里边表现如何。刑部方面则如实上报。"好，朕就让他多活二十年，让他看看二十年后，朕依然坐拥这锦绣河山，而他叶家却早已灰飞烟灭。"

这还真不到二十年，水无忌因对贾珊放心不下，便把这位昔日曾在索伦小胜的叉叶的功臣从死牢里放了出来。"叶宗元，不知道你对今日形势有何见地？""贾大人原先的计谋分明是上策，可陛下为何要用下策？""此话怎讲？""臣当年在索伦的时候，与胡人交战，我朝之兵往往十不能当其一。而今形势恶化，叉叶定比以前更为凶悍，如此顽敌，只能智取不能强攻。太祖当年以退为进，先输而后赢，终克海西及黑鞭九国之师。""可当年叉叶进犯索伦，父皇命你带兵三千便获全胜。""问题是当时的胡兵不足四百，而臣部及索伦之兵已有八千铁骑。"经过这么一番折腾，水无忌终于同意贾珊先前的计谋，打算撤兵。

"据探马来报，水无忌已在撤兵。"大楚尔说道。冷袭气得一脚踢翻了桌子。"浑蛋，兰提实这个浑蛋，当年悔不听祖母之言让你活到今日。""陛下，眼下军中粮草不多，不如趁现在先打下迎祥堡，再同中原皇帝讲和。"宇文定泰的妻弟提南将军言道。"陛下，待他贾珊整军备战，谁主沉浮可就难说得很。"说话的人一身金甲且带着怪异的头盔不见真容，虽是叉叶人的打扮，却是一位汉人。冷袭看了他一眼便问道："那依你的意思，朕该如何是好？""陛下，水无忌才能平庸，为人又甚是虚傲，若是遭遇变故，其必定举棋不定，终出昏招，为陛下所擒。"

那金甲人便在冷袭面前如此这般面授机密。"这么点人，难道就能让水无忌的后院起火？""回陛下，人多了反而麻烦，臣只需汉兵三百，便能让他天翻地覆。"

"什么？历太子的余孽已在通州称帝？"水无忌气得是眼冒金星。"回陛下，现在已经被马总兵平定，这回又抓了一个伪公主。""可惜让伪皇帝跑了，人心如此慌乱，朕心何安？吴天佑！""臣在！""这与胡人交战胜负难料，若就此退兵，则恐谣言四起，京师生变，你说朕该如何是好？”“依臣之见，胡人绝没有贾珊和叶宗元说得那么邪乎，要是让他们这样玩寇自养成了气候，将来要收拾他们可就难了。”“言之有理，还是应与胡人决战，一来免得国中生变，二来也省得他们将来拥兵自重，成尾大不掉之势。”“陛下圣明。”吴天佑忙应和道。

滇王水月得知父皇水无忌举棋不定的事情后，前去劝阻，不想被白白地训斥了一顿，便不得不在行营中反省。“毛头小子，才读了几年兵书，就在朕的面前纸上谈兵。”“陛下圣明。”吴皇后在一旁言道，“陛下英明神武，凡事自有明断。只是这古语有云，一鼓作气，再而衰，三而竭。当前的事还是早做决断，不然这八十万大军光粮草一项就耗费巨大。”“现在不只是毛孩，连你也和贾珊、叶宗元一气，讲同样的一套东西，在你们眼里，朕是夏桀、商纣，还是陈后主、宋徽宗？”吴皇后吓得慌忙跪下来磕头，生怕步了废后叶氏及贾元春的后尘。“陛下，臣妾不敢妄议朝政，攻占杀伐深宫妇人焉得知晓！只是贾珊、叶宗元历年行伍，久经战阵，他二人素无交情且心思各异，而今在朝堂之上却是同一套计策，不得不为之而深思。”“你是在说朕不知如何用兵？”“世有将兵之术，亦有将将之才。陛下威仪万千，泽被苍生，恩及海内，不愧是将将之君。贾珊、叶宗元精于战阵之术，终不过是将兵之才，不异于宫中犬马，为我陛下所驱使尔。只是臣妾曾听人言，夫圣人四体不勤，五谷不分，而庖丁解牛，则事半功倍，眼下形势，陛下还是要多听听他们的。”

到此时，水无忌也终于有些个醒悟：“朕悔不听贤德妃的良言，以致今日。”吴皇后也在那惺惺作态，挤出了几滴眼泪。“没了她贾元春，朕还有你吴琼英这个女中豪杰。”这句话似乎有些个别的味道在里边，吓得吴皇后一个劲地直磕头。“起来吧，别弄坏了身子。”说着皇帝便走了。徐公公忙把吴娘娘扶了起来。“娘娘此举无异于虎穴取子，大智大勇令人钦佩，他日娘娘若有差遣老奴在所不惜。”“本宫在平时哪敢去惹陛下，只是这覆巢之下焉得完卵，说什么本宫也要争上一争。只是我吴氏的家底，怎么也不能同叶贾两家相提并论，若是一朝陛下龙颜色变，那星月二皇子还可以面南称孤，可太子到时候可什么也剩不下来。”“娘娘手中不是还有荣国公的闺女吗？趁现在赶快让太子将她扶正，不然将后患无穷。”“那本宫侄女怎么办？本宫初进宫时受尽了旁人的欺负，而今又怎么忍心让自家侄女被这阴冷狠毒的半拉鞑子折磨？”

梦回故土

吴皇后对贾芬始终放心不下，生怕她红杏出墙和自家表哥辽王弄出事来。派到辽王身边的一个个都扑了空，却怎么也想不到贾芬心仪的人，竟会是个身形瘦弱满脸病容，也称不上清俊的滇王水月。

这水月珍藏着贾芬的手帕，也不由浮动了久违的春心。“可她是我兄弟的女人！”一想到这，水月就觉得自己似孤魂野鬼在生死之间的阴阳界里徘徊，这位后来的庄烈皇帝，此时欲罢不能，欲爱则愧对伦理纲常，天地良心。

“眼下烽烟四起，我怎能想这儿女私情。”甄宝玉编著的《故志记》、林如海修著的《国本》，则是他水月的枕边书。这一回他再翻阅起《国本》一书，一眨眼就仿佛越过了四五百年的光阴，回到了未曾谋面的白山黑水之间。霎时间化身成了他的先祖，一个在正史上没能留下真实姓名的人，而他所心仪的贾芬也化身成一个身着戎装的少女，背着弓箭挥舞着马鞭向他扑来。

女孩的皮鞭狠狠地向他打去。“三格格！”“小鹞子，你干的好事！”小鹞子正是他的别名，可能在他的血液中依旧散发着古沙陀的腥膻之气，一身的体毛甚至比生长在北方苦寒之地的女真人还要浓密，故而又被谋克长水忽耶律称为长毛蛮子（在金人眼里，宋人不分南北，都是蛮子）。“三格格你别闹，这是你要的绸子，记着这回可别在骑马的时候穿，这玩意儿可不经折腾。”“你少蒙我，你到五国城去做什么？没事老看那老废物做什么？本来你在南边过的是神仙似的好日子，犯不着到这给我当奴才受苦，全是那老糊涂蛋，无辜地糟蹋掉大好河山，不然我们大金国才有多少人，怎得做了你们的主子。”“三格格不要说了，一提起就让人心痛，昏德侯（其实就是宋徽宗）虽说是糊涂，可毕竟是我的亲叔叔，好容易赶上这趟差事，怎能不看他一眼。”

这三格格在嘴上虽说是从不认错，但是也不得不承认他的话至情至理。“我是无所谓，但千万不要让我爹爹他们知道你到底是谁，不然的话他第一个抓你去领赏。他老早就说过，别人都去汉地享福了，就他不知道怎么拍马屁，还留在老家受苦。”“好啊，抓住我正好到南边享福。”“别胡说！真不怕掉了脑袋，我认真跟你说，不管你原来过的是什么日子，是哪国的王爷，最好不要有造反的心思。大金皇帝这么厉害，多少人被他砍了脑袋。”三格格见他不答话，脸色红彤彤地冲他喊道：“别在这装哑巴！快点回话。”“你看谁来了？”小个子马鞭一指，只见一个身材健壮，但多少上了点年纪的人扛着大包小包气喘吁吁地跑了过来。

“马老不死的，你来作甚？”三格格毫不客气地冲那人讲话道。这小个子原来是王府里的少爷，而三格格说的这个马老不死的是那边的管家。几经波折，他也被发配到了这里。他曾向谋克长水忽耶律那边告密，但因为他的品行太差，说出来的屁话没人会信。“老不死，你说我爹爹找我和小鹞子有什么事，难不成你们把四太子从南边请来，好验明正身？”“三格格、小王爷，奴才哪有这个胆子，谋克长老爷确实有大事找你们，究竟是什么事，奴才我实在是说不清楚。”二人便骑马赶回大寨，去面见谋克长。

这是金太祖阿骨打立下的规矩，关外人丁凡三百户为一谋克，十谋克为一猛安，平时耕猎战时为兵。可凡事却总有偏差，自大金国平辽灭宋以来，女真人大量南迁，以致有些谋克所辖人数锐减，往往不到定制的半数，甚至形同虚设。旧辽的遗民，以及湿地里的沃阻之民，见金人后面空虚，纷纷铤而走险起来闹事。

特别是在这里，形势急剧恶化，黑龙江以北广阔的地域本非金人发迹之处，眼下随着大批的兵丁南调，朝廷对这一带的防御就更显得力不从心。

乌骨陆寨虽是一谋克的建制，但因为所管辖的地域较广，人口也较为众多，实际上却能顶上小半个猛安。不过却也偏远得很，离直辖它的五国城（也就是金人囚禁徽钦二帝之处）能有一百里开外。故而谋克长水忽耶律在上任的第一天就在抱怨：“其他人都搂着汉人娘们儿，到南边享福去了，就老子命苦，也不知四太子怎么想的，非把我派到鸟不拉屎的地方。”

这位谋克长老爷，平日里就在此处叫苦连天，眼下又出了大事，更是急得像热锅上的蚂蚁，惶惶不可终日。“小鹞子，你说这些年，老子对你怎么样？”小鹞子还未开口，便听水忽耶律这位谋克长老爷讲道：“虽然让你做了这些年的奴才，可我也没有亏待你，你原来才这么小一点，现在长得这么大。”小鹞子以为他为三格格的事情跟自己发火，忙说道："老爷我对天起誓……""小子，老子现在可没工夫管你们两个小家伙的事。小鹞子，这些年我可待你不薄，事到如今你可不能见死不救。""老爷，为您办事我什么时候含糊过，上次为救你的花毛儿马一枪刺死了熊瞎子，还有那回您弄不齐给大金皇帝的贡品，是我上山打老虎给您交的差。""爷，就当是……"小鹞子忙一个眼神过去，让三格格不要轻举妄动。可在三格格看来这简直就是不可理喻，眼下她生怕小鹞子被父亲转走献给大金皇帝，对水忽耶律大吼道："要是小鹞子有个闪失，女儿也不活了。""浑蛋，依兰你这死丫头，还没过门这就把老爹忘了。"这番话惊得三格格依兰是魂飞魄散，可水忽耶律接着讲道："你们两个小浑蛋的事，老子懒得管（这下三格格依兰终于松了一口气）。骨巍现在从黑龙江上打了过来，小鹞子，只要你能帮老子过这一关，我就销掉你的奴籍，并把依兰送给你这个长毛蛮子当老婆！"

"我真是倒霉！"水忽耶律叫苦道，"都是四太子闹的，把我的两个儿子拉走了不说，手下的兵，但凡是精壮点的都被拉到南边去打那个岳什么。"事情都已经火烧眉毛，可谋克长水忽耶律却依旧对老上司金兀术是大发牢骚，这些年在家中奴仆和汉人小老婆的精心照料下，这位谋克长大人同当年相比已然是判若两人。当年他老人家沉默寡言，而今动不动便是长话连篇。但仅他老人家跟着大金四太子平辽灭宋的时候，可谓是身形匀整体格健壮，一整天没合眼，照样杀得宋兵是丢盔弃甲，哭爹喊娘。而今时常有背痛的老毛病，人也变得大腹便便。他依旧毫无休止地在那历数自己当年受过的苦，说什么他立的功一点也不比别人少，都跑到南边去享福，就把他一个人放回老家。就是老家也没让他待多久，又把他送到乌骨陆这么个穷地方当差。"老爷，眼下你就是把舌头磨破，也骂不出来四太子的援兵。"小鹞子言道，"老爷，骨巍到底有多少人马？现在已经到了什么地方？"

这位谋克长大人自然是一问三不知，完全不知该如何是好。"小鹞子你去干什么？"三格格叫道。"老爷派几个人跟我一起出去，抓个舌头回来。""小鹞子！"水忽耶律喊道，"本来咱们这里的兵马就没几个，你这么一走，万一骨巍打过来怎么办？""那我就一个人出去，老爷你带人看好寨子，千万不要放可疑的人进来。"

待小鹞子走后三格格问道："爹爹，以前只听说有辽人造反，有沃阻的湿地人来捣乱，什么时候又冒出个骨巍来？""我也不太清楚，只是听东边的几个谋克长说，他们那常有骨巍渡海来抢东西。现在不知怎么就一路向西杀到这里来了。你家的小鹞子倒聪明，大难临头他自己跑了。""老爷，小鹞子回来了！"

小鹞子回来了，不仅他自己回来，而且还带来几个从别的猛安退下来的骑兵，并带回来几个骨巍掳走的高丽人。“他们有多少人？”“回谋克长，足足三千多人。”

“什么？有三千多人？”水忽耶律不由得为之一惊。要是在平时，别说是三千人就是三万人也算不上什么，可眼下寨中精锐几乎都被调到了南边，在这地广人稀的江北地区，形势更加严峻。“他们人虽多，但大都是步兵，很少有人骑在马上。”小鹞子说道，“您这个大谋克能顶上半个猛安，把人都聚起来，未必不能成事。”“那些人虽说比宋兵强些，但也绝不是咱们对手。”一个从前边谋克退下来的金人骑士说道，“只是前边几个谋克，本来就不满员，再加上近来的事情，能打仗的人就更少，您是个大谋克，寨墙也高，粮食也充足，守到援军到来该不成什么问题。”“千万不能死守。”小鹞子言道，一时语出惊人，这时一双双的眼睛都直盯着他。“你说的是什么话？”水忽耶律第一个跳出来唱反调，谋克长老爷冲他还未过门的女婿喊道，“虽说步兵三个也不顶一个骑兵，可能骑马的人也不过这么几个，剩下的人……”“就因为这样，才必须打上一仗，其一，他们能走这么远，这绝不只有这三千多人。这些人可能前锋来此探路，当趁他们立足未稳，不然后边的人马上赶来，事情便更麻烦。其二，若沃阻的湿地人及前辽的残部一直对这里虎视眈眈，要是不把这些骨巍打跑，很难说他们不会合兵一处。”他的话至情至理，众人都很是赞同，可那谋克长老爷还在犹豫。“四太子传下话，谁要是敢退江南，斩立决！”三格格的这句话正中谋克长老爷的要害，气得他忙叫嚷道：“死丫头少插嘴，你当爹爹我是贪生怕死的主儿！”

“老少爷们儿们，大金皇帝开恩，只要这回咱们能打退骨巍兵，不管各位以前是什么，今后统统当女真人对待。”水忽耶律满脸堆笑地跟寨里的奴隶户讲道，“老少爷们儿们，只要立功，就能有赏，还能销了奴籍，今后不用受苦，老少爷们儿们可要想清楚，过了这村可就没这个店了。”

“谋克长今天怎么对咱们这么客气？平时可不是这样，对咱不是打就是骂。”寨子里的奴隶户纷纷议论了起来。这些人有的是被俘的宋兵和从内地掠来的人口，有的则是被俘的西夏兵，还有的则是被掳的高丽人。一时间众议纷纷。

“别听那胡人在那儿瞎说。”原先王府里的马管家，也就是三格格嘴里的马老不死的，跟几个宋人这样说道，“给谁为奴，还不是照样换汤不换药，听我的，到时候咱们只管出工不出力。”“呦！马总管你老人家当奴才的瘾可真够大的！”这小鹞子冷不丁地出现在了马总管的身后，把这个马老不死的吓了个半死。

想当年，金兵破城时，这马总管便卷了一笔钱，还拐带了王府里的一个小妾，不幸的是，苍天有眼，终究还是没跑出去。那笔钱全数孝敬了金人，同他私奔的那小妾，也做了金兵老爷的小老婆，后被醋意大发的大夫人活活打死。他几经转卖，到了乌骨陆寨。他一来就告发小鹞子的真实身份，可水忽耶律老爷以前就听他前几个主家说，这老白毛不地道得很，更何况就是宋徽宗的亲儿子亲孙子加在一起就有近百人，揪出个侄子来也值不了几个钱，搞不好上司金兀术还要治他个失察之罪。这档子事便不了了之，不想此刻竟又撞在了一起。

马老不死这会儿可是怕得要死，生怕小鹞子用个贪生怕死动摇军心的罪名把自己给做了，便有意套近乎道："我的大少爷，你爹娘都死在金人手上，怎么现在反倒向着金人说话？""是啊，大兄弟，给谁受罪也是受罪，何苦要为他们拼命？"那几个宋人也附和着马总管答道。小鹞子冷笑着说道："你们知道那是些什么人？又长得是何等样貌？""反正跟金人差不多。"马总管不以为然道。小鹞子看着这位自己昔日的管家冷冷地说道："你既这么想给人家当奴才，可知道你家主子说的是何种言语？""嗐，这有什么的，北边的话都差不多，慢慢学就是了。""好！"说着这位宋徽宗的亲侄子，南朝皇帝赵构的堂兄弟，便揪着马总管的头发向前走且言道："走，一起见识见识你家新主子是什么样。"

他把马总管一直拖到关押那个骨巍活口的地方。前边的杆子上有个吊死鬼，是个想造反的契丹人。而那个活口则被塞到了一个大坑里，由三格格和几个小伙子看着。

"马老不死，你不是一直都想做奴才吗？来咱们一起见识你的新主子。"说着小鹞子使足了力气，将马总管倒立过来，只见大坑里一个皮肤黝黑，相貌丑陋的犯人被关在里面。看样子是一个三十来岁的人，可却只比小孩子略高一些。宋人光在靖康之役中被掳往北边的就有十万之众，但真正能活下来的却不过二十分之一二。这些人虽已经习惯了金人身上的气味，可终究还是受不了骨巍人身上的这种极其难闻的鱼腥味，三格格对这恶心的气味早已经受够了，现在轮到这帮宋人来消受了。"饶命，饶命，老奴再也不敢了！"说着便把这老不死的往地上摔个半死。"三格格，这个家伙被吊在这里多久了？"说着便用手指着被吊了许久的契丹人尸体。"小鹞子，你还有脸问，吊在这都臭了，你也不说处理掉。""伙计，你饿了吧？"跟马总管一起过来的几个宋人，不知道他说的伙计是指谁。说着小鹞子把已经发臭的尸体扔给了那个被俘的骨巍人。那家伙竟毫不含糊地吃了起来，而且还吃得津津有味。"老李。"小鹞子冲被解救的高丽商人喊道，“你过来给他们讲骨巍的故事。”“他们抓到人后，女的分配给几个穷汉做老婆，男的先割掉舌头，再等到需要开荤的时候杀了吃肉。”“咱们都是宋人，这几年下来受够了气，也吃够了苦头，平心而论，谁也不愿给金人卖命。”小鹞子跟那几个宋人讲道，“可不管怎么说，这些年下来也跟金人混熟了，好歹也知道怎么应付他们，而那骨巍以前从来没打过交道。两害之中取其轻，不如跟金人一块的好。咱爷们这些年下来，赶山猪、追花鹿，历练的和金人也没了区别。而那帮骨巍人只是比大宋朝的兵稍微强了一点罢了。”说着便看了那姓马的一眼，接着讲道：“当然咱们大宋的兵马也不弱，只是当官的都像马总管这样。”

“小鹞子，老子可真是没底。”水忽耶律言道，“那群骨巍兵那么多人，咱们一个要对付他们三个，老子我心里实在是没底儿。”“老爷，您当年跟着四太子，打了多少仗，杀了多少人，几万、几十万的人马都见过，怎么今天也就数千人马便慌了神？”

“小子，你们大宋朝的兵马也能叫兵，全都是一群草包。”“那辽兵怎样，总不能全是纸糊的吧。”“可惜没有太祖皇帝和四太子那两下子！”“现在没有也得有，老爷你把骑兵都交给我。”“小鹞子！你这长毛蛮子想干什么，临阵分兵可是大忌。”水忽耶律讲道。小鹞子在他身旁耳语了几句。水忽耶律捶了他一拳道：“到底是你们汉人的脑子好使。”小鹞子把骑兵都集中在一块讲话道：“你们都听好了，这该进就进，该退就退，记着可千万不能陷在里面。”言毕便领着这一百来骑兵去打头阵。事后，有一个从前边的谋克退下来的女真人问：“这小子到底是谋克长的女婿还是奴才？”“反正都差不多。”“说实在的，这小子一点都不像个汉人。”

这一百多骑兵，在小鹞子的带领下来去如风，弄得骨巍好生的头痛。骨巍虽然也有骑兵，但马种较差，马背上的功夫也不如金人骑兵精湛，往往不是他们的对手。大队的步兵更是拿他们毫无办法，打完了就走，回头过来又是这一套，让人好生心烦。

等骨巍的大队人马被小鹞子的骑兵搅扰得差不多的时候，水忽耶律便带埋伏好的大队人马杀过来。小鹞子的骑兵也冲了过来，三格格也弯弓射箭放倒了几个。

骨巍人身材矮小，又是苦兀岛上的居民，靠海为生不惯骑射。论力气抵不过身材高大的女真人，若短兵相接手中的斧头也不比汉地的刀剑灵巧。可却也有这自家的独门绝招，近战时几个人的盾牌靠在一块，用镰刀似的怪异兵器上挑头，下挑敌兵的双脚，在外则以抛斧飞刀伤人。虽然一时间冲散了他们的队形，但却也难以取胜。

“老爷，叫大伙注意和他们每个人只准过一招。”小鹞子喊道。战斗是残酷的，经过一番厮杀之后，但凡动过刀枪的都沾满了鲜血。小鹞子也被骨巍的飞刀击中，伤得不轻。

不过好在因祸得福，有三格格亲自为她包扎。“我的姑奶奶，你怎么在他的伤口上撒盐？”一个汉人奴隶高声叫道。“臭奴才，你懂什么，伤口撒盐才好得快。”可这滋味却不好受得很，但小鹞子却一声不吭。

“老爷。”水忽耶律的汉人小老婆陶氏说道，“虽说立了功就给销奴籍，可是把他们销了奴籍，往后咱们家的活谁干啊？尤其是那个小鹞子，谁都能放出去，就是他不能放。”“爹，你已经把女儿许给了他。难道你要我的子孙都做奴隶吗？”陶氏忙满脸堆笑地讲道：“三格格，他一个奴才怎配得上你？到那时我和你爹爹派人到猛安长家里去给你说媒。”可依兰却说：“你算什么东西！”这可把那陶氏给气坏了，这几年水忽耶律的两个大儿子，依兰哥哥们，在同韩世忠军队作战时不幸战死，而大夫人此时已过世，陶氏便仗着给谋克长生了儿子竟也当家做主了起来。“依兰，你少在老娘面前张狂，你喜欢那奴才是吧，这配个奴才以后也省下嫁妆了呢！以后，你男人是这府里的奴才，你也是这府里的奴才。再敢跟主子这样子说话，老娘我大嘴巴子抽你。”论嘴上的功夫，依兰自然不是她的对手，可却依旧是不甘示弱。“今天我就让你这条汉狗，尝尝本姑娘的厉害。”说着依兰便要动手，幸好被父亲拦住。陶氏则在一旁冷笑道：“你说汉人是狗，如今怎么这么想做母狗。”“闭嘴！都给我闭嘴！你们眼里还有没有我？”谋克长大人发了话，她们两位一时间便都安静了。“依兰，你说得不错，怎么说我也不能让我的女儿女婿都当奴才，可是将来要是小鹞子带着你往南边跑怎么办？”“爹，有我在他敢！”“这可说不准！以后他就算是我的儿子，也算我的女婿，你以后既是我闺女，也是我儿媳妇。从今天起，不管他原来姓什么，从今往后，统统给老子改掉。”“好，我一定让小鹞子把汉人的那套改得干干净净！”“这才是爹爹的好闺女，来给你姨娘赔个礼。”谁知这三格格却只是用鼻子哼了一声出去了。

“老爷子，这可都是你把她惯的！”陶氏道，“本指望着她嫁个好人家，赚上笔彩礼钱。现在可好，你这又是认干儿子，又是招女婿的，这得花多少钱啊。”“要不说你们这帮娘们儿是头发长见识短。你是想在这里受罪还是回汉地享福？”“我想回去，可上边始终没开过口。”“其实啊，论理我也早该回去，只是这苦差没人愿意接手，我就得干下去。把小鹞子认了干儿子，到时就让他们两口子替咱们顶缸。”“我的老爷，你可真聪明。让依兰这死丫头留这和小鹞子受苦，咱们一家去南边享福，到时咱们弄上百十来亩水田，再弄几个驱口（白干活的奴隶）给咱干活。”这两口子满脑子里都是南边的美好生活。

不过，调回内地的事还拖了几年。要知道那一年金兀术奉命征讨元太祖成吉思汗的远祖漠北乞颜国主，这么多年以来他盼星星盼月亮终于盼来了昔日老上司。“四太子，我跟着您鞍前马后，没有功劳也有苦劳，我现在都这把老骨头了，也总该到汉地去暖和暖和吧。”“老伙计！你确实早该到南边去享福了，可谁来接你的差事？”水忽耶律便拍着小鹞子的肩膀道：“四太子，这小子比我强上千倍，我走后凡事可以全交给这小子。”“这难道是你小儿子，这些年怎么能长这么大？”金兀术问道。“这是我的女婿，也就是他经营有方，把这里从谋克变成了猛安。”水忽耶律满脸堆笑道，“四太子，我的那两下子您是清楚的，要是没这小子，我怎么能把这里给治理好？”金兀术正要开口。“四太子，万万使不得。”是那马总管跑了过来，三格格依兰几次让父亲除掉他，可水忽耶律和陶氏却每次总是舍不得。“狗奴才，你不要瞎说！”“少插嘴，让他把话说完。”四太子金兀术发话了，水忽耶律便不敢插嘴。“我是原来定安王府的管家，这小子不是别人，就是当年定安王的大儿子。”“四太子，这汉狗的话可信不得。”水忽耶律说道，“这小鹞子我是看着长大了的……”“这小子是不是个汉人？”“他是个汉人，可这些年来跟咱女真人也没两样了。”“他父母是谁？”“回四太子，当年破城的时候，一个老太婆拉住他问咱们要吃的，四太子难道忘了吗？”“年头长了，记不清了。”

金兀术仔细地打量着这个小鹞子，总觉得在哪里见过，便自言自语地说道：“定安王的两个儿子确实没有找到。”“四太子，就是这小子，我是跟他外婆陪嫁过来的，他胸口有七颗痣。此人非同小可，若是今日不除掉，将来咱们大金后患无穷。”马总管讲道。“小子把衣服脱了。”金兀术言道。

小鹞子脱了衣服，只见浑身的长毛。金兀术见后哈哈大笑道：“昏德侯（指宋徽宗）家的男人我杀过，女人我睡过，一个个皮肤软绵绵的，这小子一身的毛。”“四太子，这小子身有七颗痣。”“这哪里找得见？把他拉出去砍了。”小鹞子胸口确实有七个痣，可是这些年下来，他的体毛比原来还密，只有剃光了体毛之后，才能显现出来。他亏得依兰怀了第二胎，没顾上给自己剃毛，否则是性命难保，倒是那马老不死，这一回确实是死定了。

金兀术见小鹞子做事干练，胆大心细，便很欣赏喜欢。“小子好好干，将来升你做节度使。”就这样小鹞子成了乌骨陆寨主，而水忽耶律则心满意足地带着自己的小老婆和小儿子到汉地享福去了。

水月但凡读到祖宗的这段往事，便不由得热血沸腾，尽管后世的史学家认为是水家先人为了抬高自己的出身而刻意编造的，可却是一段被传唱百年的佳话。

《国本》上这样记载，就在金兀术走后的第二年，小鹞子带着三格格依兰去五国城看望自己的叔叔宋徽宗，叔侄相见可却不敢相认。“多谢大人关怀，多谢夫人。”徽宗皇帝客气得有点过分，让三格格依兰都有些不好意思。“多谢大金皇帝让老朽可以安享晚年，老朽纵使是粉身碎骨，也难以报大金皇帝的恩情。”都知道是假话，但回应的依旧还是假话。“老朽受大人厚恩，实无以为报，这是圣上赐给老朽的布匹，若大人不嫌弃，正好给尊夫人做几件衣服。”

小鹞子见叔父清苦，执意不肯收下，但见徽宗眼神似要和自己说什么，便不得不收了下来。在回去的路上，三格格问小鹞子道：“你爹爹大还是他大？”“我爹爹大。”“那你为什么比他的儿子要小？”“因为我爹爹的前妻只有女儿。”“那为什么坐江山的是他，而不是你爹爹？”“我这个叔叔别的本事没有，当年隔三岔五去拍太后的马屁，拍来拍去，成了皇帝。”“不管当年怎么样，当皇帝的事情你这辈子别想。”可这两口子到家时才发现，这布匹里竟藏着徽宗写给自己的传国遗诏。

小鹞子尽管在正史上始终没有留下真实姓名，但却趁着金人忙于侵略中原无暇北顾之际，割据一方，实为一国之主。徽宗给他的遗诏似乎只是一纸公文，直到他的十九世孙水恒仁率十万雄兵入主中原，这段往事才真正得以了结。

可是在太祖皇帝入关之时，距元亡已有两三百年的时光，宋金元三朝皇帝只怕连尸骨也变成了土灰。陈年的旧事已无人去辨别它的真伪，故事被一代代地传唱下去，在黑龙江两岸，尽管百姓在叉叶的铁蹄之下苟延残喘，可双目失明的老人依旧传唱着三格格依兰的绝代芳华。

每逢读到这里，当年的滇王水月，后来的庄烈皇帝，便不由得泪湿衣襟。看到他一副病弱的身躯，很难让人想到那些铁马征战能骑善射的祖宗。

他的样貌既不像母亲（即被废后赐死的叶后），也不像父亲水无忌。以致宫中传出流言，说他根本就不是皇室的血脉，而是某个面首的儿子。内相徐公公为此还特意处理掉一群故意造谣生事的人，为了安慰他，还取出了远祖水尧的画像，那分明就是自己，可反观自己这瘦弱的身躯……

尘封往事

突然从账外蹿出了几只老虎，水月忙用火枪去清理，谁知竟然一枪也放不出来。原来执事的太监奉水无忌的旨意，把枪里的火药偷偷地给换掉了，在父亲的眼中，他水月根本就不是玩枪的料。

所幸终究没有坏掉大事。这是从关外溃下来的虎皮兵，一个个悄无声息地冒了出来，其中一个长胡子的言道："臣叶宗元奉旨带殿下押运粮草。"这不是别人，正是自己以前从未谋面的舅父叶宗元。

"叶宗元这浑蛋，朕开恩放他出去，这头白眼狼竟绑了朕的皇子。不灭他九族朕誓不为人！"吴皇后也在一旁挤出了几滴鳄鱼泪，含泪说道："月儿这孩子一向好学，皇子里边数他可怜。""是啊，这孩子一出生就没了娘。"水无忌道。"陛下！"吴皇后在一旁煽风点火道，"叶宗元此举定是绑了月儿去投叉叶，实属罪大恶极，他的余党应该一个也不留。""朕这就下旨灭叶的九族，他家女眷统统为奴。""陛下万万不可，一恐叶宗元翻脸滇王性命不保；二则眼下大战，而此案又株连甚广，恐人心不稳。"徐公公在一旁劝道。"贾珊这个废物，连个毛孩子也看不住。"水无忌气得一脚踢掉了金丝宝甲。

叶宗元一行人，一路狂奔直到四百里开外，正巧遇到一对新人，那新郎官拉着马车正往家里赶。谁知竟然撞上了这么一群穿虎皮的强盗，直叫道："大王饶命！"

"这是二十两银子要你的车和马。"那新郎官一时没有回话，天底下还有这么仁义的强盗。"怎么，嫌钱少？""大爷，这不是钱多钱少的事。"新郎官并不贪财，急着娶媳妇回家。"别他妈的给脸不要脸。"惹不起气势汹汹的虎皮兵，便只好乖乖地把车让了出来。

其实水月这一路上在马背上狂奔，身子骨早已经吃不消了，可却依旧在脸上没有表露出一分一毫的颜色来。“殿下请上车。”叶宗元言道。“祖宗起于北方，半生在马背上过活，这点苦头我还吃得消。”水月的嘴巴却依旧硬得很。“请滇王上车，殿下的身子骨可经不起折腾。”叶宗元的话有着一层意思：你不上车我帮你上车。水月好面子，明白舅父的意思之后，便说道：“那寡人就依叶大人所言。”于是便上了车，总比让舅舅绑他上车更有面子。

叶宗元虽说是水月的亲娘舅，但以前却从没和他这外甥见过面，不曾想这孩子竟如此有骨气。可却偏故意说道：“臣带殿下北投叉叶何如？这样臣换来一生富贵，殿下也可安乐享福，而免杀身之祸。”“舅舅若是真心投靠胡人，又怎么会与我商量？”“殿下果然聪明，昔日，国母娘娘遭奸人陷害，臣家破人亡，多年以来饱受牢狱之苦，幸上苍有眼，而当今形势不异于靖康之时。昔宋宗室皆为金人所掳，独赵构在外而幸免，终继大统。”“人之有别于禽兽，乃在伦常，可你却让我弃君父于不顾，却是何道理？”“那辽王的舅舅借口让他押运粮草，送了出去。而那太子，虽未出世，到时候也自有人护送。国母昔日含冤去世，臣又怎能忍殿下沦落胡尘之中。”“宁人负我，我不负人。”水月言道。叶宗元叹了一口气且言道：“我见殿下枕边放着《国本》一书，不知大王读的哪一章？”“是说祖宗在靖康浩劫后，如何草创基业。”“尽信书不如无书。”叶宗元则向他讲述了一段阴暗而血腥的往事……

“舅舅说的可是韩商的注？”水月问道。“史家刀斧之笔，终不见容于帝王家。”叶宗元道。开国时史学大家韩冲之游历于白山黑水之间，从说书艺人传唱百年的民歌中收集史料，至其孙韩商更是查阅宋金旧档来修正林如海编的《国本》一书中的错误，可惜写了水无忌不愿让后世流传的东西，因而被灭了满门。

水月的脸色好生的阴沉，这一段往事，但凡是水氏子孙都不愿意相信。水家子孙是宋氏子孙，但却一直供奉着大金皇帝的牌位，这其中又有着多少让当事人难以启齿的眼泪和辛酸?

“我的姑爷，老爷子当年待你可不薄啊。”陶氏一边哭，一边说道，“那些该死的汉人驱口（似乎她忘了自己也是汉人），像老爷子这么好的主子上哪里找……”水忽耶律的小儿子也在那说道：“姐夫你一定要替我爹爹报仇！”

小鹞子奉大金皇帝之命，率五千精兵入关剿匪，不想一入关就听到岳丈被害的消息，便不由得怒火中烧，且言道：“此仇不报誓不为人，真是庄上的驱口造反？”一提到这儿，陶氏便哭着说道：“我就该听三姑奶奶依兰的话，平时该对那些驱口好点，把他们喂饱点。平时看着都老实，一不留神就全都反了。”“娘，不是我说你，老早我就跟你和爹爹说过，别舍不得花钱，多养些家丁，就不会有这档子事儿！”“我的大少爷，你可真不心疼钱，咱庄上才打多少粮食？”“那总比丢了性命好吧！”

小鹞子听到岳父过世的消息后，心里边本来就烦，听到他们母子的争吵之后，心里边就更是烦躁，一时间说话便没了分寸：“都消停些，附近有什么贼寇？”“姐夫，你问这个干吗？”“大金国有驱口干活的庄子多了，怎么偏偏在咱这里闹出了事？肯定是有贼人勾着，不然这些奴才怎么会有这样的胆子？”“姑爷说得不错，这帮奴才照理来说，都让老爷子给打怕了，哪有胆子造反？肯定是跟玉麒麟那帮土匪串通好了。”陶氏总算说到了点上。

金兵的弓更大，更重，射得也更远，他们自幼便是耕猎过活，自然是箭箭无有虚发。未至短兵相接，玉麒麟手下的兵丁便已倒下大半。

“走吧，留着青山在不怕没柴烧。”手下喽啰纷纷劝道。玉麒麟见形势如此，便只得如此讲道：“这一仗不是咱兄弟的过错，全是手里的家伙不如人家。”

“追，都给我追，别让他们跑了。”小鹞子复仇心切，一马当先地杀了过去。“他就是玉麒麟。”躲在他屁股后边的小舅子指证道。小鹞子上来就是一招北斗南移，看得那玉麒麟竟惊慌失措险些丧命。“这是我李家的祖传绝招，这个胡虏儿怎么会使？”高手过招往往就是这样一击不中即会反受其害，小鹞子刚才那一招未能得手，反倒让那玉麒麟抓住破绽，出枪刺到他的战马，小鹞子滚在马下，玉麒麟忙要扑上，将他刺死，所幸后边的金兵抄了玉麒麟后路。“浑蛋，你害了我爹爹，我要亲手宰了你。”一直躲在屁股后边的小舅子，此时发起了威风。“少爷，这样弄死他实在是便宜他了，不如把他放到油锅里弄死解气。”水忽耶律生前的管家说道。“都别乱来，明天审一审，看他还有什么同党。”

小鹞子嘴上是这么说的，可心里边却是别有一番打算，他故意安排一帮既听不懂也不会说汉话的兵丁看着玉麒麟，在夜深人静之际偷跑去问话。

“你是谁，怎么会使这招北斗南移？”那玉麒麟发问道。“那你又是谁，怎么知道这一招是北斗南移？”小鹞子反问道。“这是我李家祖先的绝招，老子当然认识。”“你说的那个李是前边那个李，还是后边那个李？”这句话颇有些个味道，世上有两个唐朝，头一个是李渊、李世民父子所建，而后一个则是沙陀人李克用、李存勖父子所建。”“后边那个，你是何人？莫非是你？”

玉麒麟此时才意识到眼前这个金人打扮的家伙，竟是自己失散多年的外甥，他李家本是后唐的宗室，家境早已败落，不得已才将姐姐嫁与年迈的老王爷做了续弦。小鹞子的这招北斗南移正是他亲手传授。

舅甥二人，此时是忧从中来，喜从中来，竟不知道到底是该高兴，还是该生气。“舅舅你这让外甥我如何是好！”小鹞子苦笑道。“那你让舅舅我如何是好！你不想想你爹娘是怎么死的！他们当年宁肯把府库中的锦缎烧掉，也不愿意留给胡虏。你是先太上皇的亲侄子，一家人死的死、亡的亡，被践踏的被践踏，就你命好给金人当狗，做了女婿，竟然拿自己人开刀。”这番话说得小鹞子脸上通红，不住地落泪。“少在那用眼珠子撒尿，你又不是大姑娘。”小鹞子不由分说地给舅舅松绑。

“小子你怎么不走？”“舅舅，我的家眷还在北边。”“你好没出息，老婆没了可以再娶，儿子可以再生，有什么大不了的。”“可那依兰却于我有救命之恩。”“所以你就甘心做金人的走狗！”“我的心，您怎么还不明白，破国之仇不共戴天。我又怎么会甘心于金人为奴，只是一来我家眷都在北边，二来在驻地还有数千兵马可以调动，若是就这样走了，不仅把家眷丢在了北边，也让手下的数千壮士无用武之地。”“真是对不住，舅舅错怪你了，只是你若要真的举兵起义，行事一定要周密，千万不能跟你媳妇商量，她是金人的女儿，到底不与咱们一心。”就这样，他放走了舅父，内心则犹如刀绞，回到乌骨陆寨不知怎么向妻子依兰交代。

“爹爹的事怎么样了？”依兰问道。“那几个刁奴都抓回来了，只是让领头的跑了。”“这怪不得你，爹爹他不明白，虽说汉人三个不顶咱一个，可人数到底是咱们十几倍，若惹急了，就不好办了。”

“你在找什么？”依兰发现丈夫的举动很是奇怪。“叔叔给我的那件东西。”“爹，这上边画的是什么？”他的小儿子雅布兰正在徽宗的遗诏前玩耍。“臭小子！”好不好便是一顿打。“小鹞子！”依兰仿佛意识到了什么。

夜里小鹞子从睡梦中惊醒。“你梦到了什么？”依兰问道。其实那不是梦，是回忆，一段段血淋淋的记忆。那时他的年岁尚小，但却亲眼目睹了父亲服毒殉国，母亲提着宝剑要杀自己和年幼的弟弟。

“姐姐你要干什么？”幸被舅父拦住了。“杀了他们省得以后受罪。”“好歹他们是自己的骨肉，这样倒省得金人动手了。”听完兄弟的话，李夫人竟一时间下不去手。“姐姐请放心，只要有我在，就有两个孩子在。”“你们走吧。”说着李夫人点燃了王府，投身到了火海之中。

一番生离死别之后，李某人带着两个外甥出了城。“舅舅你带着弟弟走，我留下。”“哥！要走咱们一起走。”“金人善骑射，我军与之交战，往往胜不能延，败不能走。咱们三个人而今却只剩下了一匹马，你年幼体轻尚有一线生机，快上马。”从此今生今世他们兄弟没能再见一面。

忽见林中有群鸟飞出，他忙躲到了乱石堆中。只见一个骁武的金人骑士带着一个小男孩骑马走来。“不好！”小鹞子寻思道，“他们马快，大可以一个去追，一个回去报信，这样舅父他们就不妙了，不如去把他们引开。”

“爹，这些汉人可真不禁打，三五个也不顶咱们一个。”“这是四太子会用兵。”突的一支冷箭正中水忽耶律的胸口。照理说那一箭本该要命，可宋人长期装备松懈，武器往往华而不实，中看不中用。

“依兰你快躲起来，射箭那个人力气不小。”可让人想不到的是，在乱石堆中抓住了小鹞子，谁知竟还是个娃娃。

水忽耶律受了箭伤，又在乱石堆里跑坏了战马，气得要死，狠狠地用他的皮鞭送给小鹞子一份隆重的见面礼。“这小子真可以，竟然一声不出，今天你给他喂点好的，明日就送他上路。”“这样便宜他。”依兰在一旁说道，“他射伤了您，又为了抓他，跑坏了咱家的战马，不如留着他干活，把本捞回来。”“还是咱家依兰聪明，可这小子野得很，不太好管教。”“那等把本捞回来就宰了他！”

这些年下来本确实是捞足了，可依兰却没想到，自己会给小鹞子做老婆生孩子。“你这是怎么了？手上全是汗。”小鹞子没有答话，可是他的枕边人依兰，心里却再清楚不过。

“罢了，少睡上一会儿。”依兰言道，叫上丫鬟，煮点山猪手，给丈夫吃。她特意支走了丫鬟向丈夫说道：“小鹞子，我打认识你的第一天起就知道，你心里边一直压着火。可那毕竟是上代人的事，以前的事该过去就让它过去。”“这么多年了，其他的都还好说，只是听年前遇上那两个姐姐，我就……”因其父当年曾用计设伏斩杀了数百金兵，复仇心切的金兵冲入了王府后，掳走他的两个姐姐作为军妓，几年前与她们重逢姐弟相识却不敢相认。“这件事你休要再提，我更倒贴牛马做嫁妆，给她们都寻了人家。”“可那都是什么样的人家！”说到这里小鹞子便不由得落下了两行热泪。她大姐的男人是个已经五十岁的穷汉，而二姐的男人则是瘸子。“她们现在这个样，你还想要给她们找什么样人家，虽说她俩的男人都有些个问题，可把她们当心肝肉似的疼爱，你还想怎样？”“可要是以前，就算有人拿成堆的……”“够了，以前的事休要再提起，眼下还是安分点儿吧！”

可是小鹞子却始终安分不下来，回到了乌骨陆的这些年后，他收容逃犯，不顾金国皇帝的训令，强行兼并四邻的土地。关外虽是金人的发迹之地，但这几年因人口与兵力向南调动，这一带变得很是空虚，局势变得很是混乱。他日夜整军备马，以图他日报仇雪恨。

“小鹞子你最好收敛点。”依兰劝道，“你现在挺能折腾，不是大金皇帝怕了你，而是这一代荒凉得很，离那儿又远，只要不造反，皇上就懒得管。”谁知道丈夫竟不领情地讲道：“就是因为这样，我才要好好地大干一场。”“你这是说什么梦话，咱这里步骑都算上也不过七八千人，朝廷的兵马又何止百万。”“阿骨打造反时也就这点兵马，再过几年咱们手里也有几万人，到时候派人跟鞑靼那边通信，一块起事。”“可咱们家老大还在南京当差，你这么一反，孩子的性命……”依兰落下眼泪。小鹞子面色铁青，好半天没有说话，又过了好长一会儿才开口言道：“好在咱们还有个雅布兰。”

那一年鞑靼犯边，朝廷使节来这里调动兵马，而小鹞子趁这个千载难逢的机会打算提前起事，于是便找来了自己的小儿子雅布兰。“爹爹，哥哥还在南边，这样干怕是不合适！”“这天下本来就是咱们家的，你叔爷爷（即宋徽宗）临死前写下血书……”“爹，你怎么了？”雅布兰发现父亲脸色难看得很，眼鼻中流出了鲜血，就这样去见了列祖列宗。只是他的两个儿子从小长在北边，不通汉人言语，死活叫不清楚父亲的真名，所以在正史上他也一直未能留下自己本来的名字。只是在数百年之后才被史家考证出来，他是徽宗的亲侄子，李夫人的儿子，其余则无从知晓。

“娘，我要杀了朝廷派来的狗官替爹爹报仇。”“那你哥哥怎么办？”依兰对他的小儿子雅布兰讲道。“可这杀父之仇不共戴天！”“你知道是谁毒死了你老子？”“肯定是朝廷派来的狗官。”“是老娘，你杀了我祭你爹爹吧！”雅布兰听后如五雷轰顶，惊得说不出话来。

“从认识他的第一天起，我就知道他消停不下来，他是那边的人，只是也不忘本，是好样的。可你们要是真闹起来，你们兄弟是会说汉人的话，还是会写汉人的字？到时候这弄得两边都不是人，再说就咱们这里的这些人马，难道能打朝廷？”

依兰接着讲道：“等你哥哥回来，你就说是让个姓武的汉人书生给毒死了。反正他成天忽悠你老子往南边跑，留着就是祸害。”“可是他对爹爹一向忠心得很。”“你是想留着他给你老子报仇？要老娘的性命？”这句话让雅布兰好生的难受，可偏偏又无可奈何，他总不能杀掉亲娘为父亲报仇吧？

武标本为岳飞的部下，来到北边，本来打算去营救二圣，不想亲历徽宗临死前弃子传侄的事情。自此做了他们的管家，打算从北方迎回真主，废掉高宗赵构，不想竟出了这样的事。

当他从丫鬟那里探听到依兰杀害亲夫的事后，忙找来了雅布兰对他讲道：“眼下证据确凿，主公确实是为她所害。公子当先为主上报仇，再伺机图谋大业。”“可终究是我亲娘！这让我如何下得了手！”

武标先后劝过他们兄弟几次，不是让他们报仇，就是劝他们南归中原，到头来却无果而终，只得在坟前自杀，殉了故主。依兰同他一向不和，可这一回也不由得为之动容。

“这是你们叔爷爷留下的东西，留着也是个祸害，不如烧掉到阴间去陪你爹爹。”依兰当着两个儿子的面，烧掉了徽宗的遗诏。“这武管家是条汉子，劝你们父子不顾生死地往南，为的是那边。就是再难成事，也要冒险一试。小鹞子被他的话迷了心窍，闹着想当皇帝。我的儿，要是你爹爹或许还能踩着山一样高的白骨侥幸成事。可你们自小在这长大，连他们的话也不会说，习惯也不清楚，我就不信汉人服你俩做他们的皇帝。他是我害死的，可这全是为了你们，我这就到那边向他赔礼。”那两兄弟来不及劝阻，依兰便强咽下了毒蘑菇……

“韩商因为记下了这段故事，被父皇砍了脑袋，可毕竟年代久远难知其真伪。”“是啊，四五百年前的事儿，谁又能说清楚！”叶宗元叹道，“只是那一年，我带兵到黑龙江以北去抗击叉叶人，依旧听瞎了眼的萨满太太传唱起这段往事。”

水月听完舅父的话之后，便不由得感慨万千，追忆起祖宗创业之不易。“舅舅，眼下怕又要赶二圣北狩的时节了。”这句话说得很含蓄，实际上是在说，恐怕又要重现靖康之耻了。“祸福所依，正是如此，殿下才能有一番作为。”

是啊，眼下的情形仿佛就是四五百年之前靖康之耻后的那段往事，眼下情形与他的先祖是何其相似。只恨他病弱的身躯不能像他的先人那样，在马背上纵横驰骋，而只能像闺房中的小姐一样坐在车里，拉开车帘，看着大好山河，一时间雄心勃勃，想要做出一番事业，可也挂念着那奇异的恋人。

“芬丫头！”“娘娘。”吴皇后事后把贾芬找来。“你写信告诉你爹爹，叶家的人一个也不能留，这件事绝对不能留情。”贾芬忽然眼睛变了颜色。“丫头你这是怎么了？”吴皇后心思细腻，稍不留神便会被她觉察出根由来。她一直都在怀疑贾芬外边有人，这一回眼看就要露出马脚……“娘娘，是什么声音，怎么晴天里打起闪子来了？”一阵枪炮声掩饰了贾芬的心思，也拉开了大战的序幕。

双活

水月出自帝王之家，向来喜怒不形于色，可这一回却也不由得满脸的眼泪。“舅舅，我实在放不下，要不要派人去通知父皇赶快撤兵，全天下之兵，尚且不能胜叉叶，何况是分兵三处。”叶宗元却说道：“这是西洋望远镜，殿下可由此探察周边的情况。”只见叉叶及其属国的胡骑，如潮水一般狂涌而来，水月一时间便无话可说。“殿下，你要是走得慢点，恐怕也走不出去了。”说着水月便要下车。“殿下，你这是做什么？”叶宗元问道。“要不是舅舅心疼寡人，此刻早把胡人的兵马抛在了后边，要是坐在车上，万一胡人还有后续的兵马，可就插翅难逃了。”“骑马倒是快点，只是殿下的身子骨可否吃得消？”“舅舅您能用这玩意看到胡人，他们也照样能看到咱们。”

水月的话一点也不错，宇文定泰带着叉叶的援兵骑马赶了过来，随同他的是那个金甲人和特烈西等人。“国丈大人您看，好像有漏网之鱼。”特烈西满脸堆笑地说道。宇文定泰接过望远镜一看，笑着说道：“还是一条大鱼。叶家的虎皮兵也来了，这不是别人，正是水无忌原先的太子。”

“国丈大人，贫僧愿意亲自拿下这个伪太子。”特烈西的老徒弟悟化大师言道。“可别再自己倒在马下了。”那金甲人讥讽道。老和尚看在宇文定泰的面上没敢发作，特意言道：“老僧愿立下军令状，不拿来那小子提头来见。”“你的武功再好，能敌得过人家手中的火器？”又是那金甲人。这回悟化大师终于坐不住了，气愤地说道：“大叉叶兵马天下无敌，我自然不是对手，可收拾你这样的还是绰绰有余。”金甲人似乎想要动手，但被宇文定泰用眼神止住了。“悟化休得狂言，一切听国丈大人安排。”宇文定泰摆了摆手言道：“不要追了，这盘棋是一个双活。”这出乎众人意料，没人能猜得出这位国丈大人的打算。

“舅舅，下一步不知该如何打算？”水月同叶宗元道。“胡人生性贪婪，若下燕代必至吴越富庶之地。则必然无暇两顾，臣在西北尚有些旧部，可保殿下在关中登基，实在不行可退至西蜀，也可有一线生机。”“舅舅的谋划固然高明，只是四弟（元春之子水星）已被荣国府派了出来，那边恐怕也要有所作为。”“殿下不必惊慌，只要咱们抢先到了关中，鹿死谁手那就难说得很。”“手足相争，白白地将祖宗的基业让与他人！”“殿下何出此言？自古以来成王败寇，何必拘泥于他人之见。”水月脸色凝重地说道：“强敌压境，成败者尚未可知，又何况裂国为二，彼此为敌！”

宇文定泰早已想到了这一点故意放走了这一位。“高，实在是高。”特烈西由衷地佩服。“到时候，就让这俩小屁孩自相残杀，咱们能省不少工夫！”那金甲人说道。

当别人已经在为下一步事情做准备的时候，水无忌却依旧对险恶的形势浑然不觉。他不顾吴皇后劝告，非要等到第二天的吉日，才肯撤退。又怎想到就差这一日的光景……

第八章

国难当头

百年魔影

这一年的天气异常寒冷，岭南的荔枝竟被冻死在了那邪异的雪花之中。“国之将亡，必生妖孽。”广东的一位百岁老人，何曾见过这样反常的天气，临死前不由得发出了这样的感叹。

这样冷的天气任谁也消受不住，即便是自幼生长在北方苦寒之地的叉叶人也不例外。“陛下，天冷了您多穿件衣裳。”探春说着便将一件皮大衣披在了冷袭身上。“亚俄芜。”冷袭念起了探春的番名，很奇怪，他的汉语很好，可却从来不说妻子的本名。“亚俄芜，你说得不错，只要一百门炮就能将水无忌吓得不敢出来。”探春言道：“水无忌我早已看透，地道的胆小鬼，可他身边的兰提实却难缠得很，专为他主子出些个鬼点子来害人。”“不错！”冷袭言道，“镇得住他们一时，镇不住他们一世，不过只要大队人马一来，把口子扎死，到时的整个中原就在我手里。”

中原的军民一切都乱了套。旧族中的老人传起了谣言，说什么历太子也就是义忠亲王老千岁，长久以来阴魂不散，不然又怎么会平白地在晴天里响起了霹雳惊雷。一双眼睛冷冷地看着这一切，而另一双碧蓝色的眼睛，似乎却在趁乱找寻着什么。

这双眼睛的主人不是别人，正是羊狞，好容易见到了贾芬，便省去了娘娘、大小姐这些个敬语，直接发问道：“那边有几个顶用？”“只有那四个和尚。”“不在技艺，在人心！”羊狞强调道。“那就一个也没剩下！”言毕羊狞便忙蹿了出去，可却偏偏被另一双眼睛看到。

“太子嫔娘娘，您是在同何人讲话？”所幸徐公公的耳朵，却没有他的眼睛好使。“是凉州军的一个小校，说是有事求见都统领，我告诉他走错了地方。”徐公公言道：“万望太子嫔娘娘小心，依老奴观之，那人行若花狸，动似脱兔，干练非常，至少应是总兵、参将之类的官职。”“噢！”贾芬故作惊讶道，“烦劳您让手下严查此人的来历，若是北边派来的奸细，后果将不堪设想。”“老奴……”

徐公公的话还未说完便听见一阵阵的炮响，太子爷硬是被吓得尿湿了裤子，军中更是乱成了一片。徐公公忙召唤手下，赶紧照顾好这位太子嫔娘娘，可却始终没来一个人，不由得叫骂道：“都是些不中用的奴才，到关键时候竟一个也指望不上。”“徐公公莫急，眼下形势如此，着实怪不得他们。”“太子嫔娘娘教训的是，老奴只是气不过，我泱泱中华，竟没有能工巧匠！”谁知贾芬的嘴角竟露出了一丝奇异的冷笑，霎时间有着千万种滋味。“莫非太子嫔娘娘知道此炮来历？”此事说来话长……

徐公公见贾芬心事重重，便不敢再打扰，可那段陈年旧事却依旧浮在了贾芬的心头。这也是某人一生之中永远挥之不去的阴影……而现在这个美人脸的汉子，正等着收割这颗熟透了的果子。

“全是靠这个宝贝！”冷袭摸着发热的炮管言道，“亚俄羌，你可知道这玩意后面的故事？”听到这里探春不由得直冒冷汗，她来北边已经有一段时间了，这件事的来龙去脉她是清楚的，可却不敢点明，只得言道：“还望陛下赐教。”

提起这段往事便不得不提起一个叫恶洛克的小国。该国虽在叉叶之北，但却因为有暖水流经，反而要比南方的邻国暖和，那时叉叶的都城塔林还在他们的手上，叉叶的势力被塔林城的高墙死死挡在了季冥海外。冷袭的爷爷老叶伽实也不由得叹道：“遂龙湾的一斗海水，竟比同样的一斗黄金还贵。”

那一段光阴，简直让人无法想象，恶洛克在全盛时期，人口也没有超过十万，一街之隔口音便全不一样，在有些地方，街东和街西的居民竟老死不相往来。在冷袭同倪多芙出生前的岁月里，该国的谷物比海鱼还贵。

该国居民勤劳精进，手艺上的功夫，非他国之民能比。冷袭在吞并恶洛克之后，赏赐给恶洛克故王一套随探春陪嫁过来的苏绣，那恶洛克故王，虽已是亡国之君，但却直言不讳地说：“汉地的东西，灵而不秀，巧而不精。”

恶洛克故王的话虽说刻薄，但却不无道理，若云在送探春远嫁叉叶的时候，得到了一副恶洛克产的黑瓷。羊脂生下贾苗后，赵姨娘没有拿得出手的东西，便找到了赵若云，若云便拿出了这套恶洛克黑瓷，赵姨奶奶哪里喜欢这古朴素雅的东西，在她的眼里这粗黑的物件儿，看见就觉得恶心，不由分说地摔在了地上。“云小子，这种东西也拿得出手？”可是这种拿不出手的玩意，却怎么样也摔不坏。后被羊脂视若珍宝，经常用筷子敲击，来听其中非金非玉的声音。

恶洛克工匠的手艺非凡，可它的先代君王却并不知足，当年的那一代恶洛克君王才干非常，但却沉默寡言，故而在后世以孤语王之名传世。

孤语王命国中的工匠制作了一种兵器并许之以重金。三年下来，恶洛克国中无人能成事。于是又派人贴出诏书，请海外的能人来铸造这种兵器，又过了三五年依旧毫无进展。

恶洛克的四大行长者便向孤语王推荐了隐居多年的铁艺匠人。这明显是没安好心，因为孤语王要铸造的不是寻常的器物，而是一种可以放出惊雷闪电的大炮。这种炮非同小可，在此之前，所有的大炮也不过是打出去一些实心铁球而已，但大都威力弱小，不堪大用。

铁艺匠人虽说是技艺高超，可做这样的活毕竟心里没底，想要拒绝，可孤语王却以他的家人作为要挟，铁艺匠人无奈，便不得不依从于他。

孤语王要以十年为期，赶制这门大炮，可尽管他十年如一日地苦心铸造，却依旧不尽如人意。十年的期限已过，孤语王毫不留情地将他斩首，由他的儿子继承他的衣钵，继续为孤语王制炮，便是第二代铁艺匠人。

第二代铁艺匠人苦心制了十年，依然不能成事，照样被孤语王毫不客气地斩首。他死后，便由他的儿子，第一代匠人的孙子继续。

这第三代铁艺匠人吸取前代人失败的教训，终于在第七年功夫不负有心人，制成之后被称为开花大炮的神兵利器。可是此时孤语王早已过世，新上台的见异王却对此不感什么兴趣。

此时的恶洛克已经衰落，处处被动挨打，他以往宠信的是善筑城池的岩门中人，而对大炮这种能助强邻攻城的东西很是反感，这事一拖就是七八年。

这位铁艺匠人不甘心，先辈以性命换来的珍宝，被白白糟踏掉，不惜倾家荡产，来贿赂见异王身边的宠臣。见异王终于动了心，采纳了这种威力巨大的兵器，并厚赏了铁艺匠人一家。可惜好景不长，恶洛克的军阵遇到了强邻叉叶的袭击，并发现对方手中已有了这种神兵利器。前线失利的将军，将此事报告了见异王，见异王便迁怒于铁艺匠人，将他吊死在城头，以警示那些想要卖国求荣的人。

末代铁艺匠人的女儿未婚先育，生下一对红眼珠子的龙凤胎，便是倪多芙和冷袭。

后来，虽然嘶哈哩和佛朗斯牙等国学会这制炮的秘术，甚至做出来的物件也更精巧，但这开花大炮的始祖，却是冷袭的亲外祖父，当年的铁艺匠人。

冷袭提起这段往事后，双眼变得更加鲜红，好不骇人。“陛下，英雄莫问出处，上次随陛下会见恶洛克故王至今回味无穷！”探春的话总能打动冷袭的心，这一回也不例外，这美人脸的天子一时间百味回肠：“当年朕同这些伙伴们一起在滴金街西玩耍，有一日他们问朕将来要干什么营生，笑话朕衣服破了，还要倪多芙来缝，说什么别人七八岁的时候都会做鞋袜，而朕当时连针怎么拿，线怎么缝都认不清楚。”“所以陛下当时回敬他们，就因为这样帝波安和叉叶才笑话，咱恶洛克的男人都像个娘儿们，只会跟针线打交道。”探春在一旁应和道，因为她知道冷袭虽是从那边出来的，但从骨子里瞧不起的就是恶洛克人。这位爷曾经笑话过一胎所出的妹妹：“一辈子都不会有出息，那边的习惯改不掉，都生了三个孩子，还是当年的口音。”

冷袭看了看探春，依稀回忆起小时候的情景，滴金街西的民风与恶洛克别处有所不同，因多有外来佣兵及穷户家子弟，而民风比较彪悍。这些少年生来胆大而无畏，竟偷来了招待外国使节的鲜鱼，翻墙进入乱坟场去野餐。

恶洛克的风俗与列国不同，那里虽说一般死后也是入土，但显赫的人家却不这样，而是在平地上建起高大的宅院，凭空将棺材放在其中，年头一长便邪气森森，传言有僵尸横行于此，无家可归之人也少有人在此容身……

当年的一番豪言壮语，伙伴们谁也没当回事。街东的人家从来都瞧不起街西的这帮穷杂碎，更讨厌霸道凶狠、红眼多毛的臭小子，可若干年前，冷袭吞并恶洛克，在滴金街西邀请恶洛克故王，昔日街西的伙伴们，但凡还在人世，便都有份，而街东的邻居却只有羡慕的份。

一想到这一点，探春便比丈夫冷袭还要兴奋，她多想死去的元春此刻也尚在人间。好让这位嫡出的姐姐，见识见识自己此刻的威风，就像冷袭在滴金街西衣锦还乡一样。

冥河

吴皇后出生于一般的耕读人家，能有今天绝非单单地以色侍人。她自幼博学多才，通读经史子集，虽不能说是知兴亡大义，但却识大体、顾大局。

皮之不存毛之焉附，覆巢之下焉有完卵，一想到这里吴皇后便坐立不安。“眼下胡人的大队兵马还未到齐，趁此突围出去尚有一丝生机。”这个道理她吴娘娘明白，可丈夫水无忌却被叉叶人的开花大炮吓破了胆，美其名曰乃是以静制动。

“只等胡人的大队兵马云集，任你插翅也难飞。”刚才的那一阵女子的声音，使吴皇后心惊胆战。这声音虽然听着轻柔婉转却不失庄重威仪之气，在那吴娘娘听起来却是分外的刺耳。“什么人？竟敢在此装神弄鬼。”宫女太监乱作一团，全然查不出是谁。

“会是谁呢？”吴皇后心中琢磨着，“这声音听起来又像是贾妃，又像是叶后，到底是什么人在这里装神弄鬼？”“只待胡人大队兵马云集，任你插翅也难飞！”又是这该死的声音，吴皇后只觉得黄泉路近，冥河流水翻滚着汹涌的波浪。“不行，我得劝劝陛下。当趁现在胡人的兵马还未聚齐赶快突围，要不然就要步徽钦二帝的后尘。”

她强咽下定心丸，硬着头皮坐着小轿子去面见丈夫水无忌。她在里面只觉得时间是那样的漫长，仿佛一个时辰便是上千年。“不行，不能这样！”她不由得自我言道，“无论贾妃还是叶后，她们都有着显赫的家世。就算她们人没了，可她们的儿子照样可以面南称孤，裂土封王。可我呢？若是陛下一朝龙颜失色，晨儿便什么也剩不下来。”可眼下形势如此，她怎么也不能坐以待毙，心中烦闷将轿帘一撕，只见贾珊等一干将官，一个个垂头丧气，六魂无主，七魄离散，不禁愤然言道：“身为大将，未战竟心胆寒，何以为六军统帅！”

贾珊忙伏地下拜道：“非臣不忠于陛下，不肯为国尽力，奈何陛下不肯依从。臣纵使通天本领，也难以施展！眼下胡人兵马未能齐集，放手一搏尚有一线生机！”

“贾珊！”吴皇后冲他吼道，“既然眼下形势如此，你该就向圣上陈明利害，劝陛下赶快出兵突围。”“回娘娘的话，臣便是让陛下给骂出去的！”听完贾珊的话后，吴皇后一时为之语塞，她一时间不知该如何是好，正好看见林如意和一个碧眼校尉走了过去。“这可真是来了救星。”吴皇后是这样想的。

“林中堂，现在只有你能劝陛下，无论如何当劝陛下全力突围。”林如意正要从命，不料一旁的羊狞闪了出来。“娘娘恕罪，眼下能够真正劝得动陛下的也只有娘娘！”

“狞娃子，还不快退下！”贾珊训斥羊狞道。羊狞也正要退下，却被吴皇后给叫住：“站住，你到底有何话讲？”“回娘娘的话，我主荣国公善战，善攻城，却不善攻陛下的心。中堂林大人能治国治百姓，而不能治圣上之心。”“照你这么说，本宫倒是善攻陛下之心！竟专干狐媚惑主之事！”这时吴皇后脸色铁青，众人无不为羊狞捏了一把冷汗。“娘娘母仪天下，一人之下，万万人之上，若娘娘劝不动陛下，试问谁还能劝得动陛下？”羊狞的话句句在理，众人听后纷纷跪地来乞求吴皇后去劝阻水无忌。吴皇后感叹道：“既如此，本宫也只得干这虎口拔牙的差事了。贾爱卿，本宫若有什么不测，请你看在翁婿之情上多多提携晨儿。”贾珊伏地下拜道：“臣今生今世绝不负娘娘重托。”

虎穴取子

吴皇后见形势如此，只得硬着头皮上了轿，去面见她的丈夫水无忌。“她也有今天，这就是报应。”两个当年服侍过贤德妃贾元春的宫女私自议论道。刚才的那一幕她们瞧在眼里。当年贤德妃便是因为劝主上防备胡人而遭了变故，而今轮到了吴皇后。吴皇后此时紧张异常，她先是联手元春弄倒了叶后，后又害死了贾妃元春，好不容易才有了今天，可如今形势如此，她此时竟似走上刑场一般。

徐公公是两朝的老内相，晓得其中的利害，忙劝谏水无忌道：“陛下，眼下形势紧急，当火速出兵围剿，不然待胡人大队兵马到齐，恐怕凶多吉少，若出了这鬼门关，江山还是陛下的，他日整军再战，胜算七成。”“眼下的事万万不可操之过急，凡事当先谋后定，故兵书有云欲将取之，必先予之……”“陛下，皇后娘娘有事求见！”

“她来干什么？”水无忌寻思道，“不会是让朕卖了贾珊，向胡人求和吧？要是实在不行，也只得如此，先缓过这口气再说别的。”“臣妾参见陛下，吾皇万岁万岁万万岁！”吴皇后下拜道。“平身，爱妃此来所为何事？”“回陛下，贾珊等五十多名将官皆劝陛下出兵突围，万望陛下早作主张。”“想不到你在深宫之中，消息却灵通得很！”水无忌厌厌地言道，“军国大事，不用你操心，还是回后宫歇息吧！”

吴皇后伏地下拜道：“生死荣辱在此一线之间，还望陛下早做决断。”“哼！”水无忌说着踢翻了玉案，愤然言道，“连你也给贾珊来做说客，别忘了后宫不准干政。”

当年贾元春劝谏皇上叉叶狼子野心，万万不能与之和亲，换来的也是这句后宫不能干政的狠话，不久元春便被赐死，荣国府也被降罪抄家，眼下这吴皇后便要步贾元春的后尘。

“陛下！”说来奇怪，吴皇后在进来之前害怕得浑身发冷，纵使厚重的裘皮大衣也难以暖和，可是到了这一步竟也全无惧意，再次下拜言道，“江山是陛下的，妾身乃是主母，又怎会为贾珊这家奴来当说客？平心而论，妾身与荣国府虽是亲家，可却是仇敌，恨不得将其除之而后快。可现如今形势危急，由不得妾身再打这样的算盘。臣妾本系寒门，能有今天已是万幸，此生已别无所求，只是想着陛下的安危和晨儿的将来，故而违背了祖先制度，来此妄议朝政，请圣上治罪！”

“爱妃请起。”水无忌见吴皇后情真意切，便忙将她扶起，好生安抚道，“你当朕是贪生怕死，不敢与胡人交战，只是凡事当先谋而后定，万万不可操之过急。”水无忌虽然脸上镇定自若，可心里边却害怕得紧，生怕一发炮弹将这里夷为平地。吴皇后晓得他的品性，便娇柔委婉地给他找了个不错的台阶：“陛下智谋高深莫测，着实让贾珊那群赳赳武夫望尘莫及。只是天下人见识短浅，难以理解陛下的高见。眼下人心惶惶，只怕生出祸患。”“噢！”水无忌疑惑道，“迎祥堡防守严密，胡人一时间难以得手，又怎么会有祸患？”“陛下离京多日，城中已有谣传。而今我军孤悬于此，日久恐生变，前段时间废太子的孙子，在通州称帝已是人心惶惶，何况是在今日，我军独悬于前，而京中兵力空虚，若胡人分兵直取京师，迎立忠义亲王的孙子为帝……”一提到这，水无忌便怕得要死，脸上霎时间便没了血色。吴皇后见此情景，便在一旁继续敲打道：“那贾珊与北国的狼主本来就是郎舅之亲，眼下形势如此难免会生出变故来。陛下久不出战，这小子便会以他的小人之心度陛下的君子之腹，疑心陛下将他交于胡人求和。这浑蛋向来胆大，在这日子一久，恐生出异心来，为图他们贾氏一门富贵，把圣上当作奇货卖与胡人。”

吴皇后的话句句在理，水无忌顿时鼓起了些勇气，可是一想到叉叶人的开花大炮，就吓得发抖，这位爷此时竟再次闪出了卖掉贾珊，向叉叶求和的念头。

于是，水无忌便冠冕堂皇地说道：“想我太祖皇帝气吞万里如虎，朕虽不惧小小叉叶，只是我朝一向以仁孝治天下，若与之交战，有道是杀敌十万，必自损三千，不如凡事以和为贵，以造福天下苍生。”

平心而论水无忌刚才的那句话，足可以把吴皇后给气炸掉，但没有办法他毕竟是当朝皇上。吴娘娘只得柔声言道：“陛下一心想造福天下苍生，至仁至贤当为万世敬仰，只是胡虏人面兽心，向来是无有信义，其得寸必进尺。只怕圣上的怀抱之策，会使胡人气焰嚣张，致使形势于我更加不利。”

吴皇后的一番分析使水无忌坐立不安，一时间竟不知道该如何是好。吴娘娘见此情形便进一步趁热打铁：“自古征战不在技艺，而在人心，陛下真命天子凡事自有周天神佛护佑，纵使那边一时得势，但天命所向，人心所归，何愁不能胜叉叶？”

其实吴皇后的这番话中，自有周天神佛护佑，才是她真正要讲的，至于其他的废话只不过是不想点破丈夫贪生怕死的想法而已。到这时水无忌才言道：“爱妃言之有理！只是古语有云兵者国之大事，既然要出兵，那就要稳定军心，若是要稳定军心，上上之法则莫过于祭拜鬼神。”水无忌胆小得很，出发突围前也要求神拜佛才得安心。

吴皇后终于长出了一口气，但心中却不住地后怕，因为他知道丈夫虽然名唤无忌，但最忌讳的便是被别人看穿心思。贾妃、叶后皆因此而丧命，可眼下……

正巧刚出来就撞见了儿媳妇贾芬：“丫头，你爹爹那边安排得怎么样了？”贾芬忙应道：“回娘娘，他说无论把谁丢下，也得保住太子！娘娘放心，任谁也比不得太子。”

“丫头，你爹爹身旁那个蓝眼珠儿的心腹是谁？”“是奴婢庶母羊氏的兄弟。”“可是当年拿住孙绍祖的那个羊狞？”“确是此人。”想当年羊狞拿了孙绍祖，按理说应该给个参将，但因为吴皇后的父亲吴天佑参了一本，到头来只得了千余两赏金。一想到这吴皇后心里便不舒服得很，于是向贾芬吩咐道：“芬丫头，告诉你爹爹，此人脑后长有反骨，万万不可重用。”

临行之前

一辆大车停在了营盘之中，准备接送皇太子、后妃及皇帝身边的重臣。“犴娃子，准备得怎么样了？”“回爷的话，一切皆已妥当，只欠圣上下诏。”“国公爷，别等皇帝那边下令，直接把太子和大小姐保出去得了。”马奇芳言道。贾珊等得确实着急，只得无奈地言道：“要是再不下旨突围，也只得这样了。”

贾珊着急，吴皇后也着急得很，可没办法，那水无忌却也心虚得很，临行之前非要求神拜佛。何况这一朝的天子大都迷信至极，凡有难决之事，一律请萨满太太来跳大神。那跳神的女巫也是个明白人，凭她那三脚猫的手段哪敢妄言军国大事，于是请神上身的时候，尽说些连自己也不懂的鬼话，水无忌听来更是一头雾水，便向身边的吐蕃僧请教道：“大师，依您之见，长白山神到底有何指教？”

那大和尚也精明得很，对水无忌言道：“回陛下，听起来倒像是古梵语，好像是说什么阴阳相违，水火交融。”“这到底是什么意思？”水无忌想了一阵才言道：“朕明白了，这说的出兵的时间，不是晨昏之际，便是子午时分。通知全军，至傍晚全力突围。”

这道圣旨一下，贾珊虽心有不甘，可到底不敢担犯上的罪名，只得作罢。羊犴在一旁解心宽道：“国公爷，好歹陛下总算同意，不坐下来以静制动，何况也就三个时辰不到，也不急于一时。”听后贾珊叹道：“也只得如此了！”

吴皇后眼下总算是想通了，向丈夫水无忌提议道：“陛下，臣妾见贾珊的那个丫头，比妾身那个侄女强过百倍，当为晨儿的正妃。”水无忌听得在理，正要开口答应，不料国丈吴天佑插话道：“陛下万万不可，那贾珊现在已成尾大不掉之势，若此时改立太子妃，更助长他的气焰，更何况以妾为妻自古便是大忌。”

这弄得水无忌一时间也拿不定主意，便言道：“叫晨儿过来，此事还是由他来定。”

太子水晨本来对贾芬很是喜欢，可近来却因为贾芬劝说他眼下征战，饭菜自然不能跟宫中相比，太子爷当多体恤点将士们……正是这样的话，最近让太子水晨又与本家表妹亲近了起来。于是乎贾芬再次与正宫娘娘的宝座失之交臂。

待水无忌一走，吴皇后狠狠抓起水晨的头发，哭骂道："不知好歹的东西，你当我给你弄进宫来，是能随意摆弄的玩意，那是救命的一条活路，小子这就上书，把主意改过来。"

"娘娘此言差矣！"吴天佑言道，"这昭阳正宫的主位还是在自己家人手里放心。""爹爹，你……"吴皇后缓了一口气才言道："爹爹，到了今天您怎么还不明白，咱家是什么样的人家，一点根底也没有。别看今天女儿屁股坐在正宫娘娘的位置上，明天谁知道是什么光景。趁现在好容易强攀上这么个老丈人，还不得把人给拴住了。"吴天佑对女儿的话很不以为然，言道："娘娘勿要多虑，臣就不信太子有个三长两短，他家的闺女能有好日子过。""这可说不准！"吴娘娘言道，"什么事出在那爷俩儿的身上都算不上稀奇！"父女两人各执一词，最终闹得不欢而散。

送走父亲之后，吴皇后正要去再劝丈夫改立贾芬做太子妃，却被徐公公给拦了下来。"娘娘您现在去不得！""本宫要是再不去的话，恐怕以后再也……"吴皇后不敢把下边的话说下去。"娘娘您的苦楚奴才知道，只是眼下陛下正为国事心烦……"吴皇后只得叹道："眼下只能听天由命了。"大好的时光一眨眼过去，转眼间开始了血腥的战争……

后尘

那一战可谓是惊天地、泣鬼神，许多的老将带了一辈子的兵，才知道自己只不过是门外汉。甚至在百年之后迎祥堡附近的田地依旧肥美异常，长出的庄稼又高又壮，不用施肥，只要老天爷肯多少下点雨，来年的收成便比别处的强上许多。这完全是当年在此厮杀的近百万人马所致，水无忌不听劝告硬要拖到傍晚，可就差这么一会儿工夫，叉叶军后边的炮队便赶了过来。贾珊硬着头皮组织起了一次又一次的冲锋，可却一次次地……

“这哪里是去冲锋陷阵，您这简直就是拿人命当作泥沙铺路！”林如意这样对贾珊讲道，如此景象他平生所未见。“林中堂，下官实在没有办法，我军枪炮多是旧制，百无一用，西洋的奸商新近所卖的又多是些陈年旧货，眼下也只有用人命换炮弹了。”

林如意虽然嘴上不说，可眼下的情形不如此又该如何。恶洛克铁艺匠人三代四条人命换来的开花大炮果然不同凡响。冲锋的兵马被炸得血肉横飞，残骸散乱，收尸的时候分不清是张三李四，转眼便葬送了上万条性命。

一些叉叶的军士是原来贾珊在那边时的旧部，他们见到如此情形，觉得好生奇怪，便纷纷议论了起来：“我说，这兰提实将军是不是在那边待久了，不会打仗了？哪有这么干的？他以前打仗哪一回是这么干的？不打火箭，不放大炮，最奇怪的是，哪有骑兵不下马打正面排枪兵的道理。”而另一位却别有自己的一番高论：“依我说，陛下和咱们老长官合演了一出苦肉计，好白白断送掉汉地的精锐，不然他们汉地国大人多，谁又能奈何得了？”

贾珊也着实没有办法，从他南归至今日也有些年月了。可他先是为继母刑夫人守孝，后来好容易接手了西营防务做出些成就，水无忌便又把他手中的半数兵马调到了南关，而现在随着南关的沦落，那半数人马也不知去向。再加上他事先便料到局势不利，为了他日反击叉叶之用，又让胞弟贾琏以押送粮草为名，带走了相当一部分精锐，这次虽然调来的兵马足足有八十余万，可却只有两千多人是他真正训练过的。

另外从器物上讲，也可以说是苦不堪言，即便是贾珊当时有孝在身，也时常上书水无忌如何采买西洋火器，改善军备。水无忌连声称是，可却把这差事交给凤姐的父亲王子腾老爷去办。几年后，贾珊验收的时候发现，这位二姨夫留给自己的多是些中看不中用的玩意。剿灭孙绍祖后，倒是买了些真家伙，可是忠顺王爷有祖宗骑射不可偏废的道理，而中堂如意则有着不在技艺在人心的高论，弄得贾珊总是放不开手脚，更可气的是吴天佑、贾雨村以折旧的名义，转手卖给了扶桑和叉叶不少玩意儿。以洋枪为例，虽说汉地的兵马将近有九十万人，可洋枪却不及叉叶的四分之一，不过在数量上还是大大超出叉叶的兵马。

在交战之前，冷袭总是睡不安稳，在他的一生之中，还是头一次与多于自己十倍的敌人打仗。叉叶的一些将领，虽然也都是些百战余生的宿将，可却从没有见过这多如海潮的汉家兵马，真怕自己死无葬身之地，一些山南可士零的宗长们咒骂着冷袭："这个恶洛克婊子生的杂种，把我们放到这里来送死，打这一仗简直是让蚂蚁咬大象，怎么打得过人家？"

可出人意料的是，汉地的兵马一波波地奋勇冲锋，实际上则与送死无异。"这不是在打仗，这简直就是在屠杀，我们就是屠夫，不过处理的不是牲口，是人！"魏波夫（贾珊原来的副官）言道。

好在贾珊组织的这几次冲锋并不是白白地去送死，意在消耗叉叶的火器，好找准时机突围。冷袭是明眼人，这一切他看得再清楚不过，汉军的反击，也让叉叶的兵丁不敢等闲视之。

汉军眼下虽然损失惨重，可冷袭一时间却也难以得手。探春看着着急，自然想到了古儿林的骁骑，愤然言道："丹枭识的骑兵怎么还不过来？他是诚心不想给陛下办事！""他是不会来的！"冷袭淡淡言道，"不到咱们把水无忌塞进棺材，他便不会过来。""陛下，恕我直言，"探春言道，"您一向对那个表哥过于宽厚，以后当给他些厉害瞧瞧才是。""你的那个堂兄兰提实朕不害怕，丹枭识这个表兄朕却时刻提防着。""陛下多虑了。"言即出口，冷袭便用他那血红色的眼睛，直勾勾地看着探春用汉语讲道："探春丫头，你何出此言？""丹枭识确实有几分才干，也惯于收买人。可惜优柔寡断，注定成不了大事。""我家立国四五百年，其间都城四次沦陷，除一次沦丧可士零之手外，其余皆是古儿林人所为。”冷袭言道。探春笑了笑说道：“那时的都城是故都伽罗，而不是现在的塔林。今天的叉叶不再是当年的那个弹丸小国，而他古儿林也不复当年的威风。陛下，何惧之有？”“言之有理。”冷袭慢条斯理地言道，“只是要在这个节骨眼上反水，那可要坏朕的大事。”“陛下放心，他没有这个胆儿！眼下古儿林的骑兵缺乏火器，前一段连兰提实也收拾不了，若敢此时反水，只能是背井离乡，同兰提实一起寄居汉地。何况此人一向优柔寡断，难成大事。陛下又何必多虑。”“亚俄芫你不懂，现在正有人在打他的主意！”

冷袭的话不错，现在确实有人在打丹枭识的主意，这人可以说是冷袭的同乡，但却恨他入骨。亡国之君的滋味并不好受，为了复兴大计，恶洛克故王特地来拜见丹枭识。

为了招待这位不速之客，丹枭识命人去煮好奶茶。古儿林的奶茶与蒙古不同，系由鹿奶所制，奶少茶多，又加着厚量的红糖。可在恶洛克故王嘴里只尝到苦涩的忧愁之味。

“不愧是古儿林的奶茶，天生一股子雄豪之气。”恶洛克故王称赞道，“古儿林的居民也因此骁勇善战。”“我古儿林人从来不怕叉叶，在马背上可以抵过三千叉叶人，可惜手中从来就没有过像样的家伙。”丹枭识的堂弟戈龙尔言道，这句话看似质朴，实际上是话里有话。古儿林人以牧鹿为生，国中不产精锐火器，在过去同叉叶的较量中曾向恶洛克借用枪炮，可是小气的恶洛克人却坚持一手交钱一手交货。正所谓唇亡齿寒，古儿林战败之后，则臣服于叉叶。冷袭借道到古儿林水陆并进，不久吞并了他儿时的故乡小国恶洛克。

说到这个地步，恶洛克故王好生地惭愧，只能硬着头皮说道：“当年的事，是我们对不住贵国，以后一定要加倍补偿。”“现在说什么都晚了。”丹枭识言道，“开出去的弓，便没有回头的箭。”“只要能够齐心合力，干什么都为时未晚。”恶洛克故王眼含泪光向丹枭识等人讲道，“朽坏掉的刀剑，回炉仍旧可以铸造成上等的铠甲，只要少可汗肯下决心，何愁不能成事。”“你说得轻巧，”那戈龙尔言道，“我家少可汗去冲锋陷阵，你们坐在这里享福，事成了你去摘果子，若是败了，凡事都推得一干二净。”恶洛克故王正色言道：“我既然来了，便不会空着手。来人，让古儿林的少可汗看一看咱们恶洛克的乐器。”

各样的伪装被撕去，露出了本来的面目。枪炮被拆开来伪装成乐器、钟表、雕像，甚至是女人用的马桶和洗婴盆。恶洛克投降之后，用这样的手段藏下了大批的武器，以图来日能够东山再起。“这是开花大炮！”“少可汗果然识货，有这些兵器助阵，再加上古儿林汉子的骁武善战，何愁不能胜叉叶。”恶洛克故王言道。

“少可汗干吧！”戈龙尔在一旁煽动道，“现在叉叶的人马全陷在那里，只要少可汗起事，与汉兵内外夹击何愁不能成事。”“此事还是要从长计议。”丹枭识言道。“可少可汗……”戈龙尔和恶洛克故王依旧心有不甘。“这是件大事，怎么也得容我跟老辈的人商量商量。”丹枭识言道。“少可汗，凡事要果断，何必要与那帮老掉牙的家伙去商量。”

贾珊事先便知道此次决战凶多吉少，便有意留存了一部分，由他的兄弟贾琏率领。贾琏才干平平，幸得有哥哥的家臣帖木儿和谋士冷子兴帮助得以维持局面。赵若云带着一部分索伦骑兵赶去同他会合。

“云小子，就这样看着大哥在那里送死，我于心何忍。”贾琏言道。“不论如何，咱们都得把珊少爷保出来，除了他没人知道怎么带兵。”赵若云言道。“国公爷一向争取叉叶的属国古儿林反水，可惜一向未能如愿。”冷子兴言道，“不过近来那边传来信息，说那边素来对叉叶怀有二心，事情或许会有转机。”“若能这样，再好不过。”贾琏言道，“那反败为胜，便是转眼间的事，嫂子和两个侄子也能从那边回来，哥哥一家也就能团聚了。”

“你家少可汗，真的去和长老们商量去？”恶洛克故王问道。“他怎么会同那些有气的死人商量。”戈龙尔答道，“他是一个人，去静心琢磨去了。瞧，他出来了。”

那丹枭识正从帐里出来，打算答复恶洛克故王，却听侍女来报，说是娘娘求见。这个娘娘不是叉叶的娘娘，也不是中原的娘娘。冷袭为了离间丹枭识与贾珊，采纳探春的计谋硬是将胞妹贾珊的发妻倪多芙改嫁给了丹枭识。虽说两人之间一直是有名无实，但却是这里的正宫娘娘。

“这娘们儿的嘴里能说出什么样好话？”戈龙尔插嘴道。“休要无礼。”丹枭识教训道，“且听听她来讲些什么。”戈龙尔本想再说，那女人是漂亮，可毕竟上了年纪，何况她有丈夫，又有儿女，心根本就不会在你这里，可惜因有恶洛克故王在场，终究还是没能讲出口来。“她能讲些什么？”恶洛克故王在一旁言道，“是来劝少可汗拱手将先人的基业送于叉叶。您是天地间的绝代英才，何必为一个别人的弃妇，弃了大好前程。您若是喜欢她这种样貌的，事成之后，我一定……”戈龙尔在一旁听得恶心，心想："亏你过去也是一国之君，讲话竟如此下流，旁人夫妻间的事，你好意思在一旁说三道四。""谢谢你的好意，还是听听她来讲些什么。"丹枭识言道。

倪多芙来了惊得恶洛克故王不敢言语。"她简直就像是那魔头在镜中看自己似的。"他惊叹道。这对兄妹若是光看脸盘，就跟一个人似的！只不过细看之下，冷袭的眼睛分外的凶狠，至于倪多芙的眼睛则微微含着紫气。其实多年之前他便已经见过，只不过恶洛克故王绝不会想到，当年的滴金街的那对兄妹会有如此的造化。

她用那双眼睛死死地将恶洛克故王盯住，微微地开启了那腥红的嘴唇，只是脸上虽然没有皱纹，面色惨白却活似鬼魅，只听她讲道："你不是恶洛克人，是兰提实派你来的！"

这弄得那恶洛克故王是一头雾水，他缓了一口气道："娘娘言之有理，现在咱们都是叉叶人，我同这边实在没有往来。""看来你没有听明白。"恶洛克故王惊异地发现，倪多芙的口音竟然还和在滴金街西时一模一样。"你就是我族兄的养女，可竟然口音还是和当年一模一样。""有几个恶洛克人的口音是会变的？可是人的心会变。"倪多芙强调道。

她接下来的话让人有些摸不着边际："我幼年曾听人说过盐池（在恶洛克境内）里的鱼虾，一旦落网便会将内脏吐出，以警示它的同类。而在汉地若人被饿虎吞食，必将化为厉鬼，指引饿虎去残害自己的亲人。我哥哥给了你什么样的好处，你既是过来人，为何还要去残害旁人？"

"这怎么可能？"那戈龙尔不解道，"他送来的可都是个顶个的真家伙。""这怎么不可能？"倪多芙在一旁解说道，"东西是真东西，可里边的东西有吗？""可是这些东西我们并不缺。"戈龙尔能理解。"把料子装进去试试！"倪多芙言道。

果不其然，枪炮被炸开了花，丹枭识等一干人，戎马半生未曾见过如此情景，倪多芙在一旁言道："这批枪炮虽说是真家伙，但是只能用恶洛克的火药（看着恶洛克故王），要是大王能将东西都运过来，不正是皆大欢喜吗？"

恶洛克故王看得直发抖且言语道："这是怎么回事？我不是当年就让人把这些东西改成了你们能用的样式了吗？"倪多芙冷冷地讲道："当年的恶洛克就是一艘要沉的船，谁还把老船长的话当回事？"丹枭识本来出兵的意志就不坚定，现在见恶洛克故王送来的又是些没用的破铜烂铁，便更是无心起事。尽管丹枭识执意挽留，可恶洛克故王说："我走了，到我的坟墓去，帝波安，恶洛克，古儿林，下一个会是谁？还会有谁步我们的后尘？"

故人

“兰提实如此用兵与送死无异。”北国的骁将提南结实言道，“他定是要声东击西，趁乱从属国之军中打开缺口。陛下，眼下形势紧张，当火速调动左右两翼禁卫军……”

冷袭淡淡笑道：“不忙，不忙。他掀不起什么大浪，顶多让右翼出一个先锋队（三千人）。”“当年陛下与他陷入沙流堡时，兵马不足万人尚能脱险，何况他现在手中有近百万的人马。”一提到这里，这位将军如何不敢想象会是今天这种局面。被围在迎祥堡的南军数量少说也有八十多万，这几乎是冷袭的祖父老叶迦实即位时，叉叶总人口的数量。“顷刻间一个县的人口就被打完了。”杀人不眨眼的魔头大楚尔惊叹道。当年老叶迦实为了讨回被掳走的三万百姓，竟在可士零故王的帐前撕心裂肺地哭了一整天。尽管如此他的岳父老太上皇也只归还了其中的一半，为此老叶迦实便万分感谢地一步一叩头地离开了，可士零故王的营帐，若是老叶迦实在天有灵看到他的孙子，一天之内使十余万生灵送性命不知道会作何感想。

“陛下，汉军多如海沙万万不能轻敌。”一些老将纷纷劝道，一再要求冷袭增加兵力，以防不测。“没这个必要，让大白鹅小楚尔带他手下的那帮人，就足以应付。”冷袭说道，“汉军兵器陈旧，不足为惧。”“可是陛下，听说嘶哈哩人往中原偷运了一批西洋火箭。”

眼下乃是晨昏之际，西洋火箭（又称嘶哈哩火箭）的光明分外的耀眼，一些战马受了惊吓，回头就跑，霎时间三帐钦察的兵马一触即溃，他们本非叉叶的嫡系，因受胁迫，不得已来到中原，眼下贾珊率军冲锋，正似那一锅沸水浇到坚冰之上……

“贾爱卿可真有你的！”水无忌在一旁夸赞道，他接着便召集龙禁尉准备突围，想要一走了之，不想却被贾珊给止住了。“贾爱卿你这是何故？凡事有得必有失，留着青山在，便不怕没柴烧。”“陛下，先别忙，看这边。”说着他便把西洋望远镜给了水无忌。

“这是些什么人？为何相貌如此的凶狠？“水无忌看到山南可士零的兵马后，便不由得倒吸了一口凉气。“陛下莫急，这些人虽然凶狠，但毕竟不是胡人的嫡系，勿让军士强攻。”说着贾珊一声令下，命大炮火箭齐射，结果雷声大雨点小，被对面的小楚尔视为笑料。“陛下，请问是何人掌管武库？”“吴天佑，你这个浑蛋，朕……朕……”水无忌激动得说不出话来，虽说不宜强攻，可贾珊眼下却只得命人强攻。“上！都给我上！敢有后退者斩立决！”

这些人本是山南宗长们的家丁，手中的兵器和打法与叉叶的嫡系人马相异，用的不是洋枪而是一种叫丧魂炮的鸟枪。这种枪打不远，但却威力极大，足以将四五人放倒，若在平时也不是十分令人头痛，可眼下因为水无忌的“英明神武”硬是要等晨昏之际再作打算，让可士零人有足够的时间建好了堡垒。

丧魂炮的威力确实不小，适合近战，而山南可士零的兵丁也绝非等闲，善于在短兵相接之际，使用那些凶狠歹毒的杀招，冒死冲锋的军士未近得身，便被鸟枪放倒了大半，好容易冲到了前边，却因为落单，遇到了可士零密集的队形，顿时便被乱刀分尸，要感谢水无忌英明神武，让他们造好了营垒，贾珊手下的洋枪兵因此打了折扣，反而给前边冲锋的军士帮了倒忙。

一波波向前冲锋的兵士早将战壕填平，小楚尔此刻惊恐地看着中原数目众多的兵马，万分痛恨自己杀害叔父，追随冷袭来此送死，手中的枪炮早已哑掉了，那一双双杀人的手，越来越不麻利，有些人甚至把手和兵器绑在了一起……

一见形势大好，水无忌便长出一口气，默念道：“列祖列宗有灵，不孝儿孙无忌……”可惜他还是高兴得太早，只见一阵阵银光闪烁，一队装束奇特的兵士赶来增援，小楚尔顿时便来了精神。“小子们，该你们上场了，老子休息去了。”一些山南可士零的兵丁，见有人救场，便扔了兵器下去休息，好多双手虽然依旧长在身上，却从此再也拿不了东西。

“妈呀，是黑白无常，是骷髅兵。”一些军士是原先从辽东溃下来的，知道这些人的厉害，便尖叫了起来，那水无忌更是未战便心惊胆战。“敢有扰乱军心者，斩立决！”贾珊一声令下，后边的督战队抡起了大刀，竟将后退的逃兵拦腰斩断，刹那间一股扑鼻的血腥味让人好生难受，水无忌差点恶心得从马上跌倒，悄悄对贾珊讲道：“爱卿，这都是些什么人？”“回陛下，他们是叉叶的左翼禁卫军，又名骷髅兵。”

对骷髅兵他贾珊是再熟悉不过，他们穿着雪银色的军衣，头盔貌似骷髅，是当年贾珊奉叉叶国主之命，一手调教出来的兵马。水无忌生平何曾见过这样的劲敌，有些个退缩不前。“陛下！这些人虽然骁勇，好在数量不多，让三军奋勇杀敌，勿要退缩。”贾珊言道。

骷髅兵虽然厉害，可毕竟人数稀少，这点贾珊是清楚的，忙指挥大队骑兵组织冲锋。汉军的柳叶刀和骷髅兵的鳞剑（实际上是一种骑兵用的长刀）碰撞在了一起……

魏波夫是贾珊原来的副官，清楚他的想法。“要是大队骑兵上来，这点兵马怕是抵挡不住，把无弦弩拿来！”“将军，那边太远，怕是打不准。”“准不准不要紧，关键是要看对面有没有这个胆量！”

十几支无弦弩忽地一下打了过来。水无忌吓得龙颜变色，忙下令收兵。“陛下，万万不可！”林如意在一旁尖叫道。“浑蛋！”贾珊骂道。从己方这边传来了收兵令，可贾珊已带着龙禁卫冲到了最前面，很快就被骷髅兵包围了，身边的同伴一个个地倒了下来。“将军，咱们抓活的还是死的？”“最好是活的，但绝不能让他跑掉。”

“散开队形。”“上峰有令散开队形。”忽地一下队形便散开了，这些人都是贾珊原先的老兵，被他命令成了习惯。他急中生智一声令下，竟然险象环生。“快放枪！”可惜为时已晚，虽然贾珊后背受了轻伤，但还是跑了回来。

“贾爱卿……朕……”水无忌见贾珊回来，只能将责任全部都推到了内监常涛的身上，又是一颗人头落地。“全是此人……”水无忌眼下已不知作何解释，可贾珊却没空和他计较：“趁现在，胡人大队兵马尚未齐整，还有生机。”

断刀

贾珊硬着头皮组织起一次冲锋，尽管已经失去最佳的机会，可还是不惜一切代价，去争取这最后的一线生机。

可不巧的是，就在这会儿，楚尔带着叉叶数千右翼禁卫军赶了过来。所谓仇人见面分外眼红，何况这楚尔的眼睛本来就是红的，他素来与贾珊不和，这一回终于找到了可以报仇雪恨的时机。

贾珊经过一连番折腾，体力已经大不如前，而这楚尔自上次让他走脱之后日夜苦练，武功更是今非昔比，两个回合便打掉了贾珊手中的兵器。“到底还是你们汉人的脑子好使，再好的刀剑，遇上狼牙棒也不抵事！”说着楚尔狰狞笑着，目光甚是凶狠，仿佛是一头饿了三天的野狼，盯住了一只将死的雄鹿，准备一棒结果贾珊的性命。

忽地一刀向他楚尔砍来，这不是别人，正是那一刀仙徐平贵。楚尔自那以后，便听从宇文定泰的建议，去苦心练习狼牙棒这种汉地兵器，作为近战的武器。经过三年多的苦练，他自认为很有心得，觉得只要有足够的力气，再好的刀剑也挡不住这宝贝。

可话声未落，便撞上了这么个用刀的好手。“国公爷快走，这个人由我来对付。”“多多小心，这浑蛋身手稳得很！千万不能硬碰硬。”说着贾珊便慌忙离去。

楚尔一见煮熟的鸭子飞了，便气不打一处来，他恨不得将眼前的这个人拆骨扒皮，血红色的眼睛则放出轻蔑的光芒，意思清楚得很：“小子，你的身手确实不错！可是这狼牙棒是刀的克星，你和老子较量，就是找死。”

可形势却出乎他的预料，徐平贵的刀法好生精妙，楚尔一时间便只有招架之功，而无还手之力，他心中暗自惊奇道：“本以为汉地将官都是草包，没想到竟有如此人物。”徐平贵也很是吃惊：“这红眼鞑子功夫好生了得，身上气力十足，一时间确实难以得手。”

楚尔的狼牙棒虽然笨重，但却有这么一个好，就是在与刀剑对砍时，往往能占上风。

不过狼牙棒这类兵器虽好，但却异常的沉重，时间一长，就算是楚尔这样身大力不亏的恶汉也吃不消，但好在他知道徐平贵的招数利攻不利守，只要把前边的这十三式杀招使完，便不是楚尔的对手。可拆招拆到第十一招，楚尔便已是险象环生，他是否能够接得住徐平贵剩下的两式?

徐平贵使出了第十二式，这一手唤作满天星斗，传自前朝黄河大侠李百川，一出手往往便占据了先机，有着上百种变化，叫人防不胜防。当年伪燕王羊枭为了学这手杀招，曾经许诺愿意用同李大侠等重的白银相谢，但依旧被婉言相拒，不肯传授。

楚尔突然感到一股子寒气来袭，忙使出生平绝学招架，苍蝇兵们一个个是说不出话来，心都提在了嗓子眼里，不知谁胜谁负。“砰！”的一声枪响传来。

这一枪从背后打来，好在所用的火枪威力小，虽说击穿了徐平贵，但也伤了楚尔，幸好有内卫甲护体，没有伤及性命，但是这两翼禁卫军，却因此差点打了起来。

“浑蛋！要不是你，老子早就堂堂正正地制服那小子了。魏波夫你那一枪可是差点要老子的命。”“楚尔，你少在那里吹牛，你哪里是人家的对手，要不是我，你早就成了人家的刀下鬼。”

两人闹得不可开交，两翼近卫军的兵士眼看着就要动武，所幸那魏波夫是个明白人，缓一步说道:“先别管是谁的错，先把仗打完了再说，眼下那边刚败下阵来，脚跟还没有站稳，去打他们的营垒正好得手。”“好像陛下也有过这样的交代。”楚尔言道，“等我收拾完兰提实，再来和你算账。”

定数

迎祥堡周围的空气中弥漫着扑鼻的血腥味，而茫茫大士和渺渺真人则在云雾缭绕的深山之中细细地品着茶。甄士隐风尘仆仆地从外边赶来，而两位师尊则悠闲地下着棋，且言道："世间帝王视万里江山为棋盘，拿亿兆生灵做棋子，可曾想过自己也不过是茫茫天数的一颗棋子。"

"万望师尊慈悲，救万民于水火。"甄士隐诚恳地祈求道。"此乃天数怎可挽回。"渺渺真人冷冷地讲道，"你道行尚浅，更应该苦练内功，而不该把心思耗费在这些俗事上。"甄士隐依然讲道："如此浩劫徒儿岂能置身事外，只求上师发发慈悲。"

两位尊师看着他诚恳的样子，都笑了笑，不知是谁讲道："你到底年轻，王朝的更迭经历得还是太少，像我们到了这把年岁看什么也见怪不怪了。"甄士隐依旧不甘心地讲道："师尊，以前王朝兴废不过是亡国，而今可是亡天下，实古今未有之奇变。"

茫茫大士慢悠悠地喝着茶讲道："你的话让我想起了以前的事，那年我和一个朋友还有他一个庶出的小兄弟去他的两姨兄弟家吃饭。他那两姨兄弟把什么女婿、外甥统统放到了上面，而我们只能往下坐。我和他都没说什么，只觉得我们是从偏远地方来的化外之人，这样安排也没什么。可他那个小兄弟却不干了，讲既然姓羊的和他哥哥是两姨兄弟，那就没有让他哥哥下坐的道理。"这番话听得甄士隐是一头雾水，便问道："敢问恩师那羊公可是姓羊名枭，严龙手下的燕王，平辽先锋官？"甄士隐见恩师久未答话，便在想："难道恩师是扶桑国人，故而自称是化外之人？"那茫茫大士叹了一口气道："羊家人自称是泰山羊氏之后，若是这样真不知他该是羊公的几世玄孙。"这下子甄士隐便更不明白，更是不知所云。渺渺真人笑了笑讲道："何苦要为难小孩子？你的那位朋友是文姬的儿子，请客的人是文姬的外甥隔江给孙吴陆抗送药的羊叔子，而当年要上坐的那小子便是永嘉年间五胡乱华的祸首刘渊刘元海。在刘豹诸子中他最年幼，我见他少不更事便向皇帝上书，表他为左贤王以弱干强枝，瓦解匈奴五部，不想反倒是他使中原数百年不得安宁。士隐你要明白，人有心，天亦有心，然天有心亦不能违其数。”

“恩师！”两位仙长不知何处去也，甄士隐呆立在一旁，默默地念叨道：“难道这就是定数吗？”这时山中云雾变幻，天上同时映出日月星辰之光，一时间昼夜难分，一眨眼士隐便不知是何年何月何时何地。

与虎谋皮

“兰提实这小子不是白给的，我军要打进去势必伤亡不少。”冷袭不由得叹道。探春则在一旁讲道：“陛下，要不要让特烈西走一趟？”“好得很！”于是乎一位跳梁小丑再次粉墨登场，他便是被水无忌封为仁和太子的特烈西。

“师尊！”那白眼狼在一旁叫道，“万万去不得！”一群纵横会的门徒皆是如此，纷纷劝阻。“师尊您上次的壮举全天下没有不佩服的，就算那水无忌是猪头也不可能再次上当。”

特烈西却说道：“把水无忌和猪比也怕是侮辱了那畜生。”“徒儿愿随师尊，赴汤蹈火也在所不辞。”这不是别人正是特烈西的老徒弟悟化和尚，他讲话中气十足好生的威风，显得无比豪迈。

“少在那吹牛，凭你能挡住人家手里的家伙吗？”又是那个金甲人，见此悟化便气不打一处来，冲他喊道：“要不是看在长辈的面上，信不信老子废了你？”那不见真容的金甲人冲他笑了笑，且冲特烈西言道：“恭喜收了这么大岁数的一个好徒弟。”这句话伤到了悟化的痛处，论理特烈西该是他孙子的年纪，悟化随即向那金甲人言道：“岁数大怎么了？大和尚我尊师重道。不像你这种人，专干些背逆伦常、欺师灭祖的勾当。”

悟化大师讲这句话的时候，表面上大义凛然，似有着一股子浩然正气，可实际上却怕得要死，因为他的这身硬气功再好，也挡不住人家的洋玩意。不过也做好了打算，不待他捣鼓那玩意，先近身收拾他。

不料那金甲人却有风度得很，只是生硬地说道：“正因为如此，你这把年纪，还在做人家的徒弟，而我现在已在万人之上。”说完那人便扬长而去。“呸！什么东西？”“那你又是什么东西？”悟化一看说话的不是别人，正是那贾雨村，挥手便要打。

“悟化，不得无礼。”特烈西言道。“师父，这个人不把咱们师徒放在眼里，让徒儿替您教训他。”“你先下去，为师自有道理。”悟化只得下去，特烈西对贾雨村笑言道：“手下人没规矩，让老兄见笑了。”“贤弟哪里话，愚兄这儿有上好的女儿红，正好为贤弟践行。”那特烈西一饮而尽，好生的豪迈，贾雨村目送他远去。

待回到自己住地之后，贾雨村兴致勃勃地念起前人的名句：“风萧萧兮易水寒，壮士一去兮不复还。”“老爷，照您的意思，那小子定是回不来了！”贾雨村的小舅子韩洗言道。“话不能说破。”贾雨村说道，“眼下比不得往日，这边的娘娘总和咱们不太过得去。要不是当年（指当年自己护送探春到叉叶）她又怎有今日。”可他却不想，若无当年荣国府提携，他又怎么会飞黄腾达。这个道理小舅子韩洗也明白，但却不敢说破且言道：“老爷，我也看出来了，咱们的脑袋还在，全仗着有国丈大人，可是那只巧嘴八哥不倒，咱就立不起来。”贾雨村笑了，拍拍他的肩膀道：“小子没白跟我这些年，长进不小啊！他也到头了，那狗皇帝再笨也不会上第二次当。”

“叫你家皇帝赶快出来，不然等开花大炮一响，你们谁都别想活命。”白眼狼冲南军的营帐喊话道。虽说嘴上气势汹汹，但心里边却依旧害怕得很，回头对师傅特烈西言道：“师尊，我心里真的没底，搞不好咱们这一去，真是白白地便宜了贾雨村。”“你说贾雨村和咱们相比，谁在汉地人脉更广？”特烈西反问道。“这个咱们自然是比不过他。”“你说得不错，叉叶大可以把咱们师徒扫地出门，让他来干这招降纳叛的勾当，岂不是皆大欢喜？”“师父的意思是……”“小子你要晓得，咱们这些人不是叉叶人，手底下也没有实实在在的兵马，又不是本地人，人脉、虚实都清楚得很，为什么能够在人家那儿有个一席之地，就是因为别人不愿意干，或者不敢干的事，咱们去干，才能在这立起来。”那白眼狼神色依然有些个惶恐，不知道该言语些什么好。“小子你怕了？”“师父，徒儿实在有些个……”“小子，既然坐上了这条船，就休想要后退一步。叉叶的那帮武夫，哪一个不是从炮口枪尖上讨来的名声，早就恨透了咱们这套靠嘴皮子吃饭的勾当。至于当地百姓，你只要想想咱们平时干的那些勾当，欠下了多少笔的血债，就不要再想别的了。”

在特烈西老师的教导下，白眼狼自知没有退路，只得硬着头皮上阵。“师父！叫喊了半天，那边一句回音儿都没有。”特烈西笑了笑说道：“水无忌是要面子的人，要是应了，就不是他了。”“那该如何是好？”“让叉叶人的大炮替咱们跟他去谈。”

“真他妈的不愧是丹洛佬！”大楚尔满脸醋意地说道，“打了一辈子的仗，头一次知道这礼花也能杀人！而且还不见一点儿的血腥！”

此事说来话长，当年凤姐的老爹王子腾老爷，奉命采买西洋火器，同西洋的奸商上下其手，花了朝廷三百万两白银，竟买了些只能放烟花的彩弹。冷袭等人拿下南关后，得到了这些华而不实的“神兵利器”，本打算就地销毁，可惜探春却说：“舅舅花大价钱买来的东西，这么毁了蛮心疼的，不如等抓住兰提实和水无忌的时候，好好庆贺庆贺。”

这些彩弹虽然不能杀人，但是从大炮里打出来，却似九天惊雷，射出万道霞光，好一番的气象，果不出特烈西所料，那水无忌不辨虚实被吓得是魂飞魄散。“对叉叶眼下只能抚，而不能清剿。”水无忌叹道。“陛下，那叉叶狼子野心！”吴皇后在一旁劝谏道，“他们的话可万万信不得！”“朕意已决，无须多言！准叉叶使者入帐，听候处理。”

“死到临头，好大架子！”特烈西很不屑地说道。“师父我担心您老……”“怕什么，为师不是早就说过吗？若是水无忌真的能吃亏学乖，又怎么会走到今天这个田地？这一回他照样不会觉悟，只是让师傅狠狠地宰上一回。”“可……”那白眼狼还想言语，可却紧张地说不出话来。“想出师，你小子还差得远呢？”特烈西拍着徒弟的肩膀说道，“放心，现在先稍微歇会儿再走。”

他漫不经心地哼哼了好一会儿的恶洛克小调，对水无忌派来的宣旨太监视而不见。好不容易在太监们的苦苦哀求下，开口讲了话：“我大叉叶的灭灵神炮，乃得天地之造化，日月之精华，所铸造的乌精神铁，本系至阴之物，取自昆仑山中的千年寒铁。至于所炼的硝石更是蚩尤的精血，至阳至刚，所击者破，所挡者摧。要取尔等性命，是不费吹灰之力。”

这些太监久在深宫，哪里知道其中的真伪，不住地叩头求饶。“我家陛下本欲将你们杀得一个不剩，是我百般求情才保全了你等性命！”“您的恩德小人明白，只求您快随我等进帐面圣……”“你主子好大的架子！”那白眼狼见形势大好，也在一旁帮腔，“我家师父看在老交情的分上，差点丢掉性命，才将圣上劝了下来。你主子倒好，分明有求于人，还要在恩人面前摆架子。”“师父，这种东西不听人言，死了活该，您又何必理他。”这番话把那帮太监吓得魂不附体，那特烈西摆了摆手说道：“君子不念旧恶，这两头都不讨好的差事，也只有咱们担着了。只是我这边什么都好说，你们要是亏了礼数，那边的面子可是下不去的。”“以您之见，该是何种礼数为好？”“九宾之礼相迎，叫闲杂人等回避，我和你家陛下单独谈话。”

“陛下，此事万万不能应允。”林如意在一旁劝谏道，“此人纵使有通天本领，终究不过是外邦的臣子。而我陛下终究是一国之君，若如此行事，岂不是自视为叉叶的臣仆吗？”“贾爱卿，你又有何高见？”“全凭陛下圣断！”

就这样水无忌去找特烈西“叙旧”，而林如意却还是呆呆地立在那里。“林中堂，事已至此，还是各安天命吧！”几个朝臣赶来劝说林如意。“圣上如此作为，我等又能有何言？各位大人，圣上有这般想法，老夫早有预料。”林如意语气沉重地说道，“只是那贾珊今日在朝堂之上确实反常得很，不知是何缘故？”

若非张仪诈楚怀，安得秦强号始皇。

长江后浪推前浪，英雄自有后来人。

“孩子，你看这诗可有什么问题？”宇文定泰向那个金甲人问道。“回义父，依孩儿之见，这诗无论平仄还是文采都很一般，何况他特烈西的这手烂字，看着就让人恶心！”“你到底还只是个孩子！”宇文定泰道，“你的国语（叉叶语）学得怎么样了？”“还可以。”“照我看是没什么长进！”“义父教训的是，孩儿今后一定刻苦学习国语。”“你学习一国语言，尚且如此吃力！可要知道那特烈西既非汉人，也非叉叶人，却精通这两国的言语，怎能不叫人佩服。”宇文定泰接着说道：“依我看来，气势雄浑，看来这小子志向不小啊！”“凭他也配！”那金甲人不服气道，“论文不能治国，论武不能杀伐，单凭这一张巧嘴，只是一时得势。”“你这孩子到底还是年轻，自古伴君如伴虎，谁能够长长久久地做下去？凡事可都要留好退路。”宇文定泰细细地品了口茶道：“不过话又说回来，富贵从来险中求。要是没有胆子可真成不了事，他这手玩得确实不错。”“依您的意思，那水无忌就像是当年的楚怀王，上了一次当后，照旧不知道悔改，连着要被骗第二次？”“这有何不可？水洪这个儿子，可真没有他老爹的那两下子。”“这水无忌确实是无可救药，贾珊给他绘制万国地图时，他非要把子虚乌有的大季冥国给加上。如今与他亲封的大季冥国仁和太子见面，不知又是怎样一番情景。”金甲人道。

“宣叉叶使者进谏。”太监喊了一遍又一遍，那特烈西依旧只是哼哼着恶洛克小调，左看看、右看看就是不进去。“你怎么还不进去？”徐公公问道。特烈西哼完小调，才居高临下地训斥道：“我不惜性命，在我主面前冒死相劝，方才给你主子争来了这么一线生机。如今说什么他也得亲自相迎。”徐公公看了看他心中便来气，当年让这家伙在朝堂之上行骗，已使我泱泱天朝成了夷蛮小国的笑料，想不到这小子非但不思悔改，反而得寸进尺。“若是不愿意进去，大可以回去。”徐公公言道。“好，我大人不计小人过，不跟你这奴才一般见识。”特烈西端足架子说道，“快给老子让开，好狗不挡道！”徐公公虽说是宦官出身，但却真有一身的功夫，论理收拾这特烈西不成什么问题，却只能将这口气强咽下去。

再看特烈西昂首阔步，向水无忌的行营走去，一边用手指挖着鼻屎，一身的痞气，和几年前冒名进贡时温文尔雅的做派，简直是判若两人。

水无忌看着此人眼熟，却想不起在哪里见过。“大胆狂徒，见了圣上怎么还不下跪？”一旁的太监冲他吼道。谁知道这特烈西竟然不以为然地说道：“自古以来便没有叫恩人下跪的道理。”

这话让水无忌听得是一头雾水，于是便发问道：“你这话是什么意思？你究竟是何人？怎么竟成了朕的恩人？”特烈西忽然变了一副模样，神气活现地给这位中原皇帝训话道：“古代汉地的圣贤曾经说过，朝闻夕死则已，亡羊补牢为之晚矣。想不到事情到了这步田地，陛下依旧不思悔改！枉费了别人的一番苦心，告辞！”说着他便头也不回地向营外走去。

“先生留步，先生留步！”水无忌不好意思开口求人，可太监们一个个地开口挽留。“凡事好商量，何必如此大动肝火？”可那特烈西依旧头也不回地向外走去。大太监戴权一把抱住特烈西的大腿，哭喊道：“先生千万留步，我家……”特烈西不容他说完，便一把将他推开。“告辞！”转身向水无忌一抱拳，大步流星地往外走。

“先生！”水无忌终于上套了，竟着急地站了起来。“寡人若有无礼之处，请先生明示。朕之所以留先生，非是畏惧贵国……”“够了！”特烈西的这一声“够了”，可谓是惊天地泣鬼神，自水无忌当上皇帝之后，还没有人敢跟他说这两个字，他脸色铁青，恶狠狠地看着这个以恩人自居的家伙。

许久没有讲话，这特烈西见水无忌不开口，又一次哼哼起了恶洛克小调来。水无忌仔细地重新打量他一番，总算是看出了一些眉目。想当年这特烈西诈称是大季冥国的太子殿下，从中原骗走了大量的财物，甚至水无忌赠予他的抱琴，也被卖到了妓院

（更可恨的是，妓院老板为了招揽顾客，竟将抱琴称为汉家公主）。时日一久，水无忌自然便看出了其中的问题，只是碍于面子，一直不肯承认自己上当受骗，还硬要贾珊等人在地图上标出所谓大季冥国的位置（为此贾珊不得不在恶洛克与古儿林之间，凭空画出一个方圆一百里的国家来）。

“原来是这小子。”水无忌心中寻思道，“当年让他小子把朕蒙在鼓里，今天又来这作怪！你纵是有苏秦、张仪的手段又能如何？朕就是再不济，也不会再上你的当！”

水无忌是这么想的，那白眼狼，特烈西的大弟子也是这么想的。“这个丹洛佬，可真是不知道天高地厚！”白眼狼在外边用没人听得懂的嘶哈哩话叫骂道：“真是可恶，人家好歹也是一个大国的皇上！再不济也不可能上你两次当！我可不跟你一块送命，还是赶快逃走要紧。”

可惜就是逃不了。白眼狼刚找个空子想溜，不想迎面撞上了贾珊。“嘶哈哩的援兵，不知到了没有？”这一声反问，吓得这白眼狼竟说不出话来。贾珊抓住他的衣角，狠狠地将他摔在地上，并用脚踩着他的脑袋。“将军饶命，全是特烈西那浑蛋指使我干的。他们让我把各位拖在这里，说事成之后，给我四千两银子，可现在只给了我一千两……”“这些全是废话。”贾珊言道。“他们说只要水无忌……”“圣上的名讳也是你叫的？”一旁的贾文忠呵斥道。“小的该死，他们说只要特烈西能让贵国皇帝交出将军，就封他做上将军。”“我贾珊的人头可真够值钱的！”“是啊！”那白眼狼满脸堆笑道，“陛下……不……那厄尔金洗说过，只要水无忌没有将军，便如猛虎没了爪牙，也就……”“捡要紧的说！”贾珊厉声道。“他们说只要这边把你交出去，那边马上就大举进攻……”

水无忌虽说是嘴上不愿意承认，可心里边却早已明白，当年上当的自己，只不过碍于颜面不肯承认。眼下再看到他，心里边却又难受得很，又讨厌他那张狂的样子。“这小子哪来的这身底气？怎么还敢来这同朕拆招？看来他当年朝贡是受旁人指使来探朕的虚实，朕真后悔当年没把他给……”

特烈西看了看水无忌的那副模样，心中便有了底，心中在想：“我以为会怎么样呢？原来和以前一样的不长进！想我特烈西何其了得！只恨今世没生在帝王之家。”他哼哼完了小曲，过了好一会儿才高声冲水无忌讲道：“久违了老朋友！”

这句话说得是底气十足，这特烈西一身是胆，倒是那水无忌反被吓得心惊胆战，生怕他讲出当年的故事，在众家奴面前丢人现眼，想要杀人灭口，又怕彻底将叉叶方面激怒，一时间竟不知该如何是好。

“贵国有句古话，叫做亡羊补牢为时未晚。”特烈西一本正经地向水无忌训话道，“可惜阁下却不明白这个道理。”“放肆！”真是把水无忌给气坏了，自打他做了皇帝，这是头一次有人跟他这样讲话。特烈西没有理他，继续讲道：“贵国地大物博，人口众多，天下之民十之有四。那叉叶地面虽大，然人口不足贵国的八分之一。而今却使阁下坐困于孤城，而非那厄尔金洗（即冷袭）俯首称臣。其因非他，乃是阁下用人不当，重蹈了宋室的后尘。”“你这话是什么意思？”水无忌怒斥道，“你主子虽说是一时得势，但毕竟孤军深入，时日一久必然后援不足。朕以德治天下，四海勤王之军不日便将云集，何惧尔小小叉叶。”特烈西很不以为然地说道：“按理说千里长征，当是速战速决。既破了南关，就应该速速直取京师！怎么反倒要拖上三个多月才与阁下交战？”

“那是你主子，畏惧我朝神威不敢造次！”水无忌嘴上威风，可额头上却不断落下豆大的汗珠。特烈西看他那副熊样，心中的底气便更加足，把痰吐在地上，拉开嗓门讲道：“叉叶本土本来就距离中原遥远，可这次又是赶着大风雪出兵，照常理这三个月下来，早应该弹尽粮绝，不战而自败。为何时至今日，非但未败，反而越战越勇，把阁下逼至如此地步？”

水无忌真的被问住了，不知如何答复。“世人常言，北宋亡于徽宗，可祸根是神宗埋下的。正是王安石变法，致使宋室百业荒废，内使官民离心，国库空虚，而外则结怨于西番，致使国中精锐耗尽，以至于金兵南下如入无人之境。故亡宋者非金非元，乃王安石也，陛下之所以能有今日，也不全是叉叶国的武器厉害，则是拜王安石一类的弄臣所赐。”

他被特烈西的这番话给弄糊涂了，一时间竟全无头绪，心里琢磨：“按他的意思，谁才是朕的王安石？”忽地一想心中豁然开朗：“原来，你打的是如此算盘，难道朕还会上你的当不成？”于是便冷笑道：“尊使所说的王安石是指贾珊吧？”

“哼！”特烈西愤然道，“当年前来朝贡，见陛下举止得体，本以为阁下是有道明君，想不到竟是这般的无可救药，告辞！”说着便往行营外走去。“先生留步！”水无忌挽留道，“寡人见识浅，万望先生赐教。”“那厄尔金洗本系无德残暴之辈，为何竟能有贵国之人，数以万计为其爪牙？又为何数月以来，其粮草军械不见枯竭，反而钱粮日益丰盈？”

“奈何朕的骨肉宗亲，开国的旧勋之族，竟纷纷从贼。”水无忌悲催地言道，“朕非亡国之君，怎奈皇天不佑！”“哼！”特烈西冷笑道，“凡事在天意，但亦在人为，当年琉璃王要灭释迦国，如来佛祖先后几次哭跪劝阻，琉璃王请佛陀用滑盖避暑，可他却执意要独坐于枯藤之下，说什么高楼广厦不及故国荫凉。虽说佛门四大皆空，可纵使修为高深如世尊者尚放不下故国家园，何况是凡人？出于同理，那些人是陛下的亲族而非叉叶的亲族，竟至如此水火难容的田地！使天下志士寒心。”

“匹夫无能误朕至此。”水无忌长叹道，“林如意你这个浑蛋，朕真不该……”他此时万分悔恨，正是林如意的那套削减世家大族的田产和恩养银的做法，使很多旧族中人离心倒向了叉叶扶立的义忠亲王余脉一边。“寡人悔之晚矣，形势如此，不知先生有何高见？”情急之下水无忌竟万分焦急，忘记了自己的身份，干起了与虎谋皮的勾当！

“先生既然是叉叶的使节为何要在这里反助敌国？”徐公公的一席话恰似一盆冷水将水无忌从特烈西的迷魂汤里浇醒。“阁下究竟是何居心？”水无忌反问道，可惜却没有把特烈西给问住。

“哈哈！”特烈西忽然笑道，“陛下圣明，乃是仁义之君，可惜却不晓得霸道之术。做棺材的天天盼着死人，而当医生的则天天盼着旁人生病，不是说他们的良心有多坏而是利益使然。在下本非叉叶之人，论文不能治国，论武不能安邦，何以在其中立足？唯纵横之术尔。若是列国悉数为其所灭，哪有我安身立命之地所？”“所以你才再次背主做贼？”徐公公在一旁言道。

“鹏飞万里，其志岂群鸟能识哉？”特烈西说道，“我今日冒死前来，乃在于利亦在于义。自古以来行霸道者立竿而见影，虽得一时之快，然其后患无穷。而行王道者虽不能得一时之伸展，然则利于千秋万世之民。那叉叶国主性情残暴，人心尽失，即使能吞扶桑、并中原，有天下列国之地，也终不过步暴秦之后尘。而陛下仁厚，以德服人，故相助陛下，便是在救助天下苍生。”

“若是足下能救朕出此困境，纵使裂土封王也在所不惜！”水无忌诚恳地讲道。“嗐！”特烈西无奈地讲道，“眼下如此形势，在下也只不过是为陛下争得一线生机而已！”水无忌心急如焚地讲道：“究竟如何请先生明示。”特烈西过了许久才讲道：“壮士断腕也莫过于此，退一步海阔天空，望陛下隐忍。”说到这里水无忌便没了言语，那特烈西见状严厉地讲道：“若是能与叉叶结为兄弟，割地议和，则有一线生机，不然后果不堪设想。陛下当送太子北巡叉叶以示诚意。”“这个寡人照办……”“这只是其一还有其二。”特烈西强调道。“先生，何为其二？”特烈西流下了一丝鳄鱼泪假惺惺地说道：“只是可惜了，贾将军的一片赤胆忠心。”“这怎能使得？”水无忌非常虚伪，嘴上不情愿，可心里边却是求之不得，最后做足了样子才在特烈西的劝说下，看起来很不忍心地讲道：“那朕只有厚待他的家人了。”

贾珊来了，不仅自己来了还带来了一百多位将官，和一群生面孔的军士，这些军士一来便解除了所有龙禁卫的武装，宫中的武僧平时一个个忠贞不二的样子，可眼下却都在双手念佛置身事外。这时特烈西的徒弟白眼狼被押了过来，这小子不经吓，一五一十地全招了。水无忌一脸惊恐又羞又气，一时竟不知如何是好，那特烈西冷冷地道：“两国交战不斩来使，放我回去。”“仁和太子你好大的派头。”贾珊斥责道，“你当年既受我朝的封号就是我朝的臣子，当然就不是外人。来人！给我押下去。”“多谢爱卿！不然朕险些中了贼人的奸计。”水无忌忙应付道，“爱卿一片……”可没等他讲完却只听贾珊言道：“陛下，庆父未死，鲁难为已，臣等是来清君侧，除奸佞。”

“清君侧，除奸佞。”短短的六个字，却让这位九五之尊心惊胆战，魂飞魄散。这六个字一出，便是拉开的弓放出去的箭，必定有数颗人头落地。

水无忌在想贾珊眼下既然要清君侧，那么谁会是首当其冲的头一个。水无忌第一个想到的便是自己的岳丈吴天佑，此人出身寒门，当年趁着查抄宁荣二府的时机，发了一大笔横财。不只是宁荣二府，许多旧族人家早已恨透了这个他从骨子里就看不起的暴发户，早就在背地里磨刀霍霍。不光是水无忌，一些出身旧勋家族的将官也是这样想的，他们趁着人多低声耳语道：“吴天佑这个蛮子也有今天！”“这一回，他是在劫难逃，最好趁着人多把林如意那个蛮子也一块收拾掉。”“是啊，他林家本来不过只是前朝的旧臣，只不过当年见过太祖皇帝，大功告成前来改换门庭，这才弄下个侯爷，想不到这些年反倒骑在了咱们的头上。”“想当年咱们祖宗，九死一生才有了这小小的产业。那么个芝麻绿豆点的小官，他姓林的一句话便全打了水漂，说什么也得给他些颜色瞧瞧。”“听说那林如意的侄女，漂亮得紧，活脱脱一个病西施的模样。要不是荣国公的表妹，我可真想……”几个旧勋子弟隐隐地露出了荒淫而放荡的笑容，一对对贪婪的眼睛仿佛看到了林妹妹赛霜欺雪的肌肤。

局势混乱！贾珊对此早有预料，为了防患于未然，特地叫羊狞带着一队亲兵压阵，尽管依旧有些个不尽如人意，但还是弹压住了一些胆大妄为的旧勋子弟。

这年头的天气本来就异常的寒冷，紧张的事态更使那水无忌霎时间觉得凄寒彻骨。

众人的眼神使他感到害怕，似一把把的尖刀，让他不得安宁。

“据臣等查实，水清、戴权素与叉叶勾结。”贾珊下拜道，“此二人贪污军饷累计有一亿七千余万两，实属罪大恶极，望陛下明察。”水无忌是不敢不明察，只得全数照办。“真是大不幸之中的万幸。”水无忌事后感叹道，“还好他没拿吴天佑开刀。”

那水清尽管因为骄奢淫逸，不恤士卒在军中早有怨言，可不管怎么说也是忠顺王爷，当今皇上水无忌的亲叔叔，虽说被五花大绑，可嘴上却依旧不肯服软。他向众人威胁道：“等孤翻过身来，便要你们家的人世世为奴为娼。”

“陛下，此人重罪，定不能饶。”正是那多姑娘的弟弟羊狞讲道。他的那双碧蓝色的眼睛让水无忌害怕。“请陛下明断！”羊狞再次提示道。“大胆的奴才，你难道要逼宫吗？”徐公公斥责道。“非是我辈不忠陛下，乃是奸臣在朝，使人心不得安宁。不知陛下可有异议？”徐公公正要训斥羊狞无理，不料那水无忌竟自己先软了下来。“朕无异议！”说着一道白光闪过，羊狞挥起手中的倭刀，把忠顺亲王的脑袋顺势劈成了两半。

天气是那样的恶劣，刚才还下过一场暴雨，转眼间便是鹅毛大雪。水无忌就这样看着那羊狞挥起倭刀，将亲叔叔的脑袋劈成了两半。那大太监戴权看到这一幕肝胆俱裂，竟被活活吓死。“陛下，形势如此，还是当早日定计突围为上。”贾珊言道。“一切皆从爱卿安排。”水无忌被吓破了胆子，也只得一一从命。

师徒

“仁和太子！”“荣国公有事尽管开口。”特烈西满脸堆笑地同贾珊讲道。“只求回去告诉厄尔金洗，我被大炮炸个粉碎，让他尽管来进攻好了。”“一定，一定。”特烈西满口答应道，“我这就去动身哄骗叉叶国主。”

“且慢！”特烈西刚出营门，便被贾珊叫住。“不知道荣国公有何吩咐？”“你就这么走了，让我怎么信得过你？”“这是我的大徒弟。”特烈西指着白眼狼说道，“我与他情同手足，若是我哄不了那厄尔金洗，他便任由您处置。”

“荣国公万万不可！”那白眼狼喊道，“依师尊平日的做法，若得势才不会早早复命，这样反倒使人生疑，可眼下形势紧张，又容不得迟疑，不如让我前去哄骗那叉叶国主。”“不错，就按你说的办，仁和太子，只好委屈你了。”

“荣国公！这小子的话万万信不得。”“哼！”贾珊淡淡地笑道，“他我不太清楚，可是你仁和太子我是早就领教过了。（对白眼狼）事成之后，赏黄金万两，封定陵侯！”

“万不可这样！”特烈西用丹洛语叫喊道，“莫信这小子，别看他披的一身好人皮，里面可装的全是那蛇蝎心肠。”“哦，是吗？你仁和太子不也正是如此吗？”“这小子他青出于蓝胜于蓝。荣国公莫急且听我言。”贾珊不耐烦地说道：“我可没时间听你在那里说评书。”

原来嘶哈哩国方面确实派出一个使团来相助水无忌对抗叉叶，不过并不是要出兵相助，而是劝水无忌把兵力统统撤到长江以南。

眼前的这位白眼狼当时也在其中，可却不是该国的正使，只是其中一个薪资微薄的小小随从，一日他因宗卷散乱被上级斥责，而心生怨恨，便设下毒计与几个岩里吉浪人（岩里吉是叉叶的属国）勾结杀害使团成员，并按照特烈西的命令，冒名顶替来欺瞒贾珊与吴皇后。

本来贾珊打算同吴皇后冒死去劝谏水无忌撤兵，不想这白眼狼一来，反倒自以为是捞到了一棵救命的稻草。现如今，嘶哈哩的援兵没等到，反倒被叉叶的兵马给围了个严严实实。

“果然是名师出高徒！”贾珊言道。“荣国公！”说着那白眼狼扑地一声跪了下来，“我一定痛改前非，一定将功补过。”“荣国公，这小子不忠不义，万万不可让他回去。”特烈西长出一口气道：“我虽说这些年干尽了伤天害理的勾当，可也绝不做这档子卖国求荣的买卖。”他在说话的同时昂首挺胸，似有那么一腔热血，一股子浩然正气。

“荣国公，他的话您可千万信不得！”那白眼狼声嘶力竭地喊道，“当初尊夫人本来就要动身前来团聚，全是让这小子给搅黄了。”“这怎么能怪我？”“要不是你的两位公子……”“够了！”这一声够了吓得师徒俩谁也不敢开口。

“那么你们两个谁都别想走。”贾珊对他们两个讲道。这师徒两个是谁也不敢开口，都用凶狠的眼神看着对方，恰似两只为了一根骨头相互争抢的野狗。贾珊看着他们两个是又好气又好笑，眼下形势危急他实在没心思看他俩狗咬狗，转身便走。“荣国公留步。”“仁和太子，你还有什么话讲？”“难道你就甘心中原的大好山河沦陷于叉叶的铁蹄之下？”一有了脱困的主意，这特烈西便马上神气活现了起来。

第九章

虎口脱险

朝天子

“娃娃，把你的刀给我。”羊獴没有犹豫，便把刀扔给了那个老人。“好刀！”老人直言道，“龙泉的宝剑，恐怕比不上你这刀一个零头。”“过奖了。”羊獴言道。老人看着宝刀叹息道：“干将莫邪上古利器，世间常言，天下兵器莫出其右，可惜这古时无坚不摧的神兵，却奈何不了近世的两样兵器。”“哦！”这番言论羊獴听着新鲜，便向那人请教道：“不知您说的是哪两样兵器？”“一样是东洋的倭刀，这种刀锋利无比，寻常的兵器往往触之即断，不能抵挡；另一样便是保安国的腰刀，这种兵器固然厉害，可惜过于短小。”老人一边叹息，一边言道，“而你的这件兵器，兼具了上述两种兵器之长。”

羊獴听得暗自吃惊，用心琢磨，“这到底是个什么人，怎么知道得这样清楚！”“这种工艺，即使在扶桑也是难见得很！前朝时，扶桑的倭匪，只要挑出五十多名好手，各持倭刀一把，便是上万官军也不能奈何！可惜而今扶桑的刀剑大多华而不实，难堪大用。昔日李继先占据夏州弹丸之地，至其孙元昊更是称帝自立。击辽破宋，盛极一时，所仗的就是其国刀剑锋利非常，他国之兵，莫能与之相抗，宋末之时，其子孙不尚，其国为元祖所灭，而国中的匠人四散流落……”

“夏国的技艺，至今多已失传，只有一小波人，流落乡野，略微习得祖上的能耐，便是今日保安国的腰刀。”老人感叹道：“好刀！这样的兵器，不敢说天下无出其右，但在世间却也是屈指可数的宝贝。”

“高论！”甄宝玉走了过来，在一旁赞赏道，“可惜自唐宋之后，中原好虚而轻实，致使天下技艺多散入戎狄之中。前朝之际倭患横行，而近日更是……”

一说到这里，便有万般滋味直上心头。“甄大人，这一位大人是？”“羊将军，这便是林中堂，林大人。”“末将参见林大人。”“赶快起来娃娃，眼下不在朝堂无须多礼。”这一声“娃娃”叫得羊獴脸蛋子直热。

甄宝玉一个眼神过去，羊獴识相地走开。“这孩子是谁？”“回恩相的话，他是羊氏三雄的羊獴。”“是个好孩子，不像他那两个兄弟油头滑脑。”“恩相出使叉叶，可……”

没等甄宝玉把话说完，林如意便将他打断，且言道：“孩子你还年轻，纵使只有那一线生机，也万不能自寻短见。我林如意这把老骨头，本来就该在伊犁埋骨，是当今圣上格外开恩，使我能重新立于朝堂之上。本欲变革旧法，富国强兵，以报天子再造之恩。不想为政失当，竟使形势至如此地步！”“这真怪不得您，奈何主上听不进良言！”甄宝玉叹了口气，接着讲道：“眼下倒好，只怕是赶跑了匈奴，也得让董卓上位！”“不会的！天底下有几个人能和曹操相比？”林如意语重心长地说道。“就算是这样，天底下怎么有不灭的家国。汉唐虽亡于奸臣之手，却未亡于戎狄之君，千百年来以盛世之名传世，反倒是朱温、曹操背上了千古的骂名。至于宋室，虽能永绝武人专权之患，却为世人所耻笑耳！”

“现在说这些还太早！”林如意言道，“宝玉，我走之后，对那贾珊你要好言相待，万不可意气用事。”“那叉叶虎狼心肠，这一去可要多加小心。”甄宝玉言道。

林如意换好了朝服，正要走出营门，却被贾珊的亲信羊狞和马奇芳拦住。“中堂此去万分凶险，我等特来护送。”“谢他的好意！老夫心领了。”羊狞、马奇芳也不辞让便走开了。

林如意骑上瘦马，带着两名随从，打着白旗来到两军阵前。谁知那边叉叶的军士竟用生硬的汉语喊道：“听好了！要么送降表过来，要么滚回去。”

“大人，这该如何是好？”随从们听到这样的言语，一时间没了主见。“国家大事，岂是几个宵小之辈所能主宰？”林如意不以为然地说道，接着他给随从一个眼色，那人冲叉叶的众军士吼道：“莫要多言，快去通报你家单于。”

林如意本以为叉叶方面，一定会摆足架子，让他等上好一阵子，可不曾想，很快就召他觐见，着实在他意料之外。“真不知那单于葫芦里卖的是什么药！此举不合常规至极！”

林如意一踏进叉叶军的行营，便心中甚是凄凉。“军容齐整，攻守兼备，如此劲敌，实非吾国兵力所能制服！”再看迎面走来的两个人，虽是一副胡人打扮，却长着汉家面孔。

其中一位不用多说乃是贾雨村，至于另一位则大有来头。“想不到这个盗墓掘坟的败类，竟也在此，听人说此人在北边改名换姓，做了上门女婿。”一想到这，林如意便不得不十二分地小心。

至于这宇文定泰，林如意多年以前便认识，深知此人阴险狡诈。这一朝的科举与历朝不同，不但有八股策论，还有博学宏词和翻译两个特科。他和这个宇文定泰，可以说是同年的进士，只不过他是博学宏词及第，而这宇文定泰却是翻译特科出身。

当年他在理亲王（即先帝水洪）手下做事，而这宇文定泰则是隐太子眼中的红人，从那时候起，这宇文定泰便仗着隐太子的势力，不知干出了多少伤天害理的勾当，趁着太子爷在河南治理水患的机会，以修造运河为名，靠挖掘别人祖坟的勾当，不知发了多少笔横财。

“若不是隐太子，不会有后来的下场。”一想到这，林如意心中便百味回肠，颇有些味道地说道：“宇文兄别来无恙！这些年您可是越发的发达了！”“小林子！你依旧还是当年的风采。”宇文定泰言道，“你且把东西留下，回去听候处理。”

“这不是你的分内之事！”林如意义正词严地说道，“有事我自会与你家国主相商，轮不到你等多事。”“林如意你不要不识抬举。”贾雨村在一旁言道，“国丈大人肯来见你，是你祖上修来的福分。莫要不识好歹！天子九五之尊，岂是你这蝼蚁之辈所能……”“好了雨村！”宇文定泰打断他且言道：“既然小林子如此诚心，就该让他如愿，省得他说咱们从中碍事。”说着宇文定泰便唤来了一队骷髅兵，这些个兵丁一个个穿着雪银色儿的甲胄，头戴骷髅头头盔不见真容，竟显出于一股子的狰狞之气。“先生这边请！”随即林如意便被骷髅兵给带走。

林如意被骷髅兵带到一处大帐，里面设施简单，只有一只奇异的宫灯，映射出邪异昏暗的光线，只见一个美人正紧闭着双眼，似乎有意等待着他的到来。

“这些人是什么名堂，居然引我至嫔妃住处，是要陷害于我。”林如意一想到这里，便不由得眉头紧皱，可转念一想：“或许这正是北国礼仪，看来在该国君王眼中，下国使节不配见其龙颜，此类事情宫中嫔妃自能料理。上次宝玉那孩子奉旨出使，也没见到那察罕单于，只是贾政的女儿出面打发了。不想我堂堂天朝宰相，竟被戎狄之主当成是属国的臣子！不成！这个脸面老夫还是要争上一争。”

他于是上前道：“烦劳夫人为我引荐！”那人竟充耳不闻，似乎是睡着了。“这等伎俩！”林如意对这种无理的举动很是不以为然。只见那妇人身穿一身熊皮大衣，加之身材粗大，活像那《山海经》中人面兽身的怪物。“深宫妇人竟做汉子的打扮，系媚术耳！”林如意心里是这样想的，似乎很有些道理，那熊皮大衣一般人穿上往往显得粗蠢，但在这人身上却有一番冷艳的滋味。

“既然夫人不肯引荐，在下告辞！”那林如意转身便走。“兰提实的头带来了吗？”这声音甚是低沉，语调也很是怪异，仿佛是铁锤敲击，那林如意猛然回头，一对血红色的眼睛发出了摄心夺魄的光芒。

“真是个奇男子！”林如意看着那男身女相的冷袭，不由得脱口赞道，随即便将一个镶着珍珠宝物的盒子送给了冷袭。

那血红色的眼睛放出一阵阵的寒光，摄心而夺魄，若不是林如意一身正气，恐怕没有第二个人敢与之对视。那冷袭虽说是虎背熊腰，可偏偏却天生一张美人脸，隐隐地透出几分邪异。而这林如意，面如冠玉，生得飘然五绺须，一脸的正气。这林中堂讲话是不温不火，不紧不慢，不卑也不亢。那冷天子，虽生得面若娇娥，可说话却甚是低沉，仿佛泰山压顶，口气咄咄逼人。

“莫要哄人！”冷袭言道，“朕自十余岁便与兰提实相识，深知他的为人，凭他的能耐，怎会如此轻易地掉了脑袋！”“我堂堂天朝从不做诡诈之事！”林如意应答道。“特烈西怎么没有回来？不是水无忌舍不得这位亲封的仁和太子，又把他留下了吧？”“此无信之辈！”林如意一脸正气地言道，“若是敢欺瞒我家陛下定不饶他性命。”“兰提实虽然无义，可终究是朕的妹夫，该如何处置也当由朕来料理，水无忌这小子安敢自专？”“贾珊系我朝之人，也自当有我主处置，阁下何出此言？”“你家主子看来真有心意！既然要议和，为何却不送子为质？”冷袭厉声言道。“欲加之罪，何患无辞？”林如意愤然言道，“足下要和便和，要战便战，何故在此虚言。告辞！”

林如意转身要往外走，便被一个身上带伤的少年给拦住。“中堂留步！”“阁下这是何意？”冷袭笑着对他讲道：“坐！到饭点了一起吃点东西。”

“我军劳师远征，招待不了什么好东西，请将就吃些。”冷袭对林如意讲道。这冷天子用餐刀将馒头切开，就着咸菜吃了起来。那林如意也直言道：“平心而论，单于殿下虽说是兴不义之师伐有道之国，但手下的兵马训练有素，凡事又肯为三军做表率，一路南下怎能不势如破竹！”

“过奖了。”冷袭言道，“水无忌是快进棺材的死人，先生高志，何必为他殉葬？这汉家天下，本来是先太子的，只是后来被水洪、水无忌父子设计夺取。我母乃是先太子之女，我亦是先太子的外孙，理应承继前人的产业。眼下正缺少可以经略中原的人才，先生可愿辅佐寡人？”“阁下有宇文定泰、贾雨村之流足矣，何况贾珊一去，我主便如虎去爪牙，怎能挡贵国的虎狼之师，留老朽何用？”林如意无奈地叹道，“阁下既有虎吞中原之意，便当仿效先王之道，治理我中原子民，否则纵使是一时得势，也不过步元之后尘。”冷袭笑言道：“谁人能管身后之事？兰提实的脑袋又怎么会掉得如此容易，先生休要哄我，请如实相告。”“阁下使人作诈，又何必问我！”“兰提实也就是你们的贾珊。”冷袭起身言道，“生也好，死也罢，你家皇帝也不过是笼中之鸟，不过是旦夕之间的事，他的江山，朕志在必得。”“绰罗英咱们走！”林如意抱拳辞行，只听冷天子言道：“林先生，你留下！”

芬丫头的信

“绰罗英，你的汉文学得不错，我和林如意的话你全听得懂。”冷袭对他的族侄讲道。“谢陛下夸奖，只是这些汉人虽不中用，骨头却挺硬。”绰罗英的话讲到一半，看到探春过来赶忙行礼。

“陛下，那林老匹夫可曾有诈？”探春问道。“不好说，”冷袭道，“汉地人口众多，天下之民十有其四，找出几个面貌与兰提实相近的，应该不成问题。”“不管他生死与否，陛下万万不能给汉家兵马留下喘息之机。”“当是如此，只是新近的消息，嘶哈哩与佛朗斯牙两国的兵马相助水无忌，让朕着实心烦。”“死了孩子娘来了奶。”探春言道，“等他们来了，陛下也收拾了水无忌。”“可万一攻而不克，朕腹背受敌，当如何是好？”“陛下万万不可分兵！”探春言道，“当先灭水无忌，再与两国之兵交战，否则便前功尽弃！”

宇文定泰的妻兄提南结实将军，急冲冲地赶来。“大哥所为何事？这样匆忙！”定泰问道。“快去通报陛下，万万不可分兵，当先灭水无忌，再与两国之师交战，否则悔之晚矣！”“大哥莫急！”“军情紧急怎能不急？”“兄长所言固然不错，可若是这汉家天下轻易取之，又怎有你我的好处！”提南将军听后便不做声响，定泰便进而言道：“陛下自登基以来，便没少除去先帝的旧臣，兄长职位权重向来为陛下所猜忌，若是天下没了外患，难免会生出祸端。”

嘶哈哩和佛朗斯牙的援兵终于来了！不过同白眼狼所吹嘘的三万大军不同，只有区区的三四千兵马。联军的将校，多有疑虑，于是同主帅伯尔立进言道：“叉叶兵马众多，而我军兵少，何况汉地与我相去甚远，何苦要冒死相救？”那伯尔立言道：“自叉叶强盛以来，吞并列国，整军尚武，渐为我等心腹之患。若使其所获汉地之人力、物力，后果将不堪设想。我军兵少，一路上当虚张声势，莫与之相战，当使其分兵，使汉家军兵马自救。”

这时，提南将军改了口风，冷天子一时间也拿不定主意。“陛下万万不可如此行事。”探春进言道，“若是水无忌，事情还有余地，若是走了兰提实，后果不堪设想。”冷袭沉默不语，仔细看着地图，琢磨着其中的利害。

“陛下！有个不男不女的家伙要见你。”冷袭问道：“他是怎么过来的？”“是从地道里爬出来的！”“好，带上来。”

那人被带了上来，冷袭那双血红色的眼睛，仔细打量了一番，心里盘算着：“原来这就是传说中的太监。”“眼下两国相争，不是你死便是我亡，你冒死来此作何道理？”冷袭问道。“回大王的话，我家娘娘有密信，要我交与殿下。”“谢你家娘娘关心，可惜朕对水无忌的老婆不感兴趣。”“陛下误会！”那太监言道，“不是我家皇后娘娘，而是我家太子嫔娘娘，殿下的外甥女。”“这丫头都结婚了？”冷袭叹道，“你们这些南方人和南方的水果一样早熟。”

只听那冷天子忽的一阵狂笑，这徐公公虽说是表面上不动声色，但心里边却甚是惶恐。“难道让他看出了破绽？勿慌，莫不是诈我？”“到底是毛娃娃！”冷袭大笑道。这句话说的是恶洛克的话，徐公公听不懂，他只是在想：“这太子嫔娘娘，都写了些什么，能把如此的绝代枭雄笑成这样！”

事情是这样的，贾珊从特烈西口中得知佛朗斯牙和嘶哈哩两国出兵相援的事情，顿时喜形于色，遂定下一连串计谋，以求虎口脱身。

于是便径直去找女儿贾芬，只见那芬丫头挥着小马鞭，跨下正是太子水晨，好不威风。“你不是跟她说什么，你们是亲姑舅，而我才是娘娘心头的死敌。”“姑奶奶饶命，我是胡说的，以后你做大的，她做小的。”

“真是了不得了！”贾珊气急败坏地言道，“芬丫头还不快给太子赔罪，你这样子成何体统？”“身为臣下，竟对太子嫔妃无理，爹爹你又成何体统？”

贾芬见父亲脸色不好，便忙从太子身上下来，拉着他用叉叶话问道：“究竟为何事？”“修书一封与你舅舅，说为父已死，你眼下无依无靠。”“原来如此！”贾芬娇笑道，“他若是以为爹爹已经丧命，必定会放松警惕，到时候爹爹便会有招脱困。”“不错！”

“丫头，有你这样写信的吗？”贾珊想说的本是这句话，可却不得不改口道：“姑奶奶，自古以来便没有这样写信的。”确实如此！贾珊本来已写好了一封书信，想让她誊抄一遍，不曾想芬丫头反言道：“这哪里是我的口气，就是旁人也未必信得，何况是至亲？”

于是用左手拿笔，头一句话便写道：“舅舅快来救我！”“娘娘这个字写错了，舅舅不是这么拼的。”贾芬自来到中原以来，已经好久不用叉叶语来读写，故而一上来便是错字。她对父亲不做理会，只是继续写道：“眼下最后悔的便是跟他一块来这么个鬼地方，刚一来便被当奸细给抓了起来，好容易到了家，也没过几天好日子，又被这个浑蛋，送进去给那个尿床的小子当老婆。”“放肆！”贾珊的话刚一出口，自己便有些个后悔，进言道：“娘娘！纵使情况紧急，也万不该如此行事！”

“该如何行事，我心中自然有数！”贾芬言道。她接着写道：“中原这个鬼地方可真不是人待的！他们的窗户全是纸和纱，一到晚上非常冷。男人一般都有好几个老婆，以这个忘恩负义的浑蛋为例，他一到这里，便勾搭上了一个开酒店的妓女……”

芬丫头写到这里，贾珊刚要伸手，便又缩了回来。“真是没了王法！”芬丫头全然不作理会，接着写道：“他也算是恶有恶报，中原的浑账皇帝拿他当替罪羊，杀头来向陛下您谢罪。差一点把我也给连带上。好在我是陛下的外甥女，他们不敢怎么样，还指着我在您的面前给他们说好话。可是中原人的脸就像是狗脸，翻脸比翻书还快。说不准以后会怎么样。陛下我的亲舅舅，您可得快来救我！”

“娘娘斯文扫地，错字连篇，不愧古今第一奇文。”贾珊道。“没办法，只能这么写。”贾芬言道，“只是光凭那么一封书信，恐怕还是哄不了他。”“娘娘放心，为父自有后手！”

“何事能让陛下笑成这样？”探春笑盈盈地走过来问道。冷袭便把信交给了妻子。“呦！”探春看后吃了一惊，“这丫头的字可……”她看完之后，也忍不住笑意对丈夫讲道：“看起来说的是真话，可细想想，这丫头人小鬼大，可不得不防。”冷袭听后良久没有言语。

这时卫兵来报：“陛下，汉军正在奋力突围。”“看来朕真的是被兰提实给算计了！”“汉军分兵几路突围？”“回陛下！汉军分三路突围。”“朕无忧矣！汉军合兵一处尚且不能成事，何况是三路出兵？若是兰提实在，断然不会如此！”“殿下，我家娘娘还等着老朽回去复命！”徐公公装模作样地说道。“不用你操心，朕自会派人料理。”说着便走了出去。“殿下！”“喊什么！”探春训斥徐公公道，“贾珊真的死了吗？”“确已伏法！还望娘娘看在亲戚的情分上，在那边多多美言几句。”探春丝毫没有理会便走了出去。

“陛下！听说您要分兵去迎击嘶哈哩和佛朗斯亚牙两国的兵马。”大楚尔忙出来劝阻，“眼下汉家兵败在即，何苦要分兵御敌？就算嘶哈哩及佛朗斯牙两国之兵相援，陛下也莫要惶恐，他们千里来援，气数必不满。”“汉军百万尚且不怕，何况区区数千之众！”冷袭言道。“汉军兵器朽坏，训练不精，与三军交战百不能当一，故不以为意。至于季冥海诸国兵器固然精良，然其兵士皆他国雇用之人，爱命惜生，亦不以为意。独此二国，军械精良，民风好斗，万不可轻视。”

冷袭许久没有言语，只是用他那双血红色的眼睛，仔细地打量着地图上的每一个角落。自楚尔之后，冷袭的上将军亚他细实人塔修实，也赶来劝说：“陛下，两国之师虽然精锐，毕竟远道而来，其数必不足三千。何况汉地之民外忠正而内奸邪，诡诈多变不得不防。”

“陛下！”宇文定泰在一旁言道，“嘶哈哩和佛朗斯牙的兵马已经要到了张家屯。”“到底有多少兵马？”冷袭急切地问道。“臣着实不知，只是小楚尔已经败下阵了。”“战况如何？”“听那小子说连人影都没看到，一阵火箭似暴雨一样过来，转眼就是火海一片……”“好像你亲眼见着了？”不等他讲完，便被冷袭打断。宇文定泰向后退了几步说道：“臣这是听小楚尔讲的，此人速来见利忘义，他的话一向都有水分。”“大白鹅呢？马上让他来见朕。”

大楚尔揪着小楚尔的衣服道：“浑蛋！你手下的兵都是稻草人吗？这样的不经打。”“这仗根本没法打，连人家身都近不了，就倒了一多半。”小楚尔无奈地讲道。“陛下，如此说来此时嘶哈哩人出兵，少说也有万把人。”宇文定泰道。“朕叫他有来无回！”

自那次兵谏之后，羊狞等一干贾珊的亲信特地带了原有的龙禁尉，来到御前为帝后保驾。“真还是个人物！”吴皇后不禁脱口夸赞道。

帝后将剩下的御膳赏给了这一干人等，其他人大都狼吞虎咽地吃了起来，唯独羊狞分毫不为之所动，之后将那些君前失态的家伙都一一撤换了下来。

“羊将军！”“皇后娘娘有何事吩咐？”羊狞应道。“本宫有要紧的事向太子嘱咐。”“娘娘，眼下太子正在读书，万不可耽误功课。”“你……”吴皇后只能将要说的话咽了下去。“羊狞！”“娘娘，小的在。”“本宫只是向太子交代几句话而已！何至于此？”“娘娘恕罪！万事小的不敢做主，一切全按上边交代的办。”“真是条好狗！”吴皇后恨不得要将满口的银牙咬碎。

“狞娃子！”“爷！”“既然娘娘想见太子，你就当把殿下请来。”贾珊严厉地斥责羊狞道，“还不快给娘娘赔罪？”羊狞正要下拜。“免了！”吴皇后言道，“多谢成全！”“娘娘！”贾珊慌忙言道，“这样说着实在折杀了微臣了。”“本宫哪里折杀得起？”吴皇后阴阳怪气地说道，“你现在可是中原皇朝的千古功臣，本宫谢你都来不及。”“臣本不敢造次。”贾珊在一旁辩解道，“只是眼下情况紧急，万不得已而为之。”“万不得已而为之？”吴皇后咬着牙愤愤地言道，“万不得已，便只能在这里挟天子令诸侯？”

“娘娘，休得怪罪我家主公！”羊狞在一旁言道，“过去曹操挟天子尚且可一时令群雄。可眼下不论是龙是虎，都被困在这弹丸之地，别说是挟天子，就是做天子，又有何人可以号令？”

吴皇后便缓了一口气，言道：“贾珊你可有脱困之法？”“回娘娘，依臣之见当兵分三路以求生路。”“我当你有什么好主意！”吴皇后气愤地言道，“前一阵子你用的便是这招。结果呢？白白折损了不少兵马，还差点让人家攻进来，现在……”

想到这吴皇后便气得说不出话来。“娘娘，此一时，彼一时。”贾珊解释道，“前些时候叉叶合兵一处，现在分兵行事，刚好给我可乘之机。”“好！”吴皇后赌气似的言道：“反正一切由你。”

贾珊接下来的安排，着实让水无忌和吴皇后是心惊胆战。贾珊自己单领一簇兵马突围，另派心腹保护帝后突围乃是第二路，至于第三路则是羊狞保护着太子和吴、贾两位小太子妃。

吴皇后最放心不下的便是羊狞，当年正是父亲吴天佑的一封奏折，让这小子参将没当成，现在把儿子交给这小子难免不会出岔子。“贾珊！”“娘娘，微臣在。”“你万不可将太子托付此人。”“娘娘！眼下微臣着实找不出更可靠之人。”

那羊狞马上俯首下拜道：“小的纵是粉身碎骨也要保太子平安。”“狞娃子，太子若有差池，我唯你是问！”“爷！奴才用脑袋保证。”

“晨儿，快过来给你岳丈磕头。”贾珊急忙将太子拉住，言道：“娘娘，这可万万使不得。”“晨儿，今后你要像对待父亲一样对待你的这位岳丈大人。”吴皇后还特意叫来了小吴太子妃且对贾珊言道：“这孩子与芬丫头共侍一夫，看在这份情面上请收她做干女儿。”“娘娘懿意，微臣焉敢不从。”那小吴太子妃正要下拜，贾珊又想将她拉起，却被吴皇后止住。“荣国公既为人父，便当受这丫头一拜。”

“爹爹！”贾芬娇声叫道，“这一路上必定万分艰险，女儿愿意陪伴在爹爹身旁。”

“好精明的算盘！”贾芬的做法吴皇后看在眼里。“不过眼下你是聪明过头了。”“无论是哪一路都吉凶莫测，与臣相伴只能是更加凶险。”吴皇后也在一旁言道：“小桐子，马上向陛下请旨，封贾娘娘做太子妃！”

苍蝇兵和骷髅队是分别送给叉叶左右两翼禁卫军的诨号，自侵入中原以来可谓是作恶多端，中原的子民对他们恨得要把牙根咬断，可又怕得要死，经常拿他们来吓唬哭啼的小孩。

眼下这两支相互不服气的队伍，齐头并进，好生的威风，似要将五岳倾倒、山河变色，可惜却扑了个空。两国联军见叉叶的主力已经出动，便急忙渡海而去。“真是帮胆小鬼！”冷袭明知是上当，可嘴上却不愿承认且言道：“用不着动刀枪，只要吹口气便全溜了。”

“陛下神威！那嘶哈哩人纵使有百万雄兵，也经不住您的一个小拇指……”“闭嘴！”小楚尔正要去拍马屁，不想刚好拍到了马蹄上。屋漏偏逢连夜雨，此时有人来报，南军竟也趁着此时突围而去。“看来是让兰提实跑了，你们谁能把他给朕拿来？”

脱身之后，贾珊一行不敢停，一路狂奔好生狼狈。看见叉叶的兵士走远，长出一口气，跳下马来去田间喝渠里的脏水。

这一副狼狈的样子和他平日里八面威风的气度反差极大。“我贾珊如何竟走到了这个地步？”他言语道。然后向着京城的方向遥拜，且对众人说道：“我贾珊一心报效国家，不想落到如此地步。事已至此，大家还是另谋出路去吧！我就此向各位道别。”

说着举刀便要自尽，幸得众人拦住。“将军莫不可寻此短见。”“是啊，京城丢了，可以去洛阳；洛阳没了，可以去南京，实在不行可以去四川、两广。”“是啊！虽说眼下一时失利，可这万里河山不患无人，何愁他日不能卷土重来。”“好！”贾珊激动地说道，“只要今日出得了虎口，便不知来日会鹿死谁手！”

“若是让兰提实跑出去，鹿死谁手，还难说得很！”冷袭言道，“据前方来报，汉军分三路突围，依你之见兰提实在哪一路？”“必在这一路！”那金甲人答道。“英雄所见略同！”冷袭言道，“只要你拿得住他，朕就命你去统领齐鲁一带的汉军。”“末将谢陛下恩典。”那金甲人俯首下拜道。

金甲人走后，冷袭向妻子探春问话道：“亚俄芜，你说这个人靠得住吗？他可是兰提实的至亲。”“靠得住！”探春言道，“没有这小子做不出来的事。”

贾珊等人正盘算着下一步该如何是好，不想忽地杀出了一队人马。“好在这一群伪兵是样子货。”惊险之际，他给众人解心宽道。

不想交手之后发现这群人训练有素，甚至对贾珊的战法也十分熟悉。“这分明就是我过去训练出来的兵马，怎么……”贾珊心中疑惑道。“国公爷！擒贼先擒王。”马奇芳是这样想的，也是这样做的，说着舞起河州刀，杀向那群人的首领，那个金甲将官。

那金甲人舞起长枪来战马奇芳。“他的路数？”贾珊惊呼道，这路枪法看着好生眼熟，那个人是……那人的枪法确实了得，可惜在马奇芳的这一路犹如江河流水的刀法面前，却只有招架之功，而无还手之力。“马奇芳虽说是个粗人，却也做得了细活，将来定是个将才。”贾珊心中寻思道：“只要过了这里，便甩开叉叶军一天的路程。”

他正得意只听得“砰”的一声枪响，马奇芳眼见要大功告成，却摔倒在马下，永远都没有爬起来，那金甲人抖了抖衣袖，才将那火苗扑灭且自言自语道：“这衣服什么都好，就是干这种勾当反倒麻烦。”“是你！”贾珊惊呼道。

“仇云那个蠢货，可真是养了个好儿子。”冷袭不禁感叹道。“这可怪不得别人，中原人忌讳谶语，他仇老头是自己找死。”探春在一旁言道。“为何这样讲？”冷袭不解地问道。“他给亲儿子起的是什么名字？这不分明是自己找死。”“鸣镝！如果朕没记错的话，这是一种箭。你们中原人之所以管强盗叫响马，就是因为这箭射出去带着响。可这跟仇老头有什么关系？”“陛下可知鸣镝这种箭的来历？”“愿闻其详。”“此箭乃是秦汉之际，匈奴国主冒顿所制，用来操练兵马。鸣镝至何处，军士们就射何处，不从命者皆斩。起初他用来射自己的爱马，后来便用来杀自己的妻妾，但凡是不从命的便立即斩首。最后等他弑君杀父的时候，左右莫不从命。”“鸣镝！真是一支好箭，看来兰提实也要栽在这支毒箭之下。”冷袭阴厌厌地笑了起来。

“鸣镝，真想不到是你！”说着贾珊的整张脸几乎都变形了。“兰提实表哥为何不早日归顺？”仇鸣镝用刚学会的叉叶话说道。

“鸣镝！”贾珊带着热泪同他讲道，“南关的事，敌强我弱，确实不能怪你，若是此时醒悟，依然不失为国家栋梁。”“珊哥哥为何如此不识时务？”那仇鸣镝反而振振有词地说道，“自水氏入关以来，天下饱受其害，天下百姓期盼明君。何况天子一直待表哥不薄，何苦如此不识时务？”“鸣镝，大路朝天，咱们各走一方，看在两姨兄弟分上，今日不同你较劲，请你让开！”“珊哥哥你可真不识好歹，眼下形势我众你寡，只要你肯跟我回去，陛下定念郎舅之亲饶你性命。”“鸣镝！”贾珊冲他吼道，“你告诉我，外边的说法是不是真的？”“仇云那老不死，不识时务，非要给水无忌殉葬，是我大义灭亲送他上了西天。”“好！真是好得很！”贾珊对他讲道，“大义灭亲？请问你的义在哪里？”“顺天者昌，逆天者亡！贾珊你快点下马归降，我和舅舅还能在陛下面前为你开脱。若不聪明，休怪小爷翻脸！”“仇鸣镝，你若是条汉子就和小爷单练。若是我赢了，你就把路让开，若是我输了任你处置。”“好！我这就向你讨教几手！”

贾珊一路奔逃早已气力大衰，更何况这仇鸣镝的功夫是他手把手教出来的，对他的那一套路数自然是再熟悉不过。不到二十回合，便险象环生，接下来便只剩下招架之力，而无还手之力，最终被打在了马下。

第十章

化敌为友

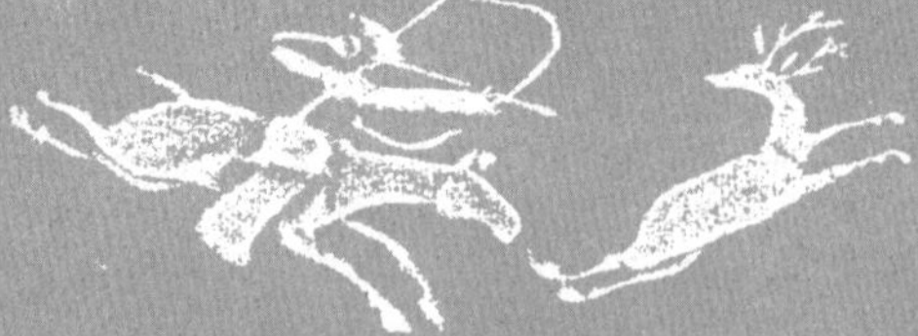

两姨兄弟

贾珊盘着腿坐在地上，又羞又气等着仇鸣镝来发落。而这两姨兄弟骑在高头大马上，得意扬扬地训话道：“珊哥哥你就听兄弟一句劝，在陛下面前说几句软话，就没事了，至于你的那几位小夫人，给点钱打发走了就行了，何必要和自家人过不去？”贾珊没有回话，只是狠狠地瞪了他一眼。“表哥你还记得咱们小的时候，背着大人偷看的《梁唐演义》（一部讲五代十国时期朱温父子兴亡的小说，因为大讲窃钩者贼窃国者侯的道理，而被朝廷查禁，为九州散人所著）吗？里面开篇讲的是什么？休言自古天子有德者为之，古今事，无非成王败寇尔。与其学诸葛亮为刘备父子劳苦一生，再像岳飞似的白白死在风波亭，不如顺天应人，去学曹操做石敬瑭……”仇鸣镝讲了半天，贾珊却只给了他一句话：“她羊芙蓉不识贾兰，我贾珊不识仇鸣镝！”

原来贾珊在服丧的那段日子里，与仇鸣镝交往过密，常在一起讨论军国大事。多姑娘却对此很有些看法，说道：“爷，你怎么最近常和那个仇老二在一块？”“我们俩是两姨兄弟，从小就在一块。你也是打小就在府里的，这有什么好奇怪的？”“爷！这小子人品不好，您以后少和他来往。”“你怎么说鸣镝人品不好？”“上次他家老大和冯公子打架，他上去拉了偏架，我可看得真真的。”“这有什么？谁不想着自家兄弟？”“哼！爷，您没听清楚，他这偏架可是向着外边的，他家老大为此气得大病了一场！”

这仇鸣镝的为人贾珊其实是清楚的，只不过打小却对他颇为照顾。仇鸣镝与凤姐和贾珊、贾琏一样，母亲都是宇文家的小姐。无论大宇文氏还是宇文二姐出嫁的时候，宇文家的家底还可以，所以都嫁到了大户人家做了正房太太。唯独那宇文三娘出嫁的时候，因为仇鸣镝的舅舅宇文定泰（也是凤姐和贾珊的舅舅）参与了义忠亲王谋反的事情，这眼看着就要抄家，便只得将三小姐匆忙地许给了平日交情不错的武官仇云，不料那仇云却早已有了妻室。

故而这宇文三娘一辈子做小，受了一辈子的委屈，而她的儿子鸣镝也因故只是庶出。大宇文氏心疼妹妹，故而打小就嘱咐儿子贾珊照顾这小子。而仇鸣镝小时候对贾珊一向是服服帖帖，故而被荣国府的下人送了个跟班少爷的绰号。

想不到现如今，这跟班造了反，直气得贾珊背上的刀伤隐隐作痛，“珊哥哥你莫要不识抬举，现在你跟我走也得走，不跟我走也得走。”“我贾珊可丢不起这人！看在我打小待你不薄的面上，给我个痛快，老子可不想在他面前丢人现眼！”“对不住珊哥哥，我答应了陛下，无论死活，都要把你给带回去。来人！给我绑了！”

狼狈为奸

这仇鸣镝的话音未落，那边有一支带响的飞鸣镝，射中了他的战马。忽地杀出了一支人马，火枪齐射，好不骇人。

论理这支兵马火器不精，应当不是仇鸣镝这一批人的对手。不过因为这仇鸣镝杀父投敌，弄得人心尽失，众人一看主将中箭，便有人呼喊仇公子死了，就各自逃命去了，仇鸣镝慌乱之中忙跳上一匹战马，投叉叶军的营帐去了。

贾珊仔细地打量这一队人马，他们虽说打着官军旗号，穿的也是官军衣裳，可用的兵器却大都不合规格。“请问带队的是哪一位将军？”贾珊问道。

“少在这废话，快把值钱的东西交出来。”一个五大三粗河南口音的家伙说道。“休要无礼，我是陛下亲封的平北大元帅，荣国公贾珊。”“呦，好大的架子，你要是荣国公贾珊，我就是当朝皇帝！”

众人一片哄笑，可是回过神来却只见贾珊神情镇定，目光逼人，让人不由得生出几分敬意。“他不会真的是……”“谁知道，这一身的二毛子打扮。”

这群人拿不定主意，七嘴八舌地议论起来。“要不要把当家的请来？”“这要是骗子非怪罪咱们不可。”“什么事？你们吵成这样。”一个骑高头大马的将官走了过来。“羊将军，别来无恙！”贾珊对那将官讲道。

仇鸣镝吃了败仗，连忙去向宇文定泰请罪。“义父在上，孩儿无能，万望舅舅在陛下面前多多美言几句！”仇鸣镝一会儿是舅舅，一会儿是义父把自己是给叫乱了。“鸣镝，胜败乃兵家常事，陛下定不会在意。”宇文定泰好言好语，将他这外甥安抚了一番。

待仇鸣镝走后宇文定泰喝着龙井叹息：“到底是毛头小子！嫩得很！”“国丈大人，何事欢喜？”这仇鸣镝前脚去，这特烈西后脚便来了。

“仁和太子死里逃生，可喜可贺！”宇文定泰向刚刚死里逃生的特烈西祝贺道。“只可惜把差事给弄黄了。”特烈西叹道。“凡事有得必有失，何必在意！”“是啊，不然就成了……用你们的话怎么说来着？对！就成了杀鸡取卵，涸泽而渔。只是国丈大人，这个道理你怎么不向仇将军明示，我看他一脸狼狈的样子。”“那孩子心浮气躁，有些事情还是糊涂些好，不然则反受其害。”

仇鸣镝本来是想露脸，不想闹成了丢脸，一肚子的气没处去发。“煮熟的鸭子都能飞了，我仇鸣镝的命怎么就这么苦？”

“仇公子！”不知道从哪传来了这浑厚的声音，仔细一看这不是别人，正是特烈西的老徒弟悟化大师。“这人逢喜事精神爽，看您这红光满面的……”

大和尚说的全是反话，仇鸣镝本想出口气教训一下，却忙把手收了回来。仇鸣镝看了他一眼，忽地眼珠子一转，便心中有了主意。

“大和尚乃是世外高人，凡事都难逃您的预料。”他这么一说反倒让大和尚不知道如何是好。悟化大师客气地说道：“仇将军过奖了，老和尚不过吃斋念佛，虚度光阴而已。将军您才是少年英豪，胆识过人，纵横天下。”这些话虽说不是反话，可听起来却就像是反话。

“末将一向对高僧很是敬仰！不知大和尚可愿与末将小叙？”仇鸣镝的话和软得很，让老和尚不由有些个受宠若惊，这悟化大师一向看不起眼前的这位仇公子，可他毕竟是宇文定泰的外甥，不可等闲视之。“贫僧见识浅薄，只怕……”“高僧过谦了，末将自幼礼佛，又难得大师这样的高僧，就是不看在一朝为官的面儿上，也应看在国丈大人面上。”这些话说得甚是好听，悟化见他如此盛情，便也只得从命了。

“仇公子，这如何使得？”“大师，不必执着，这酒肉穿肠过，佛祖心中留。”经仇鸣镝如此一说，这大和尚便破了戒。“香兰、云姑，你们过来陪陪大师。”仇鸣镝满脸堆笑地说道：“大和尚这法门三千，门门都能成佛，不知这欢喜佛可能修得？”“修得是能修得，只是这两位是你仇将军的爱妾，恐怕不妥吧！”“这女人如衣裳，有什么妥不妥的。”

那云姑和香兰被悟化和尚折磨得苦不堪言。

“姐姐，你还好吧？”云姑问香兰道。“只恨没被那老和尚给弄死！”她两个刚回到仇鸣镝那，脸色看上去没了人样，就像四五十岁的老女人似的。“真不知少爷会不会一高兴把咱们送给那贼秃驴。”“有什么不可能的！”香兰愤然言道，“都说云姑是个傻子，到现在才知道自己才是真正的傻子！”“云姑？”“不是你，是真正的那个云姑。”

香兰和史湘云其实是在官妓院认识的，所谓云姑正是史湘云那时的名字。仇鸣镝因素来不得志，也是那里的常客。

那时的仇鸣镝，那时的湘云，可以说是郎情妾意，似乎要成了一段风流佳话。正所谓天长地久有尽时，此恨绵绵无绝期，要不是那件事，这两个还真是一对。

“鸣镝哥哥，这是我新写的诗，你看怎么样？”可是那仇鸣镝欲火难耐，不待细看便要去整那事儿！“鸣镝哥哥，咱们还是检点儿好！”长期同仇鸣镝相处，云丫头咬舌的毛病一时间竟大为改观。“那帮老头子换了一批又一批，怎么说也得让我这亲哥哥尝尝鲜！”“那群人是畜生，难道你仇鸣镝也是畜生吗？”“想不到连你这粉头也狗眼看人低。”说着便踢翻桌子走了出去。

“仇公子，您消消气儿。”老鸨在一旁说道，“这小婊子可真不知道好歹！看我怎么收拾她！您放心，明天我一定把她调教得服服帖帖。”“不要为难她，明天小爷拿银子把人领走。”“仇二公子，这丫头可不便宜呀！”“你要多少钱？”“这个数。”说着老鸨伸出了三个手指。“到底多少钱？”“好！看在是老交情，减去一百两，拿钱过来明天人就是你的。”“好说！”

那老鸨对仇家的事是清楚的，对仇鸣镝也没什么好感，认为这小子口气比力气大，断定他将来也不会有什么出息。可让她想不到的是……

“这是三百两，一文也少不了你。”仇鸣镝言道，显得豪气万千。“仇公子真是好气度！将来前途断然不可限量。”老鸨子谄媚地说道。“你把人给我拉出来！”“呦！我的爷！你看这有这么多的漂亮姑娘，像什么香兰、什么彩云。”“别废话，把云姑交出来。”“仇少爷，那小蹄子着实没福气，趁着夜里偷偷跑了。”“你休要骗我！”“您消消气，这还有这么多好姑娘呢！”

仇鸣镝没心思听她胡说，便上马去找湘云去了。“云姑你就是跑到天涯海角，我也要把你抓回来。”为了赎出史湘云，鸣镝不惜去偷嫡母吴夫人的首饰，不曾想，竟会是这样收场。

官妓院的姐妹们谁也不理解史湘云竟会如此行事。就在湘云出逃的前一天，香兰曾极力劝阻。

“云姑！仇公子明天就要为你赎身，你可千万不要去干傻事。”“姐姐，你不要说了。无论仇老二还是其他什么人，都只是把咱们当粉头而已，不过是从伺候一群人的粉头，变成了伺候一个人的粉头而已！”

故而史湘云到后来再次遇到仇鸣镝的时候，只是回避，宁愿给宝玉做小，也不愿跟他过去。鸣镝也一直想不通，为什么云姑守着一个草包也不愿跟自己，哪怕是做正房大梁。

香兰把她所知道的仇鸣镝的一切，统统告诉给了云姑，那一夜对这两个风尘女子来说，是那样的漫长，似乎永远都不曾有尽头。

可是仇鸣镝和悟化在那夜却是相见恨晚。与悟化酒过三巡，菜过五味，便说了掏心窝子的话。“大师在上！有句话不知当讲不当讲！”“贤弟但讲无妨！”他似乎忘了仇鸣镝的岁数做他孙子还差不多。“老哥哥一身本事震古烁今，那特烈西是什么东西，凭什么骑在你老兄的头上？”“哎！”这悟化大师便不得不长出了一口气且言道：“愚兄虽是空门中人，却有心要做出一番事业，只可惜报效无门。”“大哥以为特烈西是何许人？”“听鬼面先生说他是西洋圣贤的弟子，鬼谷子的传人，是当今天子的近臣。”“哈哈！”仇鸣镝冷笑了几声。“那恩师的官阶可是正一品？”仇鸣镝摆摆手。“可是二三品之间的大员？”他又摇了摇头。“那是个什么官？”“也就比县令大一点而已。”

仇鸣镝的口气太大，弄得悟化和尚不敢相信。“贤弟你莫要说笑！”“我若是瞎说，你怎么到现在都没个官职？”这句话切中要害，叫悟化大师说不出话来。“说句不该说的话，你的那个师傅，他一不是皇亲国戚，二不是什么国家重臣，三更不是叉叶人，而是他国归降之人。无非就是凭着一张嘴而已，何必畏惧。”“话虽如此！”悟化大师语气沉重地说道，“像鬼面先生、两头蛇、纸菩萨这些人总不都是傻子吧？怎么一个个都做了他的徒子徒孙？”“嗐！道理简单，他特烈西仗着嘴皮子好，正好狐假虎威，众人不知虚实，糊涂上当，以后不糊涂的见跟着的人多了，想不上当也不成。”“只恨不会说叉叶话！报国也无门！”“老兄你跟着那特烈西又能有什么前途？与其那样，不如同兄弟我一起做出事业来。”“这个能成吗？”“悟化贤弟，一切全包在为兄身上。”仇鸣镝越说越糊涂，悟化一会儿是大师，一会儿是他哥哥，再一会儿又成了贤弟，真是越叫越乱。他且跟悟化言道：“我虽是汉将，却算半个叉叶人。”“此话怎讲？”“陛下前边的那个娘娘与我是亲姑舅，国丈大人的威风确实不是那特烈西比得了的！以前的那个娘娘虽然已经过时，但她的孩子还是咱们家陛下的大儿子，当今的东宫太子爷！论辈分也得管我仇鸣镝叫声舅舅！所以说，兄弟我现在不但是皇亲也是国戚，更是国丈大人的干儿，你说他特烈西凭什么跟小爷我比，老弟你说他凭什么跟我比？”仇鸣镝眼下说的全是醉话。“对呀，这么说，仇爷的小拇指都比他的腰粗。”

“这天下大乱，才是英雄建功立业的大好时机。”仇鸣镝对悟化说道，“眼下就有一个立下万世奇功的机会。”“仇爷您放心，山东地面上的事就全交给我吧！只要一年的工夫全都安定下来。”“嗐！”仇鸣镝言道，“山东算什么？不过一个省而已！我只要派兵三千就能打下来。有一桩天大的买卖，要老兄你出力办。”“仇爷，那您说的到底是什么买卖？”“这陛下和贾珊像是刘备和曹操，天下英雄陛下也就是把贾珊放在眼里，至于其他人那算个屁？”“照您的意思，只要咱们逮住他，就是天字第一号功臣？”悟化问道。“那帮流贼虽说是不经打，可却跑起来极快，我真是没有一点办法。”仇鸣镝叹道。“仇爷您放心，豫西三雄他们论辈分还得叫我一声叔叔。”“哦？”仇鸣镝疑惑道。“我和那杨召（即羊貂）的丈人岳无钟，是磕头拜把子兄弟。”“那此事就全权仰仗大哥了。”“仇爷放心，这事我一定办得漂亮。”

陈年旧账

“四太爷！”贾蓉向贾代儒抱怨道，“再这样跑下去，不用胡人动刀枪，自己就先累死了。”“蓉哥哥你忍着点儿，再过一会儿咱再休息。”代儒言道。“太爷，照我说，咱们压根就不该走。”“蓉哥你这是什么意思？”“原来咱们在宫里有个娘娘不过是个贵妃，而现今的这个娘娘才是真正的昭阳正宫。”“现今的娘娘？”贾代儒为人过于方正，竟没听明白侄孙说的是什么意思。“咱家现今的奶奶，就是西府二爷爷家的三姑姑。”“蓉哥儿，亏你能说出这种话！”贾代儒训话道，“想当年父亲和二叔，保着太祖皇帝在上官谷仅剩下三人三骑，依旧不忘君臣大义，你倒好……”代儒气得说不出话来。“蓉少爷！要再这样我焦大的拳头可不认得你这个少爷！”

“何事吵闹？叫人心烦！”是羊显玗的声音，可说话的语气和平日却大不相同。“我的活祖宗，你怎么也来捣乱。”贾蓉心中暗自叫苦。羊奶奶从车里走出来，把焦大吓得是心惊胆战。“她不会清醒过来吧？”这是焦大最害怕的。“母亲！”贾代儒躬身施礼道。“那是谁来了？”羊显玗用手指前面窜出的一队人马，好大的派头。

这一队人马气势汹汹，好不骇人。“这要不是好人，可就糟了。”贾蓉心中盘算着。“快让道，别挡了老爷们的去路！”一个五大三粗的汉子喊道。“嚷什么？”焦大镇定自若地讲道，“把老马叫过来！”“你这老头算是个什么东西，马王爷也是你叫得动的？”几个拿兵器的汉子一阵哄笑。

“都给我闪开。”从远处传来了妇人的声音。“太妃娘娘！”那几个汉子忙下跪行礼，焦大也赶忙下马想要跪拜。“焦伯伯赶快请起！”“大小姐，奴才怎担得起。”“这可是我爷爷留下的那位老姨奶奶？”贾纹明知故问道，焦大也只得苦笑着点点头。

贾纹细细地打量了羊显玗一番，便不住地摇头。她发现羊奶奶和鸠妇人的脸形很是相近，甚至跟自己也有些个相像。“这也难怪，爷爷和她本来就是亲姑舅。”贾纹心中寻思道，“只是她的这双细长眼，天生的凶狠，真不知是从哪一代传下来的贱根子。”“焦大！”“娘娘！”“我真不知道她这个生吞人肉的半拉倭子，怎么能生出一个连一点荤腥都不沾的闺女来。”“大小姐！”焦大吓得站立不稳，生怕宁国府里的陈年旧账再被重新翻起。“焦伯伯，本宫是有分寸的。只是现在该奔何处是好？”“依奴才看，还是赶快与珊少爷会合。”“珊儿可以，但他手下的人靠得住吗？”“娘娘，要是这样恐怕眼下便没人靠得住。”“也只得如此了，但愿豫西的杨召（即羊貂）能做山东的宋江。”

“西天路上不太平，道路不通达，劳烦当兵的小哥，赏大和尚我一钵清水。”悟化法师冲羊貂手下的喽啰讲道，“出家人分文未有，只求看在佛爷爷的金面。”羊貂手下的喽啰连忙应道：“山门自有柴米粮，真金难掩舍利光。砸碎了紫金钵，还有那佛菩萨。大和尚化的是荤缘，还是素缘？”“孙猴子招亲在盘丝洞，红孩儿反拿了观世音。世道艰难，只得到处化些佛缘来。”“看来大和尚是道上的朋友老江湖，咱就按老历上的规矩办。却说汉室三分鼎。”“分封不见魏蜀吴。”“大和尚里边请。”

“贤侄女，你可要劝你家男人千万不要看错风向。”悟化和尚对羊貂的妻子岳夫人讲道。“世叔，我一女人家怎做得了男人的主？”“好侄女，过几天就是岳兄弟的冥寿，我叫人带三千两银子过来，全是当老叔的一点心意。”其实仇鸣镝从贾雨村那里一共借了三万两来办事情，可到头来他自己留下两万两，把剩下一万两交给了悟化。“叔叔客气了。您慢走，多保重。”“贤侄女别送了，过几天你就等着做官太太吧！”

“去把这些银子都封起来。”岳夫人吩咐道，随即她便回到了丈夫羊貂的帐内。“那佛爷爷送走了？”羊貂问道。“送走了，可过几天还会回来。”岳夫人颇有些味道地问道：“貂哥哥，好像咱家上代跟荣国府有些个什么过节。”“不错，过去咱家和他们是仇家，却也是亲戚。”

“听你的口气这好像是几代人以前的事？”岳夫人言道。“是我高祖母那一辈的事，要是细讲起来还可以再往上追三代。”“哦？”

乱世姻缘

羊貂将以前几代的事情娓娓道来，岳夫人洗耳恭听。一百多年以前，前朝永安皇帝在位。这位天子在位期间大兴土木、滥施徭役，弄得天下苦不堪言。故民间有“永安永安，永不安宁”的歌谣，说的便是这永安皇帝修造万寿陵、重挖大运河、扩建紫云宫……弄得天下百姓不得安宁，又宠幸宦官，致使朝纲不正，苛捐杂税多如牛毛，一时间四方盗贼风起。

各路草寇之中，以发迹于陕西的流贼，绰号为不沾泥的匪首梁自用最为强横。贾宝玉的七世祖，山东费县人，贾二狗（后改名为贾金福），因在河南帮佣时打死了管家的儿子，便只得与同乡张黑脸一道在开封府投靠了流贼的队伍。

“本来以为那衡王是什么了不起的英雄。好大的风头，一打起来稀松，没个球本事，骨头倒还挺硬。”不沾泥梁自用说道。“全是大王洪福，神机妙算以少胜多，以弱胜强……”他的谋士赛诸葛宋师楚在一旁夸赞道。“这算什么本事，那小王爷虽说有那么几分骨气，可排兵布阵一点章法也没有，白来送死！”“此乃天命！”那赛诸葛宋师楚在一旁吹嘘不沾泥道，“以我观之，那永安小儿眼下气数已尽，主公若是能坐拥齐鲁之地，南下豫州，切断漕运，则天下尽在掌握之中……”“行了吧你！”不沾泥不耐烦地将他打断且言道，“青州城的事怎么样？”“回大王的话，那王参将愿意献城投降，到时打开朱雀门放我大军入城。”“听起来不错，他交代底子了吗？”“主公放心！王参将这回可是把亲儿子都押来了。”

“这才像话！”不沾泥得意地讲道，“听说衡王府里养了一帮漂亮的娘们，成日里舞刀弄枪。”“女人家的把式中看不中用，不值一提。”“你懂个屁！”不沾泥语重心长地讲道，“娘们儿嘛，中看就行，管那么多闲事干吗？”“是！主公教训的是！”“但下边还是中用得好！”不沾泥梁自用补充道。“你小子就是那王将军的娃儿？”梁自用问道。

“回大王，正是。”那王公子言道。“你老子好歹也是个武官，怎么你小子长得跟个兔爷儿似的？”那王公子羞羞地不敢答话。不沾泥下马来，吓得王公子面色如土。“原来是有把儿的！”梁自用叫喊道，“不然老子还当是大姑娘扮的！走，小伙子，咱们一起到青州城里喝酒去。”

等真到了青州城下，如约点火，不沾泥反倒起了疑，心中寻思道：“总感觉哪里不太对劲，可又挑不出毛病。对！就这么干。”“张黑脸、贾二狗！”不沾泥吆喝道。“小的在！”“你们虽然过来的时间不长，一路上也没少出力。”不沾泥讲道，“老子一直就想提拔，眼下正好，你们是山东本省人，熟悉情况，先带两三千弟兄去打下朱雀门，我和大队人马随后就到，记得只要到了青州城要什么有什么。你们可明白？”“明白！小的们明白！”

于是贾二狗、张黑脸便领着王公子带着二千人马去打朱雀门。“看来这些官兵全都被吓破了胆子！”张黑脸讲道，“小爷也省下了不少力气。”“是啊！咱们跟着队伍到山东以来，官兵们逃的逃，降的降，没打过一场硬仗，这青州城跟纸糊的似的。”贾二狗得意地讲道，“听说衡王府的姑娘不错。”“是啊，分一个做老婆也是不错的。”张黑脸讲道，只是他话音未落，便飞起了无数盏红灯，杀出了一队军马。

“你小子搞的是什么鬼？”张黑脸抓着王公子的衣服说道。“真不干我的事，我真不知道……”“这确实不能怪他！”贾二狗讲道，“看来王参将遇害了，眼下咱们受人家算计了。”

“这可如何是好？”王公子吓得哭了起来。“衡王府的人马全都是样子兵！没啥好怕的，要怕死你和王公子先走。”“二狗子别干傻事！快走吧！”张黑脸拉着贾二狗说道。不料贾二狗却一把将他推开：“怕死的话，你自己逃命去，老子要立头功，睡王妃娘娘！”“二狗子，我看你的脑袋让驴踢了。行！你英雄！老子逃命去了。”说着便扔下把兄弟，自己逃命去了。

贾二狗这么做并非没有道理，衡王府的兵确实都是样子货，平时操练的什么浑天一气、两仪四象阵，都是中看不中用的把式。拿这场埋伏来说，照理应该是等把大队人马放进去，再关门打狗，赶紧占领城门以断敌兵归路。而守城的这帮人叫喊得凶，真正冲上来的很少。“兄弟们跟我冲，别怕这些纸糊的玩意儿！”

贾二狗的话看来没有说错，这些官兵大都是些新抓来的壮丁，一个个贪生怕死缺乏训练，而贾二狗的这帮弟兄都是从河南一路杀过来的老兵，个个都是好样的。

忽然不知从哪里钻出来一条火龙，原来这时有一队官兵打着火把，有些弓弩手，一阵箭雨，放倒了贾二狗的手下，占领了城门，而前边溃败的官兵也在督战的太监和长官催促下重新稳住了阵脚，一时间腹背受敌情况万分危急！

这贾二狗眼睛尖得很。“看来前边坐镇指挥的是个娘们儿！”贾二狗心中寻思道，“她就是林娘娘！是个人物，可惜身边不是宫女就是太监，正好抓她回去向大王请赏。”

贾二狗是典型的山东大汉，身大力不亏，一根混铁棍使得虎虎有声，前边的那队官兵哪挡得住他，片刻工夫便有数十条性命丧命在他的铁棍之下。后边的数百喽啰跟在他后面胆气豪壮，见主将如此骁勇，更是振奋精神，一个个奋勇争先，很快便杀散了前面的一群官兵。

“妹子乖，让哥亲一下。”这帮喽啰看到护卫衡王侧妃林四娘的兵丁全是一群女兵，一个个欲火上身，发出一阵阵淫荡的叫声。

这些女兵虽说谈不上是什么国色天香，当中好些人姿色平庸，但一个个身材匀称，隐隐透出几分英气，在昏暗灯光下甚是好看。

“中看不中用！”贾二狗冲对面喊道：“林娘娘，只要你肯投降，我一定劝老头领饶你的性命，林四娘你自己不怕不要紧，可别拉着这些姑娘一块送死。”

“泥腿子看刀！”女兵们一声娇斥纷纷亮刀。“戏台上的玩意！”女兵们拿的是类似于青龙偃月刀的长柄刀，前段时候跟衡王爷较量时见过这东西，觉得是中看不中用的把式，尤其是女兵用的这类东西更是外强中干。“只要将刀面扣住，一折就断！”

贾二狗和手下的喽啰是这样想的，可是情形却大出他们的意料，这一队女兵训练有素，跟每个喽啰只过一招便转个圈子退了下去，一队女兵一起出招，竟似流水一般，叫贾二狗和他的弟兄们难以招架。

贾二狗的战马也被女兵们砍断了前蹄，喽啰们也一个个死伤惨重。“千万不要怕，只要近身她们手里的东西就没用了。”贾二狗冲他的伙计们喊道。

他落马之后，弃了混铁棍，用前一个丧命同伴留下的朴刀向前。他的话不错，只要一近身女兵们手中的长刀便没了用武之地。

可是形势依旧不容乐观，后边的一队官兵抄了上来，都是些身强力壮的汉子。贾二狗身边的同伴所剩无几，大都死的死，降的降。“看来这回玩大了，只能拿了这个娘娘再说别的！”“林娘娘下马咱们比画比画。”“奉陪！”说着那林四娘跳下马来，舞着双剑杀向贾二狗，林四娘的功夫确实不是花架子，招招直指要害，刁钻狠毒。

可惜那贾二狗却也不是吃素的，他不像林四娘，所使的招数都有名家传授，他的招数较为简单，但却都是从死人堆里拣出来的。林娘娘固然招数精妙，似蜜蜂与灰熊战斗，蜜蜂虽说是身形灵巧，让熊瞎子处处扑空，可是纵使想要给对方一点颜色，恐怕便要搭上自己的性命。林四娘身形稍迟，与贾二狗刀剑相碰，手中的兵器险些脱手。

贾二狗灵机一动故意卖个破绽，林娘娘正中圈套，他突然起脚将林四娘踢翻，他正要挺身而起，不料一员女将舞着长戬杀来。

贾二狗急忙闪过，不料两条壮汉趁势从后边抄了过来，乘势将他拿住。“林娘娘你玩阴的，我贾二狗不服气，打不过小爷，仗着人多耍赖。”

一个大汉舞起马鞭呼呼地招呼在贾二狗的身上。“畜生，休得在娘娘面前放肆！”“黄丫头干得不错！”林四娘拍着刚才那员女将的肩膀说道，“子曰唯女子与小人难养也，是你有勇无谋自投罗网，可怪不得别人，给我押下去听候处理。”

次日，林四娘亲自提审贾二狗，劈头便问道：“大胆狂徒，何故附逆从贼？”“娘娘请你说人话，这穷秀才肚子里的酸屁，小的听不懂。”“浑蛋！娘娘问你为什么跟着不沾泥造反？”这正是昨夜同他交手的那员女将，林四娘的丫鬟黄燕儿。“混口饭吃，砍头总比饿死强。”

林四娘缓缓地打量着贾二狗，看他身形健壮，神情坚定，便换了一副口气讲话：“听你的口音也是我山东境内的百姓，你附逆从贼不懂礼义倒也罢了，难道就不怕家乡的父老蒙受株连么？”“老子是山东费县柳子庄人，尽管诛爷们九族好了，反正连祖坟也被你们刨了。”“当今天子仁厚，只是下边的污吏枉法贪赃，你若肯迷途知返，依旧有着大好的前程。”林四娘劝降贾二狗道。“谢娘娘你的好意，我贾二狗说话不是放屁，这辈子从来不走回头路，要杀要剐随你们的便！”“不知死活的东西，来人！给我押下去。”林四娘愤然言道。

看守将贾二狗一顿拳打脚踢后送进了大牢。“浑蛋，皮还挺厚，打得老子手都疼了。”看守气愤地骂道。“饥荒不饿囚犯，杀头饭得让爷们吃饱吧！”“小子，我家娘娘开恩赏个全尸。”“赏我全尸？”“明说了吧，就是在这里活活饿死！”“还不如给我一刀呢！”

“这等死的滋味可真不好受！”贾二狗连声叫骂道。起初还有监狱的看守可以对骂，可是现在人都去守城了，其他的囚徒也都被抓了壮丁，可自己却依旧出不去。黑洞洞不见星辰的光芒，好像这个世界就是一潭死水，见不到一点生机。

起初他嘴里边骂声不断，全是不堪入耳的脏话。也渐渐地安静了下来，在黑暗中认真地思考一些事情。草民怎么能造皇帝的反？就像儿子不能打老子，是一样的道理，正经人谁愿意造反？可是往往树欲静而风不止，那一年宫里的大太监看上了柳子庄一带，认为这里风水好，强行要做阴宅，与当地的土匪勾结，不仅将当地的百姓杀的杀，赶的赶，还把整个村子都夷为平地，甚至连当地人的祖坟也给刨了。“要不是这些狗官，老子何至于今天。”

“你是柳子庄人？”从黑暗中传来一阵女人的声音。“不错！你是谁？听口音也像是费县人。”“不错，你就是贾麻子赶集时捡来的儿子。”“你怎么知道得这么清楚？你到底是谁？”“真是三岁看小，七岁看老。你二狗子当年就手欠，拿人家的柿子，我爹那会儿就说你将来要闯下滔天大祸。”“哈！原来你是黄半仙家的那个丑八怪，如今竟出落得这么秀气。”

“别没正经！”林四娘的丫鬟黄燕儿训话道，“你到底想死还是想活？”“我贾二狗当然想活，只是出卖朋友的事，姓贾的不干。”“你想活就跟我走，不让你干别的。”“你难道是自己出来的？跟你主子怎么交代？”“反正这边得完蛋，咱俩是一个村的，我不能眼看你白白死在这里。”

一路上将贾二狗送到了地方。“这里有个狗洞正好通到城外，二狗子你进去的时候当心磕到头。”“大妹子你可怎么办？这青州城说丢就丢，你跟我走吧！兴许还有活路。”“林娘娘对我有恩，说什么我也不能走，二狗子你还是自谋生路吧！”“黄丫头你看谁来了？”那黄燕儿刚一回头，就被贾二狗给打晕了……

力战强敌

黄燕儿又名黄三姑，是与贾二狗同村算命先生黄半仙的女儿。那一年富有权势的汪太监，以柳子庄村民谋反为由，制造了一场空前的惊天血案，村里的男人杀的杀、逃的逃，而女的不是发配到洗衣间充当苦力，便是被送进了教坊充当军妓。幸得黄丫头被林娘娘看中而幸免于难。这份恩情黄三姑发誓粉身碎骨也要报答。

她一睁开眼睛，却发现十来个打扮得花枝招展的女人围着自己。“小姐你醒了。”那些女人异口同声地说道。“谁是你家小姐？”她问道。

“丫头，只要你肯按某家说的去做，老夫就认你做干女儿，让你要风得风，要雨得雨。”这时一个满脸横肉的家伙走了进来，他身后跟进来的则是贾二狗、张黑脸等一干将校。

“那你叫我怎么做？”黄三姑问道，“丫头乖，告诉老夫，这青州城哪有空子，事成之后重重有赏。”不沾泥问道。“哪有空子，你去问贾二狗，他不是刚从那里爬了出来吗？”说到这里贾二狗有些个难为情，黄三姑为了救他，不想反让……“丫头你休要蒙人，那个狗洞，开打的时候，那边只要用烟一熏，就没人活得了。”“原来如此！”贾二狗心中盘算道：“这样不至于让她落个背主求荣的罪名！”

“那你想怎么样？”黄三姑问道。“小妮子，这青州城年头长了，不可能没有破绽，只要你告诉我哪边有问题，我绝对不亏待你。”不沾泥言道。“姑娘你还是想开点好。”不沾泥梁自用的狗头军事宋师楚在一旁说道，“当朝的气数已尽，我家大王有帝王之命，你若肯依从，将来被纳入后宫，后半生则有享不尽的荣华富贵。”“我宁可死，也不同你们这群贼寇同流合污！”黄燕儿斩钉截铁地说道。

“不识抬举！”不沾泥气得暴跳且言道，“拉出去把衣服扒光，让没沾过女人的兄弟们都快活快活！”“大王！”这时贾二狗冲了过去抱住了不沾泥梁自用的腿哭喊道，

"她不过是个娘们儿，能懂什么，求大王开恩饶了她吧！""二狗子你这是干吗？快起来，大老爷们儿别像女人似的在那抹眼泪。""大王，只要你放过她，我就起来。""二狗子！"不沾泥梁自用说道，"谁愿意干伤天害理的勾当，还不是被那群狗官逼的，我是想做好人，可是这青州拿不下来，等李豪的援军一到，两边一齐，咱们可是吃不消的。你不为自己想，也得为身边兄弟想想。""李豪算什么，纸糊的将军，我这就把他拿来。""那李豪是常败将军不足为惧。"宋师楚在一旁说道，"可是他身边的那姜天远可是厉害得很，怕你不是人家对手。"一提到姜天远的名字，黄丫头不禁变了脸。"管他什么姜天远、姜天近，我照样拿他过来。""好，只要你拿得住姜天远我就放了这丫头，要是拿不住我连你一块处理。"不沾泥言道。

一提到姜天远，黄燕儿便不住地打冷战。这姜天远的武艺相当了得，是过去衡王爷手下的教官，每一个都不是他的对手。可是在教功夫的时候，姜天远不像其他的武师争先恐后地卖弄压箱底的本领，而是要众人从基本功练起，故而被衡王爷认为藏着私心，几次要赶他走，所幸被林娘娘给留下。可是后来他非说衡王爷自创的两仪四象阵是中看不中用的玩意，闹得在王府里没有立足之地，便只得另投他处。开战前黄燕儿找过贾二狗，说他根本就不是姜天远的对手，对他讲道："二狗子不要管我，你快点溜！""就是永安狗皇帝派天下兵马大元帅下来，老子也要让他扒层皮。"

援军的主将李豪贪生怕死，近日以来一直挂着免战牌子不敢出战，倒是手下的将官姜天远武艺高强，富有胆识，截杀了不沾泥手下不少将官，且精通战阵，一路与流贼交战有不少斩获。

不过这一次却在阴沟里翻了船，因为李豪手下的兵哗变，宋师楚带着数万匪徒趁乱杀来，官军溃不成军，主将李豪也在混乱中被人摘了首级。

"宋军师，这是李豪的首级。"一个尖脸将官满脸堆笑地讲道。"这算什么？"可宋师楚却毫不领情地讲道，"李豪的脑袋值几个子儿？"说着用手指着逃跑的姜天远："拿住那个人才算真本事。"刚才还在邀功的喽啰，听到这里便吓得不敢说话。

贾二狗不说二话，舞着长矛向姜天远杀来，姜天远挥招一挡。"流贼营里也有人物！刚才我的燕尾枪差点脱手，好大的力气！"姜天远暗自寻思道。

"兄弟们都不要插手，今天我要和姜统领单挑。""军师！"那个尖嘴将官在一旁叫道，"二狗子简直是疯了。""弟兄们！"宋师楚在一旁喊道，"就按二狗子说的办。姜统领你要是胜得过眼前的这个人，我们就放你走，要是输了……嘿嘿！""好！小爷陪你们这帮流贼玩玩！”

不由分说，这姜天远便挺起了常山水银燕尾枪来战贾二狗。这二狗子也不含糊，举起虎头矛与姜天远战在了一处。

两人走马灯似的厮杀，看得两旁的军士一个个目瞪口呆。“好小子！居然能和我战上五十回合。”姜天远心中暗自称赞道，“不过这小子到底还是欠火候，我卖个破绽哄他。”

贾二狗果然上当，舞起虎头矛直扑姜天远。不料却中了圈套，姜天远一招鹏飞九天刺中了贾二狗的战马……

“伙计，同我比你还是差得远呢！”姜天远正要得意，贾二狗不知从腰中扔出了什么东西，他胯下的战马受惊，他也掉到了地上。

姜天远马下的功夫也同样不含糊。他善用刀剑，招数刁钻，若不是宋师楚送的那副锁子甲，此时贾二狗恐怕早已丧命在他的短剑下，再看那贾二狗虽然几处挂彩，可却依旧忍着痛与他缠斗在一起。

“朋友，看你也是个老实忠厚的人，怎么也使这路下三滥的手段？”姜天远这话说得贾二狗脸红，本来已经说好要堂堂正正地打一场，不想竟使出这种不要脸的手段，但此时为了救黄燕儿，也顾不得这些东西，只得不要脸地应道：“我哪像你们这些有钱人家的娃儿，一招一式都学得精通，再说我只说是和你单挑，又没说怎么样单挑。”

贾二狗不想再次上了姜天远的当，姜天远趁他说话，精力分散之际，猛地一脚踢中贾二狗的脑袋。

想不到的是，贾二狗受了这一招追魂腿之后，竟然没有倒下，这时狡猾的姜天远才意识到自己干了件蠢事，这一招非但没有击倒对手，反倒让贾二狗抓住了自己，近身扭打在了一起。

“这小子难道是铁打的？”姜天远被制服了，可是心中依旧想不明白贾二狗的身板怎么会如此结实。“伙计，这回你还有什么可说的？”贾二狗反问姜天远道。

大义凛然

不沾泥梁自用自陕北起兵以来，便带着这些个亡命之徒四处流窜，北起塞外河套，南过武汉三镇，沿途官兵闻风逃窜，不想在这纸糊的青州城，打了一场真真的硬仗。

林四娘为守城把全城的男子都抓了壮丁，连缠足的妇女也不肯放过。故而不沾泥梁自用一伙破城之后，疯狂地残杀城中的百姓，林四娘手下的心腹，那些女兵们，尽管气力不如男人，但却没有一个投降，全都在破城之后死在了兵刃之下。

她们都是年轻的姑娘，哪有不爱美的道理，血泊也透出了一阵胭脂的芬芳。“这帮婊子虽说是可恨，都还挺爱臭美的，连他妈血都是香的！”一个尖脸头目叫骂道。“可不是嘛！这个衡王的媳妇，还真他妈的漂亮！”另一个独眼龙指着林四娘的尸体说道。“漂亮有什么用？”那个尖脸的头目说道，“难不成你连死人的主意也要打？”“兄弟你算说对了，老子就是要从死人身上做些个买卖。”“死人身上能有什么买卖好做？”尖脸头目问道。“这林婊子在这，跟咱们打了这么一场狠仗，那永安狗皇帝肯定要给立功德牌坊。”“这个肯定。”“那咱们就白白地让这臭婊子死后风光？”“那咱们还能怎么办？”尖脸头目不解地问道。“你忘了咱们爷们儿，在武安城里怎么办的了？”“糟蹋人还是你狠！”尖脸头目说着便捶了那独眼龙一拳。

这独眼龙可不一般，人送外号日里无常铁面修罗，专干丧心病狂的勾当。他打算祭起他那残害妇女的法宝“圣大欢喜散”，让那几头恶名昭彰的恶犬去侮辱林四娘的尸体，并打算让青州城附近的老少爷们都来瞧一瞧、看一看。

“欺负死人算什么本事，有种和姑奶奶打一场。”黄燕儿到了，吓了这两个歹徒一跳，她同贾二狗一起骑马过来。“两位哥哥，卖二狗子我一个面子，把林娘娘的尸首给我这大妹子吧。”“贾二狗你他妈算个什么东西！”那尖脸儿头目骂道，“当年给上你三分好颜色，就想开染坊，别忘了爷们儿才是跟当家的一块过来的老陕西兄弟！”“姓李的，我贾二狗敬你是老营头儿，你他妈别不识抬举。”“二狗子，消消气。”那独眼龙忙打圆场道，“你老哥就这德行，总爱开些没边的玩笑！”说着便忙给那尖脸儿头目一个眼色，尖脸儿头目倒也识相，知道自己根本就经不住贾二狗的一顿打，也只得软和地讲道：“二狗子你猴急什么，有个婆娘便把老哥几个给忘了！别说是一个死人，就是永安狗东西的正宫娘娘老哥也给你！”“对不住哥哥们，二狗子我就是这么个性子，万望哥哥们海涵。”

“呸！算他妈什么东西。”待贾二狗一走，那尖脸头目便咒骂道，“下回让鞑子兵砍你的狗头，算什么东西，咱才是跟当家的一块过来的老陕西兄弟。”“兄弟别急，这可不能硬来。”那独眼龙讲道。“那咱们就让人家往死里欺负不成！”“兄弟别急，咱们到当家的那里告他勾结官府。你说当家的更信谁？咱是一路杀过来的老陕西弟兄，他是什么东西，新来的空子，你说老梁他更信谁？”“自然是咱们兄弟，走，咱们这就到当家的面前去告他。”

“二狗子是个好孩子，可老李和老白却说他不是东西。”不沾泥梁自用对他的军师宋师楚言道，“老宋啊！你说老子该听谁的？”“大王莫怪，我刚来的时候，不也照样有人说我是朝廷来的奸细。这些话可信不得！”“说的有些道理，可是老白和老李毕竟是和我一块来的老陕西兄弟。”宋军师笑道：“大王别忘了定安河、九龙山，咱们九死一生，这可都是那些老陕西兄弟的杰作。”一提到这里不沾泥可谓是痛心疾首，便苦大仇深地讲道：“破云枭、翻山虎和我都是打从光屁股起就玩到大的，可到头来为了向朝廷讨封赏，做出来的事情竟猪狗不如！”“大王，这人忠不忠心，跟年头长短关系不大，关键是在品性好坏。”“当年老子拉杆上山一共二十八个弟兄，如今只剩下他们两个了，老宋你总不能说他们不忠心吧？”“恕小的说一句！他们没反，并不是他们多讲情义。若是他们有破云枭和翻山虎的本领恐怕早就反了。”不沾泥听后久久没有作声。

事后不久，贾二狗和黄燕儿便带着厚礼亲自到宋师楚那里去谢恩。可是宋师楚却原封不动地把这些东西都退了回来。贾二狗着了急，忙说道：“这全是我的一点心意，万望军师笑纳。”“二狗子你前途无量，何必把这些东西给我这个要进棺材的人，带回去好好犒劳你手下的弟兄们。”贾二狗再三苦劝，可是宋师楚却决意不肯收下，非但如此还白送了一套黑云锁子甲、一把倭刀和一对金兀术用过的狼牙棒。

无奈之下贾二狗便只得带着黄燕儿回了自己的驻地。“丫头，你说军师他到底是什么意思？”“什么意思！他是明白人，你们这样干下去还有活路吗？”“怎么就没有活路了？”“军师劝老头子少杀人，他几时听过！眼下你还是要早作打算！”

兄弟反目

黄燕儿的话说得一点也不错，不久之后青州失陷，衡王战死的消息便传到了京师，永安皇帝大为震怒，命文心阁大学士宇文昭明（正是宇文定泰的先人），率辽东铁骑前去围剿。宇文昭明用兵有方，不沾泥梁自用不是对手，很快便又干起了四处逃窜的老本行。三年后在围攻长沙时，中了官军的圈套，随即便被押赴京城凌迟处死。

“你说老爷子手下那么多兄弟，平日一个个的了不得，怎么一打了败仗，都拉上杆子自己跑？”尽管事情过去了两年，可依然是贾二狗心中解不开的一个心结。“就是亲兄弟为争家产也会翻脸，何况是为了杀人劫财聚在一起的乌合之众。”黄燕儿说道，“人若是不明理，不懂忠义，与禽兽何异？食一尽，自然便是鸟散各投林，有什么新鲜的？”“是啊！”贾二狗叹道，“老白和老李他们都是和老头子一起过来的老陕西兄弟，水尧的鞑子兵一来，便逃得连影子都没了。”“就你糊涂非要冲上去给宇文大人一枪。”“要不是这样，老头子又怎么脱身？”“他就算是出去了又能怎样？到头来还是逃不过一刀，他出去之后只管自己逃命，哪管过你的死活，绿林这条道死路一条，还是另谋个出路是正经！”

贾二狗的脸色很难看，自从队伍被宇文昭明调来的边兵打散之后，他与同村人张黑脸便收罗上一伙残兵败将，在抱犊囤一带落草。可近来却与这位把兄弟之间多少有些个摩擦。“三姑（指黄燕儿），你说我和他也是从小玩到大，记得当年偷你们家柿子的时候，我们一个干活一个把风。”“这可难说得很！这个结义拜盟像桃园兄弟有始有终的少，像瓦岗寨各奔东西的反倒比比皆是。”“总不会我和他……”

贾二狗的话音未落，便有个喽啰急冲冲地跑了过来。“又怎么了？”“姓张的他妈的真不是人，从刘财主家弄来的那些布全都被他偷卖了，骗我们说是让老鼠啃了，上回绑票来的几匹绸子，也让他婆娘穿了。”“这是第几回了？”贾二狗反问道。“二狗子你是厚道，他反倒来了劲儿。”黄燕儿在一旁说道，“记得队伍还没被打散那会儿，他借了你几匹马，不是自己家的牲口用起来不心疼，瞧那几匹马瘦的。”“行了，你有完没完？”“不是我有完没完，他姓张的到底还有没有廉耻。”“好！我这就去找他理论！”

理论了半天，最终不欢而散，这对从小玩到大的把兄弟竟差点打了起来，经众人劝和才收住了手。“要不是在河南为他被糟蹋的妹子出头，老子也上不了梁自用的这条贼船！”“照我说这一山不容二虎。”黄燕儿在一旁说道，“你假装给他服个软，暗地里埋伏下人把他做了。”“这样传到江湖上名声不好。”“那你说怎么办？难不成等他来杀你？”“带上兄弟们到别处单干，这抱犊囤让给他姓张的！”“让给他？”“山头没了可以再占，情义断了再也续不上来。这山东地面儿实在是太穷，不像人家江苏富得流油。”“你说的倒也有道理。”黄燕儿道，“自衡王爷战死之后，朝廷在山东境内严清匪患，是该到江苏去避避风头。”

“过几天我假意服个软，请他吃饭。”张黑脸跟手下的喽啰交代道，“李三傻子你在他酒里下毒，你们几个埋伏在这……”“不好了，贾二狗婆娘来了。”一个喽啰急冲冲地来报。“她来干什么？”张黑脸寻思道。“快快有请！”

“嫂子，是我姓张的不是人，略备下薄酒想给二狗兄弟赔罪！”“不必了，张大王手段高明，声名显赫，没我们这个拖累，能干出番事业来。”“嫂子您这是什么话？”“不耽误您干大事，我们到江苏掏食去。”

张黑脸忽然想到了些什么，马上骑上快马去追贾二狗。“二狗哥，您就听兄弟一句劝，别走。南方山多，地头蛇都不好惹，咱兄弟有什么不好商量的。”“别说了，我贾二狗说话不是放屁，兄弟，今后你要是在山东混不下去，尽管到南方去找我。”张黑脸见他去意已决便也只得道：“那好，兄弟若是在南方不顺利，尽管回来。”一顿散伙饭之后，这两位从小玩到大的把兄弟便再也没有见过对方。

意外之财

张黑脸的话或许是对的。贾二狗和他的弟兄们都是在不沾泥手下见了大场面的，一般的官兵和土匪都不是他们的对手。可是毕竟人地生疏，江南地形复杂，一时间也难寻立足之地，当地的山大王无人敢接纳这支比他强悍得多的队伍，虽然一路上劫得不少财物，可是队伍却怎么也拉不起来。

“张黑脸又派人捎信来，劝老子回山东跟他一起干。”贾二狗说道。“你走后，朝廷大力围剿，他的日子也不好过。”黄燕儿道。“这小子打小就是这样，在手里的东西不在意，丢了便急着跟人要。”贾二狗叹道，“小时候这样大了还是这样。”“那照你的意思，咱们走一圈回去，再和那浑小子讲和？”“回山东不一定要和他粘一块，就算是跟他讲和也不能空手回去！”“你的意思是？”“干票大的再回去。”

自永安皇帝在位以来，内外寇患不断，在内流寇横行，官兵剿不胜剿；而在外，则从扶桑渡海来的倭寇不断袭扰沿海，曾有倭寇五十余人深入内地，转战浙江、江苏、山东、安徽等四省三十一州县，数千万官军先后围剿十余日，死伤四千余人才将这股倭寇剿灭。

朝廷的官僚们被这两股匪患搞得是焦头烂额，想不到流寇、倭寇这两个心腹之患如今竟撞在了一块。“当家的，前边来了一队人马，一个个气势汹汹的。”一个喽啰来报，“手里边拿着一堆东西，奇怪的是还押着大批盐。”“这不奇怪，南方官匪一家，强盗也干给贪官贩私盐的勾当。”贾二狗言道，“你看像是哪一路的人马，咱们可千万别打错了人，让南方道上的朋友说咱们北方过路的不懂规矩。”“回当家的，看样子像是传说中的倭寇。”“倭寇？”贾二狗问道，“他们有多少人？”“好像比咱们多四五成！当家的，好汉不吃眼前亏，咱们还是避过去吧！”“要不是倭寇咱们还好商量，要是倭寇咱们就非得打上一仗不可。”“二狗子你疯了！”黄燕儿尖叫道，“我在王府的时候，就听南边来的将官说起过倭寇的厉害，他们二十多人一队，就是上千官军也挡不住。官兵向他们射箭伸手就接了过来……”“这些话你也信，官军什么样你还不清楚吗？”贾二狗不以为然道，“一打了败仗就说别人怎么厉害，实际上全是平日不好好操练闹的。”“你说倭寇不能打，怎么各路官军都怕他们？”黄燕儿反问道。“道上混的都有两下子，但得讲道上的规矩。”“我不管他们扶桑归哪个省，这帮家伙和尚尼姑也伤，寡妇孤儿也抢，绿林上没有这么混的，所以我要好好收拾他们。”

所谓盗亦有道，凡事先礼后兵，贾二狗派人过去喊话，跟那边的头头们讲，只要肯按道上规矩分一半财物给他们，就让道放他们过去，不然的话就请绕道。

这些倭寇听得新鲜，自打来到中原以来，头一次有人跟他们提这样的条件。他们竟残忍地割掉了使者的耳朵，放话出来：要是有本事全是你们的。

“我当是多厉害的玩意，原来全是一帮雏儿。”贾二狗自打从河南投奔不沾泥以来，虽然不能说身经百战，但也是久经沙场，按照常理，为了对付骑兵的冲击，军中往往枪矛兵向前，而这帮倭寇却把一队刀兵摆在前边。

于是拉弓放箭，这与官军射出的飞箭不同，官军在剿匪时隔着老远就放箭，结果被倭寇用手接住，然后再冲到官军面前，用竹弓回敬，箭箭致命。见到贾二狗的兵士放箭，刚打算用老一套办法来处理，不想刹那间被箭射中了要害，自打闯荡中原以来，第一次遇到这样强劲的对手，紧接着便是一阵骑兵旋风似的杀了过来。

这时贾二狗等人才知道倭寇横行江南，绝不是浪得虚名，他们手中的刀长而锋利，中土的刀剑与之对砍时往往一触即断。“好厉害的刀，好刀法，若是配上长柄，便是上好的斩马刀。”贾二狗心中惊叹道，“那样的话我可真是凶多吉少。”

骑兵冲上去后，步兵也很快上来了。后边的人似乎不怎么经打，听口音更像是南方人而不似倭子，很快就被贾二狗等人杀败。“追，打蛇不死来年被咬，一个都休想跑。”

贾二狗等人便追了上去，却不知道倭寇打仗有个特点就是把精锐的兵马摆在前后，中间的杂兵虽说是人数多，但却不怎么经打。贾二狗一伙打散了他们的前队，中队便觉得万事大吉，却不知道这一队倭兵异常厉害，都是打小练武出身，一时间险象环生。

“好刀法！”贾二狗与一个头戴面具和牛角头盔的倭寇头目缠斗在一起，可形势的确不怎么妙，他被打得似乎只有招架之功，而无还手之力。“好厉害的刀法，不过我可不想死在这里。”贾二狗心中寻思道，倭寇头目的刀法虽然厉害，好像是程咬金的三板斧，四五招后便尽是破绽，被贾二狗抓住机会一招致命。有人说过再好的刀剑也抵不过金兀术手中的狼牙棒，可问题是使狼牙棒的人必须得有十足的气力，不然用起来反倒受制。这贾二狗用起这狼牙棒来正是合手，他身大力不亏，那姜天远是典型的山东大汉，可跟他比起来还要矮个半头，同他交手的人，虽说都是真正的扶桑好手，招数精妙，可一个个身材短小，任谁也没有他的这副好身板和这一身的好气力。

这一回亏得黄燕儿有心机，早安排了人用长柄刀在乱中浑水摸鱼，替贾二狗解了围，收拾了这伙倭寇。“我刚出道时候以为长柄刀是中看不中用的东西，现在才知道这么有用。”“你真是木头脑袋，在青州城就吃了这玩意的亏，到现在还不长记性。”黄燕儿道。

清点俘虏的时候，贾二狗发现了一个往日的熟人，这不是别人正是那献城未遂，反而被杀王参将的公子王成则。

“你什么时候跟这帮人混在了一起？”贾二狗问道。“二狗兄弟啊，我也是苦命啊，自老头子被打散后，我无处容身，不走运，被这伙人抓了壮丁，二狗兄弟求你放我回乡，来世做牛做马也要报您的恩。”“看你也不容易，你就回去吧，记着以后做贼也别和这群家伙一块混。”“二狗兄，你的大恩大德我王某人……”“慢着！”倒是黄燕儿女人家心细，“王公子你是烈士遗孤，皇上亲封的子爵，怎么能无处容身？”原来王成则通过人脉，在永安皇帝面前把他投敌未遂的父亲说成是壮烈殉国的英雄，故而换来个世袭子爵。把自己说得一无所有明显是不想付赎金。“是啊，我王某人能有今天是兄弟们关照，只要二狗兄弟你开口我就是倾家荡产也在所不惜。”“行了吧你！”二狗不耐烦地说道，“你的那点心思我清楚，看在当年你在老头子的面前说我好话的分上，这回不跟你算钱，你也不要同倭子搅在一起。”王成则赌咒发誓，正要往出走。“站住！”黄燕儿还是将他拦了下来，“你的那身锁子甲，可是不错得很，要不要带走？”她问王成则道。这一下可提醒了贾二狗，严厉地对他讲道：“王成则你不愁吃也不愁穿，怎么非得干这行当？”“我是被他们逼的。”“就当你是被逼的，那你说说这些个私盐是怎么回事？”黄燕儿质问道。

王成则虽然狡猾，但哪里经得住黄燕儿的这么一番追问。在层层逼问下便只得一五一十地全都招了。

这其中缘由羊貂不敢对岳夫人明讲，但事情其实是这样的。原来这位王成则王公子的外公杭州知府羊某，一向就同倭寇勾结，这回便有意借助倭寇的势力把百余车官盐劫到黑市上去贩卖。“怪不得朝廷总是剿灭不了这帮倭子，原来全是这群地方官不干人事！”贾二狗气愤地说道。“他羊某人的官本来就是他爹爹羊老油条拿钱给他买的，既然当官那就是为了捞钱。”黄燕儿讲道。

通过眼前的这位江南羊家的外孙王成则，贾二狗和黄燕儿了解到不少江南羊家的事情。这羊家姑且算作是世宦人家，但却利欲熏心，一向干些不太干净的事，同江淮贩售私盐的盐枭和从扶桑渡海来杀人越货的倭寇都有所勾结，势力在江南根深蒂固，在黑白两道上都能吃得开。

单刀赴会

“你姥姥家可真够威风的！”黄燕儿讥讽王公子道，“怪不得令尊转眼又成了朝廷的功臣。”“只要二狗哥肯放我回去，到时候定有重谢。”王公子满脸堆笑地讲道。“丫头，我说咱们怎么在江苏搞不下个山头来。”贾二狗对黄燕儿讲道，“找那些个地头蛇、山大王统统没用，从今天起咱们不理小鬼，直接去找阎王。”

羊知府得知外孙子落到贾二狗手里的事情，并没有马上派人来送赎金，而是派人打探清楚消息后，去请贾二狗到他的私宅去赴宴。“既然羊大人看得起我贾二狗，那我一定会去。”贾二狗对羊知府派来的人说道。“二狗子你千万去不得，你知道那羊知府是什么人？吃人不吐骨头的东西！”黄燕儿在一旁讲道，“人家设套就等着你往里钻，你千万去不得。”“说出来的话不是放屁，这一次我去定了。”贾二狗豪气万千地讲道。黄燕儿知道劝不住他，便留了个心眼把王公子给留了下来。

贾二狗来了，他亲自来了，来的只有他一人一骑。这一点着实出乎羊知府的预料，羊知府也如约而至。这羊知府身材矮小，人虽然长得并不丑，也是白面书生的样子，但也不怎么好看，一脸的奸臣相！

贾二狗这回可算是给足了这羊知府的面子，那些通过江淮的盐车还给了羊家，只是羊家派人清点的时候，发现数目同原先有些出入，知道是当地盐枭动了手脚，怪不得贾二狗。

“贾壮士真是少年英雄，果然是英气逼人。”羊知府夸赞道。这也许是真心话，身材短小的羊知府和铁塔似的贾二狗是那样的不成比例。“羊大人客气了，我贾二狗是个粗人有话喜欢直说。”“痛快！我就喜欢和实在人打交道。”羊知府一摆手，家奴赖某唰的一下端上了几箱金银。“羊大人您这是什么意思？”贾二狗清楚，像羊知府这样的人往往越是客气，就越没有好事。羊知府摸着他的山羊胡子说道：“这江南看着富庶，可实际是穷山恶水，想捞点芝麻绿豆大的油水都难。贾壮士你北方的英雄又何苦到这南方来受罪？”贾二狗愤然起身讲道：“羊大人您这话说得好没有道理！杭州的知府浙江的官怎么也跑到江苏地面来贩盐？”“看来你是不想给本官面子！”“我贾二狗一个人来，已经给足了您面子，还想怎样？”一时间周围的空气仿佛被冲天杀气冻住，两个人许久没有讲话。

羊知府身旁的那群狗仗人势的家奴想要开口，都被主人一个眼神给止住了，任谁都没有开口去说一个字。羊知府在那里正襟危坐，面无表情，那贾二狗则脱了鞋光着脚，跷着二郎腿，哼哼着不三不四的山东小调。又过了许久羊知府终于开口讲了话：“这天色不早，你还是在庄上歇息吧。”说完人便走了。

“赖知礼！”羊知府对自己的家奴叫道。“小的在。”“贾二狗那些喽啰在什么地方？”“回老爷，都在黄泥岗。”“成则也在那？”“回老爷，成则少爷也在那。”“这贾二狗是茅坑里的石头又臭又硬。”羊知府讲道，“看来只能打他手下人的主意，赖知礼、赖明仁。”“奴才在！”“你们都给我眼睛放机灵点，遇上事下手不要留情。”“老爷，若是成则少爷有个万一，二小姐那边可怎么交代。”赖明仁讲道。“滚！这不是你该管的。”羊知府训斥道。

“我的黄姑奶奶，求求你放了我吧！”王成则苦苦哀求道，“在外公眼里我的命不值钱。”“我知道在姓羊的眼里，你这外孙子的命值不了几个子儿。”黄燕儿讲道，“可是他的这些事要是全捅出去那可是了不得的！”“那您的意思是不打算放我了？”王公子垂头丧气道。“你不用怕我，只怕你那外公心狠手辣，到时候杀人灭口。”一想到这王公子便浑身发冷，他深知外公的为人，这种事真下得了手。

羊府的家奴赖明仁、赖知礼两兄弟来了。他们一来就开门见山地讲道：“你们当家的不识抬举，冲撞我家老爷，多亏了十夫人说情，才保住了一条命，要想让你家当家的活命，快把王公子给交出来。”“你们既然来了就别回去了！”“你这是什么意思？”赖明仁问道。“绿林道是不归路，我们这一干兄弟早就盼着朝廷招安。”黄燕儿讲道，“听说朝廷上的宇文大人要抓你们主子这类的贪官污吏，刚抓了外孙子，又来了你们两个知道实情的，不能为贾二狗一个人耽误了大家的前程。来，把他们绑了。”“凡事好商量，好商量！”经众人一番劝导，赖氏兄弟也服了软，这事才告一段落。

“我的姑奶奶，你不要当家的性命了，竟然跟羊府的人这样讲话！”事后一些喽啰不解地问道。“这样当家的才能回来！”黄燕儿讲道，“那羊知府是什么人？吃人不吐骨头的东西，这回肯低声下气地跟咱们商量事情，为的是什么？不就是咱们拿住了王公子，知道了他们的把柄，所以不管三七二十一，这王公子必须死死地抓在手里！”

姜夫人

黄燕儿的话说得不错，手里面抓着王公子，一旦将羊知府勾结倭寇、盐枭这档子见不得光的事情统统报给朝廷，这一点羊知府是知道后果的，他将贾二狗软禁在自己的外宅，自己若无其事地当着地方官，至于他的内心是否像表面看上去那样平静，恐怕只有他的枕边人姜姨娘才清楚。

姜天远骑上快马，飞一样地赶赴杭州。在羊家的大门外静静地等候着，看着羊知府门口的那铁麒麟，不由得思绪万千。想当年，他意气风发，满脑子想的都是什么练就文武艺卖与帝王家，打算建功立业做出一番事业来。不曾想朝廷腐败，难有施展之处，好容易赶上不沾泥窜入山东的大好时机，不曾想一场大战下来，自己兵败被俘，幸得贾二狗英雄惜英雄，放了他一条生路。那些贪生怕死的、不战而逃的家伙，一个个升官发财，而英勇作战的他，反倒成了戴罪之身，为了保他出狱，他年仅十六岁的胞妹，不得不嫁给年迈的羊知府做妾，要知道就是羊知府的孙子、外孙子都比姜小姐岁数要大。

一想到这里，姜天远就很是辛酸，自己绝非无能之辈，为何竟落得如此下场。他很少光顾羊府，因为一想到这里，心里边就不是滋味。可是这一次黄燕儿派人捎信，说是贾二狗有难，便来到这个他并不愿意来的地方，为搭救自己的救命恩人。

杭州的天气十分暖和，可姜天远却感到寒风凛凛，那一堆铁麒麟守候的羊府大门，不知道游荡着多少冤魂，是烈日底下最见不得光的地方。

“原来是姜舅爷，不好意思，让您久等了。”羊府的管家抱拳施礼道。“欧阳管家客气了，这是哪里的话，只是我有些私事要找我妹妹。”欧阳管家笑着说道：“实在是不巧得很，十夫人正在和老爷喝酒，您恐怕也得再等等。”“没事，只要能见到她，等多久都行。”

这羊知府身材矮小且年事已高，白脸苍白，一日三餐离不得壮阳高汤，而那姜夫人身材高挑，血色充盈，一双大眼睛射出一道道精光，更显得是神元气足。

“老爷还在为成则的事心烦？”姜夫人问道。“若是平时没什么要紧的。”羊知府说道，“可眼下不行，那宇文老贼当道，说是要肃清吏治，整顿纲纪，若是真让言官抓住什么把柄，咱们羊府这满门的人头都得落地。”“老爷莫急，当强盗的无非是为了钱，多给些银钱把人赎出来……”听到这羊知府摆手说道：“要是这样我也不必为这个事发愁了，可那人不仅不要钱，还把咱们家盐车统统地退了回来。”“哦，竟有这种事？”“那贾二狗要的不是钱，是地盘！”“地盘确实不能轻易给人，只是这贾二狗若是能像熊疯子、黄浦桥那样，为咱知府上所用，不也是件两全其美的好事？”“这个我也想过，只是这贾二狗可不是一般的毛贼，那些个土贼坐地寇比不得他，这小子可是跟不沾泥见了大世面的人，王爷都敢拉下马，这种人怎能留得？还是滚回北方的好！”这句滚回北方，让姜夫人听得不是很舒服，她柔声对羊知府说道：“不管怎样，还是不要撕破脸的好！”羊知府听后默然不语。

王成则在不沾泥老头子那里的时候就不招人待见。他这人虽说不干什么重活，却要顿顿吃肉，如此还总是挑肥拣瘦。王公子在这里也被像当宝贝似的供着，顿顿吃好的，就是这样他还不知足。“这是什么东西，撤下去重做！”忽然就在这时，一个黑影拿着一把尖刀朝他扑来。

“救命救命！”王公子被那人追得到处跑，拿刀的人远没有他王成则强壮，却追得他上气不接下气。“站住！王麻子你干什么？”那王麻子理直气壮地讲道：“当家的死在他姥爷的手里，我要宰了他，给当家的报仇。”这一番话，多么义薄云天，要是从别人的嘴里说出或许黄燕儿会信，但是从他王麻子的狗嘴里吐出来，黄三姑就绝不会信那是象牙。王麻子但凡是干仗的时候，总是在偷奸耍滑，躲在后面，不过打探消息倒是一把好手，每次贾二狗去做买卖，都派他去踩点，这次他竟如此勇猛地向王公子扑去，出乎所有人的意料。“谁敢动二狗子的一根毫毛，我就扒他的皮。”黄燕儿当仁不让地说道。

那王麻子听到这句话后似一匹恶狼，露出了狰狞的目光，他正要拿起尖刀往王成则的胸口刺去，不料那黄燕儿欺身上来，上一路擒拿手，下一路的登风腿，便将他制服。其实黄燕儿的武功并不高，只不过一来这王麻子并不是厉害的好手，二来则是他完全没有防备。“嫂子你这是干什么？”众人不解道。黄燕儿很快便从那王麻子身上搜出两块黄澄澄的金子，原来他已被羊家的人收买，专来取王公子的性命，以杀人毁灭羊知府勾结倭寇的罪证。

黄燕儿的形势不容乐观，贾二狗的这帮部下们见首领不在，便纷纷地骚动了起来，一些人说南方是富，可队伍拉不起来，一点点消耗下去，早晚要让这群地头蛇吃掉；而另一些人则偷偷开小差，回山东去投奔张黑脸。黄燕儿急得想哭，可又不敢哭出声来，硬是装出一副铁石心肠的样子。“二狗子，你到底怎么样了？”

二狗子到底怎么样了？二狗子好得很！羊知府派去监视贾二狗的家伙回来报告说贾二狗吃得下，睡得着，人住在羊府是起得晚、睡得早。

“我可真服这小子。”羊知府对姜姨娘说道，“拿刀口枪尖当枕头，还这么好的定力！不得不佩服。”“他这是无知者无畏。”姜姨娘在一旁讲道，“不过由此看来，这是个实心眼的人，老爷犯不着和他一般见识。”突然羊知府站了起来，只见那欧阳管家赶了过来。“什么事？”“回老爷，盐帮的曹帮主派人送信过来，不沾泥手下的家伙全是白眼狼，那个贾二狗招惹不得。”“山东薄相人，独吃自己人。”羊知府听完欧阳管家的汇报，脱口用那江苏不江苏、浙江不浙江、福建不福建、安徽不安徽的怪味方言说道。他接着便对管家讲道：“你下去吧，告诉那曹行知，我的事他不要管，我能让他一个从北方来的叫花子变成盐帮帮主，也能转眼间毁了他！”

“山东人没有一个好东西。”羊知府叹道。“哼，我回去了。”那姜姨娘就要走，羊知府急了忙抱住姜夫人道：“宝贝你别走，我怎么把你给惹了？”他管姜夫人叫宝贝，这很可笑，他虽然论年纪够做姜夫人的爷爷，可身材短小，姜夫人身材高大。若是两人一般的年岁，不知谁是谁的宝贝。

“老爷，您是说山东人没一个好东西，奴家也是山东人，怎好意思伺候你了？”“好了宝贝，你听错了，这话我可没说。”“你没说难道是小狗说的吗？”姜夫人又生气又委屈地说道。“对，是小狗说的。”羊知府讲道。

“宝贝你说这事该怎么办。”羊知府道。“这贾二狗初来乍到，在江南没什么根底，倒是那曹行知是地道的浑蛋。”羊知府诡异地看了姜夫人一眼道：“你们兄妹倒是知恩图报哪！”“老爷！知恩不报这还是人吗？”姜夫人理直气壮地讲道。“不管他贾二狗是英雄也好，无赖也罢，老夫都要看看他的成色！”

羊知府的条件

次日，在一处非常雅致的小院里，羊知府请贾二狗吃茶。贾二狗心里寻思道："别看这羊知府这么有钱，这为人一点也不大方，这么小的杯，哪里是给人喝，简直是在喂猫。"

"壮士，老夫一向公事繁忙，若有招待不周之处请多多海涵。"羊知府客气地说道。"羊大人客气了，在您这我吃得好、住得好，没什么不周到，请您有话直说。"

羊知府喝了口茶，才慢悠悠地道："你来南方到底干什么来了？""刀口枪尖讨生活，实在是太苦，想求羊大人您给个地盘，做点买卖。""那你想做什么买卖？""听说盐帮的曹行知不地道得很，我想替您收拾他。""他最近学乖了，时不时来认错道歉。"羊知府讲道，"我跟他一向是三七分成，干了很多年了。""我跟你四六开。""哼，多一成的便宜。"羊知府不以为然道。"听好了，你六我四。""好大的口气！可我却信不过你。""那你如何信得过我？""依我三件事！""哪三件事？"

第三件事羊知府没有想好，贾二狗先办其中的两件，定在十日之内。"你回来了？"这也在三件事之内，被羊知府认为是最难办的一件事，便是放回羊知府的外孙王成则。

"心肝宝贝啊！你可算是回来了。"羊知府的长女王羊氏喜极而泣道。"托外公您老的洪福，侥幸捡条性命。"王公子言道。

"既然你回来了，曹行知的人头昨日也砍掉了，那第三件事就免了吧？"羊知府道。"外公，这可万万使不得。"谁也想不到这话会从王公子嘴里说出来，他完全不记得贾二狗是如何不顾黄燕儿闹着去上吊，满脸的眼泪，硬是派人护送他到羊府。

"哦？有何道理说来听听。""外公，这贾二狗和一般的土匪可不一样。他是和不沾泥一伙混过的，见过世面的。砍过王爷，睡过娘娘，胆子大得很，这种人万万收留不得！”羊知府听后觉得很有道理，便问道：“那你说，老夫该如何是好？”“我现在也回来了，他手上也再没有咱府上的把柄，不如斩草除根以绝后患。”

王公子怕羊知府下不了决心，继续在一旁讲道：“他那一伙喽啰，和倭子打了一场硬仗，损失不轻，近来又有一些回山东去投奔张黑脸，当趁这时候，把他……”

王公子的话还没说完，便被一脚踢翻在地，姜姨娘狠狠地瞪着他。“我儿子有什么不对，自有人管教，姨娘你凭什么插手？”王羊氏抗议道。“姜丫头是你们的长辈，别说是成则犯了错，就是你犯了错也照打不误。”羊知府言道，“成则，可知姜丫头为什么打你？”“孙儿不知。”“大事未定，贾二狗把你放回来，便是有恩于你。”羊知府严厉地说道，“不仅要打，而且要狠狠地打。”

羊知府的一番训斥，让王家母子顿时没了话说。“老爷那依您的意思，就让贾二狗他们在江南立足？”姜姨娘问道。“这怎么成！”羊知府的这番话着实出人意料，他讲道：“成则说得不错，这些见过世面的流寇，确实不是寻常的土匪可比，还是不要请进门里的好。”“可这样难免会落下出尔反尔的骂名。”姜姨娘言道。“所以老夫让他做的第三件事绝对没人办得到。”

“贾壮士，老夫对你一向敬重，只是这江南地面……”“行了，羊知府您快说，有什么条件让我贾二狗办？”“好！贾壮士果然快人快语。”羊知府客气地讲道，“你杀了曹行知，盐道上的朋友们不服。”“不服让他们过来练练！”“听老夫把话讲完！”羊知府讲道，“他们说只要你肯在大石狮子上绑上三天三夜便服你。”“三天三夜？”听到这贾二狗脸色铁青。“对，这三天三夜里你是既不能吃，也不能喝，不然纵使老夫保得了你，盐道上的这群人可没一个服你。”说着羊知府摆摆手，一堆箱子抬上来，说道：“这五万两白银，全是老夫的一点心意，全当是送各位英雄回北方的一点路费。”黄燕儿听到这心里都要气炸了，心里暗骂道：“二狗子你真是头猪，要是你不放那姓王的，哪有眼前这档子事，抓着这羊知府的把柄，谁敢怎样？现在倒好，人家成心刁难，不想咱们在这里立足。”可眼下队伍减员太多，真动起手来绝不是人家的对手，也只好打掉门牙往肚子里咽，忙挤出笑容道：“二狗子，羊大人出手这样阔气，也没有亏待咱，这南方咱人生地不熟，赶紧回北方的好。”

再看贾二狗脸色十分难看，眼中射出凶光，似有无穷的怒火，黄燕儿忙抓他的衣袖生怕他去干傻事。“羊大人，这就是你让我做的第三件事？”贾二狗问道。“不错，贾壮士你若是有难处，老夫可再加一万两白银。”

“羊知府，如果我替您办完这第三件事，您就让我在盐道上立足？”贾二狗言道。“老夫绝不食言。”“二狗子，地盘咱不要了，咱回山东老家吧。”黄燕儿拉着贾二狗哭泣道。“老子可不想回去让张黑脸看笑话。”他推开黄燕儿对羊知府说道：“羊知府，办完了这件，不知您还要我贾二狗做什么？”“只要做成了这件事，我愿与贾壮士做儿女亲家。”羊知府的这句话，让所有人都惊得说不出话来，许下的宏天大愿，是在座众人可望而不可即的，可任谁也不敢这样凭空把性命交到别人手中，何况三天三夜绑在大石狮子上，铁打的汉子也受不了这个。

“羊大人您这好酒好菜吃着，我贾二狗肚子里的油水多了，正想清清油水。”黄燕儿忙把他拉住：“二狗子，留得青山在不怕没柴烧，那不能……”贾二狗还是忙把她拉开对羊知府道：“羊大人，叫您手下过来吧！”

这贾二狗的身子骨真够结实的，三天三夜下来依旧和羊知府谈笑风生，众人无不佩服，可真正苦楚的是他自己，从此落下了一辈子的病根儿。

结缘

百余年的光阴眨眼间即过，斗转星移，世事变化无常。当下流云寨羊家姑娘，虽有一身的丽质，却大都找不到像样的婆家，虽说有那么几个侥幸混入豪门，却也不过为人妾室而已。可在百余年之前，用贾二狗的话讲，纵使是说媒的媒人磨破了舌头、磕破了头，也难让羊家小姐进我家的门。他当年却万万想不到，姜夫人会派哥哥姜天远做媒将亲生女儿下嫁。

姜夫人为羊知府共生养了一男一女，儿子是羊枭、羊显玗的父亲羊擒虎，女儿便是宁荣二公的生母羊太夫人。论理说宁荣二公与羊氏兄妹当是真正的姑舅之亲，可却在后来的岁月里成了不共戴天的仇敌。

“论理咱家的先人和贾大人他们家当初是亲戚，为何后来非掐得你死我活？”岳夫人问道。“完全是误会，全是奸人从中调拨。”羊貂答道。

相同的问题贾纹也问过焦大。“你是那一辈的老人，应该知道这其中到底是怎么一回事？”“那时我的年数也小，凡事都是听她（指羊显玗）讲的。”“听她的？光听这一面之词，可信吗？”“我觉得可信，她从骨子里讲也是刚直的性子，当年在府上的时候，并不懂得怎么逢迎人，让她说假话这可不容易。”“那她都跟你讲了些什么？”“她说当年羊擒虎生有异志，想造反当皇帝，而他的外甥，咱府上的宁荣二公，也都是富有才干的人，故而前朝的名将顾阳设下反间计……”“也就是他们羊家什么狠心的事都做得出来。”贾纹讲道：“她家的人我看并没死绝，她若不是过来人，又怎会……”话到此贾纹便没有再说下去。

各怀鬼胎

在这段时间里仇鸣镝和贾雨村成了一对所谓的忘年交，又是磕头，又是拜把子，似乎别有一番深情厚谊。“羊貂那边的事急得很，希望向兄长再借些银子。”“兄弟，这事成是不成有时候不光要看银钱，还得看手段。”贾雨村委婉地讲道，“关键……”“老哥，有钱能使鬼推磨，不备足银钱，如何能成大事？”“我原来听赖家的奴才讲过，这羊、贾两家，有着不共戴天的血仇，那杨召本名羊貂，就是桑下老人的玄孙子，只是……”仇鸣镝一拍桌子，对结义兄弟贾雨村讲道：“那都八百辈子以前的事了，谁会在乎？再说了要论亲仇，这么说那流贼的本家还死在了小爷的手下，按这个理来讲，他们不得会兵一处找我来报仇？所以要想成事与往日的恩怨无关，关键就是钱！”“我实在是无能为力。”“成大事又怎么能在乎几个小钱？快！有多少拿多少！”仇鸣镝用不容置疑的口吻讲道。“愚兄手上只有三十万两。”“不行，至少五十万两。”“那就再加五万两，再多我手里一分钱也没了。”贾雨村急得都快要哭了，心想在想当年要是肯听冷子兴的劝，下野归隐，也不失为富家翁，何至到如此地步，被鸣镝这么个屁事不懂的毛头小子欺负成这样。“还有一件事要大哥帮忙。”贾雨村听得是心惊肉跳，也只得勉强应道：“贤弟不知是何事？”“悟化那秃驴笨嘴拙舌，这事他怎么办得来！不如老兄你亲自出马。”“贤弟万万使不得，这绿林道上的规矩我是一点也不懂。”贾雨村吓得是站立不稳。“老兄你是官，那悟化是匪，你过去比他强上千倍。”“我去不太好吧，过去剿匪……”“行了，这是上边的意思，大哥若不从命，小弟我也就只好大义灭亲了。”贾雨村见形势如此，便只得硬着头皮上阵。

等贾雨村走后，不知从哪里走出了一个人，轻轻地听不见一点点的声响，就仿佛一直想要去捕杀云雀的花狸猫一般，用那似乎比冰块还冷的手指，触动着仇鸣镝的身体。

“是你！”“怎么就不能是我？”“你不是拜师去了吗？怎么又来了我这里。”“别提了，想起来就丢人。”“怎么你不去做了他？”“没什么办法，再厉害的功夫，也抵不过人家的烧火棍子。你倒是混得不错，手下有兵有将，连贾雨村这样过去那么不可一世的人物，都听你使唤。”“以后跟我混，就让水无忌的老婆服侍你。”“浑蛋！说正经的，这跟绿林上的事都是两条腿走路，你还得备着一手。”“咱俩想一块去了。”这时仇鸣镝猛地一回头，人却已经不见了。“不男不女的东西，早晚让天雷劈死！”仇鸣镝低声骂道。

“金姨奶奶，那羊脂她算个什么东西，竟敢骑在你的头上？”“是啊，若是大奶奶不回来，就你能在这当家做主。别看您是丫鬟出身，临走前老太太都带您进了女祠堂，这我们都看见了。老太太还说再也不把你当丫鬟，还特地向老爷交代，以后不准把你当奴才，这些我们也是知道的。”贾府自开国以来便是豪门，这些仆妇都是伺候主人好几代的老家人了，彼此间盘根错节，形成了一股子了不得的势力，特别是姨娘、小老婆，最容不得的就是外边来的野路子。在这一点上，从外边来的嫣红、周姨娘等人便没少吃苦头。这羊脂出生在流云寨，虽说那里的百姓论理也都是贾家的奴才，可宁荣二府的主子们却从来不让他们干体面活，许多人活一辈子都不知道荣国府的主子长什么样子。最可气的是这羊脂还不像袭人，从丫鬟干起一步步做上来的，而是一步登天，珊大爷从外边转了一圈，府上便不知从哪里多出这么位姨奶奶来。众人带着对羊脂的一肚子怒火，纷纷地向金鸳鸯诉苦，即便是在逃难的路上也不消停。

金鸳鸯道：“这管什么，爷们不认什么也白搭！”“奶奶，话不能这么说，爱谁不爱谁，这是爷们定的。可谁大谁小这得听老祖宗的！”金鸳鸯无奈地叹道：“或许这就是命，你们知道我们家祖上是干什么的？”“这个不太清楚，听老人们讲，奶奶家先祖是高丽人。”鸳鸯点点头且言道：“当年高丽王私通严龙，太祖皇帝闻之震怒，派理国公带兵征剿，仅从开城一地便俘虏了八万男女。后来理国公的妹子，陪嫁过来的有两个马夫是平壤人，一个姓金，一个姓朴。”“后来那姓朴的去掉木字，改姓了卜，那户姓金的便是奶奶家，后来给府上看房子，也看着坟地。”一个上了年纪的婆子说道。“说得不错，那你知道我们家看的是什么人的坟地，清明节里供奉的是谁？”金鸳鸯反问道。“奶奶，我听老辈的人说过，您家里供着的是二位国公爷的外祖母。”一个年岁不大的丫鬟说道。“不错，你知道她姓什么，是谁家的媳妇？当年的二位国公爷，又为何要让我们侍奉她老人家？”那丫鬟自然是一问三不知。“二位国公爷的外祖母本姓姜，后嫁与羊氏为妾。”金鸳鸯在那讲道，“她也是羊枭的亲祖母，当年羊擒虎生死不明，而羊枭兄妹又远在扶桑，她至死都未见过孙子、孙女一面，故而对外孙子格外疼爱。后来宁国公和他的兄弟不知为何，老是看见她便疑是鬼灵作怪。因为羊家的子孙都被杀尽，便让我们老金家和另一户姓朴的为她守陵。后来宁国公的大老婆柳夫人实在是厉害，那些庶出的子女几乎分不到什么银钱，也自然找不到什么门当户对的媳妇，那姓朴的心眼活，家里的女儿会勾人，和宁国府成了儿女亲家，自然就不能再当奴才，于是去掉木，从姓朴的变成了姓卜的，这一户便是芸少爷的舅舅卜世仁家。唯独我们家一直替羊家看坟到现在，家里总是要无故出些毛病。”“奶奶您讲了这么多，这与您跟脂姨奶奶谁大谁小又有什么关系？”一个婆子讲道。“你还没听明白吗？我们家几代人伺候她家的死人，今天伺候她家的大活人，这就是命，躲也躲不过！”

“我说贾大人。”悟化大和尚讲道，“这事虽说是没做成，可咱不能白跑一趟。”“大和尚，您说咱们该怎么办？”贾雨村问道。“这几十万两银子，咱们对半分了吧，回去咱们就跟姓仇的说，是羊貂他只拿钱不办事。”贾雨村听后，心里一惊，这本来就是他的钱被这贼秃驴白白取走一半，心里边会是什么滋味。可若是不答应这杀人越货的勾当，这贼秃是什么都干得出来的。“言之有理，一切听大和尚安排。”贾雨村表面上不为所动，心里面有一肚子的火，本来当年北投叉叶，特烈西拍胸脯保证一切都好，可谁知连小小的驿站都敢欺负他老人家，多年积蓄的钱财也被诈了个精光，好容易剩下这么点东西，被这死和尚白白拿走一半，表面上不动声色，心中暗自发誓一旦将来得势，必将贼和尚凌迟处死。

“老弟啊，你的口风一定要严，要是那姓仇的追问，你可一定要挺住。”悟化大和尚强调道。“放心，这件事天知地知你知我知。”“还有我知！”一个清脆的声音，惊得悟化和尚是七魂消散。

是个模样还算不错的女子，可贾雨村总感觉这人怪怪的。“原来是纸菩萨。”悟化大和尚客气地说道。“她就是纸菩萨？”贾雨村心中叫苦，当年他奉旨严查花灯教，可就是死活抓不住匪首纸菩萨，现在可真是冤家路窄。

“你们两个可真是好没出息，贪这些个银钱，就不想要是捉下这个羊貂，将来是打开国库随便拿银子。”纸菩萨一扭身子，有理有据地讲道，“你们现在分这点银子够干什么？够回家养老？别忘了那帮子人（主要指特烈西的纵横会）比你们还想钱，最可恨的是，他们吃的就是自己人，要是咱们自己手里没有点功劳，你们手里的那点钱，还不够他们塞牙缝。”

“你说得倒轻巧，我的仙姑奶奶。”悟化大和尚在那里说道，“我们都把嘴皮子磨破了，可人家就是死活不答应。”“空口无凭，凭什么让人家答应，要我是羊貂也照样不把贾珊交出来。”纸菩萨讲道，“知道这叫什么？你们这叫丢西瓜捡芝麻，简直是无药可救。”“我等已是尽力。”贾雨村言道，“贾珊手里抓着水无忌的诏书，又是封官，又是许愿，我着实没有办法，您和仇将军当贾珊是奇货要卖与叉叶人，羊貂他们也同样把贾珊他们当作奇货，只求将来裂土封侯。您确是有胆识有气魄，可那羊貂却也不是泛泛之辈。”

“我说我的悟化大和尚，你可真是没用。”纸菩萨在一旁说道，“你这一身的功夫，除了混江湖卖艺，屁用也没有。”“你说得倒轻巧，这厉害的功夫，也抵不上人家手中的洋玩意儿，有本事你上。”悟化大和尚讲道。

四只眼睛相对而视，空气中的火药味道极浓，一阵阵的杀气，让贾雨村这个门外汉夹在其中也难受得很。“怎么浑身的皮肉都跟刀割过似的？”

“二位且听我贾某人的一句劝。”贾雨村在一旁劝和道，“这事无论成败，都是仇公子拿大头，咱们几个也只是尝些小利而已。若是真要成事，不光咱们这边，仇公子那边也不能闲着，我们这边也好活动。”“说得在理，不愧是当过大官的人。”说完便扬长而去，身行犹如鬼魅，好不骇人。“哪天生出脏病烂死，什么东西！”悟化大和尚骂道。

徐州城下

天下未定，可仇鸣镝却做起了他的春秋大梦，心中盘算着：“自古胡人无百年之运，刘元海、李克用这些人虽然能称雄一时，可到头来终究是给别人作嫁衣裳。胡元一朝自宋朝后统治中原不过百年，便被赶回了老家，那水氏虽然自称是宋氏之后，实际上不过是女真、契丹的余类，到如今依旧不过百年之数，叉叶固然兵力强盛，看样子似乎也无入主中原之意，到时候自然有我仇鸣镝来大展宏图的时机。”

正所谓酒不醉人人自醉，按理说这仇鸣镝的酒量应该不差。可这今天不知怎的，二两酒就上了头，进入了梦乡。这是他这辈子做的最好的梦。

仇鸣镝一身的黄袍，坐在安乐椅上。“休言天子有德者为之，唯成王败寇尔。”说着便把臭脚丫子塞到了史湘云的胸口，厉声喝道：“云姑，你说朕的话不错吧？”“陛下金口玉言，哪里有错。”“你这小粉头，要是早点明白这个道理，又何至今日？”“陛下，奴婢罪该万死，有眼不识真龙，只是别人都名有分，唯独奴婢官女不是宫女、嫔妃不是嫔妃，只要陛下随便给个名分奴婢死也甘心。”这史湘云虽说肉乎乎的，可一点也不显胖，反倒挺可爱，这梨花带雨更显得娇媚。“好了好了，朕封你为贵人。”“陛下，您至少封个嫔。”“别闹了，否则……”

“你这梦做得还真不小。”“你的手指怎么比雪还冷？”仇鸣镝看着纸菩萨惊呼道。“羊貂的事黄了。”“什么？这怎么可能，他们是土匪见钱眼开，我给他们五十万两白银，而且还封官许愿。”“你的官职还没个着落，还能封别人？告诉你吧，你表哥手上拿着水无忌的圣旨，想封他们什么都行。”“圣旨？”“水无忌给的圣旨让他总领天下兵马及将官调任，亲自封他们做了节度使。”“不过是一纸伪诏罢了。”“可羊貂他们信，还把你骂了一顿，说你什么杀父投敌禽兽不如。”“浑蛋，他们现在在哪，我亲自去收拾他们。”“在徐州城。”“徐州？”“怎么，不敢去了？”“徐州城墙厚实，可真不好打。”“那好，等叉叶嫡系的兵马回过神来，看你还怎么立功。”说着那纸菩萨转身就走。“别，我这就传令发兵去打徐州。”

可真到了徐州城下，这仇鸣镝不知该如何是好。“待在哪里干吗？”纸菩萨问道，“这再厚的城墙顶屁用，一炮打过去就倒。”“城墙可不比南关的厚，还不快给他们厉害瞧瞧。”“那是叉叶人的大炮，既能杀人又能攻城，我手中的这些家伙杀人还行，要攻城就不成。”仇鸣镝言道。“你好没出息！”纸菩萨着急地说道，“城里的人哪知虚实？何况攻城又不一定用大炮，还可以挖地道、埋炸药、架云梯。”“好，这就让他们尝尝我仇爷的厉害。”

大炮开打了，仿佛是晴天里打响了霹雳惊雷，纸菩萨的话一点也不错，羊貂手下的兵士从没见过这样的东西，一个个人心惶惶。贾珊心里边直窝火，这一批军械，是他一件件亲手交到仇鸣镝手里的，想不到现在竟成了自己的催命符。“小子，看我以后怎么收拾你。”他咬牙切齿地骂道。

“鸣镝，趁现在他们人心惶惶快点攻城。等一会儿人家缓过劲来，胜负可就难说得很了！”纸菩萨强调道。“就像商人做买卖，行货是本钱，我做下不能回头的勾当，兵马就是我的本钱，说什么也不能把本钱全赔掉。”“你的意思是让他们两个再去活动活动？”“眼下也只能如此了。”仇鸣镝讲道，“前走一步再说，不成再说别的。”

羊貂和他手下的兵士，以前只流窜陕豫之间，从来没有守过城，更没见过这样的兵器。一些人不由慌了神，生出了别的念头。“当家的，咱打了一辈子仗，从来都没见过这玩意儿，这鸡蛋不能往石头上撞。”“是啊！这谁当皇帝坐江山，咱们都是半路出家的，不如……”羊貂苦笑着对众人说道：“不管干什么，都不要变卦。”

“当家的！”“什么事？”羊貂向手下疾呼道。“那个大和尚他们又来了。”“请！”悟化和贾雨村只得硬着头皮再次游说。“悟化大师怎么又来了？”羊貂问道。“羊将军你好不懂事，我们冒死前来救你们的性命，不想却被你们如此对待。”贾雨村在一旁讲道。

“大司马贾雨村大人，你的口气可真不小。”羊貂冷笑道。“想不到事到如今，你还能说出这种话。我们哪一回是空手来的，你却如此不知感恩。”“你出手不小，可贾大人却给我们打开了徐州城的府库，这怎么比？”“羊将军你好糊涂，那贾珊给你的是什么，他手上现在没有一兵一卒，是十足的丧家之犬。”“若真是丧家之犬，你们又何必要兴师动众去拿他？”羊貂反问道。“我大军在城下，片刻便能破城，你可要想好了。”“若真是如您二位所讲，又何必要冒着杀头的风险来这里招降？”“这是我们将军仁义。”贾雨村强调道，“羊将军你放心，只要归降，我仇将军会在主上和国丈面前讲你的好话。”“这种逆伦杀父的人谁能信得过？”羊貂对手下人讲道：“兄弟们，不管怎么样，都不能去当汉奸，宁做汉家鬼，不为胡人狗。何况真心为朝廷效力，未必就没有出路，贾大人早就说过，姓仇的手上的东西攻城不灵光，那小子本就是个中看不中用的东西，前段时间咱们还狠揍了他一次。大家可要想清楚了，这两位两姨兄弟在咱们弟兄的面前，一边是杀父投敌，卖主求荣的无义之徒；而这一边却都是赤胆忠心为报效君王不惜抛弃妻子的栋梁。一个天上，一个地下，跟谁混，该信谁的还用我明说吗？”在众人的叫骂声中，贾雨村和悟化两个败类被轰了出去。

仇鸣镝想到的，贾雨村竟也早已想到了，他刚被轰出徐州城，便急忙地跑到了赵若云的营中。“岳丈你怎么来了？”赵若云低声道。“我的儿，你怎么竟干亲者痛仇者快的糊涂事？”贾雨村说着他的肺腑之言，“当今圣上的娘娘是你的亲姑舅，上次在南关陛下亲自见识了你的骁武，至今都跟我念叨着你何时反正，那水无忌最是寡恩薄德之人，他本非嫡子，因娶了嫡母太后的侄女才有了今日，可到头来却险些将叶氏灭门。何必要为这种人尽忠殉节？英莲虽非我亲生女儿，可她的父亲同我是八拜之交，真真是我心头的肉，我百年之后万事皆空，唯独放心不下的便是你们。而贾珊这种人为君父竟能抛妻弃子，还有何事做不出来，你这种交情，在他眼里根本就不值一钱……”贾雨村在那里滔滔不绝地讲着，可没等他说完，只见赵若云伏身向他下拜。“岳丈，你的大恩大德，我也只能来世再报。”贾雨村吓得差点跌倒：“若云啊，你这是为何……难道，你还在生娘娘的气？你们本是亲姑舅，娘娘怎会不向着你，只是过去在荣国府时那王氏阴险歹毒，娘娘不得已委曲求全而已。将来打下江山，绝不失你的封侯之位。”贾雨村说得是老泪纵横，着实感人。

赵若云听后再次向他下拜道：“小婿能有今日，全系岳丈所赐，至今无以为报，独有肺腑之言，请岳丈姑且听之。岳丈博学多才，知兴亡，晓大义，善机变，有权谋。何苦要为他人之奴仆，何况叉叶与我文字、言语相异，在那边恐怕将为人奴仆之奴仆。”

雨村见不能将他说服，便要转身离去。“岳丈留步！”贾雨村猛一回头，只得讲道：“若云啊，看在当年的情分上……”“岳丈放心，只是同小婿走一趟。”“贤婿何往？”“去解徐州之围。”

这一路上贾雨村不禁想起了当年的往事，想当年叉叶遣使求婚，水无忌不顾贾元春的反对欣然同意，并特派贾雨村前去护送。

一路上并不顺，北番的部落不堪叉叶的欺压，在劝说无果后竟纷纷起兵阻拦，其中以金山部落的黑台吉表现最为激烈，扬言道：“抢来真公主，自己做驸马。”雨村听闻后，甚是惶恐，本欲绕道而行，被身为小校的赵若云给劝住。

那时的赵若云身份卑微，抱住他的大腿哭道：“大人若是绕道而行，我等将死无葬身之地。”“你这话是什么意思，黑台吉带兵拦路，若从此处过，势必人财两失，绕路走远，方是上策。”赵若云则言道：“黑台吉在此地称雄多年，处处皆其党羽，大人改走远羌，其亦至远羌，纵使能侥幸走脱，陪嫁之物品尽数为之所得，亦难在圣上面前脱罪。”“那你说该如何是好？”“大人，黑台吉势大还是朝廷势大？”“自然是朝廷势大，可虽说是如此，朝廷百万之众却在千里之外，而黑台吉的八千铁骑却近在咫尺。”贾雨村言道。“黑台吉若有心劫道，在前边过孤星寨的时候动手便是上上策，何必要把咱们放到这里？”赵若云讲道，“乃是在试探朝廷的虚实，若是大人示弱，他兵马一动，咱们也只能让他当这个驸马了。”“那依你之意，非但不能绕道，而且还要以朝廷的名义命他一路护送？”“大人，黑台吉之兵不足以撼动朝廷，且弱于叉叶。敢如此行事乃是不知朝廷意向如何，若朝廷不做理会，他必劫掠公主，投奔叉叶，而叉叶见我朝尚不能制小小的部落之臣，不仅会当面撕毁婚约，而且还将遣大兵来犯，北方从此将无宁日。”雨村听得在理，派遣使者斥责黑台吉，吓得那黑台吉不得不遣使谢罪，而且还派兵护送。

“岳丈，依你之见我与仇公子交战胜负几何？”赵若云问道。“依我之见，得是五五分成，只是眼下迎祥堡大捷，我朝气势如虹，可是占了上风。”贾雨村得意地说道。“不在乎这些，关键是他这个人，这个跟班少爷，打小我就清楚，心大胆小，虽说有那么几分才干，可做事虎头蛇尾，不着调得很。”

“不好，舅父一向让我警惕索伦骑兵，不想他们来得这么快。”仇鸣镝道。“怕什么，自古富贵险中求，打起来未必输他。”纸菩萨道。“奈何腹背受敌，先撤下来再说。”仇鸣镝讲道。“所谓机不可失，失不再来啊，你要干就趁现在。”“你懂个什么？”仇鸣镝讲道，“你带过几天兵，也在这里胡说八道。”“好！你会用兵，到时候可别后悔。”纸菩萨说着便骑上快马，扬长而去。

“岳丈，你看我说得不错吧！”贾雨村不得不叹道：“是啊，就像当年送亲的时候一样，都被你言中了。”“岳丈，临行之前，我有几句话要劝你。”“请讲。”“您若是肯回头，朝廷现在危难之中，正值用人之际，有道是锦上添花，不如雪中送炭。”“我还能走回头路？”“岳丈，你和那边其实也没什么解不开的事，当年您也并没有把事做绝，虽说确实有对不住那边的事，可官场上翻手为云，覆手为雨的事并不少见，凡事也都好商量。”“你这孩子想得简单，世间难有回头路，吕布当年反水，也是要中兴汉室，可到头来，还不如和董卓干到底……”两人各执一词，谁也说服不了谁，最终赵若云放走了贾雨村。

进了徐州城，赵若云拜见了贾珊，也问候了羊貂等人。“跟班少爷这个人经常反复，过会儿还会过来，我看还是撤下来的好。”赵若云言道。“放心，鸣镝这人反复得很，做事不利落，无须害怕。”贾珊言道，“正好借这一仗，振奋三军的士气。”

鸣镝撤军后，心中很不甘心，一直住在附近不肯离去，但也不敢去找贾珊拼命，可要是就这么走了，这件不世奇功怕是要落到别人手里，他在自己的帐中走来走去，就是拿不定主意。

“不好，我们跟红眼鞑子打了起来。”卫兵赶回来报道。谁知这仇鸣镝听后非但不着急，反倒生出了喜色，命令军士不准还手。这一路上小楚尔手下的兵马很是骄横，许多军士因仇鸣镝不准还手的命令，被这群人活活打死。

“误会，真是误会！”仇鸣镝满脸堆笑地说道，为此他还特地设宴给小楚尔赔罪。“咱们是大水冲了龙王庙。”小楚尔不通汉语，所仰仗的全是通司，那通司功底不好，弄得小楚尔很不明白，便讲道：“龙王庙是什么东西，怎么会被水淹了？”仇鸣镝这时才想起宇文定泰的话，中原的学问再深，在南边依然不过白纸一张，忙在那里讲道：“没别的意思，就是自家人打自家人的意思。”“我跟你本来就不是自家人。”这句话无须翻译，仇鸣镝便听懂了，这段时间他没少在学说话上下功夫，顿时脸色铁青，胸中压着怒火。

怒归怒，恼归恼，可毕竟是有求于人家，仇鸣镝招待小楚尔甚是客气，可这小楚尔却毫不客气，一副高高在上的样子，弄得他很不舒服，但又无可奈何。

酒过三巡菜过五味，仇鸣镝才开始说正事。“老兄，小弟近来同徐知府不和，想借您手下的大炮一用。”“小子你少在这哄人，你当我不知道，那边肯定有大好处，不然你不会对我这么客气。”小楚尔那双血红色的眼睛此时雪亮。“当然有大好处，除了京城汉地的金银，就数这徐州多，若是打下这徐州城自然是好处大大的！”仇鸣镝满脸堆笑地讲道。“不行，你说的不是实话，不能听你的。”“我的爷，你到底要怎样？”仇鸣镝急得是小脸通红。“你说实话我就帮你。”“大哥先让闲杂人等退下。”“好！你们都退下吧！”“兰提实在徐州城里。”“什么？你说兰提实在徐州城里，为什么不早说？咱们一块把他抓起来。”“咱们这就去。”仇鸣镝心想大不了和这白痴五五分成。“且慢，麻烦你在这份文书上签个字。”“签字？”这时仇鸣镝想起来按叉叶的军法，攻城作战分主攻、副攻、佐攻，领赏的时候依次递减，心想：“好小子，还想算计老子！”他的想法不错，小楚尔正是让他在佐攻一栏里签字。这仇鸣镝哪里肯干。“老兄，怎么也分我个副攻，这样脸上也有光彩。”“不行，要不是看在国丈大人的面子上，你连佐攻也是没有的。”“浑蛋，给脸不要脸，老子不干了。”仇鸣镝气得把桌子一翻。“浑蛋，你这是要造反？”说着小楚尔拔出了佩剑。“老子就造你的反。”仇鸣镝掏出了手枪。“别发火，凡事好商量。”这小楚尔的脸变得可真快，这大出仇鸣镝的意料。“看来，舅舅说得不错，对胡人太客气不行。一客气他们就认为你好欺负。”最后，经过了一番讨价还价后，两人敲定两军都是主攻。

功夫不负有心人，终于在徐州的城墙上开了一个口子。“老兄，这些人都被吓跑了，你赶快让你的手下往前冲。”仇鸣镝对小楚尔讲道。“不好，不好。”小楚尔则讲道，“你的手下都是本地人，熟悉情况，先进去，我的人随后跟上去。”

其实无论仇鸣镝还是小楚尔都没实力独自破城去领赏，都需要借助对方的兵力，可彼此间却互不信任，都想扔下对方独自立功。故而彼此钩心斗角，好半天才各派出数百兵丁为先遣部队去攻城。

“什么？排枪兵？”小楚尔惊呼道，他刚在迎祥堡打了一场硬仗，那望远镜看到不知从哪里来了一队兵器精良的汉军，不打招呼就撤，这一下就把仇鸣镝那伙全暴露在骑兵的马刀之下。“红眼鞑子，我操你祖宗十八代。”说着他便丢下部众，自己逃了。

小楚尔和仇鸣镝在那里互相扯皮，这时贾琏、柳湘莲他们带来了援兵。早在迎祥堡会战的前夕，贾珊见水无忌不听人言，知道事情凶多吉少，便特意留下了一支六千多人的精锐，以备他日东山再起，而今终于派上了用场。

“看来跟班少爷还是改不了这磨蹭的老毛病。”赵若云讲道，“国公爷，要不要去追？”“不要追了，咱们赶路要紧。”贾珊讲道。“国公爷，下步咱们要去哪里？”羊貂问道。“金陵！”“什么？那是王子腾的地盘。”贾琏惊呼道。“此事恐怕不妥。”柳湘莲道。“有什么妥不妥的！”贾珊坚定地说道，“不管是谁的地盘，也都是朝廷的地盘。”

第十一章

纸菩萨

故友重逢

大观园是个奇怪的地方，这里的气候不南不北，什么样的花草在这里都活得了，每院的气候都不太一样，这正是山子野老先生一生的杰作，他临死前说过：“天地造化，世间人物尽在其中。”当时人们都觉得他这话过于托大，不过后来的事，却让人不得不感叹其中的深意，冷袭、贾珊、探春、水无忌、元春以及后来的贾靖芳、羊节、紫夫人等人也都在这里留下了自己奇异的踪迹。

很早就有人注意到了这一点，连贾雨村这样的市侩之徒，也看得出只要朝廷的时局有变，其中的景致也会有所变化。这里的花草很是齐全，特别是到后来孝仁皇帝驾临大观园的时候，仅一次便赠送了北域、西洋、南海、扶桑、高丽及波斯、北天竺的奇花异草一百三十多种，即便如此，可还是有那么几种叫不上来名字的花草，有时候会格外得显眼。

“二哥哥。”“还是听你叫爱哥哥舒服。”没等湘云讲完，宝玉便将她的话打断。“总是这样，就没有过正经的时候。”史湘云真不知道该高兴还是生气，或愤怒或哀伤。宝玉的话总是没边，即便是经历了生活的磨难与艰辛也还是这样。记得那次史湘云动起心思，唱了那么一段小曲儿，宝玉竟说道：“还是听你唱《后庭花》舒服！”气得史湘云三天没理他。

“跟你说正经的，你看院子里的海棠，怎么少成这样，样子看来是越来越不如从前了。”宝玉强压住哀愁对湘云言道：“这不奇怪，府上出事以后，这里贾雨村住过，吴天佑来过，就变了样，这里的海棠，已不复当年的光景，你又……”

“我看你倒还是当年的模样，一点都没有变。”宝玉的话没有说完，便被人打断，这个人讲话奇怪得很，时而婉转动听，时而像唱花旦的嗓子，总是显得那样地阴阳怪气。

宝玉和湘云先是吃惊，随即则是哀、怒、冤、愁，霎时间百味俱全。这对夫妇各自看了对方一眼，脸上既带着难掩的欣喜，也带着那不多不少酸酸的醋意。这正是："故国人物一时新，莫辨雄雌眼迷离，休到巫山说云雨，不在阴阳五行中。"

"你们两个活宝可好？"这说话的不是别人，正是那开天辟地以来未有的奇人物，纸菩萨是也。他此时不同于往日的娼妇打扮，完全是一副贵公子的装束。"你这不男不女的家伙，真是讨厌，也不打招呼，总之吓死人不偿命。"也就是史湘云敢这样同纸菩萨这个怪物如此说话。

要知道这纸菩萨可确实不是凡人，他是个不男不女的阴阳人，最忌讳的便是别人说这个，可不知道为什么他对湘云和宝玉却总是宽厚得很。

纸菩萨这个人身世背景十分的神秘，有人说是严龙的后代，或说是义忠亲王的孙女，还有种比较怪的说法，说他是宇文定泰还在中原的时候同自己的小姨刑氏鬼混，所生的长子（也可以说是长女）……林林总总皆不以为信，终究没有人能讲得清楚。

水无忌在位的那会儿，这位爷在刑部和兵部所缉拿的匪首名单里是挂了号的。朝廷的官员一致认为他是那花灯教的教主。可是宝玉、湘云等人却不这样认为。

"他是有些个小聪明，可心思并不缜密。"史湘云知道花灯教的厉害。记得那一回她随叔父进京，在安徽地面的一处村镇投宿，各户都不敢开门，后来才知道那是奉了花灯教仙姑娘娘的旨，绝不接待生客。"她哪有那个本事。"湘云语。

纸菩萨这个名从何而来也不得而知。一说是爱穿紫色衣裳，人们都管他叫紫菩萨，久而久之便被叫成了纸菩萨，可宝玉和湘云都知道，这根本就不靠谱，他根本就没这习惯。亦有人说："他本姓子氏，小字菩萨奴。"可根本就找不到任何根据。宝玉在这里有他自己的看法，认为他肌如脂玉，人长得也面善，故而有脂菩萨一说，后来则被人叫成了纸菩萨。"他的皮肤跟羊脂的比差远了。"史湘云对宝玉的这个观点也并不认同。

可不管怎么样，这纸菩萨却有恩于这两位。宝玉原来出家在枯木寺，但因为不守寺里的规矩，很快被赶出了山门，这一出山门，便衣食无着，只得四处流浪。有段时间走了狗屎运，幸得被往日的好友妙玉收留，可是好景不长，不消数月，便被移情别恋的妙玉赶了出去。

至于史湘云和仇鸣镝吵架后逃出了官妓院，正巧也落到了这位纸菩萨的手里。只是后来纸菩萨被朝廷缉拿，只得扔下宝玉和湘云独自逃命，再后来宝玉、湘云便遇到了贾芬、孙绍祖，重新回到了大观园。

宝玉和湘云看着她，此时都不知道该说些什么好。“云丫头、宝丫头，快过来给爷捶捶，为了来看你们连夜赶了回来，骨头都快散架了。”宝玉还真的上去为他捶背去了，且故作女子腔调道：“我的爷，奴家把您伺候得舒服不舒服啊？”“舒服，舒服，宝丫头你的这双小手可真舒服，比水无忌的正宫娘娘都舒服。”却忽听他尖叫道：“宝丫头你轻点，我身上还带着伤呢！”“要不要紧，我家有上好的金疮药，你等一下，让云丫头给你拿。”宝玉讲道。“才不去呢。”“云丫头，你别闹了，看样子他是伤得不轻。”“他是非不明，死了活该。”“云丫头！”宝玉对史湘云有些个生气，“你这是怎么了？”“你问问他到徐州城都干了什么勾当！”

可纸菩萨依旧没有发作，只是冷笑道：“国舅老爷、太太，我这可是替你们家的三姑爷办事。”听到这宝玉真是哭笑不得，尽管表面上看上去是旱涝保收，两边的皇上都是他家的姑爷，可是搞不好真就是两边都不讨好，上天不得入地无门。宝玉只得苦笑道：“我的好姐姐，你都干了什么，怎么一身伤？”“好，我就说给你们听！”

佛爷爷悟化

其实事情是这样的，徐州城仇鸣镝退兵之后，纸菩萨看出这小子成不了什么气候，便走开了，独自去找悟化大和尚。这悟化大师确实是酒肉穿肠过佛祖心中留，在徐州城外的一处小酒店里大吃大喝了起来，酒过三巡菜过五味，便打起了重修欢喜佛的念头。

“店老板，这自古酒色不分家，叫你闺女出来陪陪老衲。”悟化大和尚敲着酒瓶子吼道。“佛爷爷，我不要你的酒钱，求求你放过我的闺女，小老儿是下辈子给佛爷爷做牛做马也心甘啊！”悟化大和尚一把推开店主人，径直追那闺女。

“小娼妇，你跑得还很快。”悟化大和尚可谓是老当益壮，竟一脚将土墙踢翻，这样的小姑娘就是七八个，也禁不起他老人家折腾。别看他老，可腿脚却依旧麻利得很，这小姑娘那对小金莲根本就跑不过。眼看就要追上，可他自己却突然停住了脚步，是寸步也不敢向前。“这个岁数的姑娘，哪是这样走路，那小老汉听口音应该是地道的苏北人，而这粉头的一对金莲像是从山西大同那边过来。不好。”不愧是多少年的老江湖，他的判断一点也不错，那小姑娘突然回头，霎时间变了腔调，地道的山西口音：“佛爷爷你怎么不来追我呀？”

“真是对不住。”悟化大和尚讲道，“大白天点灯瞎了眼，梁山泊缺粮，断了水，不知朋友是哪条道上的？”

大和尚的话音未落，忽然小姑娘的身后闪出一人，一脚飞踢，直击大和尚的胸口，行动之快宛如闪电，大和尚完全来不及反应，竟被踢飞了起来，不过这悟化大师也绝非凡人，身子飘在空中，竟然忽地那么一震，双脚落了地。

“不愧是绝命金刚佛，果然是铁打的一副好身板。”纸菩萨夸赞道。这绝非虚言，悟化和尚内力浑厚，这脚上去被悟化的内力反震，弄得纸菩萨体内是翻江倒海，好生地难受，只是硬撑住没有表露出来。悟化大和尚此时却不住地冒冷汗，心中在想：“这是什么鬼武功，竟如此之快，若使的是兵刃，我恐怕早就没命了。纸菩萨这个不男不女的东西别看瞧起来三四十岁，闹不好也不比老夫小多少。”他忙赔着笑道：“大兄弟你过奖了，愚兄我只有这么一身横肉，哪像你动似脱兔，只是你这玩笑也开得太大了。”“花蝴蝶！”“在！”那大同女子应声道，“不知仙姑有何吩咐。”“去陪陪大和尚。”“我的佛爷爷，奴家只是和你开个玩笑，您大人有大量可不要和我一般见识。”悟化一把将那大同女子推开，满脸堆笑道：“这色不异空，空不异色，老弟你有话就请直说。”

纸菩萨看了看他便直言道：“国丈大人有言，只要抓了贾珊，便是朝廷的第一功臣。”“大兄弟此言差矣，这着火的不急，咱们救火的急什么，且就算退一千步说，就是办成了也是别人去领功请赏，分给咱们的不过是些杂碎，照我说以后他们要咱们办事，做归做，办归办，只是没必要非和他们绑在一块。”纸菩萨则不以为然地讲道：“上了贼船就休想不蹚浑水，既走了独木桥就绝没有回头路，纵横会那边近来对你可是不高兴得很，说你为了攀高枝就认不得祖师爷了。”“放屁！这乳臭未干的毛娃娃也敢戏耍老衲。”纸菩萨看了他一眼，阴阳怪气地说道：“仇鸣镝那边刚打了败仗，也想找个人来顶罪。我说大哥哥，你功夫再好也架不住洋枪洋炮，何况现在两边都不讨好。”这听得悟化是满头大汗，忙讲道：“这该如何是好？”“只有抓住贾珊以此脱罪。”“这谈何容易？还是从此隐姓埋名吧。”“混账东西！你好没出息，普天之下莫非王土，就是跑到了天边，也出不了人家的眼线，只要你肯听我的，就没有不成事的道理。”

悟化和尚就这点不好，定下来的总有反复，出尔反尔，亏活了这么大把岁数，和仇鸣镝那浑小子一个德行。“我看此事不妥，那小子成天带着洋玩意儿，我还是三十六计走为上。”悟化言道。“你慌什么，亏你还叫什么绝命金刚佛，就这么点能耐？贾珊现在人马在徐扬之间，我花灯教在当地根基深厚，他在那里就是盲人瞎马，看得好上面，看不好地下。”“可我还是放心不下，你说咱们吃这么大的苦头，到时候人家可别就给那么几个小钱打发咱们。若是这样真不值得去，为这个蝇头小利去拼生死。”纸菩萨看了看，又笑了笑，拿出一封信给他。“这是谁写的？”悟化大师看了又看，又说道：“好大的口气，还说封我做护国金刚佛。”“你觉得这书法如何？”悟化大和尚则言道：“了不得，动似行云缥缈不定，静似山岳岿然不动。似隶而非隶，似行而非行，独具一格，自成一家。尤其是笔力雄浑，若不细看，根本就看不出此人乃是女子之身。可这个人到底是谁？为何要让老衲做这笔买卖？”这时的悟化和尚一头雾水，不知是何意。可后来的宝玉、湘云却已猜到一二。“是三妹妹！”宝玉惊呼道，“她好狠的心，珊哥哥好歹是她叔伯兄弟。”那悟化和尚知是探春的信后，将此物置于香案，俯首下拜，如敬神佛。

大军进城

贾珊自战退仇鸣镝后，火速南下行至淮安城下。“不好了，淮安知府不让大军入城。”一个小卒报信道。“什么！”军中的众人开始慌了神，自迎祥堡一战后，各地不断有刺史、太守、节度使归附叉叶，看来这淮安知府黄易恐怕又要步他们的后尘。“传令各军，准备好架炮攻城。”贾珊命令道。“万万使不得，咱手下里总共也没剩下多少炮弹。”贾琏叫道。“连个小小的淮安城都拿不下来，还谈什么上金陵去休整。”“淮安知府黄大人求见。”正在这个时候，卫兵赶来报信。刚才讨论如何动刀动枪，现在这黄知府竟自己送上了门。

“我的黄知府，黄大人。”贾珊口气极硬地向他讲道。“卑职不敢，卑职不敢。”黄知府连忙下拜道。“你还有什么不敢？将军们为朝廷浴血奋战，一路上风餐露宿，想进城休整，你黄大人好大的威风，小小的淮安城比紫禁城还要金贵。”“卑职不敢，只是……”黄知府看了四周言道：“请大人屏退左右，卑职……”没等他说完贾珊便言道：“有什么话尽管对众人讲。”黄知府无奈只得说道：“前段日子，王太尉（即王子腾）的大公子王仁带了五千浙军，在我淮安城住了一阵。”这件事贾珊是知道的，水无忌下令让王子腾带兵驰援。这王子腾耍滑，一拖再拖，后来也指派王仁带五千乌合之众北上，一直走到淮安便停了下来，后来听到迎祥堡战况不利，便连忙北撤。王仁一伙在淮安城的时候不长，但为祸却不小，甚至明目张胆地强抢官盐，弄得淮安百姓怨声载道。对于王仁这位两姨兄弟的为人，贾珊是清楚的，何况王家的家风一向不好，欺压百姓的事不计其数。“都是些不怕阴司地狱报的家伙。”贾珊叹道，“你的苦心本帅知道，只是将士们勤劳王事，都辛苦了，入城之后本帅定会对军士们严加约束。”“下官有个不情之请，王太尉的南军素来严明，可也弄得我淮安鸡犬不宁，羊将军素来威武，下官久仰，只是大人手下都是新练之兵，到时候恐怕难以号令。”

羊貂明白他的意思，所谓新练之兵是客气的说法，意思是他的兵都是招安的土匪，最好不要来糟蹋淮安城的地面，王子腾的兵是正儿八经的朝廷兵，而你羊貂的兵才当了几天官军。

羊貂听后言道："黄大人放心，我手下的兵全在城外休整。""这样最好，下官愿意出双倍的银钱犒劳羊将军手下的兵士。""这不是银钱多少的事！"贾珊断喝道，"羊将军的部下是朝廷的官军，不畏生死奔赴国难，如何能露宿荒郊野岭，当然是要进城休整。"贾珊又将跪在地上的黄知府扶了起来对他讲道："你的苦心本帅晓得，只要有本帅在，绝不拿百姓一针一线。"

凡事说起来容易，做起来艰难，为了管众多的将士，贾珊是焦头烂额。"什么事？说！"贾珊见卫兵慢吞吞说不出来所以然，便心中有气。"回大人，有人自称是王府里的太妃，不让小的们盘查。""好大的架子，本帅亲自去会会。"于是驱马向前。

只见一辆华丽的马车，像是北静王府的，马车下一双大而无神的眼睛正在四下张望，这不是别人，正是多姑娘一母所出的妹妹羊脂是也。看着她呆呆笨笨的样，贾珊是又好气又好笑，只是没空理她。

贾珊连忙下马对北静王太妃贾纹的车驾讲道："太妃娘娘万福金安，下官只是例行公事罢了。"兵谏的事贾纹已是知晓，对他也不像往日那样客气，在车中对羊脂讲道："脂丫头，你家的事找你男人，自己说。"随即便让车夫驾车绝尘而去。

"脂丫头，你怎么在这里？"贾珊怒道，"赶快回去，别在这里添乱。""爷！"羊脂又娇又委屈地说道，"让貂哥哥他们把房子让出来，不然这一大家子人住不下来！""脂丫头，咱们在这里住不了多久，你就忍几天吧！""爷！若是奴家，受什么样子的委屈都行，可还有老爷子那边一大家子，那边可是一点委屈也受不得！"

办法也没有只得叫鸳鸯过来把她领走。"脂丫头你快跟我回去。"鸳鸯连拉带哄才把这个活宝请上车去。"真不够添乱的，太妃娘娘怎么把这个活宝给请来了？"贾珊在一旁道。"更麻烦的还在后边，冷先生，让您见笑了。"贾珊对冷子兴讲道。"国公爷，只是在下担心，这一带花灯教活动频频，恐怕对您的家眷不利。""哼！"贾珊对一路装神弄鬼的把式很不以为然。

坐而论道

冷子兴的担心并非没有道理，花灯教的活动在这一代频繁得很，势力盘根错节，可谓是无孔不入。荣国府养尊处优的老爷太太们正好干起了这路开门揖盗的买卖来了。

羊脂这人打小就迷信，认为祖奶奶造业太多，不能不烧香拜拜菩萨，不顾鸳鸯的反对，闹着要去金台寺烧香。“脂丫头，你好不懂事，爷们儿再三嘱咐这一带邪教猖狂得很！”鸳鸯在那里训斥道，“你这诚心是给爷们添乱！你看那些寺里的和尚、尼姑表面上老实，谁知道背地里都干的是什么勾当。”“我的金大奶奶！”羊脂则在那里讲道，“这不看僧面看佛面，庙里的和尚再没品性，那佛爷的金面还是要给的。何况我又不是为我自己，为的是苗少爷，也是为咱府上的将来。”“就是求神拜菩萨也用不着他们。”鸳鸯理直气壮地讲道，“咱宁荣素来是积德行善之家，与历代的大德高僧一向都有来往，后边自有满天的神佛保佑，何必……”“鸳鸯。”贾赦阴阳怪气地讲道，“脂丫头说的有道理，咱们是该去敬敬佛菩萨！”“大老爷！”鸳鸯讲道，“这一带向来都不安定，咱们最好还是不要出门。”“老夫主意已定，这回一定要去金台寺礼佛，且听妙玉大师讲经说法。”“妙玉大师的无上妙法，是该好好听听！”金鸳鸯讲道。

她明显讲的是反话，妙玉表面看起来冷淡高贵，可事实上是个娼妓，也正对贾赦这老色鬼的口味。老色鬼一听妙玉在金台寺，兴奋得睡不着觉，说什么也要听她讲经说法。金鸳鸯哪里拦得住他，叫人驾车便要起行。“老爷您真要去，不妨问问爷们儿，借上点兵丁再过去，咱们也不在这一时。”鸳鸯劝道。“那是对佛爷爷的不敬，鸳鸯你没事也要多拜拜菩萨，省得老是这样，养不下个娃。”说着便带着羊脂扬长而去。“这分明是给我穿小鞋！老大的人还记当年的仇。”鸳鸯说道：“走，咱们找太妃娘娘去！”说着鸳鸯也叫人驾着车出去了。

贾珊对妙玉其人一点好印象也没有，记得多姑娘生前喜爱妙玉养的红梅，可是自视清高的妙玉，却从来不肯让她分毫，多姑娘过世后，贾珊向妙玉索要红梅时遭到拒绝。他很是气愤，派人带话道："佛法世法平等，羊芙蓉生前最爱大师的红梅，务必应予，若是不肯，请莫怪我荣国府小门小户，留不住您这样的大德高士。"妙玉听到后慌忙变脸，不仅赠送了红梅，而且还念经亲自为多姑娘超度。谁知这样一来贾珊便更看不起这位带发修行的美佳人，对人讲道："看来这位大师，也就是这个成色，三禅四禅的功夫不见得有，倒是娼门经念得不错。"

这自古娼妓通着匪类，这妙玉师父不仅念的是娼门经，而且还修习着花灯大法。"师叔！"妙玉对纸菩萨说道，"那荣国府的赦老爷已经睡了。""不错嘛！师侄女你干得不错，你先下去吧，我和悟化大师有正事要谈。""是！"妙玉应声下去。"你这侄女不错，床上功夫相当了得，把那老色鬼伺候得服服帖帖。"悟化和尚满脸淫笑地讲道。"怎么，您想上她？""不敢不敢，那是老弟您的师侄女，这江湖规矩，老衲是晓得的。"悟化一抿嘴讲道："我看那荣国公的夫人羊脂不错，就是皇上的娘娘也没她这般姿色，可真是国色天香、倾国倾城的绝代佳人。""说正经的，你可别把事搞大了。"纸菩萨提醒道。"不会不会，老衲是有分寸的。"

"大兄弟可真有你的！"悟化大和尚兴奋地讲道，"把他（指贾珊）的媳妇和老爸一绑，不愁他不归降朝廷。厉害啊！仇鸣镝那么多兵马都办不成的事，咱就这么几个人就立下如此功勋。""这可不一定。"纸菩萨并不像悟化大和尚那么乐观，他沉重地讲道，"那贾珊为了报效故国，不惜抛弃妻子，冒死南归，如此心肠着实难测，和他硬来恐怕适得其反。不如这样，那两位都是笃信鬼神的家伙，最经不住的就是疯言疯语，若把他们俩的功夫做到了，贾珊那边也就好办得多，水无忌一贯寡恩薄德，眼下形势也不同于他南归之时，他未必会不动这个心思。若实在不成咱从那两个糊涂虫身上入手，把他俩骗来。""这个不成！"悟化惊呼道。"怎么不成？"纸菩萨反问道，"凭咱们两个的修为，还收拾不了他？""他的那点三脚猫不成套路的功夫，我确实没放在眼里，可手上的洋玩意，我可真是消受不起。""别急，一切听我安排。"纸菩萨轻声耳语，悟化和尚听后连连称是，感叹道："有老弟这般的心思缜密，何愁不能成事！""过奖了。"随即闪过，身形如鬼魅。待他走后，悟化和尚慢慢回味过来，先是窃喜，随后便惊出了一身冷汗。"可别让这个不男不女的东西把我算计了！"

羊脂这人一向就迷信鬼神，自从当了姨奶奶之后，认为自己能有今天，全是佛菩萨的恩典，便更是越发不可收拾。故此这位脂姨奶奶的钱也特别好骗，只要那些个道婆、尼姑随便胡说上几句，便能赚上一顿饭钱。

可是时间长了，脂丫头也不那么好糊弄了，渐渐地也知道了其中的套路，不过依然愿意听他们胡言乱语，反正都是好话，就算给佛爷爷个面子。

不过今天的这位玄静师太却是个例外，遇见羊脂就不住地直摇头，感叹她命苦，命不好。“姨奶奶本来就是苦人家的闺女，好容易入了豪门，可怜也只是为人妾室，虽说眼下日子比以往好过一些，只可惜不能长久。”“你这个贼尼姑，好不知趣！”羊脂身边的丫鬟婆子训斥道，“我家脂姨奶奶谁看都说富贵相，你算老几，才多少修为，就敢这样子胡说。”“大师，请您……”没等羊脂的话说完，那玄静师太便转身进了禅房。羊脂不肯甘心，便打发身边的丫鬟婆子去请。“脂奶奶你有苗少爷，怎么说将来也差不了，何苦要听那贼尼姑胡说。”身边的人劝道。“不要说了，我自己的心病自己清楚，去吧，把师太给我请回来。”

羊脂的心病不止一处，她早就知道贾珊在北边还留下两公子，何况眼下的时局微妙得很，是成是败一时还真说不清楚。

一番周折之后，玄静师太被请了回来，她双手合十，在一旁念佛道：“阿弥陀佛，事事自有定数，施主不必强求！”“只求大师教我自解之法。”羊脂为此居然俯首下拜，那玄静师太只得长叹了一口气，随即讲道：“既如此，先让下人退下，且随我来。”

“夫人本来机缘巧合当有此富贵之命，只是偏偏赶上这改朝换代的时候。”听完这玄静师太的话，羊脂只感到胸口一震，站了起来，又坐了下去。虽然贾珊总说羊脂是个呆呆笨笨的家伙，可也毕竟在荣国府里有了一段时间了，也有了些见识，心中不住地害怕。“这贫尼姑不会是那边的人吧？”羊脂忙应付道：“大师，您这是何意？”“红尘苦短，施主可愿意做贫尼的徒弟？”“奴家本来就是贱命，侥幸享了这么多年的福，跟大师做姑子也没什么不可以，只是我家孩儿怎么办？”“若不从，恐夫人一家性命难保，若是荣国公从命，则又怕那大夫人不能相容。”玄静师太直言道，正点中这羊脂的心病。“这该如何是好，怎么办呢？”羊脂此时是真的坐不住了。“夫人莫急！贫尼自有化解之法。”“请大师快讲！奴家自然感激不尽。”那玄静师太拿出了一个非常讲究的盒子，对羊脂讲道：“这是观音娘娘得道时留下的舍利子，只要心诚便可逢凶化吉。”“师太快打开让奴家看看！”“佛宝岂能轻启！”那玄静大师正色言道，“礼数不到万万不能应允！”“奴家这就回去备足礼物。”“夫人且慢！”玄静师太叫住了羊脂且言道：“这舍利子若是有缘，分文不取，若是无缘千金不予，恕贫尼直言，只是怕夫人根底太浅，降不住这至尊佛宝，还是请国公爷出面为好。”羊脂听得在理，正要起身回话，却不想……

“脂丫头你在干吗？”贾珊已经到了禅房之外，冲里边的羊脂喊道。“哎呀，真是说曹操曹操就到。”羊脂叫道，“来得正好，师太，我这就把爷们儿叫进来。”

贾母的话说得不错，这羊脂人虽然干净，可在珊儿面前，永远都是窑姐样儿，一辈子也上不了台面。“爷您来得可真巧啊！”“脂丫头，你又请了什么宝贝回来？”看着羊脂呆呆笨笨的样子，贾珊心中只觉得好笑。“这笨丫头，给片儿黄瓦就当是金子，吃亏上当还觉得自己占了大便宜。”

羊脂则满脸堆笑道：“爷！我是脑袋瓜不好使，可时间长了，也知道真假，这玄静师太是真修行，手里有观音娘娘落下来的舍利子！”“是吗？那就请拿出来让众人瞧瞧。”“荣国公休得无礼，舍利子乃佛门至宝，礼数不足则万万不得应予。”“好深的内力！”贾珊惊呼道。他只觉得全身的气血被那人的声音震得翻江倒海，如此修为，绝非寻常之辈。

贾珊寻思片刻，没有进去，随即讲道：“有请大师出来答话。”又过了一阵子，才慢悠悠地走出个人。贾珊仔细打量着这个人，琢磨这人究竟是什么年岁，贾珊是一点也看不出来。“请荣国公让闲人退下。”“脂丫头，你回去！”“爷，我怎么也是闲人，我要……”“脂丫头！”贾珊的语气不容商量，羊脂也只得一扭屁股回去了。

“不知大师是要说兴亡，还是要讲佛理？”贾珊问道。“天下事殊途同归，故而贫尼既是在谈兴亡，也是讲因果。”玄静言道，“先师本隐居在语雾山中，与国公爷的祖父乃是至交。在贵府住了好些年月，后来说了些不该说的，留了几句箴言便悄然隐去。”贾珊似乎想起了些什么，便向她问道：“不知是哪几句箴言？”“先师在贵府总共留下了四句箴言，乃是沉乎与双星，西贝佐君王，偏水能克火，最怕冷人来。”“真想不到血坟仙这位道家真人，竟会收您这出身佛门的高徒！”“万法同宗，皆是行善济人之道，何必要存门户之见。”“大师好器量，可惜叉叶人却不会这么想，枯树寺的事想必您是知道的。”枯树寺是关东有名的古刹，当年辽太宗耶律德光将石敬瑭所赠的佛血舍利放置于此，以至数百年间香火不断，不想叉叶的兵丁一来，就说枯树寺僧人信奉邪神，先一把火烧掉了百年的古刹，后将佛血舍利扔进了粪坑，住持前去争辩，更是被大楚尔将脑袋劈成了两半。“罪过罪过！”玄静双手合十道，“佛曰大千世界，万方诸佛，而叉叶人所信奉的他化自在神，也不过是净土宗的大自在菩萨。只是其门人心存门户之见，生出无妄愚见来。”“但愿师太在叉叶的兵丁那里也能讲得通道理。”贾珊冷言道。“国公爷，凡事莫要过于执着，夫宋室出身沙陀，李唐本系鲜卑，主天下者只要能修仁行义，安抚天下百姓，又何必问其出处。”“师太说的真命天子，可是北边的那一位？”那玄静师太听闻，竟笑而不答。“师太可知他身高几许，是何相貌？”“这个……”玄静不知该作何言语。“过去辽人占过幽燕，金人进了中原，大元朝更是灭宋得了天下。”讲到这贾珊加重了语气，“但都是从汉法，兴儒学，以孔孟之道取士。而叉叶人对儒、释、道三家的东西那可真是针扎不得，水泼不进。中原再不安定，佛菩萨的香火依旧不断，可在偌大的叉叶国，却看不到一处佛坛道观！”“国公爷，咱们扯远了，还是谈谈舍利子吧！”

贾珊和那玄静进去谈了好一会儿，羊脂等在外边老大的不高兴。“我羊脂怎么就这样命苦，怎么就没托生在体面人家，哪怕是像尤家那样的人家也行啊，凭老娘的这个本事，还愁坐不上个正房大梁。”

“脂丫头！”羊脂猛地一回头，一看是北静王太妃贾纹和鸳鸯，吓得她是三魂走失，七魄离散。“你在叨叨什么？难道你也想做正房大梁？”“回太妃娘娘的话，奴家哪有这个福分！奴家只是盼着大奶奶早点从北边回来，这男主外女主内，若大奶奶不回来，谁能替爷们看家？”“你倒是挺有孝心的！”贾纹冷冷地言道，“要是珊儿没了，你们两个毛丫头还争什么大小，只能是一口荤腥不沾地去守寡。”羊脂意识到出了事，但却不知道出了什么事，呆呆木木地站在那。“快滚回去，少在这丢人现眼。”这贾纹一吩咐，羊脂便不得不滚。“真是白长了个好模样，竟干些不着调的事！”金鸳鸯带着醋意抱怨道。“你也是！那两个一向糊涂，你也不劝劝他们。”“她我还能管得住，可我能拿大老爷有些什么办法。”“要不说你这孩子人是好人，可就是当不得家，也做不了主，一点点胆子也没有，看你到时候怎么和婶婶（即贾母）交代！”听到这鸳鸯羞红了脸，生怯地问道：“太妃娘娘，您说这玄静会不会是花灯教的人？”“听黄知府讲，她十有八九就是花灯教的匪首纸菩萨！”吓得鸳鸯只得念佛让贾珊千万不要有事。

金鸳鸯急得要死，直到这时才看见贾珊的人影。“还好真是虚惊一场。”金鸳鸯窃喜道。“舍利是真是假？”贾纹问道。“若是佛祖有灵，定会保佑我正义之师。”贾珊没有明说，换句话讲不论舍利子是真是假，都能振奋三军的士气。兵谏的事贾纹是知道的，眼下贾珊又来这么一出，着实让她不安。“你好大的胆子！人间事天上早有安排，不是你分内的，永远不要妄想。”“娘娘，我……”听完贾纹的话后，贾珊想替自己辩白，没想到这位太妃娘娘转身就走了。鸳鸯看出事情不对，转身想要离去，却被他叫住了。“鸳鸯，太妃娘娘是你请来的？”“奴才放心不下，只好这样。”“丫头，难为你了，咱家的事，有些让太妃娘娘知道就不好办了。”“可是人家听说花灯教的纸菩萨厉害得很，常在这一带生事。”贾珊淡淡地笑了笑讲道：“既是菩萨那就自然该摆在庙里。”

“我说纸菩萨，你可真是菩萨心肠。”悟化大和尚愤然言道，“你为什么不动手，跟他废话老半天。”“那你为什么不动手？”纸菩萨反问道。“凭那小子的那点身手，怎么会是我的对手，只是他手里有洋玩意儿，老夫心里实在是没底啊！”“我心里也一样没底，所以要在请佛宝的时候动手。”“这有什么区别？到时候人更多，更难办！”悟化愤恨不平地讲道。“他一个就很难对付，何况还有那么多帮手。”“他难对付？难道他武功会在大和尚你之上？”“怎么可能，要凭真本事我一招就能废了他，只是不知道这小子手里能有什么新花样！”纸菩萨阴阳怪气地讲道：“所以先以礼佛为名，收了他的武器，到时候就是一只拔掉爪牙的老虎，你还怕他做甚？”“好！”悟化和尚喜形于色，“这个功劳你可不要跟我抢，我可是辛苦了老半天了。”“一定！”纸菩萨用唱戏的腔调说完后，便像鬼影似的不见了。

羊脂一听请下了舍利子，很是兴奋，那一双大而无神的眼睛，顿时发出了光亮，心中默念着：“求你了佛爷爷，看在我这么有孝心的分上，就给我个正房大梁当当。”

可金鸳鸯却不这样想，她赶紧去找北静王太妃贾纹，希望能阻止贾珊去朝拜舍利子。不料贾纹却冷冷地对她讲道：“珊儿可比你想的要聪明，还是管好自己吧，肚子里没个男女，谁都救不了你！”

敬香礼佛

贾琏同样也放心不下，打算派几个心腹跟上，以免生变，却被玄静叫住了。“干什么？所谓兵者为凶也，既是礼佛，就休要动此不祥之物。”“听师太的，赶紧把兵器都收了！”贾珊吩咐道。

贾珊手下的人做事也精细，把这些僧尼挨个都搜了一个遍，悟化大和尚也倒想得开：“老衲这回根本就没打算用家伙，就算让你们用刀剑，又有几个是我的对手！”

玄静口中念着佛语，请出了稀世之宝佛舍利。“什么？”悟化心中一惊，且疑惑道：“这佛舍利据说乃是燃灯上古佛修行时留下的，珍藏在雪峰之中，是唐僧去取经时从那边带回来的。自前朝时陕西流寇不沾泥攻破了衡王府，便没了下落。怎么会在花灯教的手里？这不男不女的怪物，可真是下了血本。”

舍利子是佛门至宝，取天地之造化，夺日月之精华，非凡人所能享。玄静在进献之时，曾摆了几个盒子，让贾珊辨识其中的真伪，贾珊径直走到了那里，因为他能明显地感到一股子暖洋洋的热气，就连背后尤龙坎那道杰作，也不是那么地折磨人了。

看到这里悟化和尚有点心虚，琢磨着：“看来这小子有些个功底，不然觉不出舍利子的异样之处，看来不好对付啊！怕是一招不能制服。”不错，没有一定的功底，舍利子就是摆在身旁也不过就是一个普通的物件。在贾珊等一干人中羊貂和柳湘莲在修为方面较好，明显地感触到了舍利子散发出来的精灵之气，可惜这两位都后悔自己的修为不够，参不透舍利子的好处，就好似无数的金钱如流水般而过一样，他们完全接不住上古的混沌之气。悟化盘算着：“看来这真的是古佛出家时留下的遗物，这不男不女的，怪不得有如此的功力，看来得了这舍利子不少的好处。不过话说回来，虽有舍利子这样的灵物，要是没有真本事，也得不到半点好处，老衲我这样的一身修为也不过只能接住些零碎，不知纸菩萨这个怪物能得多少好处。”

“不好！”悟化和尚正盘算舍利子的事，不想差点误了正事，他看见纸菩萨，也就是那所谓的玄静大师，下盘的步伐变了，这一路唤作天狼跳步，花狸戏鼠，别人看不出深浅，他悟化大和尚是再清楚不过了，这纸菩萨动似脱兔，绝不能让他立了头功。

“纸菩萨莫要不仗义！”悟化和尚声似洪钟，好生威风，径直向贾珊扑去！“不好！”贾珊和悟化的身手羊貂是清楚的，悟化和尚人品虽差，可功夫却是实打实的，贾珊要是同他交手最多只能过上三招！

贾琏放心不下，事先给胞兄请了两位顶尖的高手以防万一，一位是四川青城浑天派的掌门胡化海胡大侠，另一位是少林寺的嫡传弟子通静和尚，这两位可都是当今武林的知名人士。

可惜和悟化和尚还差得远呢！这悟化和尚好生了得，一招白虎翻山掌如同霹雳，只听“轰”的一声，胡掌门的脑袋被震个粉碎，就像被炮仗炸的一样，至于通静，一脚就被踢飞了。贾珊猛的一脚银河落九天，打到他太阳穴上竟然一点事儿都没有。

悟化和尚面露喜色，轻轻一捏贾珊的胳膊，这一手看不出个所以然来，可却不知有多少条好汉为此丢了性命。一股邪气从手臂上直蹿上头颅，使人神志不清，悟化和尚再用手卡住贾珊的喉咙。

羊貂等人知道悟化和尚的手段，看的是惊心动魄，不料贾珊竟一转身，甩开了那悟化和尚。悟化也吃了一惊，料想贾珊的功夫虽好，可怎么也抵不过自己这一双手，这着实在他的意料之外。

悟化和尚哪里想到，这贾珊早在流云寨的时候，就领教过羊显玗奶奶的杀人黑招风雷劫。所谓的风雷劫便是以风雷之气使人浑身麻木动弹不得，羊奶奶用这招不知断送了多少英雄的性命，而独这贾珊造化不凡，是唯一一个活着的。悟化和尚的这套黑货，名唤作过路鬼手，在江湖上也是让人闻风丧胆的杀招，可是却比不得羊奶奶的风雷劫。虽说这过路鬼手的名声比风雷劫要响，可在人家的面前却只是小儿科的玩意儿。

这大老虎都没咬死过人，何况是小小的花狸猫。挨过风雷劫后贾珊虽说武功上没有什么大的提升，可反应却比以前快了许多，悟化和尚虽说功夫了得，身手远在贾珊之上，却也一时难以得手。

柳湘莲、羊貂等人也冲了上来，不过这些人和悟化相去甚远，而且因为离贾珊太近又不敢用刀剑，更是占不了上风。悟化心中窃喜：“好说，老子到时候把你们一块都收拾了。”

悟化大和尚想得是美，形势若是照这样发展下去，可真是要让这大和尚得逞。贾珊身旁的老兵一个劲地抱怨柳湘莲、羊貂等人没有头脑，冲到前面让他们都不敢开枪。

“老铁，怎么你也去添乱？”卫兵们惊呼道，贾珊的家臣帖木儿冲了上来，论功夫他还不如那几位，众人对他是极不看好。“离得这么近，打着国公爷怎么办？”卫兵们很是疑惑，悟化也是看中了这一点才如此有恃无恐。帖木儿蹿到悟化的背后，这大和尚很不在意，心想你这么一开枪，一死两命，连贾珊这小子也一并穿了，所以当时没在意。随即悟化和尚猛地一蹿，贴近贾珊，紧接着便是一连串的擒拿手段将贾珊制住，还没来得及得意，便感到一股邪气直蹿自己的脑子，嗡嗡的直疼，贾珊也趁势跑了。

原来是帖木儿老练，用西洋短枪斜冲地打穿了老和尚的腿，若是直来直去，必定是悟化、贾珊一死两命，这斜冲地击穿了悟化的腿，而枪子儿却直插地里，一点也没有伤到贾珊。

这悟化大和尚刀枪剑戟见过不少，可是这种连影儿都看不到的洋玩意儿，还真没见过，可真叫一个难受，有生以来第一次挨到枪子儿的滋味可真不是人受的。说时迟那时快，这绝命金刚佛悟化大师只是迟疑了这么一会儿，任谁也抓不住这稍纵即逝的机会，谁也没有这么快的身手，独这羊貂手中的倭刀随即而出，此刀名唤太野刃，是他祖爷爷羊枭归国时丰后关白所赠。悟化反应过来，猛一运气，可惜这身硬气功应付寻常刀剑还能过得去，在这几世相传的扶桑宝刀面前，就没了用武之地。

他人头落地，因死前运了大量的真气，造成了他死而未死，生而未生的一种怪象。他午时人头落地，直到傍晚时分眼睛还在动，那时他愤恨地看着纸菩萨，自始至终这不男不女的怪物没动一个手指头。

脱险之后，贾珊双手合十，向纸菩萨也就是这位玄静大师致谢道：“多谢师太。”纸菩萨却也只是讲道：“客气了。”收场之后，贾珊吩咐黄知府道：“那花灯教本来也是劝人向善，何必赶尽杀绝？”

花落谁家

听完纸菩萨的故事后，宝玉和湘云叹为观止且问道：“你到底向着哪边？”“飞鸟尽良弓藏，狡兔死走狗烹。凡事不能做绝，我两边都不得罪。”“哼！”史湘云哼了一声，“两边都不得罪！到时候两边都不讨好。这没皮没脸的勾当，宇文老贼和三丫头做得，你做不得。”“我做的是没皮没脸的勾当？”纸菩萨问道。“当汉奸还有什么皮脸？”纸菩萨听后哈哈大笑：“云丫头你倒是要脸的，你这叫敢顶阎王怕死小鬼。没意思得很，与其在小鬼面前受气，不如直接在阎王面前低头。”

“云丫头！云丫头！回爷的话！”纸菩萨用他那阴阳怪气的腔调讲道，“怎么没话说了？看来还是我的话有道理，你不回话就是默认了。”“谁说我认了，要是你的歪理也叫道理，世上事情便都没理儿了！”

“好了！都别吵了！”宝玉急了且言道：“你们都卖我个面子，消停会儿！纸姐姐说实在的你的年岁也不小了，也该……”纸菩萨却道：“当年是谁说的女儿是水做的骨肉，男人是泥做的骨肉，什么女人嫁人前是珍珠，嫁人后就是鱼眼睛。”宝玉红了脸且言道：“那是当年的事，可是就算是不如意，也总得找个着落吧！”“我又何尝不想！可就这么个身子骨又有谁要。不如这样，宝玉弟弟，我一直看你一向厚道，人品家世都好，若是不嫌弃姐给你做小咋样？”

宝玉听后有些个不好意思，颇有些味道地讲道：“那不是委屈姐姐了吗？”“怎么能叫委屈，你们荣国府好大的家底，两边都沾得上光，别说是当小老婆，就是做个丫鬟也抬举我了。”“只要姐姐愿意，小弟怎么也不会让您吃亏，只是这云丫头，宝姐姐那边……”“你慌什么？”湘云丫头讲道，“只要你容得下，姓薛的又能翻出什么浪来，怕她做甚？”

“既然姐姐和相公都能容得下，那奴家焉有不从命的道理！”纸菩萨娇声媚语道，宝玉的身子都要酥掉了。“姐姐？”史湘云很是奇怪便讲道，“我又怎么成了你姐姐？”“先来为大，姐姐自然是大的。”纸菩萨这样讲话，让史湘云听得很不习惯。“不过我把我整个人都给了出去，二爷你总得给我些个家伙。”“这个当然，姐姐你要什么尽管开口！”宝玉从来都没有这么痛快过，这回是个例外。“这男大当婚，女大当嫁，我是既当嫁也当娶。”纸菩萨是阴阳人，这话确实在理。“那你想怎样？”史湘云问道。“我把身子都给了你们，让宝玉把你匀给我才是正理。”“你浑蛋！”史湘云气得骂道，随即这史湘云便去追打纸菩萨。纸菩萨却不是凡人，她若是当时出手，恐怕早把贾珊拿下了，如此了得的身手，史湘云焉能追上，不一会儿便不知何处去了。

“这个浑蛋还是这样不着调，一辈子没正经过一回。”史湘云哭笑不得地讲道，“你说他真是花灯教的头子？”“我看不像！”宝玉语气凝重地说道，“我听人说，在废太子还没被拿掉的时候，宇文舅舅就没少在花灯教里安插党羽！”“宇文舅舅？宇文老贼是你哪一门子的舅舅？”想当年，太祖皇帝的妹夫史辉德被伪朝的三秦王宇文浩然斩首，自此宇文家和史家便结了梁子，到了史湘云这辈，依旧不是那么开朗。“人家是珊哥哥的亲娘舅，我叫他一声舅舅也不为过。扯远了，我看他也是身不由己，凡事不要怪他。”“但愿他能走正路。”史湘云讲道，“不然可是两边都不讨好。”“云丫头你别说了！”宝玉是满脸愁苦地讲道，“咱们府上也是如此！”

第十二章

金陵王家

半渡击敌

“哥！难道咱们就非得跟那边动刀枪不成吗？”贾琏虽说嘴上要和凤姐恩断义绝，可一到要紧的地方，到底还是有所顾虑。“二爷，不是国公爷非得同那边过不去，而是王老爷他们闹得实在太不像话。”冷子兴在一旁讲道，“他责令手下的军士，不叫北来的队伍渡江，咱们连着派了三拨人过去，都没了消息，可见那边没安什么好心！”“这王子腾老爷的野心，可是一点也不小啊！”赵若云在一旁说道，“听说南边大致有这样一种说法，说胡人一来没有入主中原之意，二来不善水战过不了长江。便有一些无耻之徒劝他向叉叶称臣，割据一方，或者劝他另立新君；更有甚者直接劝他黄袍加身，自己做皇帝。”“算什么东西！”柳湘莲气愤地讲道，“他王家虽说是旧勋之族，可祖上全是买来的太尉，一点战功也没有。这次胡人南侵，更是畏敌如虎，像缩头乌龟一样躲在南边。现在倒好，竟也做起了春秋大梦。”“是啊，我这姨夫一直就不安分，从他派人接走了辽王（贾元春侄子）时，我就知道事情不对。”贾珊讲话时用刀剑般的目光狠狠地盯住胞弟贾琏。“哥，这事可真不能怪我，小王爷哭着闹着要去江南，王家派人来接，我是真没办法。”贾琏被压得喘不过气来，缓了一会儿才说道：“眼下圣上生死不明，南边手上虽然有辽王，可太子嫔和狞娃子他们不一会儿就会随太子一并过来，事情还是稳妥得很。”“老大的人，看不住个毛孩子，出了乱子，我拿你是问。”贾珊严厉地讲道。

王仁一向对军中事务不甚关心，可近来却忙得不亦乐乎。他的算盘打得很精，若是守住长江，这南方的半壁江山就是他王家的。而他本人是王子腾老爷的长子，也理当是皇太子。守不住长江一切都是空谈。王仁这段日子里是无一日不焦急，生怕出什么乱子。

金陵方面戒备森严，不由得使北来的将士心寒，想当年曹操八十三万大军都过不了长江，何况他们这些个败兵之将，看着扬子江上不住巡防的兵船，便不由得吸了几口凉气。

强攻宝瓶口！这个决定一下，北来的诸将官一个个都惊得说不出话来。眼下渡船不足，先过去的不过半数，这让所有人都捏了一把冷汗。

“哥！王仁的大营就在那！”贾琏惊恐地讲道，“就是咱们全集齐了，也不一定过得去，何况先过去的不足半数。”“所谓打蛇打七寸，就是打他的要害。”贾珊讲道，“你不是一直想找王仁报仇吗？这正好！”

“浑蛋，真不把我放在眼里，这么明目张胆就来了！”王仁讲道，“好，老子就让你尝尝厉害。”“大公子……”“尤龙坎你有什么话说？”“大公子，咱们应先把人马分成两拨，先让头一部分的步兵守住滩头，若是前一拨顶不住了，再让后一拨的骑兵把他们赶下河去。”“真没见识！连半渡而击这样的最起码的兵法都不懂。”军中的儒将黄超讲道，“这位尤爷怪不得落得如此下场，原来打仗一贯是有勇无谋。”“早就听人说这贾珊打仗和番鬼一样，就是仗着火器厉害，根本就没什么韬略，今日一见果然不错。”军中的老将李勇直讲道，“何况这两天连着都是春雨，让他们的火器大都哑了，就更没有什么好怕的。”“是啊，贾珊已犯了兵家大忌，必死无疑……”王仁经过这伙人一说，脑子一热，命令大军后退，以便留出战场。“大公子使不得，一旦让他们在岸上扎下根来，便是后患无穷。”“你懂什么，这叫半渡而击，就是要先放一半过来。”王仁得意地说道，“中原不似番邦，你们打仗用的是力气，我们斗的是心机。”

柳湘莲当年随真人学道，虽说才有那么几分的火候，但因终究无法放下世俗门第之见，难以领悟世法平等要领，终难登仙班，只得放弃修行，重归红尘。

他这人虽说也当过土匪，做过绿林勾当，可终究是世家子弟，骨子里始终是一股子看不起人的傲气。这一会儿，贾珊带着贾琏渡江去打头阵，却把他和羊氏兄弟留在了对岸。

柳湘莲对羊氏兄弟一直不敢放心，曾对贾珊说让他们去打头阵，可贾珊不听，执意要自己去做先锋，忧心忡忡的他亲自去找冷子兴，他直言道：“若是打得过去最好，若是打不过去，真怕被（说着做了个手势，来代指羊氏兄弟）断了后路。”“柳爷多虑了，以王仁的那点能耐，是挡不住荣国公的！”“不好说，智者千虑，犹有一失；愚者千失，终有一得，王仁虽说是庸才，可近来日夜操劳，严加防备，也怕难以得手。”“不然！”冷子兴言道，“不怕王仁上心，就怕他不上心，他不上心，事情还难办些，他若上心则必胜无疑。”“此话怎讲？”“若是王仁不管，黄超和李勇直这些人也会严加防备。可王仁管事以来，在防备上贪大求全，处处设防，也就不得不处处分兵。”“可探子来报，那边的兵并不少啊！”“数量上不少，想必都是新练之军，怎么比得上精锐之师！”

此时黄超和李勇直不由得倒吸了一口凉气，贾珊的队伍整齐，行军步伐有序，一看就知道平时训练有素。贾珊参照叉叶的左翼禁卫军苦心操练这支队伍，开始的时候甚至也像叉叶军士那样，穿着狰狞的银镜骷髅甲，只是后来甄宝玉对他讲骷髅乃是不祥之物，恐怕兵卒士气低落，不如换一吉祥之物。于是贾珊便同甄宝玉等人商量，让军士们都换上了鎏金麒麟头盔，一个个仿佛是从天上下来的神将。

黄超和李勇直这两位跟着王子腾老爷，靠镇压苗人作乱起家，也算是军中的老将，可却从没有见过这等阵势。不过依旧自己解心宽道：“好在赶上了这场春雨，至少有五六成火器打不响，不然还真不能放他小子上岸。”

不想，一道道火光齐亮，那天阴雨蒙蒙，这一道奇异的光芒，在这种天气下显得格外耀眼。南军的士兵正如冷子兴所言，因为王仁处处分兵，造成大营的兵力不足，不得不拿新抓的壮丁充数，一听见枪响，便有人转身逃命。“这是什么鬼玩意儿，大雨天怎么照样能打杀活人？”就连跟随王子腾征战多年的老兵，也没见过谁是这样打仗的，一个个心惊胆战争相逃命，不用人家动手，互相踩踏便死伤无数。

“尤龙坎，快！救命！”王仁呼救道。仗着尤龙坎的保护，他竟从逃命的人流中杀出了一条血路。黄超手脚不灵光，被洪水般的逃兵给活活踩死了。李勇直则好不容易才从人堆里捡了一条性命，暗自咒骂王仁不是东西，丢下众人只顾自己逃命。

好不容易甩开了追兵，竟碰上了王熙鸾、王熙凤姐妹。“大小姐、二小姐，你们怎么来了？”“爹爹让我们来传话，没有您和黄总兵点头，大哥万万不能自作主张！”“真是死了孩子，娘来了奶！不过就是这样也不是人家的对手，二位小姐，你们让老爷赶紧把精兵都调过来，不然可真打不过人家。”“不是听人说北边的精锐都被胡人打光了吗？你李总兵也是老将军了，怎么还收拾不了几个残兵败将？”熙鸾干巴巴地问道。“大小姐不能这么说。”李勇直言道，“咱们在打算盘，人家也在打算盘，留下的都是压箱底的精锐，专来打自己人。”

王仁就这点好，打了败仗，比谁都跑得快，一路上纵马狂奔，一直到金陵城下。“快开门，你们没长眼睛吗？”王仁冲城上喊道，“你们开门，否则的话等爷进去，看我怎么收拾你们。”叫了许久，依旧没人开门，王仁心中不住地害怕，对尤龙坎讲道：“是不是金陵城也被贾珊他们占了？咱还是快走吧！”于是乎转头驾马就走，却被尤龙坎拦了下来。“尤龙坎你干什么？”这一打了败仗，王仁不由得草木皆兵，生怕尤龙坎把自己卖了。“城上的旗子没变，干吗要走！”“既然旗子没变，为什么怎么叫都没有回应？我看事情不妙，咱们还是赶快跑吧！”这时，城门突然开了，王子腾老爷排开阵仗走了出来。

“爹爹！”“你还有脸回来？”王子腾老爷干巴巴地讲道，“你不是说北边的精锐都被胡人灭了吗？若是让贾珊过了长江，你誓不为人？如今你可是得胜而归？”“回父亲的话，儿子自到长江以来，因为军务操劳，未曾有一日安寝，本来万事皆备妥当，不料忽生变故，以致功败垂成。”“答得好，到底是什么变故让你功败垂成？”“咱家的二小姐虽说被那边给休了回来，可到底是那边的人。至于鸾妹妹也不干净，若不是当年贾珊在北边没了下落，熙鸾就是那小子的媳妇。定是她们俩把军中的虚实，统统告诉那边，不然贾珊绝不可能这么快打过来。”王仁为了给自己开脱，竟把事情推到了鸾凤姐妹的身上。“枉你七尺男儿，竟被丫头片子玩弄于股掌之间，好不丢人！”王子腾老爷不再理他，排开阵仗回府去了。

刀下留人

王仁战败之后，王子腾老爷为了给儿子开脱罪名，竟要将跟随他多年的老将李勇直作为替罪羊斩首示众。囚车一路押送着李勇直在金陵城中引来无数行人指指点点，他的老婆包氏也跟着囚车哭了一路，弄得他好生地心烦。

“别哭了，瞧着就让人心烦！”“打了败仗就拿你当替死鬼，人家一点事儿也没有。”他婆娘哭啼道。“这有什么！”事情到了这步田地，李勇直反倒想开了。“有啥大不了的，老子这条命本来就是人家给的，现在还给人家，来世也不欠他家什么！”这时他看着指指点点的行人不禁动起了肝火，冲人群喊道：“看什么，老子十八年后又是一条好汉！”

“吵什么！都给我散开！”一个骑马的女人拦住了囚车，驱散了人群，这不是别人，正是金陵王家的大小姐，王熙鸾是也。“李勇直，你神气个什么劲儿，在囚车里反倒来了精神头，可真够威风的！”熙鸾讲话一向如此伤人，李勇直本来心里就有气，听了这番言语人都要气炸了。“大小姐，说话要有良心，我自从出死牢以来，就给你老子当牛做马，你爹爹哪回升官，没有我老李的一份功劳？现如今不仅你老子要砍我的头，就你这么个没人要的破丫头，也拿我寻开心。”“哼，照你这么一说，敢情你李大将军打了胜仗，我爹爹委屈了你！”“不是我姓李的无能，全是贾珊那小子竟弄些个邪门玩意儿欺负人！”“这你怪得了谁，尤龙坎早就跟你讲过贾珊的厉害！让你早做提防，你倒全当耳旁风！”“那白毛算老儿，我李勇直好歹也是行伍出身，他一番邦的杂种怎能跟我比。”“不长记性的东西，死了活该！”说完熙鸾便扬长而去。

为了对付贾珊，王子腾老爷特意找来了曾经和贾珊一块讨伐孙绍祖的将领张锋。“有人说恩侯的这个大儿子是当世韩信，用兵不在孙武之下，你在他手下做过事，你怎么看？”“依我看确实言过其实，贾珊所长者不是决胜千里之外，乃是战阵之数。只要弄明白他布阵的要领就不愁不能取胜。贾珊善用火器确实不假，可要战胜数倍于己的敌兵依旧是靠骑兵，当时若非赵若云率索伦骑兵从侧翼袭击，他现在恐怕早就命丧八门金锁阵中了。”“这一套办法虽然简单，可是却难以防范，你说老夫当如何是好？”“依在下愚见……”谁知这时他家的大小姐王熙鸾竟闯了进来。

“鸾丫头，你来干什么？还不快出去，我这有要紧的事！”王子腾老爷说道。“那我这是要命的事！万望爹爹恩准！“王子腾看了熙鸾一眼便讲道：“你们先在这等着，鸾丫头你随我来。”

说着便带熙鸾走进了内书房。“鸾丫头，什么事你连命都能不要？”王子腾老爷讲到这，脸色极其难看，那眼神很是吓人，仿佛能撕碎狮虎一般的猛兽，若非熙鸾这样的女中豪杰，绝没有第二个人敢站立在他老人家的面前。“李勇直这个人虽然笨得要命，可也跟随您多年，就这样丢了性命，实在说不过去。”“你还是管好你自己吧！我跟你早就说过，军中的事你不要插手。”说起来无论是王熙鸾还是王熙凤都不合适出面，王熙凤虽然被琏二爷休回了娘家，但依旧被人看作是贾家的媳妇。眼下王家正和贾家开战便不好说话。至于她王熙鸾也同样不该出面，她少年时代曾与贾珊订婚，用她母亲的话说我们家鸾丫头才是珊儿的正房老大，其他人不论过门早晚都是小的。若真是这样，眼下的这件事熙鸾便更不该干预。“既然看见就不能不管，确实不关我的事，只是怕爹做出后悔一辈子的事来。”“多出一倍有余，又是击半渡之敌，都吃这样的败仗！现在三军将士一个个都畏敌如虎，若不找出个人来，怕是不足以振奋全军的士气。”王子腾的这一手并不是什么新鲜的玩意儿，当年曹操征讨袁术，明知军中缺粮而强行出兵，军士们因此而怨言不断，为此曹操将押粮官斩首，说是粮食本来就够吃，全是押粮官勾结袁术倒卖粮草，才导致缺粮，以此消了众怒，熙鸾听到这，心里凉飕飕的，本以为自己和妹妹王熙凤已经够狠的了，没想到和父亲比起来还嫩得很！

熙鸾不由得后退了几步，用一种奇异的眼神看着父亲，这才讲道：“能顶缸的人多了去了，为什么非要拿李勇直这样的老人开刀？”王子腾老爷看着熙鸾，嘴角闪出一丝凄凉的笑意接着说道：“那为父拿谁开刀？”“我看王仁身边的萧良倒是块不错的材料。这小子一向在军中多有怨言，拿他开刀正好可压众怒。”“你说的倒是不错，可萧良这小子到底是你哥哥的人，事闹出来，仁儿的前程就没了。”“爹爹！眼下不同于往日，过去有什么样的前程，是皇上给的，现在连皇上都不知是生是死，有什么样的前程，那就要看手上有多少兵，有多少地盘。那李勇直虽说不怎么中用，但好歹也是条不错的看门狗，而那萧良又有个屁用，留着干吗？”女儿的话确实把王子腾从梦中点醒，眼下水无忌生死不明，正是英雄建功立业的大好时机，可是王子腾身上带着旧日官场上功归己过诿人的习气，而今形势不同，作为也当不同。“鸾丫头你真是爹爹的宝贝！要是那两个兄弟有你一半的才干，老夫无忧矣！”

贾珊与嘶哈哩使节商量大事，这一回是真正的嘶哈哩使节。“贾将军，我们虽然从陆上无法同叉叶人抗衡，可是对付王子腾的水兵还是绰绰有余的。”“只要你们能够打通江面的封锁，以后贵国的商人可以在各个口岸与我国通商，不必再受广东十三行奸商的辖制。只是我国将士身在外国，实属不易，希望贵国多多犒劳。”贾珊不由得有些恼火，他清楚嘶哈哩人聪慧果断，不愧为天之骄子，非中原及叉叶之辈可比，可是奸诈自私，贪恋财物，终大器难成。“实不相瞒，我手里现在一分钱也没有，若是想要钱，那就等打下金陵城，府库中的财物任凭贵国搬运。”“若是从水路攻城，请贵军为先锋，我国兵船随后便至。”“这个好说，只是……”“若是我国兵士在贵国触犯法纪，请按我国之法办理。”嘶哈哩不停地与他讨价还价，弄得他很是烦躁！

偏偏在这时候他的胞兄贾琏闯了进来。贾珊讲道：“我在这里说正事，你有再要紧的事都给我后边去。”可贾琏却道：“我这是要命的事！稍不留神就是诛九族的下场！”

灭顶之灾

先是好消息，芬丫头和狩娃子他们来了；后是坏消息，芬丫头和狩娃子他们闯下了滔天大祸。这让贾珊是又惊又气，先狠狠给了贾琏和羊狞一顿好揍，抓着芬丫头的头发不知如何是好。

自打突围之后，一直由羊狞、羊獴还有羊猛他们保护着太子水晨和太子妃他们。一路上反复与追兵血战，最为惊险的是叉叶右翼近卫军苍蝇兵杀了过来。苍蝇兵训练有素，火器精准，护送军吃亏很大。"大胆狂徒，太子车驾在此还不快闪开！"贾芬先用叉叶话说了一遍，又用汉语说了一遍。"姑奶奶你不要命了！"太子急得忙惊呼道。"就因为要命，才要说明白！"

原来贾芬知道冷袭有军令，中原的皇帝、太子务必活捉。若是要活捉的话，这些兵丁在使用火器的时候就多了一层顾虑，否则就是一顿枪炮之后，太子等人不知要死几回！

虽说是人物必生擒，可真的杀红了眼睛，谁还管得了那么多，两个狡猾的苍蝇兵一前一后向太子的车驾扑去，这一手险得很，若是上去解救，挡住前边一人，后边那人便会蹿在自己身边，用马刀要自己的命。

尽管形势万分危险，可羊獴还是奋不顾身地挡了上去，若是光依靠羊獴本人的身手，别说是这两个就是再加上几个，也不是他的对手，可是因为要保护太子车驾行动受限，一时间竟险象环生，他先是一刀将前一个一分两半，可这样却给了后一个可乘之机，出招让人家占了先机。那个苍蝇兵的重剑刺来，照理说他身子一闪，先放过去砍对方的手臂，可身后就是太子叫他闪无可闪，只好用手中的长刀去正面迎击对手，一般而言刀轻剑重，正面迎击往往是用剑的一方占便宜。羊獴好容易挡住了这一击，可手中的长刀却差点脱手，就在这时又蹿出一个苍蝇兵，直冲太子车驾而去。

情急之下便顾不得自己，猛地使出一手龙飞九天，去对付正面之敌，而对方也使的是进手招数，这样的话就看到底谁快了谁，羊獴先一手击到了正面之敌，这一手快刀对方的剑还在半道就身首异处，贾芬露出了喜色，本来手里拿着西洋短枪，想要用来自卫，不想羊獴身手如此之快，如闪电一般。

“正好省下了救命的枪子儿。”贾芬正是这样想，可她却万万想不到羊獴刚才使的那手龙飞九天，要付出多大的代价。这一招是五代时，后唐庄宗皇帝李存勖所创，记在郭从谦所著的《兵艺》一书中。自兴教门之变后，郭从谦被明宗皇帝灭族，《兵艺》此书也就下落不明。只是近一百多年来，才被一些利欲熏心的盗贼，从别人的祖坟中请了出来，传来传去只剩下了一些残卷。羊显玗当年在宁国府时看到了其中的一些东西，学会了这招飞龙九天。当年她在传授羊獴这一手的时候特意讲过，这一手邪门得很，稍不留神也能伤及自身，不到万不得已，绝不能动。

羊獴哪知其中的厉害，挥刀便向那人砍去，招数之狠，出手之快完全出乎他自己的意料。那个苍蝇兵也被这气势吓到了，似乎连招架的心也没有了。可偏在这时，不知为什么羊獴的身子仿佛是中了邪被鬼怪拉住一般不听使唤，羊獴很是惊讶，忽地头一热，正好给了对方机会，苍蝇兵是叉叶的右翼禁卫军，素来凶狠善战，个个都不是孬种，正好羊獴这么一错位，就让人抓住了这个转瞬即逝的机会，顷刻马刀一挥羊獴的人头便落了地。

那个苍蝇兵看见太子车驾，眼睛直泛绿光，贾芬此时才忽然意识到，她手里的这玩意根本就穿不透苍蝇兵的胸甲，世上便从没有卖后悔药的时候，贾芬早些时候从背后开枪，那人必死无疑，可现在说什么都晚了……

这时羊狞正在和其他的苍蝇兵浴血奋战，而那个羊猛更是个胆小鬼根本不要指望。“快投降！”这句话还没说出口，便被拦腰分成了两半。

“多谢……”太子本想说多谢将军，不想这时才看清楚是怎么回事，惊得说不出话来。原来那人本就不是人，而是羊獴的那具无头尸体，那具尸体依然挥舞着马刀在军中乱砍，吓得太子受惊讲不出话来。

“殿下、两位娘娘快走，不然剩下的追兵一来就更走不脱了！”羊狞语。“不行！”贾芬讲道，“说什么也要把羊将军的首级带走。”可惜得很！追兵来得很紧，因为小太子妃不敢骑马，只能乘车，赶路要紧，更是没能把羊獴的首级带走，落到了叉叶人手里。

这一路可真叫狼狈，只剩下这几个贾珊的亲兵，然后便是羊猛、羊狞等人和太子、小吴太子妃和贾芬这三个娃娃。羊猛不知从哪搞到了一些马肉，正要独吞，却被羊狞拦住："有好东西先紧着太子和娘娘们。"

"这是什么东西？这么难吃！"小吴太子妃一生气，竟将马肉扔到了泥地上。贾芬捡起来用衣服擦干净且言："你当这些东西得来容易，全是人家用命换来的！""给我闭嘴！"小吴太子妃理直气壮地言道，"我是妃你是嫔，我是主你是奴，你有什么资格论我的短长？"

贾芬当时没有言语，心想："若是现在跟她争论，还要落下个犯上的罪名，等到了地方，一切都听爹爹的安排。到那时候你别说是当什么嫔做什么妃，我让你去官妓院当窑姐儿，好好去给你姑姑丢人！"

小吴太子妃也有些个后悔，可嘴上却并不愿意认输，且言道："这身衣服脏了，快换些新的来！"羊狞拿出几件衣服道："娘娘您且将就用用！""这东西怎么将就！你们快想想办法。"倒是那羊猛脑子好使，讲道："太子妃娘娘别急，眼下衣服干得快，您先换件差点的，委屈一下，等衣服干了正好穿上。"小吴太子妃听着在理，便要如此行事，却被贾芬喊道："使不得，这上边有羊将军的血，万万洗不得！眼下连他的首级都没能保住，这衣裳的血就当是他的尸首！""你少拿这一套来压我！什么羊将军，不就是个被招降的土匪吗？""你外公倒是国家栋梁，一开战便丢下你这外孙女跑了！"小吴太子妃听得更是生气，竟往衣服上泼清水，拿手就要清洗，贾芬情急之下拿出了西洋短枪！

小吴太子妃见贾芬亮出了西洋短枪，吓得花容失色，但毕竟是吴皇后的亲侄女，天生的一股子硬气，抱住太子讲道："太子爷，你管管这个小贱人，她现在越来越没大没小了。"

可是太子自那次见到羊獴依旧挥舞长刀的无头尸首后，吓得自此说不出话来。小吴太子妃无论怎样拉扯哭泣，可太子就是说不出话来。小吴太子妃道："太子虽未开口，怕也早看不惯你的胡作非为了。"贾芬在一旁冷冷地说："省省力气吧！太子爷不想与你这贱人计较，小心太子爷开口要你的小命！""臭婊子！"小吴太子妃顾不得体面对贾芬破口大骂，"我和太子那是亲姑舅，不用说他也是向着我的。"贾芬看着生气，她自一入宫中，就受够了这位小太子妃的气，吴家本是寒门，而她贾家才是真正的开国功臣，凭什么这么个暴发户的闺女能进宫，还坐在正位，吴皇妃当年害死了贾妃元春，与贾家乃是不共戴天的仇敌。不过到底那吴皇后也算得上是识大体顾大局，这覆巢之下无完卵的道理她还是明白的，为了制住贾珊这个心腹之患，也为了将来万一失势给儿子水晨一条退路，可惜却不肯委屈自家侄女，让一贯骄横的芬丫头去做服侍别人的侧室，这口气压在心里那就可想而知。

贾芬一直心里就有气，又见小吴太子妃如此行事，更是火上浇油，她用手抖了抖手中的西洋火枪道："废话少说，要是这上边的英雄血少这么一星半点，我就要你的命！"贾芬的眼睛变了颜色，小吴太子妃从来没见过她这样，吓得手绢掉在地上。"好，就依你……"

不料，这时贾芬的火枪走火，打中了太子，那小吴太子妃情急之下连爬带滚上了一匹战马。"还待在那干什么，要是让她跑出去咱们谁都活不了，快追！"贾芬冲羊狞吼道。

小吴太子妃不过是个小女孩，又不会骑马，怎么跑得过羊狞，很快被抓了回来。那小吴太子妃连声求饶，说是以后再也不敢跟贾芬争东宫的正位，并愿意从此给贾芬当牛做马。

一想到这里，羊狞十多年以后都不住地后怕，当时所有人都被吓怕了，唯独贾芬脸上看不出所以然来，任凭小吴太子妃是如何哭喊求饶，她都毫不理会。

贾芬一边给太子止血，一边威胁，要是说出去个一二三来，就马上用火枪打碎他的脑袋瓜子，吓得太子只是不住地点头。"芬娘娘，只要你能饶了贱婢的这条狗命，就是给您当牛做马奴婢也心甘啊！""娘……"羊狞本想说娘娘，可想了一下便改称了大小姐。"大小姐，这该如何处置是好？""先把她的衣服扒了，省的糟蹋英雄烈士的英灵。""那接下来怎么办？"羊狞问道。"怎么办，把她的皮扒了。"吓得那小吴太子妃趴在地上抱着贾芬的腿求饶。这倒是羊狞、羊猛的老本行，干起来可真是轻车熟路，怎一个惨字了得！

这一路上太子的情况一直都不怎么好，起初还算清醒，可到后来总是在昏睡中，贾珊、贾芬父女会合的时候，太子水晨已经是回天无力。贾芬眼泪汪汪地求父亲救他的性命，越是这样贾珊心里边越是烦闷。他抓住胞弟贾琏的衣服吼道："芬丫头是个毛娃娃，狞娃子是个半大孩子。他们两个孩子不懂事，没把太子爷照顾好，你贾琏老大个人，让王子腾的手下两三句话，就把辽王给哄走了。现在他倒好，一扶辽王登位，他就是曹操，本来咱们手里有太子，没有太子还有辽王，现在倒好，本来是咱家外甥，却成了人家手里边的货，到时候咱们打胜了，立别的皇子也是苦了自家孩子。”他性子起来将贾琏一顿好揍，倒是对贾芬和羊狞没说什么，就让这两个回了。羊脂得了意，高兴地叫道：“看来你们两个才是爷们儿的心头肉，出了这么的大事，亲兄弟都一顿好揍，就你们两个没事儿！”贾芬没有理她，只是坐在了一旁，那双眼睛分外的血红，羊狞无奈地对姐姐羊脂讲道：“就因为这样，琏二爷没事，倒是大小姐和我羊狞，可就不好说了。”

“老二你过来！”贾琏昨天刚被打了一顿，心里不住地害怕。“哥！我知道……”“你错大了！”贾珊狠狠地看着他这位亲兄弟，百味回肠地讲道，“今天有事跟你商量。”琏二爷打小就怕他，眼下更是大气不敢出地坐在那里。“女人的衣服你比我懂，麻烦你务必把这件事办好。”贾琏接过胞兄给的样板一看，吓了一跳。“哥，你这是……”说到这里，他不敢再开口，因为这是要给芬丫头的寿衣。缓了一会儿，贾琏才开口道：“咱们非要走到这一步吗？”贾珊流下了眼泪，无奈地讲道：“最好不要走到这一步，若真的到了这一步，孩子上路的时候也要有身好行头！”

看到这情景，贾琏也好生地难受，从小到大他是从来都没有看过哥哥这样无奈。很小的时候，贾珊就是个有办法的人，那时他们兄弟爱看《金瓶梅》《梁唐演义》之类的禁书，大人们查得严，抓住不是打，就是一顿臭骂，倒是他这位哥哥有办法，把书撕成散页，藏在四书五经之中……

多少年来但凡是别人陷入绝境的时候，贾珊总有办法，当年因贾妃失宠，家业萧条，也是因兄长的归来得以振兴。可现在看到兄长如此无能为力，不由得万分心痛。

突然间贾琏不由得想到了些什么。“哥，要不这样儿，我跟夜叉星她们家服个软，把她接回来，往后大不了让姨夫（即王子腾）做宰相，你做大将军。”“老二你好没出息！”贾珊的眼睛一亮，仿佛又换了个人似的。“事情还没到那一步，一切还都要看枪炮说话。”

贾珊和兄弟贾琏出了营帐，恰巧碰见了眼泪汪汪的贾芬。“爹爹，真的没有办法了吗？”“芬丫头，夜里冷，你还是回去歇息吧！”突然贾芬讲起了叉叶话：“爹爹，眼下中原的天下已经一半在舅舅的手里，剩下的一半也未必保得住，母亲那边由我说情，您尽管归顺，在舅舅面前多说些软话！”贾珊抱起芬丫头同样用叉叶话讲道：“孩子你要明白，射出的箭收不回来，就像没有人能留得住光阴！”

贾芬在他怀里号啕大哭，用叉叶话抱怨道：“早知道如此，何必要带我回中原，我一回来就先被当作探子抓了起来，在姓孙的家里受了很多的罪！后来又到皇宫里受那小脚女人的气……”这一番话说得贾珊好生羞愧，突然这时卫兵喊道：“林中堂和徐公公求见。”这下贾珊更是为难，若是这外林内徐问起太子的事，我该如何是好，无奈之下只得硬着头皮去见这两位。贾芬更是又惊又怕，再次用叉叶语呼喊道：“千万救我性命，不然你有何颜面去向娘亲交代！”

原形毕露

“这两位是怎么出来的？”贾珊心里疑惑道，连林徐两位自己都感叹是从鬼门前回来的。当时宇文定泰向冷袭提议，要将这两位赶尽杀绝处理掉。

冷袭对林如意很有好感，在被拘留之后，对他可以说是礼遇有加。进燕京的时候，冷袭曾邀林如意一起乘马入城，被委婉地拒绝了。“亡国之臣，不敢与陛下同行。”“何必如此！”冷袭淡淡地言道，“以这座燕京城为例，自石敬瑭之后，辽人来住过，金人也住过，至于蒙元一族不仅在这里住过，在扬子江南边也待过。”“可到头来谁都没有留下！”“水家自称是赵宗之后，其实不过是汉姓的女真人。”“子曰有教无类，辽金蒙元之祖，虽然兵强势大，却不奉王道，不从古法，故而国运不长。我朝先世虽崛起于白山黑水之间，却从先王之法，依中原旧制治理国家，固然国家升平。陛下若真有心创建万世基业，请从汉制善待我中华子民，否则请尽得子女玉帛，回归上国，以免子孙有不测之祸。”冷袭听后，久不言语，突然竟笑言道：“您既不愿与朕共事，可愿与姓徐的那位去江南找兰提实？”林如意看着冷袭的那双血色的眼睛说道：“陛下好气度！只是这放虎归山，对您可是后患无穷！”“哼！”冷袭好不以为然地讲道，“往后金陵再会！”

“陛下，此举无异于放虎归山！”得知冷袭此举后，探春是极力反对，建议派杀手干掉林如意等人。“他是该回去！”冷袭讲道，“此人泥古不化，有他在，兰提实必定办不成许多大事，朕留着他何用？难道真要从先王之法治理中原？”冷袭的做法有他的道理，当年贾珊苦练新军，采买西洋火器，可林如意却说在人心不在技艺，还告诫贾珊万不能舍本求末。贾珊主张结交嘶哈哩、佛朗斯牙等国共防叉叶，本来事情弄得挺好的，可这两国使节提出面见水无忌时请免去磕头礼，说本国无此礼节。关于这一点贾珊劝水无忌不要同番臣一般见识，可是这位林中堂却说，礼者国之大事，不可偏废。

故而虽说中堂林如意对他对贾府都有恩，可却让他贾珊头痛得很！“有失远迎，万望两位大人海涵。”“贾大人客气了。”林如意讲道，“王子腾割据江南，怀抱异志，近来又私调兵马，抗拒天兵，实属大逆不道。”贾珊听后点点头道：“林中堂所言甚是。”“还请将军奉朝廷旨意，讨伐逆贼。”林如意讲道。贾珊表面上不动声色，可心里边为难得很！中原皇帝水无忌现在生死不明，贾珊本来手里边还有太子，现在太子爷没了，虽然他下令封锁消息，可又能封住多久，不由得心里着急。

贾珊硬是沉住气，对两位讲道：“末将这就去向太子爷请旨，讨伐逆臣。”“不必了。”徐公公讲道，“贾珊接旨！”徐公公又叫了一遍，他这才接旨。“奉天承运，皇帝诏曰，皇嫡子水晨虽系嫡出，然才智拙劣，难堪大用，故废其太子之位，改封信阳侯。皇次子水昂才干非常，故立为皇太子，钦此！”圣旨上还说赐贾珊尚方宝剑，遇事可先斩后奏。

贾珊接到这样的一份圣旨，心里总算是一块石头落了地，且寻思道：“如今天下无主，连这两位也学聪明了！”于是贾珊便对他们两个讲道：“皇太子人品贵重，众望所归，在下一直对太子是敬重得很！我那小女一向骄横，前一段成了太子嫔之后，便更不把我这个父亲放在眼里，眼下重立太子，也好让她收收往日的傲气。”徐公公知道他是什么意思便讲道：“荣国公此言差矣，贵家女仪表不凡，相貌不俗，主上甚是喜欢，可怎奈信阳侯当时已有了嫡妃，便只得委屈了贵府小姐，不过纳妃之事不合旧制，贵府小姐入宫服侍役满便可归家。”“羊狞！”“奴才在！”“传我将令，设宴款待钦差大臣。”“不必了！”林如意讲道，“国难当头，无心宴饮，再者唐维、冯子英两位将军也要率四万兵马渡江，到时候军中肯定缺粮，当下还是要以国事为重。”

待林如意走后，贾琏高兴地讲道：“这叫山穷水尽疑无路，柳暗花明又一村。”“林中堂到底是对为兄放心不下。”贾珊讲道，“给我放两个钉子。”

“林中堂！”“徐老，还没睡？”林如意和徐公公两个人睡不着，在月夜长叹，原来这两位都是天子身边的老人，心想贾珊迟迟不立皇帝，便知道有了变故，幸好遇上庶出的皇次子水昂，便弄出了这么一份圣旨来贾珊军中宣诏。“信阳侯虽说年幼，可尚能改正。而今这位是弱冠之年可就……”讲到这林如意便没有再说下去。徐公公无奈地叹道：“这位荣国府的小姐本系胡女，素来不遵王化，不能拿常理说事，只恨皇后娘娘割舍不下，不肯让自家侄女移出主位来，否则怎么会有今日之事？”这两位都对水昂这位爷不怎么看好，可眼下却没有办法。

水无忌早年风流，在迎娶原配叶氏以前就和宫女有了两个庶出的皇子，分别为长子水冕和次子水昂。这两位虽然年长，可却一直不受皇帝老儿的待见。那水冕命苦，被吴皇后设计害死。至于这位水昂，本来已经被封了安阳王，可惜这位爷自己不争气，在随父亲秋猎的时候偷看贾元春洗澡，一下子被贬为庶民。

细说起来倒与贾珊有那么几分交情。想当年贾珊带兵征剿孙绍祖，得胜之后路过平安州，见到了流落此地的水昂，特意将白虎皮相赠。而今再次相见，更是别有一番滋味。

贾珊私下宴请水昂，对他甚是礼遇，请他上坐，这水昂在被贬之后的这段日子里，也算是经历风雨见了世面，他左右推辞不敢上坐，是贾珊硬扶上去的。

“眼下军中一切吃紧，菜不太好，请殿下将就用用。”贾珊客气地讲道。“贾大人客气，以后小王就要您老多多提携。”“殿下这是哪里话，岂不是在折杀末将。”不料那水昂竟双膝一跪，竟向贾珊下拜。“殿下万万使不得，这让末将如何是好？”“寡人才干平庸，向来无人教导，万望大人收做义子。”“这如何使得，殿下先用饭，此事稍后再议。”

“脂奶奶，爷们儿都说了不让闲人进去，你这么一去不是生生地讨人嫌吗！”丫鬟弦儿劝阻道。“你懂个屁！爷们儿背上的刀伤疼得厉害，就得抽上两口才能压压神。”“那也不用劳您的大驾。”马张氏在一旁劝道，“让管事的老妈子送去就行了，也用不着你这做奶奶的抛头露面。”“你这就不懂了吧！只是我送去的才贴爷的心！”说着便一扭屁股往里边走。

“殿下，眼下胡人南侵，天下纷乱，不知道您有何高见？”贾珊问道。“依在下愚见，当肃清吏治，严惩汉奸……”贾珊陆续问了水昂一些问题，虽说看法不怎么高明，也算是对答如流，贾珊寻思道：“这小子还可救药，也算是经历风雨见过世面了，比他的那位不听人话的父皇要强，到时候扶他上位也不枉费我的一番苦心。”

古人话说得不错，路遥知马力日久见人心。可有的时候辨别真伪却只在顷刻之间，美人的冰肌玉肤，往往是好色之徒最好的照妖镜。水昂正在那边信誓旦旦地许诺：“国家大事全权委托将军……”话刚说到这儿，只见那羊脂来了，水昂尽管自幼长在宫廷之中，可也没有见过像羊脂这样的美女。“就像整个人都是拿羊脂白玉雕出来似的！”这句话水昂竟脱口而出，吓得羊脂送完烟斗便溜掉了。“敢问大将军此为何人？”“区区贱内。”水昂还想再问，可终究还是忍住，不过已经是失了态露了馅。

事后不久，这位爷做了一手不怎么样的诗来夸赞羊脂的美貌：“天生英类世间稀，海内人物若等闲。难闻人间有此材，昆仑浩玉出深山。”贾珊事后也不得不感叹：“脂丫头这个活宝，没想到还有大用，活似一把照妖镜，三两下便看清了那小子的本相原形。”

羊脂出来后，也是怕得要死，向鸳鸯打问那是个什么人。“什么人？闹不好将来就是皇上。”羊脂没有马上回话，而是向身边的人问道：“爷们儿从王仁那得来的那瓶西洋葡萄酒动了吗？”“回奶奶的话，这宝贝可金贵得很，爷们像是舍不得喝！”“脂丫头，你惹了多大的事！还有心思问这个？”鸳鸯训斥道。“姐姐别着急，那小子做不了皇帝！别看他什么龙子凤孙，今儿个比不得往日，自家说话顶不了事儿的。”说完羊脂便扬长而去，金鸳鸯呆立在一旁惊叹道：“这丫头是真傻还是假傻？”

再战而胜

自王仁上回战败之后，王子腾老爷好几夜都睡不安稳。他本来是贾代善的门生，现在却要和代善的长孙打仗。这一夜他怎么也睡不着，一个人孤坐在院子里，也不同别人讲话，周围的人任谁也不敢上前。

柳湘莲虽说向来看不起羊貂等一干人，可面上却还过得去。两人在星夜并排乘骑巡查营房，相谈甚欢。“那金陵王家照理说也是几代将门，怎就这么不经打？”“他家算什么将门世家？”柳湘莲不屑地说道，“他家虽说也是旧勋世家，归到根底祖上不过是花钱买来的太尉！”“开国功臣也能买得？”羊貂疑问道。水家王朝开国功臣们的根底，羊貂很小的时候就听祖奶奶讲过，在羊显玗奶奶的嘴里，这些人家虽说是可恨，可也都是真刀真枪地打出来的。可金陵王家是怎么回事，他的那位祖奶奶还真没有提过。羊貂好奇得紧，便向柳湘莲请教金陵王家的事。

本来太祖皇帝自入关之后，很快就剿灭了黑山贼，次年便击败了割据吴越之地的抗倭名将顾阳（也是羊贾两家交恶的真正元凶，后被贾源所杀）。本来以为天下已定，不想前朝的陇西节度使严龙突然起兵发难，一时席卷秦陇蜀晋一百三十七州县。

一时间严龙的大军兵锋直指太原城下，战斗空前惨烈，以致兵马钱粮大量损耗，国库为之一空。这时山西首富王栋尽倾家之财相助，太祖为之龙颜大悦，且王栋为人精细诚恳，很是能干，随即便被委以督办粮草的重任，累计升迁以至太尉一职。

所以说这王家虽说也是开国功臣之后，可真正的功臣旧勋却都不怎么看得起他们。他家的女孩也学关东旧族的样子，从不缠足，可是他家的姑娘，却很少有人能嫁到真正的旧族人家。

这些过往的经历王子腾是再清楚不过的，他现在还记得当年为了能让妹子嫁给贾代善的二公子贾政，他王家不知贴了多少嫁妆，江南甚至整个中华山河都被金陵王家的送亲队伍震撼，至今还流传着这样的一句话："东海缺少白玉床，龙王请来江南王。"

所谓江南王，他金陵王家可以说是名副其实，贾史王薛四大家族，除了贾家在开国前就在南方有一定的基业外，其余皆系北人。薛家祖上是山东德州人，为前朝的新科状元，因起草太祖皇帝祭天称帝的诏书，而成了开国功臣。他王家乃是山西太原的奸商，至于史家本系从穆德太后娘家陪嫁过来的索伦武士，本名史都燕灵，后来才改成了汉姓史氏。

照理说贾家在南方的根基最深，论尊贵史家才是皇帝的至亲，因而当年这两家的家底最为厚实，可是开国以来近百年的风云变幻，形势发生了逆转，贾家自贾代善过世之后，许久没出能人，而且他家的男人只管在京城当官，把南方的产业交由奸猾世故的庄头打理，已日益败落。至于史家从史辉德、史从龙这创业的两代父子起就出了岔子，史家本系黑龙江以北骁勇善战的索伦居民，骑马征战乃是本行，可却不擅长打理自己的产业，当年太祖皇帝论功行赏，他史家跑马圈地占下的土地最多。

至于那薛家虽说祖上也是功臣，但眼下却是一个富而不贵的局面。丰年好大雪，珍珠如土金如铁，薛家虽是富得流油，可是他薛家已经许久没有人在朝中做官，似乎早已没人记得这曾经的官宦世家，只是偶然间类似薛蟠这样不肖子孙阔气地出手，才能引来众人茶余饭后的一阵议论。

在金陵四大家中，在贾珊从北方回来以前，四大家族中的其他三家都已衰落，唯有他金陵王家，因他王子腾的出现，而空前强盛，不单是靠他祖上的业绩，更是靠他本人多年经营。他精于世故善于钻营，这确实不假，可在行伍上也并非一无所长，正是他带兵迫使安南的阮氏向朝廷纳贡称臣，后被皇帝委派主管江南九省的军务。现如今中原皇帝水无忌下落不明，一时间天下无主，他在南方经营多年正是大展宏图的好时机，不想偏偏又有从北方渡江而来的贾珊要与他一争短长。

今年的天气很是反常，江南的夜居然这么凉，冷风凄凄，吹动着院中的草木，仿佛是鬼魅的私语，好不骇人，王家的庭院与江南一带普遍流行的苏州园林相异，显得俗气怪异，在夜里更显得阴森恐怖，那些病气十足的所谓古柏，还有那俗气做作的假山石，无不在深夜里透出阵阵的妖邪气息来。

"都这么晚了爹爹还在为军机操劳。"王子腾抬头，一看正是他家二小姐。"凤丫头你怎么还没睡，还在操心你家那口子？"王子腾看上去不像个厉害的人物，身材短小，其貌不扬，加上眼下神色灰暗，目中也没了平时的那种叫人不敢正视的光芒，就更不像喘口气便能让江南半壁抖一抖的大将军，他又重复了一遍，“你是在担心你家那口子吧？”“爹爹，女儿今生既出去了，就决不走回头路。只是像李勇直这样的老将都……”“爹的好闺女，你还是年轻，世间打仗多少是真刀真枪打出来，靠的还是心机和手腕。”凤姐明白父亲的意思，打仗不光是靠排兵布阵，更要看内部的倒戈和哗变。

王子腾当年在安南就是靠这一套路数，平定了动乱，说白了便是用重金策反人家的部下。今日他把这一套用在了贾珊的身上，羊貂的妻弟岳辉经不住金钱的引诱，便带着自己手下的人马投奔王子腾去了。

“这不动刀枪，咱们这边平白少了五千人马。那边凭空多了五千，这样足足多了咱们一万多的人马。”柳湘莲在一旁讲道，“要是这样，要不了多久咱们就人去楼空了。”羊貂知道他话里有话，可却不愿意撕破脸面，便对贾珊道：“大帅，请让我带骑兵五百,一定拿回他的首级。”“可眼下怕是不行！”柳湘莲在一旁讲道，“他现在在路上走了半天，怕是已经和王子腾的大队人马会合了。凡事还当从长计议。”这话表面上客气，实际上暗藏挖苦的意思，却让羊貂无可奈何。“这又何妨！”贾珊突然间发话，语出惊人，“追上去一块收拾！”众将大惊失色，贾琏在一旁讲道：“还是同北来的兵马会合为上，虽说那边的兵不怎么经打，可毕竟人多势众，眼下交战怕不是上上之选。”“今天便走了五千，明天再走五千。”贾珊放言道，“这样下去不用打，人就散了，所以要速战速决，不然就是咱的人不跑，他从海外买进军火，训练兵马，这样越往后对咱们就越不利。”

张锋年岁不大，为人却很精明，本为贾珊部下，后来被皇帝水无忌调到了王子腾那里，正所谓知己知彼，百战不殆，王子腾逢人便夸口，贾珊那边有什么勾当他全清楚，而自己这边贾珊却不怎么了解。

“贾珊这小子胆子可真肥！”王子腾在一旁说道，“他现在手里边也就五六千人马，还有就是羊貂的乌合之众，也敢来老夫这里送死。”他说这话底气十足，这里他足足有十多万人马。“无非是用诈术。”张锋在一旁讲道，“贾珊打仗无非是靠这一套，先在正面用火器把人打蒙，再派骑兵从侧翼袭击，眼下他正面也就这些人马，只要守住侧翼，他就折腾不起什么浪来！”

对张锋的看法王子腾老爷很是赞许，微微地点了点头，却看见尤龙坎的脸色不怎么好看。尤龙坎富有才干，比他身边的人都强，这点王子腾老爷是清楚的，可是他出身外番，怕周边的众人不服气，一直将他置于人下，眼下遇到棘手的事，还是要听听他怎么说。

“尤龙坎，你怎么看？”“老爷，我军多而不精，平日也少操练，眼下与他交战怕是难说得很。”王子腾老爷狠狠地看了他一眼，心中想：“上次我就怀疑你和他互相通气，以你的身手，那小子怎么敌得过，这次你又要耍什么花招？”“老爷！”尤龙坎跟他讲道，“咱们坐守金陵，慢慢跟他耗下去，等买进军火，训练好了兵丁再和他打，一定能胜，干吗非同他在这里过不去？”“自李勇直战败之后，我军士气低落，正好打一仗振奋我军的士气。”王子腾坚定地说道。“那就请老爷不要排这样的九进十连环军阵。”尤龙坎讲道，“让前军以守为主，再让骑兵从侧翼包围贾珊的人马。”“哼！你到底还是个娃娃，这九进十连环的阵法，是我泱泱天朝的制胜法宝，无论是征剿苗蛮还是平安南，都是靠这一套东西，我可以把一部分骑兵给你，正面怎么办，还是我说了算。”

王子腾老爷拿着西洋望远镜远远地望去，贾珊的人马，阵势整齐，犹如一座会动的城池，好不吓人，知是遇上了劲敌，责令让前队枪炮齐鸣。“不可！”张锋劝道，“当年打孙绍祖的时候，也是这一套离远了不放枪，等近了枪炮齐上，大人切不可……”这时王子腾才明白为什么尤龙坎不让他摆这九进十连环的玩意，这一套东西是为了让火器兵多放枪，快放枪，可是却把队伍排得冗长，使不出全力。“你的话不错，可这样咱们就得变阵，临敌变阵可是兵家大忌。”王子腾无奈地叹道。

王子腾照老办法让兵士们先放洋枪，贾珊军也有一些人倒下，可后边依旧往前走，王子腾老爷看得是触目惊心，他看不明白贾珊的阵法，心想：洋枪素来不利近战，为何贾珊的人马非要走得这么近。

忽然一阵枪响，贾珊那边的洋枪竟像长了眼睛，王子腾的军士竟无处逃避，又是一阵枪响又有一大片军士倒下，任谁也是魂飞胆丧，贾珊军士还未近身，王家军已四下逃散，不用人家动手，自相踩踏就死伤无数。

不过王老爷毕竟不是孙绍祖和王仁，留下了一支督战队，用火器逼迫后边的军士回去，可即便是这样依然稳不住阵脚。“哥，咱们现在就追，一定把夜叉星抓回来。”贾琏兴奋地讲道。“抓回来干吗，破镜重圆？”“让她给我当丫鬟，倒马桶。”贾珊看着他笑了笑，没有言语，拿望远镜一看，连忙喊道：“让三军将士停止追击，收紧阵势。”“哥，咱们不是正占上风吗？”“你懂个什么？”

这尤龙坎让贾珊很是头疼，当年奉冷袭之命，攻打帝波安，就曾吃过这骑兵的亏，这些人持两把西洋短枪，可连打六枪，若是让这些人近了身，后果不堪设想。

其实，这不过是尤龙坎在虚张声势而已，却在一时间唬住了人，等贾珊觉悟过来为时已晚，王子腾的兵马已经走远了，智者千虑，终有一失；愚者千失，终有一得。贾珊一向明智，今日却糊涂地放走了王子腾的人马，而贾琏一向糊涂，今日却坚持追击。

一番交战之后张锋被贾珊手下的兵士俘虏，贾珊示意松绑，笑着对他讲道："老兄你是个明白人，怎么替那个老糊涂卖命？"张锋低着头并不答话，贾珊笑着对他讲道："我这回奉旨讨贼，万望将军反正。"张锋见贾珊如此宽厚，便也只得跟从。

"只是在下有个疑问，请大人明示。"张锋不解地向贾珊问道，"我曾与大人一起去征讨孙绍祖，自认为了解大人的战阵之术，为何今日依旧惨败至此？"贾珊笑了笑对他言道："首先，我军乃是奉旨讨逆，在道义上便占了上风。其次，现在与你在我手下做事时形势又有所不同，那时我军操练的时日也浅，用的兵器也远不如现在，所以当日的战法与今日不同。最后，王子腾还算是半个明白人，可他手下那些老行伍，一个个木石心肠，你说的那些话，他们哪个肯听得进去，所以有今日之败。"

边打边谈

自迎祥堡战败之后，中原的兵丁闻叉叶之名而胆寒，在江南被传得更是邪乎，说他们是三头六臂钢头铁额的妖怪。扬子江上一艘西洋船缓缓驶来，眼下王子腾的兵马刚刚与贾珊交战失利，人心惶惶，若是此时与叉叶的兵马交战那更是凶多吉少。军中也有少许的忠义之士，不禁流下了热泪，叉叶兵马此时一旦渡江，无异于雪上加霜，整个中原大地便沉沦于叉叶的铁蹄之下。

王子腾老爷战败之后不久就回到了金陵城，他的老婆宇文二姐见他如此行事便劝道："这是最差的一步棋，眼下还不至于到如此地步。"忽然平儿的母亲韦星家的急匆匆地跑了过来。"怎么了，没看到我们正忙着吗？"王子腾夫人训斥道，"你都快进棺材的人了，怎么还这么冒冒失失的？""老爷、太太不好了，咱家的大少爷直领着这特使先生往里闯！"子腾夫人言道："不就是那特烈西吗？仁儿这个沉不住气的东西，我老早就说了先晒着他，不听人话。""不是特烈西，是提南大人。""提南大人？"王子腾疑惑那边来的是何许人也。"夫人，你先回避下，我怕那北边的胡虏样貌凶狠，惊吓到你。"子腾夫人却不以为然地讲道："老爷，不打紧，我倒要看看，他是鼻生三孔，还是脚板上长眼。"

"是你！"王子腾见到他慌忙地站了起来，王子腾夫人更是激动得站立不住。"看来外边的传言不虚，大哥是在那边发达了，可惜……"说到这宇文二姐便不敢再说下去，她早就听人讲过，大哥宇文定泰在北边做了上门女婿，之前也收到过哥哥的亲笔信，但若非亲眼相见怎敢相信。他眼下是混得不错，可惜给别人当了上门女婿，这宇文氏家也就此算是绝了后。

冷子兴要坐嘶哈哩人的兵船去拜见王子腾，老爷林如意亲自为冷子兴送行。"您真是抬举了他！"林如意的侄女婿甄宝玉对此很是不满。"您是堂堂的朝廷大员，而他是什么东西，不过是贾珊家里吃闲饭的一介食客。”“非常之世，非常之时，而有非常之人。”林如意答道，“真不知道这个冷子兴是不是那个人的对手？”“您多虑了，那个特烈西虽然有那么点小聪明，却言而无信，王子腾这只老狐狸是绝对信不过他的。”“那小子何足为虑！”林如意叹道，“我是在担心北边的那提什么大人。”“提什么大人？”甄宝玉疑道，“您说的莫不是宇文定泰？”林如意苦笑着点点头，一时间百味回肠。

“就是当年的那个臭名远扬的盗墓贼。”一提到这，甄宝玉便是气愤不已。当年义忠亲王老千岁，还没有被太宗皇帝废掉太子之位，且委以重修漕运的重任。而这宇文定泰当年仗着太子爷对他的宠信，以修挖运河为名，盗掘别人的祖坟，义忠亲王被废去太子之位，就有他的一份功劳。听到这里，林如意不由得叹了口气道：“难得你们这个岁数的年轻人，也知道这么一号人物。”说到这里林如意的脸色很难看，甄宝玉还有些话想说，便也只得咽在肚子里。

其中的往事甄宝玉是知道的。在前朝永安皇帝当政的年月，朝政腐败，世风低下，这时出现了被称为雨亭七子的宇文昭明、林天华、顾云峰（顾阳之父）、韩百川及王海渊、司马兄弟（绍德、绍恩）。他们成立了复古社，立志革新朝政，整顿吏治，与当时不可一世的阉党势同水火。当时的永安皇帝亲小人、远贤臣，七子中的司马兄弟、王海渊相继遇害，韩百川与顾云峰则陆续归隐，复古社的元老，当年便只剩下了林天华和宇文昭明这对生死之交。无论是眼下要重整中原山河的林如意，还是为叉叶卖命的宇文定泰，其实都是当年雨亭七子的后人。前朝时为世人敬仰的雨亭七子，后人竟沦为千夫所指、万人唾骂的盗墓贼，不得不让人心痛！

可不管怎么说，这是一个非常难缠的对手，太上皇水洪在弥留之际还特意交代儿子水无忌，义忠亲王一党的人任谁都可以赦，唯独宇文定泰杀无赦。

冷子兴事前虽然从没和宇文定泰见过面，但在儿时就听人讲起过这位的大名。记得父母一辈的人讲起来什么三面蜈蚣、九命灵狐之类的诨号时，一提起来无不恨得咬牙切齿。这一回说什么也不能在气势上输给人家。

“冷先生！”嘶哈哩的将官通过广东十三行的通司讲话道，“请您改坐小船。”“劳烦现在给对面一点颜色瞧瞧。”“对不起，我们只能送你们到这里，我们与王子腾无冤无仇，是不会动手的。”“将军。”冷子兴客气地说道，“事成之后，定有重谢。”“这不是钱多少的事……”广东十三行的通司还没把话译完，那羊狩一个健步飞身用锁魂针抓住了那个嘶哈哩人。

“好商量，好商量，一切都好商量。”那个嘶哈哩黄毛竟能讲一口流利的汉语。“原来你能说人话，我还以为你只会在那里鬼叫。”羊狞厉声喝道，“快给那边一点厉害瞧瞧，不然我要你的狗命。”“好，我一定照办。”

其实王子腾老爷手下的兵丁老早就同嘶哈哩人打过交道，那年他们在广东缉私时与嘶哈哩的兵船发生了冲突，他们这边死伤惨重，倒下了两三百条汉子，而人家只有三四人落水。后来王子腾贴了嘶哈哩人整整一船的白银，这事才算有了收场，所以一听嘶哈哩人的炮响，对面的王家军可以说是人心惶惶，在岸上打着白旗问对方是什么意思。“告诉他们，叫王子腾亲自到岸边去迎朝廷的特使。”

贾珊他王子腾老爷打不过，北边的叉叶他更打不过，他手底下的一班谋士本来还想着为他谋划，坐拥江南半壁称帝的美梦，现在都不敢想了。不过即便是这样，王子腾手里依旧有招妙棋，他现在以江南半壁为奇货待价而沽，而冷袭派来的宇文定泰和贾珊派来的冷子兴，则像两个买主在那里争相竞价。

这王子腾老爷一时间也是拿不定个主意。“妹夫你可千万要想好，你若跟了慧丫头家那个浑小子（即贾珊），将来可真是追悔莫及，再说跟在毛孩子的手底下做事，凡事低人一等。要是等天朝的兵马下了江南那就是更低别人一等的人下人。”宇文定泰的话不时在他的耳边响起回声。“叉叶人眼下分兵去征讨扶桑、高丽两国，一时间无暇南顾，否则也不会来找您，那宇文定泰看着风光，实际不过是一只丧家之犬，他到了那边之后做了人家的上门女婿，改名换姓叫作什么提南英恶。他在北边是养了一儿一女，可是按人家规矩，自幼便交于他的妻兄抚养，一年之内父子间见面的次数也不过一两次。那一儿一女皆不通汉言，沾染北国之俗而不知书礼为何物，敬其母舅而不知有父。眼下虽有一时之快，然其仇敌遍布朝堂，若一朝单于崩，群虏则欲分其尸首而后快。宇文老贼自其弱冠之年便学习叉叶文字，乃至今日也不过如此，何况大人生在中原，未尝识北国礼俗。”冷子兴的话让他不由得生出了阵阵凉意，江西、湖北两省的巡抚联名上书，让他及早消除与北来将士间的误会，仍不失为朝廷的栋梁之臣，否则追悔莫及。“大人虽然做过江南九省都检点，可是真正的嫡系却只是在江浙一带，其余诸省则人心未服，若是逆天行事，则人心尽散，不论今后鹿死谁手，只恐叉叶兵马未过长江，大人的身家性命……”冷子兴的话再次在王子腾老爷的耳边响起。“贾珊跟内地的兵马交战倒是所向无敌，但在我朝天兵的面前何尝有胜算可言。他这一路南逃何等仓皇，无异于丧家之犬。只不过到了江南，欺负内地兵马不熟悉火器罢了，又何足畏惧。”宇文定泰的话又使他举棋不定。

“爹！”大儿子王仁来了且面带喜色。“什么事把你高兴成这样？”“爹，咱们的娘娘来信了。”“咱家哪来的娘娘？”“是姨夫家的那位娘娘！”“哦，你说的是她。”王子腾老爷打开这封探春的信，一看舅舅长、舅舅短的很是亲热，不过亲热之后便是吹嘘叉叶兵马何其强大的言论。王老爷看完之后很不舒服，却又甚是惧怕。“爹，舅舅说了，只要你能把金陵再守上三个月，等天兵一到您就是平定江南的第一功臣。”王子腾老爷发了话传令三军加紧备战。

要打下金陵就要攻克武安和文昌两座卫城，分别由王子腾的两个儿子王仁、王义把守。羊貂的兵马系被招安的豫西流寇且器械不精，一向不被各路官兵看好，王义也是如此，他只是盯着正面的冯子英所部，却不提防羊貂的人从侧面杀了过来，队形来不及展开，火器一放出去打死的自己人比人家还多（因为羊貂那边人少），前几阵下来王子腾的兵已被打怕了，羊貂妻弟岳辉带来的兵马又再次哗变，何况豫西来的这支兵马本来就好勇斗狠，王义很快就败下阵来。

王义在武安城里不敢出来，可这武安的城墙又高又厚，硬攻的话无异于送死。冯子英看此情形便想，那王义一贯骄横，不如派人挑战激他出来，于是乎便派赛温侯吕简单枪匹马前去挑战。可是那王义就是不愿出来。

这可急坏了里边的尤龙坎。“二公子，我军虽说眼下失利，可好歹还有三百支洋枪，那边虽然得势，可火器也所剩不多，整治一下再打一场未见得输。”“怎奈士气低落，还是等援兵到来，内外夹击才是上策。”尤龙坎见说服不了王义便也只得退而求其次。“即便这样也不能让人家在咱们眼皮底下猖狂，让我赶走他也好振奋士气。”“好！”尤龙坎便出了城去战那赛温侯吕简。

吕简此时可以说是意气风发，他自己觉得如今像田青云、徐平贵之类的高手相继离世，而他近来又枪法大进，自觉天下无敌。他便不由得自鸣得意起来，竟在两军阵前耍起了他的那套功夫，还真不错，看得王义那边是胆战心惊。

“伙计你的功夫不错得很！”这声音甚是奇怪，且非常阴冷，一个满头银发的人走出来，他看来也就三十多岁，而且样子也好看得很，一双血红色的眼睛，让人不由得生畏。

“爱哥哥，你说纸菩萨胸口的伤口是怎么回事？”“听人讲珊哥哥背后的刀伤都是让凤姐家的那个车夫砍下的！”“纸菩萨那么高的功夫，也会着别人的道儿！”史湘云满脸的愁云，虽然事后纸菩萨一再说自己也只是一时大意，要放在平时这样的主三四个也不是他的对手。可是既然纸菩萨这样道行的人，也会着道儿更何况是旁人！

“难道是叉叶人来给姓王的助阵？”吕简分不清什么是叉叶人，什么是帝波安人。但也知道尤龙坎不好对付，看他门户大开，反倒有些心虚，疑惑片刻之后也不敢托大，提着枪上去，看来占了先机。“那个白毛功夫应该不错，可惜实在托大，他的刀那么长，到时能即时拔得出来吗？”吕简是这样想的。

好多人也是这样想的，可是谁想得到，那尤龙坎的身手竟会那样地快，只觉得白光一闪，吕简手中的长枪就被砍成了两半，那边的军士看着也个个惊心，要不是人家刀下留情，吕简的这条命恐怕就……

“他的功夫不在田青云之下！遇上他算我不走运。”于是便退了下去。“我去陪这小子玩玩！”羊貂便要上去。“且慢！”冯子英劝道，“君子斗智，不斗力。”可没等他话说完，羊貂便冲了上去。

两人上去头一个照面，可谓是惊天动地，一闪身差个分毫便有人送命。可到了后面两人招数很是奇怪，周围的人谁也看不懂，似乎都是虚招，没有一招是实的。以至于让王义怀疑，尤龙坎和羊貂早有勾结。

其实羊貂和尤龙坎都是举世罕见的高手，头一个照面下来，都知道对方身手不凡，都不敢主动进犯，生怕让对方抓住破绽，故而多用虚招试探对方。“二公子，那尤龙坎怕是和人家在打哑谜，串通好了，要把咱们卖了。”王义身边的家奴在那里挑拨道。“浑蛋！休要胡说。”王义狠狠地给他一脚，可是心里边却对他的话很是认同，即刻鸣金收兵，把尤龙坎给招了回去。

虽说使的都是虚招，却大耗力气，羊貂只感觉自己全身的骨头都要裂开，真不知道那小子怎么样。反正自己再拖下去可真难说得很。“二公子，为什么叫我回来？”“怕你有什么闪失。”

“你说那王义不说出来，他老子的救兵要过来也不难，咱不可能长期围城，还是回去吧！”冯子英讲道。“不妥！既然来了就不能白跑一趟。”羊貂讲道，“咱们啃不动他，无非是手中的兵器不成，咱们先把周围的小牙都拔掉，自然有枪有炮，就不愁啃不动他。”冯子英有些犹豫。“怎么王仁的援兵？他们兄弟一向不和，断不来救！”“可是城里的兵虽然败了，却实力尚存，若我军分兵去取那些牙堡，城里的人突然杀出来，那咱们可就抵挡不住。”“放心，王义这小子已被吓破了胆子，他不敢出来，不然也不会让那小子回去。”冯子英想了一会儿，便道：“好！老羊，这回就听你的！”

“二公子，快趁现在冲出去，不然等他们把那些小牙堡都打下来，兵器全到手，咱们可就要……”王义嘴上总有道理，生怕尤龙坎把他卖了，死活不肯出来。

周围那些小牙堡的守军早就被贾珊前边的声势给吓坏了，又见王义不敢出来，王仁也不来救援，很快就被羊貂等人收编。王子腾老爷花重金买来的红衣大炮，竟然会打自家城池。

到了这一步王义也只好跟尤龙坎硬着头皮突围，尤龙坎排兵布阵颇有些章法，打得羊貂、冯子英有些个摸不着北，可惜早已误了战机，很快便被从两翼上来的兵士给粘住陷入苦战。

熙鸾点将

尤龙坎一番苦战只带走了王义，王子腾的大公子王仁见武安被攻破吓得要死，慌忙丢了文昌，带领本部兵马滚回了金陵城内。“老二你好威风啊，临走前你说什么来着，有你王义王二公子在，这武安城别说是贾珊啃上三个月，就是三十年也休想啃动分毫。现如今你还有什么话讲？”“王仁你不要欺人太甚。”王义气愤地讲道，“我带兵不行，你带兵又怎么样，要不是你把贾珊放过长江，又怎么有眼下这档子事。”“我好歹对阵的是贾珊一手调教出来的兵马，你倒好，连招安的毛贼都打不过。”“都给我闭嘴！”王子腾老爷受尽了这对难兄难弟，“你们都给我闭嘴！我这哪是养了两个儿子，分明是养了两头笨猪，滚！都给我滚！”“老爷何必发这么大的火。”王子腾夫人走了过来，“小心气坏了身子。胜败乃兵家常事，何必记挂于心。”“胜负的事我其实并不在意。我现在往哪边站队哪边成事！我有什么好担心的，无论是妹夫家的那个女婿，还是你姐姐生的那个小子，我都打不过，可他们都离不开我。只是仁儿、义儿两块废料，没一个成器的，待我走了之后，这偌大的王家可就全没了指望！”“老爷，所以咱们现在要给孩子们找个好的靠山！”“那你说，哪边咱们能靠得住？”

夜深了凤姐和母亲都还没有睡，母女两个关起门说起了悄悄话。“娘！舅舅回来后，你好像一点也不高兴。”凤姐说道。“我怎么能高兴得起来？”子腾夫人语气沉重地说道，“当年在家做姑娘的时候，到谁家都被人指指点点，说是盗墓贼家里的闺女。要不是他当年在义忠亲王那里瞎折腾，你姥姥家又怎么会招下灭门的大祸，你慧姨（即贾珊、贾琏之母）又怎么会动不动就让你家老祖宗给穿小鞋，你小姨又怎么会去给仇云那个家伙做小，受一辈子的罪。他说要你做他家的儿媳，真把为娘给吓坏了。他这个人一向自私自利，哪里管别人的死活，为了能飞黄腾达，便给人家做上门女婿。你的那个表弟，娘是没见过，但听说是连中原的话都不会讲。虽说是亲姑舅，可你这舅舅真叫人信不过，就怕你过去是到他家去做小！照我说你还是跟琏儿说几句软话，回去好！”“娘！”凤姐就事说理道，“女儿也知道北边是靠不住的，舅舅再能耐，也不过是只看门狗，别说当不了主人的家，就是自己老婆的主，也一样做不了。至于他贾家的三姑娘，更是自顾自的家伙，也休想指望上。”

“这些道理你既然明白，为何还要跟琏儿对着来？”子腾夫人讲道。“他这人当年跟我恩断义绝，我今天又何必回去找他。”“凤丫头，你听为娘讲。”子腾夫人讲道，“这一来是眼下的形势，二来做人要有良心，咱怎么也得念你慧姨的恩。娘比你慧姨小，可嫁人却在她前面，后来你姥姥家出了事，你爹爹也动起了休妻的念头。”“嗯！”这虽然是在情理之中，可凤姐听了依旧是那样地不舒服。“幸好你慧姨领着你公公来看我们，为了抱上贾太师这条粗腿，看在你姨妈的面上，他这才打消了念头。”“过去的事您不要想了，这些年你们老夫老妻不也过了下来吗？”凤姐给母亲解心宽道，“爹爹终究不是仇云那个浑蛋，说是老婆死了就把小妹扶正，谁知道人家吴家得势，便又续娶了吴娘娘的本家姐姐。”“是啊，你爹爹和仇云虽说都是靠你的慧姨起家，可为人却不一样，这我是清楚的。”子腾夫人讲道，“你爹爹就算休了我，也不会不要我，从正门出去再从侧门进来，本来是妻以后是妾，咱们王家可比不得你婆家，你想想你那庶出的几个亲姐妹，都嫁了什么样的人家。”“娘，您不要说了，您的意思我明白。”凤姐在那理直气壮地讲道，“慧姨对您确实是比山高、比海深，可也不能把女儿卖到她家为奴为婢吧。”“凤丫头！”女儿的话子腾夫人显然没能听进去，“你这丫头打小就是这样，凡事不肯吃一点点亏。琏儿敬你、怕你还不知足，非得折腾得你慧姨绝了后。你姑妈也是厉害人，人家怎么样，你姑父身边的那个赵姨娘是个什么东西，可你姑妈也没说把她怎么样。有时候真不是娘不护着你，你做下的那些事，让为娘无法替你说话！”“娘，连你也这样！”凤姐满脸无奈地讲道，“以前的事我是有不对路的地方，可那也是没有办法，贾琏这人虽不算坏，可却没什么心肝。我嫁到他家前，就知道他家有亏空，可嫁过去我才知道，他家连根都烂掉了，是我这边省、那边省，外边又放着债这才表面上维持下来。又怕人家笑话，暗地里典当东西，设宴摆架子，打肿脸也得充胖子，又有谁心疼过我？现在连你也说我！”“丫头，娘也是没有办法！”说到这里，子腾夫人也不由得落下了热泪，“全怪你爹爹，当年着急要你嫁给琏儿，哪知你珊哥哥会从北边回来，若是你姐姐过去你现在也不用受这罪。”“娘，你好没出息！”凤姐讲道，“咱们偌大的王家，干吗要靠人家活着！”

李勇直家的狗又大又凶，是王子腾的连襟仇云从乌斯藏界弄来的，这一类凶顽的畜生虽说是又大又笨，却忠勇可嘉，虽说这身子骨笨拙，可遇到灵巧的豺狼，纵使吃亏，也从不后退，即便见到老虎和狗熊也是如此，一遇到生人，便不停地狂吠。“吓死人啦！”熙鸾在车里狠狠地骂道，“真是人蠢狗也蠢！”

“当家的你快点醒醒！”李勇直老婆包氏忙把他从床上拉起来。“你急什么，老子我早醒了。”李勇直不以为然地讲道，“你这老娘们儿就是没个派头，有人找让他候着。”“我的爷！你说让大小姐候着！”“什么？大小姐来了？”听到这李勇直连忙穿好衣服迎了出去。

“不知大小姐大驾光临有失远迎！”“李勇直你少在我面前假寒酸，我有事求着你，屁指望也没有，就知道说些屁用没有的废话糊弄人。”“我的姑奶奶，我哪里敢糊弄你，就算我给自己亲娘老子做鬼耍滑，也不敢跟姑奶奶您耍心眼子。您把我从鬼门关里拉了回来，就是让我上刀山下火海，俺姓李的也不皱一下眉头。”“还说是刀山火海！让你在我爹爹面前说几句话，现在都没个音信，上嘴唇一碰下嘴唇，能花上多少力气，难不成比登天还难？”李勇直听到这里，没有说话，脸色很是难看。缓了口气才同熙鸾讲道：“大小姐，你哪怕让我去冲锋陷阵也比这个靠谱，在老爷面前说一个乳臭未干的白毛多么有本事，你让我老李怎么开得了口？”

“你还好意思说出这些没心肝的话来。”熙鸾气愤地讲道，“你李大将军的面皮比金子还值钱，我王熙鸾的脸比城墙还厚实。”“大小姐我真不是这个意思。”“那你是个什么意思？你不容易，难道我就容易吗？照理说我当年是被许给那贾珊的，当是他家的人，最不该讲话的就是我，不也照样把你从老虎嘴里捞了出来。你什么想法我心里边清楚，你跟着我爹，这些年你没有功劳也有苦劳，凭什么让旁人在你们这群老人的面前威风？可眼下不同往日，但凡旁人能行，他也犯不着这样金贵，不管三七二十一，过了眼下再说，若是我爹爹垮了，你们谁都别想有好日子过！”

熙鸾折腾了半天，李勇直终于硬着头皮，便和十多位将领，一齐保尤龙坎领兵，王子腾老爷也是这个意思。可谁曾想这尤龙坎自己不干了，说是要带妹子到乡下去种地。

气得熙鸾骑上马当街把他给截了下来。“大小姐有何贵干？”尤龙坎讲道。“尤龙坎你好没出息，看来李勇直的话一点没错，你可真是烂泥扶不上墙来！”熙鸾气得小脸通红，那双手一个劲地直发抖，“你也是堂堂的男子汉，过去也是一国的太子爷，而今就甘心给人喂马赶车。你可知道这些是怎么来的，是我这妇道人家不惜抛头露面。照我说，你祖宗的基业过去也是这样败光的！”“够了！”这一声够了，止住了王熙鸾的哭声，乃是这位许久以来头一次冲她发火，尤龙坎长相不错，似银子做的头发，更发出那么几分邪异，他的眼睛好似血染般，在熙鸾的眼中无不透出一股子冲天英雄之气，可却依旧要用冷言相对！“我的爷，你别跟我发火，有种跟北边来的兵马分个高下。”“大小姐！只要你那两个哥哥不来捣乱，什么都好说！”

熙鸾无奈只得把尤龙坎的这番话转给了父亲。“这个浑小子，真是得寸进尺。”王子腾老爷很是气愤。“丫头你要知道，这小子可不同旁人。要说李勇直这些人不过是些看门的狗，就算放出去也走不远，他可是吃人的虎，跑出去是小，最怕回过头来吞下自己人！”说到这王子腾老爷的脸色十分难看且言道：“当时他放走你珊哥哥我就对他不甚放心，何况眼下又是这时节。要是平时自然该给他带兵，底下全是咱们的人，他想造反也反不出去，可眼下洋枪队里全是番鬼，我怎么敢用他？”“爹爹，这江浙两地的人，光把头发剪下来就比泰山还高，放着这么多自己人不用，干吗找来这么五六百口子的番鬼？”“没办法！尤龙坎的话不错，征安南、剿苗子的那点战功，跟人家的那一套相比，就是小儿科的玩意儿，现练兵也来不及了，只能从海外招些人过来。”“从外边招人倒也是条路，只是这些番鬼一个个都是油条，就怕大哥压不住人！”

父女各执一词，谁也说服不了谁，熙鸾见劝说无望，也识趣地走开了。下边的事情闭着眼睛也知道，尤龙坎这人，老爷子到底还是会用，只不过到哪儿都有王仁、王义两个死鬼看着，放不开一点手脚，或许爹爹的话是对的，李勇直这些人怎么能和他相比，这是一头吃人的老虎，一旦放开手脚，什么事都难说。王熙鸾这段时间里为自己的家事心烦意乱。

王家母女

妹妹王熙凤也同样不好过，一边是婆家，一边是娘家，想到这凤姐心里很乱，娘家的事不想管，可又没有办法……“二奶奶何其英雄，却保不住自己的亲闺女，白给旁人作嫁衣裳！”这人是谁，竟说出了凤姐的心里话，抬眼望去只见一老一少向她走来，这不是别人，正是贾珊派来同王子腾老爷谈判的冷子兴和羊貂。“他们是怎么进来的？这可是王家内宅！本以为王家军有尤龙坎这样善战的将领带兵，就会有救，看来现在也于事无补，他们两个花上几个臭钱就能进老王家的内宅！看来爹爹手下人没一个靠得住的。”

这冷子兴凤姐是知道的，京中有名的古董贩子，也知道这是个大有才干的人，但冷先生这一回却让她很不高兴，这冷子兴原本是个无品级的门客，这回为了把王子腾拉到贾珊这边来，林如意临时封了他个从六品的官职，一想到这凤姐就老不高兴。至于羊狞这小子，凤姐更是讨厌，对多姑娘一家从来都是厌恶之极。

其实凤姐和羊家很早就打过交道，那时她刚嫁到荣国府没多少时候，听人讲流云寨的刁奴难治，一开始不以为然，后来闹得实在不像话，不得不管，便让父亲王子腾派去一个佐领，带四五百兵丁去镇压。可非但没有治住，那个看不见摸不着的地头蛇，反而闹出了不少事情来，也只得听之任之，后来多姑娘之所以能从她手中诈出一百多两银子来，一来是形势使然，二来是那婆娘报出了流云寨的家门，怕惹出更大的乱子来。

对于羊狞的那个姐姐，不用看，想起来就觉得恶心，头一个长得真真不怎么样，真是脏到家了，恶心得要死，女人家的胡来也该有个度，哪有这么没边儿的，连从自己肠子里爬出来的娃娃都下得了手，敢问人世间哪有这样的畜生。那羊脂确实是漂亮，可上不了台面，永远都上不了台面，和赵姨娘一样是不着调的玩意儿，仅有的那么点儿聪明劲，也只会用在歪门邪道狐媚子霸道上，别的事上听个风就是雨，也不是什么好人。

他那两个姐姐倒还好说，终究是女人家，没什么见识，掀不起什么大风浪，至于眼前的这一个羊狞，看他那双贼溜溜的蓝眼睛，简直就是一头狼，不知道将来要闹出多大的事来。

“你们来这里做什么？”凤姐质问道。“军国大事！”冷子兴则一脸正气地讲道。“哼！”凤姐一脸死瞧不起他俩的样子说道：“军国大事找我女人家来商量！好有出息！”冷子兴看着她淡淡地笑了笑讲道：“皮之不附，毛之焉存！二奶奶，眼下这个节骨眼儿最为关键，您就算不为自己着想，也该为小姐的将来做些打算！”

一说到巧姐，凤姐便不由得动了颜色，用她的那一双不怒生威的丹凤三角眼瞪了他一眼道：“巧丫头的婆家是不行，可她毕竟是荣国府的小姐，也是我金陵王家的外孙女！”“金陵王家！”羊狞冷笑着说道，“若不是亲家姥姥卖地卖房，小姐真不知会怎么样！”“你是什么东西！”凤姐一见羊狞插话心里来气，“你算个什么东西，主人家说话哪有你这狗东西插嘴的份！”“羊狞你先下去！”冷子兴这样吩咐，羊狞也照做了。

对羊狞凤姐骂归骂，看不上归看不上，可他的话却是货真价实的道理，一想到王仁这畜生绝情绝义的样子，心里也不由得恼火，可还是强压住火气，对冷子兴讲道：“冷先生，这一损俱损、一荣俱荣的道理我是清楚的，这北方是完了，这江南的花花江山，就更不能再让胡人占了，只是辅佐幼主的当是像我爹爹这样有威望的朝廷大员，他贾珊刚从北边回来几年，便要骑在老辈人的头上，真是岂有此理！”冷子兴很是欢喜，因为他明白，凤姐嘴上虽然厉害，可心里边却早已缓和下来，于是便讲道：“夫人大可放心，这荣国府里的女主人您永远是头一位，两家乃至亲，又何苦厮杀，若是以王老爷当朝廷宰相，荣国府执掌军务，于情于理都大有好处。”“占了大便宜，还说是给别人好处！”凤姐不满地言道。“娘家虽眼下十分兴旺，其实全是仗太尉一人。一旦太尉靠不住了，您觉得您那两个哥哥谁能指望上？”说到这，凤姐也没言语。冷子兴见此，便感叹了一声道：“这金陵王家用百余年的光阴挣下这份基业，可不容易，这宅子里的一草一木，可都是你家先人用三种物件儿换来的！”“三种物件？哪三种？”“血、汗、泪！”“说血汗我懂，这男人家也会有眼泪？我家先人可不是贾琏这没出息的玩意儿！”“情之将至，泪水将至，世人不分男女，皆是如此，若是金陵王家在你这一辈败了，您的先人在九泉之下也不得安宁。能救金陵王家的，也就只有二小姐您了！”

“娘，那个冷先生可是你给放进来的？”凤姐向子腾夫人问道。“你和他谈得怎么样？”“军国大事那是男人家的勾当，咱们娘们儿又干得了什么？”凤姐看着母亲脸色好奇地问道：“娘，按理说，姑舅亲过两姨，为什么您乐意让珊哥哥进入金陵，而不愿让舅舅下江南？”子腾夫人指着家里的唐三彩道：“你知道这东西怎么来的？是你舅舅当初借着废太子的势力，盗人家祖坟给弄出来的，宇文家祖宗的脸面都让他给丢尽了，本来家中人丁就单薄，他还到了那边做上门女婿，好大的能耐！这脸皮简直比城墙还厚！”唐三彩原来只是埋在唐代的古墓之中，世间无人知晓，是宇文定泰当年以修挖运河为由，刨人祖坟，从此才有人知道竟有这种稀世珍宝，当年的时候宇文家的三姐妹差点一个都没嫁出去，因为一说起来，都知道是盗墓贼的妹妹。

“太太不好了，出大事了！”韦星家的老婆急匆匆地赶来。“什么事把你急成这个样儿？”“回太太的话，大少爷跟着一个红毛番鬼，带了一大帮子人，要挖表少爷的祖坟。”“仁儿这个混蛋，我非得要……”“娘！”凤姐劝阻道，“你不必去，爹爹他们自会料理，若这是爹爹的意思，你去了也没用。”“鬼丫头，你可真有主意！这养儿像舅，有盗墓贼的舅舅，就不愁有这样子的外甥！”

“冷先生，大事不好了。”羊狞急匆匆地跑来且言道：“王仁这个狗东西带了一大帮子人要刨咱爷们的祖坟！”“这纨绔子弟也真是黔驴技穷，这等下三滥的招数也使得出来。”冷子兴道，“这可是王子腾的意思？”“倒没有。”“那就不要去管他。”“可是……”羊狞还要言语，却被冷子兴劝住：“你现在去了也是没用，若是这种下三滥的鬼把式能成得了势，那称帝图皇的敢情都是风水先生！”

“恩师，只要王仁这小子刨了贾珊的祖坟，就不愁他老子王子腾站不到咱们这边来。”特烈西满脸堆笑地在王家的客厅对宇文定泰讲道。“甚好，甚好！只是……”宇文定泰缓了口气道：“咱们这么做可就真没退路了。”“退路！”“眼下圣上要出兵征战扶桑和高丽，且在西方与嘶哈哩与佛朗斯牙不和，在西北的季冥海方面虽然吞并恶洛克与帝波安，却尚有丹洛为祸屡屡生出事端。何况中原人口众多，天下之民十有其四，虽一时占得金陵，可江南半壁，乃至整个汉家中原都难说得很，万一有个闪失，可就真没有回头路了！”听完这番话，特烈西额头上不由得落下了豆大的汗珠，宇文定泰走过来拍拍特烈西的肩膀道：“年轻人到底是胆子大，放心，好在这事不是咱们……”

这时又有人来了，是两个女人，特烈西有些慌乱，尤其那个年轻些的凤目生威叫人不敢正视。“二妹你来了。”宇文定泰满脸堆笑地冲那个年长妇人讲道。“原来她们是王子腾的老婆和闺女。”特烈西心里寻思道，“中原的皇帝我见识过，他手下的臣子也就是那个样。想不到这底下竟还有人物，她们两个虽说是妇道人家，可气度见识都不凡，就像是中原寺庙里供奉的那些个娘娘，那些个神祇！”

“你到底想干什么？”子腾夫人对他的哥哥毫不客气地讲道，“当年宇文家被你折腾得灭了门，现在又过来祸害我王家，事成了你跟着一块沾光，要是败了你自己躲得远远的，独祸害我家仁儿！”“出了什么事？仁儿到底怎么样了？”宇文定泰装出一副毫不知情的样子，演得还真像，连特烈西都差点信了。

“哥，姐姐生前可待你不薄，你更不该指使我儿子去挖她家的祖坟。”“竟有这种事？”宇文定泰言道，“二妹妹，我的为人你是清楚的，我怎么会指使自己的外甥去刨亲妹妹的祖坟？”

“那好！”子腾夫人讲道，“那就请同小妹一起去劝劝仁儿。”宇文定泰忙推辞道：“好妹妹，眼下哥哥走不开，有军国大事。”“眼下子腾病了，有军国大事又能找谁商量？”“我和这位大人正在商议。”说着用手指着特烈西。“哟，这位在你们那边是个什么官？”“这位是克节蒂拉……”“什么乱七八糟的？不知道你老妹我听不懂番话！告诉我在中原算什么！”宇文定泰想了一会儿便道：“这位是前军招讨使、虎威中郎将特烈西，特大人。”“那好，咱们一块去！”子腾夫人拉着胞兄道。“好妹妹，我去不太合适吧！”“这娘亲舅大，舅舅您不去，谁去？”外甥女凤姐在一旁插话道。定泰也只得从命。“这位大人，烦您也跟着走一趟。”特烈西本来不想动，但见进来几个壮实的小厮，便也只得恭敬不如从命。

“王公子，叫你手下的这帮饭桶麻利点儿。”特烈西的大徒弟白眼狼叫喊道，“早做早了，省得夜长梦多！”“这位爷可千万急不得！”说话的不是别人，正是王仁宠信的术士马道婆（正是差点整死凤姐和宝玉的那个马道婆）。“要是时辰不对邪气上来，咱可是吃不了……”马道婆的话音未落，只听得砰的一声枪响，这个一直仗着旁门左道法术横行的老巫婆，便倒在了血泊之中。“兄弟你这是……”王仁断然想不到这个油嘴滑舌的家伙竟然出手如此狠毒。“说句实在话，你们中原的这套什么风水、祖宗神灵的这一系列的玩意儿，在下是统统不相信。这么做，其实就是为了替你金陵王家在朝廷的面前表个忠心。”白眼狼看了王仁一眼，那双海蓝色的眼睛分外凶狠，吓得王公子差点从马上掉下来。“王大公子，只要你好好干，将来好处少不了你。”“好，我这就叫这群奴才马上开工。”

“我看你们谁敢来！”这是一声清脆的女人声音，白眼狼这时候才知道早有人在这里埋伏。“是你！”白眼狼惊呼道。

当年血坟道人的徒弟黄阳圣母曾经不请自来，给王子腾老爷嫡出的这四个儿女卜了一卦，留下了八字真言乃是：“不仁不义，鸾凤从龙。”王子腾嫡出的两个儿子没一个成器的，可她的两个闺女，王熙鸾、王熙凤都是大名鼎鼎的人物。眼前的这一位是琏二奶奶王熙凤的亲姐姐，金陵王家大小姐王熙鸾是也。

白眼狼本来还想仗着手中的火枪生事，可见到王熙鸾带的尤龙坎吓得连枪都掉到了地上，可却一点也不甘心，那一双天杀的蓝眼珠子乱转，绞尽脑汁收罗着害人的鬼主意。

王熙鸾和她的妹妹王熙凤一样都是极其难缠且不好对付的主，也都是出了名的泼妇，相比于她的妹妹王熙凤而言，王熙鸾是个更难缠的家伙，不知道换了多少婆家，她性情善变，叫人捉摸不定。

不同于一脸病容的凤姐，这王熙鸾身材高大且匀称，脸上带着一股子勃勃的生机，只不过面容不似她妹妹那般秀丽。白眼狼内心里急如火烧，可却又无可奈何，说是无可奈何，可却贼心不死。

“白眼狼！你不是平时挺能说的吗？怎么眼下哑巴了？”王熙鸾用奇怪的口气跟他说道。“大小姐，我……”“你什么你？”王熙鸾在一旁讲道，“点起我哥哥送死，你在这捡白捞。”“大小姐，这可真不关我的事，你们有个短长也休要怨我。”白眼狼在那狡猾地辩道，“这全是您舅舅他老人家的主意。”

“休得胡言！”子腾夫人不知从哪里过来了，且言道：“大哥，这浑小子要挖慧姐姐的坟，这事你可知道？”“竟有这等事！”宇文定泰听后大惊失色地讲道，“谁指使你这样做的？”“大人，您不是和我师父商量好了吗？”“浑蛋！信不信我一枪崩了你？”特烈西更是气急败坏地掏出了手枪。

“看来全是误会！”子腾夫人讲道，“都是体面人，何必要这般纠缠，照我说都散了吧！”“确实是误会，咱们散了吧！”宇文定泰讲道，他看特烈西师徒在争吵，便又用叉叶话吩咐道：“戏都散场了，何必要伤了和气！”

女人心事

所谓好事不出门，坏事传千里，不知怎的，这事传到了羊脂的耳朵里，她和心腹羊显玗的重外孙女马张氏议论道："真不要脸，打不过人，用这种玩意，亏得没做成。""做成了才好！"马张氏语出惊人，把羊脂吓了一跳。"你这是什么话？"马张氏看私下里没人接着讲："这你才做得了正房大梁！""正房大梁？"羊脂很是疑惑。

不知怎的，远在燕京的贾母和史湘云也谈到了羊脂。"那丫头虽说除了模样没别的，可我总觉得多少年后，她也会坐在这里。"贾母的这句话让众人摸不着头绪。"她羊脂是个什么货色？"史湘云的堂妹史湘兰讲道，"什么根底的人家，做小都算有造化，还做白日梦，想当大太太。""说起梦来，我就不得不提这件事。"贾母在思绪中提起了一段宁荣二府里的陈年旧事……

其实很久以前，贾家便有这样一个传说。想当年宁国公贾演恨透了舅舅羊擒虎一家，在母亲羊太夫人死后，便将母亲牌位上的"羊"硬是改成了常见的"杨"。可是上漆不过第二天，便掉下来，就算是刻上去，还是被老鼠咬了，留下的印记终究还是像只羊。

宁荣二公的生母羊太夫人，老太君是从来都没有见过。可是自打过门之后，一年之中总有这么几日梦到她老人家，而且每日梦到的都一模一样。

羊太夫人抱着个黑丫头往荣国府大门里走去，还没进门便念叨着："错了，错了。"等放下黑丫头又抱着个白丫头便直往里走，羊太夫人进了府里就把白丫头放在了主位，说是给大孙子，谁知那白丫头却说终究还是错了。

起初的时候，宁荣二公的原配水柳二夫人还在世，却不以为然道："这是想她侄女。"只是打发焦大多给羊显玗些财物罢了。可是到了大观园快要被抄家的那段日子里，贾母几乎天天都梦到这一段。当时荣国府的年景不好，贾母觉得先人托梦当别有深意。经打探，那羊家是在开国时被灭了门，可在江南还是剩下那么几户十多辈之前就同羊擒虎出了五服的人家。于是贾母便同王夫人、李纨她们商议，从这些人家中挑一户出来给贾兰娶媳妇。可惜人算不如天算，后来赶上了抄家，这件事便不了了之。谁曾想贾珊去了趟流云寨，竟带回个绝色美女羊脂姨奶奶来。

这件事今夜传到了羊脂的耳朵里，对此她有自己的那么一番理解。那个被羊太夫人抱进来后来又扔掉的黑丫头，正是她的亲姐姐多姑娘。而自己则是那个要进门的白丫头。给大孙子自然是贾母的大孙子，除了她爷们儿贾珊还能是谁！这就是说她脂丫头要做这荣国府里的正房大梁！至于为什么说终究还是错了，那自然是辈分错了！她祖奶奶羊显玗和宁荣二公是一辈人，可她却是羊显玗奶奶的玄孙女，而贾珊却只是荣国公的重孙子，说起来就是她脂姨奶奶的叔叔辈，这么一说她和她的儿子贾苗，反倒成了一辈人！

“我的好表姑姑。”羊脂对马张氏道，“这王家的破不破风水，和我做得成做不成荣国府里的正房，能有什么关系啊？”“我的脂奶奶，你可真是糊涂得要命。”马张氏搞不清这脂丫头是真笨还是假笨，便讲道：“北边的大奶奶听说改嫁了别人，眼下正房可是空着呢！”

羊脂听后不由得一惊，不过随即便露出了喜色并讲道：“姑姑，您的意思我明白得很！不过你放心，就是两家讲和他王家也挑不出个能当大奶奶的人来，他王家就两个闺女，一个是原来的琏二奶奶，另一个是没人要的烂货，倒贴嫁妆也没人要的骚婊子，就算是进了门，也不要紧，狗改不了吃屎，犯起老毛病来，谁也救不了。该我羊家的还是我羊家的，任谁也抢不走！”

这段日子里羊脂似乎也有了些问鼎正房奶奶宝座的本钱，她的本家哥哥羊貂、羊狸他们借着渡江的机会，收编游兵散勇，一路上队伍滚雪球似的越滚越大，甚至连林如意都觉得羊氏兄弟尾大不掉终成大患。

林如意曾在水无忌面前这样说过贾珊。“陛下，对此人当恩威并用，以收其心。”当水无忌问其应该如何刚柔相济的时候，他做出如下比喻：“前朝人写过这么一篇猫论：赵国人家里闹老鼠，于是这家的老子向中山国的人借了只猫回来。这猫既抓老鼠也偷鸡吃。这家儿子说要把猫赶走，可老子却说偷鸡是小，让耗子啃光了粮食，才是了不得的事。”

对贾珊他始终是这态度，既要让他抓老鼠，也要防着他偷去家里的鸡鸭。可到了眼下，林如意也只得如实讲，这不是一只猫，而是一头虎。

为了贾珊这只老虎，林如意竟然屈尊去找羊貂，却被告知羊貂看他的祖奶奶去了。羊奶奶被荣国府的贾珊追认为宁国府上一代的到宁国公留下的老姨奶奶，也自然随宁国府的一班人马被安置在了苏南小城。

“府里有急事，请速回！”里边的人没露面。“这位是林中堂林大人，快点开门。”那奴才不敢不开门。一进门，只见里面的人都乱糟糟的，羊貂他们也在，可是神情紧张无暇他顾，不知是为何。

再看宁国公贾演的儿子贾代儒拉住羊显玗衣服道：“母亲，看在儿子的分上，你就放过蓉哥吧！”焦大急得拼尽了全力抱住她的大腿：“小姐，你就看在你姑姑的分上，他可是你女儿在世上唯一的一点骨血！”我要和哥哥玩（指贾蓉），我还要和小姐姐（惜春）玩！”一百多岁的羊奶奶声音竟和小姑娘似的，看起来比焦大甚至她自己的亲儿子贾代儒还要年轻。林如意和同行而来的甄宝玉，眼前则是一头雾水，是完全看不出个所以然来。

眼下焦大悔恨自己的大意，眼前的事他可是再清楚不过了！他一直怀疑羊显玗能活到这把年纪，还有这样子的一副身子骨，定是用了什么见不得人的玩意。后来请教了一些个人物才知道，这是一种极其残忍的邪术，即从自己的子孙后代身上吸取英瑞之气，以延长寿元。

焦大一开始很不以为然，觉得在宁国府羊显玗的子孙只剩一个年事已高的贾代儒，哪里有什么英瑞之气，何况她现在又神志不清。可谁曾想羊奶奶练了这么多年的功夫，成了一种习惯，自然而然地行事，她自己个儿也不知道究竟，便去找食吃。“原来蓉哥的病是这么来的！”贾蓉的媳妇、丫鬟此时也已瞧出了个大概。“这几天蓉哥病得莫名其妙，大夫也说不清楚，原来是这么一回事。”焦大心里直后悔，他怎么也没想到，这贾蓉的身上也流着羊显玗的血液！贾惜春也是如此！他们都是羊显玗女儿鸠夫人的后代！

林如意和甄宝玉这两个睁眼瞎自然是看不明白。羊貂看的却是真真的，他的这身功夫是羊显玗手把手教出来的，这祖奶奶的路数他是再明白不过了。“祖奶奶您快住手！”“不嘛，我要同他玩！”“好，我陪您玩！”羊貂依然讲道，忽地一下将羊显玗拦住。

若是这羊奶奶依旧清醒绝舍不得拿他这样的玄孙子下手。可眼下这位祖奶奶一切都随性而行，看见羊貂便如同馋猫见到鲜鱼、黄鼠狼见到大公鸡、苍蝇盯住了血骷髅一般，死死地盯住不肯松口。一把就将羊貂抱住，死死地像铁铸的一般，羊狸想要上却被羊貂给叫住，甄宝玉想要走近点，只觉得浑身扎疼，近不了分毫，其他人更是不敢上前。

抱了好久且才把羊貂给放开，若是换了贾蓉只怕都死了两三回。“真是好小子！”焦大在一旁赞叹道，“谁有你这样的身子骨！”羊狸想要去扶他被推开了。“放心，我还站得住！快走，省得祖奶奶打你的主意。”

羊奶奶身子一闪，竟自顾自地回屋睡觉去了，身手宛若鬼魅。“敢问这一位可是当年平灵侯的妹妹？”甄宝玉问道。“如假包换！”焦大答道。

一提到这里甄宝玉不禁感慨良多。

“不知太夫人的这病何时能好？”一听甄宝玉这话，焦大的头都大了，忙答道：“让她好过来那还了得！她性子一起，这宁国府任谁也别想活过来。”

“中堂大人，我等多有得罪！”羊氏兄弟连忙下拜道，“竟为家中琐事一时不能全礼。”“不妨事，不妨事。”林中堂讲道，“先齐家，而后才能安天下，正有要紧的军国大事与二位商量。”

“林中堂，不是国公爷说要同王大人共保幼主吗？”羊狸问道，“怎如今反倒要猛攻金陵城？”“那王子腾毫无诚信，且与叉叶暗中勾结，何况他在任以来，一直玩忽职守，监守自盗，他王家金陵经营多年，其家人多不守法纪，为害甚巨，也理应除之。若是将军打下金陵便是立下了头功，老夫定保将军做江苏巡抚。”

“中堂何必要如此看重这路流寇？”事后甄宝玉不解地问道。“我不是看中他们，而是不得已而为之。”林如意无奈地讲道，“他刚从北边回来的时候，我就和圣上讲，能除鼠却也食家禽，食家禽是小，鼠坏衣食则事大。可那时候他顶多是只花狸猫，可现在倒好，是只白额吊睛虎，如今如何也不能让他这只虎再多出一双翅膀。”“可若是让他们打下金陵，不还是让贾珊多了一双翅膀吗？”“宝玉你这孩子到底还是年轻，他们算得了什么，那边才是不得了的！”

尤龙坎带着刚刚找来的一支以西洋火枪为主的雇佣军与贾珊对峙，临行前千叮咛万嘱咐一定要坚守，万万不能轻易出战，可终究这王义还是顶不住对面军士的叫骂和挑战，率军出战了。

王义骑在大洋马上督战，经过尤龙坎的一番铺垫，又从洋商那里不知买进了多少枪炮，一时间果然非同凡响，羊貂的兵士似乎抵挡不住，纷纷败下阵来。

“看来贾珊也无非是仗着火器！”王义现在是耗子手里拿了杆枪，一下子便起了打猫的心思，自以为现在也有了贾珊的那两下子，骑在高头大马上下令军士追击。“前边是林地，恐有变数！”李勇直劝阻道。“不打紧，就眼前这片林子能有多少伏兵，追！”追了一阵，忽地一下前边的人马都不见了踪迹。

就在这惊恐之余，又不知道从哪出现了许多兵马，王义手下猝不及防被杀得七零八落，这叫伏地阵，即把敌军引到山川险阻之处，全部都伏在地上，敌兵一见眼前突然间空白一片多是茫然不知所措，再突然起身杀出，打了王义一个措手不及，何况王义急于立功，冲乱了己方的队形，便死伤不少。

“二公子，收紧队形，舍弃前队还是大有胜算的！”李勇直无意中说出了一个事实，王子腾老爷剿匪、征安南之所以能屡战屡胜，很大一部分便是他不顾自己人的伤亡，在前队与敌兵混杂的形势下，照样用火器打人。

王义听从老将的安排，赶紧收缩队形，要用洋枪打人，不想后边突然杀出了一支兵马，一时形势大乱，这王义虽然不济，可却比他的哥哥王仁强得多，他背水列阵便怕人家从后边抄杀过来，不想羊狸带一帮人穿他们家的衣服竟从江上蒙混了过去。

这一败之后，王义心灰意懒，从此便再也没有领兵打过仗，丢下了李勇直只顾自己逃命。羊貂等人带兵至南京城下，用洋商卖给王子腾的大炮轰击金陵的城墙。

金陵城的城墙被轰开了一角，羊貂亲自带领精锐杀入缺口，王子腾手下的兵卒本无斗志，见此情形纷纷逃命去也。林如意和甄宝玉也在墙外冷眼观战，一向老有城府的林中堂此时也不由得喜形于色，因为他知道一旦这城池被撕开口子，这口子便会越来越大，金陵便会落入羊貂手中，林如意叹言：“王子腾一生苦心钻营，绝想不到会得到这样的下场……”

谁知道忽然间羊貂的兵马竟退了出来，林如意看得心惊：“莫非他们已经猜透了老夫的用意？”再看那羊貂被人抬出来，面无血色，可身上又不见一处伤口。“这是……”林如意见状便趴在羊貂身上痛哭。“中堂勿要悲伤，家兄只是昏过去了，一会儿就好！”林如意心中疑惑寻思道：“莫不是这小子故意使诈吧，他不敢得罪贾珊故意编排出来的？”这确实是冤枉了羊貂，他那日为了搭救贾蓉，被祖奶奶羊显玗吸走了大量的英瑞之气，若是在平时还显不出来，刚才攻城的时候大耗精气，便昏倒了过去，所幸被手下人抢救了出来。

刹那间错过了攻破金陵城的大好时机，林如意眼见功败垂成好生的懊恼。“林中堂莫急！”羊狸献计道，“眼下王子腾的兵马在正面，可叫上武昌水师助战攻克金陵。”林如意讲道：“自古以来南人乘船，北人骑马，将军的兵士多是北人，而洞庭水军一向弱小，恐难与闽浙的精锐之师抗衡。”“王匪连番战败，一时如惊弓之鸟，士卒早已没了战心，此其一；其二，我军之中也有不少人是从那边投奔过来的，这些人熟悉水战，可以为我所用；其三，王子腾的水军自他做上太尉以来，就没好好操练过，不然我们就过不了长江。”

果不出羊狸所料，用红衣大炮从水面上轰击王家军的炮台，而炮台里的人怕伤着游弋在长江上的嘶哈哩的舰船，只能挨打不敢还手，嘶哈哩人既帮着贾珊却也贪图王子腾的金银，对这两家是各自敷衍，虽说是两不相帮，可却派战船在长江上游弋，他们也怕叉叶的兵马渡江，毕竟他们不愿让天下之民十有其四的中原山河全部落入冷袭的手里，若是那样的话，下一步是天竺，再下一步本国也要被叉叶吞食。

其实这一仗多少有些狐假虎威的味道，王子腾在广东的时候便知道一百个汉兵也打不过一个嘶哈哩人，知道他们的厉害，早被吓破了胆子，哪敢打一顿炮弹！嘶哈哩人见他们这一队破船，以为是接兵士渡江的也没在意，不料在王家军看来便是相助贾珊攻城。

看来金陵方面是真顶不住了，派出一艘船来打着白旗似乎是要谈判。“莫要理会，勿中了贼人的缓兵之计。”林如意言道。羊狸正要吩咐人把那艘船击沉，却被一个女人给止住了。“嫂嫂？”羊狸对岳夫人的做法很是不解。岳氏将西洋望远镜递给了他，一看竟是冷子兴和羊狞！

“收手吧，羊将军！荣国公和太尉讲和了。”冷子兴讲道，“咱们也该收了。”“到底是让这小贼头先了一步！”林如意一想到这一层心中很是不快，可却不甘心就此罢手，便讲道：“羊将军既然接受了招安的诏书，从此便是朝廷的战将。这是为朝廷打仗，怎么能全听贾珊一人的？”“中堂大人息怒。”冷子兴道，“荣国府的兵马眼下正在金陵城，这一炮便不知要死伤多少自家的兵马。何况新近传来消息，北国骁将楚尔不日将率二十万大军南下，就算我军攻下了金陵，也不过是为他人做嫁衣。”一群将佐纷纷来劝，林如意也只得收手。

事后甄宝玉问林如意道：“大人，在朝中将来有王子腾制衡贾珊，未必不是……”林如意摆了摆手道：“当年陛下找人给贾珊相面，那相士说他将来有霍光之能，必行废立之事。陛下当时就问老夫当如何处置。我同陛下讲叉叶若鼠贾珊若猫，猫吃家禽也能防鼠灾。可不想老头走了眼，那叉叶不是老鼠而是狮子，至于贾珊哪里是猫，简直就是一只白额吊睛虎，若是再与金陵王氏联姻，那就同董卓、曹操不远了。”甄宝玉依旧不以为然地言道：“那王子腾是有两个女儿，一个被兄弟休回了娘家，另一个是人可皆夫的烂货。”“楚庄王爱妃都能送人，这点苦头贾珊是吃得起的！”

这羊狞一回来，贾珊便夸他能干，连搂在怀中的羊脂也一并夸了。“脂丫头，你有个好弟弟，比我那不成器的兄弟可要强上百倍。”“爷您可别这么说他！”羊脂一边说，一边把脑袋贴近了贾珊的胸口。“这一来怕把他宠坏了，这二来么，传到二爷的耳朵里坏了兄弟间的情分。”“你家狞娃子夸得！”贾珊不以为意道。“狞娃子，咱们出去走走，都闷坏了。”“爷！”忽然羊脂拉住了贾珊的衣角。“脂丫头，你要怎样？”“奴家好久没见兄弟了，要单独和他谈谈！”羊脂说话娇滴滴的。“看来你比芬丫头都小！好，就依你。”

等贾珊一走，羊狞便感到形势不对，想要借故开溜。“站住！哪都不许去！”再看羊脂整个人似乎都换了一副模样，整个一张脸苦辣辣的。“姐！”“你还知道我是你姐，没我你算个什么东西，现在人五人六地混出来了，也不想想你小子是怎么有的今天！”“姐，我……”“你什么你，打小就是一个没良心的东西，小时候你脑子不好用，怕婶婶们挂不下脸去祖奶奶那里掏食吃去，可等我回来，白面馍馍你总是挑最大的吃。爹爹们帮狰哥哥他们看肉票得来的肉也全是你一个人独吞了。你打小就是个没良心的！吃我的，喝我的！还把我的锅给砸了，把苗儿的碗也给毁了。”说着一边哭，一边对羊狞又捶又拧，好半天才步入正题：“说，貂哥哥他们要攻城，你为什么拦着？本来大奶奶在北边回不来，那两位少爷也别回来，等大小姐一出门，这荣国府就是我和苗儿娘俩的了，这倒好，金陵城没打下来，反从那边来了个大奶奶过来！貂哥哥，狸哥哥他们是自家人，再多鼓捣鼓捣这金陵城就下来了，你倒好，任凭冷先生的一张嘴在那里胡说八道，就任凭我们娘俩儿被人算计死，欺负死！”“我是真没办法，这一来爷的脾气你是知道的，要是敢坏他的事，我这条命就没了；二来凡事也确实当以大局为重。”“狗屁！”羊脂在那说道，“就是天塌下来也是皇帝老儿顶着，关咱们什么事？你羊狞算老几，也在那里多管闲事！”“姐，咱现在也只能走一步看一步了。”“我的命怎么就这么苦！”说着羊脂用手捂着脸哭！

半壁山河

在冷子兴的斡旋下，金陵的王子腾同意与贾珊讲和，同意其主政江南，不过作为条件，贾珊则要迎娶王家的大小姐王熙鸾。

贾珊渡过长江的时候只有自己的嫡系六千多排枪兵、三千多一点的索伦骑兵，然后便是羊貂兄弟的兵马和溃退下来的败兵，总共也就是两万多一点，而王子腾在江南号称有五十七万大军（实际上因为吃了空饷，也只有二十多万）。直到接管金陵防务时加上冯子英、张怀仁等北方诸将的兵马也只有七八万人。福建两广的文武官员也表示服从他的号令。贾珊此时站在金陵的石头城上，一时间豪气万千，时局风云变幻，正是英雄建功立业的大好时机。

只觉得身后有人，猛一回头，却是女儿贾芬。“是你！”“新奶奶明天便要过门，我这是算嫡出还是庶出？”“你将来贵不可言，何必计较这些！”“那金陵王家的小姐你可要好好消受！”说着一扭身便走了。

王熙鸾确实是个不好消受的女人，自出阁以来，便不知道换了多少婆家，到后来即便是王子腾老爷倒贴嫁妆也嫁不出去。

贾珊没心情管这样的琐事，前边传来的军情一个比一个紧急，他的老对手楚尔率二十多万大军南下，更要命的是，水无忌也被叉叶人给抓了！

原来自突围出来以后，水无忌就南下去金陵还是西进关中一直是举棋不定。叉叶的兵马追上来，便被留在豫西一带。一开始他的日子还算不错，因为那时候叉叶的兵马不能逐个占领县城，可到后来，宇文定泰和贾雨村、仇鸣镝他们收编了大量的伪兵伪将，水无忌的日子便越来越不好过，堂堂的九五之尊竟在豫西山区，像山大王一样过活。

山里的日子固然清苦，可有贾文忠一干忠心的将领护着也算过得下去。直到一日外边传来了消息，他发妻叶氏的哥哥叶宗元在咸阳扶立他的第三子水月监国，心中便很是焦急："朕还没死，这帮人便想着称帝，朕要赶紧临驾关中，不然这是谁家的天下就难说了！"

他将这番想法告诉了手下的一干人等，决心起身去咸阳，不料贾文忠却根据往日绿林的经验极力反对："陛下，眼下风声正紧，决不能贸然行事，若是在山中潜伏上一段时间，等风声过去了，才是上上之策。"可水无忌却说："贾将军，你的功劳朕记得，你侄子的功劳朕也记得！"水无忌明显是话里有话，尽管这段时间贾文忠忠心护卫，但水无忌还是因为贾珊兵谏的事对他有看法，拦着不让皇帝去关中反倒显得别有私心，无奈也只得垂泪同意，这段日子里水无忌也知贾文忠性情忠直，不像他侄子贾珊那样……他亲自将贾文忠扶起，好言安抚道："卿的苦心朕明白，若他日有兴复之时，朕不惜与你裂土封侯。"贾文忠虽说也干过这绿林勾当，但到底没有贾珊的魄力，在危难之时也只得听从水无忌的安排。

从豫西到关中道路艰险万分，水无忌不敢自己走，咬破手指写下血书给咸阳的房知府，叫他派人接应，命贾文忠把信送了过去。这时关中主政的是水月和叶宗元，房知府便不敢做主，只得同他们商议。

于是乎关中方面派了三千虎皮兵前去接应，不料这样一来反倒坏了事。水无忌在信中一再强调万万不可打草惊蛇，可是这些虎皮兵却一路上大摆接驾的排场，这自然便引起了叉叶方面的警觉，水无忌和贾文忠一伙很快便被苍蝇兵盯住了。

"快马轻装，疾行如风，他骑莫能及也！"多年后孝仁皇帝对叶宗元麾下的虎皮兵这样评价道。后来叉叶的诸将对虎皮兵也十分小心，在他们看来，若是败于江南，还可以让汉兵先顶着，自己逃命，若是败在虎皮兵的手下想走都走不了。

不过却可惜，这虎皮兵虽然灵巧，可却缺乏火器，甲胄也不坚，与叉叶方面交战往往胜少败多，但往往伤不到什么元气。

"陛下快走！"到此时水无忌才知道自己在骑射上的那两下全是样子货。正经逃命的时候，马跑起来飞快，哪里像他在围场秋猎的时候那样四平八稳，这一路上逃难已深有体会，没少吃苦头，虎皮兵给他的快马根本就骑不了，怕从马上掉下来，死死地抓住缰绳怕摔死。这哪儿逃得掉，一被苍蝇兵围住就在那大喊："朕和你家单于是连襟，万不可伤孤的性命。"

水无忌被抓走后，贾文忠很不甘心，便趁他们还没有走远便向废后叶氏的哥哥叶宗元要了五千轻骑前去追赶。一番血战后，贾文忠都已经用手碰到了关押水无忌的囚车，眼看就要救出皇上，却背后中了一支冷箭，其他人等见主将一死，便各自逃命了。

“怎么会这样？”滇王水月气得把报扔在地上。“大王息怒！”叶宗元讲道，“我朝承平已久，士卒依旧是平日的作风，做事难免有失周密。贾将军又是新近升迁的将领，难免约束不了众人，若是我亲自去救驾或许……”叶宗元说着便成了泪人，恨不得要以死谢罪，戏演得不错，可惜终究还是让人看透。叶宗元借刀杀人的这套把戏，水月看在眼里，记在心里，就是不摆在脸上。

反而声泪俱下地安抚他道：“此乃天命，非人力所及，舅舅不必难过。”戏演得更好，反倒把舅舅给哄了。虽说这是他水月的亲舅舅，可却一直是独断专行，一句话里有千万个心眼儿。“现如今圣上位于北国，而国不可一日无君，殿下当早登帝位，以正纲常。”“不妥，不妥。”水月讲道，“天下纷乱，人心未服，星、晨二弟又不知去向，未雪国耻便要贸然称帝，我心何安？”“大王好糊涂，昔日国母娘娘便是为吴妃所害，你却记挂旁人的死活，你本是圣上的嫡子，这皇帝之位你做不得，谁人坐得？”说着叶宗元从怀里取出一样东西喊道：“滇王水月接旨。”“舅舅！”“这是圣上的真迹，我以性命担保。”这确实是句真话。水无忌其人本来并不居长，也非嫡子，能登上帝位，也是借助了叶家的势力，可他上台不久，便卸磨杀驴，叶氏一门全家入狱，不由分说就想杀原配叶后，若不是贾元春好言相劝，等了那么几日，只怕还没有眼前的水月。水无忌晓得这一层厉害，生怕叶宗元记仇算计他，特地写下了这份立水月为太子的诏书。

“滇王水月，你想抗旨不成？”叶宗元厉声喝道。“儿臣听旨！”水月也只得跪下。“奉天承运，皇帝诏曰，滇王水月聪慧贤德，本系朕之嫡子，理当居东宫之位。立水月为皇储开府治国，废原太子水晨为丹东王，钦此。”这是水无忌在叶宗元家臣的逼迫之下，写出来的圣旨，因形势紧急，文字很是简练，与平日长篇大论的诏书成天壤之别。“文字虽然与平时的笔风相异，可确实是圣上的亲笔血书，若不信可细看。请陛下速速登基。”叶宗元一脸得意，恨不得马上把龙袍给外甥披上。“麋蒙虎皮，众人射之，何喜之有？”那舅舅逼得这外甥便不得不讲了心里的实话。

叶宗元一向聪明，想不到却被一毛孩子点醒，他心中算盘道：“不错，枪打出头鸟，谁先称帝，胡人就先出手对付谁，不如监国可进退。眼下虽说有二百里秦川，可是毕竟比不得江南。虎皮兵虽然勇猛，可也比不上贾珊照西洋法练出来的新军。最好待叉叶和江南方面拼得两败俱伤，到时候可以坐收渔翁之利。再不成可以三足鼎立。”“陛下圣明。”叶某人对外甥夸赞。可事后便觉得事情不对，“小小年纪，就有如此见识，将来该不会走他老子水无忌的老路吧！”

水无忌还没有死，可是贾珊便昭告天下为他发丧，一众文武全是孝服，像下雪似的，白茫茫的一片，这群人中贾珊哭得最为伤心，恨不得随圣上去也。“事已至此，荣国公理应节哀！”甄宝玉讲道，“眼下强兵压境，应早立新君，以安人心。”

这事说来有趣，自水无忌战败没了音信，已先后有三位皇子监国理政，滇王水月、辽王水星，还有贾珊在与王子腾对峙时扶立的人品低下的皇次子水昂，一想到这里贾珊的心里就不是很舒服，暗自骂道：“芬丫头啊芬丫头，若不是你害死太子，为父何至于如此为难！”

贾珊为了避嫌没有开口，好在有群明白人知道他的意思，被叉叶送回来报信的国丈吴天佑，害怕贾珊翻旧账，故而第一个跳出来要立水星为帝：“辽王水星聪明好学，皇后娘娘一直便有意让先帝改立辽王为太子。眼下危难之时，更应先立辽王为太子以正纲常！”一帮聪明人纷纷开口要拥立辽王，看来一切已成定局。

“不妥！”讲话的不是别人，正是他提拔起来的柳湘莲。这一点实出乎他的意料，忍不住回头看了一眼。“眼下乃是危难之际，当立长君，吴王贤德，人所共知，当即帝位！”柳湘莲说的不是别人，正是水无忌的胞弟吴王水无极。这话甄宝玉听得在理，正要开口讲话，林如意猛踩了他的脚一下，示意他不要讲话。

柳湘莲的话音未落，便有一干粗嗓子赳赳武夫吼道：“放屁！吴王是先帝的兄弟，那胡人头子还是先帝的连襟！照你这么说这江山那边坐得了。”贾珊手下败将李勇直更是叫喊道：“先帝又不是没儿子，怎轮得上旁人，哪个不服辽王当皇帝我第一个与他拼命。”“若是不立辽王更给了胡人伐我的口实。”一片片拥立辽王的声音压倒了一切。

柳湘莲和几个倾向于立长立贤的文官，正要与他们这伙人争辩，不料此时贾珊开口了：“既然众意如此，那咱们就顺天意应民心，择吉日迎立辽王登基！”

他说的吉日其实就是明日。那一日，虽说是没有风雨可却是漫天阴云，怎么也不像是黄道吉日。随嘶哈哩兵船一道来西洋的星象师也说，这一日是大凶之日，也劝他另选吉日，奈何贾珊就是听不进去。

后来的史家对贾珊在大凶之日扶立幼主的做法一向是颇有微词，几十年之后有几个老臣在云南时依旧说起此事，说他当时就有了不臣之心，故意将幼主安排在大凶之日登基，不料这番言论被贾珊的小儿子贾苯听见，当场便训斥他们："当年的形势万分紧急，先王全力备战，哪有心思顾及其他？"

虽说后来的这位少康王当年还在娘肚子里，但他的话并不是没有道理，贾珊草草地给元春的儿子办完登基大典，便让羊狞驾着车直奔南军大营去收拾岳父留下的烂摊子。王仁知道没好事早早地就躲了，而王义略懂些洋务被留下。留下来便是表哥兼大姐夫（王子腾嫡出两男两女，王仁、王熙鸾、王义、王熙凤）的一顿臭骂："你算是见过世面的人，怎么连几个番鬼都镇不住，这如何才能服众？"形势紧急，虽然一时间清府库，购来了几万支新旧洋枪、百十来门洋炮，可中原却大都弄不惯这些洋玩意儿，只得找来了西洋的水手和逃兵组成洋枪队，一来可以应急；二来可以由这些人为教师来训练中原的士卒，怎奈这些人实在不服王义、王仁这两兄弟，根本就指挥不动。

"我实在是没有办法，一再给他们加饷，可都是喂不饱的一群狼……"王义自那次被羊貂打败后，心灰意懒，见到当兵的就烦，无心打仗，见此便顺坡下驴道："末将无能，请元帅另选贤才吧！""这怎么可以？"贾珊讲道，"我可是在岳丈面前信誓旦旦地保证提携你，这次还指望着你立功，你让我怎么向他老人家交代？"一听到上阵王义就胆寒，便狡猾地讲道："我才干平平，难堪此大任，个人荣辱是小，耽误了国家的事是大，还是当用贤臣。"就这样王义交出了兵权，一头窝回了家里。这时贾琏跳出来要王义的兵权。"行！除了洋枪队外其他人都归你管！""那洋枪队是留着，还是打发掉？"贾琏问道。"虽说是群兵痞，可好歹都是些上过战场的老兵，怎么能说丢就丢了，该留着，不过要找一个人来。""谁？"贾琏问道。

"别光给钱，弄几个娘们儿让我们玩玩！"几个高鼻梁、肤若黑炭的红头兵讲道。这些个红头兵不知是从哪里来的，在洋兵中最不服管教。"立即归队。"尤龙坎冷冷地讲道。那些红头兵依旧不知进退地讲道："反正这守不住，何必死心眼儿……""拉出去砍了！"这几个红头兵万万想不到贾珊会派尤龙坎这个和他们一样的番客来节制这支洋枪队，他们这群糊涂兵掉了脑袋都不知道是怎么回事！

几个嘶哈哩人不听尤龙坎的招呼也一样被斩首，谁知这事竟然闹大了。"荣国公，各位将军。"尤龙坎指着地图讲道，"依我之见，无论叉叶的兵马从上游，还是直面渡江都不可怕。让人担心的是他们一路从江面上直至金陵，而另一路则出奇兵从宁波一带上岸，到那时候我军腹背受敌……”“尤龙坎，你干的好事！”这时候贾琏闯了进来。“二爷怎么了？”尤龙坎问道。“都这节骨眼上了，你还敢招惹嘶哈哩鬼子……”“贾琏，把事情说清楚！”贾珊说道。

原来那几个被杀的嘶哈哩人的同党亲自去找被贾珊请来的嘶哈哩将军，自家人向着自家人，那边直言要贾珊法办凶手，并给被害人五十万两，不然他们就掉转炮口，去帮助叉叶人。

“可笑！”贾珊讲道，“那些太尉找来的嘶哈哩人本来就是些洋船上的逃兵，他们的死活本国根本就不愿理睬，这回只是拿这生事罢了。贾琏你回去告诉他们，不管是哪国人，只要拿了中国的军饷，就要按照我们的规矩办。”一支洋枪队很快就练出来了，虽然比贾珊的排枪兵还差些火候，可却比王子腾的旧部、北边来的败兵厉害得多，众人纷纷赞叹道：“还是荣国公有本事，知道洋鬼子能治洋鬼子。”

特烈西对兵法虽说是门外汉，他一路上见叉叶的兵马势如破竹，便觉得拿下江南指日可待，所以就想跟着楚尔大军南下，不过有一点始料未及，便是楚尔的性情，这楚尔不听塔修林的两路进兵，使他们腹背受敌，也不听宇文定泰的从上游下金陵的计策，而是听了恶洛克海船匠人的谎话，开着巨舰逆江而上直捣金陵。

特烈西外行归外行，可见楚尔这么一意孤行，不听人言，便觉得事情不对，想要开溜，不想被兵士们发现并给押了回来。“小子，陛下有旨，让你留在军中。”楚尔讲道。“我也没说要跑，是有件礼物要送给将军。”“等打完仗再说这些！”楚尔不耐烦地讲道。“有了这件宝贝，汉军是一颗炮弹也不敢打。”“少在那里胡扯，打仗又用不着你那套鬼玩意！”“不胡扯，要是胡扯陛下就不会让我一直留在这里。”

贾珊自西营练兵起家以来，先是剿灭了孙绍祖，后又平定了江南。“这都是在打自己人，对付红眼鞑子到底有没有底气？”一些贾珊的老兵也心里没底，于是就纷纷议论起来。

为了安抚人心，贾珊第一件事便是用重金召集来敢死之士。他头一个便是向吴皇后的父亲吴天佑要钱。这吴天佑在战前鼠目寸光，不顾女儿吴皇后的劝阻，收受特烈西大量的财物，战后不久便被小楚尔、仇鸣镝等人百般刁难，这事情传到了冷袭的耳朵里，那位美人脸的马上天子便吩咐道：“赏吴天佑一百万两白银，让他带着这些宝贝全城游街，让列国的使节都看看这就是水无忌的忠臣！”吴天佑就是这样胸前挂着水无忌的忠臣牌子，带着一车的金银，被叉叶的兵丁护送回了江南。

到了江南之后，这吴国丈差点被血气方刚的兵士们活活打死，多亏了贾珊，看在吴皇后后来明事理的分上，派羊狩拦着，不然他恐怕早就见了阎王。“荣国公，您说多少，我照办就是了。”吴天佑不敢跟贾珊讨价还价只得硬着头皮答应。“好，国丈大人仗义，两千三百万两。”王子腾见状也捐了三千万两。

“蓉哥，你也好意思，堂堂的宁国府嫡孙子，捐二百两纹银！”北静王太妃贾纹训斥道，“吴天佑不是把咱们家的地产都还给了你吗？”“回娘娘的话，还是还了，可都是些地产，现银没多少，四太爷前段时间为了我跟老姨奶奶（羊显玗）着急，怕是也保不住，也该用银子准备后事……”

“蓉哥你的苦处，姑奶奶我是知道的，可这也是为了你们宁国府的未来着想。你现在能指望谁！指望着我？到时还有你珊叔叔，可你们差不多都要出了五服，想让人家提携你，就得做出个样来。要是自己子侄都不做出样来，他又如何能服得了别人？”“太妃娘娘！”焦大讲道，“这些个地产可都是命根子，若是连这些也捐出去怕是什么也没了。”“焦叔叔，咱们家的这些老底是从哪里来的，是宁荣二公一分一分省下来的吗？她……”提到鸠夫人这位继母贾纹语气顿了顿：“她当年尼姑似的肠胃，还想劝爹爹离开京师，搬到外地乡下，想的是美，可树欲静而风不止，你想远离是非，可人家却偏不放过你。”听贾纹这么一讲，焦大似乎也有所开悟，心想：“姑奶奶的话一点也不错，照理说这宁国府，虽说是家风不好，可却从来没有缺过银子。一来从很早的时候就知道节省、算计，这二来便是这单传也有单传的好处，宁国府当年有那么几个庶出的儿子，可那时大夫人厉害，只分了他们不多的一点财物。以后，也一直都是单传，家产基本上没怎么被分过。所以当时就有人说，别看荣国府出了娘娘，可要说实打实的东西，怕是比不上宁国府的一个零头，顶得了什么用，到最后还不是全归了人家，有了权位，才能保住家产。”贾蓉在姑奶奶的逼迫下，用宁国府的田庄向丹洛国的巨商翁钮克长者换了四车嘶哈哩火箭。这种兵器威力惊人，正如尤龙坎所讲，楚尔不听劝告，驾着不利内河作战的海船，逆江来攻金陵。那些庞大笨重的海船，在狭窄的江面上遇上这种兵器便是一头等宰的肥羊。

可是正当楚尔的大军乘着海船，杀到金陵城下时，守军们却不敢开一枪一炮，楚尔军中有了一样威力无穷的兵器，中原的军士纵是有再多的枪炮也不敢动手。

“朕待你不薄，何故……”水无忌又气又怕，整个脸都变了形。特烈西笑了笑讲道：“有你在，那边不敢放一枪一炮，你不在就难说得很。你们汉地不是有句老话吗，叫作帮人帮到底，送佛送到西。既然你当年封我做仁和太子，眼下用老兄你的这身皮肉，换个两江总督也应该不成问题，你既送出了半壁江山，再送出一半也应该不成什么问题。来人，把这小子押在最前边。”

这一招极为阴险，确实很有效果。汉军这边心惊胆战，兵士们手中的枪炮全然没有了用武之地。“你们怎么还不动手？”贾珊对兵士们训斥道。“国公爷，那是皇上！”“先帝已经驾崩，内廷的侍臣亲眼所见，如果不信，你们可以问问内相徐公公！”贾珊纵使如此说来，可是手下的这群兵士依旧是不敢动一个手指头，若是皇上稍微有什么闪失，那可是诛九族的大罪，海船上的巨炮，威力强大，岸上的兵士被震得站立不住，再不动手，叉叶的兵士依仗巨船上的铁炮，迎祥堡大胜的余威，完全可以杀上岸来，拿下剩下的半壁江山。贾珊情急之下推开众人，打出了第一声炮响，随后西洋的大炮、红衣大炮和嘶哈哩火箭也一起打了过来。

一场血战下来，叉叶的舰船不适合在内河征战，完全招架不住汉军的火器，几个回合就败下阵来，贾珊见机不可失，马上渡江去追击楚尔的残兵。

“又是一个赤壁。”林如意不由得感叹道，“江山如画，多少风流人物！”“可惜从此多了个曹孟德！”甄宝玉讲道。“孩子，不要说破！”林如意讲道，“与我一同上表天子给他封大国赐九锡。”“中堂大人，这怎么使得，这可是改朝换代的前戏，这样三五年工夫，他就是另一个司马昭了！”“这叫以退为进，裂土封王是早晚的事情。至于那九锡，眼下不给他，将来难免有人会为他要，不如现在说是给他……”“他必不敢受！”甄宝玉脑袋活，一点就透且讲道：“将来，再难开口！”

“浑蛋，贾珊这个浑蛋，等朕脱身一定要灭他的九族！”谁都没想到贾珊竟然不把水无忌这挡箭牌放在眼里，命令军士们勇猛还击，一场恶战下来死伤无数，楚尔、水无忌、特烈西等人都侥幸捡回了一条命。楚尔身中数枪，水无忌丢了一只手臂，就数特烈西命好，还是完完整整的大活人一个。“朕的命怎么这么苦，贾珊你这个狼子野心的家伙，你对不起朕，也对不起你的贾家祖宗！”“你让陛下的那位连襟安静些，不然我大耳光扇他！”楚尔对特烈西讲道。“那可是陛下的连襟。”“他的那位小姨子可真没把他当回事！”“那也不能打，不然对面该心疼了。”“丹洛佬，你这是什么话，兄弟们那些换来的宝贝你再白白地给送回去？”楚尔大声喊道。“将军息怒，把他放回去咱们是不战而胜。”“人家才是真正的不战而胜！”“现在这小子也被打掉了一只手，他眼下恨不得把兰提实碎尸万段，只要那小子一死，中原便再无可用之人，只要等陛下从扶桑回来……”“到底是你们丹洛佬脑袋好使，可扶桑也被平定了，中原没了兰提实没人是咱们的对手！”亏得水无忌听不懂他们说的是什么言语，若是能听懂不知道作何感想……

可惜到底是白日做梦，不料这时杀出了一路人马，好一场混战，水无忌同特烈西、楚尔失散。好容易碰见一路人马，为首一人正是那羊狞，水无忌便冲他喊道：“羊爱卿快来救驾！”不料那羊狞反冲他吼道：“先帝早已驾崩，你休得在此冒认，赶快滚回去，不然是凌迟的罪过！”说着便把水无忌一顿好打，水无忌连声求饶发誓再不敢冒充先帝。就这样水无忌让羊狞连骗带吓给赶了回去。

男人们在战场上拼得你死我活，荣国府的女人们也同样闲不下来。贾珊迎娶王熙鸾之后，稍微温存便上了战场，这位金陵的王家大小姐一过门便凭空得了一儿一女，王熙鸾眼下岁数不小了，她比贾珊其实也就是小几个月而已，可却是无儿无女。

她不想步妹妹王熙凤的后尘，燕啄皇孙的事决不能干，对这一儿一女，她是尽全力收买，亲自带着他们俩去姥姥家，子腾夫妇自然是盛情款待，接待了他们这对姐弟。

芬丫头和王熙鸾娘长女短的亲热得不得了，有几个在王家做客的诰命夫人因为久不出户消息不是那么灵通，还真闹出不少笑话。“你说这丫头是不是她过去跟那个的野种？”薛家的胡太夫人在自己家里的时候讲道。“我看还真的是！”韩夫人讲道，“当年她在头一家的时候听说就是因为生了死孩子，才被理国公赶了回去！说是死孩子，闹不好就是因为长相藏不住，才送出去偷偷养起来，现在倒好，拖油瓶一起给了荣国公，可怜荣国公的孩子要被她们娘俩欺负死！”

倒是羊脂生的贾苗让王熙鸾放心不下。这孩子虽说也是娘、外公、外婆地叫着，可脸上却不好看，奇怪的是这孩子到了王家不吃也不喝，让王熙鸾看着极不舒服。

“苗儿，旁人都跟你讲了什么？”王熙鸾讲道，她不怒生威，贾苗经不住事，一五一十地全招了。“他们说叫我来了，别吃别喝，因为里面有毒。”“别听那些下三滥胡说！”王熙鸾厉声道，“你堂堂的一个主子爷，怎么不好好的，竟往下流走！”“孩子，谁教你的这些东西！”王子腾夫人讲道，“你是我亲姐姐的孙子，终究不是外人，莫信那些人的口舌！”“你们都想多了！”王子腾老爷笑着说道，“苗儿的脸色这么差，该看大夫了，嘴里边竟说些胡话，鸾丫头带他回去好好哄哄！”

北方传来消息，贾珊乘胜北伐，大获全胜，更有消息说连水无忌也被救了回来。更让中原军民解气的是，冷袭手下的骁将楚尔被抓住了，这楚尔一路上烧杀抢掠，为汉地百姓所恨，自然是大快人心，可惜却因为看守疏忽，楚尔在逃跑的时候被守卫杀死了。

“连皇上的耳光都敢打，这么死便宜他了。”王熙鸾的奶妈讲道。“那姓楚的是谁拿的？”王熙鸾问道。“脂奶奶的兄弟！”“又是他！”王熙鸾一想到这，心里便不是很痛快。“他不是因为保护太子失职，被永不录用吗？怎么还有他的事情？”“虽说是这样，可还是府上的奴才，跟着主子照样可以上阵。”

“那羊狞虽说不是什么好玩意，可到底是比咱们家那两位少爷争气！”一提到这，王熙鸾就微微垂泪，她之前名声极差，除头一次是嫁给理国公外，几乎都是去了寒酸旧族人家，再后来甚至到王爷府做了妾室，可总是留不长久。而今能给如日中天的贾珊做正房奶奶，全凭的是家里的底子，而今自己已是半老徐娘，父亲也行将就木，而两个兄弟却都不争气！

“那张太医到底灵不灵验？”王熙鸾问道。“姑奶奶，哪有这么快的事情，耐心等。”王熙鸾心里很不自在，她本来想趁贾苗还小，从羊脂手上抢过来作为养子，心想若能做成，等自己老了也好有个指望，可那不争气的小坏猫子，到了她王家不吃不喝生怕有毒。一想到这王熙鸾心里就难受得很，妹妹的教训再清楚不过，女人没有孩子就什么都没有，可她却也年岁不小了，可真不一定能怀上孩子，故而她早些时候就留了一手，不惜用高价请来了被称为赛华佗的神医张士友。张士友当年为贾蓉的妻子秦氏看病，本来当是药到病除的好事，不想那秦氏因为怕和公公贾珍的奸情被撞见，悬梁自尽，可多事的闲人反说是张神医害死了秦夫人，气得张士友多少年都不出山，这一回是芳华将逝的王熙鸾想怀孩子，便请来了他老人家，张士友出山之后，便送了王熙鸾一服血凰丹。

这血凰丹非同凡品，一用之后老大年华的王熙鸾竟像十多年前一样，不想和贾珊略微温存之后，又变回了原样，一时间这鸾姐十分生气：“这是什么鬼东西，什么用也不顶，看那丫头倒挺厉害，而我这……”可谁曾想，话音未落便感到一阵恶心。

大早晨起来，屋里一个人都没有，王熙鸾心里很是奇怪，忽然间不知从哪里蹿出来一只小黑豹子，可奇怪的是她一点也不害怕，反倒轻轻地去抚摸这个小家伙。

可忽然来了两个女人，在地上连影子也没有，王熙鸾认得她们，这是贾珍的两个小姨子尤二姐和尤三姐。“你们找凤丫头去，不要寻我的晦气。”

那尤三姐抓住小黑豹子径直地往羊脂那边去，而那尤二姐则死死地抱住她。“你放手，贱人。”“你妹妹害我致死，这辈子跟定你了。”鸾姐从梦中惊醒。

她不由得落下了带血的眼泪，因为多年之前，在理国公府上的时候，她性格刚烈，和理国公感情很是不好，成婚三年以来，那理国公和丫鬟们已经有了四位庶出的公子。理国公当时有了休妻的念头，可是他柳家自熙鸾进门之后反倒是江河日下，当年熙鸾进门的时候，王家是在高攀，而今理国公反倒要巴结这位丈人，于是好言好语与夫人温存之后便有了喜。

那一年同样梦见了小黑豹子，也是欢喜得不得了，可却被一只大白耗子给叼走了。那老鼠竟白得跟羊脂玉似的，果不其然，那一次便生了一个黑黑的死孩子。

多年之后，大致相同的梦境，王熙鸾很虚弱，心里边难受，她这个年岁想要孩子，已是非常困难，就连这次也是借助了血凰丹的外力，心中非常明白从此之后再难怀上儿女。“鸾奶奶！快睁眼。”王熙鸾听到婴儿啼哭声，很是高兴，可抱过来一看是个女婴。

“你们都给我利索点！”王熙鸾对心腹们讲道。“看看那边是儿是女，若是儿子给我抱过来。”这帮人手快心狠，何况鸾姐是和贾珊打过招呼的。“这孩子！”熙鸾大惊失色，这孩子竟然和多年前那个死孩子长得极像。这便是后来的少康王贾苯。

羊狞回来了，有一件难办的差事，贾珊对他很是赞赏，说是要给他谋个好前程，并特意交代要他好好劝劝羊脂，说大宅门里都是这个规矩，生怕羊脂也走她姐姐多姑娘的老路。

“把值钱的抱走了，偏把你这赔钱的货留了下来。”羊脂对第二胎生的黑丫头很看不上眼。“姐姐，狞哥哥来了。”说话的不是别人，是他们一母所出最小的妹妹羊节，贾珊和多姑娘回流云寨的时候她还在吃奶，一双蓝色的眼睛，知情的一看便知是羊狞的胞妹。

“姐！”羊狞正等着姐姐的一顿数落。“是爷们儿叫你来开导我？”羊脂冷冷地说道。羊狞心里更加害怕，不想姐姐竟如此平静，可这并不是什么好事。

“姐姐莫要多想！”不料那最小的羊节竟开了口，“大家子里这样的事情多了去了。您以后软和点，没准以后大奶奶人老了、心软了，你们母子也能见面。”“闭嘴，那婊子许了你什么好处竟说这种话？哦，我明白了，不论做大做小，许你做她的儿媳妇，可别忘了你是苯儿的亲姨！”“大人的事，小孩子别插嘴！”羊狞训斥道。

“这小丫头片子，前段日子让人家抱了一会儿便说人家的好，那边说是可惜没有儿子，不然要留她做儿媳妇。小丫头片子就这么势力，可惜啊，咱们府里的两位少爷都是她的亲外甥！”羊狞吓得心惊：“姐，若是能用上我……”“你什么你，皇上都能给赶回去，怎么这点芝麻绿豆的小事都不成？”“姐，这事你也知道！”羊狞说着瞪大了他的蓝眼睛走近羊脂低声讲道：“可不能说出去，那可是要诛九族的大罪。”

特烈西打算送回水无忌，借他的手除掉贾珊，可是被羊狞察觉，连哄带吓唬，把他们给打发了回去。这事被王熙鸾知道后，连忙找到贾珊商议：“这羊狞不能留，连皇帝都赶走，将来一不留神，可就遭了。”可贾珊却说：“鸾妹妹你放心，狞娃子逃不出我的手掌心。”

“你们不是打得正顺利吗，怎么撤回来了？”羊脂问道。“爷们听说宁波丢了怕金陵有事，便先回来了。”羊狞讲道。原来冷袭听说楚尔战败，心中很是焦急，可扶桑还未平定，根本脱不了身，这时亚他细实人向塔修实献计，派偏师出长崎攻江浙，以围魏救赵，迫使贾珊回援。

“冷先生说得不错，这是虚晃一枪，现在人家已经吞并了扶桑和高丽两国，兵也调回来了。”羊狞无奈地讲道。“这么可惜，到底还有什么变故？”羊脂问道。“还是别知道的好！”羊狞叹道。“你说北边的兵都调回来了，又吞并那个高什么和扶什么以后人手就更多了，会不会南下找咱们麻烦？”“依我看来，今后二三十年都是南北朝的局面，无论是哪边，往南打还是咱们往北打都不容易。”“那就好，我伺候爷们儿去，他败兴回来，我正好去给他解解气。”说着换了一副笑盈盈的脸。“姐今天的脑子怎么这么清楚？”羊狞暗自吃惊，不料羊脂忽然回头：“等着瞧，一场好戏还在后边！”

羊脂说得不错，一场好戏确实还在后边，许多事未定，许多事又起，剪不断理还乱的恩恩怨怨。滇王水月自行除去监国封号，并上表给新君水星称臣，连本人也亲自来到了金陵，次年贾珊晋封康王，后被谥为康元王。南北朝的局面一直持续了很多年，直到贾芬临朝称制时才见了分晓！

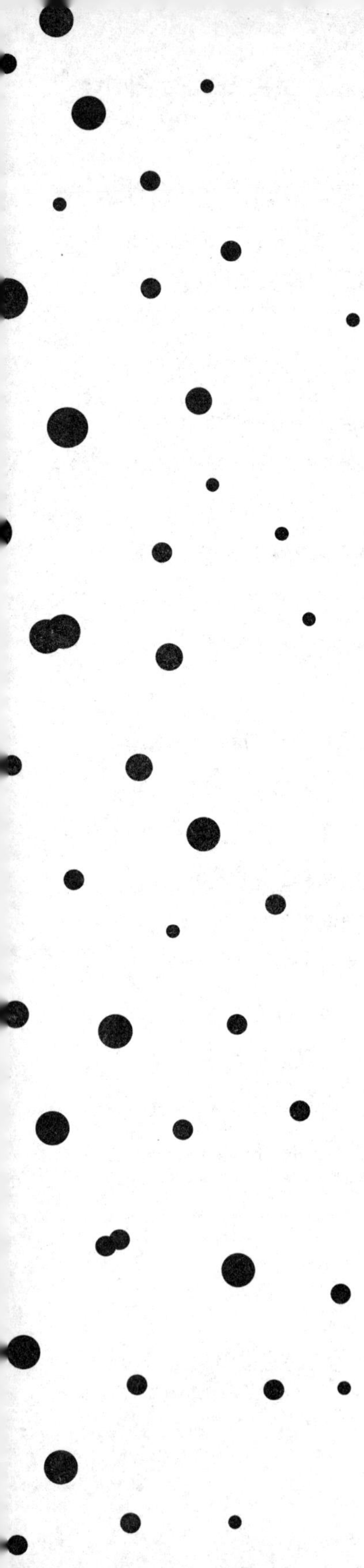